人间纪年

弋舟 著

上海文艺出版社

"人间纪年"系列的部分荣誉

《随园》

首届收获文学榜短篇小说榜首,中国小说学会2016年度短篇小说排行榜,首届"漓江年选"2017中国年度短篇小说特别推荐奖

《发声笛》

《作家》第三届"金短篇小说奖"

《出警》

第七届鲁迅文学奖,第十七届百花文学奖,2016中国当代文学最新作品排行榜,第九届敦煌文艺奖

《核桃树下金银花》

2019年收获文学榜短篇小说榜

《鼠辈》

首届鲁艺文艺奖,第十九届百花文学奖

《掩面时分》

2020年度"城市文学"排行榜

《人类的算法》
2020年收获文学榜短篇小说榜,《扬子江文学评论》2020年度文学排行榜

《化学》
中国小说学会2021年度好小说

《鼓楼》
首届"无界·收获App双盲命题写作大赛"二等奖

《瀑布守门人》
2022年中国作家网"优选中短篇"年榜

《德雷克海峡的800艘沉船》
2022年收获文学榜短篇小说榜首,2022年度中国当代文学最新作品排行榜短篇小说榜首,2022年度川观文学奖,第十九届十月文学奖

《庚子故事集》
首届朱自清文学奖

《辛丑故事集》
首届漓江文学奖

自然从来不飞跃。

——莱布尼兹

献给先驱——那些给了我语言和形式的人。

目 录

序：重识短篇小说的律动与光泽 / 张莉

——以弋舟"人间纪年"系列为视点

i

丙申故事集

随园——003

发声笛——030

出警——052

巨型鱼缸——077

但求杯水——098

对谈：重逢准确的事实 / 弋舟　王苏辛

——121

丁酉故事集

巴别尔没有离开天通苑——139

缓刑——169

势不可当——189

会游泳的溺水者——216

如在水底,如在空中——243

对谈:对更普遍的生活的忧虑 / 弋舟　王苏辛
——268

庚子故事集

序曲:钟声响起——283

核桃树下金银花——291

鼠辈——315

人类的算法——334

掩面时分——358

羊群过境——379

对谈:等光来 / 弋舟　贺嘉钰
——395

辛丑故事集

序曲：当女人以某种方式朝你张望——413

敲开千禧年的最后一声钟声——420

化学——427

鼓楼——439

瀑布守门人——449

拿一截海浪——469

德雷克海峡的 800 艘沉船——487

对谈：让故事成为事件，让事件成为装置 / 弋舟　李音

——509

壬寅补遗

降蓁——533

对谈：以短篇小说为方法（代跋）/ 弋舟　张莉

——545

序：重识短篇小说的律动与光泽

——以弋舟"人间纪年"系列为视点

张莉

"现实感"与文学的伦理

读弋舟"人间纪年"系列作品，我想到短篇小说里的律动与节奏问题。想到这些小说与时代和时间的关系问题。怎么可能不想到时间呢，"人间纪年"系列作品由《丙申故事集》《丁酉故事集》《庚子故事集》《辛丑故事集》构成，每一部小说集都以传统时间命名，有着清晰的时间划痕。作家所写之事就发生在"当下"，或者说，发生在刚刚过去的"当下"，是我们刚刚亲历的事。一个肥胖的小哥开着他的快递车；一位离异的中年女人夜跑时遇到了年轻的女孩子们；一个远方的年轻男子，因为一种"算法"和一位中年女性在网上相遇了；因为隔离，儿子不得不和老父亲朝夕相处……

快递生活，网约车经验，社交媒体里的故事，离婚与单身的人们，咖啡馆里的诉说，夜跑时所遇到的……这些场景无一不指向我们所身在的现实。这些小说也因为与现实共振而形成了独特的律动。——尽管写的是现实，但与真正的现实之间也并不是一比一的关系，现实中这些事微末而似乎不值一提，以至于如果我们未在小说中读到，很可能会忘记。庆幸的是，名为"人间纪年"的平凡故事，散落在弋舟各个不同的短篇小说里，构成了文学意义上的"人间纪年"。

为什么这些小说令人难忘？是因为小说家在文学世界里重构了一种现实、一种秩序。《核桃树下金银花》里，我们看到了那位快递小哥，他的内心总有逸出世界秩序的渴望，渴望生命中能有撒开把的那一刻。在十七岁偶然做快递员的时光里，他遇到了一个胖胖的女孩。两个胖胖的年轻人走在四月的玉林十巷里，女孩子提到核桃树开花了，提到"我家地里种了好多核桃树"，"还有金银花，我妈在核桃树下还种满了金银花"。甚至，这个女孩子离开他时还说起，"马上五月了，田里的金银花就要采摘了。"

许多年过去了。后来的岁月里，核桃树下金银花的场景一直在他的脑海里闪现，"核桃树下金银花，此刻，我非常确凿地看到，她就置身在某个这样的背景里。"小说的后半部分当然是寻找，而最后我们才慢慢知晓，那个女孩儿后来回到了汶川，而很有可能，她消失了。"如果今天我没有回到玉林街，那么她就永远在核桃树下的金银花丛中劳作与收获，永远活在我十七岁的一次冒险中，健壮、雄阔、矜重而有威仪。"是的，小说中，去玉林街送快递这件事情之外，我们清晰地听到了那个地名：汶川，但对我们而言它不再仅仅是一个地名，它和大地震紧密相连。胖女孩很可能便是遇难者。但无论是不是真的消失，她都永远留在了小说中，她打开了快递小哥的世界，带我们认识了核桃树和金银花，以及无边的原野。

小说的结尾辽远而美好，为每一位读者插上了想象的翅膀："我不止一次想过，那件包裹总归是会有一个收件人的，或者那就是上帝本人，当他用裁纸刀割开胶带，看到满满一箱的核桃与金银花时，会不会想到，有一个少年快递员风驰电掣地开着一辆电动三轮车，向着他永远的翻版与镜像，向着一个胖天使，一头冲进漫天遍野的壮观的花海里。"

这是让人忧伤感念的小说。许多事看起来毫无关系。但因为核桃树与金银花，一切都构成了意味深长之事，看似平凡无奇之事变成了一个人的"念念在兹"。在这里，弋舟为我们重建了一种轻盈的、有跳跃感的真实，那是文学意义上的真实。这需要由此及彼的联想，需要小说家的"脑洞大开"。这也使阅读成为了一种愉悦。——原来，毫不相关、遥不可及的两个人却可以有这样隐秘的关系。这些基于现实的文学想象，使现实变得陌生化又似曾相识。我以为，"似曾相识"是这些系列作品的共同品质，它们葆有了文学和生活之间应该有的艺术间距。

心灵世界与内观视角

重建小说的律动，所依托的是人与人之间的情感关联。如果留意会发现，"人间纪年"系列小说所关注的，是那些沉默的大多数人。口若悬河、滔滔不绝的人并不是这些作品的主角。

那些言语交锋,那些你来我往的对谈,那些众声喧哗在这些小说里几乎不曾出现。我们听到的声音是低分贝的,他们只在自己的内心深处发出声音。小说家要进入的是他们的内心世界,要随着他们的内心颠簸而起伏,小说家所关注的,是普通人的精神隐秘。

一如《人类的算法》,看起来不可能交集的两个人"自然地"相遇了,这相遇多半得益于网络时代,得益于我们习以为常的"算法"。因为工作职业相近,因为地理位置相近,又或者因为共同的朋友,大数据将他和她推送到了一起。一个中年女人和一个青年男子的故事就这样慢慢浮出水上。

> 她觉得自己是在窥探他人的隐私,但这种不安很快被打消了,因为他也在同步翻阅着她的信息,证据是,他在她之前的一些动态下点赞了。她发私信给他,问他怎么会找到她的微博上来?
>
> "地理位置显示后,微博会主动给你推送相同位置的网友。"他回复。
>
> 这个答案让她有些失望,原来一切都是被应用分派着的。

这是"被应用分派着"的相遇,是我们当下的寻常生活。算法和数字是冷冰冰的,却可以缓解人的痛苦,起到慰藉作用:

> 以数字来运算受限的生命,让她想起了自己产后的抑郁,那时候,她将自己计算进了百分之十五到百分之三十

的队列里，以此获得了一种"当你身在一种普遍的痛苦之中，你就可以不再那么痛苦"的慰藉。用冰冷的数字来解释和运算人性的本质，那很残忍，但却有效。寂静中，她想，那么他们就是彼此的一百五十分之一。

小说中，数字变成了一种神奇的连接："半年来，她和他断断续续地通过微博私信交流，说说行业内的话题，彼此分享一下觉得不错的音乐，他跟她抱怨过职场晋升的不公，她也乐于给他一些建议，她比他大得多，但这并非她扮演导师角色的根本原因，她只是从这样的交流中获得了对于自我的认同，用来建设自己摇摇欲坠的自信。""算法"将二人连接，但最终也使他和她永远分离。他要结婚了，于是删除微博，仿佛什么都没有发生过一样。"她盯着手机看了半天，漠然地发现那数字150变成了149。他删除了一个数字，给人类关系的上限腾出了一个余额。她没有一个关注，即便系统自动分配给她的，她也从来都像是有深度洁癖般地来一个删一个，现在，她没法给自己删减出一个负数。于是她只有将微博都删除掉了。"

但是，很多事到底还是发生过了，她留下了他的胡须。——如果回头看小说开头，会发现其中的"千山万水"：小说是从一个中年女人的日常生活开始的，女儿长大了，开始偷穿母亲的衣服了。卫衣里藏着青年男人的胡须——胡须和女儿的渐渐长大一起隐藏在这个中年女性的婚姻里，那是她的秘密伤痕。是什么勾连起了这位中年女人的往事？

有一回她下到地下室的储物间，爬上梯子，在收纳箱里找到了那包被纸巾包裹着的胡荽，打开看过之后又重新包好，攥在手心里发了很长时间的呆，最后还是放进了一件紫色卫衣的口袋里，把衣服叠整齐，认真地放回收纳箱中。她并不是刻意地想要藏匿得更加隐蔽，不，并不是。

原来，"算法"故事之下，是初为人母的女性所面对的处境：丈夫出轨，产后抑郁。如此看来，"人类的算法"算得上是对产后抑郁女性的挽救。《人类的算法》篇幅不长，但密度足够大。中年女性的故事之外，年轻女孩儿朱颖与中年大叔之间的关系也令人惊讶，那是意料之外但也有迹可循的一笔，它让人意识到，无法说清楚的永远是人和人之间的微妙关系，就连高级的算法也算不出，摸不透。

——弋舟的小说里总有"草蛇灰线"和"蛛丝马迹"，它们是读者所想象不到的。这些"草蛇"与"灰线"，"蛛丝"与"马迹"，最终构成了人性与情感的图景。不合情理中有情理，不可琢磨背后又有那么一些值得琢磨，说到底，这位小说家所勾勒的是属于我们时代的情感逻辑和情感伦理。

我以为，小说家是从高处精微地勾勒了我们所处的情感现实，是在对当代小说中通常缺席的部分重新进行指认，哪些情感方式是我们时代人的，哪些脆弱是我们时代人的。在《人类的算法》中，"算法"是他找到的一个抓手，包含了作家的理解力——"人类的算法"中有属于人们算得出来的，但也有算不出来的部分。作为写作者，他要捕捉人性的阴影和心灵的波纹，而那无疑是时代生活的倒影。当小说家发现算法以及与算法相伴随的故事时，也表明了小说家的现实感——我们时代的作家，要写出真正属于我们时代的发现。这样的发现，在一百年前的作家笔下不可能出现，它与个人的时代际遇有关。

这是一种内窥镜式的写作，我们借由作家的笔触进入人物的心智生活。这也让人清晰意识到，写作与短视频如此不一样。毕竟，在这个世界上，有一些事是可说的和可视的，有些东西是不可说、不可视的，它们存留在内心世界里，是一个人的内心独白。读者从这些作品里会获得心灵的隐秘。所谓的内视角就是叙述人藏在每个人的内心深处，和他们站在一起看世界。——对于作为小说家的弋舟而言，个人的心灵世界是他着意要刻画的：他/她为什么要这么做而不那么做？他/她为什么执意如此？我们越了解他笔下的那个人，我们越熟悉他/她，越和他/她一起看世界，就会对慢慢发生的那些变化感到惊讶。一如《化学》里的那位中年女性，小说通篇都是她的目力所及、情感所及，她很少与别人对话，但是，正是在自我和自我的对话里，她完成了对世界的新认识和新理解。

要特别提到的是，这些小说中，每个人很孤独，像孤岛一样活着，喜欢自言自语，但又因为有那些看起来没有关联的事物连接，最终有一种整体感。我的意思是，这些短篇小说的魅力不仅在于写下那些像原子一样的个人，更重要的是，小说家使个人成为个人，也使这些个人在时代和时间的映衬下不再只是个人，而隐约成为了整体意义上的"我们"。

有意味的词语及其光晕

2016年,在《以写作成全》一文中,我曾经写下弋舟对语言的敏感:

> 弋舟的语言追求优美、雅正,讲究节奏感,读者能清晰地感受到他的文学理想,当然,也会想到其小说风格的来处。作为新一代小说家,弋舟并没有从九十年代写实主义那里充分获取营养,迂回辗转,他从八十年代先锋写作财富中寻找到了写作资源。在我看来,这是他常年寻找"自我"的一个结果,看重小说思想、看重小说语言、看重小说形式、关注我们时代人的精神困惑与疑难,这样的追求注定使他与当下追求好看故事的写作潮流格格不入,注定他的写作将带有强烈的个人标识,也注定他将会从同龄作家中脱颖而出。

很多年过去了。在"人间纪年"系列里,弋舟依然保持着他对语言的敏感,当然,他对语言的理解有了新的感悟。他对词语越来越有敏感力了。他喜欢寻找一些有独特风格的词语做题目。有时他会选择一个新的深具时代性的词语,比如"算法",一如前面所分析的,凝视"算法"并不是发明,更重要的是将"算法"这个词变为一种文学意义上的词语,才是一位小说家的创造。

弋舟是真的很善于选择再熟悉不过的词语赋予它新的意义,

比如"掩面时分",这是一个古旧的词,但以这个词语为题目,暗合了小说中每个人的生活处境。或者"化学",一如我在《小说里的新词与旧词》中所分析的:

> "化学"已经是我们今天的常用词了,它有基本用法和固定语意。小说主人公是小有成就的化学家,"化学"不只是她的知识背景,也是她认识世界的抓手。这位刚刚离异的女性要开始她的新生活了。一个独自跑步的夜晚,她看到了年轻女孩子们的另一种情感生活,这促使她思索何为化学反应:"俨然是一场化学反应,她知道新的物质产生了,依据化学键理论,就是说,旧键已经断裂,新键已经生成。"与此同时,那个夜晚她也看到"道法自然"的石碑,她意识到自己对化学有了新理解,……在此处,化学与我们通常理解的"化学"有了不同,也就是说,在这里,"化学"已经不再是"化学",它还象征着一种精神意义上的裂变。

小说家有着天然的重新组合词语的能力,他挪用、移植那些习以为常的词语,使其构成陌生化效果。比如《羊群过境》。羊群过境是多么壮观的景象,这是在大都市里几乎见不到的景象,却在某一个特殊时刻进入了新闻叙述及普通人的话语之中,它以真实存在的远方打开了父亲与儿子生活的某种封闭感。但是,无论是羊群过境,还是去甘南旅行,都是一种向往,这恰恰说明了当时的人们的处境。

当然,作家还喜欢将两个看起来并不搭界的词语组成一种情境，形成新的意味。比如，"核桃树下"和"金银花"的搭配便是奇思妙想，当这两个名词相遇，便生成了小说中胖女孩儿的生长之地，那里金光闪闪，内含着忧伤和青春的纪念。还比如《瀑布守门人》《拿一截海浪》等等，都是令人好奇的题目。表层是此意，但在小说内部又远非此意所涵盖。

题目有时也是障眼法，小说中还有另外闪光的语句，它们或许才是真正的发光体。比如《掩面时分》里的那句，"他去一个朋友的家了"。这句话里是一个中年男人的不辞而别，牵出的却是一个男人与几个女人的纠葛，以及这些女人之间的关系。但，又不仅仅是男女关系，还有职场关系以及一个人的生存问题。而在《德雷克海峡的800艘沉船》里，埋藏的话则是"不出意外的话"以及"所有世纪的20年代都辉煌"。这些话有时是人物生活中的口头禅，有时只是他们在生活中偶然读到的句子，但在小说中它们变成了线头，是暗喻，是反讽，或者，是若有所思。这些语句，连接着年轻的公务员，也连接着开始咳嗽的女网约车司机及其远在武汉的父亲……

说到底，语词是这些小说中的光源。寻找那些不起眼的词，擦亮它们，赋予它们新的能量，使读者看到习焉不察之后的"不一样"，是这些短篇小说的独特魅力。语词对于小说而言如此重要，它意味着一个小说家在何种层面上重建小说的尊严："词语是试纸。词语是链接。词语是媒介。它们看起来冷冰冰，似乎毫无温度，一旦被作家挑中和另一个词语组合，便会燃起火花。从这个意义上讲，词语在小说家那里也是密钥，运用得当将意味着打开新的大门。其实，作家是词语的魔法师。作家要有驯服词语的勇气和本领。作家驯服语词的过程，其实便是成为语言大师的过程。——好作家依靠语词开创新的美学，构建小说与世界、小说与人的新关系，那种借由语言之美所生发的影响力，是长久、深远而又令人回味无穷的。"

故事并不是新的，但是，因为小说家对语词、语句的捕捉和移植而具有了新的含义。当这些词语进入小说语境后，它们是自身但又不再是自身，带有了某种暧昧、多义、混沌之美。这便是"人间纪年"系列短篇作品所带来的思考，——这些小说让人想到，只有赋予词语新的能量，脱离陈词滥调，才可以使小说焕发新意，才可以使短篇小说重新具有它的律动和光晕。而那不仅仅是重新发现一个语词、重新发明一种语义，还包含了一种认识世界的新角度、新方法。

2024 年 6 月 10 日

丙申故事集

致谢《民治·新城市文学》《作家》《收获》《人民文学》《小说月报》《回族文学》《新华文摘》《小说选刊》《长江文艺》，这里的小说依次在这些刊物上出现过。

再一次永远地献给妈妈。

随园

当然，他是我的老师，尽管我从来也不觉得在那所师专里能够"教学相长"，但曾经在一个神魂颠倒的时刻，他却把脑袋埋在我的怀里，对我说，是我启蒙了他。这句话当时听来，对我就像孤立的山峰和陡峭的奇岩怪石。对，"启蒙"这个词就像那片土地上的丹霞地貌一样，经过长期风化剥离和流水侵蚀，造型奇特，色彩斑斓，而且，气势磅礴。

入校不久我就开始逃课，常常跑到城外的戈壁滩上眺望皑皑雪山。他从未陪我去过。却是他告诉我，"戈壁"原来是蒙古语。他还向我展示过一块白骨，也就一次性打火机那么大，让人难以判断到底出自躯干的哪个部位。白骨可真是白骨，它白极了，两端如同枯木的断茬，这让它看起来就像是从风干的胡杨上掰下来的。他拿这么一块白骨给我看，用来作为不陪我去戈壁滩的说明。他说他父亲就是死在戈壁滩上的，又如实交代：这块骨头并不是他父亲的，是他捡来的。

据说城外戈壁滩的某处，粗砂砾石之间，白骨累累，随处可见。

我专门找过，但这块传说中的弃尸之地，我一直也没找到。我不曾甘心过。有一次干脆在路上顺手掰了一截风干的胡杨木，回去后伸开掌心亮给他瞧。我说，看，白骨。他翻出自己的宝贝，跟我展示给他的放在一起比较。他也不得不承认，它们真的是太像了。后来，这两块东西就分不清彼此了，被我们搞混了。它们都可以被当作一截枯死的胡杨，但不约而同，我和他都倾向于视它们为白骨。我将其中的一块穿上绳子，挂在了脖子上。

很快就有女生效仿我。女生真是聪明，她们目光如炬，一眼就看出了我这件饰品的本质。男生们的见识像我一样不凡，他们相信我脖子上挂着的是块货真价实的人骨头，其他女生佩戴的，不过是拙劣的赝品。我和男生接吻，会将他们的手拉上来，让他们去摸那个宝物，以此给他们形成强大的心理暗示，让他们以为，此刻多么独特，甚至神圣，只有一块白骨才配得上他们的感受。其实就是这么好办，因为男人总是那么自命不凡。

再后来，很多男生围着我转，姿势千篇一律，一边埋头寻找我的嘴唇，一边伸手探索，意乱神迷地投身在专属于自己的独一无二的仙境。如果那时是在戈壁滩上，我会调整方向，让自己面朝南方。往那个方向遥望，我就可以看到被当地人称为南山的祁连山。雪峰在正午时发着光，雪峰在黄昏时发着光，雪峰不管正午还是黄昏，都发着光。这让我似乎看到了生命的希望。

自命不凡的男生中总有更自命不凡的。一个裕固族男生把我按倒在了戈壁滩上。他像他的祖先一样骁勇，崇尚骑马和射箭，他还告诉我，他们民族本来自称"尧乎尔"。这些都令他看起来有条件更加自命不凡一点。何况，归根结底，一切算是我怂恿出的结果。我躺着的这块地方，是祁连山的洪水冲击出来的。亿万年前，洪水滔滔，山上的岩石滚滚而下，向着山外奔涌，大块的岩石堆积在离山体最近的山口处，接着是拳头那么大的，渐次变小，最后就像嘹亮乐章的尾音，指头大小的石头穿越时光，被我压在了身下。长年累月，日晒雨淋，大风剥蚀，石头的棱角逐渐磨圆，戈壁滩就这么形成了。即便是被压在磨圆了的石头上，我的背也很痛。可我觉得天荒地老，自己是被撂倒在了一个亘古的意义上。

事情就这么开了头。一个当地的无业青年行同样之事，却让我俯在上面。失去了依附，我只能引颈眺望，好在雪峰依旧不分黑夜与白昼地发着光。

那时候我并不觉得自己长得美——当然，我从来就没这样觉得过——在我心目中，唯一的美人是那个名叫肖雄的电影演员。她好像一直没怎么红过，即便如此，我也明白自己长得比肖雄差多了。肖雄美，是因为她看起来更像个男的，而我却不折不扣一副女人的样子。

有个男生骑车带我去看湿地。他别出心裁地用芦苇给我编了只素雅的花环。我揪了一把蒲草像羊似的咀嚼，这可以缓解我的痛经。天黑后回到学校，操场上有人聚众庆祝，据说中日围棋擂台赛上钱宇平胜了武宫正树。闻讯后，男生仿佛从来未曾给我编过什么芦苇花环，转身就跑开了。后来他告诉我，他是去细究棋局了。"执黑五目半胜。"他摸着我脖子上的白骨对我说。我觉得"执黑五目半胜"这个句子铿锵极了，优势明显，说出来就如同赢得了一场生命的完胜。所以，得知我的姑姑死于一场沙尘暴时，我竟脱口说出了一句："执黑五目半胜！"电话那头的母亲显然不能明白这句谶语，她打电话给我，除了报告一个死讯，更多地，还是为了我而担忧。校方已经对母亲发出了要"劝退"我的威胁。我觉得这个威胁孱弱无力，仅从音韵上听，"劝退"跟"执黑五目半胜"比，一个是咏叹调，一个顶多是句酸曲儿。

母亲常常打电话给我，我在学校的话，就要跑到系主任的办公室里去接听。有一次，我狠狠地瞪着系主任的时候，听到母亲在电话里抑制不住地哽咽起来。

教元明清文学的老师薛子仪天天都要打坐。他告诉我，"舌舔上腭"是打坐时的一个要领，彼时，"舌头前半部轻微舔抵上腭，犹如还未生长牙齿的婴儿酣睡时那样。"——这个情形被他描述得妙不可言。接吻时，我觉得我的上腭被他的舌尖抵住，我们便共同成了没有牙齿的熟睡的婴儿。有时候我会在旁边观察他打坐。我的老师死心塌地，形同寒蝉，变成了一副盘坐着的衣裳架子。如果他就此风化，成为一具骷髅，我就能得到大笔制作项链的真材实料了。

薛子仪老师知道那块白骨累累的所在，但他并不打算带我去。他说有一天他要在那里修一座墓园，立碑安魂，把所有的骨殖都聚拢起来埋葬。他说，那些尸骨的主人离我们并不遥远，不过是几十年前的男女,他们生前的衣服都还历历可见,在那里,你甚至能够看到,一根腿骨从一只破旧的裤管中伸出,寂寞地指向空茫的远方。

和我在一起,似乎令他痛苦,就好像心里藏着庄严的秘密便不再适合玩"舌舔上腭"的游戏。我也觉得神魂颠倒的时候,不太适宜想起一根腿骨从一只破旧的裤管中伸出。我频繁地和男生们跑出去,对此他不置一词。他很麻木,整天垂头丧气的样子,像是身在一个没有余地的失败当中,或者是被判了终身的徒刑。"古典文学的精华尽在唐宋之前,元明清文学的讲授无须名师。"这是他自己对我说的,但我认为这不是他形同囚徒、自暴自弃的全部缘由。

有一天夜里,神魂颠倒之后,他关了灯,在黑暗中点着蜡烛。他将自己的左手放在火焰上炙烤。蜡烛的光亮本来就微弱,被他用手掌遮住,房间里的黑暗重若千钧,变得都有了分量。我想那会很疼。我已经闻到烧焦的糊味儿。可我一丝想要去阻止他的念头都没有。眼前的事超出了我能感知和理解的范围。我哪里见过这样的把戏?只有呆若木鸡地看着它发生。他能坚持多久呢?自然,坚持不了多久。他的左手在很长一段时间都缠上了绷带。最初几天的震惊过后,对这件咄咄怪事,我全部的疑惑就偏离在这样一个问题上——作为和我"神魂颠倒"的惩罚,他自戕的对象,为什么非得是那只左手?

如今,我差不多已经忘记了地球上还有雪山的存在。当我裹着条毯子,蜷缩在这辆吉普车的副驾驶座上回忆往事,并没有太多缤纷的画面在我脑子里浮动,反倒是当年那股皮焦肉糊的味儿，若隐若现，依稀被我嗅到。

山路边的草地起伏绵延，车开得不慢，可是窗外的风景却似乎凝固不动。总会有一匹孤单的马站在我的视野里吃草，同样的背景，同样的姿势，顶多时远时近。天地阒寂，我能听到这匹马吃草的声音。

我们是从甘肃进入的青海，老王说翻过祁连山，我们还要再折回去。我不知道这是不是唯一的路线，但我想，就算老王绕道俄罗斯我也没意见。我睡着了一会儿，醒来时吃了一惊。车子停下了，窗外没有了孤单的马，是老王孤单的背影。他在撒尿。有一瞬间，我以为是那匹马直立了起来，穿了件红色冲锋衣，摇身变成了老王。

我让老王陪我返乡，他提议驾车走一趟。如今的老王有了一辆吉普车，对此他好像挺自豪的。从北京开车到甘肃是个什么概念，我不是很清楚，上路后才发现，原来此行对我刚刚失去一只乳房的身体来说，并不轻松。就像刚刚掉了颗牙齿的人总会不自觉伸舌头去舔那个空缺的漏洞，一路上我抱着双肩，肘部总是条件反射般去试探胸前的那块伤疤。那里现在填充着棉织物，感受到的只是一种张冠李戴的挤压。这让我明确了自己今天的局面：残缺和破碎。

毕业后不久我就认识了老王。那时我被分配在县城当中学老师。教元明清文学的薛子仪老师还在师专的课堂上有气无力地讲着仓山居士袁枚。母亲每周都要来看看我，对我得到一份教职她高兴坏了，但不久之后我供职的中学也对她发出了要"劝退"我的威胁。

我总是被"劝退"。如果说我的人生是部电视剧，那么这句酸曲儿就是电视剧的主题曲。酸曲儿萦绕，我被搞得很烦。我想罢演，哪怕去另一部戏里当个配角。

老王就像一个星探似的发现了我。当年我见到他时，他还是个不折不扣的青年，但他已经自称是"老王"了。他长着一张配得上"老王"之称的老脸，脸上每一个毛孔都粗大到足以塞进一粒沙子。作为一个流浪诗人，他穿着脏兮兮的牛仔裤和一双破解放鞋，应我们那个小县城的诗友所邀远道而来。我被邀请去参加诗人的聚会。当天晚上，老王一声不吭地将我脖子上的那块配饰悍然咬住。第二天早上醒来，我下意识地望了一会儿窗外的雪山，垂下眼时，看到老王蜷睡在我身边，我的项链被扯在脖子一侧，那块骨头依然含在他胡子拉碴的嘴里。我觉得这是个启示，因为那一刻我灵魂出窍。

我决定让老王把我带走。走之前我回家去跟母亲告别。我家住在一个小机关的院子里，老王蹲在院门口等我，我出来时他一支烟还没抽完。我与家人的告别如此干净利索，这很令老王意外。他因此对我刮目相看，好像我也领上了一张"流浪诗人"的资质证明，可以跟着他上路漂泊了。那时我并不知道，其实我哪场戏都演不好，在"流浪诗人"中，我连配角都算不上，顶多算是一个路人甲。

我跟老王用了半年的时间才回到他的老家。从此我在那个空气中常年充斥着海腥味儿却无比干燥的地方生活了很多年。在那里，老王和他的朋友们背诵"每个人都知道，生命是戏仿的，并且，它缺乏解释。因而，铅是对黄金的戏仿。空气是对水的戏仿。大脑是对赤道的戏仿。性交是对犯罪的戏仿"。——但你要问他的朋友们此地哺育过什么历史名人,得到的答案只会是"燕子李三"。

老王经常出门流浪,起初我还跟着他,后来我就不太愿意这么干了。我很累。而且,既然每个人都知道,生命是戏仿的,那么躺在床上就是对流浪的戏仿。在那里,我看不到雪山,但是我可以假装还能看到。平原是对雪山的戏仿。千禧年的时候,我再一次被这种生活"劝退",我离开老王去了北京——在那个时候分手,看起来就像是我们共同生活了有一千年那么久。

老王回到车里就抓起瓶子给自己补水。我想起自己该吃药了,等他喝完,我要过水瓶,大口给自己灌下了一把药片。对我的身体状况,老王没问太多。毕竟,他曾经是位流浪诗人,而流浪诗人就该有这样的积习吧——不挂怀。就像我当年用了不到一根烟的功夫便跟母亲诀别。

"我送我的哥哥红柳坡,红柳坡上么红柳多,红柳的叶儿往下落,红绸的裤裤往下脱。"引擎发动,老王唱起来。

这是我家乡的酸曲儿,他是那时学会的。看来世界还是一个纯粹的戏仿。

山峦上出现了巨大的广告路牌。车子进入甘肃境内了。不久就上了高速公路,视野里终于出现了戈壁滩。密布的风力发电机高高地矗立着,它们缓慢转动的白色叶片像大鸟的翅膀,凝重,矜持,仪态真是好极了。降下车窗,我的脸好像能够感到风吹来的细沙。老王唱得很来劲儿,难得他这么高兴,但我并不觉得他让我陌生。我们走了将近两千公里,最初的陌生感已经荡然无存。其实三天前见到他时我也没觉得有多生疏,他那张老脸早就老到了今天应有的程度,如今只是看上去更名副其实一些罢了。一别经年,我认为我会吓到他,但流浪诗人的习性还残存在他身上,当我摘下发套时,他没怎么关心我的脑袋,反倒把发套抢在手里左看右看,一副随时要扣到自己脑袋上试试的模样。当天晚上我们在酒店的同一间房里各自安睡,这让我舒了口气——将少了一只乳房的身体暴露给他,我还是会有些心理上的障碍。

车子开到了一个收费站,老王用跟我学来的当地方言一边交钱一边问路。收费员用不太标准的普通话告诉他,从下一个出口下去,还有七十公里。我没有听到乡音,老王那蹩脚的学舌连戏仿都算不上。我已经多年不曾发出过乡音。新世纪的朝阳升起时,我就发誓不再用方言发声了。

"老王,跟你说件事儿,"我像是自言自语,"当年我其实没跟我妈说就走了——我在我家门口站了会儿,没敢敲门。"

我这是在招供吗?如果当年老王知道我与亲人利落的告别不过是一次怯懦的遁逃,他还会带着我离开吗?他回头看了我一眼,好像没怎么把这句话当回事。

千禧年来临的夜晚,我还在河北那个小县城的酒吧里当老板娘。酒吧是老王开的,不过是几张桌子十几把椅子,用来招待四方的流浪诗人。当天从远方来了两位名气不小的人物,县城里的诗人们在酒吧里恭候了一天,但这两个人物姗姗来迟。后来老王接到电话,说来人没进县城,直接去了野外——他们觉得在野外搞一场诗会迎接千禧年,要比在小县城的土酒吧里更像那么回事。老王认为没错,率众去和他们会合。酒吧里还有客人,是一对依依不舍的恋人。我不忍心催促他们,他们看起来就是在生离死别,默默地相对垂泪,又默默地拥抱接吻,一副唇齿相依或者唇亡齿寒的样子。等这对情侣走后,我才关了酒吧,骑上自行车去找诗人们。

在那千年更替的时刻,冬夜的北方县城却毫无节庆的气氛。偶尔有几声零零落落的鞭炮响起。出城后,路就变得糟糕,好在月明如洗,不至于让我四顾无路。我在寒风中骑行,脖子上挂着的那块白骨随着身体的颠簸上下跳动,在黑暗中发出荧光,明明灭灭,像一团有意引导我走上歧途的鬼火。我努力辨认着道路,按照老王告诉我的方向骑行,竭力排除这块闪烁的白骨带给我的干扰。

那堆篝火已经快熄灭了,远远望去,在旷野里显得欲盖弥彰。车子被一条土沟绊倒,我被摔得够呛,差不多是飞了起来。我爬起来,扔下车子,吸着气跟跟跄跄地跑向火堆。篝火映照的范围内,遍地狼藉,扔着许多啤酒瓶和空烟盒。眼前并不是一个我以为会有的盛大的场面。众人早散了,只有老王四肢大张着躺在野地里。他显然喝醉了,身上全是呕吐物。我蹲下去拽他,但被人从身后拦腰抱住。有人在狂笑。我像只被缚的螃蟹那样踢腿伸脚。这没什么用。我被扔在了地上。就着篝火的映照,我认出了他们。尽管他们背对着火光,面目全非,黝黑变形,但我还是认出了他们。他们是两个有名气的人物,我见过他们的照片。他们醉醺醺地命令我背诗,就两句:上帝!你看哪,我已倦于复活,甚至也倦于死亡、倦于生活。我就范了。

他们又要求我用方言来背。我稍有迟疑,他们就用力打我耳光。我哭喊,用方言声嘶力竭地朗诵这两句诗。我想吵醒老王,但他俨然中弹而亡了一般。他们用脚踢我的胸和肚子,看来真是倦于生活了。我倒下去。这次我的身下不是戈壁滩,我无从想象宇宙洪荒、天地玄黄,无法将自己安放在一个亘古的意义里。我也看不到雪山。我被举起了腿,我看到一根腿骨从一只破旧的裤管中伸出。

第二天,我迎着新千年的夕阳离开。老王不在我身边,他去追击那两个逃走的人物了。我在火车站遇到了昨夜那对惜别的恋人。女孩和我一同挤进车厢,列车开动后,男孩像电影镜头里经常出现的那样,一边挥手,一边追逐着车轮。我脖子上的项链不见了。

下了高速公路天色已经昏暗。老王让我和他一起下车活动活动腿脚。旷野无人,暮色四合。我走远一些去方便,站起时抬头看到西边祁连山的雪峰在夕阳下发着光。夕阳是金色的,它们却亮如白银。它们就这么发着光,肯定都有上亿年了。几十年前在戈壁滩上留下白骨的那些人,还有如今残破的我,跟白银般的雪峰比,算得了什么呢?

"它们可是见得多了。"我指着远方的银光对老王说。

他凑过来帮我整理了一下发套。他挺爱这么干的。

"你们那儿尽管能闻到海腥味儿,却看不到海。"我说,"如果能看到海就好了,海跟雪山一样,都能让人不太把自己当回事。"

"不一样,我家有亲戚在海边儿住,住在海边儿就得靠海糊口,"他说,"那可不是个轻松活儿,一辈子就像是服苦役。"

我不想辩驳他，笑着握住他的手。他也抬头向西边眺望。

"不过不管在哪儿，人都像是服苦役。"他自己说。

我开始跟他说当年祁连山下的戈壁滩上就有一群人在服苦役，他们是那个时代的文艺青年，如果运气好，晚点儿出生，在新的时代，没准个个都是诗人。他不安地看着我，大概认为我的话中含有讥讽。他不再愿意提及诗人这茬了。我的头有些晕，他把我抱起来，小心地放进后排车座上，让我能稍微舒服地躺一会儿。车门开着，他站在路边抽烟。

"那么把他们扔到戈壁滩上服苦役也是个不错的办法。"他背对着我说。

他钻进车里，从前座拿起毯子，爬在椅背上给我盖好。然后发动引擎，向着我的老师开去。

我在北京见到过薛子仪老师一次。当时是在798艺术区，我从一个画廊出来，看到他坐在对面露天酒吧的遮阳棚下面。他穿了件褐色的中式对襟立领衬衫，显得是有那么一点儿仙风道骨的样子。他比以前更消瘦了，让人感到仿佛气若游丝。他双目紧闭地坐在那儿，俨然已经入定。我站在对面观察他，恍如回到了过去，正等着去捡拾一大笔制作骨头项链的真材实料。令我大吃一惊的是，后来有两个很漂亮的女孩来到他的身旁。她们都穿着白色的长裙子，头发一模一样地盘在脑后。他张开眼睛，她们在两侧搀扶着他站起来，毕恭毕敬，态度就像对待一个主子。但他还是一副身陷失败的样子。我想起了袁枚，那个清代"以淫女狡童之性灵为宗"的仓山居士。这也是他在课堂上传授给我们的。他讲元明清文学，怎么绕得开袁枚？在我眼里,那两个女孩,像是他效仿袁枚收纳的女弟子。但他不是一个心里藏着庄严秘密的人吗?而谁都知道,袁枚却是个玩儿得很嗨的吃货。我在街的这面看着他,仿佛隔着无尽的岁月翘望。他对着楼面上一幅巨型招贴画指指点点,两个女孩子频频颔首,其中一个也用漂亮的手势附和着他,后来还把头靠在他的肩膀上。我转身离开,心里面想着"启蒙"这个字眼。

县城已经完全变样了,霓虹灯远远地勾勒出一座幻城。想不到我的故乡也有了"七天"这样的快捷酒店。投宿后,老王喊我一同上街吃饭,但我累极了,还有些隐隐的恶心。他给我买了炒面片和羊肉汤回来。我捧着塑料餐盒喝汤,抬眼发现他正愁苦地盯着我看,一瞬间我竟感到了久违的羞涩。

"我好像已经想不起从前的味道了,这和我在北京吃的没什么两样。"我一片一片地吃着那碗炒面。

"可毕竟是回来了,"他有点儿骄傲地说,"我把你送回来了!可能的话,我还想徒步走着陪你回来呢。"

"这算是退货吗?"我说,"可我已经成残次品了。"

这话听起来像是谴责。这对他不公平,我对命运一点儿都不想抱怨。

"当然不是,杨洁,你知道我不是这个意思。"

"怎么个意思呢?"

"我也说不好,"这个曾经的流浪诗人变得拙于表达了,"而且,你也不是什么残次品。"

"我是。"

一瞬间我有将胸口那块伤疤亮给他看的冲动。但那并不是一枚军功章，没什么可炫耀的。几天来我们都住在一个房间里，却分床和衣而睡。

"你不是。"他低下头说。

"对不起，"过了一会儿，我说，"老王，我也不是这个意思……"

我疲惫地看着他。面片和肉汤都令我难以下咽。已经停止化疗几个月了，可我还是厌食。

老王当年去追击那两个人物，并为此承受了八年的徒刑。我觉得，这反倒是我对他的亏欠。他在监狱里给我写过许多封信，寄到我母亲那里，再通过我母亲转寄到我手里。他的信写得朴素极了，完全没有了虚张声势的抒情。

"杨洁，就算死后埋在这儿我也没什么意见。"他写道，"农场有几十万亩，到处都是一眼望不到边儿的芦苇和蒿草。这里曾经是古黄河的入海口，五千年前还是一片深海，经过几千年的河床泥沙淤积，如今它才成了一片大苇塘。开垦这块土地需要大量的苦力，这个我们倒是从来都不缺乏。尽管从地图上看这里属于河北，但它却归北京管，所以当地人把它叫作'飞地'。对了，还有一个女犯人组成的园林队，她们栽种苹果和葡萄，一个个看上去都健康极了。"

接到这样的信，我难免会心有所动。他像是在召唤我也去栽种苹果和葡萄。那块"飞地"让我想起故乡的戈壁滩，它们都是地老天荒的所在，适合流放与灭绝、囚禁与惩罚，人在那里，可以迅速化为白骨。但我没有给他回过信，因为我怕自己无法写得像他这么朴素。我也难以响应他的召唤，因为那过于像是一个戏仿、过于美。

日子并没有传说中那么难熬。我发现，如果你真的领会了"生命是戏仿的"这个真谛，差不多所有问题都可以迎刃而解。我最终居然在北京买下了一套单居室的房子，尽管远在通州，但看上去也好像是赢得了一场胜利。在这场胜利中，我失去了一只乳房，它发生了癌变，只好被切除。二十多年来，所有的时光都凝聚在这只被摘除的乳房上了，事实上不足挂齿，宛如一只轻忽的气球。我站在自己供职的玻璃大厦里，看着窗外的大街上人来人往有如潮来潮去。我把"沙县小吃"吃成了故乡的味道。有段时间我患上了轻度的抑郁症，但公司里几乎所有人都和我一样，吃着一种名叫"黛力新"的丹麦药片。北京奥运会的时候，我还做了几天志愿者。随后像是为了奖励自己，我去了趟瑞士。铁力士雪山有旋转三百六十度的绕山缆车，但我没坐，因为我从来未曾想过可以如此轻慢祁连山的雪峰。我还见过不少年轻的孩子被这座城市"劝退"。我见过一个在地铁里卖唱的女孩，被几个喝醉的男人无端殴打。

起初我没有固定的男人。我养了三只猫。后来我的生活里干脆没了男人。为此我网购了几件自慰用品，最后鉴定出，原来我果真已经没有了欲望。我赚的最大一笔钱，数目刚好用来切掉我生病的乳房。在798艺术区见到薛子仪老师的三年后，我开始自学画画。我买了一套《芥子园画谱》，不知不觉喜欢穿白色的长裙子，习惯将头发盘在脑后。"薛老师现在很有钱。"母亲在电话里告诉我。他能多有钱呢？能像袁枚一样建起一座美轮美奂的随园吗？我从没动过返乡的念头，我怕我一回去，

随园　017

母亲就会再次陷入我被生活"劝退"的恐惧中。

黑河在窗外流淌,水声喧哗。从窗户望出去,水面在夜里灰光粼粼。我从卫生间洗浴出来,老王已经睡着了。我很怕看到他睡着的样子——就像是中弹而亡一般。我关了灯,一个人坐在漆黑的角落里。关于我的老师,我能告诉老王些什么呢?他好像应该知道我此行的动机,所以我告诉他我的老师快死了,我最好回去见一面。我的老师快死了,我对老王说,尽管他精通打坐之术,但也没法长生不老。他快死了,我最好去看看他,因为他曾经"启蒙"了我。我没有告诉老王,"启蒙"这个词原本是他赋予我的——我担心老王理解不了。这个词那么险峻,对我就像孤立的山峰和陡峭的奇岩怪石。我不想把事情搞得太玄奥复杂。我说,他对我的一生很重要,他让我在年轻的时候就变得不那么兴致勃勃,被一些亘古的事物吸引,让我在本该青春飞扬的时候却迷恋累累的白骨。

"他让我和近在咫尺的历史建立起了联系。"我字斟句酌地说,生怕自己是在夸大着什么。

"历史?"

"算是吧,因为他就是活在历史阴影里的人。"

"你不该沉迷这些,"老王说,"那些事儿其实跟你没什么关系。"

"没有沉迷,也的确没什么关系。"我说,"我只是在说事情的缘由。"

"我陪你回去不需要什么缘由啊,你让我送你去火星都成。"

"噢,是!"我知道老王说得没错,也觉得自己婆婆妈妈挺丢人的。

"我们该活得简单点儿。"他继续说。

"那你干吗还幻想徒步陪我走回去,飞机不是更简单省事儿吗?"

"这个,我也说不清,不是一回事。"

"其实是一回事,就算你现在开上了吉普车,心里也还有些东西放不下。"

"这和吉普车有什么关系?"他说着伸手又来整理我的发套。

"这么说吧,"我有些急躁,"就算你现在成了一个小老板,你也丢不下诗人那一套!"

我觉得自己有些刻薄了,这并不是我的本意。我不知道自己想说什么,只好想到哪儿说到哪儿。上个月我在北京遇到一个熟人。他身上的民族服装实在是太醒目了,让人无法忽视。我在酒店大堂里一眼就将他认了出来。但是我已经忘记了他的名字,只有"尧乎尔"这三个字惊呼般地脱口而出。他愣了半天,才迟疑着问我:"是杨洁吧?"他现在是县里的领导了,来北京参加一个民族会议。在他高领大襟的长袍背后,我总觉得挡着连绵的雪山。我们去了酒店二层的露天咖啡吧。他一点也不拘谨,好像根本不记得曾经在戈壁滩上将我撂倒。他像一个真正的县领导那样,跟我大谈县里经济的大好局面。于是就说到了薛子仪老师,因为"薛子仪老师为县里的经济作出了巨大贡献"——他办了企业,将蒲草加工成治疗痛经的药物;他成了地区的首富,住在一座自己建造的山庄里。

"可惜,他快死了。绝症。""尧乎尔"说,"老头倔得很——他有七十多了吧——不去大医院,自己住在山庄里熬中药喝。"

"尧乎尔"最后热情洋溢地邀请我"回去看看"。他知道我父亲去世得早，母亲作为我在故乡唯一的亲人也在两年前去世了，但是，他说他会像"亲人一般地欢迎我回家"。

告别了"尧乎尔"，我乘坐地铁八通线返回通州。车过高碑店时，上来一个女人。她大概有五十多岁，很胖，肚子里像是塞进了一块正在发酵的面团，却穿着件正常身材的人穿上都会显得逼仄的小夹克。她浓妆艳抹，面无表情地坐在我对面，长长的蓝色睫毛一眨不眨。她旁若无人，像一尊正襟危坐着的膨胀的菩萨。我突然感到羞愧难当。这尊地铁里的菩萨猛烈地震撼了我。在我眼里，她有种凛然的勇气和怒放的自我，这让她看起来威风极了。于是我做出了自己的决定。回到家，我翻出了老王给我写的那些信。出狱后他依然写信给我，直到我母亲去世，再也没人替他转寄。我从信封上抄下他的地址，写了一张简短的纸条寄给他。一星期后，我的手机被他打通了。

"老王，我要回河西走廊去。"我对着手机直截了当地说，"我的身体不大好，需要有个人陪着。"

"我明天就去北京接你。"他说。

"你方便吗？我是说……"

"我没老婆。"

我不由得笑了，这和我预感的差不多。

第二天下午，老王就驾车出现在了我的楼下。车停在路对面，我拖着行李箱穿过马路走向他。他跑上来两步帮我拉箱子，我们谁都没跟对方寒暄。一路上大部分时间都行驶在高速公路上，我让他别急着赶路，事情并没有那么急迫。我的身体也不允许我风餐露宿，只要一个按部就班的行程就好。老王话不多，一边开车，一边有一句没一句地跟我聊那块几十万亩大的农场，听上去像是在跟我介绍一块旅游胜地。那里有成群的野鸭，他教我如何区别雄鸭与雌鸭的叫声：雄鸭是——"戛"，雌鸭是——"嘎"。

"戛！"

"嘎！"

我被他模仿出的鸭叫逗得开怀大笑，笑得胸口都痛了。

但那块"旅游胜地"还是给他留下了一身的毛病，出来时，他两只手的关节完全变形，十指曲张，形同鸭蹼。他干过不少活儿，还到北京的一家图书公司做过编辑，结果都没法让他找到条生路。后来他想到了野鸭，这就像是上帝专门给他打开的一道窄门。他改弦更张，成了饲养绿头鸭的小老板。他也遇到过几个女人，有一个差点儿和他结婚，但对方最后受不了他的少言寡语。

"绿头鸭虽然有野性，可胆子小，警惕性极高，陌生人接近就炸了窝，要是突然受惊，它们就会疯子似的拼命飞逃。"他解释说，"饲养环境要求安静，尽量避免人畜干扰，时间长了，我就不爱说话了。"

他这么说，我就可以心安理得地坐在副驾驶的位置上打盹儿了。他可能也把我当成了绿头鸭，跟我说话时轻声细语的。

房间的电话突然响起来。我几乎是跳过去接起了电话。一个南方口音的女人问我要不要服务。我一言不发地挂断了，并且拔掉了电话线。我的眼睛已经适应了黑暗，就着月光，我看到老王睡得踏实极了，我还担心他如今也会像野鸭一样胆小警觉。但他睡得就像中弹而亡了一般。我在黑暗中摘掉义乳文胸，抚摸着自己胸口的伤疤。

第二天清晨，我们穿过空寂的县城朝南开去。薛子仪老师的山庄在当地尽人皆知，酒店前台的服务生告诉了我们详细的方位，她不知道我就是从这里走出去的，还想好心地画一张路线图给我们。

昨夜我睡得不好，上车后就开始被强烈的呕吐感折磨。我们向着南方，那是祁连山的方向。雪峰的光芒在晨曦中明晃晃地刺眼，老王只好戴上了墨镜。虽然已是初夏，河西走廊的晨风依然有些料峭。道路两旁的戈壁滩上，籽蒿、沙柳这样的灌木在风中轻轻颤抖，它们毫无绿意，一律是灰白色的。我忍着恶心，竭力向窗外张望。戈壁茫茫，我看不到一座当年被承诺了的墓碑，也看不到一座孤城般的墓园。所有的光芒都向我涌来。一群男孩子簇拥着我，个个都自命不凡，像一头头对世界知之尚少的小兽。两个坏人被身后的火光勾勒出了金橘色的轮廓，就像是用烧红的铁丝捯成的。母亲临死前念念有词，妄图替她的女儿向世界讨饶，不要让尘世"劝退"她的孩子。一个古代的书生转眼就老态龙钟，双手刚刚还是推搡的姿势，一眨眼就变为了拥抱。我的眼里落满了沙子，一阵风吹过，它们就变成了砾石一般的泪滴。我胸口的一侧空空荡荡，冰冷的空气在那里回旋。直到老王用他鸭蹼般的手将我唤醒。我在昏沉的假寐中发出了呻吟，他伸手抚摸我的脸。

我拍着车门让他停车。车子停在路边，我下车跑向不远处那棵枯死的胡杨。我在它鳞峋的枝干上掰下了打火机那么长的一小截。老王默默地看着我上车，脸色变得有些灰暗。

"据说这种树死了也能一千年不朽。"过了一会儿他没头没脑地说。

老王的车开得很稳，尤其在他知道我总是被呕吐感折磨后。他时不时会用鸭蹼一样的手拍拍我的腿。吉普车开始爬坡，眼前的山体也渐渐有了绿意。接着就是整面山坡的草地了，黄色的油菜花星罗棋布，还有蝴蝶扇动着翅膀拍打车窗。我竭力遥瞰山下，真的看到远处的戈壁滩上站着一个女孩，她肃立千年，面向雪峰，翘望已久。我们向着雪线开去。远远地，一片云下正有雨水飘落。

庄园并不显得突兀。"不望祁连山顶雪，错把张掖当江南。"这是薛子仪老师当年教给我们的，他在课堂上恹恹地吟诵。那时他能预见到吗——自己最终会在祁连山上营造一座江南的庄园。这座庄园置身于祁连山脉，更像是一座遗世独立的禅寺。但无论是庄园还是禅寺，在我心里，都不该是那个焚烧手掌者的志向。

老王将车子停下，我让他在这里等我。我打开车门时，他叫住了我。

"杨洁，"他说，"从这儿回去后跟我养鸭子吧。"

这句话让我走出了很远后，还身在一种灵魂出窍的恍惚里。

一座红土桥通向山庄的大门，桥下是细瘦迤逦的山泉。两根圆柱上横置着梁坊。"随园"写在一块不是很大的匾上。一切都不是簇新的，就像起码存在了好几百年。戈壁滩的风是做旧的利器，它能让尸骸转眼化为白骨，也能让新貌刹那变为旧颜。

我用门环叩响了那扇厚实的木门。半天，旁边一扇斑驳的偏门才打开了条缝。

"你是谁？"门里的女孩问我。

我理所当然把这个身穿白裙的女孩视为了一个"女弟子"。她是当地人，脸颊上有两团特有的"高原红"。

"我找薛子仪老师。"

"我知道你找薛老师，到这儿来都是找薛老师的。"她挺傲慢的，"我是在问你是谁？"

"我是他的学生。"我感到自己有些蠢。我已经四十多岁了，戴着只义乳，好像已经不配再去做一个学生。

"所有人都是薛老师的学生。"她抢白道，作势要关门。

"等等，"我急了，脱口报出自己的名字，"我叫杨洁。"

她定定地看着我，终于说了声："进来吧。"

我看出来了，"杨洁"这个名字并没有什么说服力，她大概只是被我急迫的神色打动了。

园子里的确别有洞天。绕过一面萧墙，朝北开着一扇柴扉，进去后，竟然是一片竹林。脚下是石头顺着山势铺就的小径，拾级而上，穿过很长的一段回廊，一间明亮的大厅里坐着另外两个女孩。我觉得我见过她们。她们中的一个对我说："老师病得很重。"另一个说："他早已经不见客人了。"领我进来的女孩请我坐进了一把老式木椅。我两只手紧紧地抓在木椅的扶手上，不知所措地看着她们交头接耳。她们好像无视我的存在。我很恶心。我看到了当年将左手放在蜡烛上炙烤的薛子仪老师，和我神魂颠倒多么令他痛恨自己。老王用绿头鸭和家鸭杂交后的

"媒鸭"来诱捕更多的野鸭,这项在农场学来的本事让他发了财。母亲在电话里告诉我姑姑死于一场突如其来的沙尘暴,系主任却在摸我的胸。那位地铁里的菩萨威严地望着我,她给了我勇气。

"他左手的伤好了吗?"我突然问。

她们对视一下,露出惊讶的表情。

"你跟我们喝会儿茶吧。他现在正在打坐。"那个放我进来的女孩说。

她们喝茶很讲究,七碟子八碗的,其中一个对我说:"水是从山上取来的冰块融化的。"

"你从哪儿来?"她们对我的态度发生了变化,开始主动和我说话。

我想说"北京",但突然觉得这么虚假。我就是从山下的戈壁滩来的啊。

"我走了很长的路。"我只能这么回答她们。

她们再次交换着眼神。毕竟还是些孩子,很快她们的话就多了起来。我提及了那只受伤的左手,这让她们很好奇。

"老师的左手很少给人看。还好,和领导们握手的时候他用的是右手。"说着,她们开心地笑起来。

女孩们也在他的企业里任职,她们彼此以"部长"和"经理"相称。我这才发现,她们身上果然有着浓浓的蒲草味儿。还好,他没用仓山居士的方式来教导她们,也没用骨头做蛊,让她们成为像我一样无可救药的人。女孩天性未泯,谈话很快转移到各自的网购经验上。我静静地聆听她们聊天,在她们情绪高涨的时候,不失时机地问道:

"我可以去见他了吗?"

她们停下来,面面相觑,好像突然想起了我的存在。

"我走了很长的路,就是为了见他一面,"我觉得自己开始哀求了,"我还要走,还有很长的路等着我。"

脸颊红红的女孩站了起来,是她领我进来的,这时承担起了她的义务。

"你等等啊。"她冲我点下头,然后就离开了,消失在一架屏风后面。

我的手插进衣兜,紧紧地将那一小截胡杨木攥在手心。不一会儿女孩从屏风后露出脸,向我招手示意。我走过去,绕过屏风,跟着她又走进了一段回廊。回廊上爬满了藤蔓,叶子在山风中摇曳。这宛如江南植物的繁盛让我突然剧烈地恶心起来。但我却吐不出,只能弯下腰一阵阵干哕。

"你没事吧?"女孩紧张地看着我。

我强装镇定,努力平复着自己的内心。我的脸色苍白,头套可能也歪斜了。我想,我的样子一定很吓人,但是,这令我接近了那个地铁菩萨才有的风度。

我终于站在了他的门前。门楣上挂着一块写有"小仓山房"的横匾。我的掌心全是汗。

"进去吧。"女孩对我说,她都没敢抬头看我。

"谢谢你。"我为自己给她带来的惊吓而内疚。

房门虚掩着,我推门进去。

"老师?"

房间里有股难闻的味道。窗上的纱帘可能刚刚被拉开,在微风中飘荡，依然有一种大梦初醒的动势。

"老师，是我，我是杨洁。"

没人回答我。那张遍体雕花的木床上传来窸窣的声音。我看到他了。想象中，我认为他应当是盘腿坐在床上——不像是他，而像是塞在神龛里的一尊破败的偶像；实际上，他是躺着的，一条薄被一直盖到了下巴上。当然是这样。还能怎样呢？即便那明亮的大厅里有着他豢养的年轻女孩，即便窗外就是万物生长的夏日，他也只能够这样几乎被完全覆盖着奄奄一息。我不想将之说成苟延残喘。但他真的就剩下半口气了。镂空的床楣上有一只蜘蛛在快速地爬行。一切就是这么地腐朽，还有股挥之不去的臭味。我的心里升起凶恶的伤感。我想大声骂他，用恶毒的话诅咒他。我们彼此启蒙，如今，他用一座随园戏仿了一座墓园。我像是遭到了背叛，但也说不好。我发散着的愤怒之波一定强烈到令他有所触动了，他盖在薄被下的身体开始微微发抖。他的嘴巴蠕动着，嘴角流出黑褐色的液体。我凑近他，他身上熏蒸出的苦味让我的心变软了。

"好吧，这不能怪你，这世界连戏仿的耐心都没有了。"我在他耳边说。

那只蜘蛛爬到了他的头上，我伸手替他捉了下来。我不忍心看他形容枯槁的脸上再爬过一只该死的蜘蛛。我在他身边坐下，从薄被下摸出他的左手摩挲。他的掌心岩石一般冰凉和坚硬。

我把手伸在他眼皮前，对他说："看，白骨。"

他的眼皮翕动，终究还是没有张开。我有一瞬间以为他已经死了，将手指探在他的鼻子下面，那微弱的生命之息令我一

随园　　027

阵感动。

"你得跟我说说话。"我对他抗议。

他悄无声息。

"跟我说句话吧。"我跟他商量。

他悄无声息。

"求求你,跟我说一句话。"我发出了呜咽。

他依旧悄无声息。

我哪儿敢摇撼他,我怕一使劲,他就会化为齑粉,让人连一把骨头都得不到。屋子很热。床脚一只大铜炉里的木炭余烬未熄。一部翻开的《子不语》扔在地板上,山风掀动着它黄色的书页。我过去把它捡了起来。结果它下面还扔着一本《夹边沟记事》。我把两本书放回窗前的书案上,让一本压着另一本。透过敞开的窗扇,我能隐隐听到野草发出的叹息般的歌唱。窗外的亭台楼阁,在我眼里一点一点成了残垣断壁。

后来,我又回到了床边。我半跪在他面前,双手小心翼翼地扳动他的脸。他的嘴唇乌黑,我慢慢地亲吻上去。我用舌头开启他的嘴唇,他紧咬的牙齿顺从地松动了。我的舌尖轻微舔抵他的上腭,品尝着他的苦味。于是,我们便共同成了没有牙齿的熟睡的婴儿。

我从随园的大门走出来时,看到山坡下老王站在车外和一个挎着篮子的妇女聊天。那个妇女头上裹着当地女人常见的红色头巾,与穿着红色冲锋衣的老王相映成趣。她可能是上山捡拾药材的。我慢慢地顺着山坡向下走。我没有回头,但知道身后的那座庄园在无声地坍塌。不,那不是灰飞烟灭,而是方生方死，海市蜃楼般地随风消散。我的心里星坠木鸣。老王和那个妇女相谈甚欢，慢慢地，我从这幅景象中看到了自己。我想我会去和老王养野鸭的。这是命运，一切都不是蓄意为之——谁让我已经学会了怎么分辨雄鸭和雌鸭的叫声？何况，在那样的生活里，我还可以不用再戴着一只悲伤的义乳。

老王看到我了，向我跑过来。

"怎么样？"他远远地问我。

我望着他，用只有自己听得到的声音慢慢地说："执黑五目半胜。"

2016年4月13日

丙申桃月初七

香榭丽

发声笛

第一次,酒杯掉在盛着牛肉羹的汤盆里。

夏惊涛狂笑,哇哈哈,老马你醉得连杯子都拿不住了。

换了杯子再来,举起胳膊便跌向桌面,一头栽进还没来得及撤下的那盆牛肉羹里。

此时,卧床的马政感觉右脸虫咬般地刺痒,又像是有密集的蚂蚁爬动。

妻子王晰在床头调试智能康复机,身上散发着来苏水味儿。这可能是幻觉,现在如果嗅觉还灵敏,闻到的也该是那股挥之不去的牛肉羹味儿吧。

房间的窗帘一直被风吹送到了天花板上。马政想就这股气味发表些意见,呜噜了一声,才意识到自己如果不专门将注意力集中在嘴上,就连话都说不利索了。

王晰怎么会把医院的气味带回家?不可能的。她可是那种每天至少要洗两次澡的女人,为此,她留了二十多年的短发,可不就是为了方便洗浴吗?

年轻时留着短发,让王晰有种少年般的美,人到中年,短发可就显得偏狭和严厉了。

马政端详着王晰的头顶,她正埋头将护具套在马政的双脚上。

居然也有白发了啊。这个发现让人心生感慨。原来换一个角度打量,真相就会露出马脚。

有几对中年夫妻还能够看到彼此的头顶呢?那需要一个特殊的视角吧?

康复机运转起来,双脚被动地跟着机器做踏步动作。还好,后遗症不算严重,出院后只是右侧身子略感麻痹,再加上有些轻微的失语和吞咽困难。

王晰离开了一会儿,回来后将一块牙胶不由分说地塞进马政嘴里。

她做了个开始的手势,示意马政用力咀嚼。这是用来增强下颚感知的,可以训练吞咽和发声功能。

马政听话地用力咬起那块强韧的硅胶。

咬牙切齿,有种难以名状的茹毛饮血般的快感在口腔里弥散开。儿子马讯小的时候,嘴里不是也会被塞进这么一个类似的玩意儿吗?

王晰俯身观察康复仪显示屏上的数据,头顶又暴露在马政眼里。真相再次露出马脚,让人不可避免地想起了夏攀。

——女孩那个黄昏坐在墙角,马政看到的就是她的头顶。

时隔四年,那是夏攀去美国前的事情了。

记忆力减退也应该是后遗症的表现之一吧?但此刻那团橘

色的毛球清晰地在眼里浮动。

夏惊涛那天在酒桌上说女儿要回国了,马政便血往上涌。平时马政还算是有些酒量的,这差不多算是他晋升处长的本钱之一,尤其和夏惊涛在一起,他大概能喝一斤白酒。两人在一起喝了有三十年了。但那天听到这个消息,马政斟满杯子去敬夏惊涛,手却不听使唤了。

勉力为之,结果脑中风发作。

把夏攀送到国外去,对夏惊涛来说也是无奈之举。

如今家境优越的孩子,行为乖张的可能不在少数吧?但夏攀的问题似乎更让人棘手。在垃圾桶里发现了女儿堕胎的病历后,夏惊涛捶胸顿足地做了决定。他已经无力面对一个十八岁辍学在家的女儿。夏攀没有母亲,看起来这就是全部危机的根源。夏惊涛的姐姐在美国,他觉得把女儿送到姑姑身边,差强人意,也许能弥补夏攀缺失的母爱教育。

事情出在夏攀去美国之前。

那天马政回来得早,停好车,从后备厢搬出两箱苹果准备放到储藏室去。

苹果是下属送的,他们好像已经掌握了处长夫人的这个喜好。过了四十岁,王晰开始每天用一个苹果代替晚餐。

储藏室也在地下,从车库搬东西进去很方便。

当初夏惊涛提议两家合买下这个储藏室,马政还有些犹豫。首先是太贵了,算下来居然比房价都贵。其次是太大,将近两百平米,快赶上一座容积不小的仓库了。

可夏惊涛坚持自己的主张，说老马你要是钱不够，我买下来两家合用好了。又戏谑地说，还是要个储藏室的好，马处长受了贿，也有个窝赃的地方嘛。再说，万一打起仗了，我们也能躲原子弹。就是这么一贯地胡言乱语。

钱，马政倒是还拿得出，吃力些罢了。

两个男人从小玩儿到大，如今成了一梯两户、对着门的邻居，相处起来，谈不上攀比，但至少有了点儿彼此映照着什么的意思。何况中间还夹着个王晰。要知道，夏惊涛中学时就追求过王晰。

于是储藏室还是合买了下来。

在这栋高层落户，也是夏惊涛力促的结果。他本身就做地产生意，和这个楼盘的开发商熟，价格优惠得不能不令人动心，户型也好，王晰一眼就看中了。买下这套房子，对夏惊涛可能是九牛一毛——实际上他都不怎么来住——马政却是倾家荡产。所以，即便算不得勉强，在马政心里，也还是感到有些身不由己，觉得自己是被蛮横的力量推拉着，不得不顺从了什么。

最后还被迫买了这偌大的储藏室。

夏惊涛自作主张做了装修，居然连四壁都包上了雕有花纹的橡木板。储藏室被弄成了一座地下宫殿。对此，马政还有什么表示异议的余地呢？这就是与一个土豪为友需要承受的压力。

那天放下苹果准备离开时，马政才看到有个人蜷在储藏室的墙角。夕阳透过窗井，在地面打上了两块昏黄的光斑。那个席地而坐的人，头埋在膝盖里，只有两只脚被窗井投下的光束照亮着。

"是夏攀吗?"

马政吓了一跳。

没人回答他。

定睛看了几秒钟,马政落实了自己的判断。伸手去摸墙上的开关,但女孩好像感觉到了他的意图。

"马叔,别开灯。"

马政走过去,弯下腰问她:"干吗坐这儿?"

夏攀一动不动。马政闻到了酒气。

"喝酒啦?"

夏攀摇头。她的头发完全披在前面,马政看不到她的脸。

"上楼去吧,不舒服更该躺到床上去。"

马政伸手扶她。

她不为所动,身子陷在暗处,脚摆在光亮里,就这么黑白分明地埋头坐在墙角。

马政无处下手。夏攀已经不是个孩子了,即使有些单薄,蜷在脚下,也分明是一个丰满到令人为难的对象。还是打个电话给王晰吧,如果她到家了,就喊她下来帮忙。手机刚刚摸出来,腿却被抱住了。

夏攀的脸埋在马政的两腿之间。

马政愣了愣,拨弄一下她的头发:"怎么了?"

夕阳的光影这时移动了位置,将夏攀头顶罩上了一层毛茸茸的橘色。她的头开始摇摆,像一团橘色的毛球在马政的双腿间浮动。女孩穿着件肥大的牛仔夹克,从上往下看,空荡荡的犹如随时会飘落在地。

马政有些僵硬，握着手机的手举在半空中。之后他在心里跟自己说，那一刻，就是如堕魔道。

上楼后王晰已经在家了，刚冲完澡，擦着湿漉漉的头发来给马政开门。这个穿着睡裙的短发中年女人，看上去竟然有些吓人。

马政心神不定，没告诉王晰储藏室里还有个需要帮助的女孩。上楼时他原本打算这么做的。婚后马政和其他女人有过几段交往，回家后面对王晰，心里可谓惊涛骇浪，但此刻的心情要复杂得多。他冒犯了什么吗？好像是，但那个被冒犯了的对象以及冒犯的程度，却说不清楚。其实也没发生什么吧！马政在心里给自己开脱，但这没什么用。惴惴不安地留意着对面的动静，直到传来开门的声音才稍微舒了口气。他知道夏惊涛不会回来这么早。

一度，他都担心女孩会不会死在储藏室里。

第二天马政回家，从车库进到单元，没什么需要搬运的，但下意识地，他又打开了储藏室的门。

窗井透入的夕阳还是固定在那个位置上。

马政慢慢蹀进那块光斑，看到自己的影子投射在木墙上，从腰部折叠成了一个直角。

夏攀只比马讯大半岁吧？马政暗忖。

旋即，就是尖锐的羞惭，仿佛这个念头本身就是邪狭的，是猥亵的权衡和隐晦的贪婪。但的确又有一丝抑制不住的兴奋。正是因为抑制不住，才有另一股更大的力量形成新的抑制。马政的心也在经受折叠，比墙上的影子还要嵯峨，一重复一重，层层叠叠地对折。

夏攀好像还坐在那里。

昨天她哭了起来,脸埋在马政的双腿间,动作渐渐失控。马政想,也许邪火作祟,只是自己着了魔;也许女孩只是在磨蹭她的眼泪。总之那时马政的身体不再听自己使唤。女孩肯定也感觉到了。后来马政抽身离开时,她仰起的脸上也写满了诧异和困惑。

——是不是还有一点儿小小的、恶作剧般的得意呢?

猜不透,这个女孩从小就让人摸不准,谁知道她会使出什么手段来和大人过招。马政仔细去想女孩那张脸上的表情,就有点儿不寒而栗了。

当时还做了什么?对了,后来他的手还插进了女孩的头发里。他摸到了钱币那么大的一块疤,位于发旋附近。这块疤光滑极了,就像穿着冰鞋的脚站在了冰面上,他中指的指腹忍不住要在上面画着圈地摩挲。

女孩发出了呻吟般的呜咽。

这块疤马政记得。那时候孩子们大概只有七八岁吧,马讯在一次玩耍中推倒了夏攀。女孩的头撞在石头上,她没哭,倒是马讯被吓得号啕不已。王晰闻声跑来,还以为是儿子受了什么委屈,顾自将儿子搂在怀里百般抚慰。跟过来的夏惊涛也不问青红皂白地呵责女孩。女孩咬着手指淡漠地看着大人们。没准,从那时候起她就开始琢磨怎么跟这个世界周旋了。

是马政发现了女孩头上的血。

往事将马政唤醒。他十分吃惊地看着自己的手插在一团橘色毛球般的长发里。像是被开水烫着了,那只手骤然缩了回去。

夏攀走之前,夏惊涛专门安排了只有两家人参加的晚宴。

王晰对马政说,可惜马讯不能赶回来一起给夏攀送送行,孩子们小时候还定过娃娃亲的。马政叮嘱王晰,少在夏惊涛面前提马讯,那样只会刺激老夏。他们的儿子马讯如今正在北京上大学。

晚宴上夏攀穿着黑色的长裙子,胸前是白色的荷叶边,脖子上还系了条丝巾,一点儿不良少女的影子都找不着。

王晰包了红包给夏攀。女孩斯斯文文地站起来鞠躬,很有礼貌地说:"谢谢马叔,谢谢王姨。"

这么得体,让人都觉得把这样一个孩子避难似的送走,是一个莫大的冤案,真的是委屈了她。

夏惊涛一贯地难以淡定,饭吃到后来,太阳穴上的青筋暴起,眼睛里都噙着泪水了。王晰挨着女孩坐,当夏惊涛情绪激动时,她的手就会搭在女孩的肩膀上拍一拍。在马政眼里,王晰这样做,李代桃僵,不过是在对夏惊涛曲折地传递着安慰。

"夏攀走了,老夏就更孤单了。"

回来后王晰果然这么说。

"你怎么不想想一个女孩子远渡重洋孤单不孤单。"

马政没料到自己话回得这么快,只好装着点烟,躲开了王晰的眼神。

四年间,马政下班回来,在车库停好车,经常会有意无意地到储藏室待上一会儿。站在窗井熹微的光束里,抽支烟,或者漫无边际地想点儿心事。

渐渐觉出了这间储藏室的好。它是一个地下的堡垒，可能防不了原子弹，但能庇护一颗疲惫孤独的心；它是一座地下的宫殿，即便塞着苹果和可能永远不会再派上用场的家什，也依然可以让人在里面徘徊徜徉，做惆怅的王。

有一次他喝醉回来，觉得自己看到了夏攀。女孩依旧埋头坐在那个墙角，被夕阳的光一分为二地照着。其实当时漆黑一团。马政就那么躺在了黑漆漆的储藏室里。其间醒了片刻，睁眼看到窗井那么大的一块夜色，繁星点点，静谧而又迷乱，美得不可思议。

后来是王晰喊了夏惊涛帮忙把他扛回家的。超过了约定俗成的晚归时间，焦灼的王晰跑到车库里等，等不到，就不停地打他手机，结果如丝如缕，电话铃声从储藏室传了出来。

马政睡着了一会儿。

"咬得倒是紧！"

王晰正从他嘴里拔出牙胶。

怔忪地看着眼前的女人，马政好半天才发现自己左手食指在拇指的指甲盖上机械地摩挲着。手感和摩挲那块钱币大小的疤如出一辙。王晰好像又洗澡了，头发是半干的，但看起来却是一种陌生的偏狭和严厉。

"寇处长刚才打电话来了，说要上门看你。"

"呃。"

马政发出打嗝般的声音，比较成功地表达出了他的厌恶。

"我谢绝了。"

马政想点点头表示赞许,但脑袋和脖子都不大听使唤。

寇处长是他的副手,多年来两个人都是一种竞争的关系。现在好了,他被撂倒了,能够想象这个对手心里的窃喜。

当上处长可是费了九牛二虎之力啊。原本还有更高的目标,现在只能清零了。

王晰又换上了新玩意儿。感知按摩棒,指套的形状,顶端是一组凸起的硅胶颗粒。马政总觉得这东西有些性意味。王晰套在食指上,伸进马政嘴里,开始来回搅拌、摩擦。

涎水流出来,一股一股的,宛如泉涌。嘴里没什么明显的触感,倒是脑子里如同有一只笨拙的大鸟在迟钝地扑闪着翅膀。

"喔。喔。喔。"

活动自如的左手不由自主地去摸王晰的腰,却被王晰反手打开了。

只好索然地闭上眼睛任由她捣鼓。

窗帘贴在天花板上,让人感觉空间是悬置倒转着的。

"儿子要回来看你。"

"喔。"

"就让他回来几天吧。正好夏攀也要回来了,也能见见。"

"喔。"

"学校又催我上班了,得抓紧找个保姆。"

"喔。"

王晰是中学老师,这学期好像还带了毕业班。

"保姆太难找了。我才知道,像你这岁数的,找保姆最难。

伺候老头儿的倒好找一些,人家一听你这岁数,多数都会打退堂鼓。"

"喔。喔?"

"其实也好理解,伺候个中年男人,龙精虎猛的,有点儿那种意思吧。"

"喔?喔?"

真是个难题啊。马政在心里感慨。半新不旧的机器最讨厌,一旦出了故障,没准都会跳起来咬人吧?

说话功能受阻看来也不错——人类大多数语言可以用抑扬顿挫的"喔"来替代嘛。这种状况还能持续多久呢?想来是持续不了多久的。医生说症状并不是很严重,康复绝非遥遥无期。

"找个年纪太大的来,好像也不合适。"

"喔!喔!"

太想说"不合适!不合适!"了,根本无法想象被一个老太婆把手指捅进嘴里搅拌嘛!

心情一激动,两条腿跟着痉挛起来。它们一直被固定在康复机上,随着机器轮转,没准都走了十几公里了。

"喔!喔!喔!"

王晰扑过去关了康复机,手按着胸口说:"吓死人!就是得这么操心,稍不留神,没准你就永远站不起来了!"

"喔!"

马政也感到害怕。处长不去当了也罢,才四十五岁,就再也站不起来了,这个还是很让人恐惧的。

再次睡醒，睁开眼看到的是夏惊涛那张刀砍斧劈般的脸。

这张脸太有局限性了，三下五除二的，不通情理，缺少过渡与调和，天然就不再适合扮演人生的许多角色了吧？比如，长了这样的一张脸，怎么可以去当一个处长呢？

歹徒，他就是个刚愎自用的歹徒。

夏惊涛蹙眉瞅着马政，他离得太近了，鼻息都扑到了马政脸上。

"你说，你要是真有个好歹，我怎么给王晰交代？"

马政估摸了一下，觉得他这是在倒打一耙。

"还好是跟你在一起，要是跟他们局里的那些人，这就是一个事件了，他以后还怎么做人。"

王晰在一旁说，听上去分明是在给夏惊涛推卸责任。

"太吓人了，他太吓人了。"

夏惊涛像是在告状。

"没事了，还好后果不算严重。以后别喝酒就是了。你也要记住教训。"

"没以后了，我跟他没以后了。"

这话将近三十年前就听到过。

当年他们跟夏惊涛摊了牌，王晰说尽管现在马政成了她男朋友，但大家"以后还是最好的朋友"。夏惊涛听了就是这么回答的：没以后了，我跟他没以后了。

那时马政也觉得有点儿对不住夏惊涛。他和王晰都考上了大学，夏惊涛落了单，本身就遭受着人生的第一个重大打击。雪上加霜，落井下石，一直追求着的女神又跟别人好上了。这个"别人",还是跟他交情最好的马政。

但其后他的人生不是翻转了吗?他成了挥金如土的富豪,储藏室都要买两百平米那么大的,为什么还总要让人觉得亏欠了他什么?

"他就是这种性格,像个小孩,故意跟人赌气。"

这是王晰的说法。

可当年谁不是小孩啊?两个少年最喜欢听港台的流行歌曲,躲在家里模仿 Beyond 乐队的演唱,一个打鼓,一个弹吉他,手里却空空如也,是想象中的酷姿。

也没见马政跟谁赌过气。

夏惊涛的气赌得有点儿狠了,跑到学校跟两人喝了绝交酒,酩酊大醉后回家,不知怎么就在路上惹了事。

被抓前又跑到学校找马政。

"王晰就交给你了。"

马政半天回不过神儿。那时候他刚入学,却谈不上意气风发,反而是种无从说明的落寞。跟王晰确定关系,没准也是这落寞之感使然。两个人都被一种青春的不适感困扰着,所以干脆就谈谈恋爱好了。像是面对一只空杯子,总要填充点儿什么进去才对。聊胜于无吧。

"你要干吗去?"

还是有些不放心这个伙伴。

"去死!"

夏惊涛说得毅然决然。

呆若木鸡的马政站在秋阳里,看着夏惊涛轻轻松松地走远了。身后是在操场上打篮球的同学,他们真够闹腾的,反而让马政觉得那个走远了的背影,不是去死,是去往天国和乐园。

他还真去死了。

后来有一次对酌,夏惊涛忽然说:"那天我去卧轨了。"

马政没太当回事。他习惯了,夏惊涛总是口出狂言,尤其有了钱后,更是肆无忌惮,口不择言。

"我在铁轨上躺了半天,眼睛都快被太阳照瞎了。"

继续喝酒。

马政有马政的情绪。生活总是像处于一个不无失望的焦急期待中,总是像怀着一种紧张的情绪在担忧什么倒霉事儿的来临;有什么重要的东西总是遥不可及,但你都能够预知,当它一旦变得不重要了,又会让你唾手可得。

每一天都错综不安,已经让人心力交瘁。一起喝酒可以,互诉衷肠就算了。

"眼睛越疼,我就越是要盯着太阳看。我就不信了。"

这像是夏惊涛的做派。

"火车开过来的时候,我跳起来跑了。"

当然是跑了,否则哪有眼下的酒局。

"知道为什么吗?"

问完这句就没下文了,夏惊涛开始逗身边的女孩。

喝酒的场所太奢华,单独一座四合院,两个人的局,倒有六个穿着旗袍的女孩在伺候。每口菜都是被人夹到碟子里的,只差被喂进嘴里。酒是三十年的茅台,红烛摇曳,耳畔是若有若无的丝竹声。地产商夏惊涛就是这样的排场。

"我是不放心把王晰留给你。"

冷不丁来了这么一句。

不知道怎么回他才好，怎么说都不舒服。

马政后来跟王晰一起去看守所探视，才知道夏惊涛惹的事不小。他竟然捅伤了一个当兵的。也就是挤公车的时候发生了摩擦，当兵的凶，夏惊涛更凶。估计那时候的夏惊涛也被落寞之情所困吧，没考上大学，追求的女神跟自己的哥们儿好了，就成了犹斗的困兽。

为这份落寞之情，夏惊涛坐了三年牢。

起初两人还一同去探监。后来马政去的次数就少了，因为事情渐渐像是王晰一个人的了，马政不过是个多余的陪客。于是也就疏懒了。他也受不了夏惊涛的口气，隔着铁栅栏，夏惊涛还要教训人，让马政感到身份倒置、乾坤挪移，自己成了一个囚徒，铁栅栏里的那块地方才是自由之地，而广袤的世界，倒成了牢狱。

"夏攀明天到，你最好精神点儿，别吓着孩子。"

夏惊涛这话说得有些不讲理了。

"你别在他跟前抽烟，大夫都让他戒烟了。"

王晰拿来只烟缸让他掐灭了烟。

掐灭之前他又使劲吸了两口。

"我是为他好，我不想让他在夏攀眼里毁了形象。他可是著名的马叔呢。"

夏惊涛振振有词，说着自己先坏笑起来。

这个消息还是令马政有些激动。四年来,每次在储藏室待着,他都会感到自己身边有一个假想的陪伴。有时候他会觉得自己与女孩之间有种奇怪的相似性。

忽然这么想:自己对夏攀那些糟糕的念头,潜意识里,是不是含有一点儿报复的意思呢?

也不对,报复这个词不准确——好像"抗议"更恰切些?

"命名性失语"也是后遗症的表现之一。看到一件物品,能说出它的用途,却叫不出名称。更何况指认一个无形的欲念。

就算是"抗议"吧。这也不能令邪念变得正当啊。还是——脏。

何况,抗议什么呢?

长久以来,自己是被夏惊涛的春风得意刺恼了吗?他其实够苦的了。女儿才半岁,妻子就跟他离了婚。那时候他连二十平米的落脚地儿都没有,遑论后来两百平米的储藏室。他发达了,可这算是时代的传奇。如果这个时代没错,他也就没错。就算不把他和时代打包在一起,又能诋损他什么呢?自己其实也没有什么道德上的优势啊——凭一个处长的那点儿工资,怎么买得起有两百平米储藏室的房子。

"没钱你跟我说。"

马政反感的是夏惊涛说这种话时的口气。

"知足吧老马,你这辈子活得够舒服了,我是差不多连屎都吃过的人。"

还有他将人划分为两类时的理直气壮。

他像是真理在握,得享着什么特权:他吃的苦头是能够被说出来的,而一个处长吃的苦头却没法说。一个快意恩仇,一个只能忍气吞声。

可马政坚决不会认可自己"这辈子活得够舒服了"。

大致在夏惊涛"吃屎"的那个阶段,马政刚刚被分配到机关。最忍无可忍的时候,他当众在办公楼的楼道里兜头给自己浇了盆冷水。实在是没法忍。但还是得忍。浇完自己,再灰溜溜地找来拖布将楼道的水拖干净。

和王晰也是分分合合。当年留着短发、少年一般美的王晰,从来不乏追求者。每一次挽回,马政都没有胜利者的喜悦,只堆积了屡败屡战的心酸。

王晰似乎应该有个更好的前程,结果只当了中学教师。这笔账,似乎也该算在他马政头上。

那么,他想要对之抗议的,就是这无力自辩的人生吧?

"不行你到海边度假去,休养一段时间。"

夏惊涛提议。他怂恿人买房,怂恿人度假,怂恿人去做一切力所难逮的事情,好像从来不曾怀疑过对方的能力。这既让人愤慨,又奇怪地满足着人的虚荣,起码看上去,旗鼓相当,他也把你视为了一个和他一样对世界手拿把抓的家伙。

"你真的能戒了烟?"

夏惊涛故意将一根烟伸在马政鼻子前晃。

真想吸一口啊!

"咱俩是在一起抽的第一根烟吧?"

没错,华山牌,两毛钱一盒。

"我给你枕头下藏几根吧,别让王晰发现。"

王晰可能是去做饭了。夏惊涛果然塞了几根烟在枕头下。

"喔。"

本来想说"没火",但居然懒得发出"喔"以外的声音了。

王晰端来一碗糊状物。

连见多识广的夏惊涛都对这碗食物的复杂构成表示惊叹。

"菠菜,西红柿,蒜,大葱,土豆,香蕉,橘子……"

他一一列数,努力辨认着。

"这些都是高钾食物。"

王晰咬着一只苹果说。

"我来喂。"

夏惊涛自告奋勇。

王晰咬住苹果,腾出手,将一块红色围嘴儿系在马政脖子上。

真猥琐啊!马政揣测着自己此刻的模样。倒下后他就没照过镜子,现在他想象自己那张胡子拉碴的脸,没准是一副面瘫者的白痴相吧,五官歪斜,晚上出去都能吓死人。

实际上当然没有这么夸张,中风只是令他脸上的肌肉有些僵硬。但他愿意将自己想象得骇人听闻,好像一那么想,就有种可以对人生不再担责的如释重负之感。爱谁谁吧!就是这种撂了挑子的心情。

夏惊涛喂得挺耐心,侧坐在床边,小口小口地伸勺子过来,样子要多滑稽有多滑稽。

马政心理上安之若素,生理上却还是有些抵触。吞咽也的确费劲,每一口下去,都感觉是吞了一回自己的喉头。这感觉就像是自己在吃着自己。

王晰的手机响起来,是儿子马讯发来了视频请求。王晰绕到床头,把手机对准马政。

"老爸安好!"

马讯在手机里做鬼脸。

"喔。喔。"

"老爸你像个老婴儿啊,太酷了!"

"喔……"

"我后天回来,机票已经订好了。"

"喔!"

喉头一空,像是水落石出那么大的动静。

马政惊悚地发现,手机里儿子的那张脸,刀砍斧劈,居然有了歹徒的雏形。

夏攀只比马讯大半岁吧?

阴暗的念头再次滋生。一连串打嗝般的声音从喉咙里滚出,这其实是忍俊不禁的窃笑。好像那种心甘情愿着自暴自弃的愿望又得到了一次满足。

那时候的王晰真美。

马政将目光移到手机里王晰的头像上,是她年轻时的照片,只有小拇指甲盖那么大,但依然美得惊心动魄。

马讯出生的时候正是夏惊涛跟他妻子离婚的时候。马政记得当时夏惊涛陪着自己等在产房外,怀里还抱着夏攀。那场景,真像是一对难兄难弟。

一眨眼,半辈子就过去了。

夏攀没有试着找找自己的生母吗?还好,女孩没有继承她父亲的基因，单眼皮，高颧骨，眼睛细长，长得不算很漂亮，但也绝对不像一个歹徒。

记得产后的王晞还给夏攀喂了几个月的母乳。

哺乳期的王晞奶水充裕，有着地母一般的胸襟。哺育的结果是，她从此没有了少年的身姿，胸部膨胀，怎么看都是一个不打折扣的女人了。

吃了小半碗马政就拒绝再吃了。瞪眼，"喔，喔"，表示自己受够了。

可能完全是出于好奇，夏惊涛将剩下的大半碗给吃掉了。他竟然能吃得下去，看来真是个差点儿"吃过屎"的。

"就不能拌点儿沙拉酱吗？"

一边吃一边倒是给了个不错的建议。

"对啊，储藏室的冰柜里还有好几罐呢。我去拿一罐上来，顺便再抬箱苹果。"

王晞是恍然大悟的口气。

"我帮你。"

夏惊涛抹着嘴。

临走，王晞又给马政嘴里塞了个哨子一样的东西。

这东西是叫发声笛吧。住院时，马政就在护士的指导下训练过。它靠哼鸣来练习，嗓子发出延长的单音，或者哼哼曲调，让声带振动笛子的声膜。失语者靠它来恢复运用气息打开喉咙发出简单声音的能力。

可不就像个儿戏吗？却是为患者发出自然的语调做准备。

这种玩意儿还有一堆呢，花花绿绿的，不是塑料就是硅胶，操作难度递增，低龄儿童的玩具一样。

薄暮时分，房间里的光线暗淡，窗帘依旧贴在天花板上。眼前穿着睡裙的王晰是一道朦胧的剪影，轮廓像一只几无弧度的花瓶。夏惊涛也是一道剪影，但平淡无奇，一下子想不出像个什么。他们都像是悬浮着的。

"你好好吹啊。"

王晰叮咛。

"好好吹！"

夏惊涛也跟着她学。

两个人就这么离开了。

此刻，地下那仓库一般空旷、宫殿一般豪华的储藏室，想必夕阳如橘的余晖正从窗井投入，在地面打上了两块昏黄的光斑吧？在夏惊涛眼里，王晰的头顶会不会也像一团橘色的毛球？如果他能够看到王晰的白发，会不会也要感慨大家就这么无声无息地变老了？

"你要干吗去？"

"去死！"

这样的对话，再也不会有了。

发声笛在喉咙呼出的气流下呜呜咽咽，不是如泣如诉的意思，就是一些不知所云的单调音节。马政在喉咙里说"好啊"，发出的声音是"呜呼"。马政在喉咙里说"滚吧"，发出的声音是"呼哈"。很妙啊，那种一个处长所吃下的没法说的苦头仿佛就可以这么含糊其词地和盘托出了。

  像是学到了一个不二的法门，马政忽然想和这个世界谈谈。于是起劲儿地吹起嘴里的塑料笛子。他知道自己在滔滔不绝地痛陈着什么，知道自己在不无委屈地倾诉着什么，也欣然于这所有不足为外人道的心情都被转化成了虫鸣般神秘和无辜的哼哼唧唧。

  最后，喉咙起伏，呜呜咽咽，暮霭中引动的鸣响其实是他记忆里 Beyond 乐队的一首歌。那歌词本来的内容大致是：回头有一群朴素的少年，轻轻松松地走远。

2016 年 4 月 20 日正午

丙申桃月廿日

香榭丽

出警

大学四年,从警五年,算起来,迄今人生已经在架子床上断断续续睡了九年。没什么意外的话,可能还得隔三岔五地睡九年。躺在上铺往窗外瞧,夜色氤氲,所门口的警灯无声闪烁。对面超市门前的投币木马也旋转着同样的彩灯。没谁玩,它也播放着儿歌。这让人产生错觉,仿佛我们是一家游乐场的守夜人,身后有摩天轮隐现或者七个小矮人出没。

此刻要是从宿舍冲进夏夜,不啻于跳进沸腾的大锅。和冬泳一个道理,那得有点儿勇气。楼下值班室的电话响个不停,好在没什么大事需要出警。但谁也说不准。外面太热,晚上好像更甚。地面蓄积了一天的热力开始蒸腾。暑气弥散,像是黑夜对白昼的反攻倒算。还好所里给装了空调。去年夏天,宿舍还是靠风扇降温的。

报纸上说这个夏天的高温破了六十年的记录。我还不到三十岁。反正长这么大我没被这么热过。小吕却认为这在他们家乡根本算不得什么——如果他们家乡的夏天是一百度，现在我们承受着的，顶多才六十度。小吕是新疆人，住在火焰山脚下。那儿真会这么热吗？他的说法让人感觉大家是被扔在同一口大锅里的青蛙，但一般苦，两样愁，有人已经将要被煮熟，有人却还在惬意地蛙泳。

我还是挺爱值班的，因为接着可以休息一天。再过一周，我就要去封闭集训。市局组织篮球赛，我被挑中了。那样一来，就有段日子不能回家了。小吕和我心思一样，他是想值完班就能多出一天时间去陪女朋友。小伙子正在热恋，女孩刚刚大学毕业，还没找到工作，有大把的时间需要人陪着。而我是想在家多陪陪我妈。

我们每隔四天值一次班。我是主班，小吕是副班，还带着几个协警。他警校毕业分配到所里，我们就成了搭档。我算是他师父。值班当天，小吕会提前准备好休息日的便装——这像是吹响了他约会的预备哨——牛仔裤什么的，能让他摇身一变，精精神神地去约会。他长得帅，个头和我差不多，要不是单薄些，肯定也会被抓去打篮球赛。因为个儿高，有几次我俩还被法院临时借去押嫌疑人上庭。都是大案子，电视台要播新闻，两个高大的警察上镜，将嫌疑人夹在当间儿，那效果不言而喻。

值班的时候小吕很快活，一副随时会唱上几句的高兴劲儿。其实我也是这样的心情，一般早早地就让妻子做好了我妈爱吃的东西。这种精神状态不会影响工作，因为我们都感觉有了个近在眼前的盼头，心里得到了鼓舞。人的盼头很多，但近在眼前的却很少。

那天一共接警二十多起，跟高峰期比要少得多。按规定，要是没有突发事件，我们可以在夜里十一点睡觉，凌晨五点再爬起来出警。那时我们已经躺在宿舍的架子床上了，我跟他聊起片区的老奎——就是被报社记者写进文章里的那个主角。小吕听了我讲的一切后，陷入了沉思。他肯定受到了不小的启发。后来他就跳进了外面那口沸腾的大锅。等他回来，晨光微熹，黎明已近。他好像完全忘了还要摇身一变这档子事儿。

我们这一行也是师父带徒弟。我的师父是老郭。他教会了我怎么做警察，可惜三年前查出了喉癌，提前退休了。前段时间我去看他，老头看来已经挺不了多久了。整个人出气多，进气少。我进所的时候他可健康着呢，黑脸，皱纹像是刀子削出来的，胸脯拍上去，让人相信能听见金属发出的哐哐声。我觉得他长得很像写《白鹿原》的那个作家，都是那种典型的关中老汉的样子。

老郭烟瘾大。后来满世界开始禁烟，所里也禁，他得空只好跑到院子里，找个拐角蹲着抽几口。有时候太忙，他忘了这茬儿，嘴里不小心叼上了烟，结果被所长撞到，挨了批评还得罚款。这规矩不太通人情。要说喉癌可能跟吸烟会有点关系，可我觉得要是放开让老郭抽，他没准儿现在还带着我巡街呢。烟就像是老郭的口粮。每天在所里抽根烟都跟做贼似的，可能就叫度日如年了吧。真是委屈了老郭。他在所里干了一辈子，架子床可是没少睡。

我们这个派出所在城乡接合部。高楼大厦的背面弄不好就藏着块菜地。咖啡馆里坐着的,经常是光着膀子打麻将的人。一开始,要是老郭不带着我,到片区走一趟,我肯定得迷路。那就是一个迷宫。有的窄道楼挨着楼,只容得下一个人通过。如果迎面也有人走进来,脾气不好的话,往往就会形成对峙的局面。搞不好还能腾挪不开地打一架。上帝说通往天堂的是窄门,每次从这种窄道挤过去,我都幻想会有一个天堂等在前面。有一回,一个女孩走进窄道,没遇到歹徒,却遇到两条流浪狗。一前一后,前后夹击,预谋好了似的。女孩吓惨了,打电话报警。等我们赶过去,她都尿裤子了,裙子湿漉漉的。于是我挥舞着套狗杆,又充当了一回打狗人。对付流浪狗,也是我们的工作。

我师父老郭跟谁都熟。谁见着他都会给他让烟,有点儿妇孺皆知的意思。很多不吸烟的人,见了他也能摸出一根皱巴巴的来,像是专门为了见他备了好几天似的。他有一个铝制的烟盒,上面刻着天安门前的华表,看上去恐怕有些年头了。收了递上来的烟,他就放进铝烟盒里。巡逻一圈回来,差不多能装满一盒。他也给别人让烟,但收到铝烟盒里的他不会再让出去,递给对方的,肯定是他自己的烟。这里面就有了原则和讲究,是一种德行,也是一种从警之道。我觉得,我就是从这种你来我往的让烟里,开始领悟做一个警察的真谛。老实说,这和我入行时的想象不太一样。我师父老郭穿上警服也还是个大爷。何况,现在跟警服差别不大的制服也太多了。所里的协警,超市的保安,跟我们站一起,没点儿专门知识,你分不清谁是谁。巡逻的时候我腰里会有警具,可保安的腰里也有根棍子呢。

每个辖区都会有几个狠角色，我们的专业术语叫"重点人口"。对这些人，你得盯着点儿。老奎就是这么个人物。我到所里时他已经七十出头了。在我眼里，他要是还能算得上"重点"，顶多也就是上路碰个瓷，伏地不起，讹点儿钱什么的。可我师父老郭不这么看，他跟我说："别看这老汉走得慢，腰里别的都是万。""万"就是"万货"，方言里指"东西"和"玩意儿"。好像老奎腰里缠了一圈暗器，随便亮出一件，就能耸人听闻。

我觉得老奎和老郭长得也有点儿像。第一次老郭带着我上门"认人"，我都以为他俩是亲戚。他们两个对坐在老奎家被烟熏得四壁焦黄的客厅里，互不搭理，都埋着头使劲抽烟。烟是老奎自己卷的。他把烟丝铺在两指宽的报纸上，搓成棒，用舌头舔一遍，递给老郭。老郭接了，点上，反手也给他递根自己的烟。老奎应该比老郭大个二十多岁，但除了腿脚没老郭利索，背驼得厉害，看上去两个人没多大差别。也不知道是老郭显老还是老奎显小。可能关中男人上了岁数都像是一个模子倒出来的吧，跟兵马俑一样。他让老郭坐在沙发上，自己搬张板凳，矮上那么一截地坐着。老郭跟他介绍我，他瞟了我一眼，就像瞟了眼他的孙子。他可没孙子，就是一个孤老头。

按制度，对重点人口，每个月走访一次就行。可老郭基本上每周都会带着我上老奎家转一趟。有时候巡逻遛到了老奎家楼下，他也要上去歇个脚。我猜老奎沾着唾沫卷出的烟，挺对我师父的口味。

他们第一次当我面说起老奎的案底时，我已经不算个新人了，早就习惯了偶尔上街去打打狗什么的，也不再盼望窄路的尽头就是天堂。老奎闷头抽烟,突然来了一句。"早知道当年把人弄死算球了,活着就是受罪么!"这话跟他嘴里的烟一同喷出来,格外呛人。他的老底儿我知道,故意杀人,致人残疾,被判了十八年。可我没料到时隔多年,他还能放出这种狠话来。

老奎说完扔了手里的烟卷,伸出穿着懒汉鞋的脚使劲碾。旁边就有烟缸,可他这么干,说明是故意摆出一个凶狠的态度。我静等老郭发话。我猜他会训一顿老奎,至少脸色会严肃起来,低沉地说:"你这么想不对,想早死也不能拿别人的命垫背么。"老奎呢,就会垂下脑袋说:"对么,你说得对。"因为我已经训过不少家伙了,基本上没遇到过跟我顶着干的。我想,此时老奎要是不垂下脑袋挨训,我会让他把刚刚踩灭了的烟头捡起来吞下去。然后老郭会说:"有问题就跟政府说么,你现在有啥困难?"然后老奎就会诉诉苦:肉价太贵,假货满天飞,乃至人心不古,女孩子穿得太暴露什么的。老人们经常就是这么跟我抱怨的。疏导民意也是我们的职责,这么一番对话,是我心里的套路。我算是个内心戏比较多的人。

可老郭压根儿没接茬。他只是递了根烟过去。然后就聊起医保、天气和附近即将拆迁的居民楼。老郭平时也不是个话多的人,这有些难为他了。他有一处没一处地说,老奎有一句没一句地听。说什么可能也不重要,就是有人说话有人听。说到拆迁,老奎身上也有劣迹。他家老屋拆得早,是这一带最先被开发了的。也就两间小平房,当年硬是被他置换成了两套一居室的楼房——不能得逞的话,他扬言再杀一次人。说到做到,他天天敞胸露怀坐在自家门口,地上撂着把杀猪刀,随时要给谁开膛破肚的架势。这都是老郭告诉我的。

那天老郭跟他东拉西扯了半天，临走还给他扔下半包烟。出门时我回头看了眼老奎，怎么看，埋头坐在小板凳上的这个老恶棍，都只是个与世无碍的废物了。脊柱都像是被重锤给敲弯了，还咋呼什么？

从那以后老郭带着我去的次数更多了。隔三岔五就得去看看老奎。在我看来，这事好像被搞颠倒了。老奎放了句狠话，老郭没教育他，反而像是被他吓住了。退休前老郭还专门叮咛我，让我没事也多去瞅一眼老奎。后来我一个人上门，老奎听说老郭得了癌，那眼神，就像是挨了一棍子似的。他当时的表情，让我相信，这厮其实早就被我师父驯服了。

我不抽烟，跟老奎没法坐一块儿。我师父跟他坐一块儿，即使没话，也是心照不宣和意味深长。我跟他可没什么默契。他干脆连句狠话也不给我撂。我自然也就没去落实老郭的叮咛，顶多每个月去看一眼，例行公事而已。

我太忙了。派出所警察干的事情，说出来你能当笑话听。更多的时候，我们就是个片区里跑腿的，而且谁都能使唤我们。没了老郭带着，同样的事，我干起来手忙脚乱。那些鸡零狗碎的小案件、小纠纷，老郭处理起来就是烟来烟往，举重若轻，可是让我来，不知怎么就有了疲于奔命的感觉。如今我成了小吕的师父，我该拿什么给他言传身教？

小吕这个人挺爱自己琢磨事，责任心也挺强，就是跟我才入行时差不多，想象力还没落到地面上。在他心目中，警察就该是神探，破大案，捕顽凶，除暴安良，跟打狗赶鸡没半毛钱关系。我想这可能跟他正在谈恋爱有些关系。男人在谈恋爱的时候，可不都会把自己想象成一个英雄吗？否则好像就配不上一个美人。这情绪我也有过。直到今天，我也不太跟妻子说我每天都忙活些什么。我不做英雄梦了，但希望我妻子还接着做。那样回了家，我才可以心安理得地喊累。所以有时候遇着邻里纠纷之类的事儿，我都不忍心让小吕去处理。我怕这会过早地消磨了一个男子汉的英雄气。小吕和我不同，我是跨了专业，半路出家，考公务员干上的警察，他却是从火焰山脚下走出来的正规警校毕业生。我愿意看到他成长为一个我从前想象过的那种警察。

把那天我俩的值班情况捋一捋，你就能明白现实跟梦想之间有多大的差距。

早上八点半报到，户籍室打来电话，要进行境外人员办证提醒。这事让小吕来，他英语不错。但是有个别电话已经停机，只有等方便的时候上门找人。

打完电话开始巡逻。一看油表，发现油箱存量不多，先开到加油站加油，免得在半路上抛锚。我可是吃过这种亏。

十点多，接到报警，公墓边上的苗圃有人打架。到现场才知道，昨天早上两个工人为小事动了手，其中一个吃亏大点儿的，睡了一夜气不过，醒来后索性报案。秋后算账，当事人都是一副养精蓄锐后的样子，精神头十足，谁也不让谁。只能拉回所里处理。回去后跟他们掰扯了半天，俩人还是要较劲。我当然又想起了老郭。可能这事他用两根烟就打发了，而我就得把自己弄得口干舌燥。

正感慨，有人报警，说是接到了反动电话。我让小吕出警，过了会儿他把人也带回来了，是个满头大汗、一看就知道警惕性很高的那种大妈。询问，登记。兹事体大，要向上级汇报。

处理好已经过了饭点儿，食堂打饭的窗口空无一人。幸好食堂阿姨还在，不然又得上对面的小饭馆吃油泼面。那面不好吃，就是便宜。

刚端上碗，接到有人打架的报警。我让小吕接着吃，自己带了几个协警过去。路远事急，报案人情绪激动，像是要出人命的架势，上车后于是一脚油门踩到底。边儿上的协警落实当事人的具体方位，对方却报出了临近派出所的辖区。这叫错报，汇报给指挥中心，掉头回去接着吃。

也就是刚放下碗，所长指示：最近辖区盗窃案件多发，最好召集几个小区的物业开会通通气，想想对策，同时给居民拟一份"警方提醒"。这活我干吧。说实话，我不太好意思让小吕去趴着写安民告示。

才开了个头，接到报警，某公司门口发生纠纷。小吕跟着我一起赶过去。烈日之下，一派安宁，压根没什么状况。街面上几乎没有人影。别说人影，连阴影都没有。正午的艳阳直射着，马路明晃晃得宛如一匹发光的银练。跟公司的门卫打听，原来人已经走了。"就是小两口闹别扭。"门卫的答复听上去还有点儿幸灾乐祸。

回到所里，有报案人等着，是个姑娘，说是"心爱的"电动车被盗了。她说不出电动车的型号，只说得出电动车对她的重要性——男朋友送的生日礼物,"是世界上最漂亮的电动车!"小吕耐着性子做笔录,我继续写安民告示。

刚写好,有人报警在饭馆被偷。还没赶到现场,又接到报警,一家塑胶公司发生了纠纷。兵分两路,小吕去处理饭馆盗窃案——好歹这也算是个刑事案件。我到了塑胶公司,却是一场劳务纠纷。打工的觉得老板给得少了。双方不同意调解,我只好告知他们可以到劳动仲裁部门处理。

回所的路上接到社区的电话,说他们晚上有个群众活动,可能参与的人比较多,需要我们帮助维持秩序……

差不多就是这些事。

黄昏的时候稍微消停点儿,小吕自己去了片区。他手头有个案子。有人报警说邻居在家里制毒,我没怎么考虑就把这案子交给了小吕。开始他挺兴奋的,像是张网以待、翘望已久,终于来了条大鱼。涉案的那栋楼我知道,教育局盖的,里面住的都是中学老师。报案人是位退休的校长,信誓旦旦地说,以他对化学知识的丰富掌握,完全能够通过阳台上飘来的怪味儿做出判断。他的邻居也是一对教师,两口子带着个十多岁的孩子,女主人倒还真是个教化学的。可查来查去,一点儿证据都没有。小吕不太甘心,加上老校长半年报了五十多次警,这个案子就成了小吕的心事。他不觉得我们就只能写写安民告示,追回一辆"世界上最漂亮的电动车"。也倒是,前几天别的片区还发生了大案子,几个女孩把个酒吧老板捅了足有几百刀。

回来后小吕眉头不展。他说他又趴在老校长家的阳台上闻了半天,隔壁飘来的只有红烧肉味儿。我想的却是这会儿的阳台上怕是得有五十度的高温。不知怎么,这个夏天我总是觉得夜晚比白天更难熬。白天的热正大光明,不由分说,但晚上的热却显得没有道理。没有道理,就热得更加令人不堪忍受。

那天晚上社区的活动就是广场舞表演。实际上围观的人并没有他们想象得那么多。他们高估了自己的风头。过去后看了看情况,安排几个保安维持秩序,我和小吕徒步去人员密集的场所巡逻。小吕懂事,他以见识过真正酷暑的火焰山人的善意,让我尽量钻到商场里去,巡街的苦差由他来干。真是热啊。巡逻时还得扎起腰带、戴上帽子。从商场走到街上,我感觉会被烫一下。从街上进到商场,我又感觉会被冻一下。每次进出,心里都一惊一乍,让人畏缩。我本来是农大毕业的,"解民生之多艰"是我们的校训。眼下干的活儿,冷热交替,打摆子一样,让我觉得真是"多艰"。

那天算得上是平安无事。我们本来可以睡个好觉。顺利的话,第二天早上八点半交了班,小吕就能摇身一变,去会女朋友了。我也可以带着冻好的饺子去看看我妈。我爸去世得早,年前我妈起夜时摔了一跤,摔断了股骨头,手术后就卧床不起了,只好找了个小保姆陪着。结果我说完了老奎的事,小吕又跑出去忙活了大半夜。他不在,我也没睡踏实。一开始他可能并没留意听我说话,躺在下铺憧憬第二天的约会。可我是故意要说给他听的,就一直往下说。他果然听进去,领会了我的苦心。我只是没想到他会那么雷厉风行,当机立断就跑去印证自己的猜测了。

老郭退了休，我按部就班，每个月顶多到老奎家转一圈。后来有一次我再去的时候，家里却没人了。我当时也没怎么放在心上，下楼顺便问了句，一个老太太告诉我有日子没见着老奎了，"不知道死哪儿去了"。她这么一说，我就有点担心。老年人鳏寡孤独，死在家里都没人知道，这事也不是没发生过。回去跟所领导做了汇报，我喊来锁匠打开了老奎的家门。屋里空空荡荡，家徒四壁，死的和活的都没有。但看得出有日子没人烟了。

老奎他失踪了。

这看上去也不能算是件事儿。老奎有老奎失踪的自由，谁也没规定他只能窝在屋里卷烟抽。我猜他没准出门旅游去了。他的经济状况还过得去，有套房子出租给别人。如今这一片的房价可不低。我让锁匠师父换了新锁，给邻居留了话，关上了老奎的家门。

我去看我师父老郭时，把这事跟他说了。他一听就有些要跟我急的样子。"旅游个屁！他老奎要是会去旅游，我就会去逛窑子了！"老郭冲着我吼。我一下子没太听明白，但我不想惹老郭生气，他正在进行保守治疗，效果如何，谁都没底儿。"你去申请协查一下，看看市里有没有发现无人认领的死尸。"他这么说我就听懂了，他是担心老奎真的死在外面了啊。"也去收容站问问，人老了糊涂，说不定遛个弯儿自己就找不回去了。"老郭接着指示我。

回去后，这两件事我一一落实了，但都查无其人。就在我发愁该怎么给老郭交代时，半个月后，老奎自己冒出来了。而且冒出来的方式完全出乎意料。一天夜里，他竟然打报警电话，说是自己在家摔倒了，现在根本爬不起来。赶过去的路上我还纳闷，新锁的钥匙在我手里，他是怎么进的家门呢？

老奎家的门虚掩着。我推门进去，以为会看到卧地不起的老奎——年前我妈摔断腿就在地上躺了一夜。我妈常年独居，电话又不在手边儿，第二天早上邻居听见屋里有人哭才发现出了事。看到我后，我妈委屈得像个孩子那样号啕不已。我从没见我妈哭得那么凶过。她真是伤心极了。可是老奎偻背坐在小板凳上。客厅灯泡的瓦数太低，就照亮着他头顶那么一圈，其他角落一派昏暗。他就像是孤零零坐在一个黑暗的舞台上，被追光灯示众般地圈定着。

老奎三十岁才娶上老婆。当时这块地方还是一片良田。他可能压根儿就没干过什么农活儿。换一个时代，他能在梁山上谋个差事。入狱前他就是村里的混混。三十五岁的时候，他终于把自己混到大牢里去了。十八年后回来，老婆孩子都没了。二十多年过去，良田变成了高楼，姑娘们的裙子越穿越短，当年的村霸一个人坐在三十瓦的灯泡下面，就这么苟延残喘着老去了。

他并没摔跤，更谈不上爬不起来。说白了，老奎报了个假案。可我不知道他意欲何为。看到我，他也没话，并不解释自己的作为。我拉下脸批评了他几句。他就那么听着，过了会儿，开始卷烟。卷好后，下意识地给我递过来。我猜他把我当成老郭了。递烟的手在半空有个停顿，随即他醒悟过来，缩回去塞到了自己嘴里。点火，手哆哆嗦嗦，看着让人着急。想到老郭，我就对他客气点儿了。问他这段日子跑哪儿去了，他也不吭声，就是埋头抽他的烟。间或把一口痰吐在地上，然后用脚蹭。我没话找话，问他怎么进的家门。他不屑地回我一句：开个锁费啥劲么。我去看了看，门已经换了锁。这钱我得给他，毕竟前面那锁是我给他换的。他不说要，也不说不要。我没什么耐心了，塞给他二十块钱。我的手跟他的手相触的那个瞬间，他连钱带手一起抓住了我，像是激起了某种动物性的应激反应。可能不到一秒钟的时间，但我有着突然被什么抓牢了的感觉。

这事还不算完。几天后老奎又报警了。还是说他摔得起不来了。即使知道这回八成还是个假案，我也得上门去看看。果然，老奎照旧坐在小板凳上，臊眉耷眼，像个坐在黑暗舞台中央的老猿猴。不同的是，这回他竟然泡好了茶等着我。茶泡在一只破搪瓷缸子里，我闻了闻，可能是那种需要熬制的砖茶。我像是能听到熬茶时发出的噗噗声。那么好吧，既然请我喝砖茶，老奎你总得跟我说说干吗老折腾我？他不做说明，倒是跟我聊起他前段时间跑出去干吗了。我从来没听过他说那么多话。其实，我差不多就没怎么听过他说话。但这天晚上他却对我打开了话匣子。

老奎说他是去找自己的闺女了。

他先去了重庆的云阳县。循着记忆，他看到的却是一片滔滔江水——当年这里不是连绵的青山吗？那一刻，他以为自己真的是老糊涂了。原来那里如今已是三峡库区，昔日的村落十几年前就搬迁了。这就叫天翻地覆，沧海桑田。老奎不甘心啊。他走了那么远的路，孰料已经换了人间。他在江边硬是坐了三天，好像那样就能等来一个水落石出的奇迹。三天后，他动身前往上海。他打听到了，当地的移民都迁到了上海的青浦镇。上海滩带给他的冲击恐怕不亚于滔滔江水。想必那里的一切对他来讲，就是光怪陆离的另一个世界。溜门撬锁他不在话下，可是要在上海找到个人，这事儿他根本办不到。青浦镇倒是找着了，但当年移民来的人，十有八九继续流动，早已四散。他还是不能甘心。青浦镇西面是上海最大的淡水湖，十万亩烟波浩渺，他又在湖边对着水面海枯石烂地坐了三天。他没找到闺女，感觉是从天而来的大水带走了所有的人间消息。

　　我对他的家事没什么兴趣，也搞不懂他干吗跟我说这些。但我看出来了，可能说什么对他也没那么重要。重要的是说话本身。他的嘴巴就像是台生锈了的老机器，重新运转，吱吱嘎嘎地颇为费力。而这费力的运转，却能带给他不一般的快感和惊喜。他矮一截地坐在我对面，边说边吞咽口水，润滑着他喉咙里那尘封已久的轴承。他的眼神浑浊而又迷乱。没错，他有点儿亢奋。我在想，这老头大概有许多年没这么滔滔不绝地跟人说话了吧。他都快把自己给说醉了。一边说，一边打着气味难闻的醉嗝。为此，我耐心地喝了两缸子茶，权当自己听了个没多大意思的故事。我猜，最后他会提出要求，让我们帮着他找闺女。他要是真这么要求，我就又多了件事。我都想好了，回去先跟上海警方联系一下。但临了他也没跟我提这茬。

　　破天荒地，这回我走的时候老奎还送了送我。他趿拉着懒汉鞋，颤巍巍地踅到门前替我开门。手伸出去，捞一把，又捞一把，第三把才捞到门把手上。我就知道了，这老头是真的老到头了。明摆着的,身体已经不听使唤了。

又是几天过去,还是在半夜,老奎的求助电话又来了。他好像专门找我值班的日子这么干。我让一个协警过去看看。小伙子回来跟我说,老奎点名要我去。这我的气就不打一处来了。问明白他没什么事儿后,干脆就置之不理了。

谁知第二天一大早老奎竟然找上门来。

我刚在值班室坐下,打算整理一下头天的值班记录,一抬眼,看见老奎隔着窗子矮一截地出现在我面前。他不说话,我也懒得理他,顾自干事。过了会儿他敲了下玻璃。我抬眼看到他翕动着嘴在嘀咕什么,模样就是动物园里跟游客隔窗龇牙咧嘴的大猩猩状。我低头继续忙活,他继续敲玻璃。这下我听见他说什么了。我以为自己听错了,歪着头瞅他。他的嘴在张合,但隔着层玻璃,让我感觉那是声腹语。一只看不见的手把老奎的肚肠搅和得翻腾不已,发出了不受他支配的神秘气声。他又咕哝了一遍。没错,他就是说"我要自首"。

不管真的假的,事儿来了。

我示意他进来说。隔着窗子,我看他扶着墙往里走的时候,脸上竟然有股掩藏不住的幸福感。

直接说了吧,老奎二十四年前从监狱里一放出来,转身就把自己的闺女给卖了。

就在老奎出狱的前一年,他老婆跟人跑了。对此我挺怀疑的。那个时候,老奎已经五十多了,他老婆也不会年轻到哪儿去吧?谁会带着她跑呢?要跑,也是自个儿跑了的吧?可老奎认定他老婆就是"跟人跑了"。好像不如此,不足以强调他内心的愤怒。可即便这样,他被强调起来的怒火也还是难平。坐了十八年的牢,他肚子里可是没少憋着邪火。所以他才有资格做个"重点人口"。这种家伙仇视万物,是该盯着点儿。老奎重返社会,举目四望,十八年过去,世界变得跟火星似的,让他老虎吃天,根本无从下嘴。但他有邪火,要抗议。没个泄愤的地方,就盯上自己闺女了。

老奎的闺女那年二十三岁。你都能想到,这种家里长大的孩子会有什么好?倒不是说那女孩品行不端,她挺好的,就是太单纯孤僻。怎么能不单纯孤僻呢?老爹坐牢,老娘撒手跑了,换了谁可能都一样。女孩小学毕业就辍学了,在路边摆了个菜摊,冬天还卖烤白薯。按说老奎回家了,当钉子户搞到了两套房子,守着闺女过日子也挺好,可他偏不这么干。人性不就是这么叵测吗?否则也用不着警察这个行当了。我听说南方有钱人还盛行吃婴儿呢。虽然我每天面对的都是些鸡零狗碎,走的路也多是窄道,但仔细想想,世态炎凉,里面确乎有惊涛骇浪。比方说,妻子跟踪丈夫,丈夫跟踪妻子,这些事儿,让你都不知道世界到底怎么了。但你能感觉到,它们正在改变那些赋予你生活意义的重要信念。

老奎在监狱里有个狱友是重庆云阳县人,服刑时跟他开过玩笑,说出去后要把他闺女买了当老婆。想到这茬,邪火攻心的老奎开了窍。他联络上了这个人,带着闺女上路了。坐了两天两夜的火车,到了地方,老奎一看,山清水秀,适于人居——这可能是他最后的一点儿良心了——当即拿了那人两万块钱,撂下闺女就走了。他跟我说他压根儿没打算在那人家里过夜。

我想我明白他的意思。他的邪火发到这儿就算到头了，再烧下去，会把他也活活烧死。两万块钱多吗？这恐怕不是个问题。钱不是他的目的，没准两百块钱他也要这么干。他就是想报复，至于报复谁，他都说不清楚。人性中那块最为崎岖陡峭的暗面，早把他黑晕了。他想要报复的对象，是他老婆，是带走他老婆的某个人，是世道和人心，没准儿，连他自己也能算在里面。那是种连自己都一并仇恨厌弃的情绪。他跟我说，那钱直到今天他都没动过。当年他转身而去，走在山路上，脚底发虚，轻飘飘地像是腾云驾雾。后来还跌进了沟里。旷野无人，他在野地里昏睡了一宿。醒来后，山风浩荡，感觉像是死过了一回。

当年老奎的女儿不见了，群众都想当然地认为女孩是找自己的亲妈去了。谁知道背后藏着个天大的秘密。

不折不扣，这是罪行。

可是怎么处理呢？却非常棘手。拐卖人口罪，最长的追诉期是二十年。不放心，我还特意查了下刑事诉讼法。就是说，时光已经赦免这桩令人发指的罪行了。如果要把老奎绳之以法，得报请共和国的最高人民检察院核准。他肯定还够不上这资格。我做完笔录，让老奎按了指印，上楼去给领导汇报。出门时老奎喊住我，问我干吗不把他铐起来。我瞅了他一眼，用指头点点他，意思是你给我等着。至于等着又如何，我也不知道。在我眼里，他当然是个浑蛋。可是我还没见过这么老的浑蛋。不是吗，一个浑蛋老到这种地步，浑蛋的程度都要打折扣了。

所长听了我的汇报，跟着我去了值班室。他也只能歪着头瞅了半天老奎。但毕竟是领导，一开口就问出了我心里面纠结的疑惑。

"我说老奎，"所长捏着自己的下巴问，"你咋今天才想着要来自首呢？"

老奎活动着嘴。刚才他说了不少，肯定也说累了。但他只是活动嘴，像空转着的马达，就是不启动，让人干着急。

他是为了逃避打击吗？那么他压根儿就不需要跑来认罪。是他的良心终于发现了吗？看起来也不像。你从他脸上根本看不出痛苦和悔意，反倒有股兴奋劲儿。就像那天晚上他跟我滔滔不绝后一样，脸上洋溢着的，是一股"可是给说痛快了"的惬意。我都想踹他一脚。

所长拍板，让老奎先回去。他却不走了，无论如何也要让我们把他先关起来。关起来谈何容易！对于这种根本不能批捕的案子，你没法把人送进看守所去。留在所里更是不可想象，等于弄来了个祖宗，得专门派人伺候着。怎么办？急中生智，我想到了老郭。

一段时间没见，我师父老郭真的瘦成了一张纸片。他像是飘到所里来的，让我不禁一阵心酸。看到老郭，老奎一下子就蔫了。刚才他看上去还得意扬扬的——好像回光返照，又成了当年那个臭名昭著的滚刀肉。但老郭只给他递了根烟，他就像条老狗似的，佝背塌腰地跟着老郭走了。他们一同消失在派出所的门廊前，飘进炽白的光里，就像是羽化成仙，遁入了虚空当中。

我以为这事就算完了，至少是可以暂时搁置起来了。但过了大概有半个月，报纸上居然登出了报道，题目是——《老浪子昔日卖女，今日终于投案自首》。还配了照片，老奎在镜头里正说得眉飞色舞。然后就有不明就里的群众往所里打电话，义愤填膺地质问我们干吗不把这没人性的老东西逮起来。所长被搞得恼火，指派我专门答复这样的质询。好像这事儿是我惹出来的一样。我当然更恼火，每天的琐事已经够多的了，还得在电话里苦口婆心地普法。同事们也故意逗我，一接到这种电话，就大呼小叫地喊我。

是老奎自己跑到报社爆的料。他像是专门要给我找事。

这事闹了有小半年，我被折腾得够呛。后来有一天我在家休息，中午时老郭给我打来了电话。他让我找辆车，马上到老奎家去。我到了的时候，他们已经等在楼下。两个老头都蹲着抽烟，旁边撂着一捆包袱。老郭得病后就戒了烟，我看出来了，这会儿他也就是做做样子。好像不做做这个样子，就不能跟老奎打成一片。

上了车，我才知道这是要把老奎送到养老院去。地方是老郭找的，离得也不算远，还在我们派出所的辖区里。这家养老院是私营的，规模不小，据说条件不错，住进去不容易，有的老人已经排了两年的队。天知道老郭是怎么搞定的。我想这事儿，怕是不会像让两根烟那么轻而易举。这就是我师父。他除了跟老奎长得像点儿，俩人之间既不沾亲又不带故。再说了，他已经退休了，自己还在跟喉癌死磕。

两个老头都不说话。我偶尔回头，看到坐在后排的他们，居然手拉着手。两只满是老年斑的手彼此扣着，像盘根错节的枯树根咬合在一起。车里有股老年人身上特有的怪味儿。这气味还带着颜色，青灰，又泛着点儿苔藓长着毛的墨绿。没错，你也可以说那就是死亡的味道。

到了地方，老奎却不想进去了。老郭也不劝他，让我跟他在院门口等着，自己蹒跚着进去找人办手续。老奎的包袱扔在地上，他一屁股坐了上去，从口袋里拿出只铝烟盒。这只铝烟盒我太熟悉了，现在竟然到了他的手里。铝烟盒里装着烟丝，估计不够他抽几回的。也就是说，用这只铝烟盒来装烟丝，实用性不大。它更像是个装饰品或者是纪念物。不知为什么，我还觉得拿在老奎手里，它也像是个女人用的粉饼盒。尽管它算不上太讲究，但对老奎来说，还是精致了点儿。

他开始卷烟。我跟他说这家养老院有多好。我也知道，我的话他压根儿没往耳朵里进。他抽着烟，眼睛空洞地望出去，像是曾经望着滔滔的江水。最后我还是忍不住又问了那个问题。它挺困扰我的，我当时想的是，我要是再不问一下，可能就永远不会得到答案了。我装作漫不经心地问老奎——为啥要在一把年纪了的时候想到来自首？老奎不搭理我，抽他的烟，望他的水。问完我才明白，其实我也没那么想得到个答案。这世界上说不清的东西太多了，而有答案的东西却太少。法律写得倒是清楚，那也可能是一部分答案，但如果世界的问题犹如滔滔江水，法律的答案扔进去，顶多是颗微不足道的石子。明白了这点，你大概才能当好一个警察。

"就是孤单嘛，想跟人说话。"冷不丁，老奎来了这么一句。

我听见了。但当时像没听见一样。随后我才意识到，"孤单"这个说法，我压根儿就没跟他挂上过钩。这个词不该在他老奎的词库里。我认为有些情感是他无从觉醒到的。哪怕它们已经实实在在地攥紧了他的心，疯狂地荼毒他。就好比如果他真的为"孤单"所煎熬，恐怕也只会本能地有所不适而已——那情形完全是生理上的，在他，可能就像是嗅到了一股令人反胃的恶臭。他没法将之上升为一种情感。所以，我以为听见了另外一个人说话。

他还是不看我。但我没看错的话，他的眼角有浑浊的老泪。你见过人的眼泪像洗过抹布的脏水吗？当时我就见识了。他还能流出脏水一样的眼泪，这算是上帝对他的一个优待。你知道，动物们只能干瞪着眼睛默默承受。不过这可不像一辈子都让上帝头疼的那个老恶棍。他敢杀人，敢卖闺女，敢当钉子户，可是不敢承受老了的"孤单"。

他坐在那儿，整个人蜷缩着，像是被人扔出去时还揉成了团的废纸，你要是想重新弄平整，得用熨斗使劲熨才行。报纸卷出的烟卷都快烧到他指头上了。有一阵，我甚至动念，是不是想办法帮他把闺女给找回来。但这念头立刻打消了。还是算了吧。有什么好说的呢？你要是也被自己的亲爹卖过一回，你就会明白我的意思。

"从上海回来，咋就觉得屋里更空了。"他说，"我都后悔为啥非要那么大的房子，不如回监狱去待着。"

那房子并不大，一居室而已。凑合着住倒是够了。可已经放不下一个老浑蛋的"孤单"——这玩意儿好像有体量，而且呈弥漫状，随物赋形，无孔不入，能把整个世界都塞得满满当当的。

出警　　073

老郭在院子里朝我们招手。我把老奎拎起来，还替他拎起了包袱。这两样都不重，轻飘飘的。不是的，我没有同情他的感觉。或者说，仅仅是同情他并不足以说明我的情绪。我只是被更加虚无的东西给裹住了。就像是掉进了云堆里。怎么说呢？嗯，我是有点儿伤感。

我师父老郭站在不远处。几个统一穿着橘红色马甲的老人在窗口探头探脑。条件再好，在我眼里，这里也是生老病死的所在，是荒凉之地。但你无能为力。可能最后我也得把我妈送进来。可能最后我自己也得被人送进来。我们向老郭走过去，我突然觉得我师父也是轻飘飘的，大概也已经瘦到了能被我一只手就拎起来的地步。时值仲秋，天高云阔，但那一刻，我的感觉并不比待在六十年未遇的酷暑中好受多少。

那是浩渺的炽灼跟微茫的薄凉交织在一起的滋味。

本来小吕是要求睡上铺的，他觉得下铺是我应该享受的待遇。但我还是坚持睡了上铺。我觉得在那样一个上不着天、下不着地的高度躺着，人像是躺在了另外的一个维度里。这能让我有种无从说明的平静之感。我说过，我是个内心戏比较多的人。我睡在上面，看不到下面的情况，说话就像是自言自语了。说完这些后，下面半天都没声音。我以为小吕已经睡着了。

"孤单。"他突然发出了一声叹息般的回味。

我探出头，看到小吕的头枕在自己胳膊上，一脸若有所思的样子。又过了一会儿，小吕就跳了起来。临出门他还没忘记戴上帽子。他就是这样，注重警容，比我强，是个当警察的好苗子。他没跟我说要去干吗,但我大致能猜出来。我从窗子望出去,看见他跑进夜色里,于是开始将他想象成一只在六十度的水温里畅游着的青蛙。

我想睡,却不怎么能睡得着了。夜深人静,万籁俱寂。连值班室的电话都不再响了,对面超市门前的木马却还在唱着儿歌。我也想过要提醒超市的老板夜里就把它给关了,费电,可能也有点扰民。但我没那么做。我想,这世上的人干世上的事,恐怕都有他自己的理由。如果对别人妨碍不大,就由他们去吧。儿歌里唱到"天上的眼睛眨呀眨,妈妈的心呀鲁冰花"。我开始想我妈。我想,她老人家现在孤单吗?

小吕出门时替我关了灯。外面旋转着的警灯把斑斓的光投射在天花板上。我举起手,光着的胳膊被照进的彩光裹缠,红红绿绿,像是文了身。这一刻,我又想到了我们农大"解民生之多艰"的校训。随后,我也感到了那大水一般漫卷着的孤单。

天边露出鱼肚白的时候小吕才回来。我迷迷糊糊地被他吵醒,看见他兴奋地趴在我床沿上,腋窝下全是汗渍。

"老校长承认报假案了。"他说,"本来问清楚我就打算回来,可老头硬是拽着我说了一宿的话。他儿子去美国三年了,平时连个说话的人都没有。"

小吕的眼睛里有血丝,不像青蛙,着实像兔子了。

"他那是诬陷,"我说,"涉嫌犯罪了。"

我当然早料到了,否则干吗半夜跟他聊老奎?

"我教育过他了。"他说,"老头就是见不得邻居一家三口其乐融融的样子,说是看了堵心。"

小吕的口气里有着替人辩护的味道。我想我大概没看错人，这小伙子没铝烟盒，也能当个好警察。

　　我翻下床准备洗漱。洗澡间在对面食堂的楼上，从宿舍走过去，盛夏清晨的空气就开始隐隐发烫。冲澡的时候小吕一直围在我身边说东说西。为了让他更高兴些，我在水花中拍了拍他肩膀。

　　再有半个小时，五点半，就得在值班室里就位了。但愿八点半交班前不用出警。不是厌战畏难，是天太热，都破了六十年的记录了。人活着已经是在苦熬。

2016 年 5 月 10 日

丙申梅月初四

香榭丽

巨型鱼缸

可能是重回单身的缘故,王桐的身心又有了一些少女时期那种惯常的恍惚感。

她跟单位申请休了年假,像是要有个专门的时间来让自己郑重其事地适应人生角色的转换。现在的她,有点儿搞不清楚自己算是个什么人。单身母亲吗?好像没问题,可她觉得也并不完全和自己的感受相匹配。现在令王桐恍惚的,说得深刻一些,恐怕就是那几条人类亘古的困惑了——我是谁,我从哪儿来,我要到哪儿去。

离开不过一周,曾经被称之为"家"的所在已经令王桐感到陌生。这并不完全是心理因素作祟,一切的确是变了,说是面目全非也不算过分。

房间突然称得上窗明几净。

进门的玄关上,多了一口不大的玻璃鱼缸,小口,鼓腹,粘在上面的黑色商标还没有揭掉,水面上浮着一朵橙黄色的塑料荷花，几条斑斓的锦鲤挤在水中。王桐不自觉就去数了数，五条，一共有五条。它们在鱼缸中显得有些拥挤，你来我往，不能算是畅游，还有些摩肩接踵的意思，却让这道景观看上去平添了一股熙熙攘攘的热闹劲儿。

抬眼四顾，就看到了客厅阳台上的新事物。落地窗开着，初秋的晨风吹进来，窗帘随之轻舞。飘拂的窗帘似乎得到过谁的指令，有意在强调着那台摆在它前面的机器。是台跑步机，常识足以让王桐一眼就看出来，那是台跑步机，但恍惚的心还是吃惊非小，发出"居然是台跑步机啊！"这样的感叹。

今天是周五，选择今天回来，显然是为了避开刘奋成。刘奋成供职的公司有着雷打不动的周五晨会，这一天他必须早早出门，其他时间，身为高管的刘奋成不用朝九晚五地赶去打卡。

其实撞见又如何呢？但曾经的夫妻还是选择了相互避让。在电话里约定周五，两个人可能都有些心照不宣的会意。王桐对刘奋成不就是这么习惯性地体贴吗？要不怎么办呢，难不成当她进门的时候，喜欢睡懒觉的刘奋成要被迫出门跑几圈吗？

见不得了。起码，短期之内，两个人是见不得了。见了，算不上狭路相逢，可好像会比狭路相逢更让人难以错身。

电脑桌上换了台键盘，造型是复古打字机的样子。按一下，清脆的声音和强韧弹起的手感让王桐不禁缩手，像是被沸水烫了一下指尖。"他还是给买回来了"这种抱怨的情绪压都压不住，王桐吃惊自己对此还是有些愤懑，而且愤懑之中，又多了些对自己没来由的同情。为了这样的一只键盘，夫妻间发生过分歧。刘奋成看中了，淘宝上有美国代购，关税自理，将近三千块。

王桐否定。否定的理由不一而足，太贵，用处不大，乃至"敌人赞成的都是我们反对的"那种态度。

什么时候就成了"敌人"呢？不知道。这个丈夫，压根儿不做家务，在她怀孕的时候抽烟，嗓子稍微有些疼，都小题大做地要求她请假陪着上医院检查，不顾及她怀着身孕上班，让她买药，还要把药给他送回家……

也许就是这样一天天变成了"敌人"？

王桐打开电脑。今天回来就是为了拷贝文件的。能带走的那些有形的东西，都已经搬离了，现在，要带走最后一点虚拟的遗存。显示器亮起的时候王桐有些紧张，一时间，她怕刘奋成已经更换了密码。这个担忧同样没有来由，可她就是害怕和紧张，是一种面对"决裂"的生理上的畏缩。自己的生日，熟悉的一组数字，顺利进入了系统。就好像一切并未改变，可以流畅地回到从前。

电脑的屏保依然是两个人的合影——站在烟火蒸腾的夜市里，身后是烟熏火燎、生机盎然的世相。王桐尝试着操作键盘，全新的键位向她昭告：如今，她的确是一个陌生人了，要重新去摸索一只键盘的使用，要重新去摸索生活。

她一边操作着电脑，一边下意识地回头瞥一眼身后玄关上的那口鱼缸。

"世界是一口巨型鱼缸"，这个感受曾经顽固地占据过王桐的意识。

那年她十六岁，认识刘奋成也是在这个时期，那时候他们刚刚考入高中。这么说起来，差不多也是将近二十年前的事了。

彼时，王桐的母亲离开了家。

走的时候，母亲来学校找王桐。那天居然真的落着细雨，就像庸俗电视剧里的套路，每当分离的时刻，就会有细雨落下。站在学校门前那棵呆头呆脑的老槐树下，母亲塞给王桐一把钞票，还有一张存折。母亲把存折、钞票和王桐的手攥在一起。

王桐恍惚着，居然在想，这只手没有少扇过她耳光——为了她忽高忽低的成绩，为了她时常恍惚的情绪，为了她偶尔的懒惰和偶尔的出言不逊，也许有时还为了母亲某些说不出口的私愤。直到长得比母亲高出一截后，有一天她抓住了这只手，"妈，别扇我，你真的别扇我了"。母亲才再也没有碰过她。显然，母亲识相地认识到，女儿的手劲已经不输于她了。

这只手因为分离在那一天攥紧了王桐。王桐无话可说，当她终于想开口问问母亲到底要去往哪里时，母亲已经钻进了那辆等在路边的小车里。爬虫一样的车子，涂着难看的屎黄色，是那种小车中的便宜货。开车的男人王桐见过，他曾经开着这辆破车无数次出现在她家的楼下。但是男人的面容却模糊不清，他总是躲在车里，所以王桐很容易就认为他的脸也应该是屎黄色的。

这个男人用一辆屎黄色的便宜货带走了她的母亲。

如今想来，那一天的雨总是往人眼睛里钻。王桐偶尔会让自己以一个旁观者的眼光去回顾：如果那一天，你恰好从槐树路中学门前经过，你恰好看了一眼那棵呆头呆脑的老槐树，你就能一眼看到，比那棵老槐树更呆的，是那个站在它下面的女生。她留着乱蓬蓬的短发，穿着松松垮垮的校服，眼窝里水汪汪的，像一个十足的可怜虫。的确是一个可怜虫。但她不是那种娇滴滴的小可怜儿——就像偶像剧里的女主角，很不幸，很茫然，眼圈总是莫名其妙地红着，表情总是有点受到惊吓的样子，弱不胜衣，楚楚可怜，随时都会有晶莹的泪珠潸然而下。事实上，她看上去是那么皮实，不过有些恍恍惚惚的走神而已。她留着男孩子一样的短发，喜欢穿愚蠢的校服，因为尽管的确难看，但肥大得令人舒服。

这个可怜虫读高一了，成绩尚好，否则也考不上槐树路中学这样的重点学校。她长得不漂亮，不是那种讨人喜欢的小甜心，但这也不妨碍有男生屁颠屁颠地来追她。高一刚入学，老师从她的桌仓里搜出一沓男生写给她的信，她因此还差一点被记上处分。够倒霉吧？还有比这更倒霉的，她的父亲下岗了，被"照顾"进了一家保安公司，穿着那种蓝不蓝白不白的保安服，整天昼伏夜出。这个父亲白天睡觉，晚上出去为一家生产有毒物质的企业站岗，他为这家企业保护住了有毒物质，却没有为她保护住一个母亲。母亲也下岗了，在商场替人站柜台，经常一站就站到了后半夜。有一天夜里，母亲哭着回来，她从床上爬起，光着脚，贴在门上听母亲在客厅里抽泣。母亲在给一个人打电话。故意压低的声音混在含糊的抽泣中，听上去像是打着一连串的饱嗝。

"这样的——日子——我——哦——过不下去了——。"母亲对着另一个人断断续续地说。

她感觉自己被人当胸捅了一拳，捅到肉上时拳头还拧了一下，心想，"这样的日子"，是什么样的日子呢？

在槐树路中学，她对同学们说自己的父亲是公安局副局长。谎言出口时，即便加上了一个保守的"副"字，可依旧改变不了说谎的本质。她需要这么做，以此来假设日子并非一定是晦暗的和平庸的。这不算很大的罪过。在这所名校里，每一位同学都有着显赫的家世，一个个都像是公子哥儿，最逊的，好像也有一个当居委会主任的姑姑。《木偶奇遇记》里的匹诺曹每次说谎，鼻子都会噌噌噌地增长，一直长到能够把谎言戳穿、令其昭然若揭的长度。如果童话成真，槐树路中学就会长出一大片像匹诺曹那样自我暴露的长鼻子，直挺挺地林立着，成为一片谎言的森林。可事实上，童话也是骗人的，他们有蒜头鼻子，有鹰钩鼻子，有各种各样五花八门的鼻子，就是没有因为说谎而长出的长鼻子。于是大家可以放心地信口开河。哪一个傻瓜会信以为真呢？大家的眼睛是雪亮的，心情是彼此默契的，那么就这样吧，既然青春需要被虚构。

唯独她遇到了一个傻瓜。

历史老师的儿子深夜潜入学校的微机室抱走了一台电脑，没几天便被公安抓去了，这位老师却把她请进办公室。"王桐啊，你爸爸是公安局的领导吧？"她的头一下子变得有篮球那么大。她想自己是脸红了，历史考不及格她都没有脸红过，可是现在脸红了。她硬着头皮哼哼，听到了这样的请求："你爸爸有空的时候，老师想去拜访一下他。"

从此以后，历史老师每次见到她都会眼巴巴地盯住她，问一声："王桐啊，你爸爸有空吗？"

日子因此一下子变得糟糕透了。在谎言的森林里，只有她的鼻子有了变长的危险。脚先变软了，一跨进学校的大门就会发虚，让整个人都跟着蔫下去，恍恍惚惚成了常态，再也没有了在操场上疯跑的劲头。

学校的门卫室也有保安，那个灰溜溜的中年男人，经常会在放学的高峰时间猝不及防地振奋起来，像一位首长那样挥舞着胳膊，把学生赶马似的往校门外赶。那时槐树路中学的公子哥儿们就会夸张地笑起来，叫他"二警察！"听吧，是"二警察"。而她的父亲，就是一位这样的"二警察"，却被吹成了公安局的副局长，却被一个傻瓜老师信以为真。

这就是王桐十六岁时的日子。

那么，这样的——日子——我——哦——过不下去了——。

那天放学后，王桐攥着母亲留给她的钱和刘奋成去逛街了。

上课时她把头埋在课桌下数了数，居然有七百多，而那张存折上的数目，是三千块。这无疑是她长这么大拥有的最大一笔财富。她以为自己一定会兴奋，可是却发起呆来。因而和刘奋成走在大街上时，她又是恍恍惚惚的样子了。她说不清自己的感受，想这就应该是"神不守舍"吧？神不守舍，这个词是刘奋成说出的。

"王桐，你有些神不守舍。"刘奋成把她的书包卸下来替她背上。

入学之初，王桐被老师从桌仓里搜出一沓男生写的信，其中就有刘奋成的。当她因此而倒霉时，只有刘奋成找到她面前，

巨型鱼缸　083

煞有介事地向她道歉。两个人站在操场的高低杠边，刘奋成围着她转圈。而她，使劲地把脸扭向一边——是那种通过扭腰完成的扭脸，扭一下，再扭一下，非常有力，像足了那种撒娇的小女生。她在心里对自己说，天哪，我居然在跟男孩子撒娇哇！可就是身不由己，嘴唇没准儿也是噘起来了。刘奋成随着她脸的朝向团团乱转，从那杆低杠下钻来钻去，终于一不小心迎面撞在横着的铁杆上。

那一下撞得可真是结实，刘奋成噔噔噔倒退几步，扑通一声坐在了地上。她看到了什么？对啊，是血，很稠很酣的血，从刘奋成的鼻孔里慢腾腾地爬出来。有多稠多酣呢？这么说吧，还没流到下巴上，就已经凝固了，流不动了。

她十六岁，第一次看到一个男孩子因为自己流了血。

母亲离开了她，正如刘奋成指出的那样，她有些神不守舍。她看着身边的刘奋成，两只书包像两只炸药包一样地扛在他的肩上，就愈发神不守舍了。可是她能对他说说她的神不守舍吗？对不起，她不能。在刘奋成心里，她的父亲也是公安局的副局长，而她的母亲，在谎言中成了商场的"副"经理。她想，眼前的这个人也是为数不多的几个傻瓜之一吧，相信她说出的每一个字。曾经有几次，她神不守舍地想，要是刘奋成问她"你是谁的孩子啊？"她就响亮地回答他"我是'二警察'的孩子咯！"可刘奋成从来不问，她的真相也就只好藏在肚子里烂掉。那么现在，她的神不守舍就是没有根据的了，像电视剧里那些深闺中的小姐，为了一阵风，为了一场雨，有时干脆什么也不为，莫名其妙都能神不守舍一会儿。

得不到解释，刘奋成也跟着神不守舍起来，脑袋耷拉着，被两只书包压着的肩膀塌了下去。她心里一阵发酸。但是她无能为力。是吧，她很虚荣呢，这是她的问题，可她只能这么虚荣下去。她对生活的伪饰，其实简单，也许不过是盼望有一天，能够带着一种自毁的心情向着男孩子深情地坦白与发问：好吧，就是这样，那么你会喜欢一个"二警察"的女儿吗？

在一家路边店吃了麻辣烫，付钱的时候她一下子摸出了大把的钞票。这令她都有些不知所措。她都忘记了自己会有这么多的钱。所以她发了一小会儿傻，才抽出一张递了出去。

"买彩票啦？"刘奋成当然也很吃惊，边抹嘴边问她。

"我妈给的。她出国了，给我留下些零花钱。"前一句没问题，可她还是要说出令自己恶心的后一句，因为这么说出后，她竟有一种自暴自弃的快感。

重新走回到大街上，天色已经开始昏暗。雨又下起来，裹着兰城特有的沙尘，灰蒙蒙的，有股泥土的腥味。突然感到冷。在五月的天气里，在肥大的校服包裹中，却感到了冷。她抱住自己肩膀，身子微微缩紧。突如其来的冷意搞得她像一个柔弱的小女生了，跟刘奋成靠紧一些，想说什么，却不知所云。刘奋成的声音有些失落，失落得都有些温柔了。"王桐，你有事情瞒着我。"眼泪差点涌出来。好在她挺了挺，深吸了一口泥腥味的空气，终于把眼泪又憋了回去。

经过一条地下通道，走到楼梯口，就听到里面传来有气无力的歌声。唱歌的是一个无精打采的青年，席地坐着，抱一把吉他，眼睛迷迷糊糊，头向前一下一下打瞌睡似的点着。"可怜的家伙，唱歌的样子像狗啃骨头。"呆呆地站住听了一会儿，刘奋成挽起她悄悄地评论。

一路上的毛毛雨夹着泥土，把王桐淋得灰头土脸。

回到家，父亲正弓着身子在厨房里择菜。她想叫一声"爸"，却发不出声音。父亲好半天才察觉，直起身子回头看她，嘴角咧一咧，同样也发不出声音。他背对着灯光。厨房里的灯也真是暗，让他的轮廓看起来像一道剪出来的人影，他也真是萎靡，让人影看起来像一截冬天的枯树杈。

父女之间，隔着一把枝叶茂盛的芹菜。父亲将芹菜倒了倒手，也许是想腾出一只手来摸摸她的头。但是那把芹菜太粗了，他总是无法用一只手抓住，试了几次都不行，只好依然用双手献礼般地捧着。

"我来吧。"王桐接过父亲手里的芹菜。

失去了那把芹菜，父亲反倒手足无措，搓着手，勉强地笑，尽量用若无其事的口气说话。"你妈走了。"他说，"不过你不要怕，以后我会很好地照顾你。"

王桐埋头择那把芹菜。"我知道，她来学校找过我了。你也不要怕，以后我也会很好地照顾你。"

父亲呆愣愣的。"你是大姑娘了。"

"是的，我是大姑娘了。"

"你妈也没错。"停顿了一下，父亲又挤出一句，"她还是爱你的。"

这话让人心碎。一场不堪的变故，居然令做保安的父亲变得前所未有地体面,变得有了风度。眼前浮现出那辆屎黄色的便宜货,王桐不知道它会把母亲带向哪里。她在心里问,妈,你真的能被这样一辆破车带向幸福吗?这么问着,她就变得可怕地冷静了。

"她仅仅爱我是不够的,她还应当爱你。"

父亲不出声了。这也难免,在这个家,何曾有过这么密集地将"爱"挂在嘴边讨论的时候?那天晚上,她炒了一盘芹菜肉片,还烧了紫菜汤。她饭做得不错,这没什么可夸耀的,她既不是公安局长的女儿,也不是商场经理的女儿。她和父亲对坐在饭桌前,父女俩都不再提那件事情,把"爱"抛在脑后,吸着气,响亮地喝着滚烫的紫菜汤。"明天我就会更好地照顾你。"父亲放下饭碗时对她这么说。

这句话听起来怪怪的。她睡在床上瞪着眼睛想父亲的这句话,猜测着父亲将如何"更好"地照顾她。她发现,自己压根儿无法想象出这种"更好"。后半夜她起来上厕所,看到父亲坐在黑黢黢的厨房里,一颗烟头的亮光忽明忽暗。他为什么没有像往常一样去站岗?这也是他要对她"更好"的一个方式吗?一这么想,就有了真正的说不出的伤心。黑暗中的父亲在专心致志地哭,压抑的哭声时断时续。她踮着脚尖回了自己的房间。

第二天早上,王桐在校门口遇到了丁丁。丁丁大概是槐树路中学为数不多的几个不需要吹牛的人之一。因为她看起来很像是一个货真价实的千金,她有一个意气风发的父亲,这个父亲经常会开着一辆白色的奔驰车出现在槐树路中学的门前,为他的女儿作出证明。

丁丁笑嘻嘻地跑几步,追上来和王桐并肩走。她挽住王桐的手说:"下午放学我们去吃麦当劳。"

王桐的表情直愣愣的。"去不了,我要回去给我爸做饭。"

"做饭?让我猜猜,你爸破了什么大案吗,你这是要给他庆功?"丁丁一脸的不经意,她总是这么一脸的不经意,像个十拿九稳的闺秀,她评价道:"做公安局长的女儿真是一件蛮辛苦的事。"

"你以为我在撒谎吗?"王桐脸上的皮肤像是紧绷着的橡胶。

"没有啦,还是去吧,我替你把刘奋成也约上。"原来是这样,狡猾的女人,她要把刘奋成也约上。

王桐被她搞得又恍惚起来,以至走到校门口的一刹那,她都没能将父亲认出来。她可能和丁丁一样在纳闷,这个"二警察"干吗对着自己讪笑?当这个"二警察"准备伸手拍她肩膀时,她才恍然觉醒。霎时,她听到有个声音在自己耳朵边近乎咆哮地大声呼喊:

这样的——日子——我——哦——过不下去了——!

然后她做了什么?没错,她把头扭向了一边,就那么视若无睹地、陌生人般地和自己的父亲擦肩而过。走出很远了,她都不能回头去张望一眼。但她的眼里充满了父亲方才的样子:瘦削、面色枯黄,却很不协调地笑容可掬;手僵在半空中,像一只伸在空气里捕风的手那样,一时还无法接受这莫大的玄秘的捉弄,于是只能尴尬地定格了。

她当然不会怨恨父亲。怎么会呢?她爱他,即便在那个家

"爱"是个稀缺品,但她也曾暗暗发誓永远不离开他。只不过在槐树路中学所有的撒谎者中,她是最倒霉的一个罢了。她该怎么办?该怎么去面对接下来一个又一个永无尽头的明天?假如明天来临,她需要和她的父亲一同站在校门口,协助他赶马一样地驱赶那些公子哥儿吗?假如明天来临,刘奋成还会把她的书包卸下来替她背上,说,王桐,你有些神不守舍吗?

发了整整一上午的呆,课间的时候,她趴在窗子上眺望校门,却看不到父亲。倒是历史老师又突然冒了出来,眼巴巴地盯住她。"王桐啊,你爸爸有空吗?"她的手心凉津津的,全是冷汗,不由自主就贴着裤缝来回地搓,让她看起来更像个被捉拿归案的贼,好像是她刚从微机室抱走了一台电脑似的。

"他有空,不用很久,你就能见到他啦!"大声说完这句话,她突然如释重负,就像是甩手扔掉了沉甸甸的赃物。她的心里面哗啦一声塌下去一片。可随着这哗啦一声,塌下去的,除了负担,似乎还有别的什么。

她十六岁了,正是所谓的花季,精力充沛,不知疲倦。可在这哗啦一声后,她的身体也变得空空荡荡。许多她说不清的东西奔涌而去,她没有支撑了,要像一个烈日下的雪人那样地融化了。

这就是成长吗,只在一瞬间?

至少,那混合着麦当劳、言情剧、流行歌曲和谎言的青春,被有力地弄碎了。

终于挨到了放学的时候,丁丁和王桐并肩往校门外走,她说:"我已经和刘奋成说好了,下午放学一起去。"王桐无法开口，有一个词压在她的舌下，她一张嘴，就会脱口而出。可是当她们随着人流磨蹭到校门口时，她的眼睛又花了。她几乎都要对着那个灰溜溜的中年男人叫出一声"爸"了——这个字已经被她在舌下酝酿成了一枚喷薄欲出的果实，迫不及待地等着要瓜熟蒂落。幸好那个中年男人突然猝不及防地振奋起来，他像一位首长那样地挥舞着胳膊，把粘在一起的学生赶马似的往校门外赶。这让王桐骤然清醒，那声呼唤被她硬生生地吞了回去。

怎么会这样？这还是从前的那个家伙，虽然一样地瘦削，一样地面色枯黄，一样地塞在蓝不蓝白不白的保安服里。像是被人在脑袋后面敲了一棒子，又像是沉入了一个古怪的魔术里，她的脚一软，向下倒去。

"哎呀，你怎么了！"丁丁尖叫起来。她蹲在地上，脸上爬满了汗水。丁丁嘘嘘地吸着小气，很有把握地说："是痛经了吧？坚持一下，我爸的车就在外面。"她扫了一眼，果然看到校门前那棵傻呆呆的槐树下停着那辆耀武扬威的奔驰车。

她只有硬挺着站起来。她自然不会走向那辆车，她想她应该自己走回去。可她真的是没有一丝力气；可是，她既然站起来了，就得自己走。女孩子的心就是这么顽固。即便如此，那位神气的保安还是嫌她走得慢了，也许失而复得的岗位令他愈发滋生出了一种可笑的权力感，他威风八面地冲着她喊："你，那个短头发的假小子，磨磨唧唧搞什么名堂？冒充娇小姐吗？"

这么精彩的语言反而使拥在校门前的脚步都停住了，大家哄笑起来。丁丁也掩住嘴笑，向他回敬道："你这个'二警察'，冒充公安局长吗？"

心里咯噔一下,像是被人抽了一鞭子。天哪,"二警察"!现在王桐根本听不得这个词,这让她一下子无法自控。"你放屁!"她用响亮的哭腔大吼。

所有人都以为她是在骂那个"二警察",包括丁丁都这么以为,所以当丁丁搞明白这是冲着自己时,小脸立刻就变得煞白。"王桐你是在骂我吗?"她细声细气地求证。

"是的!鬼知道你爸怎么坑蒙拐骗才有的钱,你有什么资格侮辱人?"

丁丁漂亮的小嘴巴哆嗦成一团,她连哭都不会了。王桐疯起来了。她就像一头小母狮,向着整个世界发威。"不承认吗?谁不承认自己撒过谎的话,就上来扇我耳光吧!"她指着身边看热闹的一个男生喝问:"你吗?"男生下意识地缩了回去。"你呢?那么你呢?你,你呢?"她就这么四处指点着,一个一个地追究。她的食指是一根烧得通红的火棍,所到之处,无不披靡,槐树路中学的贵胄们纷纷避让,否则会嗞啦一声被烫出一溜烟来。他们在她不屈不挠地断喝下,手忙脚乱地退出一个大圈,并且慢慢安静下来。

那个等在奔驰车里的父亲冲进来了,他要为自己受了委屈的女儿出气,硬挤到王桐身边,一把揪住了她的头发。他用了多大的劲啊,王桐觉得自己的头皮都要被揪下来了。她的头被提溜着,身不由己地踮着脚尖,像一条努力浮出水面呼吸的鱼,只有这样才能缓解头顶的疼痛。可她一点儿也不恨,甚至一瞬间变得释怀。她将这看作对自己的惩罚。她觉得自己应该被这样示众,也许只有这样,被人拎起来,才能抖掉一身的脏水和所有的恶心。

丁丁在哀求她的父亲松手。但这个父亲铁了心，他由不得自己了，他都不知道，他的那只手此刻是上帝之手，从天而降，负责把一个渴望拔地而起的女孩从人群中甄别出来。

"松了！"刘奋成扑上来了。除了刘奋成，还能有谁呢？他嗡声嗡气地吼着。人高马大的少年，一点都不比这个正在扮演着上帝的父亲弱，他很容易就掰开了那只上帝之手。

终于站稳了脚跟，王桐拼命挤出了里三层外三层的人群。

父亲去了哪里？他不在家，仿佛真的被一个高明的魔术师从这个世界上变得无影无踪了。

王桐觉得自己就是这个魔术师——只消像一个陌生人般和自己的父亲擦肩而过，只消让父亲伸过来的手搁浅在空气中，他就会消失掉，轻而易举地弥散在大白天的空气里。

她顶着火辣辣的头皮往保安公司走。保安公司离家不远，经理很年轻，声如洪钟。"老王？刚被辞了。他也太自由散漫啦，无组织，无纪律，昨天跑来要求调到槐树路中学，今天又跑来说不干了，他以为他是谁？自由门神吗……"王桐回过神往外走，又被这个经理声如洪钟地喊住。"你把这个带走，告诉你爸，以后不要再送这种东西。"

那是墙角边放在红色塑料袋里的一小袋苹果。

拎着这袋苹果，她重新走到了大街上。

昨晚下了一夜的雨，市面成了巨大的泥塘，汽车开过去溅起脏水，让人躲之不及。于是就不躲了。她不时用一只手揉揉眼睛——已经被溅了一身的污泥,她不想让人还看到她边走边哭的狼狈相。那天,就这样一只手揉着眼睛,一只手拎着一袋苹果,整整一个下午,王桐都漫无目的地走在泥泞的大街上。她隐约相信,父亲会从人群中自己走出来,走向她,伸手抚摸她火辣辣的头顶。她真的这么期待着,近乎一种信仰,有几次,不免错把迎面而来的中年男人当成了自己的父亲,只要那人够瘦、够萎靡不振。

天阴沉沉的,空气很闷,还湿乎乎的,像是被一层无形的玻璃罩了起来。她感觉世界就是一口污水漫卷的、缺乏氧气的巨型鱼缸,而她,是一条拖泥带水挣扎着漂流的鱼。

傍晚时候,经过一座过街天桥。天桥的台阶上坐着一位测字的老头,穿着对襟的布褂,戴着圆坨坨的墨镜。她决定让他给自己也测一个字,摸出十块钱放在老头面前铺着的报纸上。老头的脸仰到天上。"女娃儿,测什么字呢?写在我手心上吧!"捧起那只布满牛皮癣一样老年斑的大手,她在上面一笔一画地写了一个"明"字。老头把手缩回去,那个"明"字被他攥在了手心。

"事来宽,心不安,疑虑久,始安然。"他像是在唱戏。

"我听不懂。"她如实说,提起脚,轮换着将穿着帆布球鞋的双脚在校裤阔大的裤管上擦着。

"日月为明,昨天是明,今天是明,明天自然也是明,只要有太阳,有月亮,就是明咯。女娃儿,昨天就是今天,今天就是明天哟。"听上去像是绕口令。

"你是说所有的日子都是一样的吗?"

"这个女娃儿,还真是个女娃儿哟。"

她听得晕头晕脑。是啊是啊,不是女娃儿还会是男娃儿吗?付了十块钱,她的问题似乎被解决了,又似乎被加重了,就像天上厚墩墩的乌云,被夕阳刺出条缝,可还是没有被彻底撕开。只有顶着这块云继续深一脚浅一脚地上路了。

恍恍惚惚地走,走到饥肠辘辘,直到被人拦住。这个时候天已经完全黑了,王桐几乎认不出眼前的刘奋成。他戴着一顶滑稽的厨师帽,系着一块脏兮兮的围裙,站在一股臭烘烘的、却又催人食欲的香味中,一把拽住了她。像是漂流到了那口巨型鱼缸的尽头,她被一道无形的黑暗玻璃阻挡在了意识的边界。刘奋成急骤地跟她说着些什么。她感觉刘奋成应该是在向她示爱,向她说明他有多么担心,但她却只能这样无动于衷地回答他:"喂,给我弄点吃的来,我都快要饿死了。"

这巨型鱼缸的尽头,是一条热气腾腾的夜市,它有种刀耕火种的远古之感,摩肩接踵的食客犹如过江之鲫。刘奋成的身后是一排烟火蒸腾的小吃摊,每一个摊位上的食品看上去都既新鲜又粗鲁,散发出茹毛饮血的原始诱惑,神奇的是,其中竟然有一个摊位是属于他们家的。烟火弥漫,这是上帝为王桐预备的一场盛宴。上帝毕竟是上帝,祂惩罚人,可从不抛弃人。

"爸,给我同学来碗馄饨!"刘奋成对着摊子前一位正在忙碌的中年人大吼。他只能吼,否则声音势必会被淹没在嘈杂的市声里。大家都在吼,客人在吼,摊主在吼,交易得夸张而又热烈,吃一碗面条都像是一个令人心潮澎湃的事件。

"爸?"王桐觉得有哪儿不对,小声地嘀咕。"那个,你爸不是教授吗？我好像听你说过。"

刘奋成一定是竖着耳朵在捕捉她的话，他居然听到了，随即抿起嘴，对她瞪大了眼睛。这可能是个志忑的鬼脸，也可能是张坦率的表情。他重重地吸了口气，似乎要让弥漫着的油烟灌满他的肺叶，似乎王桐嘀咕出的那句话有一股特殊的怪味。

"骗人的，我爸就是个夜市摆馄饨摊儿的。"

——时隔多年，王桐都觉得这句话宛如一次有力的打捞，将她从身陷一口巨型鱼缸的绝望中挽救了出来，于是，那些"过不下去了"的日子，喑哑、负疚的青春，都因此获得了赦免，全部被仁慈地分摊和包涵了。

喧嚣的夜市日后成了王桐最爱和刘奋成去的地方。那里没有憔悴的谎言，有的只是既臭且香的人间烟火，它是一块沃土，滋养出尘世的爱情，每一次光顾，它都能令在白天矫饰着生活的他们重整旗鼓，有勇气不是那么气馁地继续去面对一个又一个需要圆谎的明天。

失业的父亲后来也摆了一个小吃摊儿，本钱是王桐出的，就是母亲出走时留给她的那笔钱。

接着王桐和刘奋成都考上了不错的大学。

毕业三年后他们结了婚。

五年后，两个人有了自己的儿子。

刘奋成成了上市公司的高管，王桐成了政府部门的公务员。看起来，似乎可以不用再依靠谎言来给心灵披上铠甲了。但他也渐渐不会再卸去她肩上的书包替她背上了，她呢，大约也不太可能再会为他流出的黏稠的血而动容。

如今,她三十六岁了,离婚不到一周,曾经的家却已经焕然一新。

鱼缸,跑步机,机械键盘……

王桐想,刘奋成是故意这么做给她看的吗?——就像当年,大家都需要虚张声势,否则好像就无法敷衍艰难的青春;抑或,这不过又是一次新的虚张声势?因为既臭且香的人间日子终于也在那口巨型鱼缸中熬到了头,让人饱尝碰壁的滋味,于是,不得不用新的假象来蒙蔽什么,鼓舞什么,好让自己不那么泄气。

需要的文件全都拷贝下来了,王桐拔掉U盘,将它们在电脑上一一删除,让自己最后的一丝痕迹也彻底消失在这个虚拟的空间里。关机的一刻,她有些眷恋地凝视电脑上的屏保照片。照片上,她和刘奋成那两张被夜市灯火映照着的脸,像两碗热气腾腾的、倒满了红油的馄饨。

她起身走向阳台上的跑步机,在上面走了两步。她并没有打开电源,不过像是给这台机器打上一个已经被自己检阅过的标记而已。

出门时她不由得又打量了一番玄关上的鱼缸。

透明的玻璃,清洁的水,塑料的荷花,缸底指甲盖大小的、用以营造氛围的贝壳和瓷做的小鸭子。她不禁要惊叹刘奋成这些自己从前毫无所知的情趣与耐心,也由衷地喟叹这鱼缸对于世界那一厢情愿的模拟和复制。它不过是那真实世界的泡影——这不免让人想起二十年前的那个下午,自己走在大街上那犹如漂流在一口巨型鱼缸中的感受——它是假的,却假得如此天经地义和漂亮，流泻着对于世界满怀正面憧憬之时那种无可指责的天真，它是对于不美好的抗议和躲避，是一颗竭力在撒着谎的悲伤而无辜的心。它并没有忠于那真实的摹本，它在撒谎，却创造性地说出了动人的谎言。

旁边有一小罐鱼食，她捏起一小撮投放进去。她听到了五条鱼争食发出的喋喋。

王桐把一串钥匙留在了鱼缸边，这也是和刘奋成在电话里沟通好的——周五，她将拷走电脑里的文件，留下家里的钥匙。

2016 年 8 月 19 日凌晨

丙申巧月十七

香榭丽

但求杯水

起身前,她翻看了一下手机上的朋友圈,意识到这么做不过是在无目的地延宕时间。疲惫的紧张与紧张的疲惫,令她既亢奋又涣散。一切的确该结束了。眼皮在打架,神经却已绷紧,像拧紧的发条,做好了启动的准备。

她首先注意的是时间,零点十二分,然后才瞩目在朋友圈的动态上。几乎所有人都在发着同样的内容——雾霾。

有一条短视频:4000流明灯光和微距镜头拍摄下的雾霾。

什么是微距镜头?4000流明灯光呢?不知道,但她喜欢这样的术语,觉得头头是道。手机屏幕上,黑暗中宛如漫天飞扬的细雪还是吓到了她。颗粒物无声地奔涌,像短促的疾矢。这就是此刻的世界吗?然而这不是更像她此刻的心情吗?漫卷,动荡,细碎,却悄无声息,如果不被"4000流明灯光和微距镜头"捕捉,就只是一片混沌的霾。

微微侧了下身,她感到腰腹有些酸痛。长年健身,还以为身体对一定强度的运动有了耐受力，看来并不是。她伸手拿过床头柜上的内衣，在被子下穿戴，系扣子时腰背挺起，那种酸痛感便来得更强烈了。她的动作并不大，但强烈的身体感受让她觉得自己搞出了不小的动静，于是有些紧张地回头看看身边熟睡着的男孩。

夜灯从墙角向上投射，打到天花板上，再反射下来。微弱的照亮下，男孩下颌本来硬硬的胡茬被涂抹上了一层橘色的光晕，看上去毛茸茸的，柔和极了。

然后她又看了看窗帘，觉得没有拉严的那道缝隙透出的夜色有些泛白。房间里亮着夜灯，却黑得发光；窗外雾霾笼罩着午夜，却只是一片泛着青白色的晦暗。

"晦暗比发光的黑……要白一些"，她在脑子里费劲地区别着，那些混沌的感受，的确难以被头头是道地总结。

最后，她望向了卫生间那道同样只拉开了一条缝隙的门——差不多有一个手掌的宽度，里面的光束狭窄地投射出来，笔直地劈进房间，将发光的黑暗分割成两块区域。她知道，这道光不是一个偶然，那几乎是经过严格运算的，即便只是一个看似漫不经意的动作，但闭合到什么程度，里面的光有多少"流明"被允许释放出来，一切都经过了她潜意识的拿捏。

她对环境就是这么计较，光照正是环境最重要的条件。丈夫曾取笑过她，说她是"灯光师"，在家里总是不断地调试着光线。

但身边的男孩不会知道。他不会懂得自己此刻身在的这个空间，全是她默默营造的。重要吗？——刻意没有拉严的窗帘；刻意留下的一道卫生间的光亮；夜灯旋转了数下，才被精准地确定在一个心理认可的亮度上。这些，重要吗？她觉得重要。这就像一个跳高运动员，遇着一切横着的物体，便身不由己地想要跨越。

男孩去冲澡时，不过是黄昏，她就已经着手去"布光"了。酒店房间里的时空感可以人为制造，窗帘闭合的过程，她能感到梦境般的光感虚掩而来，黄昏似乎是在她的手心里被缓慢地拖拉进了夜晚。她觉得自己就像是拽着一道大幕，现实与舞台的转换就这样完成了；又觉得自己是兜撒着一张大网，但这张网笼罩住的，她却难以说清究竟是极乐还是痛楚。

她在拉幕，同时在观看与上演，她在撒网，同时在捕获与被缚。

男孩这时发出了声音。似乎是叫了她的名字，当然也可能只是一个含混的呓语。她从舞台中、从网罗里清醒，轻声回应道："接着睡吧。"同时替男孩拉了拉被角。男孩的肩膀裸露在被子外面，有着好看的弧度。

她起身，赤脚踩在地毯上，即便无声无息，但还是尽量地避免发出动静。卫生间的门很平滑，她闪身进去，合紧身后的门，竟有股松了口气的感觉。

衣服叠放在浴缸的台面上。她并没有使用过浴缸，只是冲了淋浴。每一次，她都是进到卫生间脱衣服，将外衣整齐地叠放在浴缸的台面上，淋浴，然后穿上内衣，裹上浴巾，走向事先被她调好了光线、舞台一般的空间里。男孩抗议过，那时他躺在被决定了的亮度里，犹如被锁进一个不由分说的牢笼，他抱怨说，自己几乎没有看清楚过她的身体。

她倒是看清楚过男孩的身体。有一次，她放好了浴缸的水，撒了浴盐，让男孩浸泡在水里，仔细地给他擦洗过身子。

她开始穿衣服，内心竭力避免着不洁的滋味，但是，"在一间酒店的卫生间里穿着衣服"这个念头，她终究还是难以摆脱。她当然是一个有着羞耻心的女人。这些年来，有了生理需求时她也会借助工具，但操作时，她要先将所有常年陪伴她的那些毛绒玩具都请出卧室，她觉得它们都是些生灵，在它们的注视下，她会感到羞耻。

大概已经快凌晨一点了，她知道，今夜终于越过了边界。

从公司出来后她回了趟家，那时还不到下午四点。丈夫是这家公司的幕后出资人之一，她迟到或者早退，不会被过多干涉。家里照旧空空荡荡，做晚餐的保姆还没到。她打了电话，告诉保姆不用来了，晚上她不在家里用餐。

她有点儿饿，尽管离约会的时间还早，完全来得及吃点东西，她也只是拿了颗苹果，一边啃，一边步行往酒店去。她的家距离酒店不算近，行色匆匆的路人都戴着防毒面具一般的口罩，她却慢吞吞地走着，安步当车，将苹果和雾霾一同吞进肚子里。她穿着一件挺厚的羊毛大衣，本身个子又很高，觉得自己这样走在冬天的街上，看上去像一头正在穿越浓雾的笨拙的熊。

"小熊。"男孩这样称呼过她。

此刻她又感到了饿，想着包里好像还有一块饼干。包挂在房间的衣柜里，有一瞬间，她几乎不可抑制地想要冲出去，去翻包里那块可能会有的饼干。但她只是再次将卫生间的门拉开了一道符合她"心理尺度"的缝隙，她站在里面透过这道缝隙

但求杯水　　101

向房间里望去。

卫生间里释放出的那束光,神奇地与窗帘留下的缝隙重叠了。一瞬间,这道世界的罅隙在她眼里似乎还在不断扩张,一条峡谷正确凿地在她脚下形成。幻觉中,两块分离的区域犹如两块各自漂移的陆地。熟睡在床上的男孩,浑然不知自己已然飘向深处的宁静;而她,不假思索,选择站立在反向而去的板块上。为此,她甚至挪了挪身子,在想象中,让自己完全隐没在黑暗的另一半区域。

想象自己正站在一块漂浮的陆地上,这令她居然有些头晕,手情不自禁地扶在了门上。门轻微地滑动了一下,加重了她的眩晕感。

这就像你压根儿感觉不到地球的旋转,却突然在某个瞬间深刻地意识到那壮阔的运动正带动着它所承载着的一切翻滚不息。

她在少女时代有过类似的感受。那时,她会毫无目的地乘坐穿城而过、线路最长的一趟公交车,从起点坐到终点,而后折回,时间允许的话,她还愿意周而复始。公交车无声地运行,少女的她将之想象为地球本身的运动,某种"永恒"的滋味觉醒了,她喜欢,觉得这种感受是她想要的——哪怕,那心里觉醒了的,是永恒的孤独。

她闭了会儿眼睛,遏制住对虚无之事的想象。再睁开眼睛时,回望浴室镜子里站立着的那个自己,一下子觉得糟糕透了——这个四十岁的女人,午夜时分,你为什么不待在家里?

她想象得到此刻家里的情形。玄关的灯为家庭成员中的夜归者亮着——这个习惯已经保持了多年,那是一个仪式。留一盏灯,就留下了一点儿余地,是个态度,更是个心情。出门前她就是这么做的,即便那时天还亮着。她打开了那盏射灯,将自己要夜归的信息传递给丈夫,同时,也做好了最终仍是她先回家的预期,那么,这盏灯,就是她为自己留下的。

如果此刻丈夫已经回家,肯定是穿着睡衣横躺在沙发上,电视机的声音照例开得很大,好像不如此就不足以给他催眠。为此他们争吵过,但他我行我素,在大音量的陪伴下酣睡一阵,然后才翻身起来,用一种梦游的姿态摸到床上去。

他们分床睡很久了,她睡在卧室,丈夫睡在书房。有时他也会爬到她的床上来,那样的时候,她的第一反应就是他在电视机前睡糊涂了,摸错了方位。

现在如果丈夫已经从沙发上爬了起来,他会关掉电视,熄灭客厅的灯,于是,整套房间就只剩下玄关上那盏孤独的射灯了。没准他会突然从睡意中清醒,站在黑暗里,怔怔地望着那盏突兀的射灯;然后他会若有所思,甚至嘀咕出声:"怎么,还没回来啊?"接下去会怎样呢?他会看看时间吗?会推开卧室的门去确定一下吗?或者,在一种尴尬的寂静里,他将展开严肃的思考,重新估量暗夜里玄关上一缕灯光的意义;旋即,他重新打开电视,让声音再度填满屋子。如此的话,她进门后又将看到熟悉的一幕:那个被自己称为丈夫的男人睡在沙发里,孕妇一般隆起的肚子随着鼾声起伏,一条胳膊垂在沙发的边沿,手中的遥控器若即若离,差不多已经完全掉在了那块她从印度带回来的小地毯上。

她宁愿看到他这样,一个睡着了的丈夫。

但求杯水

一个睡着了的丈夫，能够唤醒她心里的柔软。周末，孩子从寄宿学校回家，如果在大清早喧哗起来，她一定会加以制止："小声点，爸爸在睡觉。"这样说的时候，她觉得自己周身洋溢着暖流，好像小心维护住了一种宝贵的均衡。在这样的均衡之中，家才是家，孩子才是孩子，妻子体贴着丈夫，而丈夫熟睡在晨光里。

"小声点，爸爸在睡觉。"这句话囊括的一切滋味，就是她对家庭的全部愿望，说出来，就能片刻满足她对生活的所有想象。然而，一个苏醒的丈夫便会粉碎一切。争执，直至不屑于争执和倦于争执，随着丈夫的苏醒必将重复上演。他轻视她，说她是"调光师"，说跟她生活每天都像是在演电视剧，说她永远都在做梦——如果真的是这样，那么她就能够头是道地解释自己为何喜欢一个熟睡着的丈夫了，因为只有在那样的时候，他们才置身在同一个空间里，相互理解，彼此毫无违和之感。

最初当然不是这样的。丈夫比她大十岁，但最初也会给她弹着吉他唱歌，偶尔还会对她撒娇。最初的时候，他对着只有三十平米的房子发愁，问她："怎么办呀？"得到她以"演电视剧"的心情释放出的抚慰，他也欣然领受。他辞去了公职，房子从三十平米换到了三百平米——谁都知道这意味着什么，代价就是交出做梦的执照。可他真的就此清醒了吗？她不这样看，她觉得他不过是做起了另一个不再跟自己交织在一起的梦，或者无证驾驶在另外一条梦的歧途中。证据是他有了外遇。他倒是跟她坦白了，认真地跟她说他爱上了别人，一个空姐。如果梦也像地狱是分层的，当时她感到自己是从第一层梦里掉进了第十八层梦里。那时候孩子刚刚出生，哺乳期的她听到了自己跌向梦之深处时耳畔的呼啸。

她以一个"深梦者"的方式将一切挽留住了。彼时她的全部精力都用在襁褓中的婴儿身上，几乎完全是靠着本能的惯性抓紧了丈夫。无所谓原谅，也没有哭泣哀求，她没法头头是道地甄别自己遭遇了什么，只是倔强地不肯放手。

后来有那么几年，他们一同信奉了上帝。她当然知道是什么敦促着她，而他信仰的契机说来简单——为了戒烟。他向上帝祷告，求上帝断除他凶狠的烟瘾，奇迹发生了，他突然失声，压根儿说不出话来，每吸一口烟喉咙都犹如刀割，于是竟然真的就把烟戒掉了，改抽危害不是那么大的雪茄。他们最初很虔诚，每周都在家里和主内的兄弟姊妹们聚会，在感激中源源不断地流泪，在流泪中源源不断地感激。但终究都没有成为好的信徒，各自依旧做下羞耻的事。她寻求的，上帝一直未曾给她显现；他的烟戒掉了，渐渐便把上帝搁置了。就这样过了下来，孩子八岁了。此时午夜已过，他酣睡在沙发里，家中只亮着一盏玄关上的灯，为夜归者提供微不足道的光明。

此前她从未允许自己超过零点才回家。丈夫压根儿没有明确地约束过她，他不在意，起码表现得不在意，是她不允许自己，她不允许。跟男孩在一起，最缠绵的时候，她一次次突破了自己内心画下的界限，十点，十点半，十一点，十一点半，然而"零点"不可逾越。这其实讲不出头头是道的道理，却是她内心的尺度。

此刻，她从卫生间出来，站在了床边。她发现自己是多么

但求杯水

喜欢看着熟睡中的男人啊,无论他是一个丈夫还是一个情人。男孩被一片白色包裹着,被子下面身体的轮廓都是那么好看,有某种催人奋进的东西,她想那或许就是青春的力量感。她听得到他轻微的呼吸,她知道,今夜自己的灵魂越境,就是为了这样的一刻。为此她整夜极尽温柔,令男孩子精疲力竭。她就是想实现这样的一幕:在夜灯的微光下,在男孩子的睡梦中,与其道别。

这个夜晚酝酿已久,一切都该结束了。

从他们第一次在微信里互致问候,彼此以"摇一摇"的方式撞到对方,算起来整整两年了。就是说,今天是一个纪念日。男孩也记得,但他永远不会理解一个"深梦者"的逻辑——在纪念日作别。对于她,生活就是一个又一个仪式的连缀,而将一场无望的情感终止在一个纪念日里,这样的方式,就是她所需要的那种仪式感。她害怕一切终将变得不美。

他们约好的见面时间是七点零三分,这是他们两年前共同摇动手机的那个时间。两年前的同一时刻,她躺在美容院的床上,按照刘姐的演示摇动了自己的手机。刘姐是她熟悉的美容师,一边给她做面部护理,一边教她怎么使用手机的微信功能。她感到新鲜,一摇之下,当男孩子的信息出现在界面上时,那种"深梦者"无可避免的心情其实已经开始作祟。她不能相信,两个陌生人同时摇动手机这件事,背后没有宇宙头头是道的玄机。

他们互相加了好友。男孩彬彬有礼,正是她的教养认可的那种类型。那天她躺在美容院的床上,翻看着男孩朋友圈里的动态,有种久违了的生机在心里涌起。男孩喜欢登山,居然成功攀登过珠峰；男孩喜欢民谣，动态里有他抱着吉他的照片。这些，都是她喜欢的。一个阳光大男孩。她从未认同过自己的生理年龄，她觉得，本质上，她和这个男孩一样充满活力。

接下去就是密集地交流，每天都有说不完的话。"密集"和"说不完"其实只是她的心理感受，事实上，两个人不过是礼貌地互相问候，如同现实中陌生人初识时一样地彼此审慎，但给她的感受，却是"密集"和"说不完"。捕获她的，是深夜玄关上的射灯亮着时自己却不再害怕孤单的心情。她害怕夜晚的独处，有时候家里没人，她会去那家熟悉的美容院留宿。

那时候孩子还没上学，她常常一边哄着孩子睡觉一边发着微信，以至于有一天男孩知道她已经是一个六岁孩子的母亲时，不无愤懑地诘问她："既然如此，天哪，你怎么还能夜夜跟我聊天！"

天哪！这算得上是锐利的谴责，她知道，也接受，并且对自己心生迟钝的厌弃。但这"锐利"与"迟钝"混淆在一起，却令她沉溺。

她感到委屈，委屈得愈发沉溺。她知道自己已经委屈了很多年，所以天哪，沉溺得都像一个激烈的抗议了。

在抗议的情绪里，她终于发现了独处的魅力。丈夫夜归乃至彻夜不归已是常态，即便在身边的时候，也没有多少有效的交流，他从不对等地看待她，断言她即使活到了八十岁，依然会是一个不谙世事的小孩——可他又不按对待一个小孩的方式来宽宥她。以前，她只感到独处时的孤单，现在，她开始在独处中探究，凝神正在发生和已经发生的，她觉得，这才是真正地、清晰地活着，是在术语一般地、头头是道地认识着生命。

今天照例还是男孩先到的酒店。房间是她在网上订好的，用的是他的名字。每一次都是这样，她比他大十几岁，一切由她来安排，好像这样更恰当。但她知道，自己实际上是希望被男孩来安排的，被他当作一个同龄人，甚至，被他视为一个小女孩。有时候他也会喊她"妹妹"，她感到幸福，分开后却迎风流泪，独自哭泣。

这家酒店是他们固定的约会地点，第一次就是她定下的地方。然后便进入了一个固定的模式：她订好房，他先到，去前台办理手续，等待她的到来。久而久之，酒店对他们有了家的意味，因为房间的格局和陈设是不变的，渐渐地，会给人带来家一般的熟悉感。他们也的确以"家"来称呼这家酒店，他约她，会给她发信息说："我想回家了。"她订好了房间，会告诉他："在家等我。"当她进到房间后，对男孩子说的第一句话，往往也是："我回来了。"

除非时间紧张，每次约会，她都是步行着来去。两年来，她就这样走在春风和秋雨里，走在夏露与冬霾中。走向那个"家"和离开那个"家"的过程，在某种意义上，比她和男孩子在一起的时刻对她更重要。她走着，想起小时候看过的安徒生童话，《海的女儿》中有一段话，她从来都不曾忘记过：她觉得每一步都像在锥子和利刃上行走，可是她情愿忍受这种痛苦……

这样的情感她从少女时期就蓄积在胸中，无数次在内心里想象，但从未兑现在现实里。所以她要走，似乎就这样走着，往复于自我意志的危机边缘，便能够最终走进残酷但却绝美的童话世界里。

进门前她看了时间，独自在走廊上站了几分钟，手指无意识地划着走廊贴着壁纸的墙壁。直到那个时间到来，才准时按响了门铃。他们拥抱，接吻，她的手指像刚刚划着墙壁一样划着他的后颈，他捧着她的脸，两只手温暖极了。男孩已经摆好了晚餐，一些简单的食物盛在便当盒里，鸡翅、蔬菜沙拉、寿司，都是易于打包的。她还是被感动了，何况他还准备了一支红酒。

男孩压根儿不知道她已经做了怎样的决定，只是郑重地想要纪念他们的两周年。他帮她脱了大衣，搭在自己的胳膊上，然后继续揽着她的腰亲吻她。他说过，他喜欢她丰满的下嘴唇，每次接吻，都要贪婪地吮吸。这个动作对她太有效了，每一次都能让她情难自禁。

男孩也是充满了仪式感的人，他们相识的时候，他是留着胡子的，很有型，后来有一天他打电话给她，说是自己的生日，希望她来亲手替他刮掉胡子。她去了，有生第一次使用剃刀。泡沫，胡茬被切断时的手感，一切都是那么新鲜。剃掉胡子的男孩同样令人感到新鲜，像是变了一个人，焕然一新，但又似曾相识。"真帅！"她说。"哪里，又长了一岁，老了。"男孩说。他对她说"老了"，这让她忍俊不禁。她满足了男孩子的愿望，同时，自己内心那种与生俱来的对仪式感的渴求也得到了极大的满足。

那一次是在男孩的家里。他一个人住，房子却是父母单位的，邻里都是他父母的同事，所以去他家里她有心理障碍，她怕被他父母的同事们看到。尽管她不觉得自己外貌看上去会比男孩子大很多，但潜意识里，她还是无力面对旁观者头头是道的检验。

男孩斟好了酒,举起来和她碰杯。

他的手指隔着毛衣沿着她的胸部滑动,最后停在她腰带的铜扣上,打开,合上,合上,再打开。她的思绪里还停留在那一次男孩子的生日里。那一天,她从他家的楼上下来,一回头,看到男孩正在窗前眺望着她。走出很远后,她依然能够感到身后那绳索一般缠绕着自己的目光。夏季,树影婆娑,她感到自己的心都被那条绳索勒疼了。

酒杯碰出清脆的响声,纪念开始了。

男孩回忆起他们的最初。微信加了好友三天后,他对她提出一个要求,说要彼此删除,重新通过手机号码来添加,理由是,他不想双方在微信好友的来源栏里显示为"附近的人"。她欣然接受,那样的显示同样让她不舒服,有种无可抹去的轻浮和草率。她喜欢男孩的这份心思,因为这就和她一样,"每天都像是演电视剧"。

他们第一次接吻,男孩突然痛苦地推开了她,说他"还要再想一想"。这"还要再想一想"让她感动极了,在她眼里,这就是被认真对待的证据。分开后她哭了一路,后来找了一家咖啡馆坐下,继续哭了几个小时,心里万分挣扎。

她常常会哭得没完没了,专门给她调理的一位老中医第一眼见到她时,就对她说过:"姑娘,你要少哭一点。"哭泣已经一目了然地伤害到了她的体质。那天回家后,孩子都看出来了,对她说:"妈妈你眼睛都哭肿了。"丈夫却照旧无动于衷,好像早已经习惯了跟一个整天演电视剧的女人生活在一起。

她吃得很少。

"多吃点儿。"男孩对她说，夹起一块寿司喂给她。

她依偎在他身边。

"你不用节食，"他说，"你反倒应该胖一些，你太瘦了。"

"不喜欢吗？"

"喜欢，你怎样我都喜欢。"

"可你说我应当胖一些。"

"哦，"男孩有些窘，"好吧，我更喜欢你胖一些。"

"喜欢胖的？"

"丰满好不好？"男孩坏坏地对她笑。

如果一切就在这种情绪下进行，今天的道别就完全符合她的心愿了，但男孩很快就说起了他的工作。职场上的争竞，同事间的倾轧。她不喜欢男孩子谈论这些事情时不经意间流露出的世俗气，相处日久，正是类似的流露渐渐令她感到了沮丧。

"走着瞧，"男孩愤愤地说，"看看谁笑到最后。"他这是在说跟自己有矛盾的同事。

"去冲澡吧。"她温柔地对男孩说。

他进到卫生间后，她一个人又默默地喝了杯酒。多年来，她已经养成了独自喝一杯的习惯。遇到口感好的酒她会整箱地买回来，但往往会遭到丈夫的否定，说她对红酒的品位并不能令人恭维。当然，对此她同样沮丧。她知道丈夫说得有道理，对红酒的认知他比她更专业，但她看重的滋味，他从来不懂得品尝。眼下她喝下的这杯酒，一定不是丈夫经验里的那种好酒——男孩显然是买不起那种奢侈品的，他还没什么钱，正处在人生的攀爬阶段。但她觉得此刻流淌在自己体内的,已经不是葡萄酿造出的液体,而是生命百感交集的意义。这种意义能让她觉得自己并非在虚掷生命,哪怕交织着的是苦涩与忧伤,但一切都是充分的,是满溢着的。就像盛大的婚礼与隆重的葬仪。

放下酒杯,她去拉严了窗帘。窗外的景致让她呆愣了一会儿:夕阳尚未落下,月亮已经升起,两轮昏黄的球体镜子一般并置在了惨淡的暮色中。世界静谧得如同一个幻境。

这一次和男孩子相拥,她放弃了措施。这是从来不曾有过的。事先她吃了药,并且提前一周开始了素食,喝玫瑰浸泡的茶水。她控制着自己的身体,为了最后这个不受控制的夜晚。迷乱。他把手指伸进她嘴里,她哭起来,啜泣着吮吸,有种要将其咬断的冲动。男孩挥汗如雨,汗滴在了她的脸上。她觉得自己变成了一口井,变成了一个源泉。一种明亮而黑暗、温暖而冰凉的感觉在她身体里弥散开,如同天空中并置着月亮和太阳,如同一个幻境。

快十一点的时候手机响了,是丈夫打来的。她裹起浴巾躲进卫生间。关门的时候她太紧张了,那扇门的轨道很通畅,在她过度的力量下闭紧后又被弹开了一道缝,她眼睛的余光可以看到男孩在床上坐直了身子。

丈夫显然在一个热闹的场合,手机里传来嘈杂的谈笑声。他大声问:"你在哪儿,回家了吗?我可能得喝点儿,不能开车了,没回家的话你顺路来接一下我。"

她调整着自己的语气,眼睛望向镜子里的自己,手指开始不由自主地在镜子上沿着自己的影像勾画。"嗯,我在外面,公司还有点儿事。要不，你喊代驾吧？"

"这么晚？"

"嗯，谈点儿事。"

"行吧，你早点儿回。"

"我也没开车，要不……"

丈夫已经挂断了。

"要不，你告诉我你在哪儿，我还是打车去接你吧。"她喃喃地说。

但丈夫已经挂断了。

她于是想到，其实这个深夜在外喝酒的丈夫也是孤单的，那种孤单同样在他身体里喧嚣，就像一个深不见底的空谷，每一个微小的声音都能引起连绵的轰鸣，所以，他精疲力竭地回到家，让电视机的音量充满自己的肺腑。填充，那不过也是一种填充。

她记得有天夜里自己深夜回家，在小区的花园里看到了丈夫，他没发现她，正叼着雪茄在逗弄几只流浪狗。他还在用手机拍照，蹲下去，把脸尽量凑近狗脸，吐出舌头，同时伸长了胳膊自拍。手机的闪光灯打开了，每拍一张，挤在几张狗脸之间的丈夫的脸就在黑暗中闪亮一下。她远远地看着，心里空前地疼痛。后来他开始正步走，引导着几只狗跟他排成一列纵队，在花园里巡游。她不知道他会不会把那些自拍发到朋友圈里，他们彼此之间是屏蔽着的。

卫生间的门被拉开了，她从镜子里看到男孩赤裸着站在她身后。他体型很漂亮，这也是她喜爱他的理由。她不由得裹紧了披着的浴巾。对自己的身材她还是自信的，她只是难以做到赤身裸体地呈现在男孩面前。分娩时她做了剖腹产，肚子上有一道骇人的刀疤。男孩不说话，她在镜子里向他微笑一下。他走上来从后面抱紧了她。他的头探在她的肩膀上，深深地埋着，开始亲吻她的脖颈。他在轻轻地咬她。她看不到他的脸，觉得他应该是哭了但不想让她看见。他们就这样抱着挪进了房间，他灼热地抵着她的臀部。她反手关闭卫生间的门时，依然将其控制在那个她能接受的闭合程度上。

重新回到床上，他们都没有再说什么。她一边迫切地迎合着，一边开始拼命回忆今晚男孩对自己说的最后一句话是什么。她想让自己记住，因为她知道，那将是她听他说的最后一句话了。她不会再见他，不会了，连电话都不会再接听，她将删除他。但是她想不起来。男孩说过的最后一句话是什么，她无论如何也想不起来。

男孩默默地拼，仿佛要将自己的命跟她叠加在一起。她的身体反复绷紧，犹如做着大运动量的健身。高潮来临的时候，她的血液奔涌，意识里是一片流淌的白色。

然后，他沉沉地睡去了。她去简单地清理了一下自己，回来躺在他身边，也打了会儿盹。迷迷糊糊中，她回忆起有一次跟他说过："找一个合适的女孩结婚吧。"他看着她，像是看着一个不谙世事的孩子："你是真傻啊，现在的女孩子有多现实你知道吗？我再也遇不到一个像你一样的小女孩了。"一想到今夜之后，男孩的人生就将处在一种"再也遇不到"的巨大亏欠里，她就万分内疚，感到自己的心都被揉碎了。她给了他一个礼物吗？如果是，她凭什么又将之拿走？

离开前她无声地清理了房间。她将镜子前男孩用过的牙刷放在口杯里,将自己用过的丢进了垃圾桶;她将床下两个人的拖鞋整齐地摆放在一起;她收拾了桌上的便当盒,将它们统统装进一只塑料袋中;她将男孩扔在地毯上的内衣捡起来,叠放在床头柜上。她哭了。她不想男孩醒来后看到的是一屋狼藉。

穿上大衣她在床边站了足足有两分钟。卫生间透出的光将她的影子照在床上,她再一次觉得自己的身影笨笨的,像一头熊。这头熊的影子覆盖着熟睡的男孩。她轻轻走出了房间,几乎用尽全身的力气减小着关门的声音。

"咔哒"一声。她的心里却犹如雷鸣。她并没有马上离开,而是站在门外静静地又待了一会儿。如果这时候男孩追出来,她知道,一切都将逆转。甚至,她的人生都会完全颠覆。

她向电梯走去,手指一路划着走廊的墙壁。

酒店外面依然有等候客人的出租车,但她还是想走一走。夜空差不多是乳白色的,能见度很低,就像她高潮时脑海中的景象。她走在世界的高潮中,想到4000流明灯光和微距镜头拍摄下的雾霾。那些疾矢一般的颗粒物向她涌来,却让她再一次感到了饥饿。她的手伸进包里慌乱地摸着,那块莫须有的饼干并没有出现。此刻,她只是被一股强烈的食欲控制住了。她想吃东西,一刻也不能等地想要吃东西。

她知道下一个十字路口过去有一家二十四小时营业的麦当劳,有几次约会来早了,她在那里吃过红豆派,喝过可乐。

快步走到路口时,斑马线上的红灯亮了。即便没有一辆车驶过,她也呆呆地等着绿灯亮起。她看着信号灯上的数字一秒

但求杯水

钟一秒钟地递减，感受内心里规则和欲望的竞赛。空旷的街头像是被外星人洗劫了一般，或者是基督降临之前的世界，所有的建筑差不多都湮没在雾里。也许基督的确会再来，但你只能眼睁睁地先看着信号灯上的数字闪烁着再递减几万年。你得熬着。

走进麦当劳，柜台里的店员向她打了声招呼。这个店员在深夜里毫无倦意，好像专门等着她到来似的。他认出她了吗？她觉得不大可能，白天这里的顾客那么多，他不可能对她留下什么印象。她为自己要了一个汉堡和一杯热饮。她几乎是狼吞虎咽地吞食着那只汉堡，以至于几次都被噎住了。那杯热饮太烫，所以她抓起来喝的时候被狠狠地烫着了。那个店员始终关注地望着她，她被看得不好意思起来，勉强地冲着对方笑笑。她被噎住和烫着了的感觉交替填充着。是的，这就是她想要的，她渴望的其实并不是食物，她只是想被一种有强度的感觉填充，哪怕那种感觉是对自己的戕害。

这种渴望她并不陌生。当年，哺乳期的她挽回了自己的丈夫，她陪着他去找那位空姐，取回他的东西。但那个丈夫的灵魂依然在外面游荡。他神不守舍，灵魂的归家之路似乎遇到了塞车。夜里她起来给孩子喂奶，让他帮忙给自己倒一杯水。他照做了，递上来的，却是一块尿不湿。她看看他，他站在床边，胳膊垂在睡衣的两侧，无辜地笑着，恍惚地笑着，一点都没有觉察到自己的荒唐。

"水，我要一杯水。"她一个字一个字地对他说。

他听不懂，疑惑地看着她。

"我要一杯水。"她再次说。

他的目光不可思议地看向那块尿不湿。

她终于爆发了，尖锐地叫喊起来："我要一杯水！"

怀中的婴儿大声啼哭，空气都像是破裂成了无数的碎片。水端来了，她疯狂地灌下去。那是一杯足足有一百度的沸水。可她几乎没有感觉到灼痛，像是被人抽了一鞭子，只是啊的一声扔掉了水杯。她的咽喉被严重烫伤，那一刻，她感到窒息，呼吸完全被阻隔了。当天夜里她就被送进了医院。足足有两个月，她不能喝三十度以上的液体，每次吞咽食物，都犹如吞咽着自己。但她居然对此感到了依赖，这种极具痛苦的滋味是如此充分，充实着她，填补着她，让她能够相信自己依然具备着沉甸甸的、铅球一般的感受力。

走出麦当劳，她的喉头依然有哽咽的滋味。一辆出租车停在她的身边，司机探出头招呼她："上车吧姑娘，霾多重啊。"

她微笑着摇了摇头。

司机还不死心："再说了，这么晚一个人走夜路也不安全啊。"

这是一个圆头圆脸的中年男人，给她一种外星人的感觉。

她迟疑了一下，打开了车门。她并不怕霾，也不怕危险，但她是一个不会拒绝别人热情的女人。对这个世界，她从来心怀善意，尽管她知道自己有多么委屈。新年的时候，她会对街头遇到的陌生人道一声"新年好"；她去福利院做义工，照顾智障儿童。有时候她会想，要是丈夫病倒了，瘫痪了，再也不能去和世界纠缠了，该多好，那样，她就可以忘记一切，踏踏实实地照顾他。这样的念头她对男孩也动过，好像那样一来，她就有了充分的理由，可以被某种无可辩驳的道德说服力支持着接近他了。

这当然很傻。男人们都雄心勃勃。男孩也跟她讲自己的抱负，原本正面的奋斗精神，往往却被说出了险恶的企图。她不喜欢。丈夫说她永远长不大，她不服气，她只是拒绝他们认可的那种"长大"。

坐在副驾驶座上，她翻看手机的朋友圈。已经有人辟谣了：拍摄霾的图像，需要借助电子扫描显微镜，放大十万倍，甚至是二十万倍才能看到霾真正的图像，视频中拍到的，只是尘埃。电子扫描显微镜，真好，又一个头头是道的术语。

"只是尘埃。"她小声嘀咕，同时努力望向窗外。窗外浓雾密布，几十米外的车灯都是朦朦胧胧的，车子本身也不像是在真实地移动，像那种大型游戏机的模拟驾驶。

"我能抽一根吗？"司机问她。

"抽吧。"她说。

"这天儿，"司机给自己找理由，"在外面待十分钟就相当于是抽了根烟。"

"没关系，"她说，"抽吧。"

她又无声地哭了起来。

过了一会儿，司机降下车窗，将其实还没抽几口的烟扔出窗外。

"姑娘，你没事儿吧？"

她有种被托起和包裹着的感觉，感到自己的眼睛如同"电子扫描显微镜"一般，看到了世界那真实的图像。世界在高潮中，它是白色的。

到家之前有一阵子她都睡着了,就在一边眼涌泪水的时候。下车后,她看了下时间,已经是凌晨两点半了。她没有急着上楼,而是又在楼下站了一会儿。空气中有股辛辣的味道。她站了差不多有十分钟,效果相当于进门前抽了根烟。

已经是新的一天了。她意识到今天是周末,她要在下午去学校接孩子。她答应过孩子,这个周末去玩室内攀岩。

在电梯里,她删除了男孩所有的联系方式。

还没有进家门她就听到了电视机的声音。打开门,玄关的射灯依然亮着。客厅的灯没有打开,只是被电视机的屏幕照亮。

丈夫躺在沙发里,并没有换上睡衣,鞋子也没有换,不过一只穿在脚上,一只不知道去了哪里。显然,他是喝醉了。

她走过去,默默地看着自己的丈夫。他的睡姿很古怪,蜷缩着,右臂以一种高难度的动作缠绕进两条腿之间,像是被打断了骨头或者表演着柔术。他的唇角流淌着涎水,鼾声听上去艰难极了,每一下都像是溺水者被水呛进了肺里。她想喊醒他,或者起码先帮他擦擦嘴,但又立刻放弃了念头。她觉得,此刻,让他就这样窝在沙发里,没准才是对他最好的优待。不要叫醒他,不要。

电视里在播放球赛,英超,切尔西对南安普顿。她站着看了一会儿。她也喜欢足球,但从来都只支持丈夫不喜欢的球队。电视的音量可能被调到了最大,奇怪的是,她居然不觉得吵,反而在这种大分贝的声响中感受到了突然降临的安宁。她觉得自己从未这样平静过。她也坐进了沙发里,呆呆地看着电视,让自己和酣睡的丈夫一同被电视屏幕忽明忽暗的光影笼罩着。房间里暖气很充足,她感到了热,用手抚摸自己的脸,脸

但求杯水　　119

却是冰凉的。腰腹酸痛，是一种空空如也的困乏。

这样坐了许久，她空茫的心情被门铃声打断。对讲器里是小区保安的脸："对不起，您能不能把电视声音关小一些？有业主投诉了。"她轻声地道着歉，转身回到客厅关了电视。突然的安静对酣睡着的丈夫竟然像是一声惊雷，还没有回过身，她就听到了丈夫大声的呻吟。客厅里一片黑暗，玄关上的那盏射灯只投射过来微不足道的一点光亮。一瞬间，她感到宛如回到了那家酒店的房间。

丈夫在不断地呻吟。停顿一下，继而发出更大声音。他分明是在吁求着什么，嘶哑，迫切，还伴着类似抽泣的哀鸣。

她突然听懂了，像是受到了神启。

他在痛苦地祈求："水……水……水……"

她去给他倒水。水壶在厨房，她的大衣还没有脱掉，自感如一头笨拙的熊在黑暗中穿越三百平米的房子。黑暗中，她的眼睛再次如同"电子扫描显微镜"一般，头头是道地看到了世界那真实的图像。她看到了人的痛苦、人的饥渴、人的盼望，并置的月亮与太阳、尘埃和霾，还有无数盏等待夜归者的灯。然后她想起了男孩子对她说的最后一句话。那时，他翻下身去，气喘吁吁地对她说道："给我一杯水。"

2017年1月1日

丙申腊月初四

香榭丽

对谈：重逢准确的事实

弋舟 王苏辛

王苏辛：老实说，我不是那种看过很多书的人，一般写不下去的时候，就去看看书。我的阅读只能从自己生发，不知道你和阅读的关系是怎样的，我对此很好奇。

弋 舟：我也老实说吧，有时候跟"看过很多书的人"聊，会是另一种难熬的困境，被裹挟在一种专门的语境中说话，其实是很费劲的，说完，搞不好会沮丧，像是又喝了场酒。酒我硬喝也喝得下去，但会是一个勉强的过程。

王苏辛：我刚刚看到一个黄德海和李浩的对话，从他们的言谈当中，我大概感觉，李浩或许是一个被阅读趣味灌溉的作家。我可能没有这个过程，我的阅读是和成长结合在一起的。

弋 舟：你可能大致说出了作家的两种形态。德海和李浩都是朋友，两个饱读之士，坦率说，对于那种方式的对话我现在开始有所保留。怎么说呢，我自己差不多也是这么一个来路，但我现在渐渐对自己感到了些许遗憾。被阅读趣味灌溉有错吗？当然不，但现在我觉得，一个作家如此生长，似乎有些"人工"的亏欠，譬如被一把水壶伺弄出来的植物，总是不如栉风沐雨来得更令人心动。在这个意义上，和成长结合起来的阅读，在我的理解中，或者更具生命感吧，即便长得很蛮横，也蛮横得比较可爱。

王苏辛：在某一段时间内，如果生活出现问题，我写出的东西大概也会显得缺乏耐心。刚才说的"写不下去"，其实就是指这种状况，我不知道怎么把一些刚刚开始感受到的东西表达出来，这个时候我就会知道，可以开始新的阅读了，或者必须去阅读了。

弋　舟：真不错。在我的经验里，许多作家的阅读是直接作用在创作上的，即时转换。你的这种方式，没准更符合阅读的本意——让阅读先作用于生命，然后再转化为写作。

王苏辛：我的理解是：一个作家，被阅读趣味灌溉没有错，但这个阅读趣味可能要适合自己。这就要求写作的那个人随时随地都要了解自己，不仅了解自己的过去，更要了解自己在不同阶段的面目，以及如何适应不同阶段的自己。这样说起来，被阅读灌溉的作家，其实和那种与成长结合起来的阅读、写作者，仍是走在同样的一条大路上，写作最终是通向生命的——那就是在写作中养成自己。你说的"专门的语境"是指文学概念或者某些理论吗？还是仅仅指常识引起的陌生感，会让你觉得无法尽快进入自己的话语体系？对你来说，是更喜欢单打独斗的状态，还是和群体站在一起？

弋　舟：这个"专门的语境"除了你说出的这些内容，更多的，我可能是在说一种感受，一种"端起来说话"的腔调，一种习焉不察的傲慢，还有隐隐自得的态度，等等吧。什么是我们自己的话语体系呢？作为一个人，说人话，不就是我们那个根本的话语体系吗？可我们有时候太把自己不当"人"了，时间长了，不知道别人什么感觉，我是会有点儿烦，有点儿讨厌那个不说人话的自己。当然，有谁会喜欢打群架呢？四处吆喝，虚张声势，那是懦夫的强项吧。

王苏辛：说到"端起来说话"，倒让我想起之前看你的小说，比如《等深》中莫莉和刘晓东的对话，会觉得人物有些累，他们驮着巨大的包袱在走，但是到了《随园》，或者说整个《丙申故事集》中的小说，我发现你把人物身上那种比较显眼的负累撤去了，而是将其融于整个环境之中。于是环境的改变也是人物改变的一部分，大的环境因为这些看似芜杂的情绪和负累反倒多了一些层次感和活力，人物本身显得整洁、明朗，小说的前路因此更觉开阔。

弋　舟：文学之事就是这么微妙，当我们反对什么的时候，马上又会觉得自己可能错杀了什么。仔细琢磨一下的话，你又会发觉，文学本来就是一件需要"端起来"的事，否则它几无意义。这还是要分具体的语境和文本。老实说，这的确有点儿累人，我们都太过"知识化"了，我们"太文明"，"懂得的太多"了。你对我小说的阅读感受，如果将之视为一个表扬的话，我只能将"进步"归功于时间，现在写得比以前"好"了那么一点儿，这是时间之力，是生命本身的朝向。将人放置在环境里，这事儿，也只有时间能教会我们——原本我们恐怕是没有学好如何恰当地在世界中摆放我们。

王苏辛：其实"好"的东西千姿百态，但和"自己"有关的好才动人心魄。所以我可能无法觉得这只是"时间之力"使然，而是拥有时间的人自主的选择，是他们的心让他们走向了自己的"信"。再回到你刚才那段话的前半截——文学是"端起来"的事物，但这个"端"仍然还是作者呈现出的诚恳的自己，或者说有良心的自己，在这个基础上，"端"才有"端"的价值，否则，或许就是伪饰。

弋　舟：没错，这是大的原则。但在这个大原则之下，我们得始终警惕不要让自己被"大"绑架。你的这些表述，我相信是诚恳之语，但它略微"鸡汤化"了点儿，"伟光正"，颠扑不破并且天然地拒绝被否定。有时候，我觉得我们要避免这样来表述，风险太大，听懂了的没问题，没听懂的，可能会是个误导。而且，这样说话还是轻易了一些，就像是在说晚上要比白天黑。

王苏辛：你说"鸡汤化",我的理解是那段话使用的多是概括性语句,而这些东西,它们得遇到恰当的时机,遇到准确的事实,才能有它自身的意义。我刚才说到那些,其实是在你的小说中看到了这个东西,比如《随园》中女主角整个旅途的微妙变化和对过去的检索,以及《发声笛》结尾中出现的Beyond《大地》的歌词——"有一群朴素的少年,轻轻松松地走远。"这样的基调,让我仿佛看到一个不再年轻的人和年轻时的自己重叠,而我之所以从这些小说中看到让人愉悦的活力,恰恰就是因为这种重叠。说起来,《丙申故事集》里的几个小说不少地方都充满这样的"重逢感",这是故意的吗,还是这种和过去的重逢,让你觉得恰是这些小说的力量所在?

弋 舟："遇到准确的事实",这个句式太棒了,差不多可以用来做这个对话的题目。当一些似乎不言自明的理念"遇到准确的事实"时,它也许才能成立,否则,它也只能"不言自明"地闪闪发光。这也是我开始警惕一个小说家四处布道的原因,你所布的那个道,唯一需要遇到的是你写下的作品,那是你的"准确"所在,是你永远应该追逐的第一"事实",否则真是有夸夸其谈之嫌。而"遇到准确的事实",同样隐含了某种更为深刻的小说伦理,遇到,准确,事实,这三个词,实在是充满了力量,连缀起来,几乎就是小说写作的"硬道理"。这本集子取名为《丙申故事集》,本身就是在向时光和岁月致敬,那么,与过去重逢,回溯与检索,不就是时光的题中应有之义吗?时光是有力量的吗？嗯，这个倒是可以不证自明的。

王苏辛：说起"时光"这个东西，在拿到《丙申故事集》的书稿时，有位同事出于对书名的好奇，让我一定给她看看。她看了一部分之后说，这些故事让她想到王小波的《黄金时代》。我觉得这个说法不太准确，但确实很有趣。因为我觉得《黄金时代》也是一个关于时光的作品，但不同的是，《黄金时代》是过去的时光，我们在它开始的时候就知道这是一个过去的故事（尽管里面的情感是超越小说背景的），但《丙申故事集》不是，它里面的每篇小说，都充满浓烈的现场感，即使在回忆过去，那过去必然也已经是现在所认为的过去。这个"现在"或者说"现场感"，让我好奇是你写之前就想到的，还是写着写着，这种气息才出来的？

弋　舟：完全以一种"我奶奶……"的"过去时"来结构作品，可能不是我目前的写作兴趣。的确，这本集子里的每一篇，都必须有"现在进行时"的时刻。这里面并无优劣之分，也不仅仅是小说的技术性问题，它只是出于我这个写小说的人个人的愿望，喏，我给自己制定了一个计划，在一年内写出一本书，我给这本书取名为《丙申故事集》，已经是对自己的一个强迫，它只能在"这一年"完成，而"这一年"，当然是"现在进行时"的，如果我有意写一本回忆录，那我也许会取另外的书名了吧。它是一个跟自己较劲的产物，是个人趣味的产物，是"居于幽暗自己努力"的产物，当然，它也是时光玄奥之力的产物，是作为写小说的我个人心情的产物。它所能呈现的,就是作为写小说的我的"现在进行时"的状态,它负责记录我的丙申年。我想,这也许才是你所说的那个最大的"诚恳"和"有良心的自己"。在这份愿望下,我对此刻身在的世界充满热情,哪怕厌弃它,也厌弃得深情而热烈。

王苏辛:我从这本小说集当中,读到的是一群人的"过去+现在+未来",这些人物尽管有相似性,但没有重复。我从中看到了自己的一部分过去、现在甚至可能的未来,说起来,有件有趣的事情:一个年长的朋友看到我在朋友圈提到《随园》,特地去看了一下,看完之后他说不相信我居然会喜欢这样的小说。我大概理解他说的意思,但这恰是《随园》,以及整个《丙申故事集》的生命力所在。它当中的这些人物看似互相有疏离有缝隙,但这缝隙恰让这些小说的生长感更浓,仿佛阅读的时候能从这个缝隙中体察自己和周围的关联。它写的"我"不单单是某个处境中的"我",而是它通过某个处境中的"我",写出了独属于这部分小说的"他"和"他们",因此,这部小说集才如此动人。我的反射弧略有些长,刚才你说到那个题目,我觉得真的很棒。但我突然想到,似乎"重逢准确的事实"更适合。事实其实一直都在,作为那些想要看到更广阔天地的人,我们随时可能与它重逢,甚至随时准备着与它重逢。

弋　舟:这位年长的朋友是基于什么来判断你不会喜欢这样的小说呢?回到你前面说过的话,"这个阅读趣味可能要适合自己。这就要求写作的那个人随时随地都要了解自己",在我看来,我们的那个"自己"往往是面目模糊的,有时候,不是我们在根据自己的趣味来选择阅读,是阅读在某一刻击中了我们,让我们的那个"自己"觉醒,"哎呀,我遇到了我"!这正是写作与阅读的秘密,它被我们寻找,也强力地寻找着我们,找到了,捕捉住,于是,我们的那个"自己"才如花绽放。这可能是一个发掘的过程,也可能是一个塑造的过程。发掘是因为我们原本就有,塑造是因为拜它所赐。那个写作的人如何随时随地了解自己呢?喏,他只有随时随地地去阅读和写作。你那位年长的朋友,可能恰恰忽略了这种"时刻生长的阅读趋势",他只看到自己对阅读的控制,忽略了阅读对自己那强大的改造,并且,如你所说,他还有可能割裂了自己与"他"和"他们"以及无穷的未知者之间的关系,不见他者,也难见自己。听你的,这篇对话就叫"重逢准确的事实"吧。

王苏辛:人是先遇到事实,再遇到自己。那位年长的朋友首先从他关心的那部分来看待这个小说,认为这是一个八九十年代文艺女青年的成长史,这中间有他关心的那部分社会性的变化,他根据这个缘由去理解这个小说,觉得应该是个我陌生的东西,我不理解那个时代怎么能理解这样的人物呢?上个月我碰到复旦大学的金理老师,我们都很喜欢《随园》,但他喜欢的理由和我完全不一样,他是从外向内的,我则是由内向外的。我喜欢的理由可以说非常单纯,就是觉得女主角想的某些问题我也想过,这种想可能不需要同样的经历,但有着一定程度上的相似。

也可以说，我通过这个小说遇到了自身的那部分事实，也正是这部分事实让人有可能进入那些潜意识中有，但可能还未彻底揭开其面纱的世界，如此，阅读有了意义，这个意义就像你前面说的那样——我们遇到自己的"阅读"，惊呼，"我遇到了我"。

弋　舟：" 没有那样的经历，便无法理解那样的作品"，这样的认知方法，显然很大程度地拉低了文学的意义，几乎算是消解了文学存在的理由。如此说来，我们压根儿没法理解孙悟空跟贾宝玉。当然，尽可能多一些地给不同的阅读者提供发现那个"自己"的可能，应该也是一个小说家的追求。见山见水，你得写得有山有水。格非先生说这本集子写得有"密度感"，在我理解，正是在这个意义上的兑现。一次跟他聊天，他就说起过小说"密度"这个话题，他举了一个非常贴切的例子：一把椅子，如果它的材质结实，是密度很好的木材，那么，即便它打得不漂亮，价值也高于一把漂亮而薄脆的椅子。这个认识在我看来非常重要，尤其，它出自格非先生这样一位曾经以"漂亮椅子"为能事的前辈之口。我觉得，此间确有真意。所以，这本集子我力求让它结实一些，而我所能找到的最有效的方法，似乎就是让它紧密地与现实关联，让它生长在现实的根基之中，于是，奇妙的事情发生了，过往乃至未来，年长的朋友、金理和你，都翩然而至。我得学会尊重铁打的事物。动辄让人坐着毯子飞起来，我现在不大热衷了。

王苏辛：格非老师那个比喻对小说的叙述提出了更高的要求。

小说家不可能把三维的世界压扁来增加密度感，而只能写出一层层递进状态的事实。要抵达如此结实和茁壮的密度感，可能需要"剥洋葱"的过程，在这个过程中不断与准确的事实重逢，甚至写到后面，作者本人也会因为这个小说，明白了一些自己过去不甚明白的东西。如此，写作也可以是阅读，阅读也可以是写作，生活因为精神层次的递进和辗转，有了密度，我想，这或许是你说的尊重铁打的事实的最大的意义。就像我读《发声笛》的结尾，发现你把小说的点落到人物青少年时期的样子，那个唱着歌的人，身上充满未经反省的荷尔蒙，但这样的他，或许是目前的他人生如此这般的源头。再说到小说之外，正是不断地"回去"，不断回到那个"朴素"少年，生而为人才不至于总是积累歉疚，而是用不断的进步，来提炼出那个更好的自己。

弋　舟：那当然是一个更高的要求。它需要我们的眼里盛放得下更多的"事实"，需要我们有能力去"准确"地与之"重逢"。而且面对这样一个"事实"，我们必须暂时放弃自己既往那种无度地将世界"虚拟化"的习性——山就是山，是石头和植被，不要再去条件反射一般将它比附为"一堆音符"什么的。你所说的"层层递进"和"剥洋葱"，在我看来，就是逻辑的能力。不讲逻辑难道不是更轻易一些吗？尽管，那样看起来似乎显得高级一些。抓铁有痕，轻盈或许才真的能够轻盈。对"现在进行时"的重视与尊重，必定导致我们重视与尊重逻辑，因为，由此我们不得不去重视与尊重"现在进行时"的根由——它是如何这般与只能这般的。一群中年人，他们不是凭空活在丙申年里的。而且，有了来路的对照，今天的诸般心事才更加让人怅惘，那些个朴素的少年，才愈发显得珍贵。于是一切都会有了"准确"的基点，让我们能够稍微可信一些地"提炼出那个更好的自己"。

王苏辛：你说"层层递进"和"剥洋葱"在你看来就是逻辑的能力，我觉得还不止那么简单，可能还要看是"文本逻辑"还是"事实逻辑"。如果是后者，当然没什么可说的，但很多时候，前者的出现会像烟雾弹一样，让人误以为自己转过去了。《丙申故事集》中的逻辑当然是"事实逻辑"，也是基于此，我们两个生活经历和思想状态不一样的人，也能就一些共通的东西对话。看《丙申故事集》前后，我也看了一些其他不错的小说，我发现《丙申故事集》和那些小说的好不太一样，你似乎无意去呈现某一个饱满的点，而着重在呈现事物的一整面，尤其是《随园》，也包括《出警》等小说，都不是单独在写哪个人或者哪几个人，而是尽可能呈现一个打开的世界，阅读者可以从这个世界中选择一个自己的点进入。我很好奇：这样去打开世界的你，在前进时，如果不自觉遇到一堵坚硬的墙，是如何处理的？我指的不是小说技术，而是我感觉，很多小说出现的契机，或许来自那个让作者心动的部分，但可能在前进时，这一切并非最初所想，一些原本不在计划中的感觉也仿佛敏锐起来。你是如何面对那部分突然来临的东西的，会为这种写作时突然驾临的东西改变自己眼前的写作吗？还是暂时将之放在一边，继续投入那个计划中的世界？

弋　舟：世界真的必须被拆分为"计划中的世界"和被"一堵坚硬的墙"挡住的世界吗？逻辑呢？是不是也真的非要开列出文本和事实的不同？我们做出一个判断，一定要想清楚它正反的两面吗？当然，这些都没错，而且是我们的强项，习与性成，几乎就是我们跟这个世界展开辩论的利器。但是对此，我真的有些疲惫了，那种没来由的雄辩欲终于令我心生厌倦。更为关键的是，某种程度上讲，这种"左右开弓的智力"，还会磨损我们行动的能力，让我们丧失对直觉的信赖，陷入过度思辨的泥潭里空转着自己的道理。所以，现在我写小说时，宁愿让自己更混沌一些，可能这样的态度，反而如你所说，更有利于"呈现事物的一整面"。世界从来都是"一整面"，是我们的聪明劲儿把它搞成了碎片。我得让自己恢复一下视力。一个婴儿看待世界会那么复杂吗？糖是甜的，有幸福感，药是苦的，令人难过，做出这些判断时，他不会聪明伶俐地想到糖吃多了蛀牙，良药苦口利于病。他不辩论，辩论对他而言跟不讲理是一个意思。如果重新尊重世界的整全，我们的技术、我们的动机，就会都显得没那么重要了。许多难题，也将迎刃而解。我们能够对话，不是基于我们的分歧，是依赖那个"一整面"的世界对我们基本的笼罩。只有一个世界，你以这样的心情去处理它，"突然"的东西就很难对你形成干扰，即便为之震惊，也会理解那是被"注定了的震惊"。

王苏辛：世界确实是"一整面"，我们也始终被这"一整面"的世界笼罩，但如果这"一整面"世界对谁来说都是一样的，我们写作的意义又在哪里？我们写作的驱动力又在哪里？我们如何确认自己感受到的是独一无二的？另外，一个婴儿看待世界不会那么复杂，但我们的眼光无论如何不会是婴儿的对吧？"能婴儿乎"，是一个"能"的过程，这个过程，才是写作的意义不是吗？写这个"能"，也才是"重逢"吧？

弋 舟：这"一整面"如果对谁来讲都是不一样的，那我们的写作就只能对自己发生意义，对他者必定无效。写作的意义，今天在我看来，已经不再是将写作者从世界上区别出来了——那就好像是得到了某种特权，被专门遴选了一样，多狂妄。今天驱动着我的，也许正是那个让我"与人类相同"的盼望，这是对于狂妄的矫正，是对无知的反省。我们当然是独一无二的，这差不多不需要辨认，人性中自以为是的那一面从来都怂恿着我们自我的夸大，但这个独一无二，能大过世界的独一无二吗？"重逢准确的事实"，也许就是勒令我们回到事实当中，历练写作者的所"能"，不要一往无前地虚妄下去，"复杂"下去。与事实准确地重逢，与本能准确地重逢，有益于我们抵抗虚无。当然，这个动机看起来本身就那么虚无——因为我们差不多早已丧失了分辨事实的能力，我们"惯于愚蠢地将换喻当作发现，隐喻当作证据，把连篇废话当作妙语连珠，把自己当作先知……"

王苏辛：好感觉，但是跟哪些人相同呢？这里是不是仍然有种骄傲？也许世界到底是怎样的本身不重要，重要的是处在这中间的人，或者说那些走在前面的人，是怎么想的。甚至可以说，世界的独一无二是由那些走在最前面的人决定的。

弋　舟：“走在最前面的人”一个巴掌可以数过来，他们已经成圣、封神。别想了，我们不在那个巴掌里。这些问题太宏大，不是说思考它没有意义，是说竭力去琢磨，会有倒向空想的风险。有时候我会想，我们的判断压根儿不值得被说出来。

王苏辛：在《丙申故事集》中，我时常感觉到人物的变化，从某种程度上来说，人物的变化，给了小说的力量即使在文本结束之后依然滚下去的可能。这几个小说，《出警》读下来更有剧情感，《随园》则是严密、深邃，又如北风入骨。《发声笛》《但求杯水》和《巨型鱼缸》，人物的内心看似没有前面两篇有跌宕感，整体风貌则更接近普通的日常。我比较好奇，尽管它们都包裹在"丙申故事集"这个书名之下，但都有各自的不同与侧重点，仿佛春夏秋冬四个季节，我阅读的时候会觉得时而回到童年，时而又去到未来。即使像《随园》这样非常有密度的一篇，写到后面，也感觉那个用力写的人渐渐消失，转而看见的是一片平原。

弋　舟：写作会有失控的时候，但集子里的小说的确是我明确控制出来的结果——书名本身就是一个确据。我不想让这本集子太过"奇崛"，但我又无法接受它彻底地平庸，于是"日常"是它的底色，在局部上，竭力跃身而起，去够向自以为可以企及的屋顶。这也是我写作时的真实姿势——我真的是写一写，就会自己在屋子里跳着去摸摸天花板。但是，更多的时候，我只能日常地坐在电脑前。我觉得这没什么不好，一如你所说的一年四季，夏天不应该成为否定冬天的理由，而秋天也无法抹杀春天的价值。这才是我的丙申年，这才是世上的丙申年。如果说，我一定想通过这本集子表达什么，那么好吧，我想要表达的是自己对世界的服从。至于表达得怎样，是否达标，这样的问题本身就与服从的愿望相悖，我想，所谓服从，就是接受结果，它一百分也罢，五十分也罢，我都服。不服你也没法再过一遍丙申年。这样的认识，就是我眼里"准确的事实"。丙申年过完，我又长了一岁，谁都没法儿罔顾这个事实，推翻这个影响，谁要是在这些问题上也跟我"知识分子化"地雄辩，我跟谁急。

王苏辛：哈哈。没有谁跟谁急，即使我们再怎么努力"与人类相同"，每个人的生命都是独特的，是怎样，就是怎样，祝贺你在这个丙申年写下了这本独特的小说集。

> 2017年1月13日
> 丙申腊月十六

丁酉故事集

致谢《作品》《作家》《小说界》《收获》《人民文学》《长江文艺》《小说月报》《新华文摘》《小说选刊》《中华文学选刊》，这里的小说依次在这些刊物上出现过；致谢李勇先生，我的创作得益于他多年来的支持与襄助。

　　这一次献给姐姐。

巴别尔没有离开天通苑

我十二岁那年，我妈的一位朋友，一个著名的女摄影家，搞到天通苑两个"经适房"的指标，一个自用，一个给了我妈。价格是每平方两千六百八十元。面对这张当时还看不出是什么馅儿的巨大的馅饼，我妈举棋不定，兀自嘀咕，买，还是不买？她其实无意征求谁的意见。自从被我爸抛弃，成为一名弃妇后，她就习惯这样对着空气发问了。每顿饭吃什么她都会问叨问叨，没人回答，也不影响她履行做饭的义务。但那次她兀自嘀咕的问题，显然比晚饭喝粥还是捞面这类事要重大，如同一个哈姆雷特式的天问。我不忍她过于仓皇，有一嘴没一嘴地应了声：买。一百七十多平，所有手续办下来，不到四十万。

如今，天通苑成了亚洲最大的居住小区，区内有几十趟公交、三个地铁站。

当年我那声无心之"买"，不啻为自己此生发出的最接近真理的一个声音，其意义之重大，从我对那位著名女摄影家复杂的感情上便可见一斑——当我正经懂得了世事艰难后,我改口管她叫"干妈"了。这并不过分,实际上,在我眼里,她就是一个在人间复活的救世主,她之于我,就是有着再造之恩。我爱这套房子,我爱天通苑。这爱类似一种宗教情感,是一颗卑微的臣服之心。我知道,我领受了老天过分的优待。不是我配得上这样的优待,那不过是老天以万物为刍狗之余,对人偶尔为之的怜悯恰好落在了我的头上。

现在我竟然要离开这块赏赐之地,因为小邵偷回只猫。

她用一件皮肤衣裹着那个家伙。皮肤衣是我的,早上出门送小邵上班时下起了雨,在地铁口,我脱下来给她穿上了。回来时它的帽子里露出只猫头。

"捡的?"

"你不觉得它像你的儿子吗?你拿你小时候的照片来跟它比比,简直是一个模子里倒出来的嘛。你难道会否认你的眼珠也有些发黄吗?"她一边说一边把猫往我怀里塞。

猫的脸比我拳头大一圈,也许从皮肤衣里完全裸露出来会更大一些。它的神情倨傲,人类中的婴儿如果也长了像它那样一双黄色的眼珠,一定是得了黄疸。它干净极了,像人类中天天修剪指甲的那部分人,显然不是一只流浪猫。

我拒绝抱它。我说:"别塞给我。"

"任性是吧?"小邵挠着猫头说,"它有一个名字,嗯,它叫鲁西迪。你不是喜欢《午夜之子》吗?"

我是喜欢写出过《午夜之子》的鲁西迪,可是我不想跟她怀里的这个"午夜之子"扯上任何关系。

"别闹了,我姓王,它姓鲁,它肯定不是我儿子,你还是打哪儿弄来的还回哪儿去吧。"

"我不会这么做的,你想都别想。我们需要它,它就是老天送给我们的礼物。"小邵对着空气喃喃自语,像极了当年兀自嘀咕的我妈。

她弯下腰将猫放在地板上,帮它脱掉皮肤衣。猫的脖子上系着根皮项圈儿,这证实了我的判断,反正我是没见过系着皮项圈儿的流浪猫。我猜不准以猫龄计它应该有多大,只是觉得它接近人类五六岁的幼童。这可能并不准确,可准不准确真的没那么重要。重要的是,现在我要接受一只猫来做我的儿子。猫认生,畏葸地缩在地板上,看上去竟真的有些像剃掉胡子的鲁西迪。

我用手机给它拍照,没什么特别的意图,不过是如今的习惯性动作。

天光打在地板上,给它银色斑纹的短毛涂上夕阳的余晖。往常的这个时候,小邵应该还在可可喜礼烘焙店的柜台后面系着白色的围裙给顾客包蛋糕。就是说,她回来得早了,这很反常,于是,事情就更像是有所预谋的了。

我从客厅的一头走向另一头。每当心神不宁的时候我就爱这么走几个来回。一百七十多平的面积在北京算得上是一个有力的心理支撑。

天通苑有许多流浪猫和流浪狗,我偶尔也会丢根火腿肠给它们。但这并不表示我愿意收养一只盘踞在我的赏赐之地。老实说，我并不喜欢它们，它们会乱翻垃圾，很脏很烦人。天通苑也有许多养猫养狗的业主，他们在清晨和黄昏成群结队地遛猫遛狗，还在微信里组织了不同的群，交流经验，沟通感情，彼此攀比和相互炫耀。如果非要接受一只猫进入我一百七十平的地盘儿，我现在倒是拿不准，它到底是从垃圾堆捡回来的好，还是从主人眼皮下系着皮项圈儿被偷回来的好。我是有些蒙，好像非此即彼，如果非要认领一只猫做自己的儿子，就只有这两个选项。

好吧，我昏头昏脑地认为，那么还是偷来的这只更能令我接受一些。

在房子里走到第三个来回，我的这种想法终于被理性压倒。显然，即便从垃圾堆捡回一只脏猫很恶心，也好过偷回一只皮光毛滑的猫。你明白，我所认为的"好"，是以人类理性中所谓的"正当性"为依据的——它专断地抑制我们本能的好恶，让我们无视垃圾堆的恶臭和窃取某样东西所能带给人的那种原始的兴奋。

那么好了，我得把它还回去——这才是我的愿望，并没有谁勒令我必须收养一只猫！

然而，把猫还回去，虽然能够令我符合"正当性"，令我显得理智而体面，接近人类中那部分天天修剪指甲的人，但此时我并不是非常踊跃地想去这么做。小邵说这只猫是我儿子，说它跟我有着一样的黄眼珠，难道我可以富有"正当性"地粉碎她的谎言吗？谎言粉碎后会怎样呢？最具"正当性"的，难道不是给她弄一个货真价实的婴儿吗？甚至，最好这个婴儿生下来还要立即接受黄疸治疗。这太可怕了。想必小邵跟我的认识相同，否则她也不会使出这种狸猫换太子的把戏。我们应该有一个儿子，这是生命的律令，可现实除了有不能偷猫这样的"正当性"，还有生育一个儿子所意味着的那种灾难性的重负的"正当性"。我的好运气在十二岁那年被我妈一次性用光了，告罄了，我已经归队，老老实实回到了"刍狗"的行列，不会奢求老天更多的优待。

我从房间的一头走回去，我得跟小邵再谈谈，仿佛真的很有把握说服她一样。

"这么做不合适。真的想要养一只猫，我们可以去买一只。用皮肤衣随便裹一只回来，无论如何，这么做都很不靠谱。"

我真的并不想养一只猫，我最多只愿意给路遇的猫丢一根火腿肠。可现在"养一只猫"好像已经是我们展开讨论的前提了。

"这是老天给我们的礼物。"小邵说，蹲着抚摸猫的肚皮，"——你觉得，老天的礼物是可以买回来的吗？你看，它是鲁西迪，是你喜欢的，它就是我们的儿子——你觉得儿子是可以买回来的吗？"

我蹲在她身边，开始正眼打量这个"老天的礼物"。它的眼睛很大，并且睁得很开，上眼睑像半个纵向切开的杏仁，下眼睑的形状是圆的，眼神明亮而警觉。怎么说呢，不折不扣，的确像是个"老天的礼物"。此刻它的眼珠泛着蓝光。

"你瞧，它的眼珠不是黄色的。"我说，如同找到了反对的依据。

"这是光线变化的原因，还有晶状体什么的原理吧，而且眼珠变来变去这种事情，也没什么好奇怪的，我们刚认识的时候，你的眼珠就没现在这么黄。它是老天给我们的一个礼物，我们现在，是完整的一家人了。"

小邵略带茫然地看看我，似乎自己也觉得不知所云。我发现她的刘海是湿的。外面可能还在下雨，她用皮肤衣裹猫了，于是淋湿了自己。

猫举起一只前爪拨她的手，我觉得这货在微微地发抖。

我得承认，小邵的话有些说服力。她一再强调，"它是老天给我们的礼物"，而相较于一个来自老天的礼物，偷，似乎真的比买更具神秘的奥力。不是吗，我现在安身的这套房子，这块老天给我的赏赐之地，难道真的是买到手的吗？实际上，它不是更接近一种"偷来"的本质吗？鲍勃·迪伦在歌里理直气壮地唱："对，我就是思想的窃贼，哦不，我情愿是灵魂的小偷。"我没法儿给小邵一个婴儿，于是，在很大意义上，是她出于权宜之计，替我偷来了一只猫作为替代品。这里面的逻辑太过复杂，我只好默默地看着地板上瑟瑟发抖的猫。

小邵抱起了猫，起身坐进沙发里，那姿势，就是抱了一个婴儿。

我席地坐在地板上，习惯性地又用手机对准了她。镜头里的情形正是一对哀愁的母子。光线暗淡，这一对却散发着神圣的幽光。

我问小邵晚饭吃什么。这根本不是个问题，可一生中我们会愚蠢地问无数遍。没人回答我，就像当年我妈的处境。我捡起地板上的皮肤衣给自己套上，转身出了门。

雨的确还在下，但下得不易觉察，空气里像是飘着一层有些黏腻的浮油。我上了另一栋楼，敲开了苏伟的家门。她正在吃晚饭，不过是一盒速食干拌面。我跟她说了说情况，并且摸出手机让她看猫的照片。苏伟，我那位"干妈"的女儿，埋头吃面，偶尔抬头瞅我一眼。

"美短，"她扫一眼我递过去的手机，漫不经心地说，"还是只银色条纹的，挺漂亮。"

"喂，我说，我不是来让你欣赏这货的——'美短'是什么意思？"

她把吃空了的面盒丢在工作台上，揉着手腕说："是这只猫的品种，美国短毛猫。"

我想象着一只系着皮项圈的猫漂洋过海的情景。

我说："我来找你不是想问这个。"

作为一个在人间复活的救世主的女儿，苏伟在我眼里也有种神圣的气质。有时候我会觉得，当年那两个"经适房"的指标将我跟她安排成了邻居，这里面也有老天的深意。她穿着宽大的白衬衫，下摆绑了一个松松垮垮的结。

"那你想问什么？哦，是的，这只猫可能不便宜，怎么也值七八千吧，"她好像终于明白了我的意图，同时想起来自己是个律师，"肯定是盗窃罪了，数额较大，判刑的话，够判个三两年的。"

我愣了。我压根儿没想跟她请教法律问题。她给我了根烟，自己也点上了一根，半坐在工作台的桌面上，不停地揉着手腕，好像刚刚那盒干拌面让她的手腕不堪重荷了似的。

巴别尔没有离开天通苑　　145

"想办法送回去,别心存侥幸。你知道那些养宠物的人都什么心理吗?这倒是跟小邵一样,都是当儿子来养的。肯定会报警,谁家丢了儿子会不报警啊?警察一介入就坏了。现在还来得及——下雨,见着只落了单的宝贝儿,抱回家给它暖和暖和,没准失主还能给你们送面锦旗。你没事儿吧?"

可能我的脸色有些不好。

"我真的不是吓唬你,我可没想这么干,杨姨叮嘱过我要照顾你,这话我可没忘。别跟我说什么'老天的礼物'了,事实上,我们常常搞不清自己究竟是撞上了大运还是踩上了狗屎。反正我是挺不乐观的,何况你现在这事儿,百分之百就是踩了狗屎嘛!"

她所说的"杨姨"就是我妈。我不知道我妈对她有过什么叮嘱。我妈是三年前去世的,那会儿,苏伟还跟她前夫在日本鬼混着呢。

她开了门把我往外推。

"赶紧去处理。对了,下楼右拐有家宠物店,你先去买几罐猫粮,爱心人士嘛,得有点儿样子。还有,给人还回去之前,你可千万把那货伺候好了,不能有任何差错,否则真就砸手里了!你明白我说的意思吗?"她不停地揉着手腕说。

"我想我明白。"我说,"你的手腕怎么了?"

"手腕?噢,腱鞘炎,刷手机刷多了。"她怔了一下,继续说,"没错,它现在就是个婴儿,搁谁手里都有保护它的义务,我不是跟你开玩笑。就算是捡了个孩子,死谁手里都得承担责任,何况你这还是偷来的。"

"谢谢！"

她砰地关了门，一点也不像受过我妈叮嘱的态度。

下楼右拐，我没有看到苏伟所说的宠物店。但我不认为她是在骗我或者敷衍我，她不过是使用了一种修辞，用以强调事态的严峻性。受了她的启发，我也在超市里买了几盒干拌面，还买了几罐苏打水。结账的时候，我赫然看到收银员背后的货架上竟然摆着一排琳琅满目的猫粮。难道，它们不是向来如此陈列着的吗？那一排生动的猫脸印在精美的包装上，想必我的目光曾经无数次扫过它们，但我们只看自己愿意看到的。

我选了两罐新西兰的牛肉罐头——"一罐装下93%鲜肉，完整取材同一头动物"，它的包装上是这么说的。此刻我的心态，就是一个给儿子选择食物的父亲的心态，我给自己买干拌面时都不会这么走心。

食物令家里有了难以描述的温情。我们共同吞下过那么多的食物，但小邵的神情从来没有因之如此荡漾。我带回家的那两罐猫粮让她欣慰极了，我能够感到她对我的爱都因此不同于往日。她吻了我脸颊一下，既像一个女朋友，又像一个女儿，还像一个母亲，当然，还像一只猫。我们用自己的饭碗给猫盛放牛肉罐头，不安地看着它，当它以一种俯就的神情舔了两下碗边儿时，小邵哭了。我不觉得她哭得不可思议，要是足够放松，没准儿我也会涌出泪水。

"我觉得，它再长大一些，脸再饱满一些，眼睛再离得开一些，就完全是你的样子了。"小邵说。

此刻她躺在沙发里,猫趴在她的胸口上,一切的确和往日的气氛迥然不同,真的就像她所说的那样——"我们现在,是完整的一家人了。"考虑到她给这只猫取的名字,她和猫现在构成的姿势,竟令我有些嫉妒。我不忍马上唤醒她,自己拿了罐儿苏打水走到阳台的窗户前盘算。

办法还是有的。微信上业主们组织的五花八门的群我也加入过几个,我打算先把"捡到一只美短"的信息发上去。这样一来,无论有没有人认领,事后如果追究,我和小邵都会立于不败之地,我们发出了信息,便摆脱了偷猫的嫌疑。这一招极富"正当性",算是人类伟大理性的灵光一现。

平时那几个群被我设置成了"消息免打扰"的模式,现在,我将它们一一点开。无一例外,我看到的都是相同的内容。

美短鲁西迪的照片充斥在所有天通苑业主们的群里,今夜,它是亚洲最大的居住小区里唯一的主角。

它当然不叫鲁西迪,但是,在它的主人那儿,它的名字竟然是——巴别尔!你能理解这有多么令我震惊吗?"巴别尔",这个名字给我带来的震撼,超过铺天盖地的舆情——业主们愤怒了,在集体诅咒偷猫贼。但我却被这只美短的本名惊吓得差点儿扔掉手机。

巴别尔是谁?是那位写过《骑兵军》的大师。他和鲁西迪一样,都不属于大众阅读的对象,这个地球上可能只有专门的一小撮人才对他们发生着兴趣。我这么说,并不是在划分趣味的优劣,我没那么傲慢,我只是觉得人类总是要被分成块的,而且块和块之间相互不可理喻,无法通约,就好比,你都想不到有一群少数者，毕生热衷收藏垃圾堆里淘出来的内裤。我以为我也是个少数者，万万没有想到，并不需要一个浩瀚的宇宙来作为背景，就在天通苑里，便潜伏着一个自己的同类。

信息中透露出这个同类就职于农业部的某个司，大概不是什么位高权重的人，否则也不会藏身在鱼龙混杂的天通苑。他和他的巴别尔一同出现在群里，一小段视频，他和它，在房间的地毯上嬉戏，还有一个她——当然，是他的太太，坐在轮椅上温柔地旁观。接下来她便在视频里哭诉起来："不过是开门接了份外卖，巴别尔就溜出去了。"

是啊，巴别尔自己溜出去了，跟我们可没什么关系。

她继续说，巴别尔经常会溜出门，可从来不会离开，它只是顽皮，它总是候在门口，待一会儿，然后敲敲门，让主人重新把门打开，对它而言，这就是个游戏。

它这么机灵，我现在把它送出门，它自己肯定会摸回去吧？穿过几条马路，在自家楼下等候有人按开电梯，从容地踱进去，示意电梯里的人给它按准楼层，到了后礼貌地致谢与告别，然后回到家门口，轻轻叩响熟悉的房门——哈喽，游戏结束了。

它是被偷走的！女主人的情绪失控了，叫喊道：有人摸到了我家门口，趁它出门的一瞬抱走了它！这是一个蓄谋已久的贼！

哦，这个"蓄谋已久的贼"，我的小邵，果真是这样的吗？你会真的这么令我刮目相看吗？你谋划了多久，一年，还是半载？你在这个下雨的黄昏，提前从可可喜礼烘焙店脱岗，溜上了人家的楼，身上裹着件准备裹猫的皮肤衣，猫如期而至，你伺机猛扑了上去。

巴别尔没有离开天通苑

这太恶劣了，简直就等同于人贩子光天化日之下抢小孩！住在天通苑还有安全感吗？有人在群里出主意——找物业调监控。

太对了，这也是人类伟大理性的灵光一现。

我没法再看下去了。仿佛现在小邵并不在我的身边，并没有被一只鲁西迪趴上胸口压在沙发里，而是鬼鬼祟祟地存在于摄像头质量不佳的画面中。

"走，马上走。"

我从来没这样说一不二、当机立断过。你知道，通常当我开口，都是我妈那种对着空气发言时无可无不可的态度。

怀里有了一只猫，小邵也随着发生了神奇的变化，她变得格外顺从，就像一个哺乳期的女人那样，对世界没有任何的异议——只要你别碰她的孩子。她连问都没多问一句，起来就跟着我走了。

出门的时候，我再次将那件皮肤衣塞到了她怀里，她心有灵犀地将猫裹了起来。

我们没有选择电梯。与找上门来的失主和保安在电梯里狭路相逢，完全有可能是一个大概率的事件。我们不能连人带猫一起被人堵住，那将是人生毁灭性的打击。我和小邵是相爱的，我们的爱像所有真正的爱一样，都那么岌岌可危，我们的爱承受不了一次捕获。小邵无声地跟着我。沿着楼梯往下走，楼道的感应灯有好几层是坏掉的，穿过黑暗拾级而下，我有种心碎的滋味。其间猫叫了一声，猝不及防，真的太吓人了。

夜色完全黑下来了，天通苑却灯火通明。细雨里人群依旧熙来攘往，像海市蜃楼中的盛世之夜。我们尽量贴着路灯照不到的角落走，还不自觉地蹑手蹑脚。钻进一辆出租车后，我甚至都听到被皮肤衣裹着的猫长吁了一口气。

我应该跟小邵交流一下，搞清楚这件事的来龙去脉，她真的"蓄谋已久"了吗？或者，她可以说是无辜的——不过是这只猫自己跑到了她的脚边，用一双和我相似的黄眼珠启发并引诱了她，令她情不自禁兜头用皮肤衣将其裹了回来。可我现在不想开口。我有些无力。同时，我也不想惊动安静的小邵。自从她抱着猫来到我面前，我觉得我们之间的关系忽然变得饱含水分，不再显得那么干燥，变得相濡以沫，变得彼此好像比以往更加属于对方。

我明白，苏伟所说的，只是在理论上成立——法律会将小邵关进监狱里去——我并不是很担心这个，因为我压根儿不接受人会因为偷了只猫就得失去自由；但是我也害怕万一理论发了疯，竟然奇迹般地兑现了——尽管经验告诉我，迄今为止，我所经历的都是有违理论的事儿。理论上，我大学学的是机械制造与自动化专业，可实际我后来干过编辑，干过导游，还开过饭馆，就是从没在机械制造与自动化上吃到过一口饭。理论上，我妈一生严于律己，胸襟开阔，被丈夫抛弃也只是自言自语着发出天问，活成人瑞也没什么好奇怪的，可她六十岁出头就走了。凡此种种，不一而足，都令我不是那么重视理论上的可能性。但现在我却不敢信赖自己的经验了。我空前地尊重理论上的可能性。因为我爱小邵，不想让她冒一点儿风险。即便她不会因为一只猫被送进牢里去，我也没法想象她的尊严可能会遭受的蹂躏。当然,你也可以说我们并无什么尊严可言——小邵只是一个烘焙店的女店员,我失业在家快半年了,然而我们在相爱,这赋予了我们某种可以被理解的、微弱却宝贵的自尊。

所以,还是离开天通苑吧。

司机问我去哪儿,毫无缘由,我略微沉吟了一下,告诉他去峪口镇。我沉吟的那一下,什么意思也没有,我并没有借此思考什么,就是一个"正当性"的停顿。

出门时我带上了自己的双肩包,也提醒小邵背上了她的包。我的包近一个月没用过了,里面装着的东西与当下的我毫无瓜葛,就是一堆陌生人的物品:几包餐厅里的纸巾、一个关节可以活动的木偶、一只不知道做什么用的空锡盒、一部没有拆封的华为手机、一本301医院的空白病历。不不不,它们真的跟我没什么关系,我一点儿也想不起它们是怎么跑到我包里来的。

我开始盘算我俩身上有多少钱。如果记得不错,我钱夹里的几张卡上应该还有几万块。但我不是特别肯定。既然你的包里会飞进来你不认识的玩意儿,那么你卡里的钱也会莫名其妙地飞走。回头找台ATM机核对一下自己不值得被信任的记忆吧。

"明天我就不去上班了吧?"小邵小声问我。

"别去了,正好休息一段日子。"我并没有控制自己的语调,就像是在跟她说着一场普普通通的休假。

这会儿,她被监控拍下的作案现场已经让人调出来了吧?天罗地网,按图索骥,物业很快会落实她这个偷猫贼的。如果失主还报了警,她明天一早照旧去上班,十有八九,警察会在可可喜礼烘焙店门口等着她。

车子上了机场高速。有什么东西令我感到安宁。失业五个多月以来，这种感觉对我而言已经久违了。毫无疑问，我现在身处一桩事件当中，但并非仅仅是这桩事件令我有种尘埃落定的感觉，好像什么该来的东西终于来了似的。下个月三号，小邵和我在一起就满两年了，我比她大十岁，可两年来我从未有过保护她的机会，或者说，我从来没有感觉到自己有着能够保护她的能力。现在，她坐在我的身边，怀里抱着一只用来充当我儿子的猫，一种我未曾巴望过的责任感在胸中油然升起。我甚至有些感激小邵。她让我品尝到了未曾品尝过的荣誉，但却并没有给我造成超限的重负。想一想吧，她不过是偷了只猫，这几乎是我所能承担的责任的极限——如果她杀了个人呢？天啊，我还是不要这么想下去了吧。

小邵在喂猫。她没忘带着那两罐猫粮。她用手指挑出一团肉泥塞在猫嘴里，缩回来后伸进自己嘴里吮一下指尖，然后重复同样的动作。鲁西迪或者巴别尔很配合，真是只乖猫，配得上这两个高级的名字。我有些无聊，习惯性地摸出手机翻看。我百度了一下"美短"的词条，结结实实增长了关于这种猫的知识。

美国短毛猫是原产美国的一种猫，其祖先为欧洲早期移民带到北美的猫种，与英国短毛猫和欧洲短毛猫同类。该品种的猫是在街头巷尾收集来的猫当中选种，并和进口品种如英国短毛猫、缅甸猫和波斯猫杂交培育而成。

不是吗，这很复杂，基本上已经将我所能实践的繁育路径堵死了，我不可能这样杂交出一个儿子。

美国短毛猫素以体格魁伟、骨骼粗壮、肌肉发达、生性聪明、性格温顺而著称，是短毛猫类中的大型品种。被毛厚密，毛色多达三十余种，其中银色条纹品种尤为名贵。

瞧瞧，原来这只有着银色条纹的货还是它们猫类中的贵族。

一六二〇年的秋天，"五月花"号离开英国港口，驶向了大洋。事实上，离开港口时，许多老水手都怀疑这条只有二十七米长的木头帆船是否能顺利到达彼岸。船上一共有一百零二人、一些必需品和十几只猫。经过三个多月艰难的海上挣扎，他们来到了一个安静的港湾，那里有很多鱼虾，海岸不远处就是一座小山，山间泉水叮咚。这一切的一切，就像是上帝为他们安排好的。从此以后，"五月花"号上的人们开始在这片土地上安居乐业，开始了新的生活。后来，这里就成了美国。而当初船上那些用来抓老鼠的猫，随着"五月花"号来到新大陆，开始在北美一带生长。它们见证了美国的发展，是美国的开国功臣，经过多年不断的繁殖，终于确立了北美洲短毛猫种。

不，这不是幻觉，我真的认为，此刻自己正置身于一艘二十七米长的木头帆船上，真的认为，有一个宁静的港湾在彼岸等待着我们。

两个多小时后我们在峪口镇的一家小旅馆住下。

房间里有份当地的商业指南，我在上面看到了一家生产加油设备的公司，于是恍悟到自己为什么点名要到这儿来了。我的前女友供职于这家公司,好像已经干到了年薪不菲的高管。我当然不会想要去找她。"五月花"号在海上漂流时,船上的人会想到走亲访友吗?我只是有些惊诧人在每个瞬间做出的决定背后那些奇怪的动机。

旅馆对面就有一家工商银行,从窗户望出去,可以看到银行开放着的ATM机。我得去检验一下我的记忆,这是我眼下必须首先落实的一桩事儿。

还好,余额显示几张卡里的数目甚至比我记着的还要多一些,我琢磨着差不多够我们过半年流亡的日子了。

离开ATM机,从透明的玻璃门出来,街边儿一个抓狂的男人引起了我的注意。跟很多车子在半路出了故障却束手无策的人一样,他正在以那种好像被规定了的动作踹自己的车。那是辆不算很旧的2012款奥迪。

我在他身后瞧了一会儿,决定过去帮帮他。这可能跟我的心境有关,我刚刚确认了自己口袋里的钱数,它超出我的预期,尽管这看起来毫无疑义就该是我的钱,但我还是觉得领受了不配领受的优待。所以我觉得我该做点儿什么。

抓狂男人对我的到来有些犹疑,他长了张警惕性很高的脸,而且左眼眶里好像装的是一颗玻璃义眼,神气看来跟我一样,也是个不太能理直气壮接受优待的家伙。我却理直气壮,因为这次是我在优待别人,还因为,我学的专业就是机械制造与自动化。车子的毛病并不大,犯不着被他当街怒踹,不过是火花塞的电极积碳太多。他车上就有化油器清洁剂,简单清洗一下,起码能保证他开回家去。

三十分钟后,车子顺利打火,他下了车,好像下了很大的一个决心,硬塞给我两百块钱。这可是我未曾想到的。直到这辆车从马路上消失,我才意识到,我在这个夜晚,在峪口镇的路边儿,赚到了此生理论上符合自己专业能力的第一笔钱。

我的情绪因此有些紊乱,分明感觉受到了某种启示。不远处有个烧烤摊,我过去给自己要了两瓶啤酒,还有鸡翅、土豆、五香豆干。这像是在犒劳自己,但我知道不是,我没干什么配得上犒劳的事儿。有些念头在脑子里隐隐约约地浮动着,我连吃带喝,更像是在给自己压压惊。

这里距离北京城中心也就不足一百公里吧,但夜晚却显得如此地荒凉。

摊主是位大婶,差不多是一副厌世者的表情,她像个男人似的把汗衫的下摆卷到胸口,毫无忌惮地袒露着大半个下垂的乳房。没什么生意,她就在我身边坐下了,我给她倒了杯啤酒,她头都不抬地接过去一口给干了,好像心里也有什么惊需要压一压。我向她打听镇上有没有租车的,她摇头说老子不知道。

回到旅馆房间,小邵已经睡着了。那只猫好像也睡着了,腆胸迭肚地枕着她的胳膊。一时间我有将它拎起来从窗子扔出去的想法。我没想伤害它。我只是想,如果那样的话,它没准就会一路小跑着回到天通苑去吧?不是说猫狗都认路吗?但我立刻打消了这个念头。我不能确信,这只美短真的棒到能够像一辆装了导航的出租车,即便它叫鲁西迪或者巴别尔,即便百度上说美短们脾气温顺,性格活泼,对"外界的事物充满好奇和探索的欲望"。

我在另一张床躺下，依靠想象着自己正躺在漂流的"五月花"号上而睡去。

天通苑业主群里的信息并不是我所预计的那样。他们去调监控了，可是，你知道，既在情理之内和意料之外，又在情理之外和意料之内——摄像头坏掉了。

群里的舆情转而倒向对物业的谴责。说是物业已经承诺，两天内修好亚洲最大的居住小区里所有坏掉的摄像头，并且对其他有可能拍摄下偷猫贼的摄像头逐一进行画面甄别。这两项工程可都不小。对此，我竟多少有些遗憾。我一直忍着没去看手机，多少是有些期待当我打开微信时，铺天盖地，都是我的小邵行窃时的画面吧？在我的想象中，那应当是网络上传播的那种灵异事件的镜头，一帧帧不甚连贯的、抖动的画面，自上而下的拍摄角度，无声闭合的电梯门，幽灵一般现身的怀抱赃物的女子。

有人提议报警，但淹没在其他的信息里，业主们各自扔垃圾一般往群里扔着各自感兴趣的内容，"海带别凉拌了，加它一起炒，净化血管"什么的。亚洲最大的居住小区在本质上和峪口镇没什么不同。有人在偷猫，有人在学着用海带净化血管，有人刷手机刷出了腱鞘炎，有人死于心碎，但彼此并不在意。这有些令人伤感。我更加不想谴责我的小邵了。

她一大早就在侍弄她的宠儿，给它吃吃喝喝，扶着它的前肢让它在床上直立行走。我恍然记起，小邵原本是一个开朗的姑娘。她当然是，否则我也不会在可可喜礼烘焙店里第一眼看到她就被她吸引。这姑娘散发着糕点的气息,瘦而高,不像甜腻松软的蛋糕,像我喜欢的桃酥或者江米条——在我看来,这是点心中有着正派气息的那个阵营。我靠什么吸引了她呢?不知道,或许是我腋下夹着的《午夜之子》。

我出去买早点,从《午夜之子》想到猫的主人——他把自己的猫叫巴别尔,这让我将他视为了同类,我们如同潜伏在天通苑中的两个单兵。此刻,在峪口镇的晨风中,我第一次为这件事感到了一丝内疚。我努力想象了一下,如果,有人从我手里夺走了什么宝贵的东西,我将怎样?但这个假设竟无从展开,因为我一下子想不出什么才是我手里"宝贵"的东西。我不知道原来自己是这么一无所有。差强人意,小邵于我,算是个"宝贵"的吧?当然是!但拿她来和一只猫类比,又十分不恰当。

峪口镇下起雨来。和北京城里一样,也是那种不易觉察、像是空气里飘着一层有些黏腻的浮油的雨。

拎着豆浆油条回来时,走到小旅馆楼下,我抬头看到二楼房间的窗子玻璃后贴着小邵和猫的脸。她举着它的一只前爪向我打招呼,她和它的脸都有意挤在玻璃上,两张脸被压变了形,人脸和猫脸空前地相似起来,差别在弥合,共性在显现。雨虽然下得不易觉察,但落在窗子玻璃上依然形成了水渍,令这面窗子整体上看来都有些像是一张哭泣的猫脸了。

没错,小邵在犯浑,在发神经,她偷了只猫,她神神道道地将这只猫命名为鲁西迪,她让这只偷来的猫做我的儿子。可我现在没法儿让她清醒,让她回归人类理性的"正当性"中去。我做不到,也不想立刻那么做。回归人类理性的"正当性"中去，那意味着什么呢？喏，那是每天早上我爬起来将她送到地铁口，如果下雨，就脱下皮肤衣给她穿；是我回到家里继续去睡一个失业者的回笼觉；是晚上她给我带回的一包桃酥或者我给她准备的泡面、苏打水——这些，的确也谈不上有多么值得回归。

她用旅馆的毛巾给猫扎了个头巾，这令鲁西迪看上去很像一个襁褓中的婴儿了。我从侧面看，它的鼻梁到额头有一条柔和的曲线相连。这条曲线真的触动了我的心弦，它给钢筋水泥的世界画出了一道温柔的弧度，就像是给空房间挂上了一道被风吹送着的窗帘，于是时空弯曲，不再显得那么刚硬。

小邵将猫递给我，这次我没拒绝。我能够感觉到它的健壮，就是人类婴儿中那种肉墩子的手感。这货的确是强壮有力、肌肉发达的，让人觉得有股积极向上的蛮劲儿。把它抱在怀里，我感到也有一条柔和的曲线将我们，将我、小邵，还有鲁西迪温柔地相连了。

我重新离开了房间，在楼下向店主打听镇上有没有租车的地方。他是个胖子，和昨夜烧烤摊的那个女摊主出奇地像。如果说那个大婶像是个男人，那么眼前的这个大叔就像是个女人。他也是一副厌世者的表情，用一口扭捏的语气跟我说不知道呦。

我走到旅馆门前的屋檐下抽烟，想了想，试着拨通了前女友的号码。我需要一辆车。当然叫一辆出租车也不是不可以，但我还是想要一辆由自己来驾驶的车。这没什么道理，我只是觉得自己驾车更符合眼下的剧情。公路，远方，乃至亡命天涯的想象。没错,内心戏罢了。我在天通苑睡了五个多月的失业回笼觉,现在想透透气。

电话竟然接通了。我又一次受到了优待,当然,依然有些不配。你要知道,这个号码我至少有五年没拨过了。王力,我的前女友,并没有应声而来。她说她正在开会,会让人把车给我送来的。我站在屋檐下继续抽烟。雨终于下大了,风把雨丝吹到了我的脸上。

车是一辆新款的东风标致3008。送车的是个年轻女孩,穿着大公司女性从业者的那种职业裙装,身材真是好极了。她用客服一般的声音跟我说,王总实在走不开,她让我跟您道歉。我的确有些失落,好像心里真的还是有着想要见到前女友的愿望。可是见她干吗呢?难道要把鲁西迪展示给她看吗——喏,瞧瞧我的儿子。

"你跟王总说,车子我用一段时间,还车的时候我再联系她。"

"好的。"

她说"好的"这两个字的神态和发音,让我一瞬间有些恍惚。记忆里,王力也喜欢说"好的",也是这样的神态和发音。我都怀疑其实她就是王力,就是那个跟我杀戮一般谈过一场恋爱的王力,起码是做了个什么整容手术、青春永驻了的王力。

油箱的油是加满的。这辆车很合我的心意,我是说,SUV,车型基本和我的内心戏吻合。和我谈过一场杀戮般恋爱的王力还是了解我的。小邵和猫坐在后排,上路时,我手握方向盘的感觉、脚踩油门的感觉,就是那种有着"责任感"并且终于将这份"责任感"付诸实施了的感觉。

"嚯！牛肉，牛肉汁，牛肝，牛肚，牛肺，牛肾，啤酒酵母，焦磷酸四钠，鱼肝油，肉桂……"小邵压根儿没问我车是哪来的。她在后排大声读着那罐猫粮罐头盒上的标签。

"嚯！谨记猫咪的营养需求是根据个体活动量、新陈代谢、健康程度和周围环境而变化的。嚯！如果你的猫咪肥胖建议少量喂食，如果你的猫咪瘦弱建议加量。嚯！"

我知道，她"嚯！嚯！"的感叹，也是在终于付诸实施了某种"责任感"的情绪之中。

"嚯！猫咪体重四至六公斤，每日喂食一至二罐——嚯！喂少了！"她喊道，"我们喂少了！——你买得太少了！"

"没事儿，可以先买些火腿肠。"我安慰她。

在高速公路的入口，我选择了去往唐山的方向。我并没有一个明确的目的地，只是有一些朦胧的念头。这不要紧，我想，将近四百年前的那个秋天，当"五月花"号离开英国港口驶向大洋时，也没有一个明确的方向作为它的彼岸和目标，久经风浪的老水手们心里也没什么底儿，然而所谓梦想，不就是这么无中生有的吗。

往唐山去。至少那儿肯定能买到进口的猫粮。

猫在后排不停地叫。起初是小邵"嚯"一声，它响应一声，后来小邵没声了，它依然有声有色地叫着。听得出，它挺快乐，没准是在唱歌，它已经度过了易主的不适期，开始展现它生性聪明、性格温顺的品种优势。我们之间不再有隔膜，在这辆东风标致3008的车体空间里，我们很和谐。也许，它的主人，那

巴别尔没有离开天通苑　　161

位读《骑兵军》的单兵,能给它提供更具专业水准的喂养,但它一定少有长途的旅行,它的生命里将缺乏将脸挤在小旅馆窗子玻璃上的体验,将失去暂时用火腿肠替代进口牛肉罐头的机会,将不能被裹在皮肤衣里被抱来抱去,将无从感受人类做贼后的心情。我从后视镜里看到它趴在车窗上,如痴如醉地盯着高速公路一侧闪过的风景。

车外的风景也令我有些痴醉。不过是北方初秋的寻常景致,但我却觉得道路笔直,内心笔直,乃至眼前下着脏雨的风景都好像变得天高云阔。

在津蓟高速的一个服务区,我看到了猫主人发出的求助信。小邵抱着猫下车去买火腿肠了。我独自坐在车里翻手机。那的确是以一封信的形式发出的信息,开头写道:尊敬的巴别尔的新主人。

这是指我,我可以确认。

读《骑兵军》的先生在信中哀求,请"尊敬的巴别尔的新主人"将猫还给他们,他相信,"尊敬的巴别尔的新主人"一定也是心底柔软,充满了善意的爱猫人士。

没错,是的,我想,虽然我不是特别爱猫。

但是,请将巴别尔还回来吧!它的妈妈不能失去它。自从它丢失后,它的妈妈就失去了活下去的勇气。

我连贯着看了两遍,最后确信,巴别尔的妈妈,是那位坐在轮椅上的女主人。

刚刚,她被送进了医院,清晨的时候,她企图割腕自尽。

不，这不是真的。不，这就是真的。如果不是置身其间，我会将这个"妈妈"的行为视作疯癫和不可理喻。可现在我不这么想。我所能想到的，是在天通苑这个亚洲最大的居住小区里，有一套房子，男主人是读巴别尔的小公务员，女主人瘫痪在轮椅里，他们养了一只猫；如今，猫被人偷走了，女主人失去了活下去的勇气。我能理解这样的生活，因为，昨天我也差不多就是这么活着的。

男主人在信的末尾恳切请求大家尽可能地转发这封信。他说，他相信，巴别尔没有离开天通苑。

巴别尔没有离开天通苑。

可是巴别尔此刻在津蓟高速的服务区。这个认识突然令我感到了痛苦。

三年前我妈走了，最初的日子，我知道她已经烧成了灰，可我也时常相信我妈没有离开天通苑。

我得承认，所谓坚强，应该意味着承受痛苦而不是增加别人的痛苦。

小邵上车后我跟她说的第一句话是："小邵，我们得把猫还给人家。"

她沉默着。我回头看她，看到猫也在眼巴巴地看着她，发现我在回望，猫又扭脸眼巴巴地看看我。我把手机递给小邵，它也跟着伸出前爪来接。

许久，小邵抽泣起来。猫伸出舌头舔她的脸。

"他说了，尽管巴别尔自己懂得调节食量，还请我们不要放纵地任由它乱吃。他还说，除了要控制食物的适量，更需准备一些玩具让它玩耍和运动。我们需要给它准备干净的饮水，这样它才不会去喝马桶里的水……"

她不停地翻看着手机里的信息，似乎因此就找到了对方已经赋予了我们偷走这只猫的权利。猫忧郁地看着她，看着忧郁的她，时而还点点头，表情是那么地烦恼。

我收回了手机，在上面搜寻我需要的内容，然后，发动起车子继续上路了。

一个多小时后，下了高速，按照导航的线路，我找到了唐山市区的那家宠物店——门脸儿很漂亮，像童话里的城堡，墙面刷着黄漆，落地窗分成了许多格子，每个格子的后面都有一张猫脸或者狗脸，哦，还有几张兔子和仓鼠的脸。我把车停在路边，点着了一根烟。小邵一声不吭，但我确定她能够明白我的意思，店面上"宠物寄养"那四个字她肯定认识。

"可是，它怎么才能回去？"

我很庆幸，她现在关心的是个技术性的问题。我告诉她，没问题，我都会办妥，喏，我现在就在群里把失主加为好友，我会告诉他路线，发定位给他。

"老王，我爱你。"小邵说。这句话很突然，但却又并不显得格外突兀。

我的心里被某种奔涌的东西填满。我发现，此刻我所爱着的小邵，并不是仅仅靠着桃酥和江米条的正派气质吸引着我，毋宁说，是一个江米条一般正派的姑娘从电梯里走出来，走进摄像头，带着难以言说的神秘和激情，走进了我的爱里。她偷了只猫回来，给我们平庸的生活窃取到了一场振奋人心的逃亡，现在，她完全用不着我用什么自己都没想明白的"正当性"来说服她，她自觉地将澎湃的旅程轻轻地减速，仿佛做爱之后一声动人的叹息。

我几乎可以肯定，许多年之后，小邵她一定会对我说，这一切，其实就是她"蓄谋已久"策划出来的。

小邵抱着猫下了车。

细雨始终在下，我也下了车，脱掉皮肤衣给她披在肩上——就像昨天早晨，我把她送到地铁口时所做的那样。那时，望着她汇入人流的背影，我的心里如同被塞进了整个天通苑、塞进了亚洲最大的一个居住小区般地肿胀。

"给店主多留些钱。"我叮嘱她。

她点了点头，将猫脸举在我眼前，让它的黄眼珠对着我的黄眼珠，让它的嘴碰了一下我的鼻尖。清凉湿润，并且有少许的黏液。我觉得我被某种巨大的事物冲撞了一下，这感觉促使我闭上了眼睛来静静地感受。

睁开眼睛时，小邵已经向马路对面走去，猫趴在她的肩头，扬起前爪跟我道别。

我开始摆弄手机。猫主人可能一夜之间加入了所有天通苑业主们的微信群。他的头像就是一颗猫头。我向他发送添加好友的申请——

巴别尔没有离开天通苑

他几乎同一时间通过了我的申请。我发猫的照片给他,发定位给他,拍下路对面店铺的门头给他,转账一千元给他。自始至终,我没跟他说一句话。其实,我渴望跟他说点儿什么,说说巴别尔,说说鲁西迪,说说人的痛苦和在痛苦中宗教般的臣服之情,说说人就像被关进了一个冠以了好运气之名的监牢里的囚徒,说说你是个囚徒,但你得感激这样的囚禁。可我没这么做。飞快地做完了该做的事情,我就删除了他。我克制着自己内心的火焰,犹如一个单兵和另一个单兵的决裂。

回来时,那件皮肤衣不在小邵的肩上了。

她坐进车里跟我说:"也许,巴别尔还会用得着。"

巴别尔没有离开天通苑。

但是我们要离开天通苑了。

我们继续上路,向东行驶。那是我能够想到的距离海岸最近的方向。不是吗,没有了一只美短,"五月花"号依然要去靠岸。

先前某个朦胧的念头以一种令人心情振奋的方式在我眼前清晰起来。它或者它们降临得让人无从说明,我只能用"令人心情振奋的方式"来形容。是的,我甚至搞不清是它还是它们,就像你很难想象同一个点上能站两个天使,也难以想象一堆天使不分前后同时涌现。但这的确就是我现在脑子里的景象。

上个月,苏伟找过我,她的合伙人要办一家分支机构,她问我愿不愿意把天通苑的房子租给她,她每个月出两万块钱。这是个合理的价格,她说,你完全没必要住这么大的房子嘛,在小邵上班的地方找个小点儿的,这样房租的差价等于让你赚了一笔，彼此也乐得方便。我拒绝了她，不是因为感到自尊心受了伤害，是一旦想象离开天通苑，我就会有种没来由的恐惧。天通苑对我而言，是老天额外的优待，脱离这份优待我会想象自己将从生活的夹缝中掉下去。

可现在一堆小天使般的念头挤在我的脑子里，我那沉重的、自我囚禁的命运感开始在高速公路上松动。

天使们对我说，一切仍是老天以万物为刍狗之余对人的怜悯，这次恰好又落到了我的头上，鉴于我生活在某种根本性的谬误中，于是小邵偷了只猫，于是我们被迫离开，于是这只猫让我们登上了"五月花"号，去往另一块应许之地。中途一位细心的天使还给我设计了一辆抛锚的奥迪，她装扮成一个装着玻璃义眼的男人，启发我萌生出靠手艺吃饭的想象。

那么好吧，蓝图不就是这么绘制的吗？我将在海边开家汽车修理铺，我卡上的钱也够给小邵开家烘焙店。我会把天通苑的房子租给苏伟，光这份钱估计就够我们在海边过上简单朴素的生活，这也许才是我十二岁时老天赐予我这套房子的本意。我们将逃离亚洲最大的居住小区。在那座大城里，你总是要对命运心怀恐惧的感激和感激的恐惧，总是像一个贼，仿佛这感激与恐惧交织的日子都是从某个庞然大物的家伙那里偷来的，你总像是欠了谁的；在那座大城里，学机械制造与自动化的干着开饭馆的活儿，猫粮和干拌面一起摆在超市的货架上，人在微信群里满足着自己的虚荣心，刷手机刷出了腱鞘炎，许多人不敢生孩子所以只能去养猫，失业者在回笼觉里继续承受着匍匐在地的梦魇。

好了,一切至少应该来一次暂停。小邵不应该再去偷一只猫来给我做儿子,天经地义,我们能自己生一个,我们能够也应该活在自己可以简单理解的秩序里。我愿意相信一个安静的港湾在前面等待着我们,那里有很多鱼虾,海岸不远处就是一座小山,山间泉水叮咚。如果这样的缓冲真的能实现,那当然仍是一个来自老天的优待;如果这样的缓冲真的能实现,我仍会虔敬地认为,那依旧是一个我不配领受的优待。

但是管他的呢,巴别尔没有离开天通苑,这会儿,我的鼻子却已经闻到了海风的味道。况且,既然巴别尔没有离开天通苑,我们就该更有勇气去过真正的生活。

丁酉闰六月十二
2017 年 8 月 3 日
香榭丽

缓刑

漂亮的小女孩按下了遥控器的发射键。机械战警举起右臂发射，超能激光炮的弹头击中了她爸爸的小腿。她爸爸压根儿没注意到这次袭击。超能激光炮的弹头不过是软塑材质做成的，打在人身上的确不会造成任何痛感，可能连隔靴搔痒都算不上。倒是弹头前端的吸盘如果击中玻璃或者瓷砖，便可以吸附在上面，给人带来命中了靶心的快感。

射击后的机械战警扬扬得意地嚷嚷着：

"我的超能激光炮，可以轻易地摧毁敌人！"

然而"敌人"却没有被轻易摧毁，照样忙着自己的事儿——她的爸爸妈妈正在心无旁骛地吵架。

也许就在一分钟前，他们的意见还是一致的，在共同抱怨着航空公司。

"真是过分，已经延误四个多小时了，"她爸爸对她妈妈说，"前序航班还没起飞！要么干脆通知取消算了，这样半个小时通知一次,半个小时通知一次,没完没了地推迟,完全是给人判了遥遥无期的缓刑,还不如来个痛快的!"

"没错,长痛不如短痛,这也太磨人了。"她妈妈对她爸爸说,"——就像我们的婚姻一样!"老天有眼,也许这时她妈妈并没有挑衅的意思,只是想更加充分地附和她爸爸,不过是随口举了个硬邦邦的例子而已。

于是,跟往常一样,说吵就吵了起来。

"我没想磨你,从来没有,"她爸爸不满地说,"是你提出来的,全家最后旅行一次,然后各分东西。这是你的意思,没错吧?你不觉得我这是在迁就你的想法吗?海南岛?八月份!只有疯子才会挑这样的时候往一口沸水锅里跳。"

"沸水锅?只有疯子才会这样污蔑海南岛!"她妈妈轻蔑地说,但气愤得都有些结巴了,"只有一个疯子才会把这个季节去海南度假的人看作疯子,而你就是这样一个疯子。你有点儿常识好不好,现在的海南岛可是旅游的旺季。你总是这样,总这么自以为是,认为全世界的人都是傻瓜,只有你把一切都看明白了。"

"好吧,"她爸爸控制了一下情绪,报以同样冷淡而轻蔑的语调,"我是自以为是,不像你,天生就是一个盲从的女人,全世界的人都涌向一个破岛,于是你也得冲上去。这就是你的白痴逻辑,要活得跟别人一样,要向所有人看齐,哪怕去跟着别人吃屎。"

"我这辈子最大的盲从就是盲从了你!"她妈妈叫道,"别说什么缓刑了,嫁给你的第一天我就被判了缓刑!这是我一生最后悔的事！"

候机楼里应该是凉爽的，但外面盛夏的重力似乎能够挤压进来，空气中的凉爽都显得沉甸甸的。所以她妈妈给自己披上了一条披肩。

漂亮的小女孩走到她爸爸身边，弯腰捡起跌落在地上的超能激光弹头。她爸爸穿着短裤，裸露的小腿上密布着黑黢黢的腿毛，难怪弹头不能吸在上面。这台机械战警是刚进候机楼时买的。三个小时前，漂亮的小女孩没有选择她妈妈推荐的芭比娃娃，她爸爸还试图说服她，那时候，他们的立场还是一致的，认为既然所有的小女孩都应该选择一个芭比娃娃，那么，他们的女儿也应该"盲从"着来一个。

"这个我们倒是没有分歧了，"她爸爸说，"最后悔的事，嗯，我也认为我们倒是在这件事上成功地合作了一回——'一生最后悔的事'！你瞧，这件事让我们给共同办成了！"他发现了蹲在自己腿边的女儿，烦躁地揉了揉小女孩的头顶，继续说：

"有时候我都后悔干吗生出小囡，真是造孽！"

"造孽？"她妈妈气得发抖了，从座椅上站起来大声质问，"是你造孽还是我造孽？这种事情，不是你们男人在'造'吗？"

"这家伙可真威风啊，"她爸爸低头看看那台穿着白色铠甲的机械战警，对小女孩说，"让它去摸摸情况，看看我们的飞机几点钟起飞。"

"好，我想它一定可以完成任务。"漂亮的小女孩蹲着，温柔地说。

"当然，没问题，据说它还可以跟人对话，你试试吧。"她爸爸笑着说，并且再一次揉了揉她的脑袋。

"好的爸爸，放心吧。"漂亮的小女孩站起来躲闪着，她怕被搞乱了头发。出门前她妈妈特意为她卷了刘海，并且给她系了根粉色的发带。

"他没什么不放心的，"她妈妈突然插话道，"他当你是个孽种，他后悔造出了你。"

她爸爸站起来，一把揪在她妈妈的肩膀上，使劲扳动着，好像让她妈妈换一个方向，就能扭转了自己此刻的怒火。

她妈妈背转过去，但小女孩能猜出她妈妈哭了。

"去吧，"她爸爸做着鼓励的手势，"别走远，机械战警完成了任务就立刻带它回来。"

也许，回来的时候他们就和好了吧？漂亮的小女孩一边遥控着机械战警转向，一边想，没准儿，他们又会共同商议着再买一个礼物给她。他们总是这样，每次争吵之后，都会变着法儿地想要讨她的欢心，踊跃地比赛着谁更能打动女儿。对此，漂亮的小女孩早已经习惯了。

"和你结婚是我一生最后悔的事！"她听到她妈妈在身后呜咽着喊。她想自己还是走远一点吧。

机械战警滑行着前进。它大约有三十多厘米高，个头差不多超过了小女孩的屁股。它跑得太快了，干劲儿十足的架势。漂亮的小女孩还没学会熟练地控制它，被它的速度带动，跟随的脚步不免显得有些狼狈。不知道按下了遥控器上的哪个键，它开始一边跑一边跳起舞来，并且发出动感十足的音乐。漂亮的小女孩想要阻止它不体面的行为。候机厅里人来人往，这让漂亮的小女孩觉得有些难堪。但是它我行我素地得瑟着，还回头大声问她：

"长官，我的机械舞还不赖吧！"

"嘿！"一个背着小黄人双肩书包的男孩斜刺里杀出来，嚷嚷着，"这家伙，跟我的一模一样哇！"

看到自己的玩具被人从地上拎了起来，漂亮的小女孩才注意到这个跟自己年纪差不多的男孩。

"放下它，你要等我关了按钮才能去碰它。"她向男孩指出正确的操作规程，那是售货员当时告知过她的，她说，"否则可能会有危险，没准它能弄伤你。"

"没事儿，别大惊小怪的，我对它熟着呢。"男孩仍然把机械战警举在手里。看起来他的确挺在行，只抓牢了机械战警的一条腿，并且和自己的脸保持着一定的距离，任由机械战警徒劳地扭动着，他说：

"我在家经常这么玩儿它。"

这个男孩也穿着短裤，令人吃惊的是，他的小腿居然也长着黑乎乎的腿毛。这让他看上去完全是个小孩中的实干派。

"你还是放下它吧……"漂亮的小女孩憋不出什么更有效的话。她试图用遥控器停止机械战警的运行，但是她一下子按不准停止键。她感到了沮丧，因为刚刚在她心目中还是很威武的机械战警，此刻无助地被一个长着腿毛的小男孩轻松地俘虏了。她叹了口气，说：

"我们还要去执行任务。"

"什么任务？"男孩立刻兴奋起来。

缓刑　173

"我们要去摸摸情况,看看飞机几点钟起飞。"漂亮的小女孩郑重地说。

"OK!"男孩竟爽快地答应了。他放下了机械战警,过来不由分说从小女孩的手里拿走了遥控器,自告奋勇地说:

"我来和你们协同作战!"

直到男孩指挥着机械战警走出很远后,漂亮的小女孩才茫然地跟了上去。她远远地看着自己的机械战警随着男孩来到了一个问询台前,看着男孩向一位地勤人员煞有介事地说着什么。她站在远处,感觉自己只能做一个旁观者,感觉自己正在被一件重大的事情排除在了外面。

男孩掉头向她走回来了。机械战警先男孩一步来到了她的脚下。她很想也弯腰把滑动着的机械战警抱起来,但她有些犹豫,她牢记着售货员叮嘱过的操作规程。好在男孩让机械战警停了下来。停下之前,男孩还卖弄地遥控着机械战警绕着她转了一圈,然后,又驱动着机械战警在自己的腿边转了一圈。

漂亮的小女孩失措地站在原地,眼睛跟随着机械战警"8"字形的运动轨迹,感到更加无助了。

"报告,任务完成,"男孩努力想要表现出自己的某种优势,脸上刻意地做出了一些和自己实力并不相符的讥讽的表情,"敌机预计将无限期延误,不是天气原因,是因为空中管制!"也许是因为说出了自己并不能理解的术语,男孩忘记了扮酷,气哼哼地强调道:

"这跟我爸说的差不多。"

"你爸说什么了?"漂亮的小女孩问道。她想,另一个爸爸的结论,也许能够完美地用来完成她爸爸布置给她的任务。

"我爸说,"男孩皱起了眉头,试图准确地还原他记着的话。过了会儿,那句原本在他听来是一句耳旁风的话终于被他想起来了,于是,他拿腔拿调地复述道:

"嗯,我们这会儿是一群被判了缓刑的家伙。"

漂亮的小女孩有些吃惊,觉得有什么记忆被唤醒了。好像自己的耳旁,也曾经刮过同样的一阵风。这让她有些恍惚。

"可是,你并不知道我们要坐哪一班飞机呀?"漂亮的小女孩发现了问题的症结。

"都一样,"男孩不耐烦地说,"所有的敌机都一样,没一个准时的,都被管制啦!"

他重新启动了机械战警,娴熟地操控着,可能已经产生了错觉,认为自己此刻就是在操控着属于自己的玩具。

"噢,好吧。"漂亮的小女孩只好接受了他的解释。

起初他们跟着机械战警漫无目的地行进了一段,然后又折回来。当机械战警撞上了一位旅客的腿时,漂亮的小女孩负责地向对方道了歉。她跟在男孩身后,渐渐似乎也接受了这样的局面——他拥有着绝对的支配权,而她不过是游戏的观众,或者顶多是一个负责善后的助手。

男孩玩得熟练极了。机械战警在他的指挥下做出许多令小女孩惊讶的动作。它的眼睛是两组 LED 灯,漂亮的小女孩想不到随着这两组灯的变化,机械战警的脸部竟然可以做出许多不同的表情。更加令人惊奇的是,它还能感应人的手势,男孩把自己的手靠近它的脸部,做出前进或者后退的指令,它就真的能照做不误。漂亮的小女孩看得着迷,她好像已经忘记了自己才是这台机械战警真正的主人。

"想要全部开发出它的功能,你得先开发自己脑子的功能。"男孩对她说。他演示给她看,让机械战警试着匍匐前进,但是他失败了。

"可怜虫。"她说。

"你是在说我吗?"男孩瞪着她问。

"不,"她指指趴在地上做着瑜伽姿势一样的机械战警。

男孩气不打一处来,勒令机械战警爬起来,一口气打光了五颗超能激光炮。

当男孩遥控着机械战警随着一支队伍鱼贯消失在某个登机口时,漂亮的小女孩依依不舍地挥手向他道别。她远远地看着,登机口两边巨大的玻璃幕墙涌进的白光,令她仿佛站在一个不属于自己的世界之外,或者,像宇航员在太空上望着人类孤独的星球。她觉得男孩和机械战警是融化进了那片弥漫的白色之中了。

候机厅很嘈杂,被判了缓刑的人们发出烦躁的嗡嗡声,不时还有航班起降或者被取消的消息回荡在头顶。然而,从这一刻起,一种奇怪的寂静开始笼罩了漂亮的小女孩。她突然不再能够感知环境的喧哗,像是只身来到了一块空旷的广场。她想起了她爸爸布置给她的任务,但她觉得这个任务现在不需要马上回去交差了,因为问题的答案似乎他爸爸早就掌握了。

几位穿着制服的空姐拉着行李箱从眼前走过,她们很有纪律地排着队,无形中仿佛形成了某种向心力,令小女孩不由自主地就跟在她们后面走了一截。随后，回过点儿神的小女孩下意识地为自己选择了一个方向。她记得，那里是她爸爸妈妈给她买机械战警的地方。

候机楼太大了，不过她觉得自己能找到。

果然被她找到了，那个店面前旋转着好几个机械战警的地方，就像几小时前她和爸爸妈妈到来时一样。漂亮的小女孩觉得时间被推倒重来了一次，此刻她的爸爸妈妈就在她的身边，他们一家三口刚刚过了安检，她妈妈正在埋怨安检员搞乱了自己的行李，而她爸爸为了转移不良情绪，弯腰替她系了系鞋带后，提议买一件礼物送给她。

漂亮的小女孩远远地观望着。她忘记了自己到这儿来的初衷，或者，她走向这个地方原本就没有什么明确的意图。那几台机械战警流畅地在地面上滑动着，看上去有些表演性质的人来疯。它们有的闪烁着炫亮的激光，有的鸣响着劲爆的音乐，彼此找事，相互炫耀，看久了，这股轻浮的热闹劲儿令她感到有点头晕。

她想要喝水。但是当她走向一台自动饮水机的时候，却被旁边的贵宾休息室吸引了。一眼望去，那里面的餐台上摆满了饮料和水果。漂亮的小女孩觉得喝点饮料比喝点水更能满足自己此刻的需要。她没有受到阻拦，因为她是一个漂亮的小女孩。

漂亮的小女孩在贵宾休息室里为自己倒了杯芒果汁，找了张沙发坐进去。沙发很深，坐进去，她的双腿就离开了地面。她没忘整理了一下自己的裙边。她的裙子是粉色的，连鞋子和袜子都是粉色的。她妈妈把她打扮成了一个粉色的漂亮小女孩。

隔着一张茶几,她的对面是一个正在翻看画报的男人。小女孩不太能确定这个男人的年纪,看上去,他应该和她爸爸差不多大。事实上,如果没有特别大的出入,在小女孩的眼里,所有成年男性都和她爸爸差不多。但这个男人留着的胡子让小女孩没有了把握。

他的下颌有一撮修剪得非常齐整的、灰白色的胡子,但他的脸却并不是小女孩心目中那种老人的脸。他的鼻梁呈现出被太阳暴晒后的紫色,但他穿着的亚麻西装又让他不像是一个总在户外活动的人。他看起来富有教养,很深沉。

男人发现了观察着自己的小女孩。他侧脸看了看身边,似乎是要确认小女孩就是在看着他。

"嗨。"男人向小女孩打了声招呼。

"嗨。"漂亮的小女孩回应男人。

男人低头继续翻看画报,不时摸一把自己的胡子。当他再次抬起头,看到漂亮的小女孩依然在盯着他时,好像感到了有点局促。他不禁又一次看了看四周。

"你是一个人吗?"他问,"爸爸妈妈呢?"

"他们被判了缓刑。"漂亮的小女孩很老成地说,一边用吸管吮着芒果汁。

"噢,小姐……"男人想了一下,应该是领悟了她的意思,扬着眉毛说,"您说得对极了,今天真糟糕,所有人都被航空公司判了缓刑。"

男人说完双手合十顶在鼻尖下,摆出要认真交谈一番的样子。

"不是天气的原因,"漂亮的小女孩努力回想那个准确的术语，后来她想起来了，坚定地说，"是空中管制。"

"嚯！"男人感叹了一声，"对，空中管制，空中有个什么东西把我们管制起来了，或者我们在空中被什么东西给管制起来了，管他的呢，不管怎么说，反正我们现在只能坐在这儿吃水果。"他面前的确有一小碟水果，几瓣橙子、两牙西瓜、一枚切成了两半的奇异果。

男人拿起了半个奇异果递给小女孩，说："吃一点儿吧，既然已经被判了缓刑。"

漂亮的小女孩将奇异果接在了手里，用他又递来的一把小勺舀着果肉吃。这枚果子很甜，是那种人工的甜，都没有水果的味道了。

"请问小姐，您这是要去哪儿呢？"男人问道。

他这么问，让小女孩想起过安检时的安检员。尽管安检员没这么问话，但他们都给人一种例行公事的可靠感。

"海南岛，"漂亮的小女孩觉得自己轻松起来了，急迫地说，"只有疯子才会挑这样的时候往一口沸水锅里跳。"

她对自己很满意，觉得自己此刻是在跟一个留着胡子的成年男人交谈，对方像一个安检员般地具有某种权威性，但此时她和他之间有一根平等的纽带——不是吗？这很棒。

她的语风再一次令这个男人感到了惊讶。他像是遇到了一个棘手的问题，不禁用手揉了揉自己的鼻子。他的鼻子蛮大的。

"海南岛……沸水锅……"男人念叨着，将面前的画报向小女孩推了推，手指点着翻开的画报，沉吟着说，"你瞧，也许没那么糟糕吧？"

画报打开的那一页恰好是张旅游广告,海浪、沙滩、花花绿绿的遮阳伞、穿着比基尼的惹火女郎。

漂亮的小女孩看了一眼那幅画面,轻蔑地评价道:"很糟糕。"

同时,她想起了自己的泳装。出门前她妈妈给她也买了几件泳装,其中有一件分体的,粉色,有三种不同的穿法,吊带式、露肩式、斜肩式,小女孩在她妈妈的指导下分别试了这三种穿法,她妈妈由衷地赞叹:"真漂亮啊,宝贝,你真是一个漂亮的小女孩。"这样的话小女孩听得多了,她很早就确立了这样的意识:自己是一个漂亮的小女孩。没人说得准这究竟好还是不好。这会儿,她心里对自己的那件分体泳衣厌恶起来,认为穿上那件泳衣,自己也会变得和画报上的惹火女郎一样,都是往沸水锅里跳的疯子。

"好吧,是很糟糕。"男人尴尬地拽回了画报,继续说,"小姐,冒昧地问一下,您多大了?"

"八岁,"漂亮的小女孩回答,她不由自主就虚报了自己的年龄,同时她再一次整理了一下自己的裙边,"你呢?你多大?"她问。

本来她对男人的年龄是没有兴趣的,但这个男人下颌上灰白色的胡子给她造成了观念上的混乱,让她觉得自己该求证一下。

"我九岁。"男人抱着肩膀向后仰了仰身子,然后重新将身子附过来,眼睛离得很近地看着小女孩。他的嘴角挂着笑,眼神却显得有些干涩。

这个答案让小女孩很满意,好像在她心里,除了这个答案以外,任何回答都将是乏味的。

"你真是一个漂亮的小女孩。"男人伸手拍了拍她放在桌面上的左手，缩回手后，再一次又迟疑地伸出来，将她的左手捂在掌心里摩挲了一下。同时，他又下意识地看了看四周。他看起来有些不安。

"你也是一个漂亮的小男孩。"小女孩心不在焉地说。她想起了那个消失了的男孩，也想起了自己的机械战警。

"你玩儿过机械战警吗？"她向男人问道。

"机械战警？"男人认真地看着她。

"对，智能遥控的，"漂亮的小女孩打着手势说，"有旋转机械手，可以用英语对话，还会说机器语。"

"机器语？"男人认真地问。

"呜哇哇啦呼，呜哇哇啦呼，就像这样，"漂亮的小女孩胡乱地发着音，"我们听不懂，但机器人能听懂，这是他们的语言，就像是一门外语，但我想，可能没外语那么简单。"

"一定没外语那么简单！"男人很专注地附和道，伸出一根指头在空中摇晃，"反正我只见过英语词典、德语词典什么的，没见过一本机器语词典。"

"它还能讲故事，当然，讲故事的时候不用机器语。"漂亮的小女孩意味深长地看了他一眼，她觉得眼前的这个男人有点幼稚，那根摇晃着的指头，让他比她见过的成年男人都要显得愚昧一点。"它还可以发射飞弹，超能激光炮，一共五颗，"她用手指绕着自己肩上的头发继续说，"它的战斗力超强。"

"哦……"男人喟叹了一声，说，"真的是太棒了，多迷人！"

"不，不是迷人，"漂亮的小女孩纠正道，"迷人是用来说女孩子的，对机械战警你应该说'威武'。"

"威武，嗯，威武。"男人服从地应承。他的胳膊挂在桌面上，两只手紧紧地握在一起，痛苦地互相捏着指关节，发出咔吧咔吧的声音。

"你想见识一下吗？"漂亮的小女孩问男人，有个愿望忽然在她心里出现了，她说，"没准儿你该去看看，哪怕就看一眼。"

其实她心里忽然出现的愿望是：没准儿，能让眼前的这个看上去有些傻的男人给她重新买一台一模一样的机械战警。这时候漂亮的小女孩才明确地意识到自己遗失了那台玩具。她噘起嘴唇，冲着男人浮出甜美的微笑。这几乎是每一个漂亮的小女孩想要达成什么目的时都会露出的表情，这是她们与生俱来的神秘天赋，完全用不着人来教，她们无师自通。

"当然！"男人有些激动地说，"我当然想去看看，它在哪儿？"

"离得不远，"漂亮的小女孩在心里盘算着距离。她开始歪着头啃自己的指甲，这是她想问题时的习惯动作。她知道自己不会被拒绝。两绺秀发垂在她的胸前，和领口的蕾丝花边完美地贴合着。

她说："让我想一下。"

男人紧张地看着小女孩，就像是焦急地等待着一个谜底的揭晓。

"噢……"过了一会儿，漂亮的小女孩叹了口气，她努力打消着自己心里的念头，说道："还是算了吧，我不能这么做。"

"怎么了？"男人关切地询问，他伸长胳膊，手搭在了小女孩的左肩上。

"你知道，嗯……"漂亮的小女孩扭动着肩膀，却并没能摆脱掉他的手，也许是她表达得还不够坚决。她不知该怎样回答他，因为她自己也说不清楚。她只是明确地意识到自己不应该接受一个陌生人的馈赠，她爸爸这么教导过她，她妈妈也说过类似的话，在这个观点上，她的爸爸妈妈是一致的。

"也许，你一见到它就会想要买下它，"她为难地说，"可是也许你其实并不需要它。"

"我肯定会买下它，"男人温和地说，轻轻捏了捏她的肩膀，"就算我并不需要它，但我可以送给你啊。"

漂亮的小女孩受到了空前的诱惑。他就像是知道她的心思一样，自己说出了她难以启齿的话。这种心愿得逞了的成就感太令人兴奋，以至于漂亮的小女孩在一瞬间感觉都喘不上气了。她的心跳得快极了。

"噢不，我看还是算了吧，"她既像是在跟男人说，又像是在跟自己说，"还是不要了。"她很紧张，努力保持着迷人的微笑。"我想我得走了。"说着她跳下了沙发，慌乱地向外跑去，好像要竭力挣脱什么。

她感觉自己是在跟什么东西赛跑，如果跑得稍微慢一些，就会被一把抓牢。

跑出了贵宾休息室，漂亮的小女孩跑上了一条步行扶梯。她隐约记得进入候机楼后，她和爸爸妈妈走过很多条这样的扶梯。但此刻爸爸妈妈并不是她的方向，至少，不是她全部的方向。她只是下意识地想要去往一个"远一些"的地方，和某个令人纠结的念头拉开距离，好像只要自己跑开了，那个念头就会留在原地，不再能困扰她。

　　拿过奇异果的手沾着果汁，黏黏的，她一边跑一边举着手，好像要把这种黏腻的手感奉献给谁一样。她内心的竞赛激烈地进行着。她从来没有被这样丰沛的情绪笼罩过。她感到了害怕，感到了渴望和失望交织在一起，还有一点点的伤心难过。

　　步行扶梯上的人大多数都站立不动，任凭扶梯自动地运送着他们。漂亮的小女孩却奔跑着，从大人们的腿边跑过去。运行着的扶梯作用在她的脚下，给她造成了一种错觉。她从未感到过自己能跑得这么轻松和自如。

　　她跑得太远了，其间好像还下到了另外的楼层。

　　途中她看到了一个贴着柱子做倒立的女人，T恤垂在胸口，露出一截肌肉分明的小腹，那姿势好像她拥有某项特权，表明在这个巨大的屋檐下，在被判了缓刑的人群中，只有她获得了赦免似的。出于一个小女孩必然会有的好奇心，漂亮的小女孩在女人身边停了片刻，并且歪下头向空中看，尝试着体验这个女人翻转的视阈。她看到候机厅高耸的穹顶就像是一根根粗大的鲸鱼肋骨。还有几次，开着电瓶车的机场保安从她身边经过，她都摊着手，装作若无其事地看向了一边，她似乎意识到了点儿什么，似乎也感觉到了，作为一个漂亮的小女孩，独自在这座巨型建筑里四处游荡，有那么一点点的不妥。

　　身边熙熙攘攘的旅客渐渐变得零零落落。这座巨型建筑大得如同整个世界。气压还是很低，空气依然沉甸甸的。

　　她已经忘记了机械战警。其实她的心里并不是特别期待再得到一台这样的玩具。她不过是身陷在某个自己也无从把握的势头里了，身不由己地行动着。

在一个偏僻的角落，眼前没有了路，像是来到了时间的终点。走投无路的小女孩随机推开了一扇门。这可能是间杂物间。

漂亮的小女孩并不知道自己为什么要来到这里，并不知道自己为什么要推开这扇门。她感到了泄气，情绪被一种极度的委屈覆盖。没错，漂亮的小女孩现在只感到了极度的委屈。其他所有的情绪都没有了。她的心里因为委屈都有些生气了。因为生气，她还用脚踢了那扇门一下。

杂物间很小，透过整面的玻璃幕墙，可以看到停机坪上模型一样的飞机。不时会有飞机起落，但看上去就像是一场游戏。远处有隐隐约约的山峦。天空阳光和云影交错，把变化的光线投射进来。一只很大的平板拖把挤占了本来就很狭窄的空间，漂亮的小女孩只能和这儿拖把依偎在一起，她扶着它的塑料杆，出神地望着玻璃幕墙外无声的世界。

后来她疲惫地坐了下来，抱着自己的双腿，下巴支在膝盖上，粉色的裙子铺向四面八方。她无聊地拽着自己的鞋带，赌气地将鞋带拉成死结。她脱下一只脚上的鞋子，想试试不用解开鞋带能不能再穿进去，可是很费力气，于是她干脆就赤着那只脚了，将脱下的鞋子贴着玻璃幕墙摆好。由于透视，那只鞋子看起来比窗外所有的飞机都要大得多。她摘下了自己粉色的发带，在小腿上缠绕，将小腿绑成了受伤后打上绷带的那种样子。她隐约听到了播放着自己名字的广播。那个空洞的声音一遍又一遍地叫着她，请她马上回到父母的身边，或者就近靠拢任何一位看到的机场工作人员。但她并不想马上响应这个声音。

缓刑

因为她不是很能确定这一切真的与她有关。广播里的声音在她听来,仿佛是不知所云的"机器语"。而且,在这个特殊的空间,好像没有足够的空气送走声音,它会留在头顶,比平时多萦绕一会儿,以至于都不是很像具有实际内容的那种声音了,只是一种类似背景声的动静而已。

再后来,玻璃幕墙外的白光变成了红色的霞光,远处山峦的轮廓反而变得更清晰了,有一道灼亮的光,沿着山峦的轮廓将赤色的天空和黑色的山体醒目地间隔开。夕阳潮汐一般涌上了窗口,仿佛还一浪高过一浪地具有动感地拍打着玻璃。

这一切都让漂亮的小女孩觉得自己是蜷缩在一颗红色的水晶球里,或者,是被凝固在了一颗柠檬色的琥珀里。

她有那样一颗红色的水晶球,是她妈妈送给她的,里面是穿着白色纱裙的公主,还有泡沫做成的雪花,稍微晃动一下,穿着白色纱裙的公主就会旋转,泡沫做成的雪花就会飞舞;她也有那样一颗柠檬色的琥珀,是她爸爸送给她的,里面是只张着翅膀的不知名的昆虫,昆虫的翅膀比它的身体更能抢人眼球,既显得脆弱,又显得张扬,让人觉得,翅膀才是令这只昆虫具有了价值的唯一理由。

漂亮的小女孩收到过她爸爸妈妈许多的礼物。有一回,她爸爸还给她抱回来过一只沉默的羔羊,那可是一只真的沉默的羔羊。

而她妈妈送给她的最奇特的礼物,是一只可以几年都一动不动的海龟,你以为它死了,其实它并没死,在一个夜里,她曾经看到过这只善于装死的海龟伸长着脖子,对着阳台外的月亮翘首以盼，那是这只海龟最彰显它生命力的一个瞬间。小女孩常常会做噩梦，然后在噩梦中惊醒。所以她能看到这深夜里的一幕。

现在，漂亮的小女孩被疲惫感催生出了一个朦胧的念头：她也要送一件礼物给她的爸爸妈妈。

没错，她希望让他们感到"后悔"——既然他们总是信誓旦旦，总是对"后悔"的拥有权进行着不遗余力的争夺，对各自"后悔"的强度争高争低，以"后悔"的名义苦闷地相互倾轧，好像那是个无限美妙的礼物——那么好吧，她将让他们感到"一生最后悔的事"此刻正在发生，然后，在这件"一生最后悔的事"面前，他们争吵时竞相开列的那些玩意儿都将被一笔勾销，变得苍白和滑稽，不值一提。

在这个与世隔绝、完全密闭的空间里，漂亮的小女孩就这么想着想着睡着了。

一颗超能激光炮惊醒了她。"啪"的一声，她张开眼睛，看到眼前的玻璃幕墙上吸着一颗蓝色的弹头。它前端的吸盘牢牢地把住了玻璃，蓝色的塑料柄因为冲力兀自微微地震颤，给人一种正中靶心的隐秘的快感。

窗外是黑色的夜空，跑道上的信号灯忽明忽暗地闪烁着，她影子的轮廓映在玻璃上，身后的影子叠加在上面；有一队乘客正从摆渡车上下来，没有谁命令他们，但他们却自觉地走出了某种秩序，在一道车灯的照射下，宛如一队正在服着缓刑的囚徒。

身后机械战警熟悉的声音还是那么扬扬得意：

"我的超能激光炮,可以轻易地摧毁敌人!"

漂亮的小女孩回过头去,首先看到的是那撮修剪得非常齐整的、灰白色的胡子。

丁酉闰六月三十／2017 年 8 月 21 日一稿

丁酉兰月初二,处暑／2017 年 8 月 23 日定稿

香榭丽

势不可当

大战爆发的前夜,庞博跟我说晚上他又要去小车间工作。

他没说那个"又"字。"又"是我的心理反应。我因为这个"又"字而矛盾。我有点儿为他感到骄傲,毕竟,他是我的丈夫,在我们这个集体里,晚上"去小车间工作"是一项不折不扣的荣誉;当然,我也有点儿为自己感到难过。尽管已经是二〇二七年,但我跟大多数女人一样,依然愚蠢地被捆绑在史前人类的本能之中。没错,我在新的时代里,依旧残存着旧时代的嫉妒心。重要的还在于,对于这种矛盾的心理,我自己也难以判断好还是不好。

"宝贝,总会好起来的,"他可能看出了我的情绪,对我说,"我想,要不了很久,你就会完全适应崭新的一切了。身为一名女性,主任当然最了解你们女人需要克服多少心理的定势与成见。我想,给我这样的机会,没准正是她想要帮助你早日获得自由。嗯,她可能更看重的是你。"

"去吧,"我说,"我挺好,也为你感到高兴。"

他套上牛仔外套走后,我在晚霞绚灿的天光中游荡于废弃的厂区。

这儿曾经是一家大型化工厂,如今密布的管道和高耸的厂房都已必然地破败。管道与管道之间的连接有的已经断裂,好像被一双大手掰成了两截;完好无损的厂房所剩无几,差不多所有窗户的玻璃都被什么神秘的力量击碎了——没谁击打它们,它们会突然"砰"的一声自爆。你要知道,这一切并没有经过人工的破坏,完全是源于大自然的伟力。不如说,是没有人工的参与,一切才凋敝得如此迅疾和匪夷所思。

废墟在黄昏中被镀上了一层金属锈迹般的红光。那些钢筋水泥之中长出的稆生植物都有了一种青铜的光泽。

这儿就是我们的圣地。半年前我们这群人聚集在了这块荒芜的厂区里。

势不可当,不到十年的工夫,大约百分之六十以上的人类已经被取代。新技术渗透到了每一个行业,每一个工种。身边的人纷纷降格为"无用者"。我们这群人还算好,可能属于最后几批被淘汰的群体了。当年专家们做过预估,数据显示,我们这个群体排在被淘汰那个行列的倒数第三位,看来还是靠谱的。

我们是一群作家和艺术家。就在两年前,我还在广州的画室里画着油画。如今从最南面的海岸线到最北面的边陲,时速两千公里的飞行列车只用一个小时就能抵达。人类突破了地球曲率的障碍,突破了声音空气传播的速度,扔掉艺术的约束还有什么好奇怪的呢?

因为将一截直径五十毫米的螺纹钢徒手磨成了直径五毫米的螺丝刀,杜英姿成功地把我们这群曾经的作家和艺术家吸引到她的身边。我们没什么可以奉献给她的,这让我们对她的顺服显得更加纯粹。"无用者"首先丧失掉的就是感知物质匮乏的权力,我们无权再享有依赖工作才能换取必需品的生活。我们所做的一切,都沉淀为无用的数据,不过是加添宇宙的信息垃圾。于是,奉献财富那种古老的办法没有了用场。对于杜英姿,我们能做的,只有追随她的精神。

作为最后那几批被淘汰的人,我们可能算不上是人类最没用的一群。所以,在对杜英姿的追随中,某种尚未显明但却彼此似乎已经默默达成了的信念将我们联合在了一起。

似乎是,我们依然残存着某种可以被称之为"反抗精神"的理想。

这事儿放在十年前,我们一定会遭到耻笑,甚至会被看成遭到邪教组织洗脑了的白痴。政府会驱散我们,民众会围观我们。你瞧,我们这群曾经自视颇高的家伙,居然把一个在街边摆了半辈子摊儿的女鞋匠视为了可以去虔敬膜拜的圣母。

但现在是新的时代。

这个中年女人重新燃起了我们生命的活力。我们一度几乎丧失了鲜活的生命感,差一点儿就要掉进"无用者"那无忧无虑的、凝滞的深渊。无忧无虑,曾经是所有人的盼望,但当这样的现实真正降临,如果你不是一个天性堕落的人,你就会发现,原来这样的生活会有多么令人窒息。"忧虑"忽然变成了特

势不可当　　191

权，变成了奢侈品，变成了你之为你的确据，继而，就像昔日争取无忧无虑一般，不甘失败的人将去为自己争取忧虑。

争取忧虑的道路异常崎岖。我们既要丢弃旧我，又要让旧我一点点复苏。因为，我们毕竟还活在时间的链条里。时光赋予我们的积习让我们在理解崭新现实的时候困难重重，我们必须抛弃固有的一切，我们的世界观，我们经年养成的情感方式和生活方式的惯性，都需要我们与之决裂；同时，为了抵抗这崭新的现实，我们又似乎只有一条道路可走——顽固地抓住我们的积习，给一种看似徒劳的努力找出神圣的目的，借此，一点一点回到曾经的自我感受中去。是的，这很难说得清楚，如果需要比喻，我想，如今的我们，仿佛是处在母亲产道中的"玩意儿"。我用了"玩意儿"这个词，是因为我实在难以对我们的现状做出准确的指认——你既不是一个胚胎，也难以完全地被称之为新生儿，你只是一个正挤在过去与未来之间的、柔韧而潮湿的产道中的"玩意儿"。

缩回去还是钻出来，这是一场斗争。

在这场斗争中，我们幸运地遇到了一双为我们指引方向的手。杜英姿那双具有启示意义的手如此粗糙，经年磨铁，使得它们宛如铁的本身，掌心的硬茧犹如生锈的铠甲，十指布满瘢痕，就是十根确凿无疑的螺纹钢。这是新的时代圣母的双手，和既往怀抱基督的那双柔嫩的圣手截然相反。它翻转着我们的想象力，安抚着我们茫然的灵魂，推动着我们残存的勇气。

庞博每次晚上去小车间工作，我的心都要被这双手蹂躏一遍。我能够感到它粗粝的触摸。不，这不是一个比喻，这完全是我真实的生理反应。我能够感受到自己的失落，同时，随着失落感而来的，竟然是那种性欲般的生理冲动。这当然是嫉妒心使然。可是这种负面的感受，如今却又显得稀缺。有什么东西在熬炼着我的肺腑心肠。

肉欲已经很久不再能够困扰绝大多数人，只有少数特权者还享有着这项古老的试探。如今性爱机器人唾手可得，并且几乎算得上是免费供应，据说有些街道的居委会还会上门分发。而失去了满足肉欲的门槛，男女间的嫉妒心就无可避免地被稀释掉了，变得罕见。以旧眼光看待，杜英姿是超越性吸引力的，或者干脆可以说，她毫无性的吸引力，甚至在那方面还具有排斥力。但在这新的时刻，她有力地颠覆了一切。

"晚上去小车间工作"，成了男人们渴望的事情。如果他们有伴侣，也应当为此而感到骄傲。因为，这几乎算得上是一个恩赐和嘉奖了——选中者得到了和杜英姿秘密交流的机会。当然，她会手把手地和他们共同磨螺纹钢——是真的手把手，她将那双粗粝的圣手捂在男人的手上，和他们一起用力，一二三四，前前后后，一二三四，前前后后。

最早发现杜英姿神迹的，是一个叫罗旭的摄影家。他是我和庞博共同的朋友。七年前，罗旭在街边换鞋掌时，看到了今天的圣母。那会儿，杜英姿的修鞋摊冷落地摆在一边，没有生意，但她却没闲着。有如神启，罗旭的目光落在了那双正在磨着螺纹钢的手上。即便以一个旧时代摄影家的眼光来看，那双手和那根螺纹钢所共同构成的美学价值，它们运动的轨迹，都极具象征性的意味——它们独立于一切逻辑之外，甚至可以脱

势不可当

离物理世界的拘囿，自身便构成一个抽象而崇高的概念。光着一只脚的罗旭按下了相机的快门。

其后，时代的轮子骤然加速，人类熟悉的一切落叶般地纷纷从时间之树上跌落。据说，新技术带动的相关产业规模已经超过了十万亿。饭馆没了，商场没了，电影院没了，艺术馆没了，最后，连大会堂都没了。但杜英姿的修鞋摊还在。那可能成了世界上唯一的一个修鞋摊，成了非物质文化的遗产。它孤零零地摆在早已不复往日景观的街边儿，水落石出，像是一块在水中露了头的纪念碑。当然不会再有人来光顾，没人还会修理自己脚上穿破的鞋子，人类完全挣脱了破鞋子的枷锁。杜英姿岿然不动，坐在自己的修鞋摊后，坐在湍急的时光里，面无表情地磨着她的螺纹钢。

十年如一日，她就这么磨了下来。时代的洪水让这个行为彰显而出，就像滔滔的大水涌过，也不得不在一座孤立的丰碑前小小地迂回，它貌似一个无足轻重的阻碍，但的确给宽阔浩荡的水域制造了不容忽视的波澜。庞然之力因它而局部地改道。其意义，已经被我们这群人反复地讨论过了。

最先，罗旭跟踪拍摄了那双磨铁之手，他将照片传给朋友们看。力量被传递和扩散。大家原本还囿于陈旧的审美，只当这些照片就是那种约定俗成的"作品"。但渐渐地，所有人都被大水漫过了头顶，"作品"便开始凸显它神圣的本质。随着我们越来越窒息，那根照片中的螺纹钢却越来越纤细和锋利，它就是一个反向的力量，充满了救赎的指向。当它终于在某天成了一把螺丝刀的时候，我们都听到了从天而降的召唤。

在我们这群受过所谓良好艺术训练者的心目中，磨螺纹钢的女鞋匠杜英姿，即便不能被视为再次降临人间的耶稣，也堪称现世磨着镜片的斯宾诺莎。犹如一堆尘埃般的铁屑，我们被一块磁铁吸引。在丧失了曾经作为艺术家、作家的优越感之后，大家陆续集合在了杜英姿的身边。

罗旭说服杜英姿离开了街头。他差不多扮演了施洗约翰的角色，就像是救世主的开路先锋。很容易，大家便找到了这块废弃的厂区。如今，离开城市的核心区域，大地上遍布着这样的遗迹。而所谓城市的核心区域，是一栋上千米的摩天大楼。少数"有用者"盘踞在里面，一边目睹机器读取星辰一般海量的数据、日夜不息地自我迭代进化，一边享用着人类宝贵的欲望、恐惧、欢喜和烦恼。

鉴于"劳动"已是一种被垄断了的特权，我们这些"无用者"一致同意，将我们安身的这块家园称为"车间"。做出这个命名时，我们将其和"公社"进行了深入的比较，最后的结论是："车间"听起来更具有"劳动"传统的含金量，而相对于"公社"的大，"车间"在本意上的"小"，也切合我们意图抵抗时代洪流的心情。你瞧，我们从来就是一群不可救药的小众分子，十年前是这样，十年后，我们依然还妄图这样。于是，那个属于我们的核心区域，天经地义，被我们叫作了"小车间"。它原本的确就是一个小车间，如今，我们主要的劳动都在那里面进行。与之匹配的是，我们将杜英姿尊称为"车间主任"。我们认为，在这个人类遭到全面碾压的时代，这比将一位心灵的导师唤为"圣母"或者"教主"，更加具有创世的力量。

来这儿之前,庞博和我在广州生活了差不多十年。这是断崖式的十年。我们相互眼睁睁地看着对方信心崩塌,看着曾经骄傲的恋人一天天变得猥琐。十年前,智能机器人就写出了小说,还获得了日本的直木奖,那时,身为一个小说家的庞博已经嗅到了危险的气味。但他心存侥幸,用变态的傲慢来支撑自我的确认。可重锤一记接一记地砸下来。先是发表作品的纸媒消失了,继而庞大的评价体系垮台了,最后,人们完全不再需要"小说",仿佛刚刚跑出了丛林,压根儿不知道还有文艺这样的玩意儿。我经历了跟他差不多的打击,如今,随便一台机器,就能将毕加索和达·芬奇结合得完美无缺,如果你需要,还能随便再给你来点儿梵高、拉斐尔,它们在"听、说、读、写"这些核心感知力上全面超越了人类。难度被抹平了,于是价值也荡然无存。价值弥散,人们于是对之也不再抱有兴趣。

我们是第一批到此定居的成员,后来陆陆续续又来了不少同行,其中不乏曾经在各自的领域里卓有成就的家伙。目前,"车间"的规模有将近两百人。社会上如今出现了大量的群居部落,那可是真正的群居,他们生活在废弃的体育馆或者音乐厅里,在巨大的屋檐下共同吃喝拉撒;但我们妄图捍卫自己的小众气质,即使聚集在了一起,依然保持着相对独立的私人空间。

这块废墟足够大,曾经容纳过上万人。大家分散开,各自给各自找了窝。我和庞博选择了一台巨大的车床,它在一栋大厂房里和另外几台机器并列着,天然就像一张阔大的架子床。我们在这台车床下面构建了自己栖息的领地,在它上面的那一层堆放生活用品。

这样看来，如果在空中俯瞰我们聚居的"车间"，肯定更像是一个超大的蜂巢，成员们各自独立，又被紧密而有序地组合在一起。事实上，也经常会有政府的飞机飞来，在空中对我们进行航拍。世界被更加有序地管理着。

我是一只缩在隔板里的蜜蜂——庞博晚上去小车间工作的时候，躺在车床下面的我，呼吸着带有铁锈味道的空气，就是这样想象着的。我想象着，有脆弱的翅膀在我肩膀上艰难萌生，有黏液糊在我的身体上，我的四肢稍微碰撞，就有可能折断落下终身的残疾。在这样的时刻，如此具有温度的焦虑弥足珍贵。你要知道，如今，人们入睡前更多地只会将自己想象成浩瀚矩阵中一个微末而冰冷的数据。

庞博黎明时钻回了车床下面。他在我身边小心翼翼地躺下，手臂轻轻地搭在我的腰上，从身后抱住我，将呼出的热气冲着我的脖颈。晨曦无声地侵入了我们的领地，只照亮了我躺着的那一半。我还没有完全醒过来，从亮处转身，用一只蜜蜂的心情抱住了暗处的他。

起初，在半梦半醒中，我们一动不动地就这样抱在一起，像是被自己生产的蜜汁粘连住了。后来，我渐渐苏醒。"蜂后"这个概念在一瞬间突然跃进了我的意识，同时，就像被惊动了的蜂群，与之相关的那些欲念也蜂拥而起：生殖器官发育完全的雌蜂，由受精卵发育而成，垄断交配权，能分泌蜂王物质维持蜂群的次序。

我依然没有动，但呼吸变得粗重、急促。

势不可当

庞博也没有动，但我能够感到他抱着我的胳膊加重了力气。我们开始默默用力，闭着眼睛，一言不发地抱紧对方。

"给我。"终于，我忍不住向他索要。

"怎么了，怎么回事？"他却用质疑拒绝着我。

我们很久没有在一起了，究竟有多久，我竟说不清楚。此刻，久违了的欲望令我既欣慰又难过，就像他的拒绝一样，也是令我既难过又欣慰。欣慰不用去多说了，难过却也是无从说得清楚。

十年前，美国的贝尔实验室就推出了先进的男用性爱机器人，"洛克希"，身高一百七十公分，体重二十七公斤，肤色和发色可以定制；她不会打扫卫生，不会做饭，但在那方面她可以做到任何事情；她还能倾听你，感受到你的触碰，她也会入睡，并且，她还复制了人类的十几种人格特质，奔放、狂野、害羞、冷淡、天真、善良、友好……但和今天的这类设备相比，"洛克希"就像一只刚刚走出非洲的母猩猩。女用设备也早已经齐头并进了。肉体欲望的解决途径早已不成为一个问题。

如果理解了这样的背景，你就会理解我在这个清晨欲望升起又被拒绝之后的欣慰与难过。我渴望某种复苏，它降临了，让我变得湿润多汁，但我又不愿复苏了的渴望被简单满足。我被悬置在了一种两难的境地，像一只琥珀里被囚禁的虫子。我只有咬着嘴唇，湿漉漉地眼涌泪水。

"瞧瞧你，瞧瞧你，居然还哭了。"庞博叹息着，一边替我擦眼泪，一边说，"你瞧，这也不是我第一次在晚上去小车间工作了，你明白，如今只有工作才是唯一的救赎，那是我们终极的道路,你都说过,每一次工作,就好比是一次信仰的仪式。"

这话我可能说过,但我此刻不愿想象那个"信仰的仪式"。我把头埋在他的胸前,等眼泪完全被吞下后,起身从车床下钻了出来。

我走到了室外。晨风薄凉,草木在废墟中随风轻摇,世界衰败,但像每一个清晨那样依然宛如一个奇迹。

我在外面的水龙头前洗漱干净,回去穿上牛仔外套,拿起我的那根螺纹钢,走向一公里外的小车间。

路上不断遇到上工的同伴。曾经的作家、艺术家们用眼神默默地打着招呼,顶多轻轻互道一声"早安"。我们都穿着相同的牛仔外套。如今政府统一给"无用者"配发服装,款式极其丰富,任由你满足自己着装的想象力。当你走入人群中,你会觉得自己身在一个缤纷的时装发布会上。在这样的风尚面前,我们这个群体选择了最朴素的牛仔外套。它不仅仅是我们统一的工装,穿上它,还会令我们具有一种整齐划一的修道士的气质,同时也令我们获得了一致的认同感,觉得我们就是一个命运的共同体。

小车间孤零零地矗立在厂区的一隅。它可能是做某种高危化学试验用的,当初就没有和这座大型化工厂的主体建筑融为一体,形同孤悬海外的一块飞地。这恰恰成了我们挑中它的缘由。

如今通向它的道路完全是靠我们的脚在杂草中踩出来的。数条蜿蜒的小径最终在它那里汇聚,令它像是道路的终点和真理的归宿。也许通往它的道路是平缓的,但每次走向它,我都有种爬坡的攀登感。我想我的这种错觉,其他人可能也有,因为大家行走在通往它的小径上时,身体都是微微前倾着的。于是,日复一日,走向它的我们将它走成了一块心目中的高地。

在这个清晨,当我们快要走到小车间时,大家都看到了我们的"车间主任"。

杜英姿背对着我们,面朝小车间洞开的大门,短短的灰发在风中纷飞。远远望去,一个臃肿的身形镶嵌在黑洞洞的门框里。在我眼中,这个画面有着一幅中世纪宗教画的效果。不,她没有那种画风里圣徒们超拔的气息,但那臃肿的中年女人的背影,却更符合我在这个新的时代里对于救赎者的想象。

她像一头缓行的猪,时代风驰电掣的飞行列车从她身边呼啸而过。这样比喻,我绝没有一丁点儿诋毁她的意思,相反,这头缓行的猪,在我内心代表着这个时代最高的沉着。

当我们走到她的身后时,大家不约而同停下了脚步,和她保持着大约十米的距离。这个距离大约就是凡俗与圣神之间的距离,既不是那么遥不可及,也不是那么触手可得。有人开始给我们分发早餐。每人一杯热牛奶,一块羊角面包。大家默默地吃吃喝喝,像是仪式的某个进程。

她兀自面朝着小车间敞开的大门,似乎是在善解人意地等待着我们先填饱肚皮。小车间的这两扇门值得说说。原本,它当然是那种锈迹斑斑的铁皮门。我们到来后,将铁皮门拆掉扔了,代之以两扇极富东方色彩的那种会令密集恐惧症者不适的布满门钉的大红木门。至于为什么这么干,谁也没给出过答案,好像这么干压根儿就不需要有个说明。我想,这是源于我们对自己文明顽固的自信。

有人收走了我们手里的空纸杯。杜英姿又站了片刻，才慢吞吞地转过了身子。正在抹嘴的人将手停在了嘴上。我不想描述她的容貌，因为既有的那些陈词滥调一旦用来形容她，就会充满了亵渎和诋毁。所以，我只能简单地说，她长着一个中年女鞋匠应当长着的脸。望着这张脸，我的心里常常暗自喟叹：唉，我为何还要嫉妒?! 但是，上帝啊，又让我如何才能不愈发地嫉妒?!

她也望着我们，眼神像往常一样地空洞。偶尔，她的眼睛会拼命睁大一下，形同下意识的痉挛。人来得越来越多了，大家穿着同样的牛仔外套，每人手里都扭着一根三十厘米长的螺纹钢。这场面，就像是一场革命前夕短暂的寂静——暴民们正在等待他们的领袖发出起事的号令，暴风骤雨正在最后的关头酝酿。

跟往常一样，我们依然期待着她能对我们说点儿什么。但依然跟往常一样，她什么都不跟我们说。实际上，我们之中可能没几个人听到过她说话，反正我是没有过。她是一个沉默的先知，只行动，不说话。据说被她特许在晚上进入小车间工作的男人们，才有可能聆听到她的只言片语。但传出来的那些"只言片语"更像是一些气声，例如"哼"和"哈"这样的象声词。这愈发令她接近了一个圣母所应有的神秘。

她不说话，像是只身和我们将近两百人对峙，像是一头困兽陷入在围猎的中心。她的气场一点都不逊于我们。她只需要站在那儿，就能散布磅礴的蛮力。时间在晨风中凝固了，或者被按下了暂定键。鸦雀无声，唯一的动静是有人整理牛仔外套下摆发出的那种声音。

终于,她扬起了双手,动作就像一个迟缓的老妇在做着第十八套广播体操。举起,放下,举起,放下,如是三次。那双粗糙的圣手有力地掀动了凝固的时间。于是时间得以重启,继续流转。我们发出了克制的欢呼,随着她起伏的双手,"噢""噢"地低声叫着,同样如是三声。难道,这还不能算作一个鼓动人心的仪式吗?我们犹如刚刚完成了一次洗礼,额头俨然还挂着圣洁的水珠。

然后,她就垂下双臂,慢吞吞地挪开了身子。她就那样突如其来地慢吞吞地走开了。她一挪动,你才会发现她比你原来认为得还要臃肿、迟钝,还要不知所以和不知如何是好。她在行动中释放出来的信息好像是:她自己觉得来这儿给一群疯子当圣母是一个荒谬的错误。

我们目送着她离开,消失在我们的视野里。她走得真是慢啊,在这个峻急的时代里。

小车间容纳不下将近两百人一同进去工作。如今几乎每天都有新人不断地加入,随着团体可以想见的膨胀趋势,规则也制定出来了:每次能够进入小车间工作的,限定为五十人,其余的人在室外围坐着干活儿;分批次轮换,所有的人都能够有规律地进入到小车间里去。这种规则的确立,不但形成了有效的秩序,还使得我们的小车间完全具备了一座圣所的公平性。

它的确是一座能够用以朝拜的圣所。当我们在清晨的时候走进去,晨曦从天窗涌泻而下,宛如一道天幕垂挂在眼前,而这道天幕的聚光所在,恰恰是那把锃亮的螺丝刀——它居于小车间的正中央，摆在一张绿漆斑驳的铁皮工作台上，唯一的装饰就是衬托着它的那块白色的毛巾。没错，它就是杜英姿毕十年之功将一截螺纹钢磨就的那件圣物。

我们团团围坐在这把螺丝刀的周围，开始了一天的劳作。

我们每天的工作就是磨螺纹钢。大家领到的螺纹钢规格统一，直径五十毫米，长度三十厘米，完全符合我们供奉着的那件圣物的原初形制。我们就在地上那么磨着，一二三四，前前后后，一二三四，前前后后。水泥地面不可避免地被磨出了纵横的沟壑。天长日久，除了供奉圣物的那张铁皮工作台的下面，小车间的地面逐日下沉，渐渐地，被我们人工磨出了落差，像是给这个空间升起了一块长方形的跃层。没有谁指出这个现象，但大家心照不宣，不约而同地不去触碰那块长方形的神台基座，同心协力地通过降低地面来抬高我们心目中那块神圣的祭坛。磨了半年，水泥地面下沉了大约有三厘米，但我们中大多数人手里的螺纹钢，还是一根标准的螺纹钢。

我们就这样磨呀磨。我们通过磨呀磨抵抗着自己"无用者"的命运。你可以说这是滑稽，但确凿无疑，我们也可以说这是庄严。

由于并没有一个现实性的诉求，我们这种非现实性的劳作其实是很轻松的。没谁想要给自己制定一个时间表，手里的螺纹钢究竟何时会被磨成螺丝刀，我们压根儿并不关心。我们只是盘腿而坐，机械地磨来磨去。这个时候，我们终于放空了自己，开始冥想，神游天外。当然，也不排除打盹儿乃至酣睡。

每过一个小时，会有十五分钟的休息时间。大家可以站起来活动活动腿脚,也可以走出小车间,呼吸一下新鲜空气,和外面的同伴聊几句。来这儿之前,大家都是旧时代"坛坛圈圈"里的人,相互之间熟人不少。说是"聊几句",其实不过只是个说法而已。如今我们没什么可聊的,在庞然的现实之下,人在逐渐丧失着说话的动力。

为此,罗旭开始组织大家一起唱歌。他担心我们过快地丧失语言能力。他真不愧是一个先知的开路先锋。在很大程度上,"车间"的形成完全是因为他的努力。我可以肯定他是受到了某个启示,才会像施洗约翰那样走向旷野,预言神的到来。是他最早用镜头捕捉到了磨铁的圣手,是他将杜英姿引来了这里,当大家越来越沉默的时候,他负责用语言来阐明制度和纪律。天经地义,罗旭是我们车间的"副主任",他是主任的助手和代言人。

对于他如今所扮演的角色,我心里有着蒙昧的感受。他是我和庞博共同的朋友,还是庞博介绍我们认识的。但我跟他上过床。其实也不是在床上,是在我家的厨房。他把我放在橱柜的台子上,让我的两条胳膊撑在身后,掀起了我的裙子。那已经是许多年前了,当时庞博烂醉如泥,因为他刚刚听到了机器人写出的小说获得了直木奖。

罗旭瘦弱,单薄,长发披肩,但如今他宛若受到了神秘力量的加持,有了金刚不坏之身,明晃晃地焕发出惊人的能量。

他在我们休息时组织我们唱鲍勃·迪伦的《时代正在改变》:

嗨!到处流浪的人们

聚在一起吧
要承认你周围的水位正在上涨
接受它。不久
你就会彻骨地湿透
对你来说如果你的时代值得拯救
你最好开始游泳,要么就如石头般沉没
因为时代正在改变

嗨!作家们,评论家们
用你们的笔做预言
睁大你们的眼
这种机会千载难逢
不要说得太快
因为车轮还在旋转
很难说谁会成名
因为现在的输家将是未来的赢家
因为时代正在改变
……

不是吗,这很应景。

小车间的外围经过半年螺纹钢的打磨,现在已经初具一个小广场的规模。我们在小广场,在秋风里,在午后,唱着应景的歌。

午饭基本上还是政府提供的。如今政府负责"无用者"一切的生活所需。但我们已经尝试着自力更生。有一组人专门去种蔬菜了，番茄和黄瓜，莴笋和土豆，还养了一些鸡。但收成尚无法满足我们全部的所需，目前只具有象征性的意义。中午十二点半的时候，会有一架无人机准时降落，舱门打开，伸出的传送带为我们输送下来盒饭。我们排着队，按人头挨个认领一个饭盒。

饭后的午休时间只有半个小时，这足够了，因为我们实在没怎么累着，不少人实际上是半睡半醒了一早上。

在这半个小时，由罗旭的妻子带领大家唱歌。她本来就是教声乐的，之前在一所音乐学院当教授。她的嗓音婉转，犹如百灵鸟——由于使用语言的频率在大幅度减少，现在我的词汇量越来越贫乏肤浅了。当我想要描述什么时，开始渐渐地习惯使用陈词滥调。是的，她挺美的，"像一朵花儿"，当她领唱的时候，我的心情有些"波浪般的涟漪"。

我已经难以准确地体察自己复杂的内心，于是，内心反过来，也渐渐变得越来越不复杂。"太阳是温暖的""花儿是芬芳的""男人是山""女人是水"，世界在我眼里越来越被简化，抽象成了一些不知所云的比喻句。但是对于这对夫妻，我还是想要努力想得清晰一些。没错，我跟罗旭没什么情感上的瓜葛，我们不过是在多年前有过一次橱柜上的性事。但如今我们集合在"车间"里，他确乎有着显而易见的地位，于是，对于他，对于他身边的妻子，我的心情还真的是有些"波浪般的涟漪"。有什么古老的本能在我身体里作祟。

他美丽的妻子在午休时引导我们合唱：

嗨！参议员和国会议员们
请留心电话
不要站在门口
不要拥堵在走廊
因为受伤的他会停滞
外面正进行着一场激烈的战斗
很快，你的窗户抖动，墙壁咯吱作响
因为时代正在改变

嗨！各地的父母亲们
不要说你们不懂
你们的儿女已超出你们的控制
你们的老路正在迅速老化
如果你们无力，请避开这条新路
因为时代正在改变
……

黄昏，结束了一天的工作，回去后我并没有看到庞博。

往常这个时候他应当在车床下睡觉。每次他在晚上去小车间工作后，翌日都会大睡一整天。他不在，我也并没太放在心上。冷漠是"无用者"集体的特征。

已经有人送来了双份的晚餐，两块牛排，两小碟被保鲜膜包着的水果。同样是政府供应的，集中投放在指定的位置，"车间"有专人挨家挨户地派送。车床下还多了床羽绒被，想必也是政府新配发的。天气已经转凉了,无论有着怎样弯曲的梦境,"无用者"也需要一个暖和的被窝。

我并不是很饿,先去外面的水龙头清洗自己。如今所有的水龙头流出的都是热水。当然你也可以调整出水的温度,从零度到一百度。它还可以直接饮用。所以我一边洗着脸一边用手掌捧着水喝。今天的水好像有些发涩,含在嘴里有种舌苔被氧化着的滋味。

我们的邻居是位男雕塑家,大概五十多岁,一个人住在隔壁偌大的厂房里。他也在清洗自己,将一根淋浴莲蓬头接在龙头上,赤裸裸地露天沐浴。他的身材真好,像亨利·摩尔雕塑作品中的人物那样富有不一般的表现力,他的左耳挂着一枚亮闪闪的、夸张的大耳环,在夕阳下熠熠生辉。他一边冲洗着自己,一边用南方口音向我打着招呼。

"嗨!"

我看出来了,他试图想要表现出挑逗我的意思,但我知道他毫无此念。他的那玩意儿低垂着,毫无动静。他不过是想要给我释放出礼貌性的善意。如今,对异性表达出性的趣味都是一种致敬了。

"嗨!"

我也回敬他,尽量显得风骚一些。

回去拿了莲蓬头,我也赤身沐浴起来。已经是初秋了,黄昏的秋风还是有些凉的。很快我就起了一身的鸡皮疙瘩,乳头也冻得硬邦邦的。

雕塑家吹起了口哨。还是那首《时代正在改变》,这歌都像是我们的国歌了。于是我也哼唱了起来。

后来我裹了一块浴巾，抱着肩膀坐在暮色四合的旷野中，眼睛眺望着天边最后一片暮霭变暗。我感到了冷，可这正是我想要的。如果能够做到，我还想要来点儿孤独的感觉。远处城市的核心区域传来若隐若现的警报声。

天完全黑了，庞博还没回来。我回去躺进车床下面，用新的羽绒被裹住自己，只能睁着眼睛发呆。

大约凌晨时分，我被罗旭从梦中喊醒。

他摇晃着我的肩膀，对我说："醒醒，庞博呢？"

我迷迷糊糊地坐起来，两条胳膊撑在身后，那感觉就像是他又要掀起我的裙子。

他当然没那么做，只是一迭声地问我："庞博哪儿去了？庞博呢？"

我告诉他我并不知道庞博的去向，下工回来我就没见到过他。我开始努力回忆自己最后一眼看到的庞博。似乎是，他背对着我躺在车床下面，躺在阴暗面，像一个准备要维修机器的修理工。同时，我对他的爱也被依稀地想起。这说明，我依然还在爱着，哪怕这爱的情感已经萤火般微弱。彻底灭绝了的爱依然是难以令人想象的。

"跑了，他们跑了，"罗旭怔怔地自言自语，"主任也不见了。"

像是要给他的结论加一个注脚，我的眼睛看到了那件牛仔外套。它被扔在不远处的地上，好像还被人践踏过一样。这是庞博的外套，我们的工装，穿上后会令我们有一种整齐划一的修道士的气质。可那个修道士现在脱下它跑掉了。

我套上自己的外套，爬起来跟着罗旭走了。外面还站着几个人，平时"车间"的成员们好像都是平等的，但在这个深夜，人类组织结构根深蒂固的本质暴露了出来。此刻站在夜色里的这几个人，显然凸出了他们核心的身份。也不知道是谁授意的，总之他们好像有着不证自明的权重。而我现在好像也加入到了这个核心里面。我是唯一的女性，这似乎令我有些高兴，冲淡了我的伤心。

罗旭带着我们穿过深夜的废墟，再一次搜查了杜英姿的住所。

那是一间不大的配电室，里面仍遗留着过去的配电柜，一排排的按钮让人感觉很有发号施令的派头。我们一无所获，不过是搜出了几包卫生巾，几件阔绰的性感内衣，还有一堆一望可知是派什么用场的小仪器。

闻讯而来的成员被罗旭指挥着在厂区里四处寻找。同样一无所获。我在黎明的时候向大家宣布，我们的主任，我们的先知，她走了，走向了"终极的道路"——我想起来了，这个词是庞博在上一个黎明时对我讲的。那时候，我还身在一个有关蜂巢和母蜂的欲念里难以自拔。

有人在哭，是的，有人在哭。这可真难得，真了不起。

我们在晨曦中集体走向了小车间，就像是一个被拣选出的民族在走出埃及。今天清晨的天空格外具有穹顶的感觉。此刻如果发生任何奇迹我都不会觉得惊讶，哪怕一瞬间行走着的我们都变成了一根根行走着的螺纹钢，哪怕天空倒垂，大地壁立。空气中有一股电脑主机被电流烧毁时的呛味儿。

推开沉重的大红木门，我们几位核心成员进到了小车间里。

这同样没有经过谁的授权,但好像大家都这样接受了某个事实。新的领导集体形成了。今天我们来得早了一些,晨曦依然从天窗涌泻而下,依然宛如一道天幕垂挂在眼前,只是亮度比往日显得昏暗。天幕的聚光所在,那把螺丝刀发着暗沉的灰光。

我们几个核心围绕着铁皮工作台站定,像是一群围在解剖台边的医生,像是有着一个巨大的伤口正等待着我们缝合或者继续切割;我们也像是几个拥有权柄的祭司,正准备将什么牺牲抬上祭坛,在动手前各自盘算这得花多大的力气。

我们谁都不主动开口,但是彼此心知肚明。那个共识我们其实已经达成——喏,没错,信仰坍塌了,理想破灭了。我们不过是拉了一个街边的中年女鞋匠来做自己假想的偶像,其实,一目了然,她的脑子有问题,空洞的眼神,迟缓的动作,都暴露了她的精神状况。谁知道她曾遭受了什么,于是在十年前磨起了不明就里的螺纹钢。但我们却赋予了她的行为深刻的宗教性的意蕴。就在这座圣所,在这张绿漆斑驳的铁皮工作台下面,那块唯一没有经过我们螺纹钢打磨的平滑地面上,她和晚上被自己宣召而来的男人行着淫乱之事。而我们却终日劳作,手工将这块秽地升高为了圣坛。还有什么能比这更令人羞耻和心碎呢?

我们哑口无言,但各自羞耻和心碎的心情却接近一种享受的状态。我们沉浸在污秽凄苦之中难以自拔。自从被降格为"无用者",我们与这种强烈的心情已经暌违太久。是的,有什么宝贵的东西正在我们胸中复苏。我觉得我有义务讲点儿什么,毕竟,是我的丈夫参与到了这个背弃的事件当中,我有无可争议的发言权。

势不可当　　211

我正准备开口，罗旭却先说话了。

"可以报警。"他说。

当然可以报警，这是对那两个背信弃义者最直接的惩戒。当你只要支付一百块钱就能买到人脑计算速度的电脑产品时，政府就预见到了人类社会将要面临的巨大风险。许多管控的法律条文早早被制定了出来。譬如，为了免于人类社会组织结构的迅速崩盘，法律严惩挑战婚姻关系的行为，婚内通奸者会被立刻处死。现在，这两个私奔的家伙踏上的就是一条律法的不归之路。他们逃不掉的，外面的世界如今全是虹膜识别系统，天罗地网已不仅仅是个形容词，任何一个逃犯都插翅难逃。

但是，我们不能这么去干。

"不。"我坚定地说。我还想多说几句，但我找不到合适的词。我只能含泪说："不！"

尽管一想到庞博和杜英姿在我脚下的这块水泥地面上翻滚我就感到恶心，但我仍然坚定地这么说了。这个决定我做得毫不勉强，就像是另外有一颗心灵在替我做着思考和决断。我强烈地感到：圣灵运行在小车间里，真正的生门开启了。

之前的一切都只是序幕。上帝让那两个人合演了一出戏，演给天使和世人看，在你以为是结局的时候，真正的大幕徐徐拉开。正是因此，我们才能从蒙羞中觉醒，重新寻找拯救自己的方案。难道不是吗？此刻，难道我们没有因为感到羞耻、心碎而一阵阵恶心吗？这多美妙！我甚至都要为庞博感到骄傲了，他是那个被上帝选中的受难者，他以自己小说家的智慧和肉体，为我们做出了崇高的牺牲。

如果此刻我们蒙受着深重的羞耻，那么，将近两百个成员有谁比我蒙受得更加深重？如果此刻我重拾了信心，那么，有谁还有什么理由不随着我欢呼赞美？

"主任！"

良久的沉默之后，罗旭一把抓起了我的右手，高高地举起来，宣告着新先知的就位。

"主任！主任！主任！"

如是三声，他低沉地吼着，一边将我的右手举起、放下，如是三次。

核心们跟着他低沉地怒吼，像一群经历了空难却突然发现自己毫发无损的人，不禁要嗷嗷叫着来庆幸自己居然还活着。

他牵着我的手率众走出小车间。很奇妙，我的心情却像是一个被牵引着的新娘，就像当年被他拽进厨房时一样。迎着将近两百双眼睛的注视，我的步子有些别扭。我想尽量走得端庄一点儿，就像是从地平线走来的那样。我理解了过去人类的新娘为什么会穿着拖地的裙子，因为那可以遮挡她们裙子下面哆嗦的腿。圣所外的成员们等候已久。他们穿着统一的牛仔外套，手握着三十厘米长的螺纹钢，在这个清晨迎接新世界的到来。

罗旭再次重复了刚刚的动作。

"主任！主任！主任！"

众声合唱，我被加冕。

——就在这个时刻，大战终于势不可当地爆发了。

天空中升起了三颗蘑菇状的云朵。它们在空中缓慢地膨胀扩散，像是要胀破苍穹。

政府早就对民众进行过国防教育——当空中浮现出这样的天象,就表明大战已经爆发。

回望历史,两次技术革命先后引发了人类的两次大战,这一次的技术革命引爆再一次的大战,早就在人类的理性中被提前预定了。所以,一切平静得仿佛什么也没有发生,窗户没有抖动,墙壁没有咯吱作响,天空中的蘑菇云不过像是庆典时的烟花。没有人会感到恐惧,因为想象大战展开的形式和所能达到的烈度,已经完全超出了我们这些"无用者"的智力水平。

我们所能理解的,只有我们有限的那些经验,诸如消失的荣耀、破碎的完整,就像此刻我们只能将空中的预警理解为新先知确立时的天启异象。

朝阳刺破蘑菇云映上了我的脸庞。我觉得自己从未如此地火热,牛仔外套下面的身体在微微发烫,并且还在不断地升温,让我变成了一台有待沸腾的小锅炉。环视一周,我发布了"主任"的第一道圣喻。

"你,"我看着身边的罗旭,面无表情地说,"今晚来小车间工作。"

"车间副主任"罗旭如今留着长发。他若有所思地含着一缕头发,眼神狂热而迷乱。

说完,我从人群中寻找着他的妻子。那种人类钻出丛林之时就与生俱在的调皮劲儿,那种混合着良善与邪恶的人类的原始本能,犹如已经爆发了的大战一般,势不可当地在我胸中唤醒。

我看不到他的妻子,但听到她百灵鸟一样清亮而恢弘的领唱:

线路已画好,咒语已实施
现在缓慢的,在未来将是快速的
现在的"当代",将是未来的过去
制度很快过时
现在领先的,在未来将是落在最后的
因为时代正在改变

  我在流泪。心想,如果战火没有在一天之内毁灭一切,我就去城里找间美容院,用蜡脱掉一身的汗毛。自从"无用"以来,我的体毛都生长得可耻地旺盛。

丁酉兰月十一
2017 年 9 月 1 日
香榭丽

会游泳的溺水者

最近时常感到恍惚。

"古希腊人站在海边,眺望着紫色的大海"。等等,大海是紫色?

——就是因为看了这样一篇内容的文章。

文章说,在柏拉图、荷马的眼里,自然界的基础色是白色、黑色、红色和"闪耀与明亮"。"闪耀与明亮"?显然,今天已经没人再将其视为一种颜色。莫非,当古希腊人站在海边发呆时,世界投射在他们的眼底,全然跟今天的我们感受不同?他们的眼中没有蓝色和绿色。在他们看来,蓝色属于深褐色,而绿色则属于黄色;他们用同一个词来形容乌黑头发、矢车菊和南方的大海,也用同一个词来形容最青翠的植物、人类的皮肤、蜂蜜和黄色的树脂。没错,看起来就像是一群色盲。

想象这些,令我也有了如同站在古代海边发呆的心情。

当然,造成这种现象的原因,并非人类眼睛存在多种多样的解剖学结构，想必是不同的心理区域受到了不同的刺激。歌德认为古希腊人的颜色体验异常独特，正如埃及、印度和欧洲也有着自己不同的色彩观念一样。你不能仅仅用牛顿棱镜色散实验这样的科学分类体系来衡量判断全部人类的眼珠。

那么，问题来了：我们怎样才能理解某一个群体看待他们所在世界的方式？

想要透过古希腊人的眼睛看待世界，牛顿的色谱体系只能帮上一点儿忙——没准儿，还有可能是倒忙。你得以古希腊人自己的眼珠做主，审视他们尝试描述自己所在世界时真正的心情。如果忽略了这点，你就不能理解光线和亮度有可能在他们的色觉中所发挥的决定性作用，不能理解他们意识色彩世界时，心情的流动性和易变性。如果你仅仅依赖牛顿光学提出的数学抽象概念，那将永远无法想象出这幅画面：古希腊人站在海边，眺望着紫色的大海在无垠的远方与地平线融为一体。

琢磨这些，我的情绪不免会紊乱。当然，不琢磨这些，我的情绪也未必平静。就我的感受而言，这些貌似无用而驳杂的知识，只能令我深感焦虑和茫然。

——古希腊人站在海边，眺望着紫色的大海在无垠的远方与地平线融为一体。

这番景象开始困扰着我，夜晚伴着我入睡，清晨伴着我醒来。我承受着一个古希腊人的古怪视觉，感到终日昏沉。仿佛，耳边亦有海浪翻滚的天籁。

这可不仅仅是世界观的问题。我的工作都因此受到干扰。我是一个家装设计师。我的工作建立在稳定而有序的色谱逻辑之中，完全依赖着"牛顿光学提出的数学抽象概念"。我借此谋生。但是当我现在听取客户的要求时，会隐隐地不安。譬如，眼下这位音乐学院的女教授，她所要求的"高级灰"，是我所理解的那个微微颤抖着的、有如阴天的光线投射在鱼鳞上的"高级灰"吗？当我们一同面对效果图的时候，我们感受着的，是同一种效果吗？

之所以如此，我想，是因为长久以来，我其实对自己和他人在看待世界的一致性上压根儿没有把握。

女教授一大早就来到了我的工作室。我正在给自己做早餐。其实她也不能算来得太早，已经快十点钟了，是我起来得太晚。所谓工作室，不过是我家中的客厅。我给自己煎了蛋，正准备洗一把生菜做沙拉。最近我的身体很差，我觉得可能是不规律的饮食造成的。我得给自己补充点儿蔬菜，至少这样看起来像是一种积极的生活态度。刚刚洗好生菜，她按响了门铃。

我开门放她进来，两只手依然滴着水。女教授带着室外的寒气，盯向我身后餐桌上盛着生菜的盘子。

"我来早了？"

她的语气不像是抱歉，倒有股亲人般责备的味道。

不过这也可能只是我的心理反应。身为一名设计师，我已经习惯了客户的刁难，面对他们，不由自主，会换上博弈的心态。你能理解的，他们总是善于用一些弹性很大的概念来表达意愿。譬如——"大气点儿"。"大气点儿"似乎是可以被理解的，但落实起来，"大气多少点儿"以及"多大算大气"，绝对是令人头痛的难题。那仿佛是一个难以名状的灰色地带。而我的工作，就是终日爬行在这样的灰色地带上。

"看到你发我的效果图了，很棒。"

没想到女教授刚刚落座，就给了我一个利落的认可。

"这样啊……嗯，我想，是你把自己的要求表达得非常准确。"

我在裤子两侧蹭着手。我是有些想恭维她，但心里也不得不称赞，这是一个能够跟我达成共鸣的了不起的女人。至少，我们对于色彩的感知是趋同的。她让我打开电脑，我照办了。那套她要求设计出"高级灰"色调的房子出现在显示器上。显示器上流布着微微颤抖着的、有如阴天的光线投射在鱼鳞上的"高级灰"。

她俯在我身后，指出一些需要调整的细节。基本上，这个方案算是通过了。我感到一阵轻松，身体随之变得敏感。我的脖颈能够感应到她在身后说话时送上的微弱气息。她用手机给我转了设计费的尾款。当她已经离开，我依然觉得那句话被一阵曼妙的气流包裹着在我脖颈后萦绕。她说：

"好极了，我的家就是想要这种修道院式的气质。"

一边用沙拉酱拌生菜，一边回味这句话，意识仿佛并不经由我的大脑，而是回旋在我的脖颈上。脖颈便感到有些发痒。我应该多留意一下这位女士。她用两个概念启动和总结了这单业务。开始时，她吩咐了"高级灰"，结束时，她概括出"修道院"。不是吗，这两个概念有着完美的对应，像一组和谐的方程式。可我现在几乎想不起她的样子。嗯，似乎是，挺丰满的。然而我无从想象一个丰满的修女。我没见过真正的修女。但毫无缘由,我认为修女都应当是颀长、单薄的,宛若灰白色的纸片。如果再具体些,那么,修女应当——像生菜吧?我咀嚼着,仿佛是在生吞一位修女。

冬日的晨光委实难以形容,它穿过客厅,抵达餐桌时几乎已经不能称其为晨光了。拌了色拉酱的生菜也难以再称其为生菜。我默默地吞咽着无法清晰确认的一切。房门外传来一阵声响。似乎是有人正试图用钥匙开我的锁。我凝神不动,耳边有隐隐的波涛声。过了会儿,声音没了。我起身打开房门。门外空无一人。四下打量一番,关上门回到屋里,我才感到了一丝恐惧。也许是个行窃的小偷。

要不要给物业打个电话?这个念头转瞬即逝。我把那枚煎蛋一口塞进嘴里。某种滋味首先以味觉的方式被唤醒,然后它成了心头的滋味。我突然想起妻子曾经给我煎过的鸡蛋,想起曾经的一些日子。这些记忆被混合成煎蛋的味道,骤然在内心弥漫。实际上,人类大多数的情感无从用词语来准确捕捉,譬如"痛苦",譬如"悲伤",这些词并不能射中此刻我心境的靶心。反而,煎蛋那种"懦弱"的口感,油脂与蛋白经过烹炸后"沉溺"的味道,更能对应一个丧妻者回忆起过往时身心憔悴的滋味。

我的嘴唇又麻痹起来。近来我的身体常常会有麻痹感,嘴唇、手指和脚趾。血液似乎难以抵达我肢体神经的末梢。我坐进椅子里,直到略微缓释了,才默默地继续吞咽。我打算给自己泡杯茶。正在犹豫泡绿茶还是红茶的时候,手机响了。

"早。"

"是我。"

"我知道,宋宇。"

"今天怎么过?"

"什么?"

"没有其他安排吗,或者一起吃顿饭?"

"为什么?噢,我是说今天有什么特别的吗?"

"真不知道?"

"你说说……"

"今夜跨年啊。"

原来是这样。明天就是元旦了。

"嗯,想起来了。"

"是真的没记住?"

"没,你知道,我过得稀里糊涂的。"

"不知道该是羡慕你还是同情你。"

"没什么好羡慕的啊。"

我咽下了后一句——其实,也没什么好同情的。

"那一起吃顿饭?"

煎蛋的滋味又从心底泛起。拿起一罐凤凰单枞,一边无意识地在鼻子下嗅着,一边判断自己是否想要在今天和宋宇见一面。本来,跟她见一面,吃顿饭,是寻常事,可她强调了"今天"的特殊性,是这一点令我有些迟疑。"今天"真的很特殊吗?好像也未必。但不知为何,我觉得自己今天就别见宋宇了吧。

"你看……"

"有其他安排?"

她听出了我的迟疑。

会游泳的溺水者

"没有,我身体不大舒服。"

"怎么了,要紧吗?"

"噢,倒是不要紧,就是不大想动。"

"那我来看看你?……"她在我的迟疑中打消了念头,改口说,"好吧,算了,有什么需要就联系我吧。"

"行。"

"新年快乐。"

"嗯,你也快乐。"

放下手机,我真的感到了今天的特殊。不,不是因为要跨年,可为了什么,一下又想不通。泡茶的时候我突然恍悟过来,令我感到非同寻常的是——她提出"来看看我"。要知道,我们住在同一个小区,两年来,彼此从未登门拜访过对方。在这个小区里,我们相隔的空间距离大概不足三百米。黄昏的时候,我们可以一同在小区里散步,有时深夜,我们可以通很长时间的电话,但是从未萌生过进到对方家里的念头。起码我没有。看起来,她应该也没有。仿佛是相互有着什么默契。刚刚她主动提出来看看我,那意思,不就是要到我家里来吗?尽管,她自己立刻就放弃了。如果她坚持要来呢?这样一想,我竟微微有些郑重地激动。

捧着茶盏,我走到阳台的落地窗前吸烟。外面的天阴着,小区围墙上爬满的藤蔓植物早已枯败。几只流浪狗懒散地踱着步,领头的,显然是那只阴郁的黑狗。它的体形硕大,堪称彪悍,不像其余的同伴那样皮包骨头。突然,像是受到了什么力量的驱使,它们一溜烟地跑开了。古希腊人站在海边……这个意绪刚刚升起，手机又响了。我转身离开窗前。

"晚上喝一杯吧。"

"今天吗？"

"可不就今天嘛！"

"我知道，跨年了。"

"这个你都知道？了不起！"

"我不太想出门。"

"为什么？"

没料到他会这么问——原本也是没有"为什么"的。

"那个，身体不大舒服，而且我看这天儿可能要下雪的架势。"

"那就别出门了。"

"是啊，别出门了。"

"我到你那儿去！"

"啊？"

"吃火锅吧，你家有电磁炉吗？"

"有，应该是有，我记得有……"

"成，就这样了。菜你甭管了，我拎过去。"

谈不上后悔，我只是有点儿蒙。刚刚拒绝了宋宇，我完全是下意识的，她要是再坚持一下，出去跟她吃顿饭也没什么不可以。如果说我是在排斥什么，不如说我只是怏怏地有点儿消极。我不大想出门，不大想见人，没有"为什么"，主要是没什么热情。

主要是没什么热情，这就是眼下我所有问题的根源。我的血液似乎都因此而懒得流向神经的末梢。

坐进沙发里，一杯接一杯喝着茶，意识诚然被凝固住了，只感到一股一股热流冲刷着肺腑。这套房子距离小区的大门很近，不时有车辆电子计费系统读出的声音传到客厅里来：报一串车号，给出一个金额，然后，"祝您一路平安"。世界就是这么机械而又简单地运转着。如果我想振作一些，"热情"一些，理由倒是很好找——你瞧，今天的运气不错，本来以为是一单需要纠缠的业务，却奇迹般地得到了女教授的认可。这就像电子计费系统读出了你的车号后，竟然对你说"今天免费"。

尽管没怎么留意时间，王丁凯到来的速度还是令我有些吃惊。他来得太快了，让我感觉他刚刚就是站在楼下跟我通的电话。他果然拎着大包小包。火锅底料、超市配好的各种蔬菜、鱼虾、牛羊肉。当然，还有酒。是啤酒，他拎了两箱。换了我，一下子肯定拎不了这堆东西。不是负不了重，是难以下手。但是他却可以。我来不及搞清楚他是怎么做到的，只是接受这事儿被他办成了的结果。他就是这样，三头六臂，从小就不由分说地完成着别人难以完成的事情。如今快四十岁了，在我眼里，他依然是一个奇迹的制造者，只是身材不复当年的挺拔。他常年保持着跑步的习惯，隔天就要跑上十几公里，但还是有了些肚子，年轻时挺直的鼻梁也略微有些歪了。在个人形象上，他对我抱怨过，说我显得太"细腻"，跟我在一块儿，让他总觉得自己像头犀牛。于是，我也便视他为一头犀牛了。

"不敢保证有电磁炉啊。"

我进到厨房去翻橱柜。打开一扇柜门，几只蛾子飞出来，有一只撞在我的眼皮上。大米生虫了。蹲在那里，闭着眼睛，我有半天没动。一方面,是我的眼睛受到了冲撞,感到有些酸涩;另一方面,是我直接陷入在了一种只有蹲着不动才能克服过去的痛苦里。王丁凯觉察出了异样,在后面冲着我喊:

"我说,怎么了?"

"没事儿。"

我张开眼睛,却是满眼的泪水。

居然真的有一只电磁炉,包在塑料薄膜里。但我不敢回忆它的来路。捧着电磁炉站起来,一回身,他正站在我身后。于是,他看到了——他的这个怀抱一只电磁炉、眼涌泪水的老同学。

"嗨,真没事儿?"

"被蛾子钻进眼睛里了。"

"我给你吹吹?"

他凑过来,三头六臂,摆出一个要熊抱的架势。

"得了吧!"

两个男人开始准备他们的火锅。蔬菜和肉都是洗好了的,可能洗得并不干净,但这对两个男人而言,不是问题。我们都懒得将菜倒进碟子里,就那么直接将超市的包装盒摆上了茶几。这张茶几是我在妻子死后换的。造型简单,就是一块沉船木,有种"修道院的气质"。

锅一瞬间就沸腾了。王丁凯打开了电视。他并不是想看什么节目,我理解,他是在营造某种气氛。他脱了外套,解开衬衣扣子,鞋也脱了,但并没有换上拖鞋,光脚盘坐在沙发上。

"干一个。"

我们一人喝掉了一罐啤酒。

"再来一个。"

于是又来了一罐。

"这不也挺好?"

"什么?"

"两个王老五一起吃跨年的火锅。"

"你怎么了?小吕呢——是叫小吕吧?"

"是小吕。"

他耸耸鼻子,捞一筷子肉给我。他好像很喜欢耸鼻子,耸动之间,鼻梁就亦正亦斜地发生位移。

"人呢?"

"什么人呢,今儿没她什么事儿,甭提她。"

小吕是他目前的女朋友,还在大学读博,跟他恋爱有段日子了。这些年来,他一直在跑,一直在创造奇迹,好像也一直在赢得人生,一直谈恋爱,就是一直没结婚。他扭脸看一眼电视,表情显得有些茫然,自言自语道:

"怎么全是紫色……"

我也抬眼看电视。电视正在播放跨年演唱会的实况,屏幕一派沸腾的光影。没错,那就是满目炫眼的紫色。可这并不足以构成一个疑问。我又想起那篇文章。那篇文章里写道:古代及以后的岁月中,紫色总是与权力、声望、光彩焕发的美丽联系在一起。从皇帝到国王,从红衣主教到教皇,他们都喜欢穿紫色的衣物……

那么,我需要以此回答他吗?当然,这没必要。

"跟你讲个故事。"

"噢?"

"有这么个水手……"

"水手?"

"别打岔,我开始讲了。"

他居然要给我讲个故事。我们之间,互相讲过故事吗?我不记得了。多半是没有过。我们一边吃一边喝着啤酒。他所讲的故事,不免就有了火锅与啤酒的滋味。麻辣和泡沫。

"有这么个水手,他正在街上走的时候遇见一位涂口红的女士。女士对他说:你知道紫色激情的顶点是什么吗?水手说:不知道。女士说:你想知道吗?水手说:想。"

"什么顶点?"

"紫色激情的顶点。"他看我一眼,问我,"你想知道吗?"

我也看看他,摇了下头,又点了下头。他便继续说:

"于是女士让水手五点整上她家去。水手去了,他按响门铃,屋里的鸟儿从四面八方飞了出来。它们绕着屋子飞了三圈,然后门开了,它们又都飞了进去。"

他张开双手,演示着鸟儿"从四面八方飞了出来"。

"又飞进去了。"

我配合着发出不知所云的感慨。

"涂口红的女士来了。她说:你还想知道紫色激情的顶点是什么吗?水手说想知道。于是女士让他去洗个澡,把身上弄得干干净净的。他去了,跑回来的时候踩在肥皂上滑了一跤,把脖子摔断了。"

我默默地吃着,没有意识到他已经停顿了许久。电视的声

会游泳的溺水者 227

音并不大，但我渐渐感到了喧哗。仿佛，有鸟群在我的房间里"四面八方"地盘旋，有海浪拍打着我的屋檐。我抬头看他，手里的啤酒罐跟他的碰一下，问他：

"然后呢？"

他不解地看着我。

"然后呢？噢，没什么然后，这就是故事的结局。他到最后也没弄明白那个是什么。跟我讲这个故事的人说，这是她认识的一个人亲身经历的。"

"我没太听懂，干吗跟我讲这个？"

"我也没太听懂啊。就是'紫色'让我有点儿想不通，从昨天到现在，我好像被紫色给包围了。还他妈'紫色激情的顶点'，你知道紫色激情的顶点是什么吗？"

我摇头，跟他又干了一罐啤酒。他对我不错，很多时候，像一个兄长。但这会儿，我觉得这头犀牛有些软弱。

"你看，我是这么想的，先说说这个故事，人对未知的一切天生好奇，这个你承认吧？而且人还天生的趋利避害，这个你也承认吧？"

"你说吧，我听着。"

"人在好奇中怀着赌徒的侥幸——你愿意相信，所有未知的背面，都藏着属于你的好运气。这没什么好说的，也不该被指责，就好比当一位涂口红的女士劈面塞给你一个美妙的问题，谁都是会蠢蠢欲动一番的吧，是不是？"

"应该是。"

不知怎么，我想起了那位音乐女教授。她就涂着鲜艳的口红。

"涂口红女士的问题，可不就是个够劲儿的诱惑嘛，她用'紫色''激情''顶点'连成串儿，递进着诱惑你，不免要惹得你心痒难忍吧。"

我点头，他一指我说：

"于是，你上路了，准时叩响那扇神秘之门。你看到了出来又进去的鸟儿，它们有四面八方那样的规模。不是吗，这已经有了点儿'紫色激情'的意思了。但这能算得上是'顶点'了吗？好像，嗯，还差着点儿意思。想要登顶吗？那就得费点儿周折了，你得'把身上弄得干干净净的'。这也没什么好说的，想要知道'紫色激情的顶点'这玩意儿，可不就是得有些前提条件嘛！得，回去洗洗再来吧。你瞅你，你瞅你，是得有多急，遵命弄干净了自己，跑着又来了。这一跑不得了，最后就弄出了个故事的结局。"

他兴奋了。并且有些针对我的意思。好像，我就是那个妄图登顶结果扭断了脖子的水手。

"涂口红的女士跟人开了个玩笑，或者是上帝指派她来变了个魔术，只不过，这个魔术有点变态，玩笑开大了。"

"不不不，没这么简单。"

他否定了我。其实这也不是我想要表达的。我只是有些莫名其妙地想要息事宁人。我觉得今天他有些不大对劲儿。但他否定了我，自己也不给出什么结论。他起身上了趟卫生间，回来的时候，一边拉拉链一边说：

"这故事是宋宇跟我讲的。"

"噢？"

会游泳的溺水者

我有点儿吃惊,但伴随而来的分明又是毫不吃惊。电视屏幕上的荧光将半个屋子映成了紫色。我感到自己正站在海边,眺望着紫色的大海在无垠的远方与地平线融为一体。今天的确"特殊"。宋宇破天荒地提出"要来看看我",王丁凯上门来跟我吃跨年的火锅,这都是没有过的事情。大家似乎都被某种神秘的"紫色激情"覆盖。

"昨天我去看齐秦的演唱会了,舞台从头到尾都是紫光,不停地晃,满场的荧光棒也是紫色的,弄得我现在看什么都像是涂了层紫药水。"

"跟宋宇?"

说完我觉得自己有些唐突。

"没,跟小吕。"

王丁凯说,昨晚他跟小吕去看齐秦的演唱会,散场的时候两个人走散了——其实是闹了点儿别扭,小吕是故意走丢的。他在退场的人流中看到了手持一根紫色荧光棒的宋宇。不需要什么理由,两个刚刚还沉浸在青春期歌声回忆里的老同学,在一种近乎"青春散场"的心情下,带着看什么都像是涂了层紫药水的眼光,去了一家酒吧。他们对坐下来,继续挽留片刻青春期的记忆。

要说青春期的记忆,我不记得这两个人有过什么专属他们彼此的特殊内容。那时候,在同学中,他们并没有太多的交集。王丁凯是张扬的孩子王,宋宇却是那类默默无闻的女生。

他们还是通过我联系上的。去年夏天,王丁凯的公司遇到些麻烦,和土地审批有关,我想起宋宇的丈夫兴许能帮上点儿忙。于是三个中学时期的同学坐在了一起。后来王丁凯的麻烦顺利解决，他当然很感激宋宇，就此，经常让我喊宋宇一同聚聚。这是我对三个人之间关系的理解。他和她如果不是因为我，也许彼此都不大可能记得起对方。但王丁凯表现得熟络极了，好像十几年来一直就跟宋宇坐在同一个教室里。对此，我没感到有多么意外。他就是这样一头热情的犀牛。私下里，他跟我感慨过宋宇的容貌。真漂亮啊！他说，他完全不能原谅自己，当年居然会无视身边这么一个有潜质的女同学。

如今的宋宇的确很美。我无法形容她的美。我只能说：她美到"真的会脸红"——这解释起来有些难度，因为脸红貌似人人都可以，但稍微较真儿，你就得承认，原来"脸红"这件事，更多的时候，只是一个说法，是修辞和比喻。你其实很难在现实中看到一个"真正会脸红"的人。大多数时候，我们只是把扭捏的表情和紧张的心理视为了"脸红"。但宋宇是"真的会脸红"。这除了表明她比大多数人的皮肤要白皙，还表明，在她的身体里，有着比别人更多的生理性与精神性的热潮。那也许是源自一种耻感，一种不需要具体刺激也根植在灵魂里的羞耻之情。我将这视为无法形容的不可方物的美。是的，她常常会无端地脸红。

"宋宇一个人去看演唱会了？"

"一个人，所以我说送送她，结果一起去了酒吧。"

"她还拿着那根紫色的荧光棒？"

我也不知道自己为什么会这么问。他看我一眼，也许以为我是在戏谑，没有接茬。我想象着一个人去看演唱会的宋宇。她红红的，举着一根荧光棒，被笼罩在一片紫色中。

会游泳的溺水者

中学毕业后，我和宋宇也有许多年没见过。大家考取了不同的大学，走向完全不同的人生。两年前，我在这座小区买下了房子，去物业公司办理手续的时候，遇到了正在交物业费的宋宇。原来她也住在这里。她先认出了我，脸红着，叫出了我的名字。很奇怪，按说，上中学时我和宋宇的关系也不是特别地密切，但那天重逢，我竟感到非常开心。也许因为她的美太有感染力，让人不由得就要认为，和这样一个漂亮的女性重逢，就像是中了头彩，天经地义，是一件应当开心的事情。那天她穿着一件高领毛衣。事后，仔细回想，我也记不得那件毛衣是什么颜色的了。没错，当时我对颜色几乎无感，我眼睛感受到的，可能只是光的波长，是"闪耀与明亮"。她读了很不错的大学，学的是物理，之前供职于一家科研机构，结婚后完全辞去了工作。对此，我有一些不能理解。她并没有孩子，看上去，用不着做出这样的选择。但我并没有问过她原因。我不是一个对这些事情很有了解欲的人，而她，似乎也散发着某种"不解释"的气质。这种"不解释"的气质，在她身上闪闪发光。如果非要想出一个理由，我想，也许是因为她嫁了一位高官吧。

"我不需要有自己的人生。"

有一次，我们在小区里散步，她对我说。说这句话的时候，我们站在小区围墙的铁栅栏前。没有前言，没有后语。她就是无端端地突然这么说了一句。这座小区地势很高，最西边的围墙外完全是一面笔直的陡坡，站在里面向外眺望，犹如立在山巅。我很喜欢在那里站站，仿佛便获得了某种悠长的视野。听到她的这句话，我并没有感到诧异，仿佛她只是红着脸在陈述一个简单的事实,就像是在说:喏,黄昏了。

"真搞不清它们是怎么上来的。"

我是在说流浪狗。西面陡坡下的谷地一片荒芜,长满了野草,不知都是些什么人常年向沟里倾倒垃圾。于是就有流浪狗在下面刨食。它们好像有一个团伙,经常会成群结队地穿过铁栅栏跑到小区里来。我无法理解,流浪狗是怎么攀援而上的。这很神秘,也有些不祥的气息。起初,我们是在散步时偶遇的。她很怕狗。这也是后来我们并肩在黄昏散步的一个理由。每当有狗从身边跑过,她就会表现得很紧张,脸很美地红着。在我看来,她的紧张里还有一股害怕的兴奋感。她跟我说她最怕狗了,上大学的时候被狗咬过。我充当了她的保护者。遇到狗的时候,我们彼此靠近,共同分担害怕和兴奋。日子久了,就有了规律。不需要预约,我们大致都会在黄昏的时候下楼。我没有跟她说过,其实,我也怕狗。

王丁凯参与进来后,我们交往的范围扩大了,不再仅仅限于小区里的散步。隔三岔五,王丁凯便张罗着一起聚聚,无外乎就是吃饭、喝茶。他还提议过一起去趟日本,结果因为她的原因没有成行。但大家似乎都不反感这样的聚会。除了客户,我跟人打交道的机会并不多。看得出,宋宇的社会交往也很有限。也许,我们依然无法做到完全地遗世独立,我们对于人和人的靠近,依然抱有隐秘的盼望。三个人在一起的时候,她明显变得开朗了一些。

"高三四班。"

有一次吃饭,她提起了我们高中所在的班级。难得她还记得。我跟王丁凯都记不得了。有了一个番号,于是,我们之间,就有了一种小团体的温度。她又脸红了,但是一种发自内心的粲然,而非全部因为羞赧。

"你当班花,我当班长没异议吧?"

王丁凯看我。我点头认可。但一瞬间竟有些失落,似乎是遭到了排挤,似乎是,他们在组团,而我只能旁观。

她的丈夫也和我们吃过一顿饭。那差不多算是我见过这个男人唯一的一面——其他时候应当也是看到过的,不过只是偶尔的身影,从车里出来,或者钻进车里去。高大,魁伟,的确踌躇满志。那天他表现得很平易。但这已经足以令人感到压抑。要知道,只有一个庞然大物,才有给人"平易"之感的特权。王丁凯在饭桌上周到极了,像是宋宇的娘家人,竭力奉承着家门的快婿。这令我更像是一个被排斥在外的远房亲戚。席间我离开包厢,到走廊里去抽烟。我的烟瘾并不大,何况,包厢里早已经让王丁凯抽得乌烟瘴气。宋宇跟了出来。她冲我笑笑,红着脸,一言不发地陪在我身边,等我将那根烟抽完。那是我抽过的最漫长的一根烟。当时,我想就这么永远地抽下去。我们站在一起,有种莫名的慰藉感,就像有一群无形的流浪狗正从我们身边跑过,世界动荡而危险,而我们彼此成了对方的依靠。

一阵刺耳的咯吱声。王丁凯起来上卫生间,脚踩在了空易拉罐上。他踉跄着,满地的易拉罐让他像是踩进了雷区。情形如同一头犀牛在房间里乱闯。他差不多是连滚带爬地扑进了卫生间。我听到咚的一声闷响。他可能摔倒了——是踩在肥皂上了吗?我想过去看看,但实在没力气站起来。可能也不完全是酒精的作用，我只是感到深深的气馁。想必王丁凯也不是完全出自醉意。他的酒量很大，喝下一箱啤酒不至于会栽进马桶里。可能，他也是被某种心情给撂倒了。

"昨晚，我跟宋宇在一起了。"

他回来了，头发湿漉漉的，一头扑进沙发里。

古希腊人站在海边，眺望着紫色的大海在无垠的远方与地平线融为一体……

我又一次看到了这幅画面。

"在一起了？"

我对着紫色的大海喃喃自语。

"没错，去酒店了，去看紫色激情的顶点……"

他嘀咕着，脸埋在沙发里，像是扭断了脖子，一边伴着干哕，一边打起呼噜。我想站起来，身子却出溜下去，坐在了地板上。天似乎黑下来了。没有开灯的房间紫色流淌一片。

睁开眼睛的时候，他已经离开了。我被安顿在沙发上。客厅里一派肃然，干干净净。他打扫了战场。我依旧无法理解他是怎么席卷了那一屋的狼藉。就像我永远也不会理解，他是如何成了身价上亿的商人。阳台的落地窗大开着，他是为了放出房间里的浊气。这令室温变得很低。我是被冻醒的，包裹在失忆之前的紫光中，有种潮水急退后的搁浅感。我没有时间概念。电视里的跨年演唱会还在继续，说明日历仍然不曾被翻过去。世界在用尽吃奶的力气跨越着时光。真艰难啊，怎么跨，才能跨得过去呢？我去卫生间洗了洗脸，看到面盆的边缘上有一缕

会游泳的溺水者　　235

没有冲干净的血迹。

套上一件羽绒大衣,我出了门。手脚麻木时,我走上一会儿能够得到缓解。天完全黑了,但黑得发紫,非常亮,近乎透明。的确是在下雪。雪粒打在脸上有种不易觉察却无法忽视的刺痛。我沿着小区的车道向西面走,耳朵几乎听得到落雪的簌簌声。我想去看看墙外的那道断崖。突然一群人迎面跑来,为首的怀里还抱着个孩子。

"我就说过迟早要出事的!我就说过迟早要出事的!"

一个女人哭泣着叫喊。

他们从我身边跑过去。紧接着,几个手提木棒的保安跑了过来。猝不及防,一只黑狗从暗处的草丛中跃起,重重地撞在我的肩膀上又被弹了回去。我完全被吓丢了魂,眼睁睁地看着几个保安乱棍齐下,砰砰有声地击打在狗身上。我听到狗的哀鸣,听到骨头断裂、内脏爆破的声音。打死一只狗并不容易。保安狰狞着,狗也狰狞着。打狗的保安惊恐万状,垂死求生的狗也惊恐万状。人和狗的姿态都极度地扭曲,在某个瞬间,我觉得全都是冲着我来的。有血喷溅到了我的脸上。

我疯了一般地跑开。我的奔跑带动了狗的奔跑。它几乎要被打成肉饼了,但依然像是能咬住我的裤管。保安一路追打,像是铁了心在索我的命。

冲回家,来不及脱光衣服,我就打开了淋浴器。莲蓬头的水在冬天要放一会儿才能热,冰冷的水浇头而下的一刻,我剧烈战栗,失声恸哭起来。

妻子死的时候,我都不曾这么歇斯底里。今夜,有些事情,终于达到了顶点。

妻子是我们刚刚搬进这座小区不久后死的。从小参加游泳比赛的她将自己溺毙在了游泳池里。没人相信她会用这种方式去赴死，这让她"为什么去死"好像都变得不那么重要。她从来都是那么开朗。我们一起装修新家，一起添置家居用品，窗帘的颜色是她选定的，沙发的颜色也由她来做主，在她眼里，我这个家装设计师只是她的丈夫，如果交给我，我只会把家弄得像修道院。她总说我太消极。她多积极啊，专门买了星巴克的保鲜米桶，日本桐木做的，经过高温碳化处理，防潮防蛀，能长时间保留大米的营养成分。可是，她放进桶里的大米，如今已经生虫了。我不知道这是为什么。

"越是表面开朗的人，越有可能是抑郁症患者。"

这是专家给我的解释。这个解释就像给了妻子一个新的身份标记——会游泳的溺水者。一切发生得太突然了。没留下一句遗言，没写下一封遗书。她死之前，我们还讨论去巴厘岛旅游的计划。她的眼中满是期待，嚷着让我给她买新墨镜。那天她出门时，跟我说了声再见。她去游泳，这是她常年保持的习惯。然后，她就再也没有回来。一个游泳高手，将自己淹死，这得多费力气。专门去打，乱棍齐下，都那么难以打死一只狗。

妻子见过宋宇。刚搬来的时候，我们在小区外的超市里和宋宇撞到。她们彼此打量，微笑握手。出来后，妻子对我说：

"你的这个女同学可能有些抑郁。"

我说不会，她家境很好，丈夫是这座城市炙手可热的人物，她只是比较爱脸红。同样的话，后来宋宇竟然也跟我说过。她说她第一面就感到了我妻子有抑郁症的倾向。我却无法再用同样的说辞来回应她了。现在想，我和她，和她们，看待世界的时候，也许就像古希腊人和今天的我们一样，各自有着不同的视域。古希腊人形容植物会说"鲜艳清新"，而不是绿色，同样，雪花在他们看来"闪烁华丽"，而不是白色，他们能够完美地感知蓝色，但却对描述天空或者大海的蓝色没什么兴趣——至少，不像有着现代颜色感知能力的我们这样有兴趣。那么，究竟谁才准确地感知着世界？或者，世界是否真的能够被准确地感知？

从卫生间出来，我平静了不少。但是依然感到焦灼。电视里跨年演唱会还在继续，一拨又一拨的明星紫气腾腾地轮番上阵。昨晚，她和一头犀牛在一起。她的脸一定很红吧？从脸颊一直红到耳根，并且向着脖子和胸口蔓延……她显得丑吗？她显得美吗？她的脸红将她置于美丑之上。我枯坐在沙发里，渐渐找到了自己不安的根源。我拿起手机，打给宋宇。

"是我。"

"我正想打给你，你好点儿了吗？"

"我没事，王丁凯来过。"

她沉默了片刻。

"喝酒了？"

"嗯。"

"不要紧吧？"

"不要紧，刚刚我还下楼走了一圈。下雪了。"

"是啊，下雪了。"

"以后散步的时候要当心，刚刚好像有小孩被流浪狗咬了。"

我能听到她溺水般地深吸着气。

"你,以后不打算陪我散步了吗?"

"不会。别这么想。"

"我给他讲了个故事。"

她有些吞吞吐吐。

"他讲给我了,紫色激情的顶点,说是你亲身经历过的。"

"不是,我是从书上看来的,书上说,这是作者亲身经历过的。"

电视里在跨年。上帝将绵延不绝的时光折叠成一个又一个的昼夜,折过三百六十五下,再度不厌其烦地折叠一回。好比牌局重开,此刻,人人都盘算着这回没准儿会抓上一手好牌。就像那个故事里的水手,满怀热望地想要去攀登紫色激情的顶点。这没什么可说的,既然上帝每隔三百六十五天都会给你一个貌似可以重新来过的机会。既然,有一个紫色激情的顶点在不远的地方向你招手。但既然是牌局,锣鼓重开之时,牌桌上的规矩必定依旧森严如昔。上帝给人重开牌局,不过是在一次又一次地教给你度日如年的规矩。想来这种教诲的次数不是太多,也不是太少,粗略估计一下,不过百回。一般来说,在上帝的牌局中,没人会赢到底,也没人会输不完。我不知道自己都在想些什么。只是觉得,思维和环境的紫光弥合在了一处。

"怎么不说话了?"

"噢……我在看电视,跨年演唱会,你也在看吗?"

"也在看。"她说,突然转移了话题,"最近,你要注意安全。"

"什么?"

"注意防盗,小区里有好几家被窃了。"

"嗯。"

我想起早上听到的门外那阵响动,在想,如果真是一个窃贼,当他打开别人的房门时,会不会因为飞出的鸟群而感到沉醉。

"上个月,我家就失窃了。"

"啊?损失严重吗?"

"不知道,警察说,案值有将近三千万。"

"什么意思?你……"

我完全不能确定自己听到了什么。

"我们没报案,但警察抓到了罪犯。全招了。我都不知道,家里的地下储藏间会有那么多值钱的东西,我都不知道,他要那么多的钱干吗……"

她在抽泣。至少,是在艰难地呼吸。

"宋宇……"

"前天,我丈夫被带走了。"

这句话本不该特别难以理解,但我依然有如听到了一声惊雷。我想起了妻子,在她被"带走了"的最初的那些日子,是宋宇给了我莫大的支撑。那些艰难的日子,不是我在陪她散步,是她在陪我散步,为我驱散心中撕咬着我的流浪狗。她抚摸过我的脸。尽管那可能也算不上是一个抚摸。有一次,当我望着墙外倒满垃圾的谷地眼涌泪水,她伸出左手放在我的脸上。这个手势大约只有一瞬间,让人都怀疑是否真的发生过。但我却在她手指一瞬间的接触下,感到了恒久的安慰。

"宋宇你没事吧?"

"他一度看到了群鸟,紫色激情就在眼前,可以的话,你还能说他'曾经那么接近幸福'……可他的心太急了，跑起来了……他可能忘了，距离那个顶点不远的时候，先得看看脚下有没有肥皂……"

她的语调几近梦呓。我想，现在她的脸一定红着，在为生命不堪且笨拙的本质而羞愧。我不知道该跟她说点儿什么，该怎么说。我从她的声音里一点儿也听不出悲伤，就像那天妻子跟我说再见时，我一点儿也听不出有什么不对头。但我理解她所说的，以及，她所想说的。"我不需要有自己的人生。"她曾这么对我说。"你的这个女同学可能有些抑郁。"妻子曾经这么对我说。

"宋宇。"

我叫她。

"嗯。"

"我在，离你不远。我们大概只有不到三百米的距离。你怕狗，我会陪着你散步。"

我知道自己在说什么，可话还没有说完，我就为出口的词语而感到震惊。我并非震惊于自己的言不由衷，相反，我为自己此刻焦急的恳切而感到动情。似乎，一个长久的亏欠，今日终于得以偿还。同样的话，我想跟我的妻子也说一遍，在她那天向我说再见之前。

她不作声。仿佛我说出的话她还需要等待一会儿才能与之相遇，仿佛这句话必须穿越不足三百米的空间距离，才能真实有效地抵达，令她相信。过了会儿，尽管看不到，但我感觉听到她笑了。她说：

"我知道。"

会游泳的溺水者

"答应我。"

"什么?"

"至少把今夜好好地跨过去。"

我知道我是在给溺水者争取时间。

"好。别担心我,我没问题。"

"你在看电视吗?"

"是的,电视开着。"

"舞台是什么颜色的?"

"噢?……闪耀的……明亮的……"

我静静地望着电视屏幕。舞台上此刻在放飞鸽子。于是,我真的看到群鸟从四面八方飞来,冲破屏幕,布满了我的房间。它们扇动着紫色的羽翼,犹如紫色的大海在无垠的远方与地平线融为一体。穿上可能还粘有狗血的羽绒大衣,我出门向距离不到三百米的地方而去。跨年之夜除了落雪的声音,紫色的世界好像还回响着一种粗重、可疑的喘息声。落雪与喘息之声暴怒而又安静地对峙着,那些藏于暗处的黑狗,在伤感地凝视着我。

丁酉农历秋分

2017 年 9 月 23 日

香榭丽

丁酉农历桂月十一

2017 年 9 月 30 日

井冈山

如在水底，如在空中

八月，蒲唯收到妻子母亲的来信。西北夏日的黄昏迟迟不肯退场，晚上九点天边依然挂着刺眼的余光，仿佛苍穹的边缘被谁敲破了，洒下一地的碎玻璃。他下楼去经常光顾的那家小酒馆。酒馆位于小区外立交桥的荫蔽处，可能算是违章建筑，但多年来也像西北夏日的晚霞一样，顽强地不肯退场。

他在自己的老位置坐下，开始读信。

我知道，你和我一样，依旧在思念她，蒲唯妻子的母亲写道，但是我必须鼓励你走出这件事情，我不想看到你继续为此而受苦，我知道这也不是我女儿所希望的。

蒲唯妻子的母亲退休前是位中学语文老师。手机时代，她选择写一封信给蒲唯，可能不仅仅是为了以示郑重。蒲唯的妻子生前也在中学教语文。他自己在一所中等职业学校就职，当然，也是教语文。

酒馆老板不用多问，照例端上来一盘羊肉饺子，离开时还拍了拍蒲唯的肩头。蒲唯想对他说今天不吃饺子了,他想来壶酒。

是的,我必须走出这件事情,他想,可是,我为什么"必须"要走出这件事情?蒲唯并不能立刻找到一个理由,一个充分的理由,好让自己"必须"走出丧妻的痛苦。也许是这痛苦并没有达到压倒性的程度——他依旧在黄昏的时候吃羊肉饺子,依旧偶尔想喝上一壶酒——那么,就没有"必须"的必要了吧。可是,什么样的痛苦程度,才能算是压倒性的呢?

最后,蒲唯的目光落在了信的末尾。妻子的母亲在落款处写下了时间:大暑。

嘴里咬着半只饺子,盯着那两个字,蒲唯记起了一个遥远的承诺。于是他迫不及待地拨通了程小玮的手机。

"大暑了啊!"他的声音不免有些兴奋。

"大暑?"程小玮迟疑了一下,才应承道,"噢,是啊,热。"

"不是,我不是这个意思,"蒲唯急切地提醒他,"大暑之后是什么?"

"是什么?"程小玮反应不过来。

"是什么节气,嗯?"蒲唯不得不提醒他,"小玮你还记得吗?"

程小玮一定是在盘算,没准还去翻了翻日历,过了会儿才回答道:"是立秋吧。"

"不错,是立秋啊——"说了一半的话戛然而止,蒲唯咽下了涌到舌尖的话头。

这让他说出的前半句话在语气上显得很突兀,还有些冒傻气,像是无端地对着一件小事在大发感慨。程小玮显然并没有想起那件事,面对失忆的朋友,蒲唯倏忽失去了重提往事的兴趣。他想，那其实也没什么好说的。

"老蒲你没事吧？"程小玮察觉到了他的异常。

蒲唯继续吃着饺子，说："没事，我没事。"

程小玮说："改天我过去看看你。"

蒲唯说："行，有空就过来吧。"

回到家后，蒲唯开始翻找老相册。还真被他找到了，那是他们三个人的合影，蒲唯，程小玮，还有汪泉。在蒲唯眼里，若今昔相比，照片中的汪泉自然还是当年的汪泉，因为如今的她无从参照，其次，是与今相比已经有些难以辨认的程小玮，最陌生的，反而是照片中那个过去的蒲唯——他是蒲唯吗？太不像了。照片里，汪泉永葆着青春，程小玮狡猾地躲闪着时光，只有他蒲唯，是再造了一般。

尽管旧照只能让人和过往变得更加疏离，但看了会儿照片，蒲唯心里还是感到了隐隐的不适。他难以确定丧妻不久的自己这样追念另一个女孩子是否恰当。不，他并不因此自责，他只是有些理不清这里面地关系，被某种"缺乏正当性"的暗示困扰。尽管，他明确地知道，此刻自己对汪泉的追念丝毫不带有那种男女之情。那么，蒲唯对汪泉带有过那种男女之情吗？可能连这点都是没法肯定的。

吞下两片褪黑素，蒲唯早早上了床。睡意尚未来临，程小玮的电话打进来了。

"老蒲我想起来了，"程小玮说，"的确是十八年了。"

"是啊，"蒲唯在黑暗中欣慰地笑了，说，"小玮你还记得。"

"你正在放暑假是吧？"程小玮问。

如在水底，如在空中　　245

蒲唯说:"是啊。"

程小玮说了声"好",手机就挂断了。

并不能算是梦境,但蒲唯也难以将之视为清醒的回忆。他在黑暗中混沌地张着眼睛,闭上眼睛时,脑子里又是一片夏日的明亮。十八年前的夏天,刚刚参加完高考的他们一同去了人迹罕至的所在。那地方叫冶木峡,距离省城不足两百公里,可对于当年的他们而言,却足以算是一次遥远的旅途。三个人在峰峦叠嶂的山区住了两晚,每天听着村民吹响羌笛,算是完成了一个别致的成人礼。

在山里,面对着那面湖泊,汪泉宣布道:"十八年后,我要写一封信寄到这里!"

所谓"这里",是他们落脚的一家村民旅馆。

事后蒲唯认为,当时汪泉的这个宣言有可能只是一时兴起,她并没有经过认真的谋划,那只不过是少女在大自然中身不由己地做了一个深呼吸。

"收信人是谁呢?"程小玮却当真了。

"你,"汪泉指指程小玮。这个答案出乎蒲唯预料。他还以为汪泉会将那封未来之信寄予此间山水呢。难道不是吗,看上去,那更符合女孩子浪漫的情怀。继而,蒲唯便迅疾地品尝到了失落。好在汪泉又转过身来,对着他说道:"还有你。"

安慰感于是来临得像失落感一样不可理喻。两个少年面面相觑,心头流转着从未领受过的情绪。

"那么,"程小玮小心翼翼地求证道,"你要写什么内容呢?"

"到时候你们读信不就知道了嘛。"汪泉轻描淡写地说,她可能并没有料到自己的一个深呼吸会导致这么一连串棘手的问题。

"可是,没准那时候这里已经不再是一个有效的收信地址了。"蒲唯说。他在努力抑制着什么,并且为自己突发的理性而感到不解。

这个理性的问题破坏了气氛,也令原本带有游戏性质的笑言一下子变得正式起来。汪泉不说话,她好像生气了,不得不直面人为制造出的这个麻烦。蒲唯站在她身后,她裙子下面那两只单薄的肩胛骨在蒲唯眼里总觉得像是一对跃跃欲试的翅膀。

过了会儿,她转过身来,信心满满地说:"如果真是那样,这封信不就显得更加宝贵了吗?"

蒲唯心中其实已经在默默地为她措辞了,她说出的这句话和蒲唯所能想到的差不多,只不过在蒲唯的心里,赋以那封信的是"神秘"这个词,而她,选择了"宝贵"。这当然不是一回事。

"对,"程小玮附和道,"一封失去了收信地址的信……"

"也不知道收信的人那时还在不在。"蒲唯想不到自己又说出了这样的话,这让他看上去都有些像是在故意刁难人了。

当然不是,他无意冒犯长着一对翅膀的女生。当年的蒲唯并不是一个悲观的别扭少年,但那一刻,一种新鲜的、宛如森林气息一般的惆怅突然在他心中弥漫开。也许是那一刻置身的环境使然,森林、湖泊、少男和少女,还有其他什么,是这一切的组合,令他滋生出一种化学性的迷茫。

"老蒲你是怀疑自己活不了下一个十八年吗?"程小玮推了他一把。

"不会的，"汪泉沉着地打着手势，肩胛骨更像是一对翅膀了，她像说出预言似的说道，"我相信那时候，你们俩都会活蹦乱跳地来这儿等着收信。"

看上去朋友们似乎是在鼓励蒲唯，似乎，他真的像是一个需要被鼓励的人一样。蒲唯于是笑起来，大声说："那说好了，十八年后我俩准时到这儿来收信！"

"对，准时，要有个准日子，我们总不能没头没脑地在这儿瞎等啊，这儿吃得又不好。"程小玮热烈地响应。

"立秋吧，我们出门时不是刚刚过了大暑吗？"汪泉说，"时间我会掌握的，我会在这两个节气之间发出那封信，确保就在立秋前后寄到，我不会让你们瞎等的。"

就像是跟祖国的邮政打了个赌，就像是跟茬苒的时光与不可预知的未来打了个赌，约定便这样达成了——而"十八年后"，是十八岁时的他们所能想象的最遥远的未来。

一大早程小玮就来了，坐在客厅的沙发里等着蒲唯洗漱。他还带来了早点，油条和豆浆。两个男人对坐着默默地用完了早餐。

"走吧，带件厚些的衣服，山里还是会凉。"程小玮说。

蒲唯从衣柜里找出件薄夹克，随后他们就出了门。

程小玮的车停在楼下，上车后蒲唯问他："不会耽误你做生意吗？"

程小玮做着古玩生意，在市里最大的古玩城有着一层楼的铺面。

"不会，"程小玮说，"我的生意不就是赌运气吗？"

这个回答别具深意，蒲唯一下子不知该怎么接他的话。

当年遥远的旅途如今完全被高速公路贯通了。坐在副驾驶的位置上，蒲唯发现，从侧面看程小玮的发际线已经后退得相当厉害，现在差不多只有半个头顶被稀疏的头发覆盖着。蒲唯想，此刻程小玮的感受一定和自己差不多：眼里所见的与内心看到的是两幅迥然不同的画面——笔直的道路就在眼前，而内心却跋涉在昔日崎岖的山路上。

十八年前他们的那次旅行，一路颠簸，坐着破旧的长途客车。

那时候，出了城便是山，如今，城似乎永远出不去了。城市在车轮下没完没了地向着远方扩张，天的尽头仿佛都将铺满坚硬的水泥。

"你说，当年汪泉的爸妈怎么就那么开明？"蒲唯想说点儿什么，一时又找不到话题，只好结合自己如今的感受发出一个疑问。"他们怎么就会允许汪泉到山里去住两天呢？"蒲唯问。以他现在的从教经验，如今女孩子的家长会教导女儿像防狼一般地防着男孩子。

"还是信任吧，他们信任自己的女儿，相信那会是一次纯洁的旅行。"程小玮说，"越是有教养的家庭，相互间越是信任。你别忘了，汪泉的父母都是大学教授。"

蒲唯表示同意，不可避免地想到了自己的妻子，还有妻子的母亲。

"老蒲，"程小玮叫了他一声，说，"早想陪你出来散散心了，这下正好是个机会。"

如在水底，如在空中

蒲唯感到被一个发际线严重倒退了的人叫作"老蒲"有些荒唐。尽管程小玮在中学时就这么叫他了。

"陪我?别忘了,那封信是写给我们两个人的。"蒲唯说。

并非是不甘示弱,蒲唯只是不愿沉溺在那种完全被预设了的同情中。从妻子去世那天起,他就时刻这样提醒着自己。

"没错!"程小玮拍一下方向盘说,"咱俩是搭伴儿踏上寻梦之旅。"

蒲唯觉得"寻梦之旅"这个说法也有些滑稽,但是立刻在心里谴责起自己的苛刻。

"你说,汪泉现在会在哪里呢?"他空洞地问着,其实并不指望得到回答。

十八年前,蒲唯考到了湖南的一所师范大学,汪泉考上了北大,程小玮落榜了。大学四年他们相互还有些联系,但谁也说不清,是从什么时候联系变得少了,又是从什么时候,汪泉就彻底没了音信——似乎是举家去了深圳,然后又移民去了加拿大,但这些消息并不确凿,如今几乎都想不起是出自何处。时光易逝,一切就这样不知不觉消散。蒲唯望着车窗外想,这就像程小玮无法准确地感知他头顶的发际线是如何一毫米又一毫米地后退那样吧?总有些重要或者不重要的阵地在接二连三地沦陷,可你压根儿顾不上搞清楚究竟是怎么失守的。

"这还用说吗,她当然会在给我们写信的地方。"没料到,程小玮竟然给出了一个答案。他专注地看着前方,脸上半带着微笑。

这个答案一瞬间令蒲唯震惊。闭上眼睛,他无法确认自己突如其来的情绪源自何处。汪泉只不过是曾经的一个女同学，骨骼精致，有着一对翅膀般的肩胛骨，总是衣着整洁——这差不多是他所有的记忆了，这些微弱的记忆完全不足以撼动成年男人的心肠。可程小玮给出的这个答案，就是这样一击而中，不知道洞穿了他胸中的哪块靶心。

车子在山洞里疾驰，应该是在一路向上，因为那个要去的地方海拔更高一些。

蒲唯说："老程，你说的没错。"

"老程？"程小玮转头看他，哈哈大笑起来，"对，老程老程，我等你这么叫我等了十几年了。"

蒲唯不由得也笑了，他自己都没意识到怎么突然就对程小玮换了称呼。

"叫了你这么多年小玮，"蒲唯说，"便宜也占够了。"

当年辗转了一整天的路，如今不足三个小时就跑完了。

进山的路却没了，被那面湖泊阻断。算不上沧海桑田，但地貌的确改变了。

有专门的渡口和停车场，进山的人只能弃车登船。停车时周围车主的议论让情况明朗了——改天换地，当地政府人为地扩大了湖面，于是水路成了进山唯一的通道，于是，收费停车，收费乘船。

每个人上船时都要表达几句不满，好像牢骚就是船票。对此，蒲唯和程小玮倒没什么抱怨的。从早上出门开始，他们就运行在一种随波逐流的态势里，一切都是无可无不可的。安之若素，他们并没有一个明确的、不能被变更的路线需要来贯彻。

万顷碧波，渡船上写着"冶海一号"。想必"冶海"就是这面高山湖泊的名字了。当年它也被称之为"海"吗？蒲唯想不起来了。他想应该不会，否则他会记得的，身在高原的人会对任何一块以"海"命名的水域保持住牢固的记忆。

船舱是铁皮的，座椅是铁皮的，乘客们被要求套上了橘红色的救生衣。这导致了一阵议论——水很深吗？——就算你是个潜水运动员也得把救生衣套上，这是规定！

从舷窗望出去，两侧的山峰也泛着生铁般的青褐色，犹如铁铸。

船头有三位搭乘的喇嘛在做法事，宽袍大袖迎风鼓荡，向湖面抛撒着谷物。但不一会儿就被赶回了船舱。船头不允许站人，这也是规定，哪怕你是个做法事的喇嘛。有乘客跟着向湖里抛掷硬币。据说心诚者投入的硬币会沉入湖底。遗憾的是，眼前并无硬币浮在水面上，以违背物理定律的奇迹来佐证人心的虚假。水面很干净，船舷的浪花清澈极了。

程小玮也在口袋里摸来摸去。后来他将拳头伸在蒲唯眼前，慢慢张开，让他看一样东西。是一枚古币，直径大约两厘米，布满斑驳的绿锈，呈不甚规则的圆形。

蒲唯问："你打算扔进湖里吗？"

程小玮看他一眼说："想祭湖我会专门准备些硬币的。"

蒲唯说："这不也就是一枚硬币吗？"

程小玮瞪了他一眼，无奈地说："对，也算一枚硬币。"

"有什么特别的吗？"蒲唯问道，"是不是很值钱？"他想起来了，程小玮如今是位古玩商。

"还好吧，值个一两万。"程小玮说，"这不是关键。"

蒲唯说："那你还是别扔湖里了。"

"我说了，这不是关键！"程小玮急了，把古币塞在蒲唯手心，要求他，"你看看，上面是什么字？"

蒲唯并不能辨认出古币上的字迹。那四个字即便不经过岁月的磨损，在他这个中等职业学校语文老师的眼里，也形同天书。

"算了，你闭上眼睛。"程小玮命令道。他用两只手捂住蒲唯捏着古币的手，掰开他的食指，让指尖在那四个篆文上反复摩挲。

黑暗中有灵光乍现。运行在盛夏的湖水之上，蒲唯的指尖于一片蒙昧之中，触摸到了虫咬一般有着些许疼痛的灵感。

他吁了口气，张开眼睛说："泉。"

程小玮也吁了口气，说："了不起。"

蒲唯定睛端详古币上那颗唯一被自己触摸出名堂的字——原来它的笔画最简单，当你一旦确认出它，它就像脑筋急转弯后那个浅显的谜底，令你有种轻微的羞耻之感。蒲唯想，这其实没什么了不起，"钱"通"泉"，这对于一个学过古汉语的人而言，几近常识。与其说他是摸出了这个字，不如说是潜意识里的经验给了他指尖以灵感。

然而程小玮继续说道："泉，汪泉的泉。"

这个强调令蒲唯又一次感到了吃惊。他惊讶于自己的麻木，惊讶于程小玮竟会如此地细腻。你瞧，在他的潜意识里，不过是教化而来的"钱"通"泉"，而在程小玮那里，却是"泉，汪泉的泉"。

船身一阵剧烈的颠簸,舵手在喇叭里介绍:"这儿就是著名的湖洞,所有的船经过时都要抖三抖,算是诸位登岸前向圣湖磕头了。"

当年那家村民旅馆还在原地,只不过规模必然地扩大了数倍。现在,它由数栋连排的木楼组成。先前通往湖岸的卵石小径也改为了木质的栈道,一直从建筑延伸到水里,让旅馆远远看上去宛如矗立在湖水中一般。

登记的时候,蒲唯动念想要住在当年住过的房间,但这个念头只是一闪而过。显然,旅馆的格局早已今非昔比,况且连他自己也无从确切地还原当年的记忆。

房间不大,墙壁、地板、屋顶全部是新鲜的松木板,卫生间里有二十四小时的热水。可以肯定,当年他们来到这里时住宿条件远没有眼下的好。但现在蒲唯站在房间里,还是感到了昔日重来。他推开窗子向外眺望了一会儿,空气如此透明,事物之间仿佛不再有物理的距离,浮云,山峦,乃至偶尔的声响,四合之内的一切,只要你愿意,伸出手就能抓住。山水依然,时光混淆,从前与现在是浑然的,不分彼此,遑论好坏。

稍事休息,两个人下楼用餐。餐厅有露天的位置,他们选择坐在户外。举目张望,可以从这块圆木构筑的观景台上看到很大的一片湖面。湖面上漂着警示的浮标,黄色的三角形柱体在阳光下像水里伸出的牙齿。有几个游客在规定的水域里游泳,男男女女,从体型上看,好像清一色都是笨拙的中年人。

程小玮点了牛排和烤饼,提议喝一杯。蒲唯点头表示赞同。那枚价值不菲的古币一直攥在他手里,他的指尖总是不由自主地在那个"泉"字上摩挲。后来他有了新的发现,将古币放在餐桌上,对程小玮说:"你瞧,这个'泉'字的造型,像不像中国铁路的标志?"

程小玮拿起来看了看,说:"是挺像。"

白酒上来了,程小玮表示要共同干一杯。

"祝什么呢?"程小玮问。

"祝健康吧。"蒲唯随口敷衍。

的确,人生今日,祝酒的词都已变得贫乏。酒杯很大,一杯大约就有二两。蒲唯平时是没什么酒量的,他并不明白自己为何会喝得如此轻易,也压根儿没有想要追究的愿望,就那么仰头喝了下去而已。程小玮在桌面上拨弄着那枚古币。

"这钱,叫'凉造新泉'。"他说。

经他一说,蒲唯马上便觉得古币上天书般的字迹变得一目了然。那四个字原本简单,但是不知所以的时候,你就是无从辨认。这里面好像有着无从说明的奥秘。

"凉造新泉。"蒲唯跟着重复了一遍,汉语独特的语境令他心生浮想。

一边啃着牛排,一边喝着酒,程小玮向蒲唯讲授起古币知识:"这是古代中国第一枚以国号为钱文的圆形方孔钱,'凉'就是西晋十六国时期河西一带政权的国号……"

山中无大暑,空气薄凉,溽热全消。一切都似是而非,连烈酒都像是白开水。蒲唯几乎都要想不起自己和程小玮为什么会在此对饮。不是吗,此行的目的经不起推敲——他们这是要干吗?真的是要等待一封十八年前承诺过的来信吗?至少,蒲唯对此是没什么把握的,他想程小玮恐怕也和他差不多吧。老实说,并没有一个显而易见的理由足以构成他们行为的说明。所以,他们相互之间压根儿不再提那封信,甚至还有些刻意回避,好像一旦提及就会让人羞愧难当。

于是,不如就说说古币知识吧。

后来程小玮将"凉造新泉"弹向空中,大张着嘴,看着它从空中下落。蒲唯还以为他是准备要用嘴吞下去呢,结果他却是用双手接在掌心。原来他要以猜正反面来跟蒲唯赌酒。程小玮的确热衷于赌运气,而且看来很在行。十有九输,蒲唯很快就被酒意压倒了,心想这就是游戏的凄凉。

于是山中的第一日就这样过去了。

早晨蒲唯爬上露台时程小玮已经坐在餐桌旁用餐了。

"我没叫你,想让你多睡会儿。"程小玮说,抖动着手里正在翻看的报纸。

蒲唯说:"好久没睡得这么踏实了,一睁眼感觉好像才睡了一分钟。"

程小玮把桌上铁壶盛着的酥油茶给他也倒了一杯,再一次抖抖报纸说:"《甘肃日报》,三天前的,邮局的人每隔三天进山来投递一次邮件。"

蒲唯听出了他的弦外之音。

"刚刚我问过前台了,这儿十几年来邮政地址都没变过。"

程小玮继续补充道。

蒲唯依然只是点了点头,他不知道自己该说些什么。

吃过东西,两人各自回房间加了件外套,然后一起去爬山。

山上植被繁茂,森林比十八年前显得更具原始气象,这给人造成一种错觉,仿佛一路逆行,他们不但走回到了十八年前,而且继续回溯,还能走向亘古的起点。不远的山坡上有煨桑台,霭霭烟雾不动声色地渲染着一方天光,最终成了天色的一部分。风中松柏燃烧时飘来的气味成为了他们的方向。

走近后,程小玮向一位正在祈福的藏族汉子讨要了几根五彩绳。他将其中的一根系在了经幡的长绳上。经幡在微风中居然猎猎作响。

双手合十,闭着眼睛默默地站了一会儿后,程小玮回头对蒲唯说:"为女儿。"

说着他的手下意识地在齐腰的高度虚晃了一下,让人相信他是在意念里抚摸了一下女儿的头顶。继而他的意识回归,悬空的手贴回大腿,并且紧张不安地在裤腿上蹭了蹭,好像瞬间做回一个父亲这滋味既让他感到甜蜜又让他感到无法承受。

程小玮有个七岁的女儿,如今跟着他前妻住在墨尔本。

蒲唯也过去系了一根,闭上眼睛时,他心里默念着亡妻的名字。

张开眼睛,蒲唯看到桑烟中漫天飞舞的风马。

后来他们找了一面避阳的山坡,仰天躺下,双双陷入一种无喜无悲的冥想状态。没错,城里的生活让你觉得自己和世界之间总是隔着一层毛玻璃,严重的时候你会觉得自己是一名汽车修理工,而且没有升降机,你只能躺在汽车底盘下干活,就像是一起事故的遇害者。但在这儿,两个男人暂时卸下了一些东西,就好像放下了什么家当,然后就可以待一辈子了似的。

待到中午,他们下山吃饭。

吃饭时蒲唯面向着湖面,他提醒程小玮也回头看看:一艘渡船正在靠岸,几个游客的身后跟着一名身穿绿色制服的邮递员。他背着一个帆布包。直到这名邮递员进到旅馆的前厅后,程小玮才叼着啤酒瓶回头向蒲唯意味深长地笑了笑。

此行好像都是程小玮在主导,蒲唯只是个跟从者。现在,蒲唯觉得自己也该做点什么了。他放下筷子,从露台上下去,绕进了旅馆的前厅。那个邮递员正坐在椅子上喝水,一沓邮件放在前台的柜面上。蒲唯过去装作随意地翻了翻。几份报纸,两本旅游杂志,有一封信,是那种信封中间用玻璃纸镂空透明的信函,应该是一封保险公司的告知书。

他的举动被柜台里的女服务员误解了,随手递给他一沓明信片,说道:"如果你要寄的话,正好桑吉可以收走。"

于是重新回到露台时,蒲唯手里多了两张明信片。

他坐下递给程小玮一张说:"寄一张给谁吧,桑吉下次来的时候可以带出去。"

程小玮问:"谁是桑吉?"

蒲唯说:"邮递员。"

邮递员桑吉是个藏族小伙子,皮肤黝黑,普通话难以说得标准。他不清楚程小玮那张写着英文地址的明信片该如何结算邮资，说回去搞清楚了先帮他贴上邮票发出去，下次来时再付他钱好了。

蒲唯的那张没什么问题，明信片自带的邮资就足够了。蒲唯在这张印有"冶海风光"的明信片上写下了妻子的名字。面对这位藏族小伙子，蒲唯庆幸自己头天夜里没有在明信片的收件地址上写下"天国"。那样的话，小伙子恐怕要比看到一长串的英文地址更感为难了。蒲唯写下的是自己家里的地址。他想，等他回去时，这张写给妻子的明信片就会躺在自家楼洞的邮箱中了，那就仿佛收件人还在楼上。他还有些迟疑，考虑是否应该也给妻子的母亲寄一张，用以告诉她，自己正在遵嘱走出"那件事情"。但他还是放弃了，他不想如此拨弄老人的心弦。

邮递员桑吉以三天出现一次的频率第三次到来时，蒲唯与程小玮已经完全适应了山里的日子。他们天天都会爬爬山。午睡后，多半是在露台上无所事事地坐到黄昏。

其间在旅馆老板的鼓动下他们还下湖游了一次泳。旅馆老板醉醺醺地向他们强调，禁止游过隔离浮标，否则后果自负。因为黄色浮标的另一面就是神秘湖洞的范围，水下有诡异的漩涡，劲道十足，能将人瞬间吸入水底。这家旅馆的老板有一张宿醉不醒的脸和一双愤怒的小眼睛，因此好像不常现身，貌似一个躲在幕后的暴君，这让他发出的警告听上去更具威力也颇像一个蛮横的恫吓，于是反而激起了他们的兴趣。

他们在一个午后下到了湖里，不约而同，竟然一起朝着禁区的边缘游去。夏日当头，湖面亮得让人睁不开眼睛，让人感觉自己就是掉进了一片灼亮的水银之中，将头埋入水里的一刻，光的强度依然在水下闪烁不已。几分钟后，那条黄色浮标连成的界限就在眼前了，它们在水中被一条粗绳相连。蒲唯先游到了，趴在绳索上借着浮力休息。程小玮紧随其后，也照样趴在浮绳上。强光灼眼，两个人只能眯缝着眼睛。他们感觉到了水底挂着的那道网，同时也感觉到禁忌带给人的那种强烈的诱惑力。身后有个女人在向他们喊：不要越界！

这些日子，除了程小玮向蒲唯讲授古币知识，他们之间好像再无其他话题。没错，他们不提远在墨尔本的女儿，不提远在另一个世界的妻子。那都没什么好说的，而且谁都知道，说了也改变不了什么。在这个空气新鲜的地方，他们体验着一种真空般的与世隔绝的存在感。

那枚"凉造新泉"被程小玮用五彩绳系在了脖子上。他喜欢光着膀子坐在露台上，很快，他胸膛的肤色就和古币的颜色相近了。有时蒲唯会故意吸引他更换朝阳的角度，为的是能够让他的身体晒得更均匀一些。

"'凉造新泉'存世量太少，目前考古界对它的研究存在不小的困难，因为新莽至十六国的三百多年间，河西四郡割据政权的史书资料至今多已散佚，现有的史籍无从查考……"

蒲唯在他头头是道的讲述中昏昏欲睡，往往再次清醒时，看到的会是此番情形：世界像是被装了消音器，而一个像是被烤过的胖子裸着上身坐在你面前，胸膛宛如青铜，肚子鼓凸，脑袋低垂，打着呼噜，稀疏的头发在阳光下有一层烧卷了似的、毛茸茸的光晕。面对此情此景，蒲唯每每都需要怔忪片刻才能恢复到对于世界的理解。

"船过湖洞时放在船头的一包邮件掉到水里了。"邮递员桑吉用生硬的普通话说,"今天船上的人坐满了,我只好把邮包放在船头。"

他是在跟前台的服务员解释为什么今天的报纸没了。

同样的话,程小玮听到后上到露台转述给了蒲唯。他还模仿着小伙子的发音。

"没了。"说着他摊摊手,想必这也是小伙子做过的手势。

蒲唯竟被他逗笑了,倒了杯啤酒递给他,低头继续用刀子分割一块羊肉。过了一会儿,蒲唯漫不经心地说:"老程,今天立秋了。"

程小玮正躬腰坐在椅子里,一只手捏着另一只手走神,闻声抬头看看蒲唯,不经意间暴露出了无助的表情。他就像一个受了委屈的儿童,或者刚刚挨了妻子耳光的丈夫。不过他迅速做出了调整,扭了扭脖子,说道:"那就再等三天吧。"

这是进山以来他们第一次说到了"等"。之前他们都在规避这个无法完满解释的意图。他们说不出"等"的理由,他们也羞于承认在等,更何况他们所等着的,看起来又是那么地没谱。两个男人并不想直面自己精神的幼稚。

"好,"蒲唯说,"就再等三天。"

他也在努力装出若无其事的样子。可"等"的意图一旦被正视,心中不免立刻便凝重起来,那种对于某个事物的盼望之情开始盈满在意念里,以至于让他感到了隐隐的焦灼。

晚餐程小玮要了一整只烤羊腿。他好像把立秋当作一个节日来过了。节气在山里兑现得格外分明,是夜,气温骤降,明显比前一天要凉了许多。但程小玮依然光了膀子,一边大口啃着羊腿,一边不时做几个扩胸的动作。

旅馆后面的空地上有一群旅客在围着篝火跳锅庄舞,后来程小玮也跑去加入了。蒲唯趴在露台的木栏杆上,看着火光中的程小玮夸张地把自己跳成了夜晚的主角。

这些日子以来,都是程小玮先起床用餐,对此蒲唯已经习惯了。但第二天早上,蒲唯没在露台的餐桌边看到程小玮。

蒲唯去敲程小玮的房门,里面没有动静,心想也许是昨晚闹得太晚了,程小玮还在睡觉。到了中午,依然不见人影,蒲唯就有些担心了。他去前台要了房卡,自己动手打开了程小玮房间的门。人在房间里,蒲唯以为他还在睡觉,不料刚刚关上门就听到他哼哼了一声。

"老蒲你去给我弄些碘酒和纱布来。"程小玮哼哼着说。

凑近一看,蒲唯倒抽了一口气。程小玮全身赤裸着趴在床上,房间的窗帘是拉着的,光线昏暗,但蒲唯还是在一瞬间感觉自己像是看到了一个祭坛。程小玮浑身是伤,仿佛祭坛上剥光了的祭品,整个身躯好像也比平时膨胀了不少,就像是被水泡肿了一样。

跑到楼下向服务员要了纱布和碘酒,蒲唯重新回到了程小玮的身边。他开了灯,那些伤口愈发狰狞起来,有青有红,更多的是惨白的绽肉。

程小玮像一条被人用鞭子抽了一顿的伤痕累累的大鱼。他双手抱着脑袋哼哼个不停,但就是拒绝回答蒲唯的问题。问急了,他才讪讪地说一声:"喝多了。"

这显然不仅仅是喝多了的事。蒲唯非常后悔昨晚自己早早睡了,把程小玮一个人丢在夜里。继续追问下去,程小玮不情不愿地回答道:"掉进了一块荆棘地里。"

"掉进了一块荆棘地里?"蒲唯重复这句话,起初脑子里还在盘算旅馆的周围何来这样一块地方,但旋即他就被这句话神秘的意绪引向了恍惚。

他用纱布将程小玮捆成了一只粽子。

蒲唯自己在下午三点的阳光里走入了湖水。

立秋之后的水温截然不同,湖面上已经没有其他游客的影子了。他一步步从湖岸蹚进水中,感觉不是湖水,是寒冷,在将自己一寸一寸地淹没。渐渐地,他的身体适应了水温,下水前他喝了几大口白酒,此刻酒劲儿也开始在体内发挥出了效力。

蒲唯匀速向前游去,感觉自从妻子死后,自己从未像此刻这般目标明确过。

那道界限很快就触手可及,蒲唯游到后趴在浮标的绳索上反复调整了几次呼吸,然后翻身越了过去。

水温是另一种冰冷,那道界限真的隔离出了两块不同的时空。蒲唯却并未感觉到艰难,相反,他觉得自己的身体越发地自如起来了。

十几分钟后,他看到自己的身下漂过一道修长的蓝光,也许是紫色的,他还没来得及凝神,它就下潜到湖水的深处去了,仿佛天空中一道稍纵即逝的霓虹在水里反射了一下。可能是某种鱼类？但蒲唯想起旅馆的服务员对他说过，湖中只有小鲵，别无其他水生动物……就在此刻，他开始感到水中的暗流了，像一匹布柔韧而有力地卷裹着他。他不做抵抗，顺势向着水底沉了下去。

第一次，沉到一半的时候，他觉得已然用尽了肺部的氧气，这时那道卷裹着他的力量恰好翻转，他差不多是被弹出了水面。他的头钻出湖水，大口呼吸，同时看到自己伸在空中的胳膊有几道翻开的口子。那一定是被水里的什么东西刮破的，但他却并无觉察，没感到一点儿痛。

再一次，他重新下潜。他的脚不断地下探着，自问是否能够踏到湖底，或者这湖是否真的有底。终于，他感到脚底下就是铺满淤泥和砾石的河床。他在水中翻转身体，伸手触摸。或许因为这一切都是在静默中发生着，他感到自己完全身在一个不真实的梦境里。每一次伸出手，水的阻力都让他仿佛是捕捉到了不具形体的珍贵之物；每一次伸出手，都像是一次与熟悉事物的邂逅。那是一种饱满的徒劳之感，又是一种丰饶的收获之感。

有一个瞬间，他的意识里浮现出这样一幅清晰的画面：某个遥远的地方，在大暑与立秋之间的日子里，一个女孩子正坐在窗前写信，窗帘被微风吹拂着舞动……

他甚至看到了那封信的内容，女孩子以娟秀的字体写道：亲爱的小玮，亲爱的老蒲……

后来，他的脚踩在了一层滑动的小块金属上，身体因此失去了重力。他猜那是祭湖者投下的硬币。他尝试着微微张了一下眼睛,惊讶地发现,原来水底并非漆黑一团,而是有着晦暗不明的光线。看来程小玮所言不虚,那真的是一块荆棘地——无数枝杈纵横在身边,上面挂满了不知何物的沉水品。但是他看不到一只邮包。幽暗中亦有灵光乍现,他几乎完全是靠着直觉和本能向着虚空打捞了一把。

重新浮出水面时,他已精疲力竭,臆想自己正在被不可避免地抬高到了世界的顶端,仿佛一碗盈满的水,就要流泻到世界的外面。

在湖面上没有意识地漂浮了一阵,他感到有力气可以转头游回去了。

即便已经立秋,西北的黄昏依然迟迟不肯退场。但是当蒲唯返回到安全的水域时,天色一下子发生了逆变。也许是他游了太久,当他翻过那道黄色浮标的一刻,湖面倏然一片辉煌的彤红。水天一色,宛如霞光在一瞬间跌入了湖水之中,也宛如他在一瞬间游到了天际。

脚下踩到湖岸时,出水的蒲唯发现自己泡皱的双手除了挂着水草,右手食指上还缠着根五彩绳,绳子上系着的,可不就是那枚"凉造新泉"。对此他一点都没有感到意外。好像他深入到水底去,就是为了把什么丢失了的再找回来似的;好像只要他伸出手去,必定就会有什么重要的东西将重新被攥在手心一样。

他一步一步从水里蹚出来,浑身的划痕,唯一能做的就是忍住不发抖。他的腿在抽筋,肌肉一阵阵跳动着痉挛。不管昨晚程小玮经历了什么,他可不愿意被人拖上岸。他对自己说,好吧,我来过了,沉下去了,伸出手了,现在,我"必须"走出来了。

然后他就看到那个暴君般的旅馆老板挥舞着拳头气急败坏地向着他东倒西歪地跑来。

立秋后的第三天他们出山返城。他们也没法继续待下去了,挨个儿犯禁,已经让他们被视为了制造麻烦的人,如果不是伤得不轻,他们被旅馆老板抓了现行的当天就被赶走了。

邮递员桑吉放下旅馆的邮件,和他们同船离开。

在船上,说起旅馆的暴君老板,桑吉说:"他呀,没人能认识他,因为他总是会不停地变成和你认识的那个人不一样的人,他老要拉住你告诉你他是谁,可他究竟是谁也一直在变。"

程小玮用裹着纱布的手挠着正在变秃的头顶,和蒲唯对视了一下,用眼神询问蒲唯是否听懂了这番话。蒲唯还给了他同样的眼神。程小玮问蒲唯进城去哪儿吃饭,蒲唯说先回家吧,心里想着的是那张明信片应该已经寄到家好几天了。那枚古币已经重新挂在程小玮脖子上,他晒黑了的皮肤把白色的纱布衬得触目惊心,多日未刮的胡子看上去比头发还要密。

西风凄清,太阳正在落山,山岚中飘荡着煨桑的香味。湖面上有一层薄薄的雾气浮动,仿佛湖泊的灵魂正向着夕阳飞升。经过湖洞时,渡船开始动荡。

在发动机的怒吼声中,蒲唯对身边的邮递员桑吉说:"我在这儿看到过一道光。"

"扎西德勒!"小伙子热切地盯着蒲唯说,"老哥你看到了圣光!"

重新将目光投向湖面,蒲唯的心情又一次跃入了水中。水面扩散着亿万道细碎的波纹,像是释放着大自然亘古以来难以穷尽的隐秘的痛苦。尽管蒲唯知道那道光不会重现,但心里还是如同水面一般涟漪涌动。没错,蒲唯想,他真的可能有幸目睹过一道圣光,它如在水底,如在空中。有那么一会儿,蒲唯变成了他不自知的观察者,他看到这些天里,两个生活中的受挫者怀着羞于启齿的等待之情,在"写信的人如今就在写信的地方"那样一种宽泛而朴素的理解力下,试着靠近过那道光,从而和一些有希望的东西再次发生了联系。为此,他们前仆后继,不惜涉险——即便那莫须有的事物宛若捕风捉影,即便它如在水底,如在空中。

丁酉冬月廿四

2017 年 12 月 11 日

香榭丽

对谈：对更普遍的生活的忧虑

弋舟　王苏辛

王苏辛：又一年，拿到了《丁酉故事集》，读完后发现和《丙申故事集》很不一样。如果说《丙申故事集》在讲人的情感，人的精神如何置放，那在《丁酉故事集》，我看到的，是你将笔触更具体地聚焦于普通人，或者说对精神生活有要求的普通人们，能在这个不断变化以及信仰缺失的世界中做些什么。不知我的感受是不是准确？在创作《丁酉故事集》的过程中，你感觉到自己的哪些变化？你有意识在突出自己作品的变化吗？

弋　舟：你意识到没有，当我们完成作品后，倘若过度地自我谈论，会酿成一定的风险——没准儿读者会照着你给出的答案，懒惰地收窄自己的判断，甚至干脆依照你的说辞，简单并且粗暴地臧否。在《丙申故事集》后记里我们聊到的那些内容，如今已成为最令我头痛的口实，有些读者乃至评论者，据此对小说做着武断的标签，而在我看来，狭窄和武断，都是理解文学的大敌。当然，话是我们自己放出去的，被广泛征用，也没什么可说，你没法去指责别人的懒惰，只有警惕一些，在作品以外少一些言论吧。现在我们聊《丁酉故事集》，针对着的是一个"过去"的时态，它已经是成品，你所言及的"有意识"，诚然是一个前瞻性的状态，老实说，写这批作品之前，我并没有这些笃定的前瞻，如今水落石出了，或者才恍然大悟——哦，原来它们是这个样子，有了变化，凸显了什么。所以，现在我们如果谈出了点什么，也只能是后知后觉。可这并非不重要，在人间又活过了一岁，回头看看，也没什么不好，它能让我审视自己，即便，审视出的结论可能会授人以柄，导致被误解和扭曲的风险。

王苏辛：好的，那我们还是聊这部小说集。《势不可当》这篇，我感觉它非常写实，然而每一处又都是象征。仿佛在想象的礁石上建造了一道壁垒。精神领域的劳动者们在小说中被认为是"无用者"，而他们却又通过塑造"圣母"的形式，完成自己劳作的仪式，最终，这个仪式也不得不宣告破产——这样的情节听起来仿佛有些似曾相识，但阅读的时候我很倾心对于这些艺术家和作家劳作仪式的讲述，那仿佛是一种不肯忍让的妥协，渴望既保全自我，又能被社会体制认可。而在艺术家作家们自己设置的劳作仪式破产后，最初的反抗者们又成为专制者。这很黑色幽默，却在无数个时代反复上演。书中这些精神领域的劳作者们有没有你身边作家同行们的影子？如果真的有文学艺术被认为"无用"的那一天，你还会继续写作吗？

弋　舟：《势不可当》是在明喻今天"未来已来"的事实，也是在形容我对人性基本的理解，喏，"最初的反抗者们又成为专制者"。这令人绝望，"却在无数个时代反复上演"。于是会怎样呢？于是人类因此都变得极度厌倦了，当然，也因此变得极度灵活了，由之发展出了戏谑，发展出了反讽，发展出了黑色幽默，一边轰轰烈烈打着世界大战，一边兴致勃勃地写着《好兵帅克》和《第二十二条军规》。在"势不可当"的人性面前，在庞大而沉重的境遇面前，如今我们与之斗争的，除了人类简史，还有了未来简史。丁酉之年，我听到最多的一个词大约就是"人工智能"，乃至许多文学活动都是围绕着这个话题。一方面，我因此获得了思想的活力，另一方面，又是深深的疲惫和厌倦。那种无能为力的感受混合在错乱的亢奋中，就和我们面对人性晦暗之时的精神状态一样。小说里那些徒劳的劳作者，既滑稽可笑，又伤感哀愁，他们非但是我的同行，更有可能还是我自己。在一定意义上，文学已然"无用"，可是你看，我们依旧在写，在徒劳地戏谑，在疲惫地杜撰。有时候我会想，也许这样的滋味，恰是文学亘古的常态？她从来就在"无用"的沮丧下，面对着势不可当的世界。文学可能本来就是一场仪式，而世界，可能本身就是一场更大的仪式。

王苏辛：你说到"徒劳"，这恰是我接下来想问的。在你的小说中，我常能读出——有限的解脱在更深层的忧虑面前仍显得徒劳的感觉。但生活或许原本就是对徒劳的应对。《会游泳的溺水者》中，无论是"我"在妻子溺亡后，渴望拯救同样有抑郁症的女同学，反复出现的"群鸟"，贯穿全篇的"古希腊人站在海边，眺望着紫色大海"的意象，都让人感觉到一种对自我，对更普遍的生活的忧虑。你有通过自身的写作去解决自身的忧虑吗？在你看来，这种忧虑在生活中是不是必要？有人说，人只能承担自己所能承担的，但一个作家，他可能没办法只关注自己能承担的，他总要有"公心"，对此你怎么看，又如何面对自己对于普遍困境的忧虑？

弋　舟：想想真的是这样——对更普遍的生活的忧虑。我们写作，首先一定是基于自己的个体经验，但若要解决个体经验中的忧虑，我所能想到的唯一有效的途径，或许就是"对更普遍的生活的忧虑"，那样能够令我自己汇入在某种"整体性"的告慰之中——我所承受着的，是所有人都在承受着的。"群鸟""古希腊人""大海"，这些昭示着自然风物和人类历史的修辞，至少能够有限地引领我趋向更加辽阔的抚慰，那个自怨自艾的个人，至少会从中有限地忘掉一己的艰难。在这个意义上，写作就是在解决我们自身的忧虑。忧虑必要吗？也许它压根儿就不是一个选择项。"对人类的忧虑"必要吗？至少，本着"自我安慰"的需求，它就是必要的。那些"更普遍的困境"就是我们个体忧患的根源，对此视而不见，你就无从理解自己所受的伤害源自何处，无从给予自己一个"广谱"的医治——哪怕，对于医治的盼望本身都是徒劳的。

王苏辛：《会游泳的溺水者》开头就写道"这些貌似无用而驳杂的知识，只能令我深感焦虑和茫然"，嫁给全城炙手可热人物的宋宇直言"我不需要自己的人生"。这两个状态，在日常生活中经常能看到。比如一个人遇到没有能力解决的精神难题，这个难题的存在又让他整个生活显得失衡和无序。于是有人说，不能解决，不如不知道。不久前我看到一本书里写道，先秦时期天子会把百姓召集起来，以他们亲人在阴间的荣辱来要求百姓为人做事。这在现代人看来似乎有些荒谬，但在当时确实起到了作用，没有让国家因为一些动荡陷入混乱。回到我们这个时代，很多人热衷传播自己知道的东西，完全不顾忌可能产生更差的后果，社会中充满某种看起来聪明却又解决不了问题的言论。对此，你怎么看？

弋 舟：也许这正印证了世界本身就是一场像模像样的仪式。我们置身其间，"仪式化"地空转着像模像样的一切，假设无数的真理，赋予它意义，相信它，怀疑它，颠覆它，重建它……没有"它"，我们惴惴不安，有了"它"，我们惶惶不可终日。如今信息汹涌，人间的仪式更为沸腾，而我们的无力感也越来越深重。也许最终抹除我们的，并不是我们发明出来的技术，而是我们狂欢一般制造出来的仪式的泡沫，一个热衷仪式化的物种，因为过于仪式化，在极致的仪式感中把自己给干掉了，于是，仪式达到了它戏剧性的高潮。贾平凹有句座右铭，"心系一处，守口如瓶"，我也常常以此自省，"守口如瓶"无外乎就是少说点儿话吧，可依然还是很难做到。少说话其实非常要紧，要知道，人间仪式的泡沫，基本是靠语言堆积的。

王苏辛：读你的小说，常能看到一些这样的"仪式"。"仪式"在我看来也是你小说中的诗意，这里说的"诗意"，是它里面的人物在努力缓解内心的苦痛，希望在灰暗的生活中走出一点信心。在这里，诗意可能是人得以自省与解脱的方式。比如《如在水底，如在空中》，两个经历家庭与情感变故的中年男子，打捞出记忆中一点安慰——曾经一位女同学说，十八年后要寄给他们一封信，收件地址就是曾经他们三人一起旅行的地方。起初我也好奇，女同学到底会不会真的寄出这封信，看到"我来过了，沉下去了，伸出手了，现在，我'必须'走出来了"，看到暴躁的旅店老板"总是会不停地变成和你认识的那个人不一样的人，他老要拉住你告诉你他是谁，可他究竟是谁也一直在变"，知道比希望成真更重要的，是人在面对希望的过程中，如何面对自身面目的改变。不管是这篇小说，还是《巴别尔没有离开天通苑》，你都在结尾处给了一点光，这似乎和你过往的写作不同，为什么会有这样的转变？

弋　舟：既然认领了人类"仪式"的本质，我们就努力从中谋求一个光明的站位吧。让自己站在亮处，换上干净的衣裳，不能衣冠似雪，至少也萧然自远，清洁朴素。我当然知道，污泥浊水也能被仪式化，可那不符合我在丁酉年里阶段性的盼望。我同意你将我小说中的"仪式"等同于"诗意"，就我理解，这也是在说"对更普遍的生活的忧虑"——我们明白大部分盼望都"如在水底,如在空中",但我们依然去捕捉和打捞,这就是沉痛生活中的诗意,是"对更普遍的生活的忧虑"。它不是风花雪月,是弥足可贵的英雄主义。巴别尔没有离开天通苑,作为一只猫,它还在苦熬,从中你可以得到继续苦熬下去的理由,从中你也可以得出总得让自己透口气的勇气,无论你如何地无力,苦熬与苦斗皆是费力气的活儿,有时候,我们把力气用在熬上,有时候,就得把力气用在斗上。在消极与积极之间,现在我选择积极,于是你看到了,我在"结尾处给了一点光"。敬泽先生谓我"推石上山",他当然其实是在说西西弗斯,在加缪的名篇中,我被这样的句子打动——但当他又一次看到这大地的面貌,重新领略流水、阳光的抚爱,重新触摸那火热的石头、宽阔的大海的时候,他就再也不愿回到阴森的地狱中去了。

王苏辛:有的作家在聊写作和写作时像两个人,但感觉你特别一致。刚才有的话,甚至出现在这部小说集中也不觉得突兀。你认为作家应该在谈创作和创作这两个状态中持有高度的一致性吗?通过社交网络,我曾经看到你在旅途中写作,《丁酉故事集》中有的小说,也是在旅途间隙中完成的吗?

弋 舟:那种在"谈创作"与"创作"中判若两人的家伙实在是太了不起了。你知道,大多数时候,他们说的一定会比写的高级许多。写作终究是建立在作家生命感之上的,我这么活,所以才这么说,于是才这么写,这个链条受制于我个体生命必然的局限,也受制于写作与生命之间基本的伦理。那些总能摇身一变的家伙，他们获得了无限，口若悬河地做帝王，捉襟见肘地做乞丐。这本集子的确有一些部分是在旅途中完成的，我觉得利弊参半，坐在候机厅里写小说，必然会轻盈，也必然会滞重，必然潦草也必然精确。

王苏辛：你的小说，没有那么多具体生活的现场感，更多是精神状态的变化和投射。小说质地很绵密，甚至叙事和论述在你的小说中也浑然成一种东西。我更愿意把它理解为，这是写给始终有着精神生活的那群读者。这似乎也和很多传统现实主义作家不一样，在我们目前的文学环境中，充满现场感和参与感的小说写作越来越被鼓励，高度概括性和凝练式的写作有时被认为过于现代派，不符合现实主义的传统。但之前跟你交流，你一直认为自己是现实主义作家，但我知道这个"现实"更像和某种现代派写作的经验融为一体，构成的一种新的"现实"。你如何看待自己的现实主义写作和通常意义上的现实主义写作的不同？

弋　舟：对于"现实主义"的理解，我已经全部兑现在了自己的写作中。显然，对那个"通常意义上的现实主义"，你是有所不满的，我想，令你不满的并非"现实主义"，而是"通常"。如果"通常"即是反凝练、反概括，那么我们当然有理由对之不满。文学活动本身就是人类精神生活之一种，写给对于有这种生活需要的读者，难道不是天经地义的吗？如果"通常意义上的现实主义"已经成为传统，只能说明我们不幸身在一个糟糕的传统里。但就我的认识而言，事情可能没这么悲观。任何时候，大行其道的都是平庸的作品，我们无法想象一个时代有一百个曹雪芹在写《红楼梦》，或者上百本刊物登载的都是《战争与和平》。平庸可能并不是被鼓励的结果，而是生而为人，我们不得不活在拥挤的平庸里。实际上，"不平庸"反而一直是被呼唤和鼓励着的，只是作为被鼓励的对象，我们大多是平庸之辈。这就不是"现代主义"和"现实主义"的纠葛了，"现代主义"也大量地制造着平庸，"现实主义"摆脱了"通常"，同样会熠熠发光，作为"现实主义"发轫之时所否定的"浪漫主义"，同样也有不朽的篇章。而今天，那种假以"现代主义"之名的劣质写作，在我看来更加值得警惕，那种"通常的现实主义"至少还有股令人喜欢的、原始的诚恳与颟顸，而"伪现代主义"哗众取宠，更具欺骗性，更容易沦为掩饰无能的遮羞布。让我们重温一下卢卡契的语录："艺术的任务是对现实整体进行忠实和真实的描写。"——你瞧，作为现实主义最忠诚的信仰者和最后的辩护师，卢卡契难道不是在说"对更普遍的生活的忧虑"吗？在我看来，"更普遍"就是在说"整体"，"生活"就是在说"现实"，"忧虑"就是在说"批判"，而"批判"的道德基于"忠实"与"真实"，合起来，"对更普遍的生活的忧虑"就是我所理解的"批判现实主义"。

王苏辛：是的，平庸并非取决于一个文学态度，决定作品的仍是其洞见与广度。这部小说集中，《缓刑》更像截取了一个生活片段，将目光对准一个小女孩，她说着大人的话，并始终冷眼旁观，甚至与一个中年男子有了某种精神上的关联。这种关联也让这篇小说充满艺术感。《巴别尔没有离开天通苑》也是如此，一次看起来仓促的短暂逃跑，其实也是"我"一次蓄谋已久的逃离。我不禁想起很久之前看到的一则新闻——某中年男子突然失踪，在外地隐姓埋名生活多年，而原因居然只是厌倦了乏味的家庭生活，希望能把人生刷新，重新开始。和这两篇小说中非常态的日常一样，这听起来很戏剧性，却也是我们时代的某种现实。我想起幼年时，发现家所在的那条街上很多房子被涂满了"拆"字，却又久久没被拆掉。而自己身处"拆"字中，常常感到焦虑。很多年后我知道，是因为当时自己隐约察觉到"不能置放的自我"，对我来说，这也是你的小说主题之一。你会有这样的感觉吗？在与自己笔下的人物同呼吸共命运时，他们是否完成了你在现实中不能完成的自我的置放？

弋　舟：我们永远在文学中谈论着"我"，同时，也永远追求在"我"中抵达"洞见与广度"，这恰恰构成了这件事情的两极，其间的张力，置放着文学。所谓平庸，大约就是顾此失彼，甚至罔顾此彼，要么只在"我"的鸡零狗碎中，要么只在"洞见与广度"的假大空里。《缓刑》中的女孩，是独一的那个女孩，她穿行在候机楼中，将要遭遇不幸，她也是所有的女孩，穿行在阳光下、田野里，她们同样地脆弱易折；《巴别尔没有离开天通苑》中的"我"，是那个居住在一百七十多平房子里的"我"，也是所有流离失所的"我"，他们同样地都需要有一个宁静的港湾在彼岸等待着自己。日常感与戏剧性从来未曾彼此割裂，它们整合在人类那个"仪式化"中。你看到的那则新闻，大约两百年前，一个叫威克菲尔德的英国男人就这么干过，这家伙在十月的一个黄昏告别了妻子，也是想要刷新自己的人生。他干得更狠更彻底，干脆就在家的附近潜伏了下来，用了二十年的时光偷窥着妻子的日常……没错，这是霍桑所写下的名篇，而霍桑在小说的开头也是这么交代的：在某份杂志或报纸上，我搜寻到这个故事，据说是真的。你瞧，"据说是真的"这件事，本来由花边新闻来记录就足够了，可霍桑还是将它写成了小说。我想，霍桑之所以非要这么干，也许正是如你一样，他也常常焦虑，常常隐约觉察到"不能置放的自我"。于是，霍桑在威克菲尔德和人性普遍的幽暗之间置放自己，在日常感与戏剧性中置放自己，在仪式化中置放自己。他一定和自己笔下的威克菲尔德先生同呼吸共命运，霍桑如同威克菲尔德先生一样，我们也一定能够看到这一幕——"在伦敦街头的人群中，我们认出了一位先生，他已经渐入老年，没有什么特征还能吸引漫不经心的旁观者。然而，他浑身上下还是看得出命运留下的非凡笔迹，得有点阅历的人才能读懂。"因为我们是小说家，是"有点阅历的人"，还因为，我们有着"对更普遍的生活的忧虑"。

王苏辛：有人说，一个不断写作的人，写下的不仅是自己的作品，还有自己的命运。很高兴在《丁酉故事集》中看到你如何书写"对更普遍的生活的忧虑"。希望这部《丁酉故事集》能继续安慰它的读者。

弋　舟：谢谢苏辛专业的工作，或者我们还将在《戊戌故事集》里重逢。

                            2018 年 3 月 5 日
                              戊戌惊蛰

庚子故事集

致谢《美文》《青年作家》《作品》《野草》《小说界》《花城》《上海文学》《思南文学选刊》《小说选刊》《小说月报》《中华文学选刊》,这里的文字次第在这些刊物上出现过。

献给这个本命年。

序曲：钟声响起

首先，这不是你的虚构。尽管，虚构几乎就是你谋生的唯一手段。

你也确定，这不是幻觉。即便，这是幻觉四起也说得过去的时刻。

午后，在准点的刹那，在阳光下或者阴霾中，它悠扬响起。没错，只是在午后，两点时——对此，你没有把握。这令人狐疑，你无从理解，若是报时的钟声，为何不在一天之中鸣响二十四次。

就在此刻，二十一点整，你屏息谛听，没有它的鸣奏。

有人听到了吗？午后两点，有人听到了吗？此刻，有人听到了吗？你期待日后有人能够给你一个呼应，从而给你一个见证与确据，也给这庚子年的初春一个见证与确据。

这钟声，从前你也未曾听闻过。理性告诉你，那从前，午后的世界市声如潮，午后的内心也市声如潮，洪钟大吕被湮没在世界与自我双重的喧嚣里。这如今,纵然内心依旧无可救药地喧哗,世界却不可阻挡地安息了。于是,钟声浮现,如律动的朝阳,袅袅跃出往昔被如麻一般纷乱的声量注满了的时空。

但眼下你难以完全地信任理性了。你开始怀疑,没准儿,许多时刻,你那所谓的理性,也只不过是自以为是。但你也时刻提醒着自己,万万不要掉进非理性的深渊里。

你唯一能够确认的是,在非常的日子里,这钟声一天一天地在午后两点时响起,给予你无从说明的慰藉。起初当然是不经意的,你听到了,有那么一个瞬间的恍惚;渐渐地,成了一个盼望。你开始在那样一个准点的时刻,立于窗前,侧耳倾听。时长大约也就半分钟,却如丝如缕,绵延难绝。

你该调动起你的专注,如同进行严谨的科学观察一般,专门用一天的时间去定格它吗?——搞清楚它究竟是在哪一些准点的时刻才会奏响,是什么理由让这些专门的时刻被遴选出来,它一天究竟会奏响几次,它的规律何在,在这规律之中,究竟蕴藏着怎样的奥义。

你拿不定主意。你对于理性的信赖已经开始摇晃。要命的是,你的感性也已经站立不稳。

不错,这钟声已经成了非常时期专属于你的一个盼望,但即便是在非常的时期,你也依旧涣散。你知道,自己恐怕是做不到在二十四个准点的时刻都竖起耳朵、保持警觉,即便,你已经认领了它于你而言某种堪称重大的意义。这是普遍的人性,你是如此地软弱和无能为力,那重大的声息已经响彻天际,你却依旧难以从浑噩的舒适区中凝神聚力。你听到了,被触动了,却依旧在惯性中任其弥散在势不可当的浑噩里。直到下一个时刻，它再一次响起。你意识到了自己的软弱，并为之感到羞惭，可是在短暂的羞惭过后，历经了不安与焦灼，懒惰与懈怠，周而复始地迎来下一次羞惭。

对此，你差不多完全是沮丧与气馁的——你的耐心与毅力，都不足以令你在二十四个小时里去寻觅缥缈的钟声，你依旧难以专注，哪怕，事态已是如此地严峻。于是，你只能轻浮地给自己开脱，喏，那天籁之声，无须以刻板而机械的方式去捕捉，你赶巧听到了，便自有其隐秘的美意。

自有其隐秘的美意！但这美意你若不是去聚精会神地领受，它当然只能永远对你保持隐秘。省察的时刻到了，否则这生命只能交给一次又一次的"赶巧"，而谁又能保证，下一次你"赶巧"听到的，将不再是报时的钟声，竟是，丧钟为谁而鸣。

此刻是二十二点整，准点的时候，你专门站在窗边屏息去听了，钟声没有响起。

你用力听到了风的声息。除了风声，万籁俱寂。在这非常的日子里，白天静得像夜晚，夜晚静得像史前的夜晚。时而，邻居的争吵响起，社区的喇叭响起，却并不嘈杂，显得不太真实，分贝空旷，条分缕析。

妻子开学前需要自我隔离十四天，她必须回到兰州去。独居的你跟小爱智能管家说话，毋宁说，是跟它制造点儿声音。刚才，它突然发声：主人主人，我的能量不足，请给我充电。你回它一声：我就不给你充。

二十三点整，没有钟声响起。

史前的夜晚也许都比此刻热烈吧，风吹草动，乃至风声鹤唳，万物发出静谧却有力的喘息。而此刻的城市之夜，是人工制造出来的带着塑料味的静寂。

刚刚接到通知，其后你有三天需要去值班。和同事沟通了相关事宜，重点是，你需要一张复工证明，拿着这张证明，你才能找小区的物业开具出门证。腿真的是被关住了。耳朵貌似依旧自由。但你早就明白，这人间，从来都有着对于耳朵的囚禁。更多的时刻，人还会充耳不闻，自我拘囿在听觉的牢笼里。

你开始着手探寻那钟声的踪迹。只能依赖百度，你只能依赖百度。你搜索的第一个关键项是"电报大楼报时的钟声是什么音乐"。几番甄别，你得到这样一条讯息：

> 武汉江汉关1987年恢复采用自1924年1月18日建关后就采用的国际通用报时曲《威斯敏斯特》。

值得庆幸的是，你没有太费力气，便抑制住了你那颗惯于草率的将万物肆意比附的心，坚定地站在了朴素的常识之中；你坚信你的耳朵是在物理的世界里谛听到了钟鸣，而不是那千里之遥的汉江边上奏鸣的旋律飘荡进了你的耳朵。如果此刻你再一次放纵自己的冥想，你知道，天亮之际，你将受到惩罚，将神魂颠倒在不可预知的精神危机里。

你做出了决定：明天，在那个准点的时刻，你要录下那钟声，作为这非常时期的勒痕。

现在，你得到了一个曲名——《威斯敏斯特》。对此，你

并不陌生,你知道,那是一个地名,还关乎宗教与信仰。果然,百度继续证实:

> 威斯敏斯特钟声,又名西敏寺钟声,是英国伦敦威斯敏斯特宫大本钟报时用的乐曲,也是国际通行的一种报时音乐。其最初来源于1793年时剑桥圣玛利亚大教堂,后来作为威斯敏斯特大教堂的钟声而闻名遐迩。
>
> 1794年,英国著名作曲家克洛兹设计以四个音符为一组的"报刻"音乐,首先被剑桥大学新落成的圣玛丽教堂钟楼所采用,世称"剑桥钟声"。1859年,英国议会大厦钟楼亦敲此曲,故而声名大振,伦敦市民常常听到钟声便核对时间。
>
> 《威斯敏斯特》这首教堂音乐除了成为大钟的报刻报时音乐外,也是英国皇家的名曲,并成为了世界流行的音乐。
>
> 这首乐曲在东亚圈被广泛使用,在日本、韩国、中国大陆和台湾地区的学校普遍作为上下课的铃声使用。上海江海关大楼曾使用此曲。广州粤海关大楼、武汉江汉关大楼现仍使用此曲。
>
> 中国多数铁路车站使用这段音乐的第一段作为播音前的提示音乐。
>
> 在日本许多公共场所都采用这段音乐作为报时音乐。
>
> 在印度尼西亚,火车到站或者出发时采用这段音乐。
>
> 在美国,联邦信号公司采用这段音乐作为报警设施的报警音乐。此外纽约地铁在关闭车门时也会采用这段音乐

提醒乘客。

在加拿大渥太华的和平塔，这段音乐被当作报时音乐。

……

好了，现在你只需要找到这段音乐的音频。这很容易，当旋律响起，你宛如又一次站在了这些日子里的午后的窗前。你知道，就是它，那钟声的肉身，被你鉴定准确了。

凌晨一点，世界那塑料味儿的寂静似乎有了一些自然的气息。没有钟声。

你多少有一些感动，感动于那驱策时光的"报刻"之声，竟然被人类共同接受与谛听。这像是一个奇迹，更像是一个安慰。因为你知道，"人类"这样的一个想象，在这样的日子里，空前地成为了全部中国人重大的命题。

你找到了相关的视频：

上海海关大钟钟声——威斯敏斯特报时曲的珍贵记录（三刻·整点）

你甚至想将视频的链接也复制在这里。但你必须用汉字将其描述出来。好吧：这段视频全长两分钟，镜头对准巨钟的内部，钟声三节，时长二十二秒，前后是巨大的齿轮匀速咬合转动发出的咔嗒声。时间一往无前地迈步，沉重，严酷，毫不动摇。宇宙庄严地恪守着它的秩序。

你在心里琢磨，你所处的位置与西安市的电报大楼距离几何——显然，那几乎没有钟鸣相闻的可能。那么，你听到的钟声来自何方？它当然不会是来自那座正在苦熬着的城市，当然不是。尽管，这样的想象何其抒情，但你知道，在这样的日子里，不过半个月的光景，你已经无可转圜地丧失了抒情的冲动，并且深切地将那种冲动视为了会令人害羞的事。

合理的推断是，就在你的住处不远，有一座大钟在定时鸣响。它当然不会是自然的产物，是人，是人构成的组织，建设了它，管理着它。你开始意识到了自己往日的轻慢。往日，你并不觉察有一座大钟在你生活中的存在，就像你并不觉察这世界是在如何钟表一般地运行着，无数个你无视的人，人构成的组织，齿轮一般地咬合转动，才支撑起了你轻慢的生活。

现在，你开始意识到了。因为你那座狭隘的微不足道的自我之钟，被迫紊乱了。你被关在了笼子里，惶惑，仓皇，晨昏颠倒，小区的保安在你面前拥有着绝对的权柄，你被迫张望到了有人在高速公路上流浪，有人与婴儿被一层玻璃间隔成两个世界，有人剃光了长发，有人在阳台上鸣锣呼救。你被迫张望到了苍生。人，人构成的组织，这尘世所有紧密咬合的齿轮，出故障了。

而钟声依然准时响起。

这才是你艰难时刻所有盼望与慰藉的根基。

你不想再将这一切形容为一个隐喻。那种知识的卖弄与浅薄的抒情一样，至少都不是现在的你可以去随手操练的了，你没有如此的能力了，也许，这不过是你的无能。那么，就领受这样的无能吧，在时而坚定不移、时而又犹豫不决的摆荡中，去熬你的艰难时刻，去感动于能够感动你的图景，去聆听你听到了的钟声。

凌晨两点。依然没有钟声响起。但你听到了大地均匀的呼吸。

那钟声，为何不响够二十四下，这是你现在最为迫切想要揭开的谜底。而你现在唯一确知的，只能是，至少，在午后两点的那样一个精确的时刻，你和那座被封锁着的大城里的人们一同，听见了四个音符为一组的"报刻"之声：

3 1 2 ｜ 5 - - ｜ 1 2 3 ｜ 1 - - ｜

当那一天来临，世界再度川流不息，小区保安不再限制你的腿，你应该马上就去探寻你身边不远处那座大钟的位置，你将满含着热泪去搞明白，你的生活原本是由什么构成的，是谁在黎明清扫着马路，是谁在将书籍、牛奶递到了你的手里，是谁在装模作样，是谁在脚踏实地，是谁，不懈而又卑微地劳作着，在让钟声准点响起。

2020 年 2 月 10 日

庚子正月十七

香都东岸

核桃树下金银花

如今送快递的电动三轮车已经成了路面上的交通灾难。行驶中我也受到过它们的妨碍。但我很难去谴责它们，因为在情感上，我觉得自己可能算得上是这个行当最早的从业者之一。我经常会把自己想象成快递小哥们的先驱。

那年我十七岁出头，差不多算是抢了一匹这样的铁马，一路风驰电掣地穿行在玉林街。本来也没什么目标，非要说有的话，我心里最初的方向纯然只是一个念头。那个念头的心理名叫"透口气儿"或者"撒个欢儿"，就是诸如此类的情绪而已。临近高考，你能明白我干吗会想这么干。

结果是电动三轮车上载着的包裹驱策我将纯然的心理地标换成了玉林街。没错，那儿正是这件包裹需要派送的地址。

你看，这没什么好说的，既然你跨上了一辆送快递的电动三轮车，你就得把车上的货给送了。

那件货挺大，用绳子捆在三轮车货厢的顶上。如果它是塞在车厢里，没准儿我就不会奔赴玉林街了。可它正是如此拉风和招摇，摆明了你不重视它，你就是犯下了天大的罪过。有些事态一旦摆在眼前，就会成为态势，你必须对它做出反应，好比一只沙袋吊在眼前，你只能硬着头皮迎上去，忍着疼，挥拳狠狠地揍那么几下。我把这种事态称为"规定性事态"。

那时，一件"规定性事态"的包裹捆在车顶，我必定会被唤起某种给定的身份归属感，它让整部电动三轮车有种满载了一番道义的属性，甚而，我还会因之升起一种自己也不大确定的荣誉感。你知道，顶着它，电动三轮车偶有颠簸，车身会发出不稳定的摇摆，于是好了，在这种不稳定的摇摆中，骑手的荣誉感却油然升起。

这匹铁马是我从张桓那儿抢来的。彼时恰在午后，张桓将他的坐骑停在了学校门口。"坐骑"这词儿，是张桓自己的命名，想必给了他有效的心理暗示，让他在蓉城走街串巷时豪情陡生。他需要这个，否则无法面对我们这帮朋友——大家初中毕业后分道扬镳，有人接着读高中，有人跨着坐骑送快递去了。读高中的实则羡慕跨坐骑的。快递员在那时还是个新兴职业，而所有新兴的东西，在我们的时代都天然地具有正确性与优越感。当时，一群人围着电动三轮车，可不真的就像是在瞻仰赤兔马？它还真是有点威风八面，黑色的车体，白色的大 logo，在一帮高中生眼里，有股身份确凿者才有的派头。

我得骑着它走一遭。这念头不由分说，就是一只沙袋吊在你眼前于是你便只能攥紧了拳头迎上去的状况。

我问："跟骑摩托差不多吧？"

这么问，是因为我会骑摩托。

"一样的。不过货拉得多就得当心点儿，搞不好会侧翻。"张桓说。

他可能嗅到了不祥的气味，于是企图吓唬我。

我说："我这身板儿问题不大，镇得住。"

张桓单薄得像张纸片，不言而喻，所谓侧翻，对他也许才是成立的。而那时候，我处在人生吨位最重的好年华。足足一百九十三斤，我比身边所有的人都大了不止一圈，自我判定为一个失败的胖子。但这个失败的胖子，在这件事儿上难得地摊上了优势，我完全称得上是一块可靠的压舱石，能够稳定住一切妄图侧翻的坐骑。想把我掀翻，那可真不是件容易的事儿。

然而张桓还是不肯轻易让出他的权力。他以掌权者才有的口吻宣布说：

"不开玩笑，公司有明文规定，货车严禁交给他人。"

此话蹊跷，对于那时的我们，完全是另外一套话语路数。"严格""明文""他人"，至少，这些话当时在一个失败的胖子听来，只能加深这个胖子的失败感。除了不祥，张桓肯定又嗅到了另外的气味，混杂着沮丧的酸味儿和悲愤的硫磺味儿。他絮絮叨叨地说他送了一早上的货，送货是有时效的，他必须赶在下午三点之前干完这一趟的活儿。

我问他："那你还跑这儿嘚瑟什么？"

他说："歇口气儿呗，看看你们呗……"

好了，"歇口气儿"直接诱发了我"透口气儿"的联想。我们都受制于一口气，这就好办了，既然这是大家共同的困境。我

核桃树下金银花　293

冲他笑笑，手已经搭在了他肩膀上。我在使劲儿，尽管还没有形成暴力，但向他传递的意思明白无误：走开，否则我帮你走开。

"真不行啊，哥们儿，"张桓下意识夹紧了腿，像是夹紧了他的马背，"这车是交了押金的，有个闪失我的饭碗就没了。"

我在跟他对话，但用的是手语。最后他还是听懂了。

他说："那你骑一圈吧，试试就好啊，其实没啥好玩儿的。"

彼此换位，跨上去，我觉得车身被我压得向下一矬，那感觉就像是真的跨上了一匹马，它极富灵性地微微下沉，缓冲掉瞬间的重荷之后，又柔韧地挺起了腰背。顿挫之间，简直就是一个活物。

张桓讪讪地问："怎样？是不是没啥特别的？"

"挺好。"

我由衷地说，手里尝试着打火。

那家伙被驱动了，向着街对面歪歪扭扭而去。这一段我是在逆行，三轮车走着不规则的曲线。扶上马，送一程，张桓跟在后面慢跑，像个跟在大统领座驾边儿慢跑着的保镖。其他人在起哄。随后我在路面上掉了头，迎着张桓马力十足地开过去。他望着我笑，继而把笑凝固住。当他的坐骑有如马儿嘶鸣一般从他身边轰吼着驰过时，他只来得及在我身后丢下这么一句话：

"货得送到玉林街啊。"

这句话他说得上气不接下气，听上去像一声力不从心的叹息。

电动三轮车很好骑，我的确镇得住它。它在路面上畅行无阻，那些耀武扬威的大家伙不得不挤作一团蠕动的时候，恰是它灵动流畅的时刻。这感觉对一个失败的胖子而言，真的是美妙极了。囿于肉体的庞大，生活中我已经习惯了笨拙和艰难，而此刻世界变得像丝绸一样光滑。于是行动本身不断自发地推远着目标。最初，我不过是想要跑一小圈儿，我的那口气经年累月，堪称一口浑厚的恶气，浑厚到都已经让我不大敢使劲儿吞吐的地步，至多吹气如兰地吁一吁。可在车流中穿梭了几下后，我就有了吞吐大荒的气魄。三轮车的轻盈成了我的轻盈，它黑色的车身和白色的大 logo，显豁地重新命名了我，让那顶失败者的帽子从我的胖脑壳上随风吹落。我生活在黑色的六月久矣！即便是冬天，也被那个可怕的月份折磨。现在，我才意识到原来成都四月份的天气这么巴适。我觉得我是逆行在时光的隧道里，从四月回向三月，二月，一月，总之，与那个不由分说、只能蛮横逼近的高考时刻背道而驰。

我的确有可能真的害死张桓了。"严格""明文""他人"这些词，将会因为我的行径而去围剿他，"押金""饭碗"这些狠词，将会不由分说地揍翻他。他现在唯一能做的大概就是：走进校门，认领命运，逐渐膨胀，直到坐在我那张课桌前，成功地蜕变为一枚失败的胖子。而我，渐渐地成为一张美妙的纸片，跻身于快递行业最早一批从业者的行列。此刻发生着的一切，对我终归只是一个故事，但对张桓，就是一个不折不扣的事故。他此刻该有多崩溃，我是完全能够想象的，纸片一般的他跨着坐骑乘兴而来，却不料被敲掉了饭碗。但我没法不浑蛋这么一次，就像谁都不应该在四月却过着六月的日子，就像没谁可以剥夺成都四月份巴适的好天气。为此，你被授权可以嚣张地去冒险，去慷慨地犯浑。

铁马在不自觉地往玉林街方向跑。这点起初我是没有意识的,我只是被莫名的力量驱使。回头想想,这事儿其实好懂:老马识途,一旦你跨上了一辆送快递的电动三轮车,你的路线与目标便已经被圈定。

这是我第一次驾驶电动三轮车,但我熟练得就像是驾驶过它一辈子,我觉得我完全就是在做着一件压根儿不需要学习的事情;做一个快递员,我压根儿不需要被教育,它就是我生而为人的本能。

我加大马力,并不知道自己是往玉林街跑。我还以为我是冲着烤兔跑呢,这对一个失败的胖子而言,简直就是天经地义的方向。华西医院对面有我钟爱的烤兔——华西医院在玉林街方向,这个逻辑的链条,是一个失败的胖子内心朴素无华的真理。循着真理的轨迹,我在华西医院对面成功地吃到了烤兔。坐在店里享用,优哉游哉地隔着玻璃瞅向停在路边的电动三轮车,我将此刻的美食当作了辛劳工作间歇的一顿犒赏。

重新上马,被满足了的胃便不再为我引路了,偶尔颠簸的三轮车,终于开始提醒我身负着某种使命。我在路边停下,研究那件车顶上的包裹。它贴着的包裹单上确乎有个写着玉林街的地名:

玉林街 民航成都飞机工程公司职工宿舍

我想这并不难找,因为这个地址看上去就不像是个泛泛之辈。我趸进巷子里,信马由缰,开始蛮有派头地梭巡。打麻将的妇女被惊动,目光警惕地尾随我。我经过了坐在板凳上嗑荷叶菊花的闲汉、当街开张的剃头匠,沿着一条乌黑的排污沟前进。而后兜转一圈,恍然又是打麻将的妇女、坐在板凳上嗑荷叶菊花的闲汉、当街开张的剃头匠。显而易见,我迷失在四月的时光里了。玉林街就是一座不折不扣的迷宫啊。不过我才不在乎呢,我并不在乎被绕晕,不在乎妇女、闲汉、剃头匠次第在我眼前打转,不在乎骑着赤兔马却走了麦城。作为一个失败的胖子,我从来不在乎铩羽而归。

可事态一旦成了态势,便自有其意志。几圈之后,我看到一家杂货店门口蹲着个跟我一样胖的女孩,她穿了件阔大的老头衫,却长发披肩。三轮车在地面前停稳,我下来了,看清原来她也是坐在一张板凳上的,不过板凳比起她来,小到可以忽略不计,让她看上去咄咄逼人地像是蹲着。

"我找民航成都飞机公司,"我说,意识到并没说准,定定神,又说一遍,"我找民航成都飞机工程公司,嗯,职工宿舍。"

"找去呗。"

她一出声,我就知道我遇见了一个同伙。她的那种腔调,冷漠,无理,有点儿幸灾乐祸和缺心眼儿,诚然就是一个失败者的腔调。你也看出来了,这女孩就是我的翻版,不过比我多了一头披肩发而已。

她盯着我身后的三轮车问:

"你是送煤气罐的嗦?"

我知道,她的眼睛要绕过我看到我身后的风景该有多难,我常常自诩为是一堵墙。我善意地错开一点儿,以便让她看得分明。这对我而言,绝对称得上是善举。你要知道,仗着一副庞然的身板儿，我可没少跟世界作对：故意扩张，为的是挡住后排家伙求知若渴地望向黑板的目光；故意扩张，为的是塞住门框，阻挡住尿急者错乱的脚步。而且我也相信，所有失败的胖子多多少少都会和我一样，对这个世界抱有不大不小的寒碜的敌意。

"不对，我是个送快递的。"我几乎是温柔地向她解释，"和邮递员差不多，但是比那帮家伙更高更快更强。"

"你不是飞机公司的吗？"她说，"没有比飞机更高更快更强的了吧？"

一刹那，我觉得我是被她戏弄了，她这个失败的胖子，在智力上至少比我成功。但我很快不这么想了，因为我从来笃信，没有一个胖子的智力会高过我。还有就是，尽管这世上失败的胖子不少，但让他们狭路相逢，却一定是个小概率的事件，至少在我的经验里，从未遇到过像眼前这个女孩一般与我旗鼓相当的。怎么说呢，嗯，金风玉露，对她我竟有股惺惺相惜的爱惜。

"别逗了，不是那么回事儿。帮我想想，民航成都飞机工程公司，嗯，职工宿舍在哪儿？"

我说得诚恳。

她威武地站起来了，动静令我都不由得想退避一步，更加让我确认自己是找到了一个同伙。

"胖子，这里压根儿就不可能有飞机场。"她用一根一点儿也不亚于我的胖指头环指一圈，"全是楼，全是楼啊。"

我也冲她伸出一根粗壮的食指，勾一勾，示意她过来，瞅瞅车顶上的那只包裹。

她倒是大方，凑过来看。

"玉林街,民航成都飞机工程公司,嗯,职工宿舍。"

我吁了口气,幸好,是个识字的。

她拍拍我的肩膀,那真是砰砰有声。

"你完了,胖子。"

她的声音像我一样温柔。

"啥意思?"我说。

"玉林街。"她重复一遍。

"是咯,难道这儿不是玉林街吗?"

我错开一步,看她身后的门牌号。没错啊,玉林十巷七号。旋即,我便知道我是真的完了。可不是吗,以"玉林"之名,至少有十巷之多,而这个包裹的单子上只大而化之地写着"玉林街",就好像玉林街如同中南海一般独一无二。

"你得帮帮我。"我温柔地说。

"这个可不好帮,"她耸肩做了个很够劲儿的动作,"不光不知道是几巷,你还不知道东西南北。"

"东西南北我还是知道的咯。"

我顿了顿,整理了一下方向感,觉得把握尚存。

"玉林分玉林东路、玉林西路、玉林南路、玉林北路。"

她当然是笑起来了。一般情况下,只要有人冲着我笑,甚至我自己对着镜子冲自己笑,我都是不惮以恶意来揣测的,但此刻我不觉得她带有讥讽。

是啊,这是很崩溃,我所面临的困难不亚于课桌上堆积如山的习题。然而我一点儿都不焦灼。我想,是对面这个女版的自己安抚了我。她把握十足地站在我面前,加强了我们失败胖子阵营的砝码,我们无所畏惧,大不了彼此依赖,共同失败,共同胖下去。

果不其然,她又一次拍打我的肩膀,说道:

"没事儿,就一起找找呗。"

我重新跨上坐骑,一瞬间,甚至想象着一把也将她拽上来,从此扬鞭策马、红尘潇洒。她自岿然不动,嘴角挂着平静的笑意。我立刻感到了羞愧,为我的幼稚和盲目。现实从来残酷,我却心怀叵测的梦想——这辆电动三轮车,承载了我,已经是它的极限了。

重新下马,我推着那家伙走。这是眼下行走在玉林街唯一正确的姿势。我当然可以还骑着它,跑慢点儿,但我没法想象一个胖女孩像个跟在大统领座驾边儿慢跑的保镖那样地尾随着我。谁能想到呢,我从张桓那里抢来一匹快马,原来却终究是要推着走的。如果知道是这样的局面,张桓他也是会宽恕我的吧。

我们走在四月的玉林十巷里。不必说,路面完全被我们堵塞了。这却给予我们一种满盈的豪情。我们最大程度地充斥了虚无的时光,拥有了结结实实的肉身者的尊严。迫于无形的压力,路人一定是要给我们让道的,贴着墙根,让我们簇拥着一辆电动三轮车先行,款款而过,我们就是这样被世界礼遇,连风都得绕着我们走。

想必她的心情也与我仿佛。证据是,走了大约十分钟后,她开始显得有了些闲情逸致。

"核桃树开花了嚎。"

她指着排污沟边浓荫蔽日的树木说。

对于树木，我是一窍不通的。顺着她的胖指头瞧，我有生以来第一次认识了一种树。这树，大约有二十多米高，树皮灰白，纵向排列着浅纹，花苞完全颠覆我对花朵固有的认知，差不多就是我眼里认定的果实，只在顶部有那么一点儿花的意思。

"我家地里种了好多核桃树。"她说。

我不觉得她这是在卖弄，因为种核桃树这类事儿，在那时候就不是什么值得卖弄的事儿了。很久以来，人们卖弄着的，早已经是种摇钱树之类的把戏了。可我还是感到了羡慕。让我羡慕的，除了种核桃树这事，还有她大大方方说出此事的从容和磊落。我想我是做不到的，我也是个只配跟人吹嘘栽种了摇钱树的家伙。所以，尽管我们同样是个胖子，也许还在很大程度上同样是一个失败的胖子，但至少，她在种核桃树这类事儿上，境界遥遥地领先了我。

"真不错。"我赞叹道。

她话头一转，说：

"还有金银花，我妈在核桃树下还种满了金银花。"

我一时有些转不过弯儿，仰着的脑壳不由自主地埋下来，好像生怕一不小心践踏了那核桃树下的金银花。没错，我出现幻觉了，感觉不是行进在玉林街的某一巷里，而是如沐春风，徜徉在一派田园风光中。

"知道啥是金银花不？"

"不知道，"我说，"——噢不，我知道，冲凉茶的咯。"

我不想在她面前暴露我的无知，不是好强，竟只是温柔的不再与世界拧巴的心情。

"没错,可是你肯定不知道它还叫别的啥名字。"

她和我对视了一眼,我们的眼神胖胖地对撞了一下。

"它还叫忍冬花。"她说,"因为开出来的花先是银白色的,再变成金黄色,才被叫成了金银花。"

"还是叫金银花好听,又是金又是银的。"

我依然是个只晓得摇钱树的浅薄蠢货。

"其实没那么富贵,金银花一点儿也不娇气,种上能有三十年的收成呢。"她停了话头,发出一声缥缈的叹息,"马上五月了,田里的金银花就要采摘了。"

说完这话,她便离我而去,仿佛直接去往田野里摘金银花去了。

我当然是回不过神儿,换了谁都会一下子回不过神儿。何况我还推着辆电动三轮车,于是只能傻在那儿不动。只要想象一下当你从某个动人的,关键还是与某个人共享着的蓝图里突然被遗弃,你就会明白我当时的滋味。有那么一会儿,我觉得我可能是中暑了。推着辆电动三轮车,即便是在巴适的四月里,一个胖子也会汗流浃背,更可怕的是,这个胖子方才还因为有了另一个胖子的加盟而变得怀有了温情和善意,变得不再觉得自己纯然就是一个失败的胖子,变得鄙视自己的摇钱树思想,变得对植物学发生了轻微的兴趣,变得萌生了一丝去见识田园风光那种自己经验之外景致的愿望——变得就像他自己的一身肥肉那样地柔软。

不是说好了吗,"没事儿,就一起找找呗"。

我不能不做出判断:嗨,死胖子,你今天撞鬼了。哪儿有什么电动三轮车，什么烤兔，什么玉林街，什么飞机场，全是楼，全是楼啊。但做出此种判断的同时，我的脑子里依然充斥着一派自己未曾经验过的风光。

当年，在四月的玉林街上，你可曾看到过一个被雷蒙的、茫然无措的失败的胖子？那天我骑着一辆抢来的电动三轮车，不达目的誓不罢休地穿行在玉林街上。我不甘心，我在拼命地找，拼命地找。我找的既是玉林街民航成都飞机工程公司职工宿舍，也不是玉林街民航成都飞机工程公司职工宿舍，要"找到点儿什么"这个念头本身，也许才是左右着我的真正的动力。

当暮色四合，我将三轮车开回到学校门口时，好几个张桓一起向我扑来。

那是张桓，张桓的哥哥，张桓的爸爸，以及张桓的亲戚们。他们是一个纸片的家族，在我眼里，就是好几个张桓。还没下马，我的后脑壳就挨了一巴掌。那也不过是纸片般的一巴掌，但却将我的眼前打出了华丽的金星。

知道吗，我看到了硕果累累的核桃树，我看到了一望无尽的金银花。

许多年过去，如今快递小哥没啥神气的了，新事物成为旧事物，都是这样的结局。

刚刚我还趴在家里的露台上，看小区保安扭着一个快递小哥往外赶。这位小哥端得像张纸片，不能不让我将其想象成我的同学张桓。如若真的是张桓，那么他就是一个持之以恒的快递楷模。可这显然没有可能，我为自己滑稽的想象而沮丧。多么无聊啊，或者多么伤怀，一转眼，你就是一个无所事事、胡

核桃树下金银花　303

思乱想的中年胖子了。

我回身进到客厅,倒在沙发上,安静地聆听楼下的吵闹,从呵斥与争执,到辱骂与咆哮。

我一直在周而复始地减肥,这差不多成了我毕生的志业。效果最好的时候,我减到了一百四十五斤——那可真是个像模像样的公子哥儿。但我最初并不知道,上帝赋予我沉重的皮囊,本来是要平衡我灵魂中根深蒂固的轻浮的。这是上帝和我之间一桩很严肃的密约。我就是我自己灵魂的秤砣,是我自己船身的压舱石,我轻了,灵魂便四方飘散,我轻了,就得翻船。大学毕业两年后,在二十四岁的时候,一百四十五斤的我搞砸了家里原本非常兴旺的企业,一夜之间,连居住的房子都得抵押给银行还债。那是我老爸一生的心血。一个公子哥儿倒下了,他在半年之内,体重重新攀爬到一百九十斤以上。

我跟着爸妈离开了成都,就像是一个拖累着双亲的巨型婴儿。我们一家人在西安开了只有两张桌子的串串店,每天呼吸充满牛油与花椒味的空气,至少还可以让我们不觉得已然背井离乡。

有那么一个深夜,我在浓厚的川味儿中失声痛哭,老爸不得不连哄带吓地把我拖到街边儿去,以免我惊走店里本就稀缺的客人。他手足无措地站在我身边,而我干脆一屁股坐在了马路牙子上。我这个失败的胖子无法完成蹲姿,要么站着,要么只能坐着,上帝没收了我身体折中的姿势。老爸系着脏兮兮的围裙,神情木然,只能说一些"从头再来"之类的废话。后来我哭累了,抬头发现,自己原来是坐在一棵核桃树下的,黑暗中密实的树叶混为一个整体,从而在夜风中神圣摇曳着的就是整个树冠。那是我唯一认得的树木。

我知道我得振作起来。这并不说明我天生有自强不息的品质，我只是在十七岁时被上帝调教过。可我一旦振作，体重便开始下降，就像是一个悖论。我惧怕自己重新变得轻浮，于是振作一段时间后便重回消极气馁，在某个深夜坐在核桃树下恸哭一场，继而，再度振作。朝三暮四，我活在时重时轻的轮回里。

说来也很神奇，最重的时候，我没突破过一百九十三斤，最轻的时候，也再未跌至一百七十三斤以下。从一百九十三斤到一百七十三斤，这个区间，俨然是我开展生命运动唯一可行的活动半径，我的跑道并不长，只能折返在这样的一个摆幅里；我所有的悲伤与欢乐，见诸肉身，不过起伏在这样一截微不足道的波段里。不过区区二十斤——等我有一天终于勘破了这个秘密，我就突然得到了解放。因为我看到了本质，看到了生命的限度。

那一年冬天，我在将鸭肠和豆皮串成一把把串串之余，开启了在网络上写穿越小说的生涯。我的网名叫作"不过区区二十斤"。这个网名决定了我直抵某种神秘本质的书写能力，我觉得我多少摸准了自己命运的脉搏。事实也证明，这回我算是弄对了。

差不多用了五六年的时间，我向爸妈宣布他们可以搬回成都去了，我已经有能力为他们在成都买下最体面的房子。但他们异口同声地向我表示：此地乐，不思蜀。串串店当然是不用再开下去了，而且其后很长一段时间，我们一家三口都心照不宣地拒绝吃一切与牛油和花椒有染的食物。我的确赚到了不少钱，但我未曾松懈过。网络作家的生活非常适于我，后来，我在一些活动中与同行碰面，发现十有八九，大家个个都是一副失败胖子的尊容。这个群体日以继夜地过着昼伏夜出的生活，不免苍白而浮肿，像极了挂在天边败絮般的云团。

刚刚我在露台上还称了体重，一百七十三斤。这是我人格的红线，按照经验，我应当开始一斤一斤地爬升了。就是说，我该启动消极气馁的按钮，让心情沉下去，让体重升起来。可是这回我有点儿拿不准，因为我竟感到消极沮丧也不是说启动就能够马上启动了。至多，我不过是感到了多么无聊或者多么伤怀，可这与那种浑浊而滞重的悲观相距甚远。

我已经不能调节自己精神的重量了吗？或者说，我已经开始丧失悲伤的能力？我尝试着让自己想想女人，想想那些最能唤醒一个男人痛苦经验的记忆。我当然有过自己的女人，我在一百四十五斤的公子哥儿时期，有过不止一个女朋友，如今靠写古代爱情赚到了钱，自然也不缺乏伴侣，但此刻我将她们一一检索，她们所有的欢笑与泪水，激情与消沉，她们的身体与灵魂所带给我的一切冲击，竟然全都止步于一个具体的数据——一百二十斤。这是最保守的估计，尽管我不可能给她们一一称重，但我可以断定，她们绝对不会超越这个额度。一百二十斤，大约是个什么概念呢？我环顾四周，寻找可以比附的物件，目力所及，那大约是四台电视的重量？一定不会比真皮沙发重，也不会重过实木茶几……

就这样，一个胖女孩走进了我的记忆。我望着她，仿佛反观着自己。这么多年过去，我几乎已经遗忘了玉林街。不久前我听到一个歌手在歌里唱出"走到玉林路的尽头，坐在小酒馆的门口"这样的句子，也只是略感恍惚而已，就像他吟唱着的，

并不是成都,是一个叫作爪哇国的地方。但是此刻,我清晰地听到有个声音对我说:

"玉林分玉林东路、玉林西路、玉林南路、玉林北路。"

这些具体的路标如同大地的经纬,为我迅速地构建出了一个真实的世界。

迄今为止,我没跟谁说过我曾在十七岁时干过一个下午的快递员。这不太像是我的风格。至少,在我一百四十五斤左右的时候,我算得上是一个喜欢夸夸其谈的家伙,我会将自己乏善可陈的成长史夸大其词地渲染给人听,以此佐证,眼前这个公子哥儿的青春曾经多么地富有戏剧性与叛逆精神,尽管他一度是一个失败的胖子,但这个失败的胖子忧郁虚无,同时又敢作敢当,像是贾宝玉灵魂与鲁智深肉身的合体。那么,十七岁那个四月午后的经历,理应是一个极好的噱头,堪可拍成一部文艺片,可我为何却不曾对人提及?我不知道,在这件事儿上是什么遏制了我天性中的轻浮,让我下意识地拒绝将其亮出来跟人卖弄。

那个胖女孩被我从记忆里叫醒,她在玉林街上向我迎面走来。我们遇到的时候,她应当也有一百九十斤左右的体重,对一个女孩而言,这无疑是一个非常惊人的指标,我不免会去想象她在这些年来都将遭遇些什么:一个个跟她比起来只能显得轻如鸿毛的男孩在她面前溃败,所有好的或者坏的运气一旦撞向她都会被她弹开。无论如何,对于这个世界而言,她都太庞大了,真是不幸,上帝在这个配额上赋予了她更大的艰难。如今她有自己的男人了吗?恐怕没有,不知为何,一想到这个问题,我就将自己与她无缝对接在了一起,似乎,在这个世上,

"她的男人"断乎只能是我。这个舍我其谁的念头,说没道理也没道理,说有道理也有道理,就像在一些特定的时空,天经地义,核桃树只能够般配着金银花。

核桃树下金银花,此刻,我非常确凿地看到,她就置身在某个这样的背景里。我感到我的心微微地开始痛苦。

我要回趟成都,我知道我意已决。然后我意识到,自从离开我竟从未回去过。爸妈近年倒是常来常往,毕竟成都有他们的亲戚、老同事、老朋友,何况如今我也算让他们重新挺起了腰杆。为何我却从不曾想到要回去呢?不知道,我也不想知道这里面的缘由,而且,我更愿意倾向于其实压根儿没什么缘由。歌手在歌里唱道"成都,带不走的只有你,和我在成都的街头走一走",我在成都没什么是可带走的。但这个认识现在被打破了,我想起,千真万确,是有那么一个人,曾经和我在成都的街头走过那么一走的。于是,我觉得自己与那座城市重新被某种微弱却又强韧的线索牵系在了一起。

是的,我得回去走一走,这念头渐渐变得强烈,最后,变得就像在那个四月的午后,我面对一辆电动三轮车时的心情一样——我得骑着它走一遭。这念头不由分说,就是一只沙袋吊在你眼前于是你便只能攥紧了拳头迎上去的状况。

第二天一早,我乘上了飞往成都的班机。

初秋的成都依然很热,当然变得让我几乎无法与离开时的记忆对应起来。但我并不觉得陌生,就像我已经不记得对于它的熟悉。飞机没落地前,我产生过奇思异想:我是不是可以找辆电动三轮车骑到玉林街去呢?好在这念头只是一闪而过,如今我实在没有了将生活戏剧化的兴头。我叫了辆车,先去了华西医院。那家烤兔店没了。这没什么好奇怪的,它要是还在,可能才算奇怪。我信步到了锦江河边,在耍都吃了几把串串。吃完我意识到,这是自从我们关了串串店之后,我第一次重新把竹签捏在手里。我留意感受了一下自己的心情,让我欣慰的是,很好,我的确非常之平静。我的内心没什么波澜。然而有些重大的缝隙已经被时光抹平。

玉林街当然也不是当年的玉林街了。至少,排污沟看不到了,它被齐整的石板覆盖掉,街道俨然有了花园的意思。我从路边墙壁上的宣传栏得知,现在,我所在的地方叫作芳草翠园,它是一个模范街区。但当年的楼群还在,并且,全是楼,全是楼啊。打麻将的妇女、坐在板凳上嚼荷叶菊花的闲汉、当街开张的剃头匠,他们都还在。

走向玉林十巷七号,远远地,我一度真的确信,她也还在,穿着老头衫,像是蹲着一样地坐在一张板凳上,等着一个在她眼里貌似送煤气罐的家伙到来。

然而那家杂货店不在了,门脸儿被墙壁砌住,依然保留着曾经是个门脸儿的轮廓而已。

我感到了热,后背的汗水已经濡湿了 T 恤。一桌打麻将的妇女围坐在墙根,我走过去席地坐下看她们鏖战。能被我看到牌面的那个妇女警惕地回头看我一下,可能她是被我的身量吓到了吧,不由自主把身子向牌桌倾斜了一下。一个庞然大物出现在身后,谁都是会感到不适的。但我马上意识到,不是这么回事,现在的我只有一百七十三斤,算不得渺小,可也够不上庞大。是什么令这娘儿们紧张？那不过是因为她被人看清了自己的牌面而已，就仿佛，暴露了她内心深处的幺鸡与白板。

她不时回头看我一眼。我只能抱歉地对她笑笑。几把过后，她输了钱，不免要迁怒于我。

"讨嫌喽。"

她侧着脸用眼睛的余光扫视我，心里阴影的面积跟我的体积一样大。

我觉得是该进入主题了。

"大姐，跟你打听个事儿。"

我尽量让自己的口气显得谦恭。

"啥事嘛？"

一旦交流起来，她好像反而轻松了。

"这儿有个胖女娃，你认得不？"

"胖女娃？"她扭脸从头到脚看我一遍，回头继续码牌，"有多胖嗦？"

"嗯，差不多比我能胖上一圈。"

我思索了一下才说，因为我差点儿说出"和我一样胖"。

"比你还胖一圈？"

她不能不又回头看我了。

"是，比我还胖一圈。"

我直直腰，以便给她提供一个准确的参照。

"不认得。"她说。

我认为她不是在敷衍我，"比我还胖一圈的女娃"这个条件，耀眼得就像地上掉着的一百块钱一样不容人敷衍。

我并不甘心,继续给她提供线索:

"年龄嘛,和我差不多。"

她又回头看我,扑哧笑了,说:

"和你年龄差不多?那还是啥子女娃嘛,胖婆娘嘛。"

我竟有些害羞,老实地点点头说:

"对头,她十几年前住在这儿,那时候,这儿有家杂货店。"

"不就是那家乡下人的胖女娃嘛!"

对面的妇女开口了,她的年龄明显是这堆人中最老的。

没错,就是她。我知道对上号了。当年,女孩对我说她们家的地里种着核桃树和金银花,只是当时我并没意识到,那只能是一种乡间的生活。

"走咯。"

"想起来咯,那家人去汶川咯。"

"去汶川咯?"

"可不是嘛,说是大地震全埋在楼板下头咯。"

"哎呦哎呦。"

妇女们七嘴八舌地说开了。

我站起来,发现她们全闭了嘴,齐刷刷地抬头看我。我身前的那个妇女手里举着一张红中,像是正在盘算要不要当成防身的武器。

我说:"你们耍我嗦?"

"耍你做啥?"对面的老妇女接话道,"我跟她家邻居,她家是租房住下做点小生意的,还有老乡也在附近做买卖……"

我向前两步,把整个身子俯下来,两只手撑在牌桌上。有

核桃树下金银花　311

那么一个瞬间,我的心是静止的,因为时间静止了。我应该是想了一想,最后还是决定把这张牌桌掀翻算了,好像掀翻了牌桌,人生便可以重新开局了。但我并没有马上行动。

"她活着。"

我试图和她们商量。

"死咯。"

她们跟我对着干。

"她活着。"

"就是死了嘛。"

妇女们就是这般惊人地倔强。

"她家地里的金银花可以摘三十年,你说,现在才过去多少年?"我继续说。

我觉得我是说出了一个完全无法被推翻的事实,这事实,经得起上帝的检阅。但是说完之后,我就把那张牌桌掀翻了。

妇女们在我身后尖叫。我一边回头走,一边用手揩眼泪。我等着有人在我身后袭击我,用巴掌,或者干脆用红中也罢棒子也罢的什么把我打翻在地。那样的话,我就会在眼冒金星中看到一片无垠的金银花在风中摇曳。胖女孩将我遗弃在玉林街上,不就是走向了那片田野吗。她足足有一百九十斤以上,什么样的楼板都压不垮她,我们并肩走在玉林街,路面完全被我们堵塞,我们因之有了一种满盈的豪情,我们最大程度地充斥了虚无的时光,拥有了结结实实的肉身者的尊严,我们被整个世界礼遇,连风都得绕着我们走。

是她令我在那个下午与世界达成了片刻的和解,我没法不去这么想。

回到酒店,我习惯性地打开随身带着的笔记本电脑,准备按部就班地更新自己的作品。自从开始在网络上码字,我就没有一天中断过,这已经是我获得成功的首要条件。可是我知道,今天这活儿我干不下去了。有一个人,因为我今天的归来而死去,我还他妈的能去虚构那么多压根儿就没在这世上活过的家伙吗?如果今天我没有回到玉林街,那么她就永远在核桃树下的金银花丛中劳作与收获,永远活在我十七岁的一次冒险中,健壮,雄阔,矜重而有威仪。

十七岁的那个下午,我载着一件地址不详的包裹,风驰电掣地穿行在玉林街。它没有收件人的名字,自然也就没有收件人的电话。它就是上帝因材施教给我的一个三无考验,想要我见识的真理不外乎是:既然你跨上了一辆送快递的电动三轮车,你就得把车上的货给送了。上帝知道我有多潦草,对这个世界有多不耐烦,于是差遣了一个胖天使蹲在路边,让她陪我走上一程,软化我,给我这个失败的胖子加添肉身的尊严,她给我指认了此生的第一棵树木,启发我对原野展开想象。事实证明,这一切多么有效。当她完成了使命离我而去,我始终身在一种对于非凡风景的憧憬中,不达目的誓不罢休地穿行在玉林街上。我不甘心,我在拼命地找,拼命地找。要"找到点儿什么"的这个念头本身,充斥在我全部的一百九十三斤的灵肉里。

而这个"找到点儿什么",不过就是一个肥胖少年应当早一点比别人学会的对于"规定性事态"的服从。你可以说那是提前学会认怂,但你也得承认,那里面,于劳作中蕴含着责任与

核桃树下金银花

义务自重的美德。

我找到了，它在玉林六巷一号。我完全相信，今天你若是按图索骥，依然会在此看到民航成都飞机工程公司职工宿舍——今天看一定显得寒酸，因为当年此地就不是什么堂皇的所在，然而最初入住的扎根者，肯定也壮志凌云，对未来抱有无端的信心与可被理解的妄想。

那天黄昏，我将上帝的三无包裹准确地投放在了它应当抵达的终点。门房签收了它，无师自通，我还郑重地让门房在包裹的底单上签下了名字。

那是迄今为止我所做过的唯一一件有头有脸的事儿。

我不止一次想过，那件包裹总归是会有一个收件人的，或者那就是上帝本人，当他用裁纸刀割开胶带，看到满满一箱的核桃与金银花时，会不会想到，有一个少年快递员风驰电掣地开着一辆电动三轮车，向着他永远的翻版与镜像，向着一个胖天使，一头冲进漫天遍野的壮观的花海里。

2019年7月4日
己亥年六月初二
香都东岸
2019年7月8日
己亥年六月初七
简阳

鼠辈

"他的另一半儿走了,于是,他迅速地膨胀起来。这其实不难理解,他变成了一个胖子。"

"不难理解?"

"当然,这不是一加一等于二的那种逻辑,"她说,"本来结了伴儿的家伙,落了单,所以就忧郁成了一个肥仔——其实,这也跟一加一等于二差不多吧。"

我们第一次交流更像是个搭讪,大家都有些没话找话的意思。当然,跟酒精也有点儿关系。聚会的东家已经喝高了,老贾他摘下自己胸前挂着的玩意儿,挨个儿向不同的朋友分赠了好几圈。

"瞧瞧,这是块地道的战国玉。"老贾说。可大家伙儿即便都有些酒意,也都不傻,还是能分辨出那玩意儿绝非是件古物,纵然不明就里,但谁都看得出那不过是个电子产品。它的屏幕发着蓝光。于是,纷纷又给老贾挂回到胸前。

"他胖了多少斤？"我问。我断乎不会关心一个莫须有的胖子到底胖到了什么程度，但我得把话接下去。这也是一加一等于二的那种逻辑吧——别让一个主动跟你搭讪的、微醺的女人冷了场。

她将手机伸在我眼前："喏。"

我看到一只体型短粗的啮齿动物。"他？"

"没错，瞧瞧吧，这是他现在的样子，没称过，不过我可以让你看看他之前的样子。"

"一只老鼠？"

"仓鼠。"她纠正。

"噢，仓鼠，可不还是个鼠辈嘛。"我本来想要说的是"鼠类"，结果说出口的却是"鼠辈"。这让本来中性而客观的科学分类，变得有点儿像情绪化的嘲讽。

"他把她带走了，他现在重度抑郁。"

要承认，我有着惊人的理解力，听话听音，至少，我从她的这句话里，听出了三个角色，并且，性别各异。

"他，是谁？"我问。

此刻，我认为她并不需要具备和我一样惊人的理解力，也能明白我是在问什么。这个搭上的讪，是被她主导的，她理应把握内在的纹理与结构。

"雪糕，"她迟疑了一下，"尽管他是个小伙子，我们还是把他叫雪糕了，他特别白。"

我想她是会错意了，决定不再接她的话，安静地盘着手里的核桃。她欲罢不能，我看出来了，我们之间的话头已经打开，她会自己往下说的。

老贾的会所里全是些"战国玉"之类的玩意儿，真真假假，但我确信现在自己手里的这对核桃是真的。喝酒之前，我就将这对核桃从老贾的博物架上摸了下来，捏在手里，这对确凿的真东西，仿佛能给我定定神。

"女孩却被我们叫作肉球，"她果然继续说，"其实她挺苗条的，但他觉得肉球这个名字性感。"

老贾胸前的那件玩意儿再一次分派到跟前了，他兜头套在了我脖子上，将绳扣差不多推在了我的喉结处。

"他是谁？"我一边躲避着粗暴的老贾，一边故作镇定地继续着对话。我多少有点儿害怕，喝多了的老贾令人畏惧。我感到自己被按在砧板上了，生怕成为一个笑话。

"他，是谁——？"她还是不能够领会我的问题。

"你躲什么躲！"老贾将绳扣固定在我衬衫第二个扣子的位置，"戴这种玉，绳扣必须拉到这儿，"他替我整了整衬衫的领子，"这是个讲究！"

我挺感激老贾的理性和讲究，喝多了的他，完全是有可能给我来一个绞刑的。她在对面同情地看着我，继而伸手拍了拍我放在桌面上的左手。

"你，是个识货的，"老贾表扬我说，"这块玉也就只有你能配得上。小蚁，我看好你，你给我记住，我看好你！"这个表扬我是得记住。老贾是个收藏家，从战国玉到茅台酒，从文玩核桃到普洱茶，没人知道他这些藏品的真假，就像没人知道他是如何积攒起的财富。但我知道，他是真有钱。有钱到能让我必须记得他酒后的看好。

老贾拍拍我肩膀离开。我能够感到自己有点儿惊魂未定，这让我变得迫切需要跟她继续交谈下去，借此平复一下自己的呼吸。我认真看着她，开始觉得她好看。

"你不打算还给老贾吗？"她指指我胸前的赠品，笑得令人玩味。

"我是说，谁带走了肉球？"我直接拉回了话题，谁会愿意在一个好看女人面前暴露出自己的怯懦呢？这时候，追问一个带走了母仓鼠的人，会是个很好的掩饰。

"哦，罗宾，我们分手了，他坚持要平分这对伴侣。"

"就是说，实际上，同时有两对伴侣分开了。"

"哈，没错，肉球和雪糕，我和罗宾。我以为他会带走雪糕呢，结果他却选了肉球。可能他是真的觉得肉球很性感吧，没准儿现在他会搂着肉球睡呢。"

我需要脑补一些画面，不免也会联想她搂着一只公鼠睡觉的情形。老实说，我非常怕鼠类，非常非常怕。

"不知道肉球现在什么情况，雪糕倒是真的成了个肉球。"她说，"他的痛苦是不需要被专门理解的，那简直就是可以直接目睹的。肉球离开后，他疯狂地吃，食量是以前的五倍都不止。"

我不由得要仔细端详她的身材。她很苗条，至少不胖，胸还略微有些显小。而她，也是个落了单的。

"好在，你们可以结个伴儿。"

"我们？"

"对，你跟雪糕。"我觉得这是不言而喻的。

"不，没用，我们不是一类。至少，我们落单后的表现方式不一样，我的饭量根本没增加，甚至，我现在还有点儿厌食。"

"会不会，那个罗宾现在也暴食起来了呢？"我从桌上的盘子里抓起一块炸鸡塞进嘴里，"没准儿，落单后的表现也是分性别的。"

"有道理啊。"

她点头称是。我感到了一份落单之后也许专属雄性的饥饿感，于是，又抓起了一块炸鸡。

老贾开始四处寻找他刚刚馈赠出去的玩意儿。客人们笑闹着躲避他的骚扰，他理直气壮地扯开每个人的领口检查，女性们尖叫着拍打他的光头。

"我可不想让老贾这么干，"她说，"你也赶紧把这玩意儿收起来吧。"

我着迷地看着她，仿佛被催眠，眼前的她，竟被我看出了某种"仓鼠之美"：高高的颧骨和玲珑的下巴，瓷白的、略略有些大却俏皮的门牙。我像个白痴似的摘下了自己胸前的玩意儿，窝藏进裤兜里。我压根儿不想要这件不知何用的电子设备，但她让我赶紧收起来，我就赶紧收起来了。

"我得找他看看。"她站起来，将椅背上的围巾一圈一圈地围在脖子上。那是条很长的墨绿色围巾，她围上后，"仓鼠之美"更是美得不可方物。"看看他现在是不是也变成了一个肥仔。"她说。

我以为她围上围巾是要防御老贾，没想到她却是要抽身而去了。

"你现在就要去看——嗯,那个罗宾吗?"

"哈哈,当然不,他回英国了,过完春节才回来。那时候,他会不会真的肥到提不起裤子来呢?让我们拭目以待!"

"那么仓鼠呢?哦,肉球怎么办,他不会也把肉球带着一起回英国吧?"我抛出一个问题,不过是想挽留她。

"哦?"她歪头想了一下,嘟哝着,"这倒真的是个问题。"

说完她便走了。我却开始在心里敌视某个素未谋面的、回了英国的潜在胖子。

事情原本就会这样告停。我们历经过无数个这样的微妙时刻:似乎突然间会发生点儿什么,最终,却什么也不会发生;有那么一些瞬间,你觉得自己爱上了一个具有"仓鼠之美"的姑娘,并且些微地有些痛苦,既忍着羞怯,又忍受着妒忌的折磨,但下一个瞬间,你便跌入另外的幻觉里,觉得自己亦在令别人感到痛苦,忍着羞怯,又忍受着妒忌的折磨。就是这么回事儿。

可过了春节不久,她却打通了我的电话。

"嗨,我是麦吉,"她自报家门,"从老贾那儿要到你号码的。"

"噢?噢。"我虚应着。

"去看看罗宾吧,他从英国回来了。"

于是我知道了电话那头的人是谁。"仓鼠来电",我的心里是这么定义的。

裹了件羽绒衣,我慢吞吞地出了门。坐地铁显然要更便捷一些,但我还是选择喊了滴滴。车子在拥堵不堪的路面上蠕动,这是我需要的。我想让这段路程空前地缓慢下来,这样,才匹配我古怪的心情。我想让自己更迟钝一些,让思考的路线也像拥堵的路面一样阻塞。到达目的地后,我在那所大学的校门口又徘徊了一阵,最后,诚然是鼓起了勇气,才向两个女生打听了留学生公寓的方位。

"沿着路走,看到那栋咖啡色的新楼就是。"她们热情地告诉我。

路边的梧桐树在冬天里显得格外萧瑟,它们的枝丫在空中相互伸出却不能握住,有种绝望的遥不可及之感。当我在"那栋咖啡色的新楼"前抬头仰望时,她在身后喊我了。"在这儿,小蚁,快过来!"

她躲在一丛冬青后面,只露出半截穿着迷彩棉服的身段,墨绿色的围巾捂住了大半张脸,棉服上的帽子也罩在头上,差不多掩藏掉了她的一切特征。

"坐下坐下,你蹲不了多久的。"她示意我跟她一同藏在冬青后面。

我摸出烟来,却一下子不确定这是不是有违她的意愿。我们是在埋伏,眼下,我确信这是她正在力求达到的局面,于是,抽烟这种事儿,恐怕不大符合埋伏的要求。她却示意我也给她来一支。我分别点燃了两支烟,不约而同,我们都深长地吸了一大口。为了抽烟,她从围巾里露出了漂亮的下巴。

"来晚了,"我说,"路上太堵。"

"没事儿,我盯着呢,那家伙一直没出现。"她像是劝慰我,仿佛是替我坚守住了某个紧要的阵地。

"干吗要用这种方式呢?直接去见见他不行吗?"我还是表达出了自己的疑惑。

她有些震惊地看着我,就像是听到了一个最愚蠢的问题。"你觉得,那样合适吗?"

嗯,是不大合适。我设身处地地想了一下。可不,结了伴儿的人一旦分离,彼此见面,有时候会堪称惊心动魄。

"我不想让那个死胖子以为我还对他抱有幻想。"她进一步解释说,"这事关国格。"

她说得这么郑重,我也不由得严肃起来。

天色暗沉下来,好像突然就进入了夜晚。对面"那栋咖啡色的新楼"不断亮起灯光,我却不知道哪盏灯才是属于一个死胖子的。肤色各异的留学生不断地出没于眼前,每当看到白种人,并且身板儿壮硕的那种,我就不免要探头探脑地意图甄别一番。

"别费劲儿了,他不是那样子的。"她低声提醒我。

我恍然大悟,"死胖子"应该是罗宾落单之后才有可能达成的样式,就像雪糕,是在落单之后才暴饮暴食。于是,聚焦的范围进一步扩大,但凡白人出没,都会令我紧张一阵。

"不,你还是搞错了,"她叹息着,显然已经于心不忍,"罗宾是个黑人。"

那一瞬,我分明感到了绝望。天啊!我不能将自己的情绪归结为种族的偏见,只是想,天这么黑,昏暝中辨认一个黑人,难度何其大啊!

她感到了我的绝望,将脸探在我的面前,拉下围巾,补偿一般地吻了我。我感到自己的下嘴唇被两颗啮齿动物的门牙啃噬了一会儿,这便让我们的行为又不大像是一个接吻。像什么呢?嗯,像一对啮齿动物相互地喂食。

"我不喜欢 kiss。"她推开我说。

Kiss，我盘算她是在说"接吻"还是"轻触"。可能是后者，所以她的吻有着轻轻的、啃噬的滋味。

"炫灿，"她指着"那栋咖啡色的新楼"说。

此刻，对面的大楼灯火通明，确乎"炫灿"。我在心里敲定了她所说的是这样两个汉字。我从来没有这样去认识一栋灯火通明的大楼，感觉世界被她用一个陌生化的新词，就这么迅速地崭新定义了一下。

"走吧，"她站起来拍打着屁股上的土，"你们会见到的，咱俩可以打个赌，猜猜他究竟是变胖了还是没变胖。"

"我赌他没胖，"我有股没来由的冲动，好像就是要拧着她来，又好像是要捍卫一份男性的尊严，替男人们捞回点儿什么。

"好吧，"她吁口气，也替我拍打屁股上的土，"那我就只能赌他胖咯。"

当晚我在她家投宿。上楼前，我们在楼下吃了大碗的骨汤烩麻食。似乎要表明什么，也可能纯属食欲的驱使，就着汤饭，我和她都吃了好几枚生大蒜。

那只仓鼠蹲在她书架上的笼子里。并不白，压根儿不像支雪糕，充其量，是显得比较白的那种灰色，算是支淡巧克力雪糕；却真的胖，浑圆，让支棱在毛外的耳壳愈发显得突出。忍着强烈的不适，我向它走去。我知道，这是我必须过的一关，过去了，我才能获得今夜投宿的正当性。

"它是睡着了吗？"我想让自己表现得轻松点儿。

"不会，它好像从来不睡觉，就算睡，也只能是昼伏夜出。

反正我是没见过它睡觉的样子。"

"啊哦。"我只能如此作答一声。

它的确没睡,我一旦靠近了它,它便唰的一下立了起来,带着一股强劲的动能。我几乎要惊叫着蹦回去,但我竟然控制住了自己。不但控制住了自己,我还伸手从它的笼子旁抽出了一本书。

是一本朱维铮的《音调未定的传统》。书有折页,翻开,我看到有红笔勾出的段落:

> 通观那以前的中国都市史,不论由于政治原因还是经济原因导致各自的盛衰荣辱,也不论那些盛衰荣辱过程或骤或缓,有几点是共同的或是相似的。

我竟然不折不扣地读进去了。其实,不过是以此抵御恐惧。我压根儿不敢抬头看那支淡巧克力雪糕。

"你也读朱维铮啊。"我强装镇定。

"不,这是罗宾的书。"

我们终于离开了书架,离开了那支淡巧克力雪糕。我再没有多看它一眼,但我分明知道它倔强地直立着,始终在目不转睛地盯着我。

"它现在安静多了,"坐进客厅的沙发,她对我说,"以前可不,它们会自己想办法从笼子里出来,结伴儿消失几天,也不知道去了哪儿,直到吃完了储备粮,才重新溜回来。"

"储备粮?"

"对，它们会将鼠粮搬运到秘密的地方。你知道吗，仓鼠习惯把食物塞进它们的大脸颊袋中，搬运存放到自己的洞穴里。有报道说，已经发现过多达九十公斤储藏食物的仓鼠洞。"

这好像是她第一次将那支雪糕称为"仓鼠"。我陷入在巨大的震惊里，想象着"九十公斤储藏食物"的那样一个规模，愈发地紧张不安。她看出了我的不适，又一次，像上次在老贾的会所里那样拍了拍我的左手。我将她的手握在了自己手里。

"其实我原来也很怕老鼠，"她这是在安慰我，"如果不是罗宾坚持要养，打死我也不会想到自己有一天居然会养一对仓鼠。可它们毕竟还是来了，被人从网上下了单，咣当咣当，坐了几天几夜的车，焦躁不安地出现在了你的生活里，你必须要面对这个事实。"

我觉得她说得在理，情绪舒缓了不少。是啊，我也是不知被什么下了单，咣当咣当出现在了她的生活里，于是，必须要面对这个事实：爱，欲望，啃噬一般的亲吻，生大蒜，以及硕大的令人毛骨悚然的仓鼠。

"我的确非常怕老鼠——"我们手挽着手，我觉得我是在温柔地倾诉，"怕到只要在纸上写下这两个字，都会感到恶心。可滑稽的是，我自己居然是属老鼠的。"

"罗宾，罗宾也属鼠，"她说，"这就是他用来说服我养仓鼠的理由。我属虎，显然就没法儿跟他掰扯要养只老虎了。"

"嗯，我们都是鼠辈。"这么说，我还感到了些许的宽慰，仿佛因此便具有了与她手挽手走上相爱之路的通行证，又仿佛，恐惧感也因之没了来由。

"你看到了,雪糕如今的状态有多糟糕。我其实并不关心罗宾的胖瘦,我是想,可不可以把雪糕送回到肉球的身边去呢?"

"没有想过把肉球接回来吗?"说实话,我并没看出那支淡巧克力雪糕有多糟糕。

"不!"她断然说。也不知道是没法那么做,还是那么做有着巨大的荒谬性。

上床前,她让我把朱维铮的书放回书架去,我这才发现,那本书始终被我抱在怀里。于是,我必须再一次走向它,走向一只仓鼠。我用眼睛的余光看到,它依然那么顽固地直立着,仿佛凝固的雕塑。

她喜欢拉开窗帘睡觉。是夜,她枕在我的胸前,又一次对着窗外流光溢彩的城市之夜说道:

"炫灿。"

城市之夜在一个"炫灿"的指认下,宛如倒挂的宇宙。我的世界就是这样被她崭新地定义了。我用自己的勇气证明了这一点。两个月后的某一天,雪糕从笼子里溜走了,她居然能够听到它神秘的呼救声。我们循声在衣柜里找到了身陷绝境的雪糕。它掉进了一道深邃的缝隙里,解救它,你得把衣柜拆掉。她把身子探进衣柜,伸出胳膊努力去够,总是差之毫厘。于是换了我来试试。这其实注定无效,我的胳膊怎么说,也要比她的粗。但情急之中,人是不讲理性的。我照着她的样子去做,努力将自己的胳膊变成一根柳条,我能够感到在那个幽深的所在,一只仓鼠求生的热望,它不断地蹦跳着,爪子一下一下地触碰到我的指尖,就像一个一个节制的"kiss",每触碰一下,都有生动而热烈的律动叩响我的心门。

后来,我们想出了妙计。用一根鞋带系住一只塑料袋,坠入绝地。它成功地跳进了塑料袋里。当它被徐徐吊进光明之中时,有生以来,我第一次用手去碰触了一只鼠辈。没错,我抚摸了它。它有股沉甸甸的温顺。

我去给它抓鼠粮,那是干稚菊、香蕉片、枸杞、冻干鸡肉和面包虫干混合制成的精细口粮。我看着它疯狂地进食,一时没有留意她在我身后说出的话。她可能意识到了,追问我一句:"你听到了没,小蚁?"

"什么?"我回头茫然地看着她。

她并不看我,眼睛望向窗外"炫灿"的夜色。"哪一天你要是离开了,就把它也带走吧。"

这一天原来并不是遥遥无期。在下一个春节还没到来之前,我们便分开了。我从她家楼上下来,衣服口袋里残留着鼠粮和忘记交还的钥匙。这场爱情让我变成了一个仓鼠专家,我从百度上习得,仓鼠的雌性和雄性都有多个伴侣,在繁殖季节,雌性仓鼠会寻找雄性的洞穴,在交配期间,交配塞形成并密封雌性的生殖道,阻止后来的雄性成功授精——重点是:交配后不久,雌性仓鼠经常将雄性赶出其领土。

我知道自己这么琢磨不合适。于是强迫自己换一个频道:仓鼠的视力差,只能模糊辨形,颜色只能分辨黑白。——那么,是她让我原本只能将世界分辨为黑白的视力领略到了"炫灿"。一这么想,我便感到痛苦不已。

我回到了自己的家,那感觉,就是一只悲伤的、落了单的

鼠辈

仓鼠灰溜溜地回到了自己的洞穴。

果不其然，我开始了暴饮暴食的日子。短短一个月的时间，我胖了有十二斤。对此，我是心里有数的。我知道，我的重量是和悲伤成正比的，为了不被悲伤压垮，我的食欲必须增加。我重了的这十二斤，不过是我灵魂的铠甲。我想，这世上是没有一个所谓的"无尽的痛苦"的，那痛苦的峰值和极限，其实是可以称重的。那个峰值和极限，便是一个月里重达十二斤的痛苦。

最艰难的时刻，我尝试过吞食鼠粮。冻干虾和紫薯干口味的。我咀嚼着那咸甜交织的滋味，不免要去想象一个黑人男青年的味蕾。这没什么不可理解的，我们都属鼠，都曾历经与炫灿的分离。尽管，我从未见过他，但我们同为鼠辈。对于他，我知道的不少了。她热衷于对我讲述这位前任。哦，罗宾，那来自英格兰林肯郡北凯斯蒂文的黑汉子，中国政府颁予你有杰出贡献的国际友人的光荣称号，你有着四分之一的非洲血统和八分之一的蒙古血统，你的外祖母，喜欢读张贤亮的小说，虽然我不曾见过你，但是我如此地熟悉你。

我生出冲动，去见一见罗宾，看看他可曾摆脱了十二斤的重荷。但我无法驱动自己，那十二斤已然完全拘囿了我，让我只能身陷在自己的牢笼里，闭着眼睛饕餮，睁开眼睛，眼睁睁地看着世界一天一天，一分一秒地从炫灿逐渐变成黑白色的。

幸好还有老贾。他在一个清晨给我打来了电话，劈面就向我索要："我的战国玉呢？赶紧的，给我还回来。"

昔日老贾绞索一般套在我脖子上的那件玩意儿，不过是一只日本产的便携式负离子空气净化器，我在胸前悬挂了一阵子，如今早不知道丢在哪里了。但老贾如同中了邪或者着了魔,他认定被我戴走的是一块无价之宝,开始无休无止地向我索还。他不分昼夜地给我打电话。我很难判断他是清醒着的还是在醉酒状态。说实话,我一如既往地有点儿怕他,他给我带来的压力,正一点一点将我的痛苦从身体里挤走。

"小蚁,实话跟你说,哥活不久了。"一天黄昏老贾在电话里带着哭腔对我说。

"别这么说,——哥,怎么了呢?"

"癌,癌啊!"

我想我是不应该再细究什么癌了。我得把他的战国玉还给他。

我打电话给麦吉。电话始终提示"对方正忙",她这是将我的号码屏蔽了。我成了一个不折不扣的烂人,一个被雌仓鼠驱离了其领地的雄仓鼠。我只有挣扎着爬起来,拖着重达十二斤的、如今又混入了耻辱的痛苦出门。我想起来了,那只负离子空气净化器只能是落在她家里了,我必须给"活不久了"的老贾拿回来。

敲门之前,我像个贼一般地贴在门外听了听里面的动静。我既想听到点儿什么,又害怕听到点儿什么。我什么也没有听到,却分明听见了雪糕吱吱的叫声。我敲了门,随后,自己用钥匙打开门进去了。

雪糕还在老地方,我们百感交集地相互凝望了一阵。我从床头柜的角落里翻着了那件宝物,它放在她的一件黑色文胸里。我将文胸捧在鼻子上闻了好久。按下开关,那只负离子空气净化器竟然还有电。我将它挂在了脖子上,把那道有着一颗金属标识球的绳扣推在衬衫的第二粒纽扣处——老贾交代过,"这是个讲究!"

然后,几乎是不假思索的,我在离开前从书架上拎走了鼠笼。并且,我还顺手抽走了笼子旁边的那本《音调未定的传统》。

坐在地铁里的我一定是惹人侧目的。一个胖子,膝盖上放着另一个胖子。我局促地垂着头,是一种自惭形秽的心情。鼠笼中有一只大约直径三十厘米的跑轮,做成了一个封闭的奔跑曲面,雪糕安静地伏在上面,一副自暴自弃的样子。它早已忘记了奔跑的滋味。车厢里并不拥挤,所以身边的人尽量和我拉开了一些距离。有个女人突然大声对她的孩子说:"北京发现了两例鼠疫感染者!"

我冒汗了。尽管挂着一只貌似依然能正常工作的负离子空气净化器,我还是感到有些喘不上气来。我只能提前下了车。

徒步走了三站路,我渐渐感觉好起来了。这样的一个念头也越来越清晰,让我忍不住要对着笼子里的雪糕说:"伙计,熬到头了,你就要见到你的肉球了。"

它听懂我的话了,因为我看到它抽泣了起来。

校园里的路面在翻新,撅出的黄土裸露着,还没有铺上沥青,像是遭到了暴力的凌虐。梧桐树伸在空中的枝丫依然绝望。我并没有急着直奔"那栋咖啡色的新楼",而是在一家超市给雪糕买了包锅巴。在昔日藏身的冬青后面,我将锅巴捏碎了喂它。我想让它有一个好的面貌出现在伴侣面前,尽管我知道它如今不好的面貌完全就是吃出来的,可我想不出其他的办法。这就是我们最深刻的困境,我们在大多数时候,只能徒劳地想着雪上加霜的对策。它依旧吃得疯狂，看得我难过万分。我想到了那天晚上我和她的蹲守，想到了下嘴唇被啃噬的滋味。

他是胖了还是没胖？我在心里面打着赌。对，现在，我希望他是胖了的，成为了一个黑胖子。这不仅仅是因为我渴望着四个肥胖的鼠辈相逢的那一刻，还因为，此刻我由衷地愿意，她能够赢得我俩之间的那个赌局。这是爱，我想，甘愿让她赢，这就是爱。

但是，这个爱的赌局，永无揭晓答案的可能了。也跟一加一等于二差不多："那栋咖啡色的新楼"里，压根儿就没有一个黑罗宾。

"没有，没这么个人儿。"大楼管理员，一位中年大妈诚恳地对我说。她把"人"说成"人儿"，无端地令人觉得可以信赖。

"黑人，来自英格兰林肯郡北凯斯蒂文。"

"没有，没这么个人儿。"大妈说，"只有一个英国人是从怀特岛上来的。"

"他有着四分之一的非洲血统和八分之一的蒙古血统。"我还是不能甘心。

"没有，没这么个人儿。"

"他有个外祖母……"

"小伙儿，谁没有个外祖母啊。"

"对了，他养着一只仓鼠！"我举起了手中的笼子。雪糕也趴在笼壁上，翘盼着铁丝网外面的世界。

"更没有了，楼里绝对不允许养老鼠。"

"这个不是老鼠，是仓鼠。"

"啥鼠都不准养,严格着呢。"

"大妈……"

"大妈不会骗你,没这么个人儿啊,就是没这么个人儿。"

我在"那栋咖啡色的新楼"外又站了很久,直到它在暮色四合中露出"炫灿"的端倪。我重新走上台阶,把手里的鼠笼放在大理石的地面上。我打开了笼子,雪糕无动于衷地趴着,我只好倾斜笼身,协助它滚了出去,看着它迟疑、徘徊、向我投来质询的目光,最终敏捷地冲进了大楼,一溜烟消失在前厅辉煌的光晕之中。

在她和大妈之间,我别无选择地只能选择信任大妈。但我宁可相信,一切都是真的,只不过,那个真的世界,只对鼠辈成立。它会找到肉球,找到黑罗宾,找到过往不曾落了单的、结了伴儿的日子。

对此,我也试图想要跟她求证。其后的日子,有好几次,我来到了她工作的社科院门口,也曾在她家的楼下逗留不去;我看到过她落了单的身影,也看到过她结了伴儿的身影。但是最终,我都没有迎着她走去。

"为什么?"

"什么?"

"压根儿没有罗宾,是不是也没有肉球?"

"是又怎样呢?"

是啊,是又怎样呢?无数次在心里这般演练过之后,我得出了这样的结论:我们都是被什么下了单,咣当咣当,坐了几天几夜的车,焦躁不安地出现在了彼此的世界里。没道理可讲的，你必须要面对这个事实。

每当城市的夜晚灯火亮起，我就会将她想象成身在一片"炫灿"中的样子，无论她是结了伴儿还是落了单，她都身在那种有着孤注一掷气息的孤单里，她不断地用意念召唤与驱离着伴侣，那是一种规模，而这规模，宏大到足以被称之为一个人的创世。那本《音调未定的传统》一直在我手里，算是一个她曾经真实不虚地存在过的确据，当然，也可以算是我从她的虚拟世界里窃取到的一个证物。因此，黑人罗宾一定也真实不虚地躲在某栋炫灿的、咖啡色的新楼里，用红笔勾出了书中的段落：

> 通观那以前的中国都市史，不论由于政治原因还是经济原因导致各自的盛衰荣辱，也不论那些盛衰荣辱过程或骤或缓，有几点是共同的或是相似的。

——那就是，在所有或骤或缓的盛衰荣辱的时代里，都市总会并存着多重的族类，对于某些结了伴儿或者落单了的家伙而言，还有另外的一支队列可资藏身，我们不妨将其称之为：鼠辈。

如果有一天我们相逢，我想，我要跟那条来自英格兰林肯郡北凯斯蒂文的黑汉子如此分享我的心得。

2019 年 12 月 7 日
己亥大雪
香都东岸

人类的算法

不知道这双运动鞋穿在马琳脚上几天了,可能不会超过一周,刘宁想,周一返校时,女儿应该是穿着和校服配套的平跟皮鞋。但她并不是很确定,毕竟,谁会把孩子一周前的穿戴记在账本上?她用不经意的口吻向马龙求证,因为周一是他送的女儿。

"鞋?"马龙下意识看了眼自己趿着拖鞋的脚,"皮鞋吧,没准儿是运动鞋。怎么了?"

"没什么,"她说,"这孩子脚也长得太快了,都赶上我了。"

马琳在自己卧室,她想过,不如进去当面核实一下,但念头一闪即逝,快到都由不得她来决定,像是念头自己将自己否决了。她把运动鞋放进鞋柜,犹豫着是否重新放回地下室的储物间去,她想,既然女儿可以不打招呼地将这双鞋子据为己有,那么她也可以不打招呼地物归其位,让这件事来无影去无踪,仿佛从未发生过。

整个周末刘宁把自己交给了地下室的储物间。储物间连通着地下车库，层高差不多有四米，马龙用三角铁给里面打了整整两面墙的置放架，整理时需要踩着梯子攀爬。即便如此，长年累月，杂物还是越塞越多。置身其间，她感到自己身在一座仓库。这样的感受，延展着让她将自己的生活想象成了一家工厂。这也许不太准确，工厂，仓库，都是与居家生活无关的冷硬想象，它们所具有的"工业感"让她惊讶于自己原来竟将生活过出了这番气势。业已失效的过往以杂物的形式被封存起来，如同既往生活累积出的剩余产品。作为家庭主妇，她在周末盘点库存，好像也说得过去。其中有一部分专属于她，如同她在家庭工厂干下的私活儿，如今被搁置在一只硕大的蓝色塑料收纳箱里，放在铁架最上面一层的角落。她确定，那双运动鞋原本应该是收藏在这只箱子里的。

等到周一清晨，她提出自己送女儿返校。马琳坐在副驾驶位置上，穿着和校服配套的平跟皮鞋。副驾驶的座位常年最大幅度地后移后，不是她坐就是马琳坐，母女俩一样，都有着标志性的大长腿。差不多所有人都会惊讶于她竟然有一个这么大的女儿，她们会被人当作年龄跨度稍大的姊妹，这让她小小的虚荣心得以满足。时间在她们这对母女的关系中失去了既定的效力，女儿在成长，同时她在逆向减龄。要知道，幼儿期的女童是无法被人当作她妹妹的，但当女儿成为少女，她便从妈妈变成了陌生人眼中的姐姐。这很神奇，是上帝调皮的戏法，她常在心里暗暗喟叹。

从学校回来后，她又去了储物间。那双运动鞋原封不动地搁在塑料收纳箱里,让她怀疑这个周末自己经历了一场梦境,一切都不过是臆造的产物。但她知道不是,除了运动鞋凭空回到了原位,她发现,箱子还被明显地翻动过。她确信自己前一天叠放好的衣物变了层次,一件本来压在最下面的紫色卫衣,如今放在了最上面。之所以被搁置在了地下室的储物间,只能说明这些物品对她而言,如今已无实用意义,但长大了的女儿开始从这些弃物之中寻找适合自己的意义了。这原本没什么,甚至还颇为美好,可当她一旦意识到女儿是在"寻找"什么时,便感到了一阵窒息。有些旧物不堪被马琳翻检,这个意识浮现,让她不由得开始省察自己那工厂一般的生活究竟制造出了怎样的产品。她不能确定女儿会发现什么,因为她自己也难以确定,生活过后,自己是否真的会天衣无缝,经得起抽检。

晚饭的时候,刘宁告诉马龙:马琳开始私自穿戴她的衣物了,先是一双运动鞋,接着也许就是一件牛仔马甲或者羊毛开衫。她当然没有告诉马龙这几样东西都是七年前她穿戴过的,其实她自己也难以细究,为什么仅仅只是罗列了这几样东西。它们的特殊性,是时隔七年之后重新被唤醒的。如果生活真的像是一家工厂,那么现在与七年前相较,日子已经没有了连贯性,她已经转产了,至少她换了工作,不再从事国际贸易,如今是拥有执业资格的心理咨询师。

马龙一贯地不以为意。他就是一个对整个世界都不以为意的人,所以她才能将那些本该清除的记忆储藏在地下室的收纳箱里,才能这样跟他交谈本该规避的话题。她几乎知道他会怎样回应,他也的确就是这样回应的。

"这没什么问题吧，"马龙说，"她长大了，开始变成另一个你。"

她当然知道女儿长大了，上个月马琳还冷不丁地问过她是否考虑过离婚，她很是意外，认真地回答她，说她压根儿没这么想过。

"这不是问题的关键，"她说，"至少她应该征求我的意见。"她这么说了，也意识到并没有表达出自己真实的意思。

"没那么严重，你该感到高兴才对。"他说。

话题就此偏离。对此她已经习惯了，也知道问题并不完全出在他的身上。

礼拜五也是她去学校接的女儿。马琳热气腾腾地钻进车里，校服外套挂在双肩包的背带上，贴身的白衬衫上套着牛仔马甲。她尽量不动声色地问起这件马甲。

"哇哦，我忘记脱掉了，"马琳说，"一热就给热糊涂了。"

女孩的表情实在让她喜欢。

"你不会生气吧？我发现你的旧衣服都特别好看。"马琳讨好着说。

"你穿着还是会有点儿大。"

"不大，这么穿才好看。"

"也许你得先跟我商量一下。"她也不愿意把话题又说到这样的套路中去，就此对女儿展开一番尊重他人的教育，那很正确，但也真的很乏味。

"爸爸在电话里说过我了，我知道错啦。但你的衣品真的好棒，我也喜欢这种比较中性的衣服，我不喜欢穿成小女生的样子。"

"可你就是个小女生啊。"

人类的算法

"我不是，我不希望是。"

"你希望是怎样的呢？"

"我希望我看起来有点像男孩子那样，怎么说呢，我也说不好，我觉得男孩子好像更清爽干净一些，女孩子都黏糊糊的。"马琳说。

"噢，你是这样认为的。"她说。

"你有时候看起来就像个男孩子，"马琳说，"我觉得你很好看。"

她转头看向自己的女儿，热气腾腾的十二岁少女仿佛在散发着能够驱动火车头的热力。她伸手替她整了整牛仔马甲的领子。

你有时候看起来就像个男孩子——类似的话，曾经有人对她说过。她能够记起当时的情景。埃及，开罗，胡夫金字塔，狮身人面像。

那些年，她去过世界许多地方。她的个性与思维方式在许多人眼里都不太像是一个中国人，许是如此，国际贸易这样的工作对她才显得格外适合。公司是做纺织机械设备的，最初她负责人资，后来那"不太像中国人"的特质日益凸显，于是就负责去和外国人打交道了。这种职位的变动，在行业内部像是一个传奇。一个又一个的展会，从巴黎到杜塞尔多夫，从卡拉奇到开罗，自动络纱及传送系统、洗漂机械、面料处理机、粗纱机、倍捻机，以及研判潜在的进入者、上游供应商与下游买方的议价能力、替代品威胁，等等。

一年之中，可能一半时间她都处在倒时差的状态。好在她的适应能力不错，换上宽松的内裤，戴上眼罩，裹紧毯子，吃几粒强效褪黑素,她可以在飞机上昏睡十多个小时,口语水平当然也随之稳步提高。但她适应不了随时发生的调情。国内天南地北的参展商被专业公司组织起来整团出发,某个阶段,同行之间见面的次数多过和家人见面的次数。有意无意的试探弥漫在旅途,让人如同置身在褪黑素药力尚未完全消退的浑噩中,入住酒店后,甚至会有明目张胆的骚扰。这时候,她"不太像中国人"的特质就成了短板,她学不会虚与委蛇,没法轻描淡写地圆场,于是发生过尴尬的局面,令整个行程都被负面的情绪笼罩。"寒刘",这是圈内人私下送给她的绰号。

总体上她是喜欢这份工作的,尽管那几乎算不上是跨国旅行,办理签证,过海关,登机,昏睡,落地,出海关,在大同小异的会展中心像个安装工一样动手布置展位,撤展,然后倒着重复一遍来时的步骤——可看上去,也的确就是跨国旅行啊。有多少人一辈子都没走出过一千公里,她偶尔会这样想,意识到自己与那虚拟的"多少人"不同,这令她倍感欣慰。她倒并非是一个乐于标新立异的人,庸常的生活,一度也是她的愿望,可是与对世界不以为意的马龙生活久了,她不免就要起意去感受世界。

出发前她一定会做足功课,读艺术史、宗教史这类的书籍,挑选与目的地气质匹配的音乐,尽管抵达后多半只能在酒店与展馆之间往复,但这些功课令一切变得不同,行程因此变得具有了内在的丰饶,她也因此摆脱了长达五年的产后抑郁症。

她组建了自己的团队,辞掉了难以合作的人,挑选了可以合作的人。难以合作与可以合作的标准其实简单,她只要求自己的属下真诚,那是她唯一看重的品质,还有,不能太漂亮,无论男性还是女性。她不喜欢过于漂亮的人,顽固地认为漂亮本身就是与真诚相违背的。

朱颖就不是那种漂亮的女孩子,但是真诚极了,有股子即便是错也要一错到底的劲儿。她从一堆应聘者中遴选出这个女孩,还有不为人知的私念。她不敢一个人住在异国的酒店里,在这一点上她非常胆小,没什么理由,她就是在陌生的空间完全无法入睡。而小巧真诚的朱颖,看上去像是一个不错的"房伴"。没人知道她的这个秘密,反倒以为她是在以身作则,替公司省钱。

谁谁谁太漂亮了,朱颖会这样对她评价临时被组在一个团里的某位同行,这等同于是在指认这个人的缺点,虚伪,浅薄,乃至于爱开玩笑,轻浮。这当然是有些投其所好,一个不喜欢漂亮的女上司,在一个不算漂亮的女孩眼里,有着巨大的感召力。当谈到自己心目中的男朋友该是怎样的时,朱颖说,他不能太漂亮。

"哪怕他是富二代也不行,"朱颖气鼓鼓地说,"官二代也不行。"

孔一亮就是这样的,既不是富二代,也不是官二代,并且,不是一个漂亮的男孩子。刘宁因此会有所警惕,不愿意看到自己的属下发展出工作以外的关系,那样会很麻烦,于公于私,都不恰当。她暗示过朱颖,也几乎是警告过孔一亮,好在这两个年轻的属下彼此似乎并不来电。

齐安生是团队的第四个成员,比起两个年轻人,四十多岁的他显得不可或缺。他有充分的经验,入行比刘宁早得多,这个老资格的中年男人不修边幅,一头灰发,竟有些像新加坡的总理李显龙,看上去总处在焦头烂额的情绪里。朱颖叫他大叔,说和大叔在一起,自己也不由得要跟着焦灼,总感觉出来没有关好家里天然气的阀门。齐安生并不介意,挂着焦头烂额的苦笑把工作打理得有条不紊。

刘宁对自己这个团队的组合感到满意,心里有时会不太恰当地觉得,这像是一个四口之家的模式。他们结伴飞跃了大西洋,结伴飞跃了太平洋。借此,她也部分地飞跃了背叛带给她的创伤。背叛当然只能是来自于马龙,令孕期中的她猝不及防,是马龙主动向她坦白的,用不以为意的态度。事情的严峻性与马龙不以为意的态度形成巨大的落差,晴天霹雳以云淡风轻的形式表现出来,于是都不太像是真的。她被塞进了严峻与不以为意的张力中,竟失去了正常感知的能力,她被这当头的一棒打蒙了,空空洞洞的痛苦很难被她认为就是一种痛苦。随着肚子一天天变大,事态逐渐平息,她仍旧无从区别悲伤与不悲伤的界限究竟在哪里,情绪与情绪的边界既像是被抻长了,又像是被压缩了,前一秒在莫名地笑,后一秒便可以无端地哭。

总归一切也被她看似不以为意地接受了下来,仿佛人面对世界时,只有这样的一种态度可供选择。哺育马琳这个无可回避的任务,给了她自我排解的出口,她将自己的状况归咎于产后的抑郁症。据说这种疾患的发病率在百分之十五到百分之三十之间,如此高的概率,真的是能让人长舒一口气,所有不堪的事实因此变得正当起来,你所经历的,是这个群体中接近三分之一的人都在经历的,这样的认知,真的是可以安慰人。

人类的算法　　341

出国几趟后她找到了自己的节奏。每到一个新的地方，她总能找到可以自由支配的时间。工作间隙，或者是在大家午餐的时候，她会伺机溜出去，一个人在异国的城市漫无目的地徜徉。齐安生留在展台前她是放心的，焦头烂额的大叔会处理好所有让人焦头烂额的事，分发宣传册，演示设备，何况还有跃跃欲试的朱颖，她不在场，穿着正装的女孩子意气风发，工作起来积极性似乎更高，至于不多的体力活，也有孔一亮撑着。躲进卫生间，脱掉窄裙和高跟鞋，换上牛仔裤与帆布鞋，一旦从展馆溜出来，她便会自如地融进当地人的日常之中去。她丝毫没有游客的心态，仿佛自己从来就不以为意地生活于此，而那真实的生活，反倒像是悬置在了遥远的他乡。

她在孟买的街头给乞丐买过汉堡，那时当地好像正在爆发不大不小的瘟疫，展馆里的客商大多都戴着口罩，但在卫生条件显然更差的大街上，人们却毫无畏惧，世界由此变得不可思议，仿佛并行着许多截然不同的逻辑，而不以为意，则是最大的本质，她安静地站在街旁，看那裸着上身的人吃完一只汉堡；她在卡拉奇误闯过军事禁区，直到被几个大胡子的士兵用枪逼着离开，她才搞清楚那片小孩子正在踢球的操场竟然是一座空军基地。

世界被打开了，瘟疫、乞丐、持枪的士兵与空军基地。她感到了一己的贫乏，同时，也感到了一己的辽阔。

也有不同的时刻，中国团走到哪里都像是在过节，本来相互竞争的同行，却从来不乏扎堆觥筹交错的冲动，一天下来，早就约好的场子拉开帷幕，大家轮番做东，阔绰地把崛起的大国宣示给全世界人民看，将餐桌拼起来，长长地对坐成两排，大声喧哗和大快朵颐，似乎这才是他们异国之行的主题。尽管以"寒刘"著称，她依然是各方都乐于约请的对象，似乎是谁能请得动"寒刘"，谁就赢得了面子。实在推不掉，她偶尔也配合一下。她并非决然排斥这样的场面，并且也有能力应对得体，她只是无从让这样的热闹冲刷掉内心的块垒。如果真实的内心在大多数时候是可以被她忽略掉的，在这样的时刻，在热闹的涤荡之下，那些真实之物却犹如潮汐之后的礁石，反而在心中凸显了出来。

更多的时候，她都是带着自己的人马自行其是。这难免让她的团队显得与群体格格不入，有同行跟她开玩笑，说如果是长征，她一定就是带着队伍搞分裂的人。好在团队中的每个人都并不为此感到遗憾，相反，他们觉得这是一种风格，是可以为之骄傲的特殊性。在莱茵河畔的露天酒吧，朱颖向大家分享自己的感受，她说她很喜欢这种不去从众的感觉。

"都跑出来了，干吗还像是在村里吃宴席似的啊，"朱颖说，"非得现场杀头猪才尽兴吗。"

"你见过杀猪吗？"她有些吃惊，不太能够确定这个来自广州的女孩子会有这样的见识。

"我没见过，"朱颖转头问孔一亮，"喂，你见过的吧？"

"我也没见过！"孔一亮紧张地回答，好像是要急于撇清什么似的。

"大叔你肯定见过！"朱颖又转向齐安生。

"没见过猪跑还没见过猪哼哼嘛。"大叔焦头烂额地喝着啤酒，答非所问地说。

她突然大笑起来，是真的感到了开心，想一想，他们在莱茵河畔的月色下就这么说着杀猪的话题，真是多么开心的一件事。她其实希望大家也能来问问她没见过杀猪，她也没见过，但是她有意愿去见识人类广袤的生活。她意识到了，只有将自己置身在更多未曾体验过的事物之中，她才能获得崭新的安慰。

这种感受她在杜塞尔多夫的集市广场确凿地体验过。黄昏中市政厅古老的建筑物披着霞光，突然之间，钟声毫无预兆地响彻天空。她觉得自己被骤然降下的重力击中了，一下一下，不是作用在耳朵里，是直接落在了她的胸口，于是发出了如此的回响。有一股力量，不是在敲着钟，是在敲着她。她被定格在了时间里，原地站着，闭起眼睛将自己想象成一只大钟，正在蒙受恩赐一般的撞击。她用手机拍了几张照片，并非是想用镜头捕捉图景，而是企图记录下氤氲在这黄昏之中的感动。

回到酒店，她把这组照片发在了微博上。她的微博账号没有关注任何人，一百多个关注者应该也是被随机分配的，她无从想象，这世上的陌生人，干吗要去关注另一些陌生的人。她把这里当作了自己私人的空间，存放沿路的风景，记录只有自己懂得的心情。九张照片，她写了四个字：钟声响起。

夜里她睡得不是很踏实。一侧的朱颖打着呼噜，尽管轻微，但对此她也感到过吃惊，她无法理解，或者是无法接受，原来年轻的女性也是会打呼噜的，她不免要联系到自己，一想到自己没准儿也是会打呼噜的，一种生理性的不快就翻涌上来。睡不踏实，她索性爬起来去了趟卫生间，坐在马桶上，随手翻看手机。微博上有人给她发了私信：钟声在哪里？或者，至少该有个钟的影子吧?

她不禁莞尔,的确,自己发出的九张照片,看上去压根儿和钟声无关。她并没有去拍那座著名的钟楼,因为她的本意并不在此,她试图用镜头挽留住的,是那业已弥散在空气中的轰鸣。

她没有去琢磨这个提问者的身份,她从未在微博上与人交流过,此刻只是凭着本能般的反应,回复道:这并不重要。

"重要的是,你把我拍了进去。"

第二天清晨,她打开手机后,便看到了私信中留下了这样的一句话。

她还处在尚未完全清醒的时刻,一时间感到犹在梦里。她去翻看那九张照片,一张张点开,放大,照片定格下来的,是一些典型的德国人,他们在照片里过着自己不以为意的日子,浑然不觉已经成了别人镜头里的风景。但她还是在其中找到了一个中国男子。他站在广场中央的那尊青铜骑像下,仰起脖子向上努力地张望。这尊雕塑她并不陌生,之前她做了功课,知道那是一七一一年雕成的约翰·威廉公爵像。而努力张望着雕像的中国男子,她却是全然陌生的。

她感到了紧张和不安,好像冒犯了什么然后又遭到了呵斥。他在镜头中原本是可以忽略不计的,压根儿与主题无关,但是此刻却显得突出而醒目。她把照片最大程度地放大,也只是能够大致辨认出这是一位年轻的男性同胞,穿着牛仔裤,衬衫的袖子挽在臂弯处,背着一只沉甸甸的双肩包。她认为他的脖子很有劲儿,这并没有什么充分的依据,她只是从那扬起的趋势中感到了一股动能。她点开了他的头像,看到的是一个普通的

人类的算法

英文名字，Tom。他微博的第一条内容，也是九张照片，是不同角度下的那座著名的钟楼，下面的地理标记显示为：德国，杜塞尔多夫。

她慌乱起来，像是做下了什么不可告人的害羞事儿。但是她竟然做到了，抑制住了可以被理解的好奇，没有接着去仔细探究。退出微博的界面，她只是感到隐隐地有些害怕。

当天在展馆里工作时，她突然意识到，那走进她镜头里的男人没准儿也是一位同行，这样的话，一切就很好理解了，她能够溜出去闲逛，别人当然也可以。于是，她立刻觉得自己正在被人群中的某双眼睛盯视着。她举目四顾，却找不到那道目光。这一天她都因此变得警觉，也因为警觉，她发现了朱颖和孔一亮的秘密。她去展馆的一角取咖啡，他们可能没有想到她会回来得这么快，远远的，她保持着警觉的眼睛看到了孔一亮的手正沿着朱颖的头发上下抚摸。朱颖微笑着，即便隔着一段距离，她也能看到那笑容的自然与柔美，充满了女孩子傻里傻气的漂亮的气息。她远远地看着，直到他们恢复到了常态才走回去，像是要替他们遮羞。朱颖同样也对她笑，她觉得这张漂亮的笑脸几乎就是虚伪，浅薄，过于爱开玩笑和轻浮的代名词。

刘宁明白，自己这么想是苛刻的，但她需要平息的不仅仅是瞬间的意外与震惊，还有一些更为尖锐的东西刺痛了她。她感到了嫉妒、欺骗与背叛，并且重新意识到自己封存在心底深处的不幸。

四口之家般的团队再也无法回到过去，只有她在承受着裂变。在她眼里，朱颖的所有行为都变得可疑。回到酒店，女孩子通常会有一段时间并不待在房间里，那么孔一亮呢，他和齐安生住在一起，而这位大叔习惯收工后独自在酒店的大堂里喝杯啤酒。她开始责备齐安生，让他改掉这个毛病，回酒店就应该抓紧休息。这个要求显然没什么道理，无辜的大叔因此愈发显得焦头烂额。果然朱颖也因此无处可去，女孩子看不出有什么异样，但她却觉得她心事重重，连夜里的鼾声都透露出痛苦，犹如被困在了笼子里的小兽。她会因此感到一丝快慰吗？但她更多的却是在为自己隐隐的恶意而感到羞耻。

她只有将注意力转移到手机的微博上，开始在夜里翻看那个 Tom 的信息。没错，果然是位同行，公司在北京，至少在三个异国的展会中曾经与她近在咫尺，有些时刻，没准儿就住在同一家酒店的大楼里。

他喜欢跑步，喜欢外国音乐，枪炮与玫瑰似乎是他的最爱，他在自己公司里的层级应该不是很高，他是学理工的，年龄可能不到三十岁，他关注的人和关注他的人，少到聊胜于无，他用苹果手机，旅途中拍下的照片取景潦草，但也有可能蕴含着只有他自己懂得的不为人知的美，他的个子不算矮，四肢匀称，上唇常常留着凌乱的短髭，那不像是有意蓄着的，只是因为懒得刮掉。嗯，所有的一切，都让他显得——不是很漂亮。

她觉得自己是在窥探他人的隐私，但这种不安很快被打消了，因为他也在同步翻阅着她的信息，证据是，他在她之前的一些动态下点赞了。她发私信给他，问他怎么会找到她的微博上来？

"地理位置显示后，微博会主动给你推送相同位置的网友。"他回复。

人类的算法　　347

这个答案让她有些失望,原来一切都是被应用分派着的。

"你的照片和钟声无关。"他显得固执,一再追究这个问题。

"它正在回响,我想记录下来。"她回答。

"那你应该录音而不是拍照。"

她感到好气,不再回应,但是当天夜里,她和他互道了晚安。

第二天在展馆她没有等到什么奇迹,对此,原本她也并不期待。她没有再四处张望,回到自己不以为意的平静里,与往日不同的是,她只是注意让自己的仪态更加挺拔。

他们面对面是在半年以后。半年来,她和他断断续续地通过微博私信交流,说说行业内的话题,彼此分享一下觉得不错的音乐,他跟她抱怨过职场晋升的不公,她也乐于给他一些建议,她比他大得多,但这并非是她扮演导师角色的根本原因,她只是从这样的交流中获得了对于自我的认同,用来建设自己摇摇欲坠的自信。他并不开朗,甚至有些过于阴郁,看得出,他没有太多的朋友,她专门看过,他在微博里只关注了一百五十个人,其中绝大多数还是那些公共红人。他的自尊心挺强,自视也不低,像一个空有一身抱负的落魄英雄。他叫谭展,二十七岁。他没有问过她的年龄,但是她确信自己向他传递过真实的信息,已婚,孩子还小,或者他是理应掌握这样的信息的。渐渐地,他们习惯于互道晚安。

这一次,她只身从雅典飞到了开罗,两场展会连在了一起,她留下团队的其他成员收拾摊子,自己先去下一站打前哨。对于朱颖和孔一亮,她已经放弃了干涉的冲动,以不以为意的态度接受了隐晦的事实,她自己都为自己的宽宏而感到讶异,心想这些日子以来,必定有什么因素在改变着自己的准则。两个年轻人始终不露痕迹,有时候看起来还彼此厌烦,这实在了不起,让她对人性的深不可测感到迷惑。

时间相对充分,她去看了金字塔。寸草不生,遍地黄沙的平野上,古老帝王的陵墓让她感到惆怅。她没有像一个标准的游客那样热切地去靠近,烈日当空,她用丝巾裹住自己的头,只将视野中的一切当作了背景,远远地与之擦肩而过。她来过了,进入到这奇异的场域里了,她认为这样就够了。

入住的酒店就在尼罗河畔,站在房间的露台上可以眺望到那条宽阔的大河,附近清真寺里的宣礼塔传来悠扬的祷告。这一切都因为夜晚的到来而失色。她打开房间所有的照明设备,将被子构建成一座想象之中牢不可破的城堡,却依然感到害怕。就是在这样的境遇下,她看到了照片里的自己。

他的微博更新了,最新的一组动态同样是九张照片。每一张,都是她的身影。她是照片中完全的主角和焦点,著名的胡夫金字塔与狮身人面像,乃至著名的世界,都不过是景深之处的陪衬。她被空前地强调着,孤单,忧郁,纱巾与墨镜都掩藏不了的落寞。两千多年前人类创造出的奇迹,将这一切衬托得令人无比感伤。

"你在偷拍我。"她发去私信。

"你也曾经这么做过。"他飞快地回复过来。

"你有时候看起来就像个男孩子。"半天得不到响应,他接着说。

人类的算法

她审视别人镜头里的自己,牛津衬衫、直筒裤、帆布鞋,看起来的确是中性的。那么他就在近旁,当然也是来参展,像她一样,先去观光了著名的胜地,或许,此刻就住在同一家酒店里。她发出了一组数字,宛如一组密码,其实是她的房间号。她是平静的,那种不以为意的心情并未被过多地扰动。她不过是在打一个赌,在这世界上最古老的城市的夜晚,用一组阿拉伯数字,去和冥冥中的什么对赌。

不久,她的房门被敲响。

他的脖子的确非常有力。她在黑暗中鉴定了自己最初的想象,她的手指在他的脖子上环绕不去,触摸到年轻男子生命蓬勃的律动。

"我没有太多的朋友,嗯,几乎是没有朋友。"

不知为什么,后来他们说起了这样的话题。

"我也是,"他说,"否则我们也不会形单影只地到处瞎走瞎拍。"

不是形单影只,也不是瞎走,不是瞎拍,没那么简单,这里面,有着无从说明的更为宽广的东西。她想纠正他,但她没有出声,手指摩挲着他的脖子。灯始终是关着的,她不愿被他看到腹部剖腹产后留下的疤痕。

"这没什么问题,"他说,"人并不需要,也没有可能拥有太多的朋友。"

黑暗中能听到尼罗河的水声。他给她讲了一个定律,声音显得空旷而遥远,他说数字一百五十代表了人类认知能力被允许承载的极限,只有在这个极限之内,你才能以一种富有社会效益的方式记忆和回应他人,因此,这个定律是人类社交野心的制动器，人际关系不断增多，只能导致超载，而超载，就意味着翻车。他说这个著名的定律，来自英国人罗宾·邓巴。

"这就是人类的算法。"他说。

听起来有些玄奥，却也不无道理。以数字来运算受限的生命，让她想起了自己产后的抑郁，那时候，她将自己计算进了百分之十五到百分之三十的队列里，以此获得了一种"当你身在一种普遍的痛苦之中，你就可以不再那么痛苦"的慰藉。用冰冷的数字来解释和运算人性的本质，那很残忍，但却有效。寂静中，她想，那么他们就是彼此的一百五十分之一。

他在黎明前离开，回到自己的团队去。她起来整理房间，看到沙发上他遗落下的牛仔马甲，在悠扬的祷告声中，她将马甲整齐地叠放进自己的行李箱中。

无可回避，他们要在现实中彼此面对了。接下来的两天展会，他们相遇了数次，两家公司的展位距离很远，但两个被运算在了彼此定律中的人，邂逅的概率便跟着递增了。没有刻意，或者是没有特别地刻意，他们在咖啡机前、在电梯口碰到，互相礼貌地笑笑，或者干脆装作视若无睹。

"下个月我要去跑西马。"他在私信里说。

西马就是西安马拉松赛，西安是她生活的城市。

一个月后他果然来了西安。她去酒店看他，心情忐忑得如同回到了少女时期，紧张得几乎要喘不上气。无论怎样，她认为这样的感觉都要好过不以为意，她知道自己被调动起来了，重新对世界抱有了新鲜的盼望。距离赛事开幕还有三天的时间，他解释说自己需要提前适应一下环境，天气、风速，甚至还有湿度，听上去这很专业，是她所喜欢的。她陪着他去训练，在酒店附近的一所高校，他们找到了合适的操场，当他从自己的训练包中拿出了那双运动鞋的时候，她几乎要哭了。鞋子是给她的，是专门买给她的。

"一起跑吧。"他说。

她真的是被打动了。她已经忘记了什么时候被人这样对待过，也许，她还觉得自己从来就没有被人这样对待过。一双运动鞋，那不像一块蛋糕或者一束花，一块蛋糕，即便你喜欢的是芝士口味，巧克力口味的你也吃得下去，一束花，即便你喜欢的是玫瑰，向日葵你也可以容忍，可一双运动鞋，她三十九码的脚绝对穿不进其他的尺码里去。这里面就是恰当与用心，是不以为意的反面。脱掉外套后，他露出了肩膀上的文身，是一只简笔的猫，让她心里暗暗吃惊。他们在操场的跑道上慢跑，他简直是专业级别的，她当然没法跟他比，但她用尽了自己所有的力气。

那是无比美好的三天。

赛事当天她没能去现场，马龙的姐姐来了，她得在家里招待客人。她打开了电视，热切地关注着屏幕上的直播，人山人海，她看不到他。

"两小时五十七分十五秒，我跑出了自己最好的成绩。"赛后，他第一时间给她发来了私信。

她不知道这组数字意味着什么，只觉得再次被运算进了无从猜度的宇宙规则里。

接下来他们在莫斯科重逢。三天展会，彼此没有实质性的接触。从展馆溜出来独自走在红场的时候，她几乎想要联系他，让他也溜出来陪伴自己，但是她没有。她在展馆里看到过他，他和一位女性打着手势交谈，穿着西装，头发凌乱，神情甚是压抑。起初她有小小的妒意，但很快就开始同情他。前一个晚上他在私信里向她抱怨过自己上司的蛮横，觉得自己受到了嘲讽和不公正的对待，语气中流露着愤恨。她想，自己现在看到的这位女性，就是他眼中那位魔鬼一般的上司了。她不知该做些什么，其实也明白什么都不该做，她只是有些不适，为他现实中怯懦而卑微的样子，还有在私信里才敢宣泄出的并不可信的怒气。她感到无能为力，默默走回自己的展位，她想她应该对自己的属下好一点。

返程时，在谢列梅捷沃机场他主动来找她了。那时已经过了海关，参展的国内同行各自为战，一堆一堆地聚在一起。她正在经期，身体格外地难受，在卫生间整理一番出来时，迎面看到了他。他是专门等在那里的，迎过来，将自己的一件羊毛开衫披在了她的肩上。

"你的脸色很差，"他说，"别冻着。"

"好。"她回答。

他对着她的目光，但她缺乏迎着他看的勇气。他转身离开，这时候戏剧性的一幕出现了，一个急匆匆跑进来的女孩子跟他撞了个满怀，竟然是朱颖。他顿了顿，无声地走开。

"嗨！"朱颖看到了她，惊魂未定，指控一般地对她说，"这是个同行，也在这次展会上。"

她沉默着，双臂将羊毛开衫的前襟拢在怀里。朱颖似乎是上下打量了她一下，也许并没有。

人类的算法

"他好土噢。"朱颖嘟哝着进了卫生间。

有那么一个瞬间,她有追进去痛斥一番朱颖的冲动。

再接下来,她去了他北京的家。国际航班基本上都是落地北京的,这一次是她主动提出来去看他。她是从首尔飞回来的,登机前,像是一个下意识的行为,她在免税店给他买了一部三星剃须刀。他来机场接她了,开着一辆也许是借来的越野车。一路上她都不怎么敢看他,他应该也有些紧张,但表现的方式不同,紧张反而让他的态度显得比较强硬。他并不温柔,也许是担心她被风吹到,但是让她升起车窗时,口气却像是下了一道命令。他住在一栋老式的单元楼里,房子是他父母单位分配的福利房,他对她说起过,他的父母是一对知识分子,搞科研的,如今住在京郊的新居。

"他们总是逼着我结婚。"他说。

她没想到他还养着一只猫。

"两米外。"他说。

"什么?"

"它的名字,"他解释说,"两米外。"

晚饭是她动手做的,食材有限,她只能因陋就简炒了西红柿和鸡蛋,还有火腿肠炒木耳。吃完后,碗也是她洗的,他歪在一张半旧的沙发上抽烟,那只猫也歪在沙发上。对此她感到了些许的委屈,不是计较,她知道自己并不是计较,但就是感到了不开心。

"嫁给我吧。"夜里他在黑暗中对她说。

她没有作声,心中是一百五十,百分之十五到百分之三十,以及渐渐奔涌而来的数字的矩阵。

第二天清晨,她听到了电动剃须刀的蜂鸣从卫生间传出来,那声音很枯燥,一如她还没有挣脱的沉睡感。这一刻她才感到了陌生,还有一点儿难以说明的沮丧。临走前,她在卫生间找到了那部剃须刀,掀开刀头,将里面蓄积的胡茬倒在一张纸巾上,包好,放进了自己的衣兜里。做完了这一切,她抬头看到了那只叫两米外的猫,它伏在马桶盖上,离她顶多半米,并不友善地盯着她的一举一动。她的确受到了惊吓,觉得自己一瞬间变得有些僵硬。

这年的秋天朱颖结婚了,让人万万想不到的是,她嫁的人竟然是大叔齐安生。

"他们就是一对狗男女!"孔一亮在电话里对她控诉,显然,小伙子已经失去了理智,"他们早就在一起偷情了!"

她感到一阵耳鸣,胸口像是被重重踹了一脚。"偷情"这两个字太凶狠了。

"他们合着伙地欺骗我们,把我们全都当成了白痴,"他继续歇斯底里地揭发,"在国外他们甚至找机会钻到机场的厕所里去干!"

她觉得自己也快要崩溃了,那些黑暗中黑暗的纠缠,人性中最丑陋的东西,让她觉得像是被一道绳索勒紧了喉咙。

"狗,他们就是一对狗!"他喊。

她决定躲避,躲避的方式是向公司提出了离职的申请。她在微博里私信谭展,却没有得到及时的回应。她想给他打个电话，才发现除了微博，原来他们之间居然没有任何其他的联系方式。她不停地刷他的微博，看到的是他至少有一个多月没有更新过了，她意识到，这也是他们中断联系的时长。她感到恍惚，看着他的关注——那一百五十个人的数字。她去核对了，一百五十个人中，与他真正有关的，可能不足十个人，一一判断，应该都是他的同事。他的确是一个孤独的人，即便加上那只叫两米外的猫，他情感的需求也远远没有凑齐上帝分配给人类的份额。

公司的答复下来之前，她和马龙带着女儿去了趟三亚。这是少有的事情，不知道马龙受了什么刺激，突然提出这样的建议。在三亚的海边，她收到了他发来的私信。

当时的阳光很好，海风很好，马龙和女儿泡在露天的泳池里，一切都很好。她觉得这条私信熟悉极了，想了很久，才想起马龙在她孕期时向她坦白自己有了外遇时的情景。

"我结婚了。"

就是那种不以为意的直率，如同是在陈述一组数据。

她盯着手机看了半天，漠然地发现那数字一百五十变成了一百四十九。他删除了一个数字，给人类关系的上限腾出了一个余额。她没有一个关注，即便系统自动分配给她的，她也从来都像是有深度洁癖般地来一个删一个，现在，她没法给自己删减出一个负数。于是她只有将微博都删除掉了。

保姆将马琳从泳池里抱出来了，湿淋淋地交给她。她紧紧地将这五岁的女童搂住，不是一百五十，不是百分之十五到百分之三十，她是将百分之百的无数的自己搂在了怀里。

离职后,她通过努力获得了心理咨询师的执业资格,面对求助者,她善于用数学那纯粹理性的方法运算出解救之道。她感到自己的意志一天天变得坚定,仿佛另辟蹊径,在通往人类解放的道路上找准了自己的步子。她认为自己是可以给需要者提供方案的。

然而这份信心在马琳这里却经常失效,面对女儿,她难以用观念指导自己的养育。她只能默默地看着马琳穿着她的运动鞋,穿着她的牛仔马甲,穿着她的羊毛开衫,热气腾腾地长大,直到盛装步入女孩自己生命的那种受限的数式里去。

"我才不会去做那种黏糊糊的女生,"马琳说,"我也对男生没什么兴趣。"

她觉得这样也不错。

有一回她下到地下室的储物间,爬上梯子,在收纳箱里找到了那包被纸巾包裹着的胡茬,打开看过之后又重新包好,攥在手心里发了很长时间的呆,最后还是放进了一件紫色卫衣的口袋里,把衣服叠整齐,认真地放回收纳箱中。她并不是刻意地想要藏匿得更加隐蔽,不,并不是。

2020 年 2 月 22 日凌晨
庚子正月廿九
2020 年 2 月 23 日 23 点
庚子二月初一
香都东岸

掩面时分

形势依然严峻,我竟和姜来见了一面。

即便被旷日持久的疫情折磨得日渐麻木,走上街头,还是会略觉不安,心中有股顶风作案般的、生动的刺激感。

看上去,这次见面没什么必要性,我和姜来之间的友谊,就算在正常时期也谈不上特别深厚——我们做同事的经历,都是三年前的往事了。是她主动联系的我,在微信里用语音邀请我出门吃顿饭。本来寻常的事情,如今都变得非同寻常。这"吃顿饭"的邀约,现在就像是拉着你一同去赴汤蹈火。可我没怎么迟疑就答应了下来。

也许的确是因为快要被关疯了。但我知道,促使我赴约的理由一定没这么简单。我只是无从将那种复杂的线头摘清,于是只有将其甩给最轻易的理由。人类行为线索的乱麻,基本上你自己都是理不清的。你不知道自己究竟为何冒雨跑到了空无一人的街上,你也不知道自己究竟为何在某个夏天的黄昏打起了寒战。你不能直视自己,既无那样的勇气,也缺乏超然冷静的神情。更何况,如今世界都陷入在了空前的迷茫里。

丽都广场前的露天餐吧我并不陌生,三年前,我和姜来供职的那栋写字楼就在近旁。远远地,当我望到餐吧支起的遮阳伞时,心里居然涌动起一丝慰藉。昔日重现,那滋味,就是重逢某个久违了的东西,而这个东西,此刻对你具有连你自己都未曾擦亮过的意义。"久违"与"意义",三个月前,无论如何我也是没法跟这家露天餐吧联系在一起的。因此我还放慢了脚步,不过是想延宕内心这种新鲜的、令人有些目眩的感受。

姜来已经坐在一张桌子前了。她要了杯水,在我看来仅是为了理直气壮地用水杯给世界一个摘掉口罩的理由。我从她身边绕过,坐到她的对面,一时间不知采用怎样的方式启动这个非常时期的谋面。还好,我也摘下了口罩。这简直是非常时期最高的礼仪。

两张一览无余的脸,竟让我们彼此都有一瞬间的尴尬。

我有些不自然地对她说:"周末好。"

她也有些不自然地笑了,问我:"今天是周末吗?"

我一下子拿不准了,好在她紧跟着也回了我一句:

"周末好。"

我听出来了,其实她也是拿不准的。这有些美好。当大家对世界都拿不准的时候,世界一下子就显得没那么奇怪了。

她显然是精心打扮过,在我看来还有些过分精心,以至于都不太能和我的记忆对上号。三月末的天气谈不上温暖,可她已经穿着条紫色的纱裙了。

掩面时分　　359

"不冷吗?"我说。

我控制了语气,但我仍然感到自己有可能是要冒犯到她了。

"还好。"她答道,表情反倒像是担心自己光着的小腿冒犯了我。

大家都有些心照不宣地小心翼翼。我又一次感到了有些美好,随之还找到了另外一条此行的动机,那就是,人和人交际时这种微妙的迂回与躲避,亦是我愿意重温的旧时滋味。

不曾想到,我们竟是从口罩聊起的。上帝知道,三个月来,口罩已经成了我不折不扣的噩梦。没错,我就职的公司的确在从事医疗器械的国际贸易,但这并不是我的错,那只是一份糊口的工作,和从前我们一起卖保险没什么两样。我不该承受如此蛮横的摧残——我们这个行当一夜之间成了风口浪尖上的重灾区,全世界的人都跑来跟你谈口罩,有口罩卖吗,或者买口罩吗?这买和卖的背后,是你以前完全无从想象的量级。不到一百天,从我口头周转的口罩大概有几亿只,然而事实则是,几亿只虚拟的口罩充斥在我的艰难日子里,让我焦虑不堪,但迄今却没有一只有效地兑现在了现实的交易中。

此刻,面对又一个说出口罩的人,我知道了,原来我顶风作案般地跑出来,最大的动机不过是为了暂时逃脱那令人绝望的荒谬。

"全世界都在倒霉,只有你们这行因祸得福,"她并不像是调侃,反而像是要令我开心的样子,"你卖口罩都卖到手软了吧。"

"都这么认为,我要是跟你说,我实际上却降薪了,你会信吗?"

我勉力想要给她做出点儿解释,尽量用舒缓的口气,跟她说说沉船时刻甲板上没有哪只烟囱会幸免什么的。但我说不下去了,感觉胃液已经翻涌了上来。

我的表情让姜来认识到了问题的严重性,她替我叫了杯柠檬水。

"呃,这个我的确不太了解,"她说,"嗯,你是有些消沉。"

这话我还是接不上来。我何止"有些消沉",而且听上去好像从前我不消沉似的,那并不符合事实。

好在姜来没有等着我回应她的意思,飞快地转移了话题。她告诉我这段时间自己成了家里的全职保姆,照顾一个不足周岁的女婴足以让她无暇顾及轰轰烈烈遭难着的世界。听上去,她不是在诉苦,是在向我炫耀自己的幸运。我装作饶有兴趣,心里做着换算:如果在一个女婴和漫天的口罩之间做出抉择,此刻我会投奔怎样的生活?这很难,真的很难,不是因为两者都对我构成恐吓,而是我意识到了,世界给予你的选项原来就是没得选,要么你去面对女婴,要么你去面对口罩。这个发现令人松了口气,我想,这可能也是姜来约我见面的愿望所在,共享一下自己的困境,赋予困境某种"庆幸"的色彩,于是分摊掉实实在在的重荷。

在我们昔日的交往中,就曾经如此共享与分摊过。那时我刚刚毕业不久,拿了文学硕士的文凭,却只能跑到保险公司谋职。我天真地认为,学以致用,至少我可以用被文学史训练过的笔法去胜任一份文秘之类的工作,孰料直接被安顿到了实打实去做业务的岗位上。那是一个厮杀的疆场。我以为这很不幸,但姜来却让我相信这是幸运。她比我大七岁,当时在我眼里都算是一个长辈了。尽管和我所学的专业相同，她手里攥着的，却是博士文凭。博士都不用对硕士过多解释，在她的共享之下，我很快觉得没有被安排去做保洁已经是中了大奖。她从安徽来到北京，不用说，是上了某个男人的当，人生一下子被悬置在了古怪的区间里。她不能抽身了，只能顽强地浮动在好像是被规定好了的引力当中。她要留在北京。这里面肯定有赌气的成分，似乎要如此证明点儿什么。对此，我向她部分地分享了自己的境遇：与她的方向相反，我那时最大的目标是将自己从北京发射出去，无论是哪儿，安徽也行，火星当然最好。我有一个后父，麻烦到像所有麻烦的后父一样。两个目标南辕北辙的女人会聚在了同一栋写字楼里，彼此分享了秘密，这个事实对我有效，我想，对她大概也起到了疗愈的作用。

卖保险原本也算得上是一份体面活儿，可谁都应该明白，世界上所有的体面活儿都不是那么实至名归，它们肯定会跟你想象中的不一样，跟教科书上的不一样，跟电视剧中的更不一样。当年我们被组织在同一个团队里，收入是以集体业绩来绩效的。姜来的业务量比我强，尽管也只能算作是差强人意，但我总是觉得我在很长的一个阶段里，不仅分享着她的秘密，还分享到了她的劳动果实。我将自己视为一个不劳而获的受惠者，不免对她怀有隐秘的感激之情。因此，我还有种从业的不洁感，这种"不洁"之感，一直贯穿到了今天，不出意外的话，还将是我职业生涯毕生的滋味。就像现在，谁能想到呢，我这个医疗器械的国际贸易从业者，不过是在兢兢业业地做着虚空的数字游戏。

"我可能不该跟你扯这些。"姜来终于意识到了不妥。

我好像一直在等待她的这个意识到来。不同的是,我并没有觉得她有何不妥。就是说,我并没有感到不适,我只是认为她应该会有可能意识到她所说的话题将引起我的不适。所以我就不动声色,在等着她的这个意识降临。

三年前姜来陪我堕过胎。你瞧,现在谈论一个女婴,对这段往事有可能构成影射。

医院是她替我选的,以我之意,本来是想找个小诊所了事。这里面当然有捉襟见肘的经济考量,但事后我审视过内心,承认还有某种自弃与自毁的冲动在唆使着我。从手术室出来后,姜来陪着我在空空荡荡的医院走廊里坐了很久。她坚持选择了这家费用昂贵的医院,和我一起在黄昏中感受走廊高耸的立柱投射而下的粗壮倒影。昂贵当然有昂贵的道理,我是没有见过哪家医院的空间奢侈得宛如圣殿一般深阔,连柱子都做成哥特式的风格。外面已经是盛夏的季节,我们置身的圣殿温度适宜,肯定谈不上寒冷,而我却打着剧烈的寒战。说起来这很好理解,我刚刚被掏空了。但这肯定不是唯一的原因,它只是更显而易见。

她握着我的手,劝慰性地对我说出一些令人咋舌的知识。男性的精子对女性来说是异性抗原,按照移植学说,这个外来的抗原会受到排斥,绝大多数女性怀孕后并没有流产,原因是母胎免疫耐受机制的存在发挥了作用,但是,如果这个机制不够完善,那就可能会出现流产。她当时就是这么告诉我的。可这跟我眼下的处境有什么必然的关系呢?我想,她事先一定专门补了课,否则她不可能如此专业,即便她是一个文学博士。

她也的确像是在背书，脸上是知识未曾消化过的费劲表情。

"还有另外一种状况，"她认真地说，"那就是偶发性流产，发生了自然淘汰，淘汰率达到百分之五六十。"

这很神奇。不是吗？我不能确定她的科普是否准确，也不能确定自己是否真的准确理解了人类生育的规矩，我只是觉得自己被有效地说服了。既然那是一个高达"百分之五六十"的人类事实，你还有什么理由继续打着寒战呢？"自然淘汰"这个词发挥了效力，那就像是在说花开花落与春去秋来，是在说自然那庞然的意志与你那只能的逆来顺受。就算你刚刚经受的，是一次血淋淋的非自然掏空。

我拿不准自己是否曲解了这堂生殖课的真谛，就我当时的理解，我认为有许多流产是在连你自己都不知道的情况下发生着的。自然在悄悄地搞着神秘的平衡，这赋予了事情不由分说的色彩，它在源源不断地淘汰着胎儿，女性的身体不过恰好是一个搬运现场。这样的认知，一直保持到了今天。

那天黄昏，我在夕阳的余晖中渐渐平静。姜来始终把我的手握在她掌心，循循善诱。我从未对她表达过谢意，就好像我们不曾想过要对大自然表达点儿什么。直到有一天我不告而别地离职。

是的，在大多数时候我都显得冷漠。但我知道，这只是当我必须向世界描述自己时，能够用来保护自己的最安全也最廉价的一个说辞。我知道自己有多么地不讨人喜欢。除了将一切推诿给那天赐的性格本身，我没有力量与胆识坦陈自己所有的深情或者绝望，当然，也有愚蠢和贪婪。

我们那时就是处在这种不温不火的友谊里。有时候一起在天台上抽支烟,有时候一起在丽都广场前的露天餐吧吃顿饭。她原本并不抽烟,是跟着我才染上了恶习;我原本也对意大利面毫无兴趣,跟着她,才开始觉得原来也还不错。现在盘点一下,我觉得我从两个人之间的友谊中获益更多:我教会了她一个恶习,她拓展了我的味蕾。何况,那时的饭钱基本上也是她出的。这个认知此刻令我惭愧,我想要对她释放出适度的善意与热情,如果有可能,我还想向她道歉,请她原谅我无可救药的冷漠,并接受我笨拙的示好。可是我真的不知从何说起。

戴着口罩的服务生端来了食物。原来她在我到来之前已经提前点好了。这没什么问题,本来就是简餐,薯条、鸡翅、意大利面。从前她就是这么干的。

"保险餐。"我脱口说出了自己的心里话。

"什么?"姜来显然听不懂,"噢,应该是保险的,现在能被允许营业,应该就是保险的。"

她会错意了,我并不是在担心食品安全。"保险餐"只是我从前在心里对这组食物的一个命名,除了对应着彼时我们从事的行当,还隐含着某种内心的感受,它代表着妥帖、恰当、心安理得和不事声张。由此,你该明白为何意大利面会让我觉得也还不错了,因为它介于可口与难吃之间,刚好是一个能够下咽却也能够微弱奖赏你味蕾的口感。谁都吃不下太难吃的东西,但我的舌头也消受不了过于丰盈的犒劳,那样会吓到我,让我觉得自己是在染指不切实际的幸福。所以遇到团队聚餐的时候,我基本上都会找个借口缺席。姜来却不行,她的年龄在我们当中算是大的了，于是就承担了团队成员对她"大姐"的预期，十有八九，大姐姜来都会配合着大家的兴头。无论谁做成了单子，大家都要去找地方集体庆祝一番，吃顿火锅，或者烧烤，这个不成文的规矩，发展到后来，没有单子，有了意向，也得去吃一顿。我因此承受了更多的难堪，婉拒时难堪，第二天见到大家时，也无端地难堪——仿佛每一个人的嘴上都还泛着油光，而这油光辉映着的，是对于一个孤立者的讥讽。

"我一点儿也不担心它的安全。"我抓起一根薯条塞进嘴里，脑洞大开地对姜来说，"它们就像杰西卡一样的安全。"

"杰西卡？"姜来怔了一下，马上反应了过来，皱着眉阻止我说，"你最好还是别用手吧。"

杰西卡也是我们曾经的同事，是团队里最小的成员。她那时刚刚本科毕业，学的是金融。她来卖保险才是真正的学以致用，但实际上，却比我这个学中文的都更像是入错了行。她太独特了，总是让人感觉处在一种行将闯下弥天大祸的紧张之中，本来并不很白的皮肤，由于神经紧张的缘故，常年像是涂抹了不太均匀的粉霜。我用了不短的时间，才把自己心里的感受对上号——杰西卡看上去像一件树脂做的、那种所谓的前卫艺术品，不能简单地以美或者丑来理解，但是有强烈的感染力。和你说话时，你会感到她随时会哭泣起来，泪光在她的眼睛里闪烁，让你难以判断这是事实还是幻觉。要知道，你跟她谈论的可能只是早餐吃了点儿什么，这并不构成哭诉的理由，可她的确是发出了哭腔，于是你只好跟着陷入到紊乱里，开始怀疑是不是自己出了问题。她和大家的交流几近于无，谁都不想惹她哭，以至于"杰西卡"这个英文名字完全抹去了她的本名。大概每个人都琢磨过，如果你非要去向她求证一个中国名字，势必会搞出惊天动地的哀恸，她会哭泣，直至在哭泣中融化。大家的心里有着共识：紧张不安的杰西卡却是团队里最安全的那个人。只要你别去多跟她说话，她就是空气一般无害的存在。

既然说到了安全，只能说明不安才是那个小团体中最普遍的情绪。警惕让每个人的寒毛都耸立着。当大家被以团队精神的名义组织起来时，也只能说明充满敌意的竞争才是最大的事实。我也被人从手里抢走过单子，也被客户下流地侵扰过，个中曲折，肮脏到我都不愿再去回忆。但我能够记得有那么几次，因为羞辱之感，我跑到天台上去不可遏制地呕吐。这让我害怕，除了呕吐，从天台上纵身跃出的冲动也伴生而来，那可绝不是个形容和比喻，既然呕吐已经是纯然的生理性行为，那么跳楼也就极有可能不再止步于一个念头。我甚至会这么认为：公司将杰西卡安排在这个团队中绝对是一个英明的决策，也许，在每一个团队里都会有一个杰西卡，她的无害，就是用来舒缓大家情绪的，类似军队里在硝烟后给大家唱歌的文艺兵。

"安全的杰西卡。"我不由得又自言自语了一句。

杰西卡的处境构成了对我的安慰。我还能婉拒掉自己难以适应的团队聚餐，而她连拒绝的选项都没有，只能脸色苍白地尾随着集体的纵队，如同被一群野蛮人从战场上掳掠回来的人质，惊恐而无辜地看着他们狂欢，甚而还要惊恐地为他们奏乐助兴。

"事实也证明了，她也并不是那么地安全。"姜来说。

她的表情一下子变得有些让我陌生，好像戴上了无形的口罩，人应该还是那个人，但看上去，变成了另一个人。

"是，所以这才是最让人震惊的。"我说，一边用眼神质询她的状况。

姜来歪头笑了一下，表示她没什么问题。

那"让人震惊"的事，是指有一天杰西卡被一群人堵在了公司里，她被指控拐走了别人的丈夫。

团队周五下班前都会开一个例会，这时候部门经理就会露面。我们的经理姓刘，一个三十来岁的女人。迄今我也没有获悉她的名字。一方面，可能是我并无这样的需要，我压根儿不想知道她叫什么；另一方面，可能这也是公司想要达成的效果。我不觉得她是一个真实的人，在我眼里，她更像是一个符号，代表着组织、管理、纪律，还有分配原则什么的。她长得并不漂亮，但颇具说服力，那是一种泡沫聚苯乙烯之类的合成材料塑造出的魅力。

刘经理在那个周五的黄昏又一次出现了。大家已经分坐在会议桌两侧。我的身体仍未康复，堕胎后我压根儿没有休息，似乎让自己硬挺住这个行为本身，才是一个正确的自愈良方。而且我也怀疑，自己是不是真的能够康复，或者干脆就不需要康复。杰西卡恰好坐在我的对面，一贯地脸色苍白。她的双手放在桌面上，面前摆着打开的笔记本，没谁要求，但她总是在例会的时候认真地在小本子上做着记录。

刘经理进来后直接坐在了她的位置上，一言不发地坐了一分钟左右，她用手指扣了扣桌面。这是一个信号，会议室的门应声推开,公司保安的半个身子先露了下头,随后,他放进了那队人马。

"那天像是排练好的一出戏。"我说。

这就是我当时的感受。一切都极具仪式感,仿佛彩排过一般,像是舞台剧,逼真地模拟着生活,但又时时强调着,不,这是精湛的表演。也有可能这只是我的主观感受,谁知道呢,那时我湿漉漉的,感觉自己的身体仍然在持续不断地"自然淘汰"着,这种状况,也难保不会被幻觉蒙蔽。至少在我看来,涌进来的追责者并不吵闹,每个人的腔调都是清晰而夸张的,却丝毫也不杂乱。因此,原本应该显得比较复杂的事件,居然被我很快理解了。喏,杰西卡的一位男性客户失踪了,而她,是有迹可循的责任人中,最后一个与此人联系的那一个。现在,她需要交代出失踪者的去向。

"我也是这种感觉。"姜来说。

她一边用叉子挑着意面,一边用另一只手撩起垂下的头发。我发现她变得迷人了。

"现在我还会偶尔想起杰西卡的那个回答。"我说。

没错,那个回答神奇极了,既是一个确凿的答案,又是一个崭新的提问,基本上,你可以说它是一个"命题"。杰西卡竟然没有哭泣,她竟然显得空前地镇定与平静。她一边说,一边在小本子上写着什么,好像是在同步记录着自己所说的话。这让她显得有些漫不经心,又让她显得有些郑重其事。

杰西卡承认自己三天前与这个男人一同吃了饭,并且,也知道他去哪儿了。

"她说,"姜来复述出了这句话,"——他去一个朋友的家了。"看来她也难以忘记。

一个两三岁大的男孩跑到了我们桌前,他把口罩戴在自己的脑门上,连带着把眼睛也遮住了。

"回来!"他的妈妈在后面大声呵斥。

他去一个朋友的家了。没错,杰西卡当时就是这么回答的,给人的感觉是,她完全掌握那男人的行踪,而这个掌握,像是一个只有她才能够拥有的特权。——嗯,他去一个朋友的家了。连我都因之产生了希望,接下去,就等着她告诉大家这个朋友的家在哪儿了。

"但是她也不知道这个朋友的家在哪儿,"我忍不住笑了,不,不是觉得滑稽,是被某种悲伤的东西猛烈地触发了笑点。"何处是那朋友的家?这都像是一个哲学命题了。"

"你会同情她吗?"姜来看着我问。

我抓紧吃掉了一根鸡翅。

"我也说不好,可能我也被现场的气氛给搞蒙了。至少,我是不反感杰西卡的,我想,我们所有人大概都不会反感她。没错,为了签下单子,她竟然也使出这种手段去接近客户了,但这不是每个人都心照不宣的秘密吗?知道她也这么去干了,我会感到有些心痛,可这心痛又不太像是在同情她,反倒有些像是在可怜自己。我也说不清楚,总之,我经常会想到她最后的那个回答,她简直就是很认真地把一个谜语当作答案来看待了,她肯定确信自己知道那男人的下落,而这个下落就是——他去一个朋友的家了。至于这个朋友的家在哪儿,并不是她要求证的问题,她认为她已经得到了答案。"

我也不知道自己为什么竟然变得有些激动,更没指望姜来能听明白我是想表达什么。老实说,我也不知道自己想表达什么。

"我知道你在说什么,"姜来这么说实在令我意外,"你是在说软弱者的无助,当强悍的世界完全令人招架不住的时候,弱者会沉入在自己的逻辑里。这让你感同身受。"

"是,好像是……"

我真的有些发抖,向后靠在塑料椅背上,环顾一番四周,好像这样就能把疫情都给解决掉了似的。

"对了,刘经理叫什么?"我随口抛出一个问题。

"刘经理?"姜来咬住叉子,说,"刘经理,她的名字叫刘经理。"

我开怀大笑起来,连嘴里的薯条都掉在了胸前。

姜来放下了叉子,开始用餐巾纸擦嘴。我真害怕她随后会戴上口罩。

"那么,你想过那个朋友的家在哪儿吗?"还好,她又把叉子拿起来了,"对于这个答案后面的答案,你从没感到过好奇吗?"她再次埋头吃东西,一边吃,一边问我。

"好像没有过。那不该是我关心的事儿……"一瞬间,我剧烈地意识到了什么,我能感受到她身上的坚定性,那是一种天生所具有的类似禀赋一样的东西,那是一种能量。"好吧,"我竟是一种认命的心情,"他去了你家,你就是那个朋友。"

"严格说,不是家,你知道,那时候我也是跟人在三环边儿合租了一套老式房子。"她头也不抬地说。

"你不是在逗我吧?"

我知道她不是,我只是好像还不甘于失败。

她依然低头面对着食物,就像当年杰西卡低头面对着小本子。

"好吧,那么,你是知道那男人下落的喽?他去哪儿了?"我知道这并不是我关心的问题。

"是的,我知道。"她一根一根地挑着面条往嘴里送,"他在我那儿过了一夜,第二天就走了。"

"去哪儿了?"

"他去一个朋友的家了。"她停顿了一下,补充说,"分手的时候,他是这么跟我说的。"

这个答案一点儿也不让我惊讶,或者说,我是被某种更大的、我完全无从想象的惊讶罩住了。即便现在她抬手把一只口罩塞进嘴里吃下去,我也不会感到惊讶。

"他就是一个谜面的制造者,给一个又一个他经过的女人,都留下了不可追问的去向。"我不是在跟她说,我是在跟自己说。

对,就是不可追问。姑娘们都止步于他给出的那个"命题",因为继续探究,已经超出了她们权利给定的边界。

"的确,他很吸引人,甚至可以说有股魔力。我想,杰西卡接近他,并不完全只因为他是一个潜在的大客户。至少,这不是我的全部原因。没错,他太有钱了,风度和教养都很好,而且看上去很有保险意识,简直就是为我们量身定做的目标人群。但我不会跟所有这样的人都去上床。"姜来说。

"可他使用自己的魔力跟你们都上了床。"

"他应该不是故意的,是杰西卡主动撞上去的。"

"怎么说呢？"

"杰西卡偷看过我的记事本，她给我正在谈的好几个客户打过电话。"

不可避免，我的眼前浮现出杰西卡那前卫艺术品般的脆弱神情。

"我一点儿没有责怪她的意思。我知道她有多艰难。我其实还会有些替她担心。这个男人，早晨从自己的太太身边离开，道别时，告诉自己的太太他去一个朋友的家了；他在傍晚和杰西卡吃了晚餐，分手时，同样告诉她自己去一个朋友的家了；然后，他到我那里过了夜，在第二天的清晨对我说，他去一个朋友的家了。就此，他走进了一个闭环里，或者是一个俄罗斯套娃里，不知所踪。但女人们的日子还得过下去，他的太太不会有什么大问题，你看，我也不会，但杰西卡就说不准了，她依然活在现实里，可意志已经被绑架到另一个维度里了。"

"没准儿谁都差不多，和现实脱节，属于一个世界，却在另一个世界。"

"没听懂。"

"我也不懂。"我说。

其实我大致能懂，譬如，当年姜来人在北京，却不属于北京，我在北京，却属于火星。

姜来终于不再吃了，但也并不看我，而是侧脸看着不远处那个将口罩当帽子戴的小男孩。

"你还是老样子，穿什么都像个学生。"她说。

我低头看了眼自己的腿，发现自己都不知道自己原来穿着条运动裤。其实这条是我的睡裤。

"不知道杰西卡现在怎样了。"她招手向服务生要了两杯生啤,接着说,"跟你一样,她在第二天也不辞而别了。——你为什么离职呢?我一直有些猜不透,只是没问你。"

姜来直视着我,这不对劲,她显得有些咄咄逼人。有一股暗流在我们之间升起,女人的敏感可能让我们都意识到了点儿什么。

我再一次忍不住大笑起来,完全莫名其妙。

"我去一个朋友的家了。"我这么回答她,笑得上气不接下气,觉得这个回答真的是绝妙极了。

"去你的!"

她也跟着笑起来,跟着也上气不接下气了。

直到两杯生啤摆在了眼前。我们碰杯,各自喝下一大口。我心里的祝词是:嗨,祝贺你,你留在北京了,而我,还没有被发射出去。

离职后,我和姜来保持着断断续续的联系,她结婚时通知了我,但我没去。她嫁给了一个大学教授,是她读博时的同门师兄。这位师兄成功地杀入了北京,就职于一所高校,于是山重水复,姜来借此实现了自己的目标,在北京也属于了北京。她依然在卖保险,不过成了也只是出现在周五例会中的姜经理,可能也在经历着淬炼,正在"泡沫聚苯乙烯化"。她生孩子的时候我去医院看过她,我们一同坐在医院的走廊里,在立柱的阴影中感受神的光环以及自己的平凡,我感到自己的下身湿漉漉的,猜测自己再度经历了一次神不知鬼不觉的自然淘汰。

"你知道吗，我得感谢你。"姜来又一次举杯。

我和她碰杯，把她的话也当作一个客气的祝酒词。

"跟着你来这儿我才喜欢上了意面。"她说。

"什么？"我有些恍惚。

"这种食物蛮神奇的，嗯，像安慰剂。"

我大约能够明白她的意思。我只是想不起最先究竟是谁带谁来的这儿。

"是我带你来的？"

"你不记得了？那天下雨，我在公司楼下遇到你……"

我记得了。那天下大雨，我从写字楼冲进了雨里，街道上空无一人，当姜来从一辆出租车钻出来时，给我的感觉，就像是撞到了世界上唯一的那个幸存者。她也没打伞，不远处露天餐吧的遮阳伞就成了一块天经地义的避难所，让我们不往那儿跑都不行。

"我没跟你过，那天我是从一家私人会所跑掉的，几个男人想欺负我，恶心极了。你可能想不到，当我看到同样湿漉漉跑过来的你时，心里有多安慰。那顿饭救了我，薯条、鸡翅、意大利面，简直就是上帝亲自下厨专门为我做出来的。它们就是这个世上属于我的食物——你可能觉得我这么说太夸张了，但我当时就是这么想的——有一种跟你匹配的东西，不多也不少，你就不再是孤立无援的了。"

"祝贺你。"我竟说出了这么一句。

但我真的是想祝贺她，至少她得到了安慰，并且还记得这一切，能够相对容易令人理解地描述出来。而我，压根儿无从

掩面时分

说起那天自己究竟为何冒雨跑到了空无一人的街上。

世界何曾太平过。不戴口罩的日子里，每个人不是照样深陷在各自轰轰烈烈的平庸的困境里。

"那时候我真的挺难的，"她说，像是要对什么做出解释，"还好，房东人不错，答应我半个月付一次租金。"

我竟无言以对。她不需要对什么做出解释。她连房租都付不起的时候，却带着我去了圣殿一般的医院。这才是问题所在。

喝光啤酒，我们起身道别。略微迟疑了一下，我还是向姜来伸出了手。两个女人的手在严峻的时刻坚定地握了握。我们之间的情谊，不会因之变得更加深厚，那本来就不是我们之间的方式，我们没那么开头，就不会那么发展，我们只是撞在了雨里，一起分摊了漫天的大雨。大雨淋了两个人，就比只淋给一个人的份额少了一点儿。但这就到头了，你从来都只能相信，每个人的悲伤都是各自独立的，它们隔绝无依，并不能彼此交汇。

戴上口罩的姜来显得很轻松，就像一半的不轻松被遮住了。我想，在世界停顿下来的这个当口，掩面时分，大家都该趁机清理清理某些悬而未决的往事。她认领了那个男人"朋友"的身份，有理由轻松起来。我也好了许多，如果见面那会儿我是"消沉"的，那么，现在至少看上去应该不那么消沉了。

目送着姜来离开，我并不急着回去。她回去是面对一个不足周岁的女婴，我回去，是面对漫天飞舞的口罩外加一个麻烦的后父。对面诺金酒店的玻璃楼面在三月的辉光中熠熠闪亮。我在广场的花坛前坐下，看着那个乱戴口罩的小子到处瞎跑。有几次他都冲到我面前了，我都做好了即将被他撞翻在地的心理准备。可最终他也没有撞到我。

所有发生了的事情，都是你没有防备的事情。

有一件发生过的事情，我刚刚没有告诉姜来。它在一瞬间都跑到了我的嘴边。可我终究还是没说。大概要是说出来的话，太像是一笔交易——喏，我跟你说个秘密，你也跟我说个秘密。这太小儿科，也有失严肃。况且，我们大概也都过了那种分摊大雨的人生阶段。重要的是，这件事不像是件真事。

但它的确发生了，因为我毫无防备。

导致我堕胎的那个男人出现在一个午后。我往写字楼里走，他在身后喊住我，用一种狩猎者胜券在握的口气对我说："你是姜来的同事吧？"我们就这样认识了，事情由此发生。他有一种天赋，就是会让你相信，只要稍微再坚持一下，他就能帮你把自己从北京发射到火星去。

离职后，我竟然还顽固地追踪过他。我找到了他的公司，也找到了他的家。我站在街边观望与等待，如实说，好奇多过痛苦。我可能只是想搞明白这世界是如何运转的，那么多意义非凡的事该如何让我去勘透本质。这个过程并没有花费我太多的力气，他在十天后就回到了自己的家，进门时的背影就是一副刚从朋友家归来的架势。这个结果让我觉得索然极了。他永不回头就会成为一个奇迹，就可以让姑娘们永远将自己的伤口美化下去，一直假想着被人当回事，或者曾经那么接近过火箭即将发射的一刻。但是他从朋友家串门儿回来了，精疲力竭，手里拎着带给家人的礼物，不是鲜花那类的东西，看包装袋，像是提了堆热乎乎的麻辣烫。

没有神的光环，只有你的平凡。

我既没有因之搞明白世界是如何运转的，对我而言，意义非凡的那些事，也照旧还闪闪发光地意义非凡着。这并没有摧毁我。我只是想明白并且承认了下来，一切其实并没有那么叵测，当我们前仆后继成为他人的下一个"朋友"时，或多或少，都怀有"签下一单"的心情。

这当然很残酷，可理解了自己之后，我才能平静地，甚而是不带羞愧地去容忍自己与理解世界。为此，现在，就是此刻，我都能穿着睡裤在三月的春光下轻盈起舞。世界当然还会重启，到那时，势必还会有人源源不断地离我而去，形成新的闭环或者套娃，也会对我说一声：我去一个朋友的家了。而我，就可以如同代表着自然的意志一般，勇敢地发出神圣的质询：

何处是你朋友的家？

2020 年 4 月 7 日凌晨
庚子桃月十五初稿
2020 年 4 月 8 日正午
庚子桃月十六定稿
香都东岸

羊群过境

这种时候，一个乐观的父亲会让人气馁。他不知道，当他在卫生间冲澡时，我会贴过去，支起耳朵，会调动记忆的库存，竭力将他喉咙里哼出的声调碎片拼凑成完整的旋律。还好，我拼出来了，《张三的歌》。一首不折不扣的老歌。但它肯定没父亲老，记忆无误的话，它流行在我的少年时代。那时候，对于父亲和我，它都算是新歌。这歌我都有年头没听过了，否则脑子里也不会在扒拉它时仿佛飘满了蛛网和灰絮。现在，父亲一边冲澡，一边哼哼。老歌新唱，或者新歌老唱，总之是有些拧巴——尤其在这种时候。

谁都知道，这种时候，是怎样的时候。至少，我觉得它是不太适合哼哼老歌的时候。

两个多月前，我从北京回来和父亲一起过春节。那时候，差强人意，我还算得上是一个对生活有所把握的男人，说是踌躇满志，也不算太过分。没人能料到，却劈头撞到了此生最漫长的假期。因在父亲身边一个半月的时候,我告诉了父亲:如今我已经成了单身男人。我对父亲坦白道:有朝一日,当我返回北京时,我就要独居了,公司给我找好了一套不错的公寓。父亲一下没听明白我话里的意思,或者他的心思压根儿不在我这儿,我进一步解释之后,他才恍然大悟地说:

"噢,离婚了呗。"

那一刻,电视开着,屏幕上尽是从头裹到脚的人。两相映照,我重新成了单身男人这种事儿,可不就是——"噢,离婚了呗。"微不足道,和世界遇到的麻烦相比,实在微不足道。

"这么说,你小子对我撒了个谎,"父亲挤挤眼睛说,"不过没事儿。"

他真大度啊。也不知道是在说我对他撒谎没事儿,还是在说"噢,离婚了呗"没事儿。他这么大度,对我,却成了事儿。那就是,我感觉他很强,而我很弱。他的乐观,对我构成了挤压,并且,这个挤压现在看上去遥遥无期,所以我对摆脱的那一天,用了"有朝一日"来想象。

"孩子和刘珂去桂林玩儿了,我回来陪你过节。"这是我对父亲撒的那个谎。

重新成为单身男人这个事实,我是没打算跟他撒谎的,没必要,离婚在什么时候都不算什么好事,但在三个月前,却也不会让人觉得生活将因之天翻地覆。那时候的世界,道路是曲折的,前途是光明的。我不过是想将如实相告的时间延宕一下,好让父亲度过"一个祥和的春节"。但我哪儿能知道,时间并不掌握在我的手里,仿佛游戏机的开关,任由我来启动或者暂停。

而且，现在我也知道了，某些被我们视为紧要的真相，原来压根儿也没那么紧要。世界的麻烦给我们带来了麻烦，却也覆盖了我们的麻烦。

一度，连我自己对自己的那点儿麻烦都不怎么惦记了。然而两个多月后的现在，我感到心里有颗不安的种子正在抽枝发芽，开始伸张它的爪牙。既往的感受与认知，重新复盘，都有了不同的滋味。最为显著的是，我开始想念刘珂，更为剧烈地开始想念儿子。这让我觉得自己很无力并且很无能。

这种情绪，在一个冲澡时都兴致盎然的父亲面前，就成了煎熬。天啊，他居然还能天天骑着电动车出门，行动力饱满得让人嫉妒；他居然还能一边冲澡一边哼哼，哼哼的居然还是《张三的歌》。我都快四十岁了，却一点儿硬汉的影子都没有，相较眼前这位老歌新唱的父亲，他的够劲儿，让我简直就像是一个茫然无措的婴儿。

我得重新找回点儿什么。即便是妄念，我也得让自己再次去试着摸索"游戏机的开关"，试着重新回到那种对世界有所把握的中年男人的自尊中去。这对世界不重要，对我很重要。我还有个未成年的儿子，我也想当我老了的时候，面对麻烦的世界，也能在儿子面前哼哼《张三的歌》。

可谓灵机一动，隔着卫生间的门，我对父亲说出了一个建议。我说，爸，咱们去趟甘南吧，省内交通现在没问题了，高速公路已经开放了。本来，这只是一个偶发的念头，但说着说着，却唤醒了我那中年男人深谋远虑的自信感。那就像一个老司机重新握住了方向盘的感觉。建议什么并不重要，重要的是，这种能够再度对生活给出"建议"、运筹帷幄似的决断力，让人来电。我兴奋地告诉父亲：自驾，即便春光料峭，可毕竟也是春光，一路高山峡谷，造物万千，是时候让我们的心胸为之一阔啦！

父亲还在哼哼他的，和着水声，都有点儿不太像是《张三的歌》了。

我对着卫生间的门自说自话，憧憬着将要重新夺回点儿什么，如同一个老司机般地再度上路，决定一趟出行，左右自己的父亲，规划自己与他人的方向。我说，你看，我在甘南有朋友，路上遇到什么麻烦的话，解决起来也不是事儿；从兰州启程，一路向着西南进发，拉卜楞寺和郎木寺在等待我们，雪山草地在等待我们，兴之所至，我们尽可以一头闯进四川，白龙江的对岸，就是九寨沟……这么口若悬河地说着，站在卫生间外的我，真的仿佛是在诉说着自由，仿佛借由掌握着的人间关系或者地理知识，就能佐证出自己的价值。

"羊肉好，"父亲回了一声，"甘南的羊肉好。"

"对！甘南的羊肉好，让我们去吃个够！"

"不缺羊，我们不缺羊，蒙古国人民捐给了我们三万只呢。"父亲快乐地说。

这事儿我知道，刚刚在手机上刷屏才看过相关的消息，说是那三万只羊正在友邦牧民的悉心照料下加紧"贴春膘"。

可这个睦邻友好的消息，跟我现在所说的，有什么关系呢？费了些心思，我才理清楚一些头绪。我想，父亲的逻辑大约是：甘南的羊肉好吃，但现在我们不缺羊，所以——甘南，就不用去了呗。这就像"噢，离婚了呗"一样，举重若轻，有股顺理成章的云淡风清劲儿。

我回到自己的卧室，摸黑钻进被窝。这么多日子无所事事，人却感到精疲力竭。黑暗中，风吹草低，我想象"三万只"这样规模的羊群，正漫山遍野地涌上甘南高原的地平线。我当然知道，自蒙古国而来的羊群焉能从甘南入境？但那种地理知识拥有者的自以为是，此刻毫无意义。我只能，也甘愿，在黑暗里眺望羊群与高原。至于它们应该从哪儿入境，真的一点儿也不重要了。

昨天下午，我正给一盒龙虾解冻，公司分管人事的副总打电话跟我说："没那么糟糕，下半年海南归你。"

很给力，此时这样的消息，不啻于三万只羊。面对鼓舞人心的前景，我的眼前本该浮现出绿岛碧波之类的景致，但我首先想到的是，我必须得把手里这盒龙虾烧出大排档的水平。

随后公司真正的老大也打电话过来了。

"我知道你没问题，对吧。"老大的口气有些犹豫。

"是的，没问题。"我说，"停薪三个月，我还撑得住。"

老大笑出声来，我听得出，当我在说自己撑得住的时候，他实际上是觉得他也撑住了。他在透支自己的商业王国，分封天下——三天前，分到我手里的还是湖南。公司频繁谋划着未来的蓝图，给我们打下的气，回输过去，彼此就觉得都撑得住了。

父亲骑着电动车出门的日子，我基本上在做家务。不是什么重体力活儿，但一天下来，真的令人疲惫不堪。我一边系着围裙干活，一边回想许多年前父亲对我的那些教导。曾经，父亲对我强调面对生活时必须"一天一天地抠着过",不放过每一天,不求有功,但求无过,哪怕闲极无事去扫扫地、擦擦桌子,这样也算是做了一件有益的事,是对生活画上了一个正数,起码不是在消耗生活,不是在对生活做减法。那时候,母亲还健在,我刚刚结束了高考,在等待消息的日子里,针对我的迷惘,父亲开出了这样的药方。

我觉得这个药方很有效,正数,负数,加法,减法,于是生活就真的简化为一个可被理解并且可被运算的公式。谁曾料到,昔日重来,在这两个多月里,我要逆龄而生,再次以父亲的教导为准则,重温一遍做儿子的心情,在年近不惑的时候,又一次掰着指头运算日子。不是说这样的准则不值得被重温——所有的真理可不都是这么颠扑不破吗?——是说,当一个成年男人,尽管身陷在同样的迷惘之中,但重新被扔进父亲的压力之下时,那种横逆的不适感。我不做儿子已经许多年,如今,我自己都有了一个儿子,我早已习惯将自己的父亲视为与自己对等的男人,甚而,多多少少,在内心里我还认为他应当是被我指导与搀扶的,那个给生活开药方的人,早就换成了我。但这段日子,我只能一天一天,眼睁睁看着自己的力量涣散,看着自己在做了父亲的年纪,又去做回了儿子。

家是父亲的家,他在这个家里一边冲澡一边哼哼《张三的歌》。而我,原本只是来探亲的。细究一下的话,所有在春节回家的儿子们,好像都还带着某种扶弱济贫的优越感。结果呢,世界突然断了电,受困的儿子们只能沦为弱势的寄居者。没错,我撑得住,下半年湖南是我的,海南是我的,可我现在无所事事，不去做做家务就会显得不像话。我把一只烂了半边儿的西红柿扔进垃圾袋，当即都要后悔，觉得自己又做了一件消耗生活的事，对生活做了一次减法。这样的换算令人消沉，让我觉得自己总是这样，加加减减，减多加少，于是生活于我，就真的将一天天地成为一个巨大的负数。

我变得软弱，没有了应有的气焰，不由得总要回忆父亲曾经蛮横的强大。当年父亲带着我去爬华山，天知道那个百尺峡有多吓人，父亲咆哮着勒令我必须勇敢，峭壁万丈，他在前方向我挥手召唤，和他同样蛮横、强大的山风也在咆哮，共同在我心中交响出懦弱的强音。没错，就是"懦弱的强音"，当懦弱的强度成为了与勇敢混淆难辨的强音时，恐惧便成了一股歇斯底里般的眩晕。醉醺醺的，百尺峡当年我好歹还是过去了，现在想，如果没过去，好像生活就将推翻重来，不会走到今天似的。

"回去的时候我们还得再走一遍。"父亲对我说，听上去有些幸灾乐祸和不怀好意。

"那我们干吗要过来？"我绝望地问道。

父亲竟然被我问住了。那时我未曾想到，不期然，我问出了一个所有父亲们都永难回答的问题。你当然可以教导自己的儿子说，这是磨炼，因为生命需要勇敢；可儿子们也可以表达永恒的疑问：干吗要磨炼，生命为什么需要勇敢？于是，你只能低下强硬的脑袋，承认生命就是一件危险重重的倒霉事儿。

父亲不哼哼了，在客厅里调弄他的琴弦。小提琴喑哑的奏鸣飘荡而来。不是《梁祝》，不是《D大调卡农》，还是《张三的歌》。这应该是他明天要传授的曲目。尽管名不见经传，但到底曾经有过高光的时刻,然而退休后,父亲这位交响乐团的小提琴手,成了老年大学的义务老师。他能够这么顺畅地在琴弦上给自己的人生重新定位,的确很了不起。对此,我自愧弗如,此刻,如果没有一张"下半年海南归我"的空头支票,我不知道自己还能不能勇对叵测的明天。

我失眠已经有些日子了。明知道不可能,我仍然时时会觉得手机将即刻响起,将有一个莫须有的老大,隔空通知我可以启程了,我将奔赴世上的某个岗位,湖南、海南,甚至毛里求斯、斐济什么的,总之,那个世上的岗位前途无量,足以安顿一个中年男人所有的虚荣与骄傲。

实在睡不着,我会摸到客厅去抽支烟。那时候,父亲的小提琴躺在客厅的沙发上,一副整装待发的架势。天亮后,它会有个去处,会派上用场,尽管,它面对的不再是音乐厅里衣冠楚楚的爱乐人士,而是一群戴着口罩的老头老太太,但这也足以令它焕发出傲慢的派头。有个去处和派上用场,现在都是莫大的荣耀。月光铺洒在琴身上,我用手指拨动琴弦,它荡漾的声音,听上去像是我心里面发出的自我否定。

今夜我又这么干了,手指按在琴弦上,心忖着如果要弄断这几根尼龙线,靠手指是否可行。我想到了用刀,近来我没少跟菜刀打交道,厨房里那套德国刀具锋利极了,随便一把,就能轻易挑断尼龙琴弦吧?可是,我干吗要这么做呢?想了一会儿,我明白了,原来,我将这把小提琴视为了我那个甘南之行的障碍。父亲天天与这把琴并肩生活,而我,现在需要用一个出行计划的兑现来重拾生活。这把琴就是前程中的关卡,扫除了它，父亲就会听命于我，满足我重新给世界布局的企图。这就是矛盾所在。很荒谬，我也觉得很荒谬，趁自己还没在这个糟糕的念头里沉溺太久，我及时地爬到了天台上。

父亲的这套房子在顶层，有内部的楼梯直通天台。星空下，我拨通了儿子的手机。刘珂和儿子在桂林也滞留了很久，好在如今终于回到了北京，正在自我隔离中。接通后，手机里传出刘珂的声音。不用说，她首先要指责我时间观念的混乱，不应该这么晚了还打电话给儿子。道理我当然懂，我从来就不是一个不懂道理的父亲。我在儿子开蒙之初，就迫不及待地跟他讲过生活的运算法，教导他面对生活时必须"一天一天地抠着过"；我也曾经刻意训练过儿子的勇敢，带他去贵州深山里的一条索桥上体会尿湿裤子的滋味，我以一个父亲的名义冲他咆哮，让他早早地就领教到遭遇羞辱本是人生的标配。可这一切都没能阻止我和他妈妈婚姻的解体。

今夜，我打电话过去，原本也不是冲着儿子去的，尽管我真的很想他，但以我目前的状态，实在没力气再跟儿子谈论一番勇敢的价值。我找不准自己的角色了，不大有把握还能像一个生猛的父亲那样对着儿子来劲儿。下意识里，我期待听到的，就是刘珂的声音。我努力想要通过刘珂的声音，在心里重塑出刘珂的样子：独特的气声是她独特的鼻子，命令式的口吻是她细长的眼睛。

"儿子早睡了。"刘珂说，"你也不要熬夜。"

我觉得她既严厉又很温柔，这令我心头发酸，几乎要脱口对着自己的前妻说出世上最为软弱的话。

"先不要多想,这种时候能多陪陪老人,也是好的。"刘珂用这句话收尾,她说,"这是你的责任。"

对,这是我的责任。我在天台上席地坐下,大口呼吸,顶着满天繁星,开始用微信给儿子发信息。我想,明天早上醒来,儿子会看到这些内容的。我假想着我们正在展开一场关于"责任"的对话。

"儿子,你要照顾好妈妈,这是一个男子汉的责任。"

"我知道,爸。"

"你看,我要带着爷爷去一趟甘南,他的状态不太好,每天只能靠着去给一些老人教琴打发时间。我得让他开心点儿,透透气儿。甘南很美,虽然现在应该还有点儿冷,但是一望无尽的草场还有高耸入云的山脉,会让爷爷身心舒畅起来的。你看,这是我的责任。"

"爸爸,你对爷爷真好。"

"没什么,我们都该负起自己的责任。"我严肃地回答着儿子。

第二天早晨,父亲出门不久,我下到地库驱动了自己的车。驾车从北京回来后,我就没摸过方向盘,有那么一个瞬间,我竟有些恍惚,惊讶于自己居然是会开车的。

老年大学的所在地我知道,父亲不止一次对我渲染过那里环境的优美。——实际上,也谈不上有多么优美吧,在我眼里,不过是一栋临河的小楼,只是楼后河畔上的景观大水车像是件复杂如谜的关于忍耐的艺术品。停好车,穿过一条石子铺就的小径,我靠近了大门。《张三的歌》从小楼里飘荡出来。稍加分辨，我听出了电子琴的音律，当然，还有小提琴的奏鸣。随着乐声，是一群苍老的童声。

> 我要带你到处去飞翔
> 走遍世界各地去观赏
> ……

说是"苍老的童声"，只是因为我压根儿无法形容，就像在我的经验里，从未将电子琴与小提琴一同合奏过。但我得承认，此刻我听到的是具有感染力的声音，笨拙，还透着点儿俗气，但简单动人。

来到栅栏门前，我看到了父亲的电动车孤零零地停在院里。这个景象，竟让我有了一种将要"解救"父亲的幻想，如同儿子小时候我去幼儿园接他回家时的情绪。这种情绪接近于一种正义感，让我一下子似乎也找到了此行的合法性。戴着口罩的门卫拦下了我。我报出了父亲的名字。

"林老师在上课。"保安说。

"是的，我知道，我想见见你们负责人，不打扰林老师上课。"我说。

保安回到门卫室去打电话。一会儿工夫，一位看不出年纪的女士从楼里出来。戴着口罩是她让人看不出年纪的根本原因，但我觉得，摘了口罩，她的年纪也会让人有点儿摸不准。她的身材和着装，显然并不是很年轻了，但是她下楼梯的步伐却是跳跃性的，少女一般的轻盈。

保安介绍，她是"王主任"。

我向她自我介绍，是"林老师的亲属"。

王主任很客气，口罩遮挡不住她的教养。既然这样，事情就好办了。我对她说，清明节就要到了，林老师需要去给自己的亡妻扫墓，这需要一段时间，在这段时间里，不好意思，他只好暂停老年大学的授课了。

"这样啊……"王主任在沉吟，"当然没问题，应该的。可是怎么没听林老师说起过呢？"

"他不好意思张口吧，这种时候，他觉得应该更尽职一些。您知道，他是一个非常有责任感的人。"我不动声色地说。

"的确，林老师非常尽职，本来是义务的，他却完全像是在做一件分内的事。这种时候，老人们的精神生活更加重要了，多亏有林老师的支持。"

值得庆幸，我们之间的对话，有个最大的公约数，那就是——"这种时候"。"这种时候"，成为了人与人达成理解的牢固基座。王主任的语气让我生出些揣想：没准儿，除了老人们的精神生活需要，父亲如此热衷往这儿跑，还有眼前这位女士的因素。

"您看，能不能这样呢，你们给林老师放一段时间的假，"我道出了来意，"不用提清明节的事儿，就说学校有其他安排，小提琴课暂停一个阶段。"

"好主意！"王主任竟愉快地答应下来，让我一下子觉得，父亲热衷于往这儿跑，也不是完全没有道理。

"谢谢您，还有，"我感激地说，"您能替我保密吗？不要告诉林老师我来跟您提过这样的要求。"

"理解的,理解的,我保密。"

你看,口罩阻挡不了人与人之间良好的交流,我们可以通过眼睛彼此微笑。

她真是一位善解人意的女士。这么顺利地达到了目的,还是让我有些不敢相信。我转身离开,有一个念头不断地跳出来,我想,有朝一日,如果这位王女士成了父亲的伴侣,多半,我是不会反对的。

驱车回家,我感到了两个多月以来从未有过的轻松。我办成了一件事儿。这件事儿的大小姑且不论,仅仅"办成了一件事儿"本身,都足以让人感到欢欣鼓舞。我做了丰盛的午餐等待父亲归来。我想,父亲怕是会有些灰心丧气,那么我宽慰他好了,告诉他,正好,老年大学不需要你了,我们就去甘南领略广阔天地吧!父亲会像一个孩子似的失落吧?不要紧,他有我,一个中年的、有力量的、既有人脉、又懂地理的儿子。但是中午父亲并没有回来。他发给我一条简短的信息:别等我,你自己吃。于是一瞬间,父亲还是父亲,儿子还是儿子。

不仅午饭没回来吃,父亲晚饭也没回来吃。这是难熬的一天。我偏执地认为,父亲这一天一定是和那位王主任在一起的,我的脑子里不免要去想象那番情景。不错,她是美好的女性,可这,更令人愤懑。我想打电话给父亲,用一种成年人应有的理性谴责他,理由是现成的——"这种时候",您就不能让人省些心吗?

夜里九点多钟,父亲背着琴盒回来了。他好像还喝了点儿

羊群过境

酒，进门后就钻进卫生间去冲澡，随后，《张三的歌》再次响起。

我小心翼翼地贴在卫生间门外问他吃饭了没有。

"吃过了，以后我回来晚你别等我。"他说。

"你至少得给我打个电话吧。"我说。

"我又不是小孩子，你别瞎操心。"父亲的声音听不出有什么异常，他接着说，"还有啊，清明节给你妈扫墓的事儿你也别操心，我都计划好了，陵园关闭，我们可以在天台上遥祭一下。"

是的，他都计划好了。我有半天不知道怎么应答，渐渐意识到自己已然陷入到了确凿的困境之中。这个困境，与父亲无关。下午那会儿，公司的管理群发布消息，公示了第一批裁员名单。尽管我不在这个名单之上，但毫无疑问，这是一个不祥的信号。只是我那会儿居然听之任之，直到被父亲再次拒绝的这一刻，才回味出了严肃的危机。

"有事你跟我说，不用跑到学校去啊。"父亲哼着歌，间隔着说出一句。

"她答应过我保密的！"过了很久，我才颤声说出话，感到自己像是被整个世界背叛了似的。

"别这么孩子气，保什么密嘛，她跟我熟还是跟你熟呀？"父亲十拿九稳地说着，肩膀上搭着一条毛巾从卫生间出来了。

他可能也没做好和我劈面遭遇的准备，慌忙用手去遮挡赤裸的下身。这的确很尴尬，我也记不清了，我们父子有多久未曾赤裸相见。

"爸，我得跟你说说。"我一边转身走开一边说。

父亲也转身返回了卫生间，是一个和我彼此回避的运动轨迹。

"行,你泡壶茶,我们边喝边聊。"他说。

起初我真的走到客厅去泡茶了,但走到茶几前时,我发现自己一点儿也不想按父亲说的去做。我不想再跟他说一遍高原风物,当然也不想再听他跟我说一遍生活运算法。此刻,我放弃一切角色,无论是做个父亲还是做个儿子。

我爬到了天台上,迎着夜风站了会儿。这里我上来过许多次,从没像现在这样靠近过楼体的边缘。熟悉我的人都知道我恐高,但他们都没我知道我到底有多恐高。童年时,父亲带我穿越华山的百尺峡,我腾云驾雾一般地过去了,让他见证了我的恐惧,但我没告诉他,我都被吓尿了。这会儿,我走到了天台的边缘,探头向下一望,有如看到黑漆漆的深渊。

这栋楼并不是特别高,是那种只有七层的洋房,但是于我而言,超过两米,七层跟七十层没什么区别。矮矮的水泥护栏之外,楼体原来还伸出了大约有半米多的雨檐。小区里一片岑寂,但我分明听到了咆哮之声,那来自天际的声息,无外乎,还是怂恿我去做一个勇敢的人。

是啊,除了鼓足勇气,你还能怎样呢?

我目测了一下雨檐的长度,从我所在的位置,到下一个转折处,大致有十五六米的距离,这应该就是家里客厅的纵深。不算长,和漫长而狭窄的人生畏途相比,它不算长。我想,我现在需要克服的,不过就是这样的一段距离。

那么,有什么好说的呢?我抬脚跨过了天台的水泥护栏。不用说,我的腿完全软掉了,于是只能四肢着地,匍匐着,趴在了悬空的雨檐上。一瞬间,我在夜空中看到了昔日的儿子,那日，在我的威逼利诱之下，他在贵州深山里的索桥上，就是这样爬过了他的至暗时刻。和我小时候一样，儿子也吓尿了，为此，刘珂和我发生了激烈的争吵。那时候，关于怎样教育儿子，关于生活的性质，关于人该如何在这世上不屈不挠，我们之间有着巨大的分歧。此刻，我想，刘珂也许是对的。

春夜的风是软的，我在黑暗的天空爬行。爬过十五六米之后，没准儿，我就能焕然一新，成为一个真正刚健的人。闭着眼睛，向前一寸一寸蠕动，渐渐地，软风变硬，我的脑海浮现出辽远的幻觉，我真的看到了，本来，那如同一个巨大负数一般空洞的前方，那像皮子被鞣制过了一般的锈色夜空，开始泛出沉着的普蓝，在那普蓝色的天边，苍穹之下，高原的地平线上正有滚滚的羊群无声地越境而来。

2020 年 5 月 6 日

庚子畏月十四

香都东岸 一稿

2020 年 5 月 8 日

庚子畏月十六

香榭丽 定稿

对谈：等光来

弋舟　贺嘉钰

弋　舟：嘉钰好，先跟你对下表，你那里现在的时间是多少？

贺嘉钰：我正在你过去的时间里。现在早晨十点，太阳不高，因为在疫情中，世界显得安静。

昨天又读了一遍《庚子故事集》。《掩面时分》里有一个小细节——姜来在"我"看来"之于北京"，终于"在也属于"北京。这是一个有意思的角度，在一个地方却常常并不属于那里，似乎是现代人常有的体验。去年秋天来到纽约，因访学只一年，生活如沙漏一般进入了"倒计时"模式，但疫情突然爆发，这种时间感一下子又拨回了正向，因为我们确乎在等待"好"的到来。

在北京生活了十一年，我从未觉得自己属于它，现在身在纽约，更不属于了。"属于"的条件到底包含着什么？和一个地方相比，人也许更属于他／她自己的时间吧。我们不妨就从时间聊起。特别是在这么一正一反的拨转后，"这一刻"的意义不断显现。我一直认为你在小说中处理时间有种"凝固瞬间"的能力,那种在小说里感受时间的特别方式此时对位在现实中了,是什么让你觉得瞬间值得耽溺呢?

弋 舟:我们不属于空间,我们属于时间。你看,当我们没有一个确凿的体验时,我们也已经眺望了它的某种可能性,但这种可能性,一旦奇迹般地兑现成了庞然的现实,一方面,我们会为自己的某种"前瞻性"而窃喜,另一方面,我们又会空前地感到沮丧——原来,那未曾兑现的时光一旦来临,它的不由分说,立刻会让我们的沾沾自喜现出拙劣与肤浅。就是说,原来我们自以为是的某些优势,其实是经不起检验的。这种深刻的否定,就我的认知,只能来自那一个个由瞬间构成的时间。时间赞美了多少,它就唾弃了多少。对于那个无有始终的时间的臣服,差强人意,就是我对于文学的有限理解。于是,这本庚子年的集子,我努力"随波逐流",譬如,它破天荒地,有了一个前言,那个前言,以"钟声响起"为名,完全是"现在进行时"当中的情绪。这种"随波逐流"的顺服,达到了一个地步,那就是,因为我无力去做一个无有始终的想象,于是,我只能在一个又一个"凝固瞬间"中,去表达我的盼望。

贺嘉钰:作为读者,我以为那些在瞬间上的盘桓使小说有了"致幻"的质地,体验时间的方式被重新定义,那些在小说里被取消的线性流淌,将从四面八方打开我们的感官。

有点心有戚戚于你在这里说到"随波逐流",这也正是我从

《丙申故事集》《丁酉故事集》到《庚子故事集》一路读来,现在的感受。在干支纪年的限定下,三本书已经形成了它们自己的"小秩序",而这个来自时间秩序的命名方式在此刻更显况味。也就是说,你不得不看见此刻正在发生的一切。

"困境"是我打开前两部集子时都选择停靠的一个词,如果说《丙申故事集》讲述人如何穿越困境,那么《丁酉故事集》便是人如何与他们的困境相持。可是这一次,一切更加具体了,当困境兑现为庞大的、人类需要共同面对的现实时,我看见一个作家,不期于提供"解决方案",他呈现那些小周遭对人类个体的逼视,在这样一种反向的目光里,文学的能与不能、为与不为是紧贴着现实的。因为这样的时刻,人正在和具体的自然与命运打交道。那么,在接近灾难的时候,你会给自己找一个怎样的位置?

弋 舟:是啊——文学的能与不能、为与不为是紧贴着现实的。有多久了,我们在创作中忘记了"和具体的自然与命运打交道"?此刻我们有多无能,我们的写作就有多无能。如果真的可以做到认领这样的限定,那么现在,我们将自己的无能袒露出来,也许就是一个自我打捞的方案。喏,我撑不住了,被人羞辱或者羞辱了他人,我们撑得住,粉饰了世界或者被世界粉饰,我们也撑住了,可突然有一天,会有你压根儿无从想象并难以直视的羞辱与粉饰降临,你将撑不住。而此刻,那个理论上的"有一天",居然真的不只是一个理论了。

你可以当一切都没有发生吗?你只能写下这样的句子——

"形势依然严峻……"。《掩面时分》就是这样开了头。她当然充满了漏洞和风险,可是,一篇小说需要躲避的漏洞与风险,在这"有一天"的面前,多么微不足道。你把你的无能交出来,放弃既往对于指摘和误解保持警惕的那种机灵劲儿,反而,会觉得自己受到了某种庇护。你逞不了强了。至少,我的感受是这样的。无能,诚实,就是我现在能给自己找到的位置。

你从这一系列的故事集梳理出的脉络,我完全认可。从如何穿越困境,到人如何与他的困境相持,直至更加具体了的"这一次"。

贺嘉钰:这种无力与匮乏感在前两个月尤为严重,甚至让我开始怀疑长久以来所珍爱的事。文学能拯救我们吗?似乎不能。可是还想问,文学在什么意义上能使我们得救?从来没有这样迫切地希望自己能够回答,或是有人告诉我答案。现在似乎有一个差强人意的回答,那就是,文学不负责应对外部世界,它能到达的地方实在有限,它只到达你,它只负责为自我如何与自我相处提供一个参照。文学处理外部世界,但是到了你这里,便只与你有关。

让我们回到文本。《核桃树下金银花》是你的短篇中为数不多的让我感到了温情的小说,虽然有一个大灾难的底色,但一对"体量庞大"的少男少女在一个短暂相逢里完成了一次非常轻逸的抒情,小说里面有一句话,"她给我指认了此生的第一棵树木,启发我对原野展开想象"。我们知道,"这棵树"后来在地震中倒下了,但那个"少年快递员风驰电掣地开着一辆电动三轮车,向着他永远的翻版与镜像,向着一个胖天使,一头冲进漫天遍野的壮观的花海里"。小说在这里飞了起来,是的,人可以被一个模糊而遥远的指望激励,深情地活着,可一旦这个指望被抽取了呢,以后的生命他将如何和自己相处?小说虽然不说,可我感到某种安慰,因为它洋溢着的明亮调子。从灾难里稀释出"明亮"不是铤而走险,那要克服更大的阻力。

弋 舟:我想,那个解决之道或许朴素极了。你已经指认了,文学"它能到达的地方实在有限"。这个常识我们枉顾太久,惩罚终将到来,于是此刻我们才会如此无力,从未像今天这般深重地质疑文学的价值与意义。文学一直在那儿,今天之前与今天之后,它还是它,是我们曾经过度借由夸大它来夸大了我们自己,所有才有水落石出的今天。文学不是个魔术师的把戏,我们借由它抖机灵太久,早忘了诚恳的本意。就像"隐喻"这个词,若非事到临头,我们哪会检讨自己多么轻浮和泛滥地使用过它。现在,我们还好意思带着股傲慢劲儿说"这场人类的灾难是一场宏大的隐喻"吗?当然,它当然是,但我们开始羞于启齿。

《核桃树下金银花》也是我喜欢的小说,至少,它在你眼里被看为了"温暖",至少,我愿意在小说里认领人的义务,愿意重新回到对于一棵树的学习中去,这样,它就"只到达了我","负责为自我如何与自我相处提供一个参照"。当我靠着文学变魔术的时候,这些都远离着我。

贺嘉钰：这个"重新回到对于一棵树的学习中去"的说法就让我温暖。作家写作，不就是重新命名世界万物吗？最近看到一些作家、学者、艺术家在疫情中的生活记录，印象格外深的一篇是阿莫多瓦的隔离日记，他提到一部纪录片，是维克多·艾里斯的《榅桲树阳光》，记录的是画家安东尼奥·洛佩斯的日常工作，再具体一点，讲的是画家如何从秋天开始，画他花园中一株瘦弱的榅桲树。阿莫多瓦的表达具体又迷人，他是这样解读的："关于自然光照射在构成我们整个世界的物体上成就的奇迹。一年中不同季节交替下的光，进入黑夜的漫长旅程中的光。……这部电影讲述这个艺术家与榅桲树上的自然光相对，他将其看作斗争，一场注定会失败的战役。"影片里安东尼奥·洛佩斯就近尘世的方式让人感动，你会看到艺术家对大自然、对万物中具体的微小之物深深的疼惜。他要画阳光照在果子上的样子，便用漫长的时间等待光，光来了，只停留那么一小会儿，他常常还没抓住那个瞬间，光就离开了，有时候，暴雨还会说来就来，他得急忙叫上工人一起给这株瘦弱的小树搭起帐篷。片子里有一种日常所怀有的光泽，它微茫又高贵。你是不是也有着类似于"等光来"的时候？

弋　舟：是的，"等光来"。更多的时候，那种十拿九稳的把握感，按部就班的规划性，却是让我们处在一种"创造光"的谵妄中。我们既无耐心，又无定力，也许更为匮乏的，还是我们领受光照的资格。

你知道，按照前两本故事集的体例，我们这个对话是要作为代后记收在集子里的，实际情况却是，现在我还有一篇尚未动笔，甚至写什么，也压根儿没有眉目。就是说，原本带有"收尾"性质的这个对话，提前了，像是句号当作了逗号在用，也像是尚未竣工的房子，提前"模拟"了验收。这是时间的错位与倒流，甚至还有宰割与假造时间的嫌疑，但我想试试，觉得可能也有特殊的光斑，至少，见证了这个非常时期我们某种复杂的个人经验，它事关写作的无力，个人的挣扎，以及流动着的不确定性与可能性，当然，更是事关我们对于时间的重新想象。现在，我期待的是，当我们结束这个对话后，我艰难地开始书写，那最后一篇尚未动笔的小说，将会是怎样的一个面貌，就如同那间经过验收之后其实还有待完工的房子，家具、壁纸、小摆设，都已提前入场，它将如何完成最后那道亏欠着的工序？这个过程，我觉得，就是在"等光来"。

贺嘉钰：我所理解的好的短篇小说，它既拥有强大的还原真实的能力，又能够领着我们向远方远远地跨出一大步，然后，我们得以在对岸回望生活的质感和光泽。"核桃树下金银花"这个名字带着一种"莫名其妙"的诗意，无论如何，我一开始想不到它会与汶川大地震有关。这个短篇里，男孩女孩现实的交集只有一个下午，但这丝毫不妨碍他们成为精神上的同盟。如果说这一小段交集里有隐约的爱意，也都是出自"我"的想象，小说几乎是在记忆的重述中将灾难叙事与日常叙事推到了一个非常妥帖的停泊处。你在小说里做了一个判断，但我隐约不觉得那只是为了推进叙事，"做一个快递员，我压根儿不需要被教育,它就是我生而为人的本能。""快递员"的隐喻是什么?偏狭地理解,是让"物"借由他,穿过时间和距离而抵达。你为什么会下一个这样偏僻又果决的关于"快递员"的判断呢?

弋 舟:"快递员"是一切人间职业的代言人,这世上所有的职业,或许都是"物"与世界意志之间的传递手,而职业的背后,则是在兑现着"劳作是人的本意"这样一个根本性的生命美德。

我们被分派到了人间,肯定不是来坐吃山空的,那种想象太不知深浅,不知道从哪儿得来的特权和优越感,遗憾的是,大多数时候我们都把自己想象成了得意扬扬的不劳而获者。这首先是我基于对自己的批驳,我想,如果你是一个失败的胖子,你只熟悉核桃与金银花,你驮着人家的快递包裹,你还能不能获得生命的荣誉?然后,小说写出来了,我觉得,笔下的人物赢得了他们的光荣。甚而,在这种属人的荣光中,人才有可能具有尊严地承受起了灾难。

我们说过无数遍的"诗意",我想,这就是我如今所能理解的诗意。它当然是"莫名其妙"的,因为诗意从来就是"顺理成章"的反面。

贺嘉钰:我想这也是为什么我越来越警惕"舒适"和"光滑"的阅读。那些不对你构成挑战、障碍,甚至冒犯的文本不足以调动你对它的反馈。当我们希望在与文字的遭遇中感受到摩擦与阻力,文学似乎就有了真正地链接到生活的可能。

我们对艺术的理解往往针对的是艺术的完成时态。就是说,我们习惯将艺术作为一个结果去对待，但艺术作品对它的创造者而言，首先意味着一连串具体的劳作，时间上的付出，情感上的挣扎、徘徊、失落或者安慰。也许是和正在做的博士论文有关，我越来越想看到艺术的发生过程，它的发生条件，如何被创造，如何运作以及它的主体是如何行动的。让我们把目光转到《庚子故事集》的写作中，写作这件事在这几个月里，发生了什么变化吗？

弋　舟：没错，当我们在谈论自己的有限、谈论无力的滋味时，就是坦白着自己原本的"不光滑"和"不舒适"。无时无刻不在与世界的摩擦之中，这是我们确凿的生命经验，那么，干吗老要装得手到擒来、身段高明？链接生活的文学，常常被我们有意无意地链接到了"文学史"，这当然很正当并且重要，可是光荣的文学史被我们用自己的创作野蛮链接，不过是企图用前辈的光荣来佐证自己的光荣。我们必须认清，当前辈们奉上那个漂亮的结果时，必定历经了他们的"一连串具体的劳作"，我们焉能直接省却了苦熬，只是手捧果实说：你瞧，我弄出的果子也是在那个名优品种的序列里。回到自己的艰难里，每一次创造都没有现成的便道，饱受自己对自己的怀疑，不断气馁，这个过程，也许的确比结果重要得多。

《庚子故事集》的特殊性已经毋庸多说，此刻，我们活得有多难，我写得就有多难。

每一个人都经历着自己的难度，我想要如实写下来这属于我的难度，无论它显得多么不漂亮，多么漏洞百出。当我开始观察自己这整个的过程时，真的宛如看到了一个拙劣而焦躁的猴子，坐卧不宁，又不知所云，拍着并不存在的胸肌，一边给自己打着气，一边又在泄着气。可这个宝贵的自我观察，又成了一个自我的搀扶。因为，我终于看到了我。

贺嘉钰：谢谢你的诚恳。如果说我们习惯了在"手艺"的语境里谈论小说的技艺和光泽，那《庚子故事集》可能就是在既定的轨道里遭遇了一次现实的扳道岔。我记得《鼠辈》是去年十二月初完成的，昨天再看，被里面一句着实吓着了，"北京发现了两例鼠疫感染者！"，我们不会从这个感叹号里预知世界在几个月中的改变，但"鼠辈"作为一个有些炎凉味道的比附，好像比任何时候都接近着现代人以及所有物种中人类生存处境的真实写照。这让我感到一种"风格的时差"，从你在长篇《跛足之年》《蝌蚪》里书写的那种凛冽又无措、一发不可收拾的人生，以及上百部中短篇的营造，到现在，你的写作好像越来越不狠了？

弋　舟：诚恳其实是一个无能者对于自己的解放。从前的写作，如果有"狠"的面向，那也可能是对自己不够狠，惯着自己，觉得自己是那么回事儿，于是在小说里任性，屠戮世界；而现在，好像的确是拧过来了，开始对自己发狠，看出自己诸多的限度，于是反而写作却越来越"狠"不起来了。我也很难确定这是否正确，但至少我遵从自己真实的认知。

《鼠辈》写于去年的十二月份，是"前庚子"作品，按例，它应当是收在《己亥故事集》中的，但是你也知道了，那个计划中的《己亥故事集》泡汤了，不仅《己亥故事集》泡汤了，之前的《戊戌故事集》也泡汤了，并且它们是永远泡汤了，因为它们妄图借着时间的名义，而时间才不给你网开一面。我又一次败在了自己的懒惰以及无能里。时间的无情正在于此，它会将你所有的信誓旦旦检验出真伪。接着，如此非凡的庚子年降临了。这是我的本命年。我渴望给自己一个礼物或者见证，无关宏旨，仅仅是自己生命中的一个小仪式。于是，我决定要在当年出版这本小说集，理由看起来也说得过去——出版在庚子年，便也可以称为《庚子故事集》了吧。显然，又是一个提前将逗号当句号用了的"事故"，集子出版的时候，庚子年大致只过了一半，那么剩下的时间余额，我将怎么跟自己交代？我将如何命名自己下半年的写作？对此，我现在同样抱有好奇，那就是，等光来，将那没有到来的，老老实实交给时间来关照吧。看上去，似乎是我人为地扭曲了时间，指鹿为马，炮制着自己的时间说辞，但是我知道，我没那么神气，毋宁说，在这一年里，时间不以人的意志为转移，走出了它自己空前的刻度。就像《鼠辈》中的心情，乃至它仿佛寓言一般的细节，这些，都是时间自己的奥秘。

当一切尚未来临，我们也在说写作的艰难，也在说鼠辈的卑微，但现在，我们都知道了，原来艰难与卑微的语义，已经在我们心中的词典里发生了怎样的质变。什么是文学的"写照"？大约现在我们也有了别样的理解。

贺嘉钰：那么借用你的修辞，"事故"也正是"故事"的开始方式。我们看到，你在这个"小秩序"里专意的依然是现代人类都市生活里的有限与无限。很多次，我在阅读的尾声感到一种婉转的超越，他们走向个人境遇里一个绝境，可真正抵达后反而有一种开朗和自在。读小说时，我有个毛病，尤其喜欢往一些小地方钻，特别是一些看似作者无意的走笔，我相信那里面有"之所以为之"的天然合法性。《掩面时分》里，就有这样一个似乎毫不影响整个小说走向的细节——你两次提到了"我"的"后父"。第一次是，"我那时最大的目标是将自己从北京发射出去，无论是哪儿，安徽也行，火星当然最好。我有一个后父，麻烦到像所有麻烦的后父一样"。第二次是在快结尾的地方，"目送着姜来离开，我并不急着回去。她回去是面对一个不足周岁的女婴，我回去，是面对漫天飞舞的口罩外加一个麻烦的后父"。为什么会有"后父"这样一个略显突兀的设置？我试着解读一下，他的存在内在地预设了我们所无力更改、无法回避、无可逃脱的命运。但还有一点没想通，这么一个独立而颇有主见的"我"，为什么不搬离她后父的家？但这好像又是另一个故事了。

弋　舟：显然，你是那种"会读小说的人"，你所着眼的那些微小的细部，可能恰是小说之"小"的奥义所在。一个"后父"的出场，被你看到了，于是他才存在了，否则，他毫无意义，他所能达成的某种社会性联想、心理性联想，甚至文化寓意的联想，对于你这样的读者都是有效的。因为你有"小说经验"，这些经验的调动，让你丰富和完善了作为作者的我也许都未能触及的波长。在这个意义上，这个"后父"是你创造的。但我也要承认,至少,这是一个我预设的效果。我们在写作中,总是心怀着某类理想读者的。同时,我也得承认,这是小说家的懒惰,他知道镶嵌什么最顺手,最有效。

至于"我"为什么不搬离呢?是啊,为什么呢?那的确是无以穷尽的追究了,没准儿,它的确是下一个故事的起点,因为当"为什么"发生时,正是"事故"发生的时刻。小说就是在一个又一个的"为什么"策动之下,才展开了她自己的道路。当然,回答起来原本也能简单——自由如我们,为什么要去打一份充满了羞辱的工?为什么,我们不能像发射火箭一般,从身在的苦地被发射出去呢?掩面时分,这时候,我们正好可以琢磨琢磨这些无解的问题。

贺嘉钰:那些"无解"的问题有一些不正源于"人类的算法"吗?你的小说不经意时甚至还兼具普及科学或者伪科学的功能,不过,当生活蹭过这些小小的跳板,我们确实或多或少地获得了一种被更新的认知。从一种角度看,《人类的算法》是你短篇阵营里的"少数",你放弃了第一人称的叙事方式,从日常里揪出一个小线头,我们发现,生活是多么经不起这样的"抽检"啊,轻轻一抻,一件织物就有可能被拆毁,一种看似严密的生活就有可能垮塌。我冒险将这篇概括成一句话,"一个中年女人如何藏住她逸出的往事与心事",但故事自始至终只是一个人的,你为什么给了她一顶"人类"的帽子?

弋 舟:生活其实是经得起"抽检"的,事实是,我们都知道那织物一抠就毁,可大家都在根本性的溃败中有模有样地保持住了某种看着还算体面的完整。这可能就是生活本身的强悍所在。

小说里究竟能够承载多少"野心"?当然,我们说过,当我们写一个人的时候,实际上就是在写整个人类。这不仅正当,而且正大。但是,如今对于正当与正大之事,我们往往都说得不那么理直气壮了。小说中的女性,经历了她的往事与心事,如果不将惨痛的一己往事与心事寄托于"人类",我眼下还真替她找不到更好的道路。也许,就没有一条"更好"的道路,我们能做的,不过是找到一条"不那么糟"的路。你瞧,无论在现实里还是在小说中,我们有了科学和伪科学,我们有了带着储藏室的房子,我们有了国际贸易和世界,那我们就有理由去从这些事物当中寻求即便是不那么可信的依托。这是今天的我们身在的现实,我们已经被限定在了历史的这个局部,我们处理着的和处理着我们的信息,决定了今天的我们只能让自己向"人类"眺望。

而且,人类,算法,这样的意象,还有比此刻更加扑面而来过吗?是,这么说下去,都有可能是强词夺理了,如果最终真的说出了某种"野心",极有可能真的就是小说不堪承载的了。

贺嘉钰:无论它是否能够承载,它的作者和读者都乘着这样一种形式渡到一个新的岸边。借由文学打开认知,完成冒险,反刍经验,我想,再没有比小说更便宜的方式以供我们检省生活了。在这样一个"上不着天下不着地"的空间里,现实高度地简化在一个故事中,一种叙事方式里。文学能够给我们的,可能就是一次次"困境的日常化",对于一些读者,它还给了他们一把思想的"小锉刀",它将赋予他们"转换力"与"后置感",你参与,又能够抽身,因而及时地获得了反思的机会。

如果说,在严酷凛冽中,文学能够主动地帮我们恢复一些什么,那也许就是在模拟困境中练习克服,当真正的困境无可避免时,想起人类里的那些"她"与"他",给自己一些保持平静,保持深情的定力。

期待着《庚子故事集》的句点将我们渡往未知之地。

弋　舟:"转换力"与"后置感",这如同就是对这本集子的一个概括,而概括了的,不是结果,正是一个过程——它尚未完成,但是我们能够预见到它终将完成,只是,现在我们还不知道它将怎样完成。这,恰如我们此刻的处境。

让我们等光来,并再一次对下表。

贺嘉钰:正是傍晚五点钟。卞之琳诗里写过,"友人带来了雪意和五点钟"。文学安宁人心的瞬间无时不在发生。谢谢你的写作。

2020 年 4 月 29 日黄昏
纽约
2020 年 4 月 30 日
庚子孟夏初八凌晨
香都东岸

辛丑故事集

致谢《小说界》《T中文版》《花城》《天涯》《收获》《钟山》《十月》《作家》《小说选刊》《小说月报》《新华文摘》《长江文艺·好小说》，这里的文字次第在这些刊物上出现过。谢谢李音与我的对谈，她对疾病的隐喻做出的有力阐释，至今对我还有着宝贵的启迪。

献给20年代。

序曲：当女人以某种方式朝你张望

1

经过艰难的压缩，我才确定了这个题目。

也许，它完整的表述应该是：当一个女人站立着，将手搭在桌子上以某种方式朝你张望，这就是一个事件。

不，也许这还嫌不够，我不如整段将其摘录下来：

> 人物除了决定事件还会做什么？事件若非阐释人物又会做什么？一部影片也好，一部小说也罢，如若不是关乎人物又会成为何物？我们还能从中寻找并发现其他什么东西吗？当一个女人站立着，将手搭在桌子上以某种方式朝你张望，这就是一个事件；假如这不算一个事件，我认为很难说它还会是什么。

——这是詹姆斯在《小说的艺术》中对"人物小说"与"事件小说"做出的有力阐释。

一目了然,我没法将这一大段高论用来做文章的标题。

通观这段话,詹姆斯罗列了"影片"与"小说",很不幸,他没有言及"画作"。显然,以《小说的艺术》之名,他集中火力阐发的对象,是包括电影在内的"叙事艺术"。更为不幸的是,我接到的这份作业,命题是"寻求文学创作与绘画的一种通感""由画作出发,谈谈文学特别是短篇小说的创作"。

要感谢《小说界》对我的信任,将这难写的作业布置给了我。大约与曾经所学的专业有关,同样的作业,许多年来,我需要无数次地给出答案——说一说吧,绘画对你的写作产生了怎样的影响?

如实说,我无从作答。

我知道,提问者大多已然有了定见,至少,明里暗里,大家不约而同地都提到了"通感"。这当然是没错的,所谓"通感",正是"把不同感官的感觉沟通起来,借联想引起感觉转移"——这是教科书上的标准答案。那么,将一个学过画画,又写起小说的人放在这样的问题下捶打,就是活该,无论如何,这两者之间看起来的确形迹可疑,有着重大的关联理由。

可是,一个铁匠写起了小说,以"通感"之名向其发问可以吗?一个裁缝或者渔夫呢?结论铁定是:能,无所不能!无论任何人,从既有的经验出发写起了小说,我们都能在"通感"的名义下做出几近破案式的关联。

这似乎有些荒谬,却也部分地道出了"神奇"。我的难度在于，将这"神奇"的冠冕，戴在什么事物的头上？是艺术神奇，还是原本这人间便神奇、这万物便神奇？想一想吧，所有的事物都统摄于神奇之下，神奇地相互关联与映照，互为嫌疑。几近无限的答案就形同没有了答案，于是，我无从作答，无从将所有人的经验垄断为"一个学过画画的人"才有的一己经验，就仿佛，一个铁匠淬火的瞬间，无权与文学电光石火地互证。

在这个意义上，詹姆斯的"叙事艺术"将绘画排斥于外，便显得狭隘了。但是，我们能够批判他的狭隘吗？难道真的想让他拆掉所有边界，继而必然地放弃一切有效的阐释吗？

2

现在，随作业而来，这幅画摆在了我的眼前——米罗的《女人，小鸟，星星》。

还好还好，所幸，是米罗——这个热爱大自然的巴塞罗那的汉子，这个将夜空中的繁星变成了永恒符号的"星星王子"，这个鲜艳、轻快的情欲的崇拜者。他不仅是我所喜爱的，更是"易于"拿来做这篇作业的。

想一想吧，如果给我的是一幅《最后的晚餐》，将会怎样？

不，我不是在说达·芬奇不足以用来"通感"短篇小说的写作，是说，记名在"超现实主义"门下的米罗，原来在我的潜意识中，要比"古典主义"更为切近我对短篇小说这门艺术的体认。

对此，詹姆斯将作何感想？难道，《最后的晚餐》不是也非常抵近他"人物除了决定事件还会做什么？事件若非阐释人物又会做什么？"的宏论吗？然而，身在"现代"，面对《女人，小鸟，星星》这样的作品，世界抽象为色块与线条时，他的确难以指认事件安在、人物何如。万难之下，他干脆明智地割舍了"绘画"——现代绘画。

诚然，詹姆斯之难，本是"现代之难"。那个曾经被给定了的、稳固的世界，那个如耶稣与自己门徒的故事一般，将隐喻都彰显出明喻的人间，坍塌、破碎了，只在，也似乎只能在被画框聚拢的空间里表达与呈现——其内容是拒绝阐释的，乃至是弥散的，只是因了"有框"，才赐予了一些可供我们讨论的余地。

这个"有框"，是限定，是束缚，却差强人意，部分地表达或者触摸到了我们已经难以确凿企及的无限。

那么好了，我终于摸到了作业的"题眼"——"有框"，即是我对"短篇小说"的理解，可以"由画作出发，谈谈文学特别是短篇小说的创作"了。

3

长篇小说"没框"吗？显然，《最后的晚餐》也是被框定了的，但是，它们在一种古典精神的恩泽下，如同詹姆斯所言的那样，都在"人物"与"事件"的护佑下，令人心安地解释着可被解释的世界，这种"解释"与"被解释"，赋予了它们堪称无限的权力，如同说明书一般，自有权威性的尊严。

而短篇小说来到了现代，如同这幅《女人，小鸟，星星》，全然地失却了"人物"与"事件",只将"有待解释"坦白了出来,仿佛待审的嫌疑人,天然地"有罪",嗫嚅着等待世界给予一份理解的同情和同情的理解。这种姿态,即为"有框"。

将《最后的晚餐》边框砸碎,大概率地,它仍然会被普遍地珍视;将《女人,小鸟,星星》的边框砸碎呢?它从殿堂跌落进垃圾堆,恐怕,并非是一个不能想象的结局——它需要"有框"的护佑,从形式上,给它一个威严的"圈养",而这仁慈的"保护",更为依赖精神与审美双重的跃升,也更加地令人唏嘘、喟叹。

不,这当然不是米罗之殇,毋宁说,是米罗,《女人,小鸟,星星》,与好的短篇小说,替我们分摊了现代之殇。原来,回到文学的现场,如今我们已经多么地依赖"有框"。想一想吧,现代以降,有多少名篇,如果失掉了"短篇小说"的名义,会遭受怎样的命运?

假如,从那种詹姆斯的论据里,以"人物"与"事件"一目了然地"寻求文学创作与绘画的一种通感"为方法,面对《女人,小鸟,星星》这样的作品已经失效的话,今天,我们就需要张开更加细密的触角,发展更加幽微的通感,来策动自己写作的笔了。

仅仅依赖画面中大面积的色块来寻找灵感是不够的了,仅仅依赖扭曲的线条来谋求共鸣也是不够的了——尽管,我们富有教养的眼睛依然能从中顽固地看出所谓的"韵律"与"情绪"。我们需要的,迫切需要的,而且还几乎是不要也不行的,是那个现代的、不安的灵魂。

人物除了决定事件还会做什么？事件若非阐释人物又会做什么？——那么，一旦人物与事件均告阙如，我们还能做些什么？理解了这样的困难，或许，我们才会有一个宝贵的"通感"若隐若现地升起，在"短篇小说"这种"文学中第二纯粹的文学形式"（大卫·米切尔）的庇护下，释放出自己都全然未知的才华。

4

詹姆斯还是了不起的。当世界已经难以完整地"叙事"，当现代的他挣扎在"前现代"的理论困局中时，依然捕捉到了——

当一个女人站立着，将手搭在桌子上以某种方式朝你张望，这就是一个事件。

多么美妙，又多么地具有说服力。更为关键的是，这个句子多么地能够打动人。在我看来，这个句子足以"通感"一切的"通感"，它的力量所在，正是——没有道理可讲。

如果它有逻辑的话，句中的"女人"便可以是米罗画中的"女人"，"桌子"便可以是米罗画中的"小鸟"，而"某种方式朝你张望"，就是米罗画中的"星星"，这一切以"站立""将手搭在"的方式，以蓝色、红色、黑色的块面，排布为了"一个事件"。

最终，我们在现代，给这个事件取了个名字，曰《女人，小鸟，星星》，一如我们写下了一堆文字，交给了《小说界》，以短篇小说之"框"，表达给了世界一个"有待解释"的盼望。

我说清楚了吗？我唯一知道的是，我说得越多，只会越说不清楚。——

不如就去张望吧，
张望这画里的女人以某种方式对你的张望，
一直将其张望成一个短篇小说，
一个事件。

2022 年 1 月 7 日
辛丑腊月初五
疫中香都东岸

敲开千禧年的最后一声钟声

落脚在这家小旅馆时,他唯一的念头便是迅速地睡一觉。他意识到自己出了问题,身心都不大对头,而这些,只有靠睡一觉才能得到解决。

进了房间,他径直走到床边,同时也径直走进了梦中。

在梦中,一个光着身子的家伙水淋淋地从卫生间里蹦出来,嘴里还吹着口哨,一眼看到睡在床上的他,吓得迅速用手护住了自己的下身。而他,在梦中看到自己和衣横卧在床上,口水濡湿了一大片床单。光着身子的家伙从最初的惊吓中缓过神来后,便好奇地打量起他,定睛观察着他这个酣睡者,依然用手捂着身体的重要部位。渐渐的,光着的家伙恍然大悟了,这个闯入者不过是一位新来的同房客人,于是便释然地重新吹起了口哨,一边吹,一边小心翼翼地靠近他。他看到这个家伙向着梦中的自己做出了一个无耻的动作:这家伙来到了他的床头,谨慎地站了一会儿,然后警觉地回头张望了一下,接着,捂在下身的两只手突然亮开，用力将露出的那根家伙甩动了一下。随着摆动，水珠抖在了他的脸上。

他像遭到了棒喝，直挺挺地弹了起来，木讷地对视着眼前这个卑鄙的家伙。他还不能清晰地分辨出梦境与现实的边界，只有死盯着对方，同时一点一点努力蓄积着意识。

这个家伙当然是被吓坏了，显然没有料到他会突然翻身坐了起来，像一个女人般地惊呼了一声，双手再次飞快地捂住了胯下，同时过犹不及地扭过半个身子，把大半个嶙峋的屁股对着他的眼前。

"你睡错床了，"这家伙扭捏地说，"那张，左边那张，那张是你的床。"

他怔忪地看看握在自己手里的钥匙牌，想要表达的只是：这个双人间的床铺分配，应当并没有明确的左右之别。

这个家伙很聪明，居然看懂了他的意思，有些害羞地说："不好意思，其实睡哪张都无所谓的，只是，这张我已经躺过了，喏，你瞧——"

这家伙让他瞧的，是撂在这张床头上的一双袜子。

他扫了一眼那双具有说服力的袜子，二话不说，爬起来走向了自己那张指定的床。然后他便倒头睡下了。但是意识再也无法走进纯粹的睡眠，他始终摇摆在半梦半醒的昏沉之中。对于和自己同屋的这个家伙，他怀着一种只有在梦中才会有的古怪情绪，他很想揍这个家伙一顿，同时又对其怀有某种无端的好感，乃至于希望能够与其并肩躺在一张床上。

"其实睡哪张都无所谓的，"这个家伙再次强调，似乎有些内疚,试探道,"要不,你还睡这张?我睡哪张都无所谓的……"

他有气无力地摆摆手。

这个家伙还是不太放心,一边唠叨着"睡哪张都无所谓的",一边开始翻一只黑色的旅行包。后来翻出了要找的东西,将那把剃须刀冲他比画了一下,一蹦三跳地跑回了卫生间。没一会儿,传来哗哗的水声。他觉得自己现在的状态很辛苦,因为他实在区分不出自己是否真的睡着了。疲倦的神经偏执地紧绷着,麻痹却又亢奋,竭力想要说服自己的确已经长眠不醒。当他依稀觉得有了一点睡着了的意思时,听到那个家伙在卫生间里喊:

"真的,你想睡哪张都可以。"

那点儿"睡着了"的意思一扫而光。他恍惚地想——此刻,如果自己能够甄别出清醒与昏睡之间那道美妙的界限,时光就会倒转,他将会重新坐在既往那貌似可被理解的生活里了。

手机铃声突然响起来,他迟钝地倾听着,认为这应当是从梦中打向现实的一个电话,反之亦然。

"帮忙接一下!"卫生间里的家伙尖利地叫了一声。

他激灵着睁开了眼睛。两张床之间的矮柜上有一只手机。

"我老婆的,帮忙接一下!就说我在洗澡——老王在洗澡!"

他机械地盯着那部手机,喃喃地重复道:"老王在洗澡。"

手机铃声居然应声停止了。他已经将它握在了手里,它突然安静下来,让他有些不知所措。那个时代,我们的手机都形如板砖。他看着这块笨重的玩意儿,心中产生出一个愿望。他定定神,用这只手机拨通了父亲家的电话。对方接听的速度令他措手不及,好像号还没揿完那边就有人应声。父亲闷闷不乐地喂了一声。

他压低声音说:"爸,是我。"

父亲一点惊讶的意思都没有:"我知道是你,我正在给你写信,你电话就打来了,我不想和你说话的,我想写信可以心平气和一些。"

他说:"爸,你不要生气。"

父亲马上说:"不要生气,我为什么不生气?你们这样不行的,不行的!生活不是你们这样子的!"

父亲的声音真的太大了,他不安地捂住手机,同时回头看看卫生间:"嘘——爸,你不要生气,我想回去看看你。"

"你不要来看我,不要来!"父亲拒绝道,"你要来见我,等生活真的上了轨道再来,我也不要求你衣锦还乡,起码一切正常了可以吧,可以吧?"

他窄着嗓子说:"爸,我没什么不正常。"

他还想补充些什么,比如,列举一些"正常"的依据,听到手机里父亲的声音突然有了哭腔。父亲在手机里哭着说:"过了今晚,我们都是活过两个一千年的人了,明天死了也没什么亏的,也够了,也——够——了!"

洗澡的家伙出来了,一边用一块大毛巾揉搓湿漉漉的脑袋,一边狐疑地盯着矮柜上自己的手机,问道:"你不冲一冲吗?水还不错。"

他闭着眼睛摇摇头,感觉眼皮已经快要关不住泪水了。

"还是冲一下咯,"这个叫作"老王"的家伙热情洋溢地说,"我看还是冲一下的好,出门在外是不需要太讲究,可是今天不同啊,毕竟,明天是新千年的头一天嘛!"

他睁开眼睛,空洞地看看对方。

"老弟,还是冲一下,冲一下。"老王冲着他打着鼓励的手势,"老王我常年在外面跑供销,也是脏惯了的,可是今天我就要冲一冲,一定要冲一冲的。"

他觉得自己被说动了,于是从床上下来。

热情的老王却大叫一声:"就在这里脱!"

他怔怔地看着这个老王。

"卫生间没地方挂衣服,就在这里脱就在这里脱。"

他坐回床上,开始一件一件地脱衣服。老王依靠在自己的床上,点着一支烟,饶有兴致地打量着,直到他一丝不挂地站起来后,才不好意思地用被子遮了遮自己的身子。

卫生间很小,一只抽水马桶几乎占满了空间,他站到莲篷头下,脚就被马桶限制住。热水当头喷射下来时,他忍不住呻吟了一声。

老王在外面问:"怎么样,水还不错吧?"

他搪塞地哼哼了两声。他的脑子完全被自己的身体占据了,疼痛如此绵长,醇厚到了一种让人享受的地步。

老王在外面追问:"舒服吧?冲一下舒服吧?"

他抹了一把额上被水冲下的头发,暴躁地说:"舒服什么?一般嘛!"

后来,当他赤裸裸地坐在老王对面时,突然觉得难堪起来。他觉得自己暴露出的那只左脚实在太丑陋了——皮肤光而薄脆,像是裹了一层塑料物质的袜靴。他的心里因为这种难堪而涌起一股奇怪的懊丧。是什么让自己在深夜来到了这个小旅馆呢？在他看来，这种清晰的困惑并不比身陷梦境更令人宽慰。

"很难看吧？"他解释道，"嗯，它受过伤，被砸扁过，刚刚恢复不久，还不太像只脚……"

老王对这只脚并无兴趣，直愣愣地望着他，视野是一种纵览性质的，并不局限在一只脚上。他被看得不安起来，同时当然也不满起来，于是索性摆出一个大马金刀的姿势，挑衅般地面对着老王。直到对方发出了轻微的鼾声，他才发觉，天哪，这是一个睁着眼睛睡觉的家伙！

他熄了灯。很快身边就传来了老王的梦话，有种咏叹调的味道，期间夹着几声减压般的深深叹息："舒服——啊，舒服。"

他竭力克制着自己的厌恶情绪，左脚拼命地缩着。但不堪的感觉非常顽固，经过了漫长的忍耐，他终于还是难以自持了。他在黑暗中摸索到那只手机，拨通后，很久没人接听。一声声忙音让他一下一下地泄气，肚子里的话一点点流逝，当他几乎完全丧失勇气时，电话里传来了父亲的声音。

"谁？"

父亲好像从睡眠中醒来，声音沉浊，仿佛刚才根本没有那样激情澎湃地和儿子通过电话。

他闭着眼睛，努力令自己的声音显得不带有父亲鄙视的那种"油腔滑调"。他用家乡话（这样应该显得朴素一些），以一种请教的口吻小声说道："爸爸，为什么你会觉得我不正常呢？你看，我会饿，会困，知冷知热，难道不是吗？那么，你为什么就不能相信，我只是一个有点孤独，但绝对正常的人？"

老王在梦中说:"舒服——啊,舒服。"

他跳起来,揿开灯。老王惊醒,两只手恐惧地抱在胸前,当看到他手里攥着自己的手机时,立刻生出一副气愤的表情。与此同时,一声巨大的轰鸣从天而降。它像一声迟缓的奔雷,从遥远的地方滚滚而来,因为突兀,所以显得凋敝。小旅馆房间里邂逅的两个男人吃惊地互相望着。

好半天,老王才战战兢兢地问:"地震了?"

他站在光里,深深地吸口气,用一种得救般如释重负的口吻,字正腔圆地说:"不,这是敲开千禧年的最后一声钟声。"

2021年3月2日
辛丑正月十九
香都东岸

化学

迈开双腿,走进凌晨的夜晚,她自己都觉得这挺荒唐,像是一个即将起跑却对赛事忽生厌倦的选手。还不完全是厌倦,是那种对所为之事的意义产生了怀疑之后,滑稽而虚无的感觉。套上专门买来用以运动的鞋子,围上一条薄围巾,她怀着近乎自我嘲弄的心情出了门。

这一带算是城市边缘了,如今却也高楼林立。夜色中,黢黑的楼影竟有一番纪念碑般肃穆的气派。除了夜深人静,入住率不高肯定也是一个因素,只有零星灯火从个别楼宇的窗口透出,置于整体背景之中,让夜空显得更加寂寥。一辆接着一辆,道路两边停满了私家车,它们停靠得规矩极了,也安静极了,让料峭的空气浮动着一股被人为规定后的秩序感。世界像是被洗劫之后。时空如果就此停滞,那么一千年后的废墟就该是此刻的景象吧。

顺着略有坡度的路基快走,她觉得浑身都被双腿带动出了运动感。脚下的鞋子弹力十足,每一步,都反馈出令人跃跃欲试的动能。此刻,这种被称之为"爆米花"的鞋底材料,勾起了她顽固的职业癖。端环氧基聚氨酯——作为一个化学家,她在心中给出了准确的专业术语。

穿过十字路口,马路对面就是那座运动公园隆起的山坡。走到坡下,她停住了脚步,适当地活动了一下脚腕,又用双手揉了揉膝盖。隔着裤子,她能感到两只膝盖的冰凉,或者,是冰凉的膝盖反衬出了双手的温暖。发光,发热,变色,生成沉淀物,膝盖与手掌之间发生了一次化学反应——而判断一个化学反应的依据是,这个反应是否生成了新的物质……如此拗口的概念,对于她却是习与性成,当她意识到后,不禁又回到了自嘲的心情里。根据化学键理论,又可根据一个变化过程是否有旧键的断裂和新键的生成来判断其是否为化学反应……她一边搓着手,一边强迫自己赶走了脑袋里残余的专业本能。

有夜航的飞机轰鸣着低空飞过。植物弥漫着凛冽的气息,更像是一种薄凉的气温。

稍微费力地攀登了一小段路,她终于踏上了那条环山铺就的塑胶跑道。山势当然不会很陡,应该是用周围小区挖掘地基时的余土堆筑而起的。这样一个微不足道的隆起,却让平铺直叙的地势有了一些起伏的崎岖。离婚后,她选择在这里购房住下,正是因为钟意这座运动公园人造的小山。快步走在塑胶跑道上,走在鞋底与跑道化学成就的共同作用上,她多少有些怀疑自己的行为是否真的能够达成目的。

她正在有计划地减肥。尽管,她不过一百一十斤左右。每天走一万步，是计划中的项目。新的一天，她的日程已经排满，于是，她只有在凌晨时分提前兑现这一万步。一天尚未开始，却已经严格地预支了句号。在化学工业的加持下，世界变得轻易了，如果没有一双"爆米花"鞋底的鞋子和一条塑胶跑道，她不知道自己是否还会有勇气跑上深夜的山坡。

跑道一侧有路灯，间隔大约五十米，掩映在葱郁的树木间。环境显得有些森然。快步走过两根灯柱后，缓慢向上延伸的跑道边，有个女孩的侧影进入了她的视野。尽管坡度不大，但她仍然觉得自己是仰望过去的。一个正在与人拥吻着的女孩——她减慢了步伐，分析着眼前的状况。将对方定义为"女孩"，不过是下意识的直觉吧：介于明暗之间，她看到的是对方裙子下裸露的双腿，它们交叉着，分散了身体的重力，承重较轻的那条腿略微向后，呈现一种将要未要、扬起的态势。被灯光更多打亮着的，正是这样的一个态势，而这个聚光灯下堪称耀眼的态势，反映在她的直觉里，就是年轻的依据。一个在深夜的公园与人热烈拥吻着的年轻女孩；但女孩的同伴完全隐没在婆娑的阴影与树丛之后。

意识到自己的迟疑时，她已经走到了女孩的身后。她只好跑了起来，发现自己略感慌乱，却并不完全是基于害怕，更多地，是出自某种抱歉一般的情绪。她感到自己打扰了他人，同时，羞涩，尴尬，紧张，也许还有一点点被撩拨起来了的兴奋，都借着"抱歉"的感受一同涌来。这番感受成了驱使她跑起来的动力。

跑步并不是她减肥计划中的选项。她只打算每天快走一万步,因为她的年龄似乎已经不太适宜跑步了——据说到了她这样的年龄,不正确的运动,只会加重膝盖的损伤。她四十五岁了。

跑过去总比走过去更像回事吧?她一边跑一边想,这样不是更接近一个正当的夜练者的形象吗?面对自己所撞到的一幕,走过去,太像是一个下流的偷窥者了。但跑总是要比走辛苦的,她感到了自己的身体并不适应这不期而至的跑动,两腿与心肺都承受了额外的负担。同时,她也感到了些微的激情。

她熟悉这条山坡上的跑道,快走五圈,能让她完成一万步的指标。那么跑呢?这里面有着相对复杂的换算,严谨一些,除了化学,大概还需要数学与物理的介入。激动起来的她无暇深思,此刻,跑步更像是一个难以换算的精神现象。

将要跑满一圈的时候,她觉得自己快不行了,无论精神还是肉体。她任由自己发出深重的喘息,一方面,是由于无法自控,一方面,也是有意要发出提醒。她想,也许对方已经结束了吧,她都跑了一圈了,因为艰难,所以时间都显得漫长——有谁能如此漫长地接吻呢?但她仍然看到了之前的那一幕。远远地,她停了下来,双手撑在大腿面上弯腰喘息。女孩还在投入地吻着,只是身姿比之前更加前倾,显得愈发富有强度,辉光流泻的双腿在路灯下熠熠闪亮。她分不清耳边的喘息究竟是出自对方还是自己,或者,是整个夜空都在发出深重的呼吸。

她生出了原路返回的念头。返回去,冲个热水澡,回到离婚后独居的家中,回到不减肥也不用担心膝盖的日子,回到化学的世界里。女孩全情投入,仿佛竭尽全力拥吻着一个庞大的未知,在与某种莫须有的事物对抗与角力,带着青春的勇力,忘情地行使着神圣的特权。她直起了腰,脑袋里回响着一个句子:年轻,并且有两条腿。

年轻,并且有两条腿。

这句话,是她小时候从一本外国小说中读到的——一个装着假腿的老海盗,如此给自己气馁的年轻同伙打气。这句话有股神奇的效力,以年轻和两条腿,构成了不容辩驳的说服力,仿佛只消两者兼备便无往不胜,足以傲视一切风雨,视人间为天堂。离婚时,这句话曾对她有效过,离婚后,她起意减肥,也是这句话起了作用。下意识里,有两条腿,于她而言就是一个年轻的反证。那么,迈开腿就是了。

她以一种"有两条腿"的、沉着而坚定的步伐重新跑了起来。途经那闪亮的双腿与黑暗中年轻的激情,她目不斜视,仿佛心有旁骛便是对人格的玷污。

这一圈她跑得更加费力了。途中,她不得不在一块刻有"道法自然"的石头上坐了一会儿,心里又一次打起了退堂鼓;但有股无法说明的动力还是驱使她继续跑了起来,或者说,是某种欲望在更为有力地敦促她。

适应后的夜色变得没那么浓重了,发出剔透的深蓝色,有如一种质地暗哑的光芒。前方跑道边清晰地蹲着那个女孩,两腿完全掩藏在裙子下了,身旁依旧看不到同伴的影子。她徐徐跑过,视若无睹,"爆米花"鞋底与塑胶跑道摩擦出沙沙的声音。她觉得自己还听到了遏抑的抽泣。

又有飞机低空飞过。这昼夜不息的人间。

跑过几十米的距离,阒寂的弯道上出现了一个人的背影,同样有着两条夺目的腿,只不过穿着深色的牛仔短裤。是一个女孩——这个判断令她无端讶异。随着距离愈来愈近,女孩匀称而紧致的双腿像是一个命题,或者像一个复杂的化学实验,开列在她面前。

解题一般,女孩蓦尔转身向她迎面走来。她无法正视,只见女孩留着蓬松的短发,脖子因而显得格外颀长,如同又一条闪光的大腿。她和女孩擦身而过,彼此之间隐约有一个对视。她在慢跑,女孩在快走,她在上坡,女孩在下坡;跑与走的步幅相差无几,坡度也微不足道,但却分明是两股力量的相遇。她能够感到女孩步履艰难——是要回到同伴的身边吧?她不由得思忖,随即感到了些许的羞耻,像是萌生了不体面的邪念。

眼睛适应了夜色,身体也似乎渐渐适应了跑动,她力求自己心神澄明。"爆米花"是一种工业聚氨酯弹性体材料,经过加压加热预处理后,每颗TPU粒子像爆米花一样膨胀起来,在这个过程中,原来零点五毫米左右大小的颗粒,体积将增大十倍,适用于需要经受强大冲击和频繁使用、要求透明、尺寸安定性及耐化学性能优异的产品……诸般专业的知识纷至沓来。

强大冲击,频繁使用。此刻,她觉得这不是一种科学术语,而是一种带有谶语性质的、对于自己生命际遇的描述。她在跑动,如同经受着加热加压的预处理。她想到自己是在跑着第三圈了,运动量或许已经与快走五圈持平了吧,这时身后响起了另外的脚步声。

有人在身后跟着她跑,或者说,是在追赶她。她即刻感到了不安,继而是慌张。她减慢了步伐,改跑为走。身后的脚步声轻盈而有力，带着绝对的、不容分说的把握感，让她打消了提速逃开的念头。想象一下自己拼命却徒劳地逃跑，只会让她不寒而栗。最终，她停下了，回头看向身后。穿着短裤的女孩已经距她很近了，一边跑，一边空洞地望着前方。她看到了女孩灰色T恤下跃动着的乳房。女孩可能并不比她高多少，只是短裤下显赫的两条长腿给人造成了高挑的错觉。她还看到了，在女孩左腿的大腿面上，有一枚胎记一般的青色文身。

她深长地呼吸着，两只手默默地攥紧。女孩跑到了她的面前。她重新迈开了双腿，因为她感到自己受到了无法拒绝的邀约。女孩并没有停下来的迹象，只是减慢了速度，用眼光向她打着招呼，明确发出了"接着跑啊"这样的邀请。那就跑吧，既然摆出了一副夜跑者的架势。

"你跑步的姿势不太正确。"女孩一边跑一边说。

"哦。"

"应该前后摆臂，尽量不要左右摆。"

女孩显然给她做着示范，双肘呈直角，规范地前后摆动着。她无言以对，却不自觉地跟着调整了自己的双臂。

"你住在附近吧？"

"是，就住在路对面。"她答道，觉得这个答案能够给自己平添一些底气。

女孩似乎点了下头。转眼侧视，她发现女孩蓬松的短发呈黄褐色，还打着卷——像是顶了一头淋着焦糖的爆米花。这个想法令她放松了不少。现在，她们是两个并肩跑在塑胶跑道上的夜练者。女孩神色寻常，但她能感到其中蕴含着某种她无从理解的情绪。两人的年龄至少相差有二十岁吧？可她却感到并肩跑动着的女孩更占有一份主导性。这不仅仅是因为女孩的跑姿更标准，还因为，女孩在她眼里，全然象征着一个她毫无经验、也无从想象的未知世界。

两个女孩之间的热吻。她不能理解自己看到的那一幕，但不妨碍她感受到了动荡与激烈，还有无以言表的、属于人的困境。自己最后一次热吻是什么时候呢？她竟然想不起了。她只确定，那一定不是和自己的前夫；而且，她还可以确定，迄今，自己从未在露天的环境下与人接过吻。在她有限的一生中，一切都像是化学性的，是实验室性的，即便创造出了一些新的物质，实质上，也都是自然界中不存在的。

她隐约看清了女孩大腿上的文身——三个需要近距离才能辨认的汉字，也许是那个穿裙子女孩的名字？她想到自己的左腿面上，差不多同样的位置，也有一块类似的印记——当然不是文身，她绝对不会那么干的，实在要干，也只会文一组化学公式——那是浴缸里一次酒后的滑倒造成的，伤口不大，却皮开肉绽，留下了永久的疤痕，结果导致了她从此不愿将两条腿暴露出来。有时候，她着实有些小题大做。

"尽量不要用脚尖落地。"女孩又一次指导她。

她留心一下自己的脚步，觉得自己显得既愚蠢又笨拙。

"你是学体育的？"

"你呢？做什么的？"女孩不回答，却反问她。

一瞬间，她几乎要脱口而出，告诉女孩，自己是一个小有成就的化学家，并且告诉对方，作为沟通微观与宏观物质世界的重要桥梁，化学是人类认识和改造物质世界的主要方法与手段。但她最终没有开口，因为她真的意识到了，此刻自己所经历着的，俨然是一个非物质的、纯然精神性的时刻。

"你都看到了。"女孩说。

这是一个陈述句，但听起来有些严厉。她一下子感到小腿有些灼热的刺痛。

"我差不多每天晚上这个时候都要来这儿锻炼。"

这也是一个陈述句，她想表达的是，自己并没有窥探她们的主观故意，相反，对她而言，这是常态，而她们，才是一个偶发的事件。

"你可以避开啊，不用一圈接着一圈地跑。"

不是吗，这很无礼。

"要避开的难道不是你们？"她忍不住反击了。

"的确，"女孩的声音听不出有什么变化，只是伴随着节奏平稳的喘息，"我们都可以避开，可是我们都没有。"

"还能跑是一件幸运的事。"过了一会儿，女孩又说。

她沉默地跑着。

"我的朋友就没法跑。"女孩自言自语般，"她有哮喘，军训的时候发作了，都被送进过医院急救。"

她再一次侧视女孩，此时，两人正好跑过一盏路灯最明亮的照射区域，她恍惚看到，有大颗的泪水正涌出女孩的眼眶。旋即，泪水与女孩的脸又都隐没在黑暗的阴影里。

"她天天都喝糖浆。"

"嗯，为了不让你们感觉受到了妨碍，我才跑了起来，"她像是在道歉了，仿佛糖浆味儿的青春就应当被礼让和脱帽致歉。她强调说，"平时我只是走路。"

"你不断地从眼前跑过去，卷土重来，倒让我们感到了踏实。"

"卷土重来"这个词差点把她逗笑，下意识地，她只能将一切又类比为一场彼此作用着的化学反应。同时，像是有什么东西从四面八方向她发力，脚趾和小腿间肌肉的剧烈痉挛将她撂倒在了跑道上。她控制不了自己的双腿，脸上定格为一个似笑非笑的僵硬表情，只是霎时间记忆起那一次酒后跌倒在浴缸中的滋味。彻底的、无能为力的绝望与污秽凄苦。就像一整块悲伤的笑料。

女孩快速蹲下，将她的双脚抱起，拉直膝盖，双手握住脚尖用力向上牵引。不过十几秒的时间，她却像是经历了一场突如其来的暴击。夜风轻柔而冰冷，一如水与火的交融。女孩扶她坐起，用一只腿撑在她的背部，双臂将她的肩膀圈在怀里，同时帮她把散乱的头发拢到耳后。她知道自己现在一定狼狈极了，软弱地闭上眼睛，既感到了空前的委屈，也感到了被温柔地对待。一种久违了的、热切的盼望，涌上了她的嘴唇。

"不要跑了，先慢慢活动一下。"

后来，女孩扶她站了起来，叮嘱一句后，便矫健地跑着离开了。

望着女孩的背影，她意识到自己永远也没法像一个女孩子那样跑得又快又好看了。她无力地站在跑道中央，如同被遗弃了一般。暗处那块刻有"道法自然"的石头，在夜色中昭示着东方的化学观，四下的草茎都被它压得喘不过气。她缓慢地沿着跑道走，两手将脖子上的围巾紧紧地拉严实。她觉得自己的嘴唇麻木而空茫，仿佛被夜风完全包裹着深吻。她又一次闭上了眼睛，期待那久违了的、热切的盼望再度降临。

转过一道弯，她远远地看到那对女孩都蹲坐在跑道边。穿裙子的女孩把头埋在两腿之间；而那个穿短裤的女孩，遥遥注视着她走来的方向。距离让目光无法交织，但是她知道，此刻，在这个世上，自己被人深切地凝视着。大家同在一个环形的跑道上，在一个开放却又相互关联的世界里。

在意识的深处，她怕女孩们还在那儿，更怕女孩们其实走了。垂头前行，当她再一次举目张望，她们已经不在了。一度，她认为自己走过了，于是回头张望，只有空寂的夜色在身后永无止境地弥漫。她来到了她们置身的地方，想要找到一丝她们存在过的证据。她看到了倒伏的草木，一枚尚未熄灭的烟头；但令她更为笃信的是，她还嗅到了糖浆味儿，感觉到了她们离开后残留着的、带有年轻体温的痛苦而热烈的气息。黑暗中，她依稀还看到了她们挺拔而嘹亮的大腿，以及世间一切隐秘而倔强的脆弱。

年轻，并且有两条腿。

这让她如同再一次得到了激励，有力气走回自己熟悉的生活。从山坡上眺望，她能看到自己也许下半生都要栖身于此的那栋楼。夜色悲楚，还开始起雾了，渐渐像一锅又厚又稠的浓汤。夜航的飞机飞过，航速都变得有些迟缓似的。远处，一座塔吊笔直的摇臂傲然自立于夜空，好似随时会将世界吊打一番。人在这世上被吊打的风险可能不少，但没有哮喘就是幸运的，不喝糖浆就是幸运的，能跑就是幸运的，年轻，并且有两条腿简直就是所向披靡的。她像是走在一个庞然的虚构里，唯一能够让她将自己与现实维系在一起的，是这样的一个决定：从明天起，她将以跑步来替代走路。她确信她做得到并且配享这份幸运。俨然是一场化学反应，她知道新的物质产生了，依据化学键理论，就是说，旧键已经断裂，新键已经生成。

2021 年 4 月 4 日
辛丑清明
香都东岸

鼓楼

和老陶再次见面,是我们分手半年后。我和新男友云游到了丽江,在微信里,我将行踪告诉了老陶。至于居心何在,解释起来还真是挺费劲的,或者说,也不值得解释。

不过也没那么复杂。分手后,我跟老陶依然保持着时断时续的联系,有一搭没一搭地问个好,深夜里来声没头没尾的"哈喽",或者相互、或者单方面地发个比较"污"的表情什么的。你可以将此理解为巨大的惯性使然——我们曾经相爱得如同"复兴号"一般风驰电掣、一往无前,途中出了故障,只好紧急制动,但刹车后依然会往前冲一阵。

老陶迅速回了微信,说巧了巧了,他也正好跟新女友在丽江打尖儿。没错,他就是用了"打尖儿"这个词,纯然一副北京爷们儿的口气。这挺让我烦的。我跟北京男人老陶恋爱,最终一拍两散,有很大一部分原因正是在于他的"太北京"了,那做派,也谈不上是傲慢,反正在一起久了,有种没头没脑的优越感会让你啼笑皆非直至备感痛苦。

我在云游,他在打尖儿,我们各自携着新欢,本来无所交集,可既然"巧了巧了",那就在丽江见一面吧。

老陶在微信里相约,是夜凌晨时分,他将在古城的玉河广场等我。时辰已到,我藏身于暗处,见他准时出现在灯红酒绿的午夜。他在人潮中沉浮,左顾右盼,一目了然是喝多了。凝望着,我对他升起一股亲切的陌生感,或者是陌生的亲切感。认真掐指数算,我们分手一百九十七天了,其间视频过两次,此刻看他人潮人海中浮现,我就觉得他即是我,是我的没头没脑与傲慢,是我的不高兴与优越感,乃至是我的慢慢地放松与慢慢地抛弃。的确,我们差不了多少。我们云游,我们打尖儿,不过都是活在被规定好了的方式里。

在我眼里他算是个好看的男人,始终留着我喜欢的圆寸,随时都是一副正在遭受铁锤但随时都能夺过铁锤的样子,永远一副混不吝的劲儿,即便胡子拉碴,也不会显得太寒碜。

我过去拍了他肩膀一下,他回身就手挽住了我的胳膊。

"嗨,麦吉,"他说,"嗨,姑娘,我认为所有的古城都应该有一座鼓楼,你认为呢?"

他的手臂和我的手臂挽在一起,像情侣,也像要并肩去赴汤蹈火的战友。盛夏时节,我们都裸着胳膊呢,我分不清是他出的汗还是我出的汗。我嗅到了久违的男人味儿,酒精、烟草、沐浴液,没啥特殊的,也谈不上浑浊,更谈不上芬芳,但这种味儿却不是所有男人身上都会有。

身边全是年轻人,一派花天酒地,世界仿佛还处在愚蠢的、没心没肺的青春期。

"北京就不必说了,我在河西走廊的武威,那么偏远的地儿,都见到过鼓楼,西安、南京、开封,连运城都有。"他说,"可是为啥这儿没有?"

"为啥这儿就一定要有呢?"我回他。

果不其然,他还是能迅速地让我气不打一处来。"北京就不必说了",这句话很让人反感。不是吗,在一起的时候,我们就住在北京的鼓楼附近。不必说了,当然是不必说了。

"古城啊,"他吵吵道,"这儿不是古城吗?没鼓楼好意思叫古城吗?"

他挽着我走,好像目标明确,挤过几条小街,钻进一家酒吧里。子夜时分,里头客人大半已经散去。驻唱的歌手是一个穿着民族服装的很老很老的老头,很搞笑地,他居然唱着《可可托海的牧羊人》。这歌现在大热,可我烦一切大热的玩意儿。我也烦酷暑。

我们在一张杯盘狼藉的桌子边坐下身来,桌面上有大半桌的空啤酒瓶,吃剩下的面条、烤串、花生毛豆、花生皮毛豆皮。

"我把她灌翻了。"老陶伏过身子对我耳语,一边用大拇指扬扬某个方向。

顺指望去,两米开外,暗处的卡座上横躺着一个姑娘。她蜷缩着,婴儿一般地蜷缩着,裙子包裹着的臀部因为卧姿被强化了,显得无比浑圆,呈现出一种"加强版"的性质。

"我们在附近租了个民居,便宜,在古城里住一晚上的钱,够我们住一个月的。"看起来他挺自豪。

我有些光火,可也说不出什么所以然,我总不能质问他干吗不把姑娘灌翻在他们便宜的民居里吧。

"行啊,一顿当两顿使,还分上下半场,真是长出息了你。"我说。

"有什么问题吗?谁愿意吃了上顿没下顿?"他接完我的话茬,直着嗓门喊服务生。"兄弟!"他扯着自己的北京腔叫唤,"哥们儿!嗨,喊你呢!"他的叫喊植入在《可可托海的牧羊人》里,竟让这歌有了股摇滚味儿。

"能不能甭让这大爷唱了啊!没看着人睡着了吗?"他拍着桌子嚷嚷,我看到那无比浑圆的臀部似乎是受到了侵扰,来回挪了几挪。

一个跟我们岁数差不多的服务生不慌不忙地过来了,一副见多识广的架势。

"你要啥?"小伙子问道。

"能说普通话吗?OK,"老陶说,"您能让这大爷闭会儿嘴不?您瞧,姑娘在睡觉,姑娘需要睡觉!OK?"

"不能,不OK。"小伙子无动于衷地说。

"那我跟你说!"老陶说,"这歌不适合他唱,没准儿摇滚他还行,他倒是挺像个老炮儿的,可他不适合有个嫁到了伊犁的姑娘。好了,让我们安静地把剩下的这点儿酒喝完,这要求不过分,我们就是他妈的想安静点儿,把你们老板叫来,问问他是不是有时候也需要安静地坐会儿。"

"你可以自己找个安静的地儿。"小伙子面无表情地也使用了儿化音。

"嘿呦，"老陶一拍巴掌，"这可是您给我出的主意啊，等她醒了您跟她解释解释吧。走，麦吉，咱找个安静的地儿去。"

暗处的屁股浑圆地动了动。小伙子见多识广地回了吧台。

我随着老陶出了这家酒吧，进入另一家之前，他再次眼巴巴地问我："我认为所有的古城都应该有一座鼓楼，麦吉你认为呢？"

"你还是这么烦人。"我回答他。

这次他收敛了不少，我们一人要了一扎精酿啤酒，他开始盘问我有关新男友的点点滴滴，干什么的，多大了，云云。我并没有和盘托出，不是想对他隐瞒什么，也没什么好隐瞒的，我只是突然间觉得，让他知道我找了个大学老师是一件令人惆怅且丢人的事。

"自由职业。"我说。

"真棒！"他问我，"也被你灌翻了吗？"

"没，搁房间看球呢。"这倒是句实话，欧洲杯正如火如荼，我那云游的伴侣，那纯洁的知识分子，是个健康的球迷。我只是出门前给他要了箱啤酒。

老陶是在一瞬间又抽起风来的。他先是鼓掌，让我以为是冲着我没把男朋友灌翻这茬来的，可他鼓着鼓着渐渐有了节奏，脑袋、肩膀跟着一起打拍子，后来，便可怕地唱了起来："那夜的雨也没能留住你……"

当他高歌到"他们说你嫁到了伊犁"时，服务生终于被招来了。

我算看出来了，这地方，就算没有一座古朴大气的鼓楼，可即便是位小姑娘，也一副见多识广的派头。

"别唱了。"小姑娘沉着地要求。

"嘿呦,"老陶坚持着又怒吼了几句,问道,"丽江规定不许唱歌吗?"

"没规定,"小姑娘说,"你影响其他客人了。"

举目四望,这家酒吧比刚才那家更冷清,影影绰绰,似乎有那么一两桌客人,意外的是,暗处似乎也浮动着姑娘们被人灌翻后浑圆的屁股。

"我影响其他客人了?"老陶无辜地摊开了手,匪夷所思地对我说,"难道刚刚不是我们被影响了吗?麦吉,一座古城,没有鼓楼,不讲道理,这还说得过去吗?走吧,麦吉,我们离开这里!"

我不觉得他是在表演,他是真的对这个世界感到费解。我跟着他走出那家酒吧,胸中涌动着白痴一般的喜悦。走吧,麦吉,我们离开这里!——在一起的日子里,那些北京鼓楼边儿的日子里,这是我最想听到他对我说的话。可他没说过。于是,我现在找了个大学教师出门云游。

我跟随着他,我们赤裸的胳膊挽在一起,汗水交融,如同要奔赴高山大海。可我们不过是又去了另一家酒吧。

"我想唱歌又不敢唱,小声哼哼还要东张西望……"他是在大声哼哼。

这家的服务生直接将我们拦在了门口,食指竖在嘴上,不断地冲我们"嘘"个没完。

连我都被搞得很恼火了,问道:"你不会说话吗?"

"我会说话,但请这位先生别这么大呼小叫。"服务生笑嘻嘻地说,他真的是身经百战啊。

"说谁呢?我这也叫大呼小叫?"老陶向前抢了一步,差点儿栽倒,"你知道北京,嗯,鼓楼边儿上,怎么玩儿摇滚的吗?"

"这里是丽江。"服务生说。

"别跟我贫嘴,"老陶说,"连个鼓楼都没有,神气个屁。"

服务生不说话了,用不说话表示自己的态度和立场。

"你瞧,"老陶将矛头冲着我来了,"简直跟你一个德行,我最受不了这个,你知道吗,我最受不了的就是你不说话其实一脸话的样子,太烦了,装什么呀。"

我们重新走上街头。我带着不说话其实一脸话的烦人样儿。退潮了一般,熙熙攘攘的游客一下子稀稀落落了。老陶坚持要给我买点儿鲜花饼。

"我知道你不吃猪油,"他特别恳切地说,"这几天我侦察好了,有一种是植物油做的,还加了益生菌。"

在他给我买鲜花饼的时候,我望着店铺外的一块广告牌跑神。牌子上是一位端庄、消瘦的女士,广告语打着"我这辈子最有成就的事就是把鲜花饼做成云南的名片"。这句话竟让我难过起来,也许我是想到了自己这辈子吧——我将以什么实现自己的成就?成就不成就的,当然也没什么紧要,但"一辈子"这种规模,不免总是会令人莫名伤感的吧。

拎着两袋植物油做的,还加了益生菌的鲜花饼,我对老陶说:"我得回去了。"

"我愿意陪你翻过雪山穿越戈壁,可你不辞而别还断绝了所有的消息……"真要命,他又唱起来了,好在是低声吟诵。

"别这样,老陶,酒劲儿差不多也散了吧。"我恳求他。

"对不起,麦吉,"老陶戛然失声,站了会儿,肩膀觳觫起来。张开双臂,他不遗余力地将我紧紧地搂在了怀里。我们大概又一次都感到了被伤害。

接下来,他需要找回最初的那家酒吧,将他的女朋友弄回租住的民居去。

"扔那儿不是个事儿。"他说。

"是,不能那么做。"

我支持他,好像忘了他没少这么对待过我。许多次,我被他扔在地安门外大街,每每从醉酒中苏醒,远远望到夜空下的鼓楼,怀着瞻仰丰碑的敬意,我都觉得那古老的庞然大物在皮影一般地随风起舞。

老陶走在我前面,步子倒还稳当。我也不知道干吗还跟着他走,不过还是被他身上那种居于灰暗却葆有明快的风格吸引吧。古城的巷道扑朔迷离,谁都不敢保证我们是否迷了路。走过一条清冷的巷子,一条土狗迎面向我们小跑过来。老陶回身再一次将我揽在了怀里。还好,他还记得我最怕狗了。

月光下,我偎在老陶怀里,看着那条狗沿着光滑如水的石径宛若一匹尊贵的骏马一般优雅地跑近,心里面平静极了,一点也没感到惧怕。我们开始接吻。那条狗围着我们转圈,继而在我裸露的小腿上厮磨,在我们四条腿的间隙挤进挤出。恰似天堂或者一个奇迹,我真的一点也不害怕。欲望升起,我被老陶抵在了巷子边的石壁上,他掀起了我的裙子。

"瞧,这就叫狗练蛋。"老陶喘着气儿在我耳边咕哝。

我侧脸看到了那一幕:不知什么时候,又一条狗也加入了小巷的剧情中。月光下,夜风里,它们在沉默而自由地交媾,它们在肃穆而庄严地交媾。

但这真的是扫兴。老陶他就是这么地不识趣。他管不住自己，就算使出了浑身的解数，依然还会无数次地后悔，无数次地拿自己无能为力，仿佛他最善于做的就是把好事儿给搞砸，唯一会做的就是在好运气面前却笑了场，于是，只能无数次地，失败在前戏里。

"去吧，老陶，"我挣脱开他，"赶紧去把人家姑娘扛回去。"

"别走，麦吉，"他说，"我们看看它俩能练多久。"

他的表情既是兴致勃勃的，也是为自己的兴致勃勃而感到错愕的。我这可怜的爱人，我发誓对他永不心怀狭隘的偏见。

"再见，老陶。"

我回身朝着相反的方向走了，走着走着，就开始小跑，感觉自己突然间又怕起狗来了，而且，怕的还不仅仅是狗，是像狗一般追咬着我的命运。

绕来绕去，我又回到了玉河广场。这时候已经没几个游客了，不过是有人坚毅地扛着一条浑圆的麻袋走，有人浑圆地被人坚毅地扛着走。也不知道如火如荼的欧洲杯战况怎样了。找了块地儿，我席地坐下。我得缓口气。

在这云游的夜晚，无所事事，我用手机查看"打尖儿"的确切词意——

打尖儿（京津一带方言）：

打尖儿，指京津一带行路途中吃便饭。这在小说和杂剧中也俯拾即是。打尖儿，实际上是打发舌尖的缩略词。

舌尖是人对味道最敏感的地方，赶路的时候饿了，好赖吃点东西，打发一下舌尖，而后继续上路。广东方言打尖是指人不守秩序而插队的行为，称之为"兼队"或"尖队"。有种童年的游戏也叫打尖（茧），2至4人参加，用一根比拇指粗、3寸长的圆木，两头削尖，即为玩具"尖"，因外形酷似蚕茧，也作"茧"。

我觉得有知识真好，找个知识分子没准儿是对的，那会让你的许多灾难得到短暂的豁免，你看，这真的非常有意思，"打发舌尖""不守秩序插队"，以及"2至4人的游戏"，凡此种种，都与我们的境遇完美相关。老陶他真他妈的是个天才。

我吃着鲜花饼，自感有益生菌在体内发挥着正面的效用。不是每一个古城都必须有一座鼓楼啊，我涌泪感慨，如同得到了一个有待擦亮的真理；间或仰望夜空，灰筒瓦，绿琉璃，旧日重现，我又一次看到了冉冉浮现的鼓楼，在星月下，在高原上，皮影一般地婀娜摇摆。

2021年7月28日
辛丑伏月十九
怀柔圣泉山一稿
2021年11月10日
辛丑良月初六
香都东岸定稿

瀑布守门人

——本文致敬老田

在丽江古城一家略显冷清——其实就是寒碜——的客栈，我见到了郭老师。客栈藏在窄巷深处，三层阁楼的楼顶上有着简陋却宽敞的露台，攀爬其上，可以远眺苍山与雪峰。郭老师说客栈的男主人来自玉门油田，算是与她有着乡谊。

"他给我打了八折。"她说。

我说旅游淡季，估计所有买卖都会打八折吧。

"不要总是怀疑别人的善意，你这样的心态要不得。"

"好吧，可你还是欠费了，人家给我打了电话。"

"这是另外一回事，和八折没关系，就算五折，也不能欠着。"

我说没错，是这个理儿。

郭老师躺在露台上的摇椅里，双手捧一只巨型的保温杯。她不断地拧开杯盖，嘬一小口，水很烫，她嘬得非常谨慎。我努力不去盯着她看，否则不免要焦躁。拧开杯盖，拧住杯盖，其间加着一个顶多沾湿嘴皮的嘬饮，如是反复，让嘬水显得格外小题大做，也让拧动杯盖显得格外徒劳无功——如同人与世界的关系，彼此映照，都显得过分夸张。

凡事不可落差过大，否则只会让一切没了真实感。

郭老师则怡然自得，偶尔将曝进嘴里的茶叶吐回杯中。

"无论如何，人家让我省了不少，"她说，"这些天下来，是一笔不小的钱。"

我不想与她争辩，说她省下的这笔钱，不够我飞一趟丽江的单程机票。她现在看上去难得地满足与松弛。

昨天黄昏却是另一番情形。我出现在客栈门口时，她是飞奔着从三楼冲下来的。她在凭栏眺望，等待着我的到来。就在我们拥抱前的一瞬，她克制住了自己，只是好像有些不情愿似的跟我浅拥了一下。

她说："你给我带新手机了吗？"

我觉得这很了不起。我办完离婚手续的那一天，她打电话给我，让我给她网购"钟薛高"。彼时我站在民政局的办事大厅外，正想着是否要与前夫南辕北辙地走一个反方向——这会让我多绕半个城的路。郭老师的电话打进来，用那种唯吾独尊的气派说：

"罗音，你知道有款很红的雪糕吗？"

她从自己的朋友圈获得了新知，不甘落在人后。当然，后来她也找补了，说："天那么热，我觉得一款当红的雪糕才是对你最好的安慰。"

我很快搞清楚了状况。其实店主在电话里基本上已经跟我把事情说明白了。这是位中年汉子，长发在脑后扎住，胸阔肩宽，像是下一秒就将撑破紧绷绷的衬衫，嗯，有文艺范儿，更有股玉门油田人的气势。站在客栈的回廊下，他又将电话里说过的内容重复了一遍，大意是：你母亲的手机丢了，如今举步维艰。

我问他古城买不到手机吗？

"当然可以。"他瓮声瓮气地说。

"其实你可以先帮她买一部的，是吧？那样，她就能用手机转账给你了。"同样的话，在电话里我已经跟他沟通过，而且还提议由我先给他转一笔钱来应急。

"我也是这么想的。"他说。

"那为什么不呢？"

"我拗不过郭老师。"他的表情很无辜。一条雄壮的汉子，配上这种表情，令人颇有好感。

我去直面郭老师。她上了露台，很明智地给我留下了一个求证的步骤。

"跑这么一趟，你是不是很不情愿？"郭老师说，"他告诉你我有多倒霉了吗？"

"丢手机挺正常的，"我说，"就像我小时候周围人总是丢自行车一样，越是必需品，越容易丢吧。"

"你是在贬低我的困境吗？"郭老师面无表情地说。

我的情绪不好。我奔波得很辛苦，从西安飞来丽江，不能算是一件轻松的事；还有，候机时接到的一个消息也令人不快——一位卧底的同事告诉我，我在公司一个重要的考核中落败了，上级部门的理由是：同样的荣誉我已经得过三次了。我

瀑布守门人 451

不知道这个消息和郭老师丢了手机相比,哪一个更糟糕些,但我知道,郭老师将如何表态。她会说出格言一般的警句,譬如,胜利从来不会给胜利加分。不是吗?听起来有些道理,如同"失败是成功之母"那般颠扑不破,而且,也符合一个母亲良善的教导。但我还是愿意她替我骂街,替我鸣不平。

眼下的状况并不让我意外。我知道自己的亲妈是怎么回事,同时我也惊讶于自己如今的随遇而安——这的确是一种能力,说是一种品格,或许也不为过。这么想想,考核的不公也算不了什么了。三十多年来,在郭老师持续地教育下,我还是有长进的。

我也用一种说出格言警句的腔调回答她:"当然不,对于微弱的个体而言,没有任何一个困境是可以被贬低的。"

以格言的句式说话,证明郭老师已经平复了她的慌张,或者说,她再度寻回了对我的心理优势,尽管这次是我来驰援她。

郭老师问我看出来没有,那条玉门汉子对我的到来颇为开心,这个男人很乐于接待我这样的客人。"他知道你独身。"她不动声色地说道。她说自己待在这里快半个月了,不免要跟人聊聊自己的女儿,她并不觉得这么做是一件有失体面的事。"现在离了婚的女人可没啥丢人的。"她补充道。

我也不觉得有啥丢人的,可我还是有些不满。

"他也离了婚,好吧,我可能是为了安慰他,才顺嘴说了句你的状况。他是从玉门油田来的,多多少少吧,我会觉得有些亲切。"郭老师说。

同样,也是多多少少,一直以来,我都对郭老师的"玉门油田情结"抱着些许的同情。戈壁腹地,祁连山下,那是郭老师一生的起点——一想到这些，我对她就会生出没来由的体谅之心。我遥想她的少女时代，于浩瀚的旷野憧憬未来，眺望雪山时，迎着大风时，必定常常地眼涌泪水。郭老师对我并不经常提及她的那些经历，更多地，是出于我的想象。我陪她回去过两次，有一次她带我去戈壁滩上看夜晚的繁星，明确地给我指出了北斗七星的位置。苍穹之下，七星灿然，近得让人陡生顺手摘下两颗的妄念。

郭老师从近在咫尺的繁星下出发，考学，结婚，中年离异，像所有的人一样痛苦大于欢乐，如今躺在云贵高原的露台上嘬饮保温杯中的浓茶，这让我无法对她抱怨什么。微风中，她拂动的白发都像是生命一个可以任性的特权，尽管，她在满头乌发的时候似乎就得享着这份特权。从侧面看去，她的脸颊依然紧致，皮肤并无明显的松弛，可能是嘴里嘬进了枸杞，她在慢慢地咀嚼，肌肉呈现出的轮廓还显得有些坚毅。

"你不会不高兴吧？"郭老师侧脸看着我，"我觉得小顾还不错，认识一下也没什么不好。丽江这么美，以后你来玩儿也能给你打个八折。泸沽湖我还没去，听说也很不错，你要和我一起去住几天吗？"

"在泸沽湖也给我介绍一个日后能打八折的吗？"我问她，并无怒气。

"怎么会，你想多了，嗯，不要认为到哪儿人家都会对你打八折，我们没那么幸运。"

"倒也是啊。"

"可不是吗？"

"泸沽湖我是没法陪你去了,你自己带好手机,我还给你买了根挂绳,你就把手机挂在脖子上吧。"我说。

一直以来,对于郭老师我还是很服气的。她从来都不高估自己,只把任性而为的特权行使在我们母女的关系之间。我对自己的儿子提及姥姥时,不免总是强调郭老师的特立与独行,乃至还有自知与勇敢。她在中学教语文,却对天文很感兴趣,毕生仰望星空,积累下不少的人生心得;很早的时候,除了我,她就举目无亲了;如果有足够的钱,退休后,她一定会只身去周游世界;她既不愿意高估世界的善意,也不愿意高估自己耐受恶意的能力。这些美德,都足以拿来教诲家族的后辈。

出门前,儿子要被我送到前夫那儿去,在车上我就是准备这样教导他的。前夫已经再婚,儿子要去生活几天的那个家庭,自然如同一个微型的世界了,他需要学会与之相处的方式,那么——别高估世界,也别高估自己。

"你能和安贝相处好吗?"我问儿子,同时想象了一下两个孩子在一起可能酿成的灾难。

安贝是前夫再婚后生下的女孩,七岁,对她的脾气、性格我没有把握下判断,因为我知道自己无法客观。这个女孩我见过不少次了,如果一会儿见到她,我可能会故意逗逗她,问问她寒假有没有什么伟大的计划,是不是又要新学一门乐器?她呢,会摊开手,以一种成人才有的笃定反问我:"你呢?"——这就是我对这个小女孩的认知。

"我知道你在担心这个。"儿子说。

"没错,我是挺担心的,毕竟你们没在一起住过。"

"不会有事的，"儿子竟也是一副成人才有的笃定口气，"估计她妈妈现在也会问她同样的问题。"

"会吗？"

"当然会，你不问我，她妈妈也会问她。她比我小五岁呢。"

"这跟年龄没什么关系吧？"

儿子说我的这种担忧应当是针对小孩子的，言下之意是，年纪更小的那个，在睦邻友好中才承担着更多的风险。那么好吧，我只能提醒他，年纪大的一方，将承担更重大的谦让义务。这种对话并不那么轻松，仿佛已经预设了一场博弈与妥协的征战。

儿子却一脸的若无其事，他对我说："没事的，该担心的是安贝的妈妈。"

这句话让我有些发愣，或许是我想多了，觉得儿子对于如今这两个家庭的局面富有独到的洞见——那个最微妙的角色，没准儿真是要让安贝的妈妈来扮演。同父异母，两个小孩相处得还不错，经常会在周末见一面，对于三位家长的处境，也许他们早有过推心置腹的讨论：谁更为难一些，谁更超然一些。想当然的，我自然会以为那个最超然的人应当非我莫属，而前夫，活该多作难一些吧，但现在儿子提醒我也许还有另外的剧本。

我小的时候也一样，比儿子现在还小的时候，就会跟亲密的女生分析彼此的父母。有一个叫若琳的女生和我最要好，因为我们境遇相仿，都是单亲，不同的只是我跟着母亲，她跟着父亲。我们一起悲叹人性，用的却是一种夸张的谐谑态度，认为成人的世界远比他们以为的要弱智得多，甚至，我跟若琳还分享着郭老师怀春的蛛丝马迹——她买新裙子了，最近总照镜

瀑布守门人

子，我还偷看了她的体检报告，云云；而若琳，对我也开诚布公地道出了那位鳏夫的诸多秘密。这的确很刺激，俨然重要的启蒙。我们常常因之掩饰不住地呼吸紧促，继而尖叫大笑。

前夫等在小区外迎接我们。他现在是这个人间平庸故事里的枢纽，尽管如此，他也依然无法因之就显得不平庸了。我坐在车里看着儿子向他走去，心想他会在自己的一对儿女嘴里被如何戏谑地谈论。我觉得他老了，不是一个七岁女儿和十二岁儿子的父亲，是七加十二，一个有着十九岁孩子的男人。

离婚不久，有一次郭老师对我说："别让你儿子妨碍了你的幸福。"

我忍不住窃笑，认为这是郭老师在借机声讨我妨碍了她的幸福。是啊，至少有三个男人是被我从她身边赶走的，一个女孩子对于围在自己母亲身边的男人，杀伐决断，会焕发出魔鬼一般的破坏力。我永远记得自己诸般小小的邪恶，那一次次难以启齿的快慰与痛苦。但是儿子当时并没有对我构成类似的威胁，也许因为他是个男孩，对于这种事情天然鲁钝一些？这样想，却让我心里隐隐地作痛。尤其当儿子和我的新男友相处甚欢时，反而只能让我充满了无从说明的负疚之情。我见不得儿子傻乎乎地跟着一个陌生的成年男人笑，见不得儿子被一个微不足道的小把戏哄得团团乱转，因此，男人们的善意倏忽都成了诡计，也倏忽，我自己不过只是诸般卑劣诡计的最终目的而已。那么，岂能让他们得逞。

这么说来，在人生崎岖的情路上，我妨碍了郭老师，儿子也委实妨碍了我。可是，我也相信郭老师会和我一样扪心自问：

就算没有了妨碍，我们就真的能一马平川地奔向幸福吗？

"他可能要住一个礼拜，也许更久！"我把头伸出车窗向前夫喊，这个时间并不是理性估算出来的，我只是下意识地想要给前夫制造些心理难度。

"没问题。"前夫说。

他迎向儿子，伸手卸下儿子肩上的书包。这很自然，但看在我眼里，竟非常伤感。这两个男人，或者两个男孩——真是有些矫情，可我还是忍不住这样的感受——他们真是令我瞬间感到了苍老。我觉得他们的笨拙、殷勤、努力和平庸，都是那么地令人怜悯与难堪。那么好了，在郭老师眼里，我会不会也是这样的呢？

目送他们走进小区，我生出了取消丽江之行的念头。但我也不想回到既有的节奏里，公司的假已经请好了，我想我应该放飞一下自己。我用微信的语音功能拨给一个新近结识的男人，响了几声后，又自己挂断了。男人五分钟后回拨了过来，声音听起来就是一个试图哄得小男孩欢心、以期捕获他母亲的卑劣诡计。我虚应了几句，便中断了对话。正午时分，阳光耀眼，我打开音响，驱车直奔机场了。

登机前，我打电话给前夫。

"放心吧，我很好，"是儿子接听的，他补充说，"我们很好。"

"你们在干吗？"

"在玩儿。"

儿子显然很不耐烦，但我有意想跟他多说几句，逗弄一般地干扰他，对我就是一个富有安慰性质的补偿。

瀑布守门人

"玩儿什么呢？"

"游戏，游戏呗，还能玩儿啥呀！"

"我知道是游戏，我想知道是什么游戏。"

"瀑布守门人！"

"什么？什么守门人？"

"瀑布，大瀑布的瀑布！"

我还想进一步求证，儿子已经忍无可忍地挂断了电话，于是"瀑布"这个词悬置在我的耳朵里了，经久不散，让我处在某种壮阔而磅礴的自然想象中。

我给前夫发微信，却是说给儿子的："明年暑假我带你去有瀑布的地方玩儿。"

"好。"飞机开始滑行时，微信有了回复，我觉得应该是前夫的手笔。

"你可能有时候会把他们父子当成同一个男人，就好像你爸会把我和你当成同一个女人。"郭老师说。这时候暮色四合，在楼顶上张望灯火渐起的古城，真是让人有种意兴阑珊之感，连带着，她的声音听起来也略略地有些惆怅了。"你自己都不知道你的情绪是因为他们中的哪一个。"

我不知道她想表达什么，但我觉得这是无稽之谈，对于前夫，我自认已没什么情绪可言。

"我爸把我当成你？"我问。

"是的。"

"我爸把你当成我？"

"是的，有时候会。"

我说我去一下洗手间。在三楼自己的房间门口，我遇见了那位名叫小顾的店主，他正扛着大桶的矿泉水挨个儿给每个房间送。

"接到通知，可能要停半天水。"他向我解释。

"古城经常会停水吗？"我问他。

"这个倒不会，我也是第一次碰到这种事，可能是供水系统定期维护吧。"

"哦，那洗漱要麻烦了。"

"时间不会太久，但能洗还是抓紧洗一下吧。"

也许是臆想，我认为他的脸微微红了一下。

我回到露台时，郭老师用肃然的口气对我说："你会后悔的。"

"什么？"我问她，脑回路依然停留在方才的话题上，不明白我何悔之有。但我也知道，和郭老师对话，你得适应她跳跃性的思维。有一次，在跟我讨论素食的好处时，她突然问我："你对男人还有需要吗？"

我跟朋友们说，我的母亲观念非常开放，但仅限于说明她对我择偶的态度，实际上，无从启齿的是，她对自己的欲望也从不避讳。她几乎没有断过异性伴侣，很早就把身体的需要与精神的需要分别看待了。差不多十年前，她惊叹着对我说："吓死我了，我以为是怀上了，原来是绝经了啊。"那语气，是坦率的自嘲，却也有些骄傲的自得——在更年期的时候依然还有热烈的异性关系，这是她要传达给我的信息。

"你会后悔的，"她又说道，"几天后就有双子座流星雨，泸沽湖边非常适合目视，这是今年最后一场流星雨了，会壮观得

瀑布守门人　459

像漫天的瀑布——你真的决定不和我去一趟吗?"

"瀑布?"我怔了怔,心头被莫名地触动了一下。

"是,每小时上百颗的规模,就像是夜空的瀑布。我这次来丽江,其实就有这个计划。一定让你赶过来,也是想让你一起去看看,手机丢了不过正好是个理由吧,你看,这就像天注定一样,我得丢手机,你得跑这一趟,这都是神秘的天文感应。"

"那你可以直接跟我说啊,出发时就问问我,愿不愿意跟着你去看天上的瀑布。"我说。

"出发的时候我还没打算叫你,噢,也用不着瞒你,我本来是跟人约好了的,在丽江见,结果呢,那家伙爽约了。"

"约了男人?"

"对,但别以为我会有多失望,没什么的,爽约总是比践约来得多些,你也得早点儿明白这个道理。好在星空从来都运行得守时守约,从来不会放你的鸽子。"

"就没有过不确定的天文现象吗?"我问,"比如,说好了的流星雨却没出现。"

"有,但是天文现象的不确定只是因为还有许多人类未曾掌握的规律,它们在自己的规律里一定不会瞎胡来。"

"人的不确定性呢?是不是也有人类未曾掌握的规律?"

"噢,没准儿真是。但人的大规律和宇宙是一样的,生老病死,一天天衰败,宇宙会坍塌,人会死。"

"好玩儿,我千里迢迢跑来跟你坐在楼顶聊这些事儿。"

"也没这么可笑,"郭老师说,"我们是时候聊聊这些事儿了。"然后她令我震惊地说:"有一天我走了,身后的几件事你要搞清楚。"接着她告诉了我她的银行卡密码。

"我不要你的钱。"我这么说,完全是因为被搞蒙了。我无法想象,这是那个十年前还在怀孕与绝经之间踟蹰的女人——我的母亲。我不要她的钱,只是在拒绝她突发的哀声。

郭老师摇头笑了,问我:"最近和你爸有联系吗?"

"有,他迷上钓鱼了,前些天让我帮他在网上买鱼竿。"

"你给他买了吗?"

"买了。"

"这是迷上个比找女人还烧钱的事了。"郭老师调侃道。

对于自己的前夫,她从来都是以调侃的态度来谈论的,即便说起两人之间仇恨的旧事,也是以"捣蛋着呢""坏家伙"这样的句式来概括,如同只是在谈论一个调皮孩子的过错而已。

我也曾不断地琢磨过这两个人复合的可能性,当然,也不断地否定掉了,直到最终再也不作此想。离婚后,父亲也走马灯一般地换着女人,最小的女朋友,年龄恐怕比我还要小一些。我的父亲母亲,这两个都有着不懈激情的人,为了无可阻遏的自救的冲动,不惜挑战既有的生活秩序。

很不幸,对于他们而言,我恰恰是"生活秩序"的一个标签——我是他们的女儿,是一个人间的事实或者铁律,以此宣示了责任与义务,甚或还有人伦与道德。于是,在漫长的成长中,他们的激情,就是我不得不与之激战的敌人。但我不怨恨,至少如今不怨恨了,因为我也面对过自己的激情了,知道这激情,确乎亦是自己与自己的憔悴的激战。

郭老师忽而关心起我来,问我是不是要给儿子打个电话?

瀑布守门人　461

"他玩儿得顾不上跟我说话。"我问郭老师"瀑布守门人"这种游戏她听说过没有。我想,她做了一辈子老师,应该对孩子们的把戏了如指掌。

"不知道,但肯定是种湿身游戏。"

"失身?"

"就是互相泼水,弄得像落汤鸡一样吧,大差不差,望文生义就能猜个八九不离十。"

"这大冬天的……"

"别担心,小孩一般玩儿是玩儿不坏的。"

我说不是这个意思,我并不担心儿子受凉,是想不通一个"湿身"游戏在这种季节条件下,如何才能开展。

我说:"穿着泳衣在沙滩上玩儿行,裹得像粽子一样,怎么玩儿?"

"我想他们可能会钻到浴室里玩儿吧。"

"可他现在洗澡时都不让我进浴室了,他觉得自己已经是个男人了。"

"嗯,但他不会拒绝在自己的女人面前光着身子。"郭老师开心地大笑起来。

"真是麻烦……"我也觉得挺好玩儿,却也有某种隐隐的忧愁。

"别担心。"

"什么?"

"生命令人苦恼,但也正是如此才显得迷人。"

我感到不安,对于郭老师的格言警句我已经习惯了,但此刻我却觉得微言大义,她不是寻常的心情。天色已经完全黑下来了，古城的灯火堪称辉煌，但在楼顶仰望苍穹，高原夜空的繁星毫不逊色地碾压着人间的烟火。

"我查出了癌。"郭老师突然平静地说。

很久以前，郭老师曾经因为胃穿孔倒在了讲台上，那次算得上是从鬼门关走了一趟。我被她的同事带着去医院探视，明确地体会到自己的生命里不能没有她。那时我十四岁，心里想：她要是死了，我也要跟着一起死。

我回头看着她，她眺望着楼下的古城夜色。我很想跟她把这个话题展开，却只是顺着她的目光望向远处，什么话都说不出来。夜色不是纯然的漆黑，和灯火与繁星无关，它几乎本身就是一种透明的蓝色，就是一种光源。远方的山影是漆黑的，但也不仅仅是颜色，更是一种距离的色感。远即是黑。

郭老师幽幽地说："这样的夜色和玉门的夜色很像，油田在晚上也灯火通明，但一点都不会减弱夜晚本来的性质。"

我点头称是，然后提议下楼去吧，夜风中，露台上已经感到有些冷了。我们各自回了房间，我本来打算冲个澡再去找她，但打开淋浴才发现停水了。这让我敲响她的房门时心情更加糟糕，如同披挂着一生的积垢。

子宫癌。

第二天一早我就在古城瞎转起来。我没有惊动郭老师，想让她多睡会儿。而且，现在我有些惧怕面对她。黎明时分的古城一片阒寂，高原的晨风委实有些凌冽，红色角砾岩铺就的小径水洗一般地干净。在一家开了门的小店，我逗留了很长时间。店主是个蓬头垢面的中年女人，她可能没有料到这么早会有顾客，一任我在店后挂满了东巴扎染的院子自选，顾自去忙碌晨起的家务了。我突然对那些朴素的粗布着迷极了，它们悬挂在竹竿上，随风轻舞，令人好似陷入了一个柔软的迷宫。蓝底白花，仿佛一片片垂挂的天空。我意识到自己为什么会有了沉醉之感，因为如此一来我才能短暂地摆脱失措的情绪。我挑了几十米的布，把它们抱在怀里，感觉到一种软弱的沉重。我并不热衷这类民族风格的东西，压根儿不知道买回去做什么用。拎着两只大袋子出来，我继续在纵横交错的小巷中漫无目的地走。

我想起另一次经历。儿子两岁的时候发急疹，高烧不断，严重到伴有惊厥的症状，医生告诉我有导致脑病、肝炎、噬血细胞综合征等可怕后果的风险。我知道这是所有医生惯有的作风——总是把最坏的可能扔给你，除了免责需要，没准儿也借此满足了人性中对于恶意的隐秘享受。我让儿子和他父亲留在医院里，自己去逛街。那一次，我第一次透支了自己的信用卡。在一家情趣用品店，我还给自己买了件昂贵的玩具。我也记得接儿子出院时的情景，他和我坐在车子后排的座位上，惶惑地盯着一身珠光宝气的我。他不能理解他的妈妈怎么会像换了个人一般，当我试图去抚摸他时，我感到了他有一个紧张的躲避动作——他的小肩膀缩紧了一下。然而我还是几近残忍地按住了他的肩膀，感觉着我的孩子在生命的困惑里颤抖，刹那间，泪水抑制不住地奔涌而出。这更吓到他了，我差不多能够感到他在努力地让自己变小，小下去，小下去，一直小到不用再负重。

最终儿子当然没有得脑病，没有得肝炎，没有得噬血细胞综合征，他很健康，只是在成长的过程中，有了一次想要无限变小的生命记忆。

在一座挂着"十月文学馆"的院子门口,我捡了一粒石头,把它放在了门楼边一个隐秘的角落里。没有特殊原因的话,这粒石头就将堪称永恒地藏身于此了,不会被人为地挪动,也不会任性地自己跑开。我四下望了望,巷子里除了我没有他人。这算是我的一个秘密——经常在陌生的异地留下一些只有自己知道的小标记。我幻想,有一天把某处的小标记告诉某个男人,如果他真的能循迹将之找到,并且在七个不同地方集齐七个龙珠,他就将是我最后的男人。我知道这事的难度有多大,因为我不高估世界,也不高估自己。

临近中午的时候我回了客栈,还未走进门廊,便看到了奇异的一幕:大水天谴似的奔涌,瀑布一般从三层阁楼上倾泻而下。一条汉子背对着我站在门廊里,举头仰望,整个身姿都写满了深深的困惑。有一天我会专门说说这个客栈之王的,但此刻我被眼前的奇观完全地俘获了。从我所在的位置看过去,他就是一个不折不扣的"瀑布守门人"。大约有一分钟的光景,这个名叫小顾的汉子才行动起来。他冲进瀑布,在我看来简直是欢天喜地着奔上了楼。祸患的源头就是三楼我的那个房间——昨夜我打开淋浴后并没有关闭,今早来水了,蓄积半日,终于酿成了水患。

我也跟着跑了上去,穿过水帘的一瞬,不由得失声尖叫,心情真的是莫名欢乐。冲进房间,水已经没过了脚踝,水面上漂浮着我的高跟鞋,还有一些可疑的小物品——应该是床下未被清扫出的垃圾——纸屑、药片、小小的塑料包装。花洒已经被关住了，但小顾已然湿身。也许他是情急之下忘记了避水，也许他干脆就是有意地让水浇了浇自己。我们站在水里，面面相觑。片刻后，我抬脚撩起水来踢向他，他迟疑了一下，以同样的方式反击我。几脚之后，我们都控制不住地撒起欢来，他搞过来的水花都泼洒到了我的脸上。闻讯而来的人吃惊地挤在门外，看着我俩得劲地又喊又跳。

阁楼有相当大的面积是木质的，我紧随着小顾下楼去查看相应的房间。情况糟糕透了，楼下房间的天花板已经溶洞一般地滴着水了。还好，这间房没有客人入住。小顾查看床品是不是已经被淋湿的当儿，我不假思索地从身后推倒了他。一切结束得飞快，我们都自觉地在和某种紧迫的事物竞争。不，不完全是因为时间，也不完全是因为环境，是更为深层的、跌宕的情绪令我们深感时不我待。我从未像这般彻底地自由，大朵大朵扎染一般的人造白云在我脑子里争相怒放。天空倒垂，万物都是平行着的了。这是一场单纯而极致的游戏，名字不妨就叫作"瀑布守门人"。

整栋客栈必然是喧闹的，人们在大惊小怪地救灾。但我却觉得万籁俱寂。这种感觉萦绕了我很久，当我走出房间时，那些奔忙的身影都是无声的，好像电视画面关掉了音量。小顾张嘴对我说着什么，可我听不到，我也张嘴跟他说着什么，自己也听不到。这样也挺好，我想，一个无声的热闹世界，反而显得庄严肃穆，令人敬畏。

"造成的损失小顾会给我打八折的。"是夜，我在露台上对郭老师把握十足地说。

我的听力尚未完全复原，所以音量不由自主高了很多，像是咏叹。

郭老师说："你瞧，世界有时候是会优待你一下的，做个游戏，打个八折什么的。"

"你还需要我陪你去泸沽湖吗？"我问。

"这个要看你的意愿，不过我还是建议你一起去，在空气稀薄的环境里看一场天上的瀑布，这种机会并不多。"

我举头望向夜空，俨然已经看到了那个奇迹一般的时刻。

"宇宙的高潮，"郭老师说，"你只有看到了，才会知道有多震撼。"

"宇宙的高潮，这个说法不错。"

我感觉今天晚上的郭老师像一个诗人，或者像一个哲学家兼天文学家，就是不像一个癌症患者。她披着羊毛的披肩，抱着巨大的保温杯，岿然地坐在时光里。

"明天再做决定吧。"我说。

"好，别急着做决定——跟着鼻子走就好。"

"对，跟着鼻子走！"我说，"早点儿休息吧。"

"你下去吧，我再坐会儿。"郭老师嘬着茶水说。

我走到露台边的木梯时，郭老师大声对我说："在你爸眼里，我们是同一个女人。"

那天下午我从被水淋湿的床上下来，站在窗子前向楼下眺望，想象着两天前郭老师也是以这样的视角张望我的。我看到巷口迟缓地走来了一个熟悉的身影。极致的余波还在我的身体里荡漾，我目睹的一切微微有些摇晃，好像没有拿稳的镜头，

瀑布守门人　467

于是来者看上去凌空蹈虚，脚不沾地。这个践约者，坏家伙，从奔放而泥泞的生命中跋涉出来，拜衰老所赐，于长久渴求的不安和不安的渴求中解放了自己，如今，他来奔赴一场观摩宇宙高潮的邀约。现在，他是这个世界上的一个平静的人，一个忠诚的人，一个纯洁的、做完游戏后往家跑的小孩。

我很想就这样站在窗口一动不动地看下去，并且想象着自己有朝一日也能这样回家。不需要谁给我集齐七颗龙珠，一切都将是无条件的，只要你终于摆脱掉了那沼泽一般蒸腾的、因为恐惧而不得不求生般挣扎的热欲。可我还是转身下楼了，去迎接我那风尘仆仆的、迟到了的父亲。我知道，在我们拥抱前的一瞬，我也会克制自己，只是好像有些不情愿似的跟他浅拥一下。

2021 年 8 月 14 日
辛丑七夕
香榭丽

拿一截海浪

时隔多年，贺轶宁驱车还乡，奔赴女儿的婚礼。一条狗从盘山公路左侧的陡坡滚下来，被他那辆租来的比亚迪汽车撞飞。那条倒霉的狗，倒像是辆没刹住闸的车，裹着股黄尘腾空而来。它的制动失灵了，或者干脆就是条疯狗。俨然一条浑圆的土黄色麻袋从天而降。事实上，贺轶宁一刹那也以为被自己撞飞的，是一条塞满了土豆的麻袋。对，就是塞满了土豆的麻袋。土豆与麻袋，在贺轶宁的故乡经验里，缺一不可，全然是一体的——土豆必然要塞在麻袋里，而麻袋，如果不塞满土豆，就不能称其为麻袋。离乡多年，故乡打在他灵魂里的烙印，一瞬间，在这突发的状况下被激活了。

塞满了土豆的麻袋凭空而来，先是砸在车前盖上，继而跌至车头，还未落地，又被击发般地撞向天空。贺轶宁看着它像一颗炮弹，射向足足有一百米远的前方，落地后，巨大的惯性让它继续在路面上翻滚，直至被弯道处的山体挡住。

车身在跳跃，在震颤，骤然被安全带勒回椅背的那股力道，让贺轶宁感到有把刀将他的身体劈成了两截。

这辆租来的比亚迪刹车也不是很灵光，几乎同时冲到了弯道处才停下。那条垂死的狗挣扎着拱起了背，它的肚子破裂开，红红白白，污血与内脏糊在公路上。空气中是橡胶烧糊了的味道。盯视了片刻，麻袋的幻象从脑子里打消，贺轶宁倏忽认清了形势。但他还是感到恍惚，身体与灵魂仿佛都不在此刻的现场。

他伸手去摸放在副驾驶座椅上的手机，手机摔在下面了。他侧身去捡，被安全带勒紧的前胸一阵刺痛。他闭上眼睛，顺顺气，解开安全带，缓慢地调整一下坐姿，艰难地俯下身，努力伸长右臂，用指尖一点一点将手机划拉到手里。重新靠坐好，他镇定下来，拨通了女儿的号码——这会儿，她应该穿上婚纱了吧？

女儿是做房地产销售的，一度扮演幸福的业主，为公司的宣传册拍过穿着婚纱的造假照片。女儿把那本宣传册寄到了海南，他一直留着，尽管上面的女儿一点都不像女儿。但这次是真的。

"贺音，"他说，"我出事故了。"

"十二点能赶到吗，爸？"

车前盖被砸出了很大一块凹陷，他又一次顺了顺气。

"——噢！怎么了？什么事故？"

"撞上了一条狗。"

分明是鼓了下勇气，他才能抬眼去看那条倒地的狗。狗在抽搐，体积有很大的一摊，不知原本壮硕，还是毙命前可怕地膨胀了。

"一条狗,爸?"

"对。"

"没事吧,爸?"

"不太好,应该是活不了了。"

血从狗嘴里汩汩地向外冒,狗的獠牙却在晨光里洁白无瑕。

"我是问你没事吧,你没事吧?爸!"

"我没事,应该没事。"

他胸腔那里开始感觉到尖锐的痛。

"车呢?"

"不知道,也没问题吧。"

"你觉得你还赶得到吗?"

他一下子不知如何作答,感到自己也说不准。

"我都说不让你租车了,叫个车不是更好吗?"

是的,他想,自己不但可以叫个车,还可以在昨天傍晚落地后就直奔固原,为什么要在银川逗留一晚呢?

"我给你带了礼物,想自己拉给你。"

这是个说得出口的理由。贺音在手机那头沉默了。

"我得挪下车,"他说,"前面是个弯道,停这儿很危险。"

"车能动的话就赶快上路吧。"

"那条狗……"

那条狗站起来了,正向他蹒跚着过来,拖地的肠子像粘连的胶水,将狗的身子藕断丝连地和路面粘作一处。

"肯定是条野狗,别管了。"

他盯着车窗外，好像听到了喑哑的呜噜声。

"它站起来了，在叫。"

"别管了，"贺音说，"要不怎么办呢，你要给它叫辆救护车吗？"

当然不，他在心里说，看着窗外那条狗再次扑倒在地。

"当然不。"他说。

"爸。"

"嗯？"

"实在赶不及也没关系。"

女儿吸气的声音被他听到了。那是很长的一口气，人往往在做重大决定的时候，才这么吸气。

"你不希望我赶到吗？"

"爸！"

"我在听。"

"如果车还能开，就挂了手机赶紧上路吧。"

"你要忙起来了吗？"

"是，"贺音说，"这是婚礼，我是新娘，我们不要为了条狗添乱，好吗？"

"好。"

"我现在要弄头发，实在没时间了。"

"那快去吧，快去。"

"你没问题？"

"快去吧。"

他挂断手机，发动车子，将车倒离至安全的位置。正当他准备重新上路的时候，又一条狗出现在前方。是条脏兮兮的黑狗，骨瘦嶙峋，屁股后面光秃秃的没了尾巴。它从弯道的另一方绕了出来，如同明星闪亮地登上了舞台。

贺轶宁下意识地升上了车窗玻璃，一时间不敢相信这都是真的。

黑狗冷静而稳重地立在公路中央，像一个断案的执法者。它并没有靠近那条奄奄一息的同伙，只是一动不动地看着车内的肇事者。

没错，贺轶宁觉得这条狗就是在和他对视。他见过很多狗，但没有被哪条狗这样直愣愣地对视过，不禁有些发虚。他长摁了一声喇叭。黑狗退缩了一下，来回捯腿，抽风一样，继而重新站稳了脚跟。贺轶宁伸手摸水，发现那瓶矿泉水也滚落在座椅下了，他嘟哝着，再次艰难地捡起了瓶子。喝了半瓶水，他发动了车子。车速不快，他很慎重。但那条黑狗视若无睹，丝毫没有避让的意思，不过是微微地发着抖。比亚迪停在了距离黑狗十米远的地方，他再次长摁喇叭。黑狗的耳朵竖起来，它居然不退反进，向前逼近了几步。贺轶宁不由自主将车倒后了一点，随即暗骂自己是个没用的蠢货——这不是露怯吗？

这截公路是六盘山上的省道，路面逼仄。他目测自己难以从黑狗当道的现实下脱身。除非将它也撞飞。

"真是见了狗了。"

他低声诅咒，给自己点了支烟，审度着眼下的局势。过了会儿，他重新启动引擎，发狠向前冲去。在发动机的轰鸣中，黑狗跳将起来，有个本能的躲避动作，而后竟趔趄着，腾空反

拿一截海浪　473

向迎了上来。那感觉,就像是空前地闪了下腰。贺轶宁手脚并用,急打方向盘,同时踩下刹车。汽油和空气在汽缸内猛烈地爆炸燃烧。车体飘移,他应激着倒车,但无法确认车子是被左侧的山体弹了回来还是被自己驾驶出的结果。

"见了狗了!"

他大叫。腾挪后的黑狗也是半天找不到重心,嘶吠着踉跄。而那条卧地不起的狗,显然遭到了碾压,肚皮上有一道刺目的轮痕,周边全是秽物,如同引爆了一般。

贺轶宁拼命定神,抖索着用手机拨号。他先是拨了110,立刻挂断,继而又想拨120,好在最终还是准确地拨通了122。

"交通事故报警电话。"

一个普通话不是很标准的女性接线员说。

"见狗了!我撞了条狗!"

"一条狗?"

"是,还有一条……"

"什么意思?"

"还有一条黑狗,挡在路上!"

"你冷静一些。"

"好。"

"你没问题吧?"

"没有,我有什么问题?"

"那就继续驾驶吧,肯定是野狗,不会有人追究你责任的。"

"我知道,肯定是野狗,但是我过不去了,它挡着我。"

"谁?"

"狗，黑狗！"

"你在车上吗？"

"是。"

"那没问题，它又咬不到你。"

"它不让路，我总不能再撞死条狗……"

他听到对方吃吃发笑。

"你开慢点儿，"对方说，"嗯，从狗身边蹭过去，它会躲开的，一定会躲开的，我不相信它不躲，顶多就是冲着你叫两声。"

"我试过了，别说开慢……"

手机已经被挂断了。

他抹了把脸，木然靠进椅背。死狗肯定是死透了，但狼藉遍地，死相有股喧闹的、热气腾腾的活力。活着的，那条无畏的、没有尾巴的、骨瘦嶙峋的黑狗，靠近了它的同伙，仿佛怀着某种审慎的悲伤，一边低吠，一边警觉地看向他。它始终不碰死掉的那条狗，只是不时伸长舌头舔一下公路上迸溅着的血污，然后又重回当道的最佳位置。人和狗对峙在六盘山上。

"躲开，"他咕哝着，"是它撞的我，不是我撞的它。"

他让车身向前拱了拱，不易觉察地前进了一个车轮的距离，然后，再向前拱了拱。死狗横尸在车子的左前方，贴地的尾巴竟然像一颗心脏似的兀自跳动。他继续让车子蠕动着前进，直到那条黑狗突然弓起了背，冲着他龇出獠牙。他停止了冒进。它蓄势待发，黑毛因为奓开，通体变成了一种森然的、说不清的颜色。让贺轶宁恐惧的是，他感到自己的恐惧里有种古怪的喜剧性，隔着车窗玻璃的黑狗仿佛只是一团抽象的概念，这团

拿一截海浪　　475

概念悬浮在他的道路上,既邪恶又滑稽,既残忍又诡异。

他短促地按了声喇叭。

黑狗身体后顿一下,又迅速前倾,抖擞着,却似乎更逼近了几寸。

"妈的,我得去参加贺音的婚礼。"

他的确是冲着狗说的。黑狗舔着地上的残骸,被它舔过的路面泛出一层油脂般的光亮,像是给柏油路面打上了蜡。

"我从海南飞回来的,把路给我让开好吧?"

他歪了下头,再次看到一侧的死狗。它真是死得无比壮观。他让车子再次向前拱了一下,感到车轮轧上了什么软乎乎的恶心东西。黑狗的身子降低了重心,它在低吼,全无妥协的意思。他打着手势,它的眼睛不受干扰,始终聚焦着他的脸。

"我有十五年没回宁夏了。"

他低声说,让车身再次前拱。现在他和黑狗的距离差不多就是一个车头那么近了,它要是一跃,便足以扑在车前窗上。他闭上眼睛,轻微地踩下油门。张开眼睛,他看到黑狗稳步后移,退出了车子前进的那一小步。黑狗的前半身低俯,没有尾巴的屁股高过了脊背和狗头,看上去都不像是一条狗的屁股,也让狗看上去都不像是一条狗了。再一次,他重复之前的操作,眼睁睁地看着黑狗歪歪扭扭却是冷静沉着地跟着退后。他进一步,它退一步,但决不让路。

世界倏然阒寂,是那种比无声更加无声的静默,但又是陡然地喧哗一片,哨音般地尖削。他分明感到自己的听觉转化为了视觉,有道可视的声音,像大幕一样从空中落了下来。席地漫天的大幕里,他看到了自己的前妻,贺音的母亲,黄笑锦,亦步亦趋地后退,倔强地拦阻着他的去路。此刻,他的脑子里还原了十五年前离家时的这一幕,又一次绝望地领受着某种古老的顽强,就像此刻这条黑狗与他形成的困局。

他缓缓地将车子倒后。黑狗没有跟进,前腿直立,恢复了正常的站姿。倒退几十米,他停了下来,看着那条狗慢慢向前迈进,又一次开始舔舐路面上的脂肪和血沫。他把头靠在车窗上,拨通了向红的手机。

半天没人接听,他又拨了一次,最后放弃了。拿起矿泉水瓶,他喝光了剩下的水。这时向红回拨了过来。

"已经在路上了吧?"

她的声音不像是刚睡醒的样子,听上去竟有些像刚才的那位女接线员。

"在路上了,天没亮就动身了。"

实际上,他差不多已经开了三个小时的夜车。

"来得及,你别太赶,注意安全。"

"遇到了点儿麻烦。"

"怎么了?"

"撞了条狗。"

"狗?"

"是,它自己掉下来的。"

"掉下来的?怎么回事?"

"噢,好像是从山上滚下来的,我还以为是一麻袋土豆。"

"一麻袋土豆……"

拿一截海浪 477

"是啊,那时候不是经常用麻袋装土豆嘛。"

"哦,那还好。"

"还好?"

"先不说了,你没事就好,"她说,"我这儿有些事正在处理。"

挂断手机,贺轶宁又给自己点了支烟。那条黑狗已经不看他了,顾自舔着路面,慢慢地,打着转地舔到了死狗身边。他一边抽烟,一边想,狗会不会吃狗?

贺轶宁五十五岁了,在宁夏时,他做过数学老师、公务员,上岛后,他做过一家报社的财务,狼狈时开过餐馆,当过旅游品加工厂的业务经理,但世界于他,就算穷尽想象,仍有许多的未解之谜。比如,狗会不会吃狗这样的问题。此刻,他为自己的无知感到了痛苦,因为无知和无能,还有无力,杂糅成了一股无助的、对自己深感厌弃的情绪。现在那条黑狗似乎也无视他了。它专心地舔着路面,不时抬起头龇下牙,像是嘴里的滋味过于浓厚了。

这时他想到了后备厢的那截海浪。如此剧烈的折腾,那截海浪不会碎了吧?为了这截海浪,他差不多跟自己的老板翻了脸,最终谈下的价钱,用光多年的积蓄,他还要补上自己的年终奖金。他在这家公司干了快六年,时间不能算短了,但显然也不足以让他得到额外的优待。那截砗磲雕刻的海浪,五十多厘米长,通体紫色,有着耀眼的亮丝和绿色的肠管,算是公司的镇店之宝,尤其现在国家还开始禁售砗磲,就愈发宝贵。当然,价格不菲。其实就算给他更大的优惠,也显而易见地超出了他的购买力。为了这截海浪,他现在算得上是一文不名了。

在岛上混了十五年，他并没有成为一个"成功的人"，他全部的努力，如今都交付给了这截海浪。

那条黑狗怜悯地看着他。它像是舔饱了，嘴上脏兮兮地粘着同类的脂肪和毛。

"滚开吧，"他吼，"把路让开，不想死就给老子滚远点儿。"

他拍打着方向盘，又用空矿泉水瓶指着它挥舞，但那条狗纹丝不动。他沮丧地靠进椅背。

后方响起了汽车喇叭声。后视镜里出现了一辆灰色的丰田越野车。来车在距离他几十米的地方停下，他看见一个穿着皮衣的男人从车上跳了下来。他按了下喇叭，提示对方有危险，但那男人远远地打着手势，还是走了过来。他的心悬了起来，举目张望，天啊，那条黑狗竟凭空神秘地消失了。

"伙计，"男人趴在车窗外向他打招呼，"遇上麻烦了？"

"是，你看，喏……"

他降下了车窗，有些语无伦次，震惊的情绪一时难以平复。

"噢，还真是个麻烦，你这个事故不算小。"

男人好像这时才看清那幅惨烈的场面，一边说，一边击节赞叹般地拍着手。他看到对方还戴着一副皮手套。

"是它自己掉了下来。"

说完贺轶宁就后悔了，觉得像是个懦弱的推诿。

那个男人转身走近死狗，背略微有些驼，似乎年纪不算小了。但他的派头，还有皮衣和皮手套，让贺轶宁一下子拿不准。男人弯下腰，手拄在膝盖上，看了会儿死狗，然后直起身子伸脚拨拉了一下狗腿。

拿一截海浪

"野狗，"男人用下结论的权威口气说，"够肥的，肯定没少叼羊。"

"还有一条。"

"在哪儿？"

贺轶宁下了车，他觉着自己再不下车就丢人现眼了，但他依然很紧张，眼睛四下打望，警惕那条黑狗不期然又蹿了出来。

"刚刚还挡在这儿。"

"跑了？"

"可能是吧。"

"正常，这条路车少狗多，经常有被大卡车碾爆的，粘在路面上像一摊长了毛的奶油，揭都揭不起来，养路工得用铁锹铲。"男人说得很生动，"你这条还行，算个全尸。"

贺轶宁不知怎么接话，因为男人说得好像他还占了个不小的便宜。

"你怎么不走高速？"男人摘了右手的手套，摸出盒烟，递一支给贺轶宁，问他，"为了省钱吗？"

"我有十五年没回来了。"

他想说的意思是：离家太久，自己已经不怎么认路了。还有就是：他也想走走老路。

"可以导航嘛。"

他又不知道怎么接话了，好在男人转身又去看那条死狗。

"可不能扔在这儿，"男人说，"拐弯的地方，吓了人容易出事故，咱得把它弄走。"

"怎么弄听你的，兄弟。"

"兄弟？"男人回过头，冲他扬了下手套，"我都快七十了，吃过的羊比你见过的都多。"

他愣住了。

"搭把手。"

"什么？"

"把狗抬走啊。"

男人说着已经用戴着手套的左手拎起了死狗的一条前腿，见他没跟上来帮忙，回身将右手脱掉的那只手套扔给了他。还好，他接住了。

戴好手套，他拎起了死狗的后腿。

"你不要吧？"

"什么？"

"这狗你不要吧？"男人嘴里叼着烟，说话像是嘶嘶地吸着冷气，"眼看着入冬了，正好煮一大锅。"

"不不不，我不要。"

他跟着男人走，觉得这条死狗有一头猪那么重。

"我是回来参加女儿婚礼的。"

他也不知道自己为什么要补充一句。

"真的？"

"真的。"

"恭喜啊，她多大了？"

"二十七。"

走到丰田越野的车尾，那男人掀起后盖，和他协力将死狗扔了进去。他惊愕地看到，车里居然还有头活着的羊。

拿一截海浪　　481

"那就祝咱闺女新婚大吉。"男人"嘭"的一声合上后盖,向他伸手说,"给我吧。"

"什么?"

"手套。"

他连忙摘下右手的手套,看着男人戴回手上,大功告成似的又拍了拍手。然后,男人上了越野车,按一声喇叭,左手从车窗伸出来,摆一摆,扬长而去。

他站在公路上,感到全身发软。在这条归乡的路上,他碰上了两条和他势不两立的野狗,又碰上了一条礼遇他的硬汉,两者叠加,只能令他倍感自己的无能与软弱。他差不多是拖着腿回到了车里。摸手机的时候,他才发现左手上血腥的秽物,可能是刚才脱手套时弄上的。发动起车子,他拨通了女儿的手机。贺音的声音明显有些不耐烦。

"解决了,"他说,"幸亏有人帮忙。"

"那就好!"

"就要入冬了,那人说可以煮一大锅。"

"爸!"

"怎么了?"

"你别扯东扯西了。"

"噢,你忙你的。"

"对了,"在他以为手机要挂断的时候,贺音又急迫地问,"那条狗是什么颜色的?"

"什么颜色?"

他看了看自己左手的手指。

"到底什么颜色啊？"

"你问哪条？有一条是黄色的，还有一条是黑色的。"

"黑狗！"

贺音大叫了一声。

"是，那条挡道的……"

"刚才刘叔说黑狗不吉利！"

贺音像是在冲着手机喊，随后终止了通话。

他感觉腹内有什么东西涌了上来，狠狠地顶住了他的嗓子眼。"刘叔"是贺音的继父，他离家不久，黄笑锦就嫁给了这个男人。他拼命地吞咽，起初还有口水，后来就仅仅是徒劳地做着吞咽的努力了。

转过一道山弯，不期然，那条硬汉的丰田越野停在前方，而硬汉本人，牵着一头羊威风凛凛地站在车后面。贺轶宁把车停在路边，茫然地看着他牵着羊走过来。

"羊给你，"男人在车窗外大声说，"算我给闺女的份子钱。"

"哎呀不，"贺轶宁喉头的不适丝毫没有缓解，有那么一个瞬间，他感觉自己要汹涌地哭出来了，一生的委屈都要决堤而出了，但是并没有。他只能吞咽着说："这也太贵了。"

那男人不由分说，自己动手拉开了比亚迪的后门，将那头羊硬生生塞了进来。

"不不不。"

"一个男人咋这么婆婆妈妈的？"

"太贵了太贵了。"

"你还给了我条狗呢。"

拿一截海浪　　483

"不是……"

男人拍拍车顶，摆手示意他上路，然后顾自上了自己的车，又一次从车窗挥手作别，继而驱车扬长而去。

贺轶宁回身看羊。那头羊与他面面相觑。它半爬在后座上，如同一座宁静的、吉祥的圣物。这让他想起了自己的那件礼物。那昂贵的砗磲，那截海浪，它在后备厢中是否还完好无损？他不再急于赶路了，仰靠在座椅里，等着胸中的潮汐退去。他用手机搜索"黑狗"的说法，嗯，的确是不吉利；但也有辟邪镇妖之说；他还搜到了一条丘吉尔的名言：心中的抑郁就像只黑狗，一有机会就咬住我不放。

感觉缓过来点劲儿，他拨了向红的手机。没人接，等手机里传出"请稍后再打"的提示音后，他开始说话：

"十五年了，我知道，你过得不好。你也看见了，我过得也不怎么样。你说了，当年的事，没什么对错，谢谢，你这是在安慰我，我知道。当年，黄笑锦不让我离家，她选择原谅我，可我没法原谅自己。你俩是从小一起长大的闺密，咱俩倒弄在一起，这事儿不能就这么抹平了，也抹不平啊。这些年，我是越来越狼狈，那个岛上，除了海浪，什么都跟我没关系。十五年来，贺音只去岛上看过我两回，她跟我没太多话，估计要不是黄笑锦让她去，她自己是不愿意见我的。今天她结婚，我想拿一截海浪给她。"

他闭上眼睛，重温了一遍自己说的话，那些话，像是写在纸上了一样，可以被他重新检查一遍。然后，他在心里撕掉了这片假想的纸。这没用，而且还有点猥琐。一场开头就注定没法善终的情事,欲火中烧的荒唐,多年以后,再说这些话,显得多么苍白和可笑啊。

昨晚落地银川,从机场的租车点提了车,他就去见了向红。她老得让他害怕,穿着件臃肿的棉服,一头短发一大半都白了。虽然他有心理准备,知道现实总是和记忆里的不一样,但他还是没法相信,当年就是这个女人令他难以自控。至少,那时候她有苗条的胳膊,还有很白的牙。他没想再跟她发生点什么,如果有的话,那也只是握住她的手,彼此相对无语一会儿——他倒真的这么想象来着。实际上,他和她在一家小餐馆吃了饭,自始至终,她都没跟他说过半句如今的状况。他送她回家,看着她走进一座老旧的小区,只一瞬间,就混淆在院子里的老人之中。老人们在跳广场舞,他们都比五十岁出头的向红老,但看上去,也都比五十岁出头的向红年轻。嗯,他们压根儿没拉手,更别提相对无语,因为两人谁都没有那种去表演不管是百感交集还是心如止水的兴趣了。

他下了车,这时才发现车子的左前灯撞碎了。他竟然还想了下还车时自己得赔多少钱。现在这辆比亚迪不仅出了车祸,后座上还塞了头气味熏天的羊。走到车尾,打开后备厢,他把那只靛蓝色的礼盒抱了出来。有那么一会儿,他不确定自己要不要打开礼盒,因为他不敢保证,如同一场战争的洗礼,经过这番颠簸,那截海浪还会完好无损。他不敢保证,自己还能不能接受更加糟糕的结果。

捧着礼盒,他像是捧了一只命运的盲盒。

随后他被眼前的风景迷住了,目力所及,天高云淡,秋阳普照下的六盘山群峦起伏，宛如生辉的海面，排列有序的山峰不动声色地涌动，绵延不绝，就连间或生长的树木也像极了海面上的浮标。

"不过是从一片海去了另一片海，"他对自己说，"不过是从一片海回到了这一片海。"

接着，他又一次看到了那条黑狗。黑狗蹲在前方的公路中间，像一尊叵测的、命运的化身。它仿佛怀着某种审慎的悲伤，遥遥凝望着他，凝望着这个站在海面一般暗自涌动的山道上，拿着一截海浪，又好像双手空空的人。

注：这个短篇的题目，出自诗人蒋浩的《我辈复凋零》。

2022 年 1 月 10 日
辛丑腊月初八
疫中长安香都东岸

德雷克海峡的 800 艘沉船

1

十二月下旬的一天,晚上八点二十分,段欣慧登上了海南航空公司的航班,从海口飞往西安。五十分钟后,航班在美兰机场准点起飞。不出意外的话——会出什么意外呢?——她会提前在咸阳机场落地。

是啊,会出什么意外呢?飞机爬升到巡航高度时,她一边调整椅背,一边在心里反问自己。

段欣慧习惯了这种内心的对话。有时候,她也会认清自己热衷于假设出两个自己,不过是为了聊以自慰。独居日久,她形成了固定的自语模式,凡事总归先要用一句消极的假设——"不出意外的话"——来做铺垫,继而再给出一个并非铁板钉钉的结论。"不出意外的话",对她来说,是句放之四海而皆准的金句。"不出意外的话,中午会准时用餐";"不出意外的话,晚上能睡个好觉"。世界运转无碍,仿佛全靠某个意外的缺席才成就了一桩又一桩的小奇迹。这让平铺直叙的世界具有了不确定性,也让一顿午餐和一个好觉,都显得有如神助;重要的还在于,这个金句显而易见的荒唐感,又能给她提供出自我辩论的基础——会出什么意外呢?就这样,自我的对话完成了,聊以自慰也完成了,就像成功地将自己一分为二,并且,那个看上去更具理性的自己,还占了上风。

夜航的旅客不多,机舱里空着不少座位。段欣慧这排就没坐满,她的邻座,一个像是公务员的年轻男人,和她隔着一张空座。男人靠窗,她靠过道。三个多小时的航程,不出意外的话,她应该至少需要让行一次——把腿屈起来,侧放在过道,给他留出去洗手间的通道。会出什么意外呢?除非他有着一颗蓄水能力惊人的膀胱。段欣慧自嘲着在心里念叨。事实上,空中服务还没开始,男人就已经迫不及待地上了两次洗手间。段欣慧由此意识到,这回,自己踏上的恐怕是一场没有神助的旅行。

旅行对于段欣慧而言,已然是活着的常态。独居后,她在四十三岁获得了所谓的财富自由。比她大三十岁的亡夫留下的财产,丰厚到令她不敢相信——不出意外的话,足以让她将这辈子都用来云游四方。她也的确因此过上了一种"说走就走"的日子。这种日子似乎被许多人向往,但走个不停,难免会削弱她与人间生活的关联。段欣慧先是渐渐地没有了朋友,继而,连父母都联系得少了。有时候,身在旅途,她会想,如果她就此失联,消失在某个不为人知的地方——不出意外的话,没个三年两载,身在武汉的爸妈都不会想起来找她。

不出意外的话，此生铁定就是一场漫长的旅行了，一直走到走不动的那一天，在一个不为人知的地方，倒下。她想，鲜有地没有反诘自己，而是默默祈祷：那么，请让这旅途是被神祝福的。

可是神真的常常缺席。航班延误、天气突变之类的就不用说了，大到被人抢了手机，小到遇上个尿频的邻座，旅途中，她遭遇过太多不测，意外是无法完全避免的。但她已经停不下脚步。

空乘发过餐食后，男人又一次挤过她的双膝去了洗手间。她自作主张坐到了他的位子里。他的空位上留着一份报纸，此前一直心不在焉地翻看，给人的感觉是以此抵抗着内急的再一次光顾。她将报纸拿起，在男人回来时递向了他。这个男人真的具有一种公务员才有的理性，他迅速领会了她的意思，乖巧地坐进了她空出来的位置，似乎是想要表达一些歉意，男人还用手势示意那份报纸也一并归她了。

她并不想看报纸。但巡航在平流层的飞机平稳得令人昏昏欲睡。相较于看报纸，她更不想在一个陌生男人的身边睡着。她常常在飞机上看到睡相让人不能恭维的女性，立誓绝不让同样的一幕在自己身上发生。舷窗外，一万米高空中的夜色不过就是一张黑幕，她只有去想象，落地后，不出意外的话，会有一张酒店的大床等着她。会出什么意外呢？轻车熟路，酒店早已经订好了，接机的车，也在平台上落实了。

没有意外，只能让睡意更浓。她强打起精神，翻看手中的报纸。是一份《环球时报》，应该是登机时男人从舱门口自取的。

在一种若醒若睡的状态里，段欣慧依稀看到这样一条新闻：

……国防部长埃斯皮纳称，找到幸存者的机会比较渺茫，但仍会全力以赴。事故原因不排除任何可能性……此次失联飞机于 1978 年制造，在美国服役至 2008 年。2012 年智利花费 700 万美元购入，2015 年进入智利空军服役……德雷克海峡是智利本土通往南极基地最短航程的必经之路，这里是太平洋和大西洋水流的汇合处，没有任何陆地阻挡，该海域一直以恶劣天气著称，气温极低且常有严重暴风雨。据不完全统计，目前已有 800 艘船只沉入德雷克海峡，造成 20000 人死亡……智利军方表示，飞机起飞时，飞机状况和天气状况均良好。搜寻行动将持续至少 6 天，并可延长 4 天……

是一条关于空难的报道，嗯，还提到了海难，总之，神又缺席了，天上地下，皆是灾难。那些翔实的数据令她振作了片刻。"美帝国主义。"她的心里好像如此谴责了一下，多少对卖旧飞机这样的行径感到了不齿。继而，有种幻觉般的宏大图景席卷了她的意识：寒冷的海峡，急风骤雨，怒浪惊涛……但她清清楚楚地意识到了"800 艘沉船"这个概念，只不过，这个清晰的概念全然又被睡意给包裹了。如实说，谁靠着飞机舷窗睡着的样子都不好看。

她在机身落地时巨大的顿挫中醒来，迷惘地看着一个像是公务员的年轻男人朝她略带羞涩地微笑。拉起遮窗板，她发现外面在下雨，停机坪倒映着被冬雨扭曲了的光斑。她看了下腕表，差十分钟零点整，果然提前了。打开手机，预约接机的司机已经发来了按时接驾的短信。她没什么行李，不过是一只登机箱，还有一件同样塞在行李舱中的羽绒服——登机时，海口的气温将近三十度，羽绒服完全就是一个行李般的存在。年轻男人友好地帮她从行李舱中取了箱子，她道了谢，自己拿下羽绒服，套上，下意识地将那份遗落在座位上的报纸重新拿回手里，卷成圆筒状，握住，好像如此一来，作为一个旅人，她的行囊才不会显得过于单一。

2

新年将近，吴尤莉计划给自己买件礼物。至于买什么，她一直拿不定主意。不是怕花钱——她又不会琢磨着买套房子来犒劳自己。别说房子，丧夫后，她可能都没有过千元以上的消费记录。她并不因此感到匮乏。她觉得自己没什么欲望，对什么都不抱有期待。这个新年的计划，只是作为一个"念头"存在，而有一个"念头"，对吴尤莉来说，反倒是种比较愿意体会的感觉。

她三十六岁，身高接近一米七，看起来还行——最初，这个判断的依据是：不乏有男人对她兴致勃勃。后来，经了些不堪的事，她搞明白了，男人对所有的女人都是兴致勃勃的，他们随时都想碰碰运气，激发他们的，恐怕是一个"类"，而非具体到某个身高一米七的女人。明白了，就获得了宝贵的自知，于是比起同龄的女人，吴尤莉反而真显得有点"看起来还行"了——至少，她比她们苗条，比她们肤色好，比她们高挑。

这天早晨，吴尤莉的那个"念头"落在了实处。就买一只电动剃须刀吧。听见父亲在卫生间里的抱怨，她做出了决定。"充了一晚上电，只能刮半张脸！"吴玉福的声音并不大，但还是被她听到了。有时候，情绪比音量更能决定话语的传播效果。

房子是父亲的，老式的三室一厅。吴尤莉搬进来两年多了，承受着父亲的乖戾，她只能归咎于是自己的不期而至对父亲构成了麻烦。她也想过另找个住处，但条件真的不允许。亡夫除了给她留下一堆窟窿，什么也没给她留下；好在，也没给她留下个孩子，否则真是不堪设想。好日子也有过，但好日子的背后，是负债累累。丈夫活着时，铁肩担道义，只身营造虚假的繁荣；他可真是条硬汉，然而有一天这条硬汉突然撑不住了，一跃从二十七层的楼顶跳了下去。水落石出，好日子瞬间露出了狰狞的本相。一切都没了，生活不是清了零，是变成了负数。至今，吴尤莉还背负着几项被法院判定了的债务。

吴尤莉在三十四岁的时候，重新又做回了吴玉福的女儿。不是说父女俩一度泯灭了天伦，是说那种一个成年人突然不得不重新返场、再次回到一种仿佛不具责任能力、需要被监护的角色里的心境。吴尤莉想过，如果母亲还活着，自己的不适感也许会减弱一点，有爸有妈，即便参差不齐，共同挤在这套三室一厅的房子里，也会让一切显得"正常"点。遗憾的是，母亲在她婚后不久便离世了——宫颈癌，发现得太晚了。吴尤莉时不时会想，没错，如今同住在这套房子里的，是一对父女，但你也可以这样说：是一个三十多岁的寡妇和一个六十多岁的鳏夫。

对于亡妻，吴玉福没有悼念之情，全是怨怼之意。他认为罹患宫颈癌，正是对那个女人的惩罚。"她这一辈子，男人太多了！"吴玉福对着吴尤莉这么嚷过一次。至于何出此言，吴尤莉不想细究，也不想在自己的成长记忆中重新寻回尘封的蛛丝马迹；她倒是补充了一下宫颈癌的医学知识，原来性伴侣过多的确也是一条致病的原由。如今，面对吴玉福，她只感到自己实在难以给自己定准角色，她找不到作为一个女儿的感觉，可也找不到不是一个女儿的感觉。对于吴尤莉，作为一个父亲，吴玉福又并非一无是处。除了会开车，吴尤莉一无长技。两年前，她去驾校做过教练，但从业的经历只是让她坐实了男人兴致勃勃的本质。这时候，吴玉福全然像一个慈父，他给吴尤莉买了辆丰田卡罗拉，还是辆新车，他鼓励她去开网约车，以一个父亲的口吻对女儿说："命运这把方向盘，还是要握在自己手里。"那一刻，吴尤莉恍然记起，眼前的这个父亲，退休前是中学的历史老师。情绪好的时候，他还会跟女儿评价一番客人，譬如："看上去是个有教养的人，结果把擤鼻涕的纸扔在车上。"可是转天，他又会性情大变，常常是吴尤莉做好了饭，他却铁青着脸泡了桶热干面自己端进卧室吃。

这天早上，当吴尤莉决定买一只电动剃须刀的时候，她不能给自己的这个念头定义——究竟是给父亲的一个礼物，还是给房东的一个贿赂？

吴玉福从卫生间出来了，的确是只刮了半张脸，这让他的脸色看起来尤为阴晴不定。残留的胡茬仿佛是一片不祥的阴影。"怎么不多睡会儿?"她小声问,没指望得到回答。她这么问是有道理的,昨晚最后一单活儿,是他去机场拉的人,回来睡下,怎么也要到半夜了。自从开上网约车,为了安全起见,吴玉福经常替她跑夜活儿,显然,这算得上是一个标准的父亲对女儿才会有的顾念。但是此刻吴玉福有些发呆,他从卫生间出来,给人的感觉却像是"进来"似的,好像一个人两脚踏空,突然陷入到了新的境遇中一般。在吴尤莉眼里,这的确又不像是一个父亲了。像什么呢?某个念头在她脑子里一闪而过。

3

"所有世纪的 20 年代都辉煌。"

微信群里有人发出的这句话让胡晓虎心头一热。考虑到新年将至,那个"20 年代"巨型的门槛已近在咫尺,恐怕任何倒计时着的人看到这句话都会心头一热。"世纪""年代""辉煌",都是自带热力与光芒的词啊。胡晓虎不由得默算了一下——就是说,八十五个小时后,辉煌便要普照万物了。他有些激动,是种久违了的感觉。这种感觉他也说不准,但是在他当兵的那些日子里常常会被点燃,一道命令,一次动员,都会令他产生同样的情绪。他感觉被激励,即便作为队伍中微不足道的一分子,也会有一种欣然而隆重的神圣感。

但是这句话被湮没在信息的洪流中了。他给这个群设置了"消息免打扰",偶尔翻看一下成百上千的言论,随即删除掉,等着下一次信息重新注满这条他和战友们保持链接的通道。没错，这个群里的都是复转军人，基本上都是在各种培训班上认识的，如今大多分布在政府机关和事业单位。曾经的军人们自发地组织起来了，如同一支影子部队。

好像没人对这句话做出响应。大家在群里基本上都是自说自话。有人发地铁里人潮涌动的照片；有人说两句本单位的节日福利；还有人分享昔日的军歌，《打靶归来》什么的。各自抒发，各自捕捉能够触动自己的信息。胡晓虎查看了一下发布这条信息的主人，果然，是位文联干部，头像是一个打着领带的卡通人物。然后，他在群里也发了条信息：目前已有800艘船只沉入德雷克海峡。没什么道理，他可能只是觉得这句话比较接近自己此刻的心情，觉得"800艘船""沉入""德雷克海峡"，同样也有一种令人心头一热的、辉煌的气质。

胡晓虎发出信息后，才想起这句话是两天前自己在飞机上看到的。它出自一份《环球时报》。现在突然想起，说明当时还是触动了他的，这条新闻中那道不祥的海峡，当时在他看来有种被诅咒过的意思。伴随记忆而来的，还有无法令人忍受的、同样像是被谁诅咒过一般的腹痛。海口之行是他分配到社科联工作后的第一次出差，热带地区的水土彻底击溃了他。在海口待了短短三天，他就拉了两天半肚子。胡晓虎想起，自己在返程的航班上是如何煎熬的了——他妄图用一份报纸来分散自己的注意力，在报纸上，地球人四处杀人又放火，但都抵不过他肚子里的革命。只有这条事关空难与海难的消息短暂地对他有效过，也许是"800艘"这个具体的数据要胜过一切抽象的灾难，他的注意力因之转移,获得了间歇的安宁。

他的信息发出后,同样也迅速地湮没在群里了。今天大家好像都闲下来了,往常这个时候,临近中午休息,也没几个人上来扯闲篇。

> 2019年12月27日11时许,西咸新区昆明池生态保护区发现一未知名女性尸体(下附照片),身长1.65米左右,体态较瘦,年龄45岁左右,上身着紫色羽绒衣,衣领为连帽样式,现死者身份不明,有知情者请与市公安局刑警二队联系。

有人发上来这样一条公告。不出所料,发布者当然是位警察;不知出于什么动机,他很快又将信息撤回了。胡晓虎被这条信息惊动了一下。他看到了那个女人的头像,像是睡着了,也并不血腥,不过是睡相不大好看。胡晓虎觉得自己应该想起些什么,但又不是很确定。他想专门私信一下那名警察,但又因为自己的不很确定而打消了念头。

他显得有些茫然若失,无所适从地在心里确定了一下自己的返程日期。十二月二十六日,夜。然后他起身检查了一下办公室的电源,确认该关的都关了。下午陪领导看望一下退休老人,他就不用再来单位了。他要在元旦那天结婚,与辉煌的20年代一同开启自己的婚姻生活,单位提前给他放假了。删除这组群消息的时候,他看到群主发布了群公告:单位要求,公务员不允许组建与工作无关的微信群,本群即日起解散,祝战友们新年快乐。无论如何,这不能算是个好消息,尽管,也无关痛痒。

中午他要回趟家,李琳,他的未婚妻,让他抓紧把新房的煤气卡充足,他早上出门忘带卡了,只能插空回去取一趟。他不想和她吵架,就像他不想结婚。单位离家要乘坐十二站地铁。好在中午地铁上的人不是很多,但也没有空座,胡晓虎靠在关闭的车门一侧,突然感到肚子里又翻滚起来。应激一般,他的脑子里自发地出现了一道怒浪惊涛的海峡,这让他又一次获得了片刻的安宁,"800艘沉船"与"辉煌的20年代"这两组概念共同协力,令他在隐隐的不安中获得了平静。

4

吴尤莉比同龄人显得"看起来还行",也许是遗传了吴玉福的基因。六十四岁的吴玉福看起来就比同龄人年轻许多;至少,吴尤莉的身高一定是受惠于遗传的,吴玉福在生命的鼎盛时期,身高曾达到过一米八五,即便如今缩水,在一群老头当中他也算是挺拔的。对于任何孩子,有个身高超过一米八的父亲,都是个加分项。吴尤莉年少时也的确以此为荣过,面对父母间的龃龉,她会不自觉地倾向于同情父亲。一个挺拔的男人,仿佛天然地就多了些正确性。毕竟都是做教师的,吴尤莉的记忆中,父母的冷战不少,热战不多,一对男女常常各自沉默,但沉默和沉默的气质迥异。个高的那个,沉默得如同雪山,让人生出对于高冷的仰止;个矮的,就吃亏,连沉默都显得是理屈词穷。

幼年的吴尤莉以此判断着父母的是与非,她认为母亲的错误全是因为个子矮,是不具优势的身高让这个女人成了蒙羞的过错方。直到她十四岁那年,雪山骤变为火山,沉默的吴玉福爆发了,对自己的女儿嚷出一句:"她这一辈子,男人太多了!"吴尤莉才骇然面对了这样一个事实:原来,她的母亲,其貌不扬的中学物理教师田冰茹,居然在婚姻生活中从未安分过。她是以此缓释来自丈夫身高的压力吗?不管怎样,千真万确,母亲是因为有错才显得像是个罪人,这跟身高处于劣势压根儿无关。但是,这个事实之中蕴含的人性线索太复杂了,十四岁的吴尤莉根本搞不清。她并没有因此更加轻视母亲,反而,对于父亲的观感还打了折扣,仿佛这个一米八几的男人徒有其表、声势虚张,应该打回到一米七去。

火山般爆发过几次后,吴玉福开始了具有规律性的失踪。每年,他都会在三月中旬离家一段时间。去哪儿了,不知道。田冰茹不问,可能也是不能问与不敢问;吴尤莉不问,说不清为什么不问。这个三口之家,彼此间好像没有相互过问的权利。结婚后,吴尤莉的丈夫,那位铁肩担道义的硬汉,有一次对吴尤莉点明了要害:"你爸肯定在外面有人了。"她才直面了一下现实,竟觉得父亲重新有了挺拔的迹象。

田冰茹去世的那一年,吴玉福没有离家。他中规中矩地给亡妻办理了后事,火化,买一块价格不菲的墓地,树碑,碑文也镌刻上自己的名字——用红漆涂抹住,以待日后合葬,再刮掉油漆,与田冰茹的名字并肩。看上去,他什么都能接受,接受龃龉频仍的一生,也接受被指定了的墓穴。这同样关乎复杂的人性，吴尤莉对此是爱莫能助的心情，只不过将同情分摊开，一半给了母亲，一半给了父亲。就此，她也更加无意过问自己丈夫的真相了，一由那位硬汉顾自去承担着他愿意承担的一切，她知道他在外面有女人，可能还有个儿子，但是又怎样呢？她不拒绝最后也跟这硬汉刻在一块碑上。

搬回来和父亲同住后，她知道了父亲的秘密。原来，每年的三月份，正是武大樱花盛开的时候。吴玉福给吴尤莉买了辆丰田卡罗拉，提车的那天，他的心情很好，坐在副驾驶的位置，突然就袒露了心声。"每年我都会去看看，"他说，"就像回到了自己的大学时代。"吴尤莉无动于衷，至少表面上看起来是这样的，她的双手紧紧地握着新车的方向盘，就像是遵嘱掌控住了自己的人生。这样就好理解了，吴玉福毕业于武汉大学历史系。他在晚年热衷于和武汉相关的一切。他喜欢看百家讲坛，因为里面有口若悬河的易中天，他说，他在大学的时候听过易中天的课；他不断地网购热干面，每次情绪恶劣的时候就自己煮一桶吃；有一次，客人投诉到平台，说他在车上不停搭讪，热情过度，还绕路，他对吴尤莉说自己不过是因为那女人来自武汉，好心想多拉人家看看西安的夜景。

也是条硬汉，吴尤莉在心里评价。当他将自己的名字与亡妻的名字刻在一起的时候，他需要在人间找到一个属于自己的平衡，那不是你有"太多男人"我便"外面有人"的简单对称，是对命运本身的精密修复，如果非要换算成一个公式，差强人意，大约是：你在你的命运里颠簸，我追念我的樱花。

在网约车平台上注册的是吴尤莉，按规定吴玉福是不能代驾的，而且，他也过了六十岁，这些都不合规。好在，迄今还没遇到过大麻烦。大多数时候，他是一位能够给人好感的司机，这位瘦高的师傅，衣着得体，沉默寡言，每一年都被樱花熏陶，别有一番知识分子才有的气质。除非他遇到一位有武汉口音的客人。

5

中午，吴尤莉在开元商城买了一部三星电动剃须刀，二千八百元。付款的时候，她想到了法院给自己的"限高令"。衡量一番，她确定自己的这笔消费应该不能算作是高消费，但她还是感到了些许兴奋——那种轻微地破坏了什么，或者冒犯了什么的兴奋。在商场七楼，她吃了碗面条，带着兴奋劲儿，她还"恶意"地给自己加了份肉，然后匆匆驱车赶往机场。她的下一个单子是下午三点在咸阳机场的T2航站楼接人，这种单子对于网约车司机堪称福音，好过在城里绕来绕去。

车子开上机场高速不久，她收到了吴玉福的一条微信，没容她细看，一桩车祸发生在她眼前。眼睁睁地，吴尤莉看着前方那辆白色的日产轩逸扎进了一辆大货车的车尾。好在车距足够大，吴尤莉来得及避险。她与事故现场擦车而过，几乎没有停下的念头。车子上了高速公路，就如同上了传送带，人的意志也仿佛不能完全由己了。但是只那么一瞬，她也能确定日产轩逸的司机凶多吉少。货车上拉着几十辆排列整齐的新车，居然也是日产轩逸，这让追尾的那辆像是一头扎进了亲人的怀抱，车头完全塞进了车尾，如同被一把大钳子捏碎了。路面上的碎玻璃像是洒满了一地的光芒。她在发抖。这段路面经常有车祸发生，像是被诅咒过一样。跑上网约车以来，吴尤莉在此就目睹过不下十次的惨烈场面。但是今天不同了——这辆日产轩逸的车主她认识。

罗哥，大家都这么叫他，但年龄恐怕还不到三十岁。跑网约车的经常会在候机时相互打趣解闷，一来二去，熟悉了，罗哥开始在她这儿碰运气，给她献殷勤。有一次，就是在T2航站楼的停车场，罗哥邀请她坐进他的车里，感受一下后排的"大沙发"。不错，正像同行们说的那样，轩逸的乘坐空间的确比她那辆卡罗拉要大一圈，不但空间大，这后排的座椅还很柔软。罗哥说这正是他好评率高的原因所在，乘客基本都坐后排。"他们的屁股舒服了，人就舒服了。"他在炫耀，她却做出了事后自己也想不明白的事——伸手勾住他的脖子，将他的脸与自己的脸拉近，直到两张嘴咬合在一起。她有欲望，也能感觉到小伙子的欲望，但对方想进一步的时候，又被她不由分说地推开了。她从车里钻出来，狠狠地抹嘴，心里面竟是万分的委屈。这委屈她也不知从何说起。似乎是不甘于卡罗拉被轩逸比下去了，这让她想起了自己曾经是开过顶配普拉多的；似乎是两人年龄上的差距让她感到了屈辱，她愤恨于一个小伙子对她的蠢蠢欲动；也似乎是她被她自己的欲火吓着了。似乎是，似乎也都不是。从此罗哥开始明目张胆地追求她，给她送花，给她买盒饭，发出莫名其妙的邀请，在候机楼前的停车场演戏一般地表演着他夸张的爱情——没准儿就是演戏，网约车司机们是观众，他知道自己在被围观，卖力地排练这个噱头般的角色，并且也因此粉饰了他自己都难以直面的欲火。她没有再给过他任何机会，就像如今被"限高"着的她，停在机场，却不被允许乘机。

小伙子的热情渐渐熄灭，他们本来就不是持久燃烧型的。但是，今天目睹了这场车祸，吴尤莉还是认定自己可能难辞其咎。罗哥一定也看到她行驶在后面了，于是，为瞬间的跑神付出了代价。这个念头令吴尤莉不停地发抖。

客人是一对情侣。两个人上车后都咳嗽不断，尽管这样，还要用明显充了血的嗓音喋喋不休地吵架，搞得吴尤莉烦躁不已。拉完机场的这单活儿她就回家了。还不到六点，往常这个时候正是接单的高峰期。一个月必须在线至少两百小时以上，每月最少完成四百单，这是平台对她的要求，但是今天她没法干了，觉得自己像个命案在身的逃犯。

吴玉福不在家。七点多钟吴尤莉叫来了外卖，敲他卧室的门，发现门虚掩着，里面空无一人。这时候她才想起去翻看手机微信，然而，吴玉福的那条信息显示撤回了。她拨他的号码，对方已关机。不知为何，吴尤莉感到了空前的焦虑。当然，她没那么牵挂他，至少看上去是这样的，至少，父女俩之间从来都表现得像是管你爱在不在的样子。但是此刻吴尤莉感到了从未有过的不安。她想，可能是那场车祸导致了她情绪的紊乱，但觉得又不大对，她不是没见过酷烈的现场——肝脑涂地，那条硬汉横在二十七层楼下的场面，她也是领教过的。房间里黑黢黢的，吴尤莉没有开灯，一个人枯坐在客厅的沙发里。

十点半的时候，吴玉福的电话打了进来。

"我在武汉了。"他说。

"武汉?"吴尤莉下意识地确定了一下日期,"现在?"

"对,刚下飞机。"

"武大的樱花开早了?"

"我们几个老同学约好一起跨年。"他说得有些不情不愿。

"跨年?"

"对!二〇年代了!"吴玉福大声说了一句,随即挂断了手机。

6

第二天吴尤莉没出去跑活儿。她觉得自己病了,嗓子痛,鼻子闻不到味儿,四肢无力,好像还有点发低烧。网约车司机也有自己的群,她躺在沙发上不时翻看,果然看到了罗哥的噩耗。死了。这竟然令她有股尘埃落定的轻松感。群里还在散布一桩凶案。一个女人,横尸昆明池,年轻,不,老女人,光着身子,或者半裸……司机们相互交换着并不一致的说辞,人人都像是掌握了一手消息。只有一点是确凿的:此刻,一具不知名的女尸要比横死了的罗哥引人入胜得多。警察已经在机场调查了,他们怀疑死者可能是从咸阳机场落地的旅客,网约车司机们,有重大嫌疑。群里面散布着的,与其说是恐慌,不如说是快活。有人打趣,质问他人还不赶紧去自首,有人追问到底是个年轻女人还是个老太婆;反正二十六号晚上拉活儿的都没跑!——这句话让吴尤莉的心骤然悬了起来。她甚至看了下手机的日历,认真估算,昨天,前天,这么倒推回去,终于确定,那晚是谁去机场拉了最后一单活。

她去吴玉福的卧室,想要得到某个说法,才意识到他已经走了。她拨通了他的手机,"喂"了一声,竟不知从何说起。

"你有事?"吴玉福问。

"没有,"吴尤莉感到嗓子干涩,有种火辣辣的刺痛,"今天二十八号。"

"对,我们先聚聚,有些外地来的老同学陆陆续续到。"

"你都好吗?"

"我?"

"武汉冷不冷?"

吴尤莉难过极了,突然就涌出了眼泪。她从没想过自己会如此难过。

"和西安差不多。"

"你衣服带得够吗?"

"不冷,我穿着大衣呢。"

她知道那件大衣,灰色,羊毛的,他穿着比易中天还像个教授。

"那就好……"

她抽泣着终止了通话,因为实在说不出更多的话了。

她下了楼,钻进卡罗拉里,好像此刻一个狭窄的空间更能让她感到安全。老旧小区,没有规划的停车场,业主们的车见缝插针地塞在公用路面上。一个七八岁大的男孩正耐心地鞭笞着这些给人添堵的家伙——他远远地这么干过来,手拿一截不知从哪儿捡来的破麻绳,一辆接一辆,绝不放过地抽打。她打开了车里的广播,这个动作本身就带有对抗性——平台规定,载客时不允许开广播。下意识里,她已经开始和什么事物较起劲来。广播里有不知名的乐曲响起。古典音乐,交响曲。她看到了那卷遗落在副驾驶座下面的报纸,捡起来,心无所属地翻看,不过是给自己找件事做。循序渐进,男孩干到她的车前了,看到车里有人,手里扬起的鞭子犹豫不决。在她鼓励性的目光下,他对着卡罗拉的车头抽了两鞭,然后笑着继续干他的活儿去了。她体贴地为男孩着想,也许是他手里那截麻绳太过奇怪,身在二十一世纪的城里孩子压根儿无从识别,于是,策马扬鞭,某种古老的人类经验被神秘地唤醒了,令他激动地应用了起来。她觉得自己这辆车也真像是被鞭子抽打过的马,倏忽就委顿了。后来,她把驾驶座的椅背放低,半躺进去,昏昏沉沉地睡了一会儿。在深深浅浅的睡意里,在时起时伏的乐声中,她成了一艘正奋力穿越着凄苦海峡的、破浪的巨轮。

二〇一九年,十二月二十八日,从这天起,吴尤莉开始了焦虑的等待。她在等一个电话,当然是来自警察的。她差不多已经在心里决定了,她会告诉警察,二十六号晚上是她去机场接的客人。显然,这个谎言一点也经不起检验,他们有太多的手段可以将其戳破。但她决定了,无论如何,这个谎她是要撒的。她认为,这是一次重要的报偿,至于报偿什么,她也一下子难以捋清。是为了女人田冰茹对男人吴玉福一生的背叛吗?是为了父亲吴玉福馈赠的那辆丰田卡罗拉吗?不不不,即便都沾点边,但绝对没这么简单,甚至是——下作。没错,就是"下作",这个词蹦到吴尤莉脑子里,全然否定了她能想到的那些动机。因此，她也小心翼翼地触到了"下作"的反面，那个她感受起来都会万分犹豫的——纯洁。像是遭遇了难以启齿的情绪，三十六岁的吴尤莉，决定撒一个弥天大谎，有生以来第一次切近了一种自己没有体会过的情感。她也好像突然理解了吴玉福将自己的名字与田冰茹镌刻在同一块碑上的理由。那是生命本身的奥秘。

在本世纪一〇年代的最后三天里，吴尤莉陷入双重的想象中。她一边想象着一个负案在逃的凶手——有一张剃了半边胡子的脸；一边想象着一个毕生忍辱负重的男人——常年给小区里的流浪猫投食。她感到了自己的同情，这种同情是不具体的，它是弥散的。怀着同情之心，她还想到了自己的亡夫，想着有朝一日，也把自己的名字和那条硬汉的名字刻在一块碑上，墓碑上的字总是让人感到有些妄自尊大，但死都死了，还要怎样呢？甚至，她还想到了罗哥，想到了那根伸在自己嘴里激烈搅动着的舌头是多么地富有宝贵的生命力，富有人的道理。

警察的电话始终没有打来。吴玉福却打过一次。

"我给你买了套房子。"开宗明义，他在手机里说。

她能听到手机里喧闹的声音，一群老人发出的青春新声。肯定喝酒了，他们肯定还喝了不少，南腔北调，荒腔走板。

一瞬间，她竟笑了。

"我不要你的房子。"她说，又补充道，"你好好的，就好。"

"房子还不错，"他自说自话，有些慷慨激昂，"在昆明池，能看见沣河。"

她都能感觉到自己的心开始下沉的响声。

7

吴尤莉在新年得了场此生最严重的病。她觉得是感冒,但又不太像。她从没想过一场感冒会如此凶狠地撂倒她。最难熬的几天,她把家里所有的被子都压在身上,可还是冷得不停打摆子;而且病程也超长,差不多半个月后她才感觉自己活过来了点儿,如同九死一生。她在病中问过父亲的归期。她并不想问到这个问题,其实还想回避掉这个问题,但有些问题如同是被规定好的铁律,必须要去执行,就像当你有一个离家在外的父亲时,你就只能问问他什么时候归来。吴玉福在手机里说"快了",人却是迟迟未归。这些天吴尤莉还偶尔想起过母亲,气血两虚的她突然觉得母亲这一生的荒唐之中也有着一种类似于荒凉的美,作为一个不幸身材粗壮的女人,她活得该有多么地用力。

二〇二〇年一月二十三日,武汉封城。吴尤莉在电视上看到的新闻。新闻中说:这是人类历史上的第一次。她拆开了一部三星电动剃须刀的包装,把里面的机器摆在卫生间的面盆上,就好像剃须刀的使用者刚刚离开,或者即将到来。

同一时刻,新婚的胡晓虎挤在已经有人戴着口罩的地铁里回家,他将在辉煌的时代里学习如何克服厌婚的情绪,嗯,这是人类的第一次;身在大理的段欣慧一边有一搭没一搭地收听着新闻,一边做出决定:不出意外的话,等到解封之日,她就在第一时间赶回武汉,回到父母的身边,回到生活本身中去。远处的洱海风平浪静,是该结束这无尽的旅程了,她想,我历经了路上的一切:抢手机的歹徒,飞机上内急的邻座,乃至古怪而热情的网约车司机。

2022 年 1 月 22 日
辛丑腊月二十
酒后香都东岸

对谈：让故事成为事件，让事件成为装置

弋舟　李音

弋　舟：李音好。显然，我们这个对话稍微滞后了一点。这本集子定名为《辛丑故事集》，说明有个时间上的规定——它需要在辛丑年完成。好在滞后得不算那么过分，而且，这"不过分的滞后"还些许缓释了来自时间的压迫，令人如同冒犯了铁律，反倒透了口气。

李　音：延迟的对话，也许反倒成就了一个"事件"。从哲学意义上来讲，事件是意外，带有"奇迹"性质，是某种逃逸、偶然之物。也许更需要被重视的恰是偶然和意外之物，不是吗？在我看来，你的写作就一直具有这种特征啊。

在这本集子的序言里，你谈到了米罗的画——《女人，小鸟，星星》，如果我没有理解错，你的意思是，从某种意义上讲，是画框规定了这幅画，由此艺术作品才得以诞生，交流也才成为可能。现在，我们壬寅年谈论辛丑事，异曲同工，同样是在

时间的画框外去看一件以时间命名的作品。一切都恰逢其时，而"事件"，正是我今天想要讨论的话题之一。

如你所说，《最后的晚餐》里耶稣与门徒的故事，代表着曾经被给定了的、稳固的世界，以及将隐喻都彰显出明喻的人间，如今一切坍塌、破碎，现代绘画似乎只能在被画框聚拢的空间里表达与呈现，其内容是拒绝阐释的，乃至是弥散的，只是因了"有框"，才被赐予了一些可供我们讨论的余地。这是非常精彩的洞见，我很同意。不过我想，这里可能有一些概念，我们习惯性的、大概齐使用着的词语，需要略微讨论和厘清一点，否则有些问题会谈不清楚。比如，我们（不止你我）喜欢混用"现代"和"当代"，你虽然明确了什么是"事件"，但多少还是不愿意和"故事"做个区别。在每年都出一本的"故事集"里，这一次你却在序言中讨论着"事件"和短篇小说艺术的问题，我想先听听你对"故事"的理解。

弋　舟：文艺到了今天，的确是越来越依赖"规定性"了，正是有了"框定"，其品质才得以被指认和理解。对此，我们能说些什么、继而做些什么呢？一如这本集子的发生，全然是一个规定性的产物，我要求和被要求着创作一本"短篇小说集"，并且在时间上也被强加了限制，这些，都是框住了女人、小鸟、星星的边框。为此，看上去当然丧失了某种"自由"，但如实说，我却也借此实现了某种创造的契机，那些涣散而抽象的情感或者情绪，被约束着显形，并且，被定名为了小说艺术，不如此，它们势必只能混淆在几无差别的、浑浊的经验里。

这篇用来做了代序的文章，原本是《小说界》的约稿，其性质，如同作业，既然是作业，当然就同样是一个规定性的动作。你瞧，如今的我们就是这样被"驱使"着的——但你也可以将之视为一种"驱动"，由之，积极性的一面或许便也随机展开了，而在我的理解中，"事件"不应当是一桩纯然消极与被动的事，它有赖于我们略为积极主动地"发现"。有了"发现"，我们才有可能将任意的瞬间随手截取，使之升级为了"事件"。

关于"现代"与"当代"的确凿分野，老实讲，我也是大而化之着的。无论"现代"还是"当代"，在我，它仅仅是用来区别于"破碎"之前的那个世界。在那个完整的、行将破碎的、正在破碎的世界里，"故事"一定不是"任意的瞬间"，它始终是某些"特定的瞬间"，一如最后的晚餐中耶稣与门徒们所经历的那个时刻；当一切破碎，"故事"也随之弥散，我们于是被迫在所有的瞬间里去"发现事件"，而"事件"本身，全然是虚妄的，是构成河流的水，乃至是水的分子式，它只有在被"发现"中才得以成立。在这个意义上，将这本集子叫作《辛丑事件集》，可能倒也合适。

李　音：你说的我全部理解，还可以夸张一点地讲——深感共鸣。我不是一个严谨的人，更不是概念控，只是今天要谈的问题，可能有必要强调和借助一些概念。在文学领域，最重要的历史分野是古典和现代，到目前为止，世界范围的文学通用定义上，我们处在"现代文学"的时期，所谓的当代文学，在中国有特定的含义和性质。但是法国学者让·贝西埃提出，现在有必要为当前的文学新趋势提出新的命名——"当代小说",以区分现代主义的和被描述为具有后现代特征之类的文学,他认为"当代小说"的创作趋势、主题和理念、思想和范式,其全球文化背景和问题性等特征,有必要被视为一种具有革命性的变化,需要进行分析和凸显。不论是观察近几年的中国小说,还是国外的状况以及一些现象级的文学新事物,我们显然对他所描述的趋势是有所感知的,但是这个"当代小说"的概念好像还没有被广泛地接纳使用。

在此,我只是想反向强调"现代文学"的当下普遍延续适用性,尽管,我们早已在口头上认可了自己生活在当代的这个事实。在艺术界,现代艺术和当代艺术是被非常明确区分了的。1917年,杜尚的小便池作品《泉》是一个标志性、肇始性的事件,20世纪下半叶以来,不仅止于传统美术遭遇了来自印象派的危机,而且抽象艺术以及各种前卫艺术、工业制品等对艺术领域的入侵或瓦解,都在逐步消解19世纪的艺术制度和审美规范。当下我们去看艺术展,最惹眼的肯定是各种装置艺术与行为艺术。当代艺术和传统审美是割裂的,这也是大众和当代艺术有着较大接受距离的原因。话说回来,经典艺术也和大众审美关系不大,因为个人的趣味左右不了经典的地位,想想还是蛮悖论的,但大家就是觉得"看不惯""看不懂"当代艺术,甚至觉得当代艺术看起来都是一些莫名其妙的东西,总之和"美"是没有关系的。这只是因为对于当代艺术,你无法用现代艺术的逻辑、范式、审美去有效地感受和阐释了。

问题来了,一方面,我们总觉得文学尤其是小说的创作没有新突破，似乎有些作品也不差，然而整体来看，文学界便显得了无生趣，乃至需要呼呼"革命"；另一方面，我想问大家，是否都对新的小说有审美准备或预期？如果说有一种当代小说，一种有新技术、新质素的小说出现了，我们是否会像对待当代艺术那样，发生审美的失效和错位？在我看来，"故事"和"事件"的区别就非常近似这个问题。

弋　舟："大家是否都对新的小说有审美准备或预期？"，这几乎是一个根本性的诘问了。那么，有了吗？大约是没有。而且，我也不大能够相信这种准备和预期会时刻为我们预备好，那来自于学院严格的训练，同时也严重地依赖天赋。

但是我想，有时候，我们是否也夸大了新与旧、古典与当代的差别，如果这种夸大的确存在，我们不妨纠正一下：是不是可以这样说——古往今来，所有合格的创造者都在经历着对于往昔的反动？于此，我们往往会放大昨日的威力，将其视为某种"代"的庞然大物，由之，视自己的反动为有力。可能我们不过只是动了早上那位创造者的奶酪，却不由自主地想象为推翻了人类一切盛宴的桌子。正是在这样一次次几近妄想的假设中，人类既往的经验被愈推愈远，终于弄到了让·贝西埃所描述的那番境遇，不得不在"现代"之中找出一个"当代"的边界。对此，我真是有些为后人发愁，古代、现代、当代，都被我们征用了，他们将如何描述自己的境遇？当"故事"变得无效，我们找到了"事件"，假以时日，"事件"也不足消愁，是否意味着一切古老艺术的消亡？

前不着村后不着店，好在我们的时代还有着相对稳定的"画框"，虽然这个"框子"本身的意义都渐渐大过了它所框定的内容，却至少还给我们提供着纠结不已的可能。我可以用《辛丑故事集》这个框子框住几个对我而言别具意义的瞬间，也因了这个框子，传递给我的读者们几个别具意义的瞬间。如果，当他们在这些瞬间与我达成了意义上的共鸣时，我们是不是就可以这样去想象了：某种对新的小说的审美准备和预期开始悄然发生了。当然，这种想象必定只是所有妄想之一种，参与的趋势，不过也是人类轰轰烈烈地迈向更为破碎的破碎。

李　音：强调边界或断裂，只是为了廓清和凸显我们要讨论的事物的权宜之举。"断裂"都是人的回溯性发明，时间之流哪有中断之处？历史也没有截然分明的进程。针对我那个随意而鲁莽的想法"大家是否都对新的小说有审美准备或预期？"做一点点补充。经典艺术有一个名称叫做"造型艺术"，显然，这个称呼已经有点削弱其神圣化的意味和效果了，这也暗示着适合于理解现代艺术的经典艺术理论和批评，面对当代艺术，阐释未必一定不恰当（对阐释还是要留有开放性的态度），但一定会变成拙劣的不趁手的工具。

我关注的是与事物相匹配的思想工具。你反复说的"框"，可以理解为一种"艺术场域"，场域和艺术（事件）互相生成。当代艺术与现代艺术的另外一个分野就是艺术边界的突破，何为艺术及其标准开始成为悬而未决、持续不决的问题。所以，场域就成为一个重要因素。普通的行为、日常之物，由艺术家来处理，放进艺术场所，被艺术家署名，性质就会改变。当然，真正的艺术和艺术家也不是随便胡闹的。你的小说就给我一种强烈的装置感。

当代艺术与传统造型艺术最大的区别之一是其高度的理论化，依赖概念，不同于传统的叙事性、形象性，与各种社会理论、哲学思想交互颇多。与其说当代艺术倾向于表达某种思想和情感（故事性），不如说很多艺术作品本身意图成为插入世界、介入社会的一个"事件"。不能说你的小说不讲故事了，但从小说技术和作品特质上，我认为它们更接近当代装置艺术作品。

弋　舟：这本集子里的作品"更接近当代装置艺术作品"，对于这个判断，我衷心拥护。让我略有迟疑的是——如你所言，它们也是"高度的理论化，依赖概念"的吗？如果是，那么我得警惕了，无论如何，这都不是一个我愿意发生在自己写作实践中的事实。相反，在很大程度上，我还期待自己是一个"没有理论，忘记概念"的家伙。在下笔的每一刻，都寄希望于"偶然"，最终让理论与概念为框，在它们的一框之下，我所写下的东西才侥幸成为了"艺术"。最准确的描述是：我只凭直觉触摸整全，但依然活在破碎的现实里。

李　音：我在以当代艺术现象互证文学现象，即便你的小说充满理论，我认为也大可不必立刻拒绝。好的文学作品和理论概念含量的多少没有必然关系，但充满理论性也不一定必然就是坏事，想想福柯、罗兰·巴特、本雅明吧。你在小说"织体"

中通常会植入一个概念,譬如"刘晓东三部曲"的第一部中,用了海洋学的"等深",《化学》用了化学的"键理论",这些概念和以往我们所说的意象、隐喻等有相同之处,但性质却是判然有别的。理论概念等于为事和人重新划定一个"框",一种理解和认识的新框架,会让事物的性质瞬间发生变化。一件寻常之事,一个也许不构成蕴含深意的丰富的情节,因为这种异质性概念的植入,却变成了一个使人不得不去瞩目的"事件"。可能,如果没有这两个概念,《化学》与《等深》,一个会变成散文,一个会变成通俗故事。

这些概念,与你要保持的"直觉"(背后还是强调着"感觉",再推及背后,就是一整套的文学观念),看上去构成蛮强烈的冲突,但这个冲突与异质化的效果是重要的。某些本来不属于感觉范畴的、不具有文学性的词语,植入故事中,却改变了文本的质地,同时也为术语自身赋予了某种文学性。

当代艺术对边界的扩展不仅依赖新的科技手段,也特别喜欢具有某种文化世界主义,就是进行各种学科思想的融合,风格、材料、形式,混搭交叉拼贴。如果将你的小说比附艺术,就是这种依赖某种概念的装置艺术——核心概念既构成了题眼与机巧,又构成了一种可被称之为事件的"框"。这与你是艺术家有关系吗?我看过一些你画作的照片,蛮喜欢的,同时也启发了我对你小说的想象。还是禁不住老生常谈啊,再为难你一次,但我们不去谈艺术的"通感"。

弋　舟:如果没有理解错的话,我们现在所说的"概念",约等于"意象",你将其强化为"概念",是富有力量感的。这个"概念"即是对于"意象"的升级,指向"一种理解和认识的新框架",它甚至是直接对于现代科学知识的征用,而这种征用本身,正是基于准确表述我们"当下感"的需要。如果说,"意象"还颇有古典感,是对于既往经验的陈旧使用,那么这个"概念",就是迫于当代处境,我们不得不展开的新的努力。在这种努力之中,人文也许会反哺强势的科学主义,在一定程度上,重新整理着世界,使其至少看上去有了一些再度被认知、易于我们去把握的可能。

我也不好再三摆脱自己"艺术家"的嫌疑,我想要说的是,当科学都被我们用来武装小说时,所有既定的身份,或许都不那么重要了。

李　音:《辛丑故事集》里,第一篇的"千禧年钟声",第二篇的"化学键理论",第三篇的"鼓楼",第四篇的"宇宙瀑布",第五篇的"海浪",第六篇的"德雷克海峡",都具有同样的"装置"效果。只不过方式有所变化。比较而言,"海浪"和"德雷克海峡",我觉得在文本中的使用更具装置的典型性。

弋　舟:最后这两篇是同一个时间段写的。也许,特殊时期,作为写作者,这种"装置性"更能对应我彼时的情绪吧。当世界变得格外具有不确定性的时候,新的表达方式会成为潜在的需求。

李　音：《拿一截海浪》和《德雷克海峡的 800 艘沉船》具有不同的精巧结构，与集子里的其他小说不同，其设置的参照物——装置本身，就是一件具有"文学性"的作品。

从隐喻的意义上讲，《拿一截海浪》可以理解为一个失败的男人、不称职的父亲，远离故乡闯荡海南，又从海南返回故乡，带了一件制成"一截海浪"的砗磲工艺品给女儿做结婚礼物，其颠沛流离、一事无成的沮丧和恐慌感，被路途中遭遇的群峦起伏、排列有序的山峰瞬间拯救。群山如同海面上涌动的波浪，命运看起来不能更糟糕了，但此刻，无意拆开的这个命运的盲盒，却让人收获到了顿悟与抚慰："不过是从一片海去了另一片海"，"不过是从一片海回到了这一片海。"

《德雷克海峡的 800 艘沉船》含义显明，没有人真正在凶险神秘的德雷克海峡及其上空航行着，但我们普通得不能再普通的生活，其实一点都不比海难与空难少一分惊心动魄，运气全然无法把握。

这两篇小说在虚与实和轻与重之间搭配得非常特别。更具特色的是，"一截海浪"的"概念"以一件砗磲"艺术品"的实体出场，灵感来源则出自诗人蒋浩《悼亡友胡续冬》的一行诗：其实，我想拿一截海浪，因为住在岛上，周围全是浪，浪，浪／浪与浪之间全是互问与互否。你也在小说结尾处注明，"本篇的题目，出自诗人蒋浩的《我辈复凋零》"（出于对故人的尊重，特意取了蒋浩诗作的题记作为题目）。在工艺品和诗歌的双重符号上，这"一截海浪"均已经是一件艺术品，本身带有自己的意义和场域。德雷克海峡则可以理解为一件常见的当代媒介影像作品。有关神秘的德雷克海峡的灾难传闻,各种跨时空的、不限时效、不控渠道传播的数据和报道,其本身就独立构成一个事件,而且语义不清,充满着暧昧怪异的文学性。

这两个完整的"文学性"的装置对小说的嵌入,作为语言材料拼贴混搭以后,使小说要讲述的故事具有了多次意义回流和意象叠加的效果,不是互相阐释,而是好比物体被映射到一个混杂不清的感光底片上,且被多次地重复冲洗和曝光。人对命运不断地观望,回溯,拯救,观众是在这种叠加的影像中,多次分辨后,才看清命运的面庞。

蒋浩的诗歌是献给早夭的挚友胡续冬,非常感人。但"一截海浪"在这里本身就是把大自然"装置化"了。杜尚可以将日用品作为艺术品,这一次你搞大型山水装置。参悟山水,映照生命,本是中国人的长项,但你和古人有着不同的招数,在注重"当代化"这点上,你和蒋浩有着共同之处。

弋 舟:"拿一截海浪"是对诗人蒋浩诗句的直接转用,如你所言,那首诗本身便感人至深,我很难说清,是整首诗的力量使得这一句熠熠发光,还是这一句本身便自带光芒。现在,我似乎更倾向于后者——这五个字组合出的汉语效果,本身便足以对我构成文学的驱动。

"德雷克海峡"的意象完全源自一则新闻。2019年12月,参加完中国作协主办的博鳌论坛,我在返程的飞机上读到了这则新闻。当时一定是受到了某种感召般的触动,如今我已经很难回忆起具体的动机,唯一确凿的是,我用手机拍下了《环球时报》上的这则新闻，现在照片依然保存在相册里。时隔两年，昔日从海口飞回不久，疫情便在武汉爆发了，当我决定写这篇小说时，恰是西安封城的日子，我难以说这其中有着什么难测的天机，而事实则是，我又的确从中仿佛窥见了"命运"。小题大做吗？可能会有一些，但具体到一次写作，这借由一则新闻连缀着的两年时光，于我而言，却真的堪称重大。我给自己留下了一条线索，尽管不知最终会如何按图索骥，但当两年前我在飞机上摸出手机对着一张报纸拍照时，一定是怀着某种确信的——我相信，"所有的瞬间"都将成为"事件"。

现在回顾这两篇小说的创作过程，也让我进一步厘清了自己的某种创作路径，那也许就是你所说的"装置对小说的嵌入、作为语言材料拼贴混搭……"

李　音：由于艺术作品替代抽象概念的置入，这两部小说具有了双重的虚构性。日本学者小林康夫有一个深刻的洞见，他说，文学书写的语言"不单是将虚构的现实赋予现实中不能发生（没发生）的事件，它既是现实亦非现实，毋宁说，它是一种具有独特的自身结构的语言。在此，二元对立的区别丧失了意义，而这便是文学文本。我们在说某个文本的文学性时，其实说的是关于文本组织生成的事件，即我们发现它具有独特的时间结构"。接下来，他的观点更是令人顿悟。"我们不妨说虚构的其实是能够在现实中真实发生的事件，只不过还不具备其发生的场合。或者我们也许换一个角度去理解，事件的本质并非现实的，而是虚构的。不论是哪一种事件，如果是真实的，我们就将其本质视为文学性的。"在他看来，文学就是语言事件，文学就是事件生起的场，在这个意义上，文学就是我们存在的根源性形态。那么好了，人类注定需要文学这门技艺，只不过需要不断地去发明。

弋　舟：小林康夫的观点真是给人提气，尤其在文学被普遍唱衰的时刻。我只是保守地认为"事件"有待于我们的"发现"，你则干脆给了文学一个更高的荣誉——发明。这是"再造"一个世界的勇气，是犹如创世一般的魄力。

李　音：是的，也有很多人讲过文学的"发明性"，但小林康夫的表达最具"神性"，如同圣谕。小林康夫说人发明了文学这个技艺，我觉得要不断地发明，因为小说的思想和技艺需要不断地"当代化"。

这本集子中那些小小的"事件"，带有故事的模样，但却没有"故事"通常所有的因果、意图、预测（包括其背叛、翻转），而是瓦解一些观念以及生活的结构，使之具有突发性，发生之后，才可能回溯性地产生若干关联性的理解。按小林康夫的观点，这就是事件，没有发生之前，没有所谓的预计的事件的场域，没有经过文学书写之前，便不存在。也许《辛丑故事集》真的应该叫《辛丑事件集》，这是我们生活中的奇迹，尽管它们灵光乍现，转瞬即逝。

弋　舟：如此一来，叫作《辛丑装置集》大约也勉强可行。无论"故事"还是"事件",可能都是对于平滑时光人为地"崎岖化",如果人真的具备了"发明"的能力,大约他是不需要额外从时光中遴选特殊材料的,每一个变动不居的瞬间,一经截取,都将成为奇迹。

李　音：你看,小说家总爱强调文学艺术的"自然化",但你的实际写作不是这么一回事。我不迷信"自然化",效果上最自然化的作品,恰恰需要最讲究的技艺,遴选材料和截取瞬间都更加考量小说家的眼光(思想)。这本集子里的小说并非常规截取,自然也不是常规故事,你书写的多少都是一些难以归类与划分的经验和事物,深具破碎感,人和事、事和事的关系链条虚弱,不具严密的可"叙事性",说其很难常规分类、划分,也就意味事件本身难以清晰阐释、难以结构。这就特别需要妙思和巧工将其容纳在一起,构成一个场、一个事件。无论是借助于科学术语,还是像"一截海浪"和"德雷克海难"这样的文学艺术品,都是非常巧妙的机关,它们构成了事件的场域与隐形的框。它们是意象,又不仅仅是意象,主要作用不是用于互相阐释。这就是你的技艺,这种技艺对于书写溢出我们生活常规结构之外的经验和遭遇,是契合有效的。而且,它还不是颠覆、反转我们的常规故事、现有经验和观念,我甚至觉得它也不是另外容纳进某种零碎器物,而是临时搭起了一个场域般的景观,旋生即灭。

弋　舟：旋生即灭,方生方死,当然是这样的,那个"自然化"

需要有"发明"的眼光与技艺。但我怎么好意思自诩已经部分地拥有了这种眼光与技艺？我甚至会猜测，那些完全具备了这种"发明"特权的家伙，必定会痛苦不堪吧？喏，想象一下：他们要毫不停歇地面对每一瞬间都一览无余的、意义陡峭到几乎令人难以忍受的世界。

李　音：所以天才总是少数，才华要承受相应的重荷。我之所以想到容器这个意象，是想到一个典故：希腊人把人类划分为希腊人和野蛮人，柏拉图认为这是错误的，因为野蛮人并不是被正面界定的种群，这个概念无非是指那些不是希腊人的人，所以野蛮人是一个似是而非的容纳那些非希腊人的容器；国际学术玩咖齐泽克说，以此类推，马克思所说的亚细亚生产方式也是类似的容器，无非指的是地球上那些不符合欧洲的生产方式。这些容器都是负面概念的，一旦被容纳进去，就构成了对变动不居、朝生暮死的偶然性的取消，将其形式化、结构化。各种负面容器造成的认识和实践误区可大可小，亚细亚生产方式这个概念及其连锁效果，我们要费很大劲才能去蔽。在这个角度上，我特别看重文学"事件"，不是颠覆，不是解构，而是保持偶然性和开放性。起初，我感觉你的小说装置化是一个有意思的技艺，现在我更看重这种开放性阐释场域的价值。就是说，这些术语并没有对人和事构成一种强力的阐释枷锁，只是一个参照装置。我觉得这很当代。

《敲开千禧年的最后一声钟声》《鼓楼》《瀑布守门人》，对事物都没有评判，人物行为随起随灭，也没有特别明显的要书写出意义的努力，对溢出常规的行为，扯不清的情侣关系，荒唐的父母情感生活，等等，均保持着不具对抗性的理解，甚至与"理解"相比，小说更愿意让千禧年的钟声响起，让大型流星雨这种宇宙景观，让无处不在的鼓楼意象去映照事件。《瀑布守门人》比另外几篇小说还多了一些和解性与疗愈性。莎士比亚在《仲夏夜之梦》中说，"想象使无名之物具有形式／诗人的笔给了它们如实的貌态／空虚的无物也有了居处和名字"。这些话适用，也不适用我刚刚的想法。当下这些破碎崎岖的经验，经过文学书写，也许会有一个保持变动性的映照或命名。

弋　舟：将对象与他者"容器化"，隐含着的，是不公正，至少是不平等的姿态，如果没有理解错的话，这样的姿态我一定是要反对的。这无关道德立场，仅仅是有违我对小说这门当代艺术的理解——那么做，太轻易了，缺乏应有的难度。"很当代"在这个意义上，我承认首先是一个对于"难度"的强调，这种对于"难度"的确认非常必要，唯有如此，才能平衡杜尚把小便池搬进美术馆这个看上去确乎轻易的"发明"。给小说一个开放性阐释场域的价值，这种内在的自觉，基本上我们是不会亮明的，但它必须"内在"，并且"自觉"。我们是不能够允许自己凭借着"有意思的技艺"，将自己的所为之事降格成仅仅像是一个噱头。

在这本集子中，《瀑布守门人》是显得比较特殊，它除了相对地"完整"，也更具"妥协性"。你知道，写这篇小说的时候，我们正关在怀柔评奖，而保持一定的"完整"与"妥协性"，几可视作我身为评委时对自己的提醒与告诫，这个时候，我们得暂时忘记莎士比亚。

李　音：技艺有时候是噱头，有时候意味着思想。《瀑布守门人》有"柔软"的爱，也有点中产味，很合适放在丽江啊。我其实也挺喜欢这一篇，最后出来的"宇宙瀑布"这个说法给小说注入了一些壮阔。毕竟现在人类确实正在向着宇宙挺进。

弋　舟：这篇小说正是关于丽江的一个作业。三月份，《小说月报》组织了八位作家一起写"有丽江元素"的小说。八个人结伙去了丽江，回来后欠下八份作业。五月份在海口（这本集子似乎跟海口飙上劲儿了），田耳、黄德海、我，在一家卖烧鹅的小馆子里喝酒。一贯奇计迭出的黄德海倡议：三个人，分别以对方的旧作为名，各自写一篇新的小说。爬梳一下，就是：我写一篇田耳写过的，田耳写一篇黄德海写过的，黄德海呢，写一篇我写过的。没错，就是一个圈，或者一个闭环。三个人可能是被海南的热风吹晕了，可能是被火上浇油的酒搞傻了，竟均无异议。总之，我认领了田耳的《瀑布守门人》。这些全是随机性的，但写着写着，我认识到了，终究，当你在写一个短篇小说的时候，无可救药，你就是被规定了的。除了男人和女人，其实，我们在小说里可以结构的角色关系，并没有太多的余地。尤其是，当你已经写出一千五百字之后，你的余地就更加逼仄了。是的，我所能写下的，不过是一个老套的故事，一如人间的那些事儿，有"柔软"的爱，也有点中产味，等等。和每一次的写作一样,你只有不断使劲儿,在规定性中,看看能不能搞出些随机性。值得庆幸的是,在那个海口的闷热黄昏,我晕头晕脑认领下的,是田耳创造出的这样一组词:瀑布守门人。不是吗,这组词本身就是对于规定性的一个漂亮的反动。为此,小说还没写完,我就迫不及待地、慨然以题记的方式,在篇首写下了郑重的献词——本文致敬老田。

我想,在这个短篇小说中,完全是有赖了这组词,我才重拾信心和耐心,又写了一遍世界的规定性强压在我们身上的巨大伤害,又写了一遍那种伤害着我们的规定性,原来有相当一部分是源于我们的"自重"——我们本身,就是自己的施压者。我们受制于自己强劲的欲望与爱莫能助的软弱,对此了如指掌,只能盼望夜观天象,在一场星空的高潮里,短暂地、心悦诚服地去做回一个平静的小孩。

李　音:我记得你们在海口商量同题小说的事。《瀑布守门人》写作最终定稿的时间是在七夕节,除了致敬老田,这本集子扉页的献词是"献给20年代",看上去轰轰烈烈,有如情书一样,说说你的动因?

弋　舟:其实也没有那么玄奥,"人间纪年"这个系列写到第四本了,循例,每一本我都郑重地写下了献词,用以承载我个人的情感而已。这一本"献给20年代",看上去壮阔了一点,但我觉得也还能映照自己的一己之情。这个认领是写到最后一篇小说时才涌现的,它是小说中的一个情节——在微信群里,有人没头没尾地说了句"所有世纪的20年代都辉煌",那一刻,是2019年的年末,距离"辉煌的20年代"仅有一步之遥。当我写下这个情节的一刻,突然就决定了这本集子将献给谁了。就献给时光吧。何况,这个系列的创作本就是借由时光之名。小说中,我写到了疫情,这是世界迈入20年代门槛后遭遇到的最大事件,延宕两年,辛丑岁末,我又在亲历着武汉封城之后中国最大规模的一次封城,凡此种种,似乎心情不"壮阔"一点都不行。现在看,这个献词与这本集子是协调的,当我写出第一篇《敲开千禧年的最后一声钟声》时,也许这个献词就已经在结束的地方等着我了。一切都关乎着时间,我们就是这样难以摆脱即便是略显矫情的对于观念的依赖。我们早已被一切命名,不过是妄图去命名一切。

当然,写下这个献词,我仍旧难以信任自己已然身在了辉煌之中;但是,既然写下了这个献词,那么,我便全然相信自己已然身在了辉煌之中。

李　音:把小说集献给一个年代,令人有莫名的感动。我不太清楚究竟所有的20年代到底有什么共同的辉煌,但隐隐感到自己迈进的这个20年代,可能意义非凡。据说一些哲学家预言传统生物学和社会学意义上的"人"要完蛋,那么,像我们这样昼夜谈论文学,基本就是前未来动物的行为了,很古典。

对于何谓"事件",阿甘本举过一个例子:两人满怀激情地相遇相爱,会转变人的一生,由此开创共同生活,这次相遇就构成一个爱的事件;同样,当一次偶然的社会叛乱催生出新的普遍解放愿景，开启了重塑社会的进程，这次暴动就成为一个政治的事件。而你，视"当女人以某种方式朝你张望"为一个文学的事件。

仅就历史、社会观察而言，从稳健持重的史学家霍布斯鲍姆到激越的哲学家齐泽克，都从不同角度出发，认为我们身处的时代是一个去政治化、去事件化的世界，是一个正在对以往的革命性事件进行撤销的世界，公共领域在萎缩，男男女女很难变成政治上活跃的公民，世界局势看起来风起云涌、波谲云诡，但真正的、广义的政治事件的发生，并不乐观。齐泽克讽刺资本主义世界每日迁流不息，就是为了让一切保持不变，事物层出不穷的变化，也是为了让一切不变，年轻人都在"爆肝"，当社畜，但却没有新的解放之路，因为每个人都成了拥有自己劳动力的资本家，自己（并非自由地）疯狂压榨自己。一些看不见的壁垒阻止着新事物的产生和真正事件的发生。生活看上去刺激极了，各种讯息和突变令人瞠目结舌，但大家又感觉所谓命运、生活都在固化……

这一切看起来也许离《辛丑故事集》有点远，但《鼓楼》一篇不是写到了吗？——人生到哪里不是"打尖儿"？不是每个城市都有鼓楼，但处处又有鼓楼。怎么定义有和没有？世界简直需要我们去参禅悟道、领悟偈子了。你的整体文学观念与感受力，以及"刘晓东三部曲"等之前的作品，都在启发着我的想象。

真正的事件将会转变这个世界的规则，那不是简单的变化，而是开创出新的普遍原则。不过我想，也许我们应该先接受我们身在这个时代的事实。霍布斯鲍姆对将一切都以"后××"来定义很悲观，这些前缀像葬礼一样，它们对死亡做了正式的承认，却没有对死后生命的本质达成共识，也不认为死后生命的本质具有某种确定性。接受分裂与破碎，也许比简单地追求某种普遍性更重要，因为在承认破碎与坍塌中，我们将重新去定义什么是"爱"，什么是"政治"。于是，从瞩目和截取一个个微型的事件开始，这很重要。就此而言，我们应该致敬自己的20年代。

但是人也不能过于执念自己的维度。宇宙和自然有其人所不能掌控的巨大的偶然性。最近汤加火山还爆发了，地球上必定有着诸多的灾难并没有被我们广泛地意识到，此刻，某个地方的某个人，也许正感觉自己的失恋比汤加火山爆发更具灾难性。《辛丑故事集》写于灾难频仍的时期，但只在《德雷克海峡的800艘沉船》中有一笔提到了疫情，而整部集子以很多自然装置——群山、海峡、宇宙瀑布，还有化学键理论，从文学的意义上回应了当下的世界与人的处境。这一切还远未结束呢。所以你看，小森康夫说得对：事件是文学性的，虚构才是现实的根源。我们需要《敲开千禧年的最后一声钟声》里的那个钟声，你说得也对，冥冥之中，这个钟声构成了一个序曲——我们需要一个个奇迹，需要某些瞬间的神来之笔。

弋　舟：感动何其重要，尤其他还出自宝贵的"莫名"。致敬20年代，也许本身就是对于我们"此在感"的一个确认，是一个当代人的"当代"自觉。人类理性愈发捉襟见肘的时刻，没准儿感动的莫名升起也不失为一种方案。我们在小说中定义爱、政治，从微茫的当代瞬间学习理解宇宙，这些努力，即便愚蠢，也自有其密码一般的效力。

现在，一本集子完成了，也许反而一切刚刚开始。

谢谢李音，和我一同展开了这次"自己（并非自由地）疯狂压榨自己"。

2022 年 2 月 14 日
壬寅正月十四
香都东岸

壬寅补遗

降獒

人们惊奇地发现：事情并未变得更糟。

——阿信《经幡隧道》

拉鲁，一座汉藏交界的小镇——对此我也并无太大的把握。所谓"交界"，可能事关行政区划，还事关深奥的民俗学，而我，不过是凭着直觉做出了轻率的结论。

嗐，它有一个藏语镇名，也许不是，但一目了然，镇上的人基本都是汉族，尽管他们也有着特殊的古铜色皮肤，不少人手里也常年攥着油光发亮的念珠。站在镇子任何角落，不用极目远眺，就能够张望到迥异于汉地的风光。众神逍遥的草原；远在天边却轮廓分明的雪峰；经幡，万籁俱寂时，你听得到它们在风中猎猎作响；当然，还有点缀在山坡上一动不动的牦牛。这一切，近在眼前，却又遥不可及，如同我当时的处境——没被什么明确的界线阻隔，看上去迈开腿就能一往无前地走向风景深处，但却有巨大的斥力令我踌躇难前。

晨昏之际，九月的高原已有了寒意，下了雨就尤甚。我在镇上逗留了一月有余，住在一家有着白色墙裙院子的小旅馆。房间的四壁涂抹着光滑的水泥，让人不禁叹服泥瓦匠的手艺；老板是个看不出实际年龄的男人，说话时总要不断地交叉和分开手指，他给我生了炉子，烧整段的松木，让我的身上也散发出了木头焚毁后的气味。

入住第一天我就引起了镇上人的注意。日子一天天过去，我能感到他们被好奇心驱使的热情即将燃至沸点。这让九月里已经有了寒意的高原都显得燥热。有天我在镇上唯一的街道踽踽独行，斜刺里冲出一个小孩，目标明确地给我下了个绊子。我还算敏捷，跟跄一下，并没栽倒。街边几个男人用得意的大笑告知我，这正是他们策划的一个小把戏。是啊，他们受不了啦，一个单身女人，动机不明地来到他们的地盘，摆出一副长期扎根的架势，究竟是为了哪般？一周后，这种小把戏就层出不穷了。只要我在街上露头，便会有意想不到的事故发生。像是一场小小的狂欢，我觉得他们倒也没什么恶意，不过是唆使小孩冲撞你一下，吹吹口哨，或者突然在你身后引吭高歌，也不知道想要收获礼貌的赞美还是惊慌的呵斥。我多少有些歉意，觉得自己的确扰乱了他们平静的生活，给大伙制造了没来由的疑窦。

可我该如何平息他们的焦灼、打消他们的困惑呢？没办法，我总不能告诉他们：千里万里，这女人一路向西，只是为了寻找一位莫须有的藏族汉子。对此我自己都难以确信。我连那汉子叫什么都不知道。

结果镇上的人干脆自己给了自己一个答案。"她是来收藏獒的。"我在街上开始听到这样的议论。有人很大声地宣布，分明就是说给我听的。继而，他们用同样的方式宣告大家达成的共识：错不了，几年前不就老有东北人来干这买卖吗？好吧，既然如此，这可以当作是一个定论，因为白山黑水，我还真是从东北来的。

一切好像名正言顺了，但我还是感到窘迫，尽管走在街头，我已经都不自觉地摆出了一副狗贩子的气派。实际上，我知道自己有多心虚。日甚一日，令我窘迫着的，是对自己的质疑：所谓的藏族汉子，不过是你在飞机上的一个邻座，简单的交谈，大约也就三五句吧，结果你记下了"拉鲁"，时隔三年，心事惊惊地循迹而来。你不知道他叫什么——他肯定是说了，但随即被你忘却，可见并未走心；你不知道他究竟住在高原上哪一顶帐篷里——他放牧，住帐篷，这差不多就是那三五句话里全部的信息；你只知道，他身上的气味压根儿不在你的人生经验里。那么，看上去你就是个疯子啊。这并未给我增加额外的痛苦，只让我有些不好意思。

我处在分裂的困境里。表面上，我的行为姑且可被视作一个女人轻率而任性的盲动之举，但内心深处，那个讨厌且顽固的理性又会不时地跳出来，以一种堪称残酷的尖锐，对我进行人身羞辱，让我将自己的荒谬与可悲看得一清二楚：一个刚刚遭到了背叛的女人，丧魂落魄，既要忍受着自怜的折磨，又要克服着自戕的冲动，甚而还怀着某种古怪的欲火。她不惜以身

降獒　535

试难，巴望在一场极端的行动中一劳永逸地解决自己。没错，就是解决自己，而不是解决问题。

那个三年前在旅途中偶遇的藏族汉子，我只记得他只是有些凛冽的气味而已，但他却无辜地成了我的目标。我妄想找到他，在找到他的过程中，一股脑地解决自怜，解决自戕，解决欲火和解决自己。这番妄想能让我在某种扭曲而非凡的、自大的美感中获得满足，继而重拾一点点经不起检验的自信。

然而，来到拉鲁我却像是来到了世界的尽头。这个尽头，不过就是我全部能力与全部见识的边际，我的情感，我意气用事的蛮劲儿，以及既往对自我与世界的所有把握，到此都已穷尽。也许是累了吧，我分明是泄了气。总之，在拉鲁张望既近且远的草原，我只能裹足不前。我深刻地认识到了自己的限度。这个限度决定了我即便已经认定自己陷入了落难者的悲惨绝境，也只能在假象中对世界来一次抗议或者冒犯。那个启程时被一腔情绪注满、如同一个充饱了气的皮球一般的女人，意志萎靡地卡在了这块"交界"之地。

计划到此几乎是终结了。"找到一个气味凛冽的藏族汉子"这个鼓舞人心的目标，渐渐变得不那么确凿了。可我不知道该去向何处，滞留在此，每天无所事事，惶然间，还真的有点将自己当作了一个来自东北的、收藏獒的女贩子。当我从小旅馆出来，我会刻意给自己扣上一顶中性的遮阳帽，并且将丝巾在脖子上打出很短的结，那样子，是我从某些西部片里借鉴来的。在那类电影中，牛仔们都是这种架势。

后来发生的事情，竟真的让我进入了一个狗贩子的角色。

我确信，对我而言，那是殊为重要的一天，它令我在三十一岁的时候，于刹那之间扩展了生命的意志。说得更准确一些就是：我因之拥有了片刻的、真正的自由，成了一个不再苦受命运摆布和宰制的人。

那天中午，我被小旅馆的老板从午睡中叫醒。他趴在窗户上兴奋地朝我喊"来了，来了"。当天清晨下了半个小时密不透风的大雨，一个早上都被我用来写信了，那是一封非常消耗人心力的信，我写得很艰难，但最终又将其撕碎扔掉了。我原想让收到这封信的人感到一头雾水，结果却把自己写得一头雾水了，就是如此。所以此刻我还陷在梦碎与信碎后的双重困顿中，费了些劲才大致听明白，老板是在告诉我有一头流浪的藏獒窜到了镇上，并敦促我现在就挺身出马，将其一举拿下——"野狗还能让你省一笔钱呢。"我的确是没睡醒，对"流浪的藏獒"与"野狗"这两者之间的差别，辨析得并不是很分明。我只是估摸着觉得，前者似乎有些美感，而后者，则意味着凶残。但老板的意思我算是听明白了，他是在严肃地向我指出：对于一个狗贩子而言，逮到一条野狗不啻为捞到了一笔。

还有什么好说的呢？被一种强大的、逻辑的力量推搡着，我懵懵懂懂地跟着他走了。出门前，我照旧给自己扣上了扮演牛仔的遮阳帽、系上了丝巾。就是说，这时候，我不过是在一个给定了的角色里行动。

小旅馆的门外挤了不少人，由于清晨的那场大雨，大家都知冷知热地穿上了大衣。而我却还是傻乎乎地穿着一件白衬衫。看到我，他们就激动地向我宣告那是一头多么可怕的大家伙。

降獒

它是一头流浪的藏獒，或者干脆说，就是一条野狗。"全是让你们东北人闹的！你明白了吗？这是你们惹下的祸！"一个肯定是刚喝了青稞酒的男人一边给自己编着辫子，一边酒气熏天地冲我抱怨。理由是：数年前藏獒的价格不菲，"你们东北人"蜂拥而至，哄抬了市场，于是，草原上质朴的藏族同胞大量饲养起藏獒来；现如今行情大跌，獒场破产，无数的藏獒便沦为了野生的流浪狗。它们成群结队，浪迹于广袤的牧场，与天斗与地斗，既攻击野狼，也攻击牛羊，物竞天择，竟酿成了生态的灾难。我茫然地听着，神思恍惚，但也依稀感到了一丝愧疚，好似对于这番糟糕的局面，这个烂摊子，我委实负有不可推卸的责任；而这种自罪的心情，一段日子以来，恰好也正是我这弃妇一般的心情。

大多数时候，野狗是不会闯进镇子里来的，它们恪守着大自然的秩序，自觉地归属于自己的领地，即便沦为了野生的物种，也绝不轻易穿越人间。于是结论就有了：这不仅仅是一头流浪的藏獒，一条野狗，更重要的是，它还是一条疯狗，一头失常了的猛兽。拉鲁镇上的汉人对它束手无策——至少，这是他们着力想要渲染给我的。他们像告状一般地对我数落：这家伙趁着大家午睡的时候咬死了两头牛，毁掉了好几家人的猪圈，现在，险恶地盘桓于镇子中央的小学门前，正伺机要冲进去。

一边说，一边走，我身不由己地被簇拥在了一支队伍的前列，俨然一位飒爽的领头人。大伙都兴高采烈，急着想看我如何手到擒来地拿下一条疯狗。小学门前，两个镇派出所的警察居然也像是在恭候着我。他俩都垂手拎着警棍。我认为他们肯定还怀揣着枪。你知道，小镇上的警察其实与老百姓的区别并不是那么大，就算穿着制服，你也很容易将他们与群众混淆在一起。在我看来，他俩和所有人一样，都穿着军大衣，都有些笑嘻嘻的。所有的人都不紧张，顶多是装得有点紧张。周遭的气氛有股默契，而这股默契让我感知到了自己的孤立。我并没有看到一头流浪的藏獒，或者一条野狗。我只看到了一个恍恍惚惚、不知所以然的自己。

午后的高原空气干爽，万物都过分地清晰，一切好像忽然间定格了。我的意识也有瞬间的空白，整个人都是失重着的。直到天空飘来大块的乌云，随着光影的变化，地上的人群才复苏过来。大伙开始议论藏獒的下落，夸大其词，七嘴八舌，统一后的口径是——跑了。我在拉鲁住了段日子，多少习惯了他们的语言方式，就像现在，他们用一个动词简洁地替代了名词。那失常的猛兽，它的去向不是朝东也不是朝西，而是朝向"跑了"。这令一切仿佛子虚乌有，或者是一个传说，那疯癫的藏獒是否真的来过都令人怀疑。

我正努力确认是否身在梦境或者一场恶作剧之中，街边一家杂货店的背面冲出个惊慌失措的妇女。她一头扎进了人群，双手高举，对着天而不是对着人大声地吁求："看看吧，看看吧，看看我都倒了什么霉！"她的嗓门极富动员力，搞得所有人都跟着她抬头向天。那块很大的乌云依然悬在天上。高原上的乌云即使很大，也不会遮天蔽日，因为高原上的天实在太大了，所以乌云之外的天空反倒会被衬托得愈发明亮。就是这样，在高原，所有的乌云仅仅只是你"头顶上的乌云"。

镇上建筑的布局都是前屋后院,我被人群裹挟着绕过杂货店的门脸,在木头围出的院子中看到一头庞大的动物死尸倒毙于烂泥里。我挤在人堆,经过辨认,确定那是一头牦牛,一头身长足足有两米多的大牦牛。可能是它倒毙的样子无端放大了它的体形,在我看来,那简直就是一具世界上最大、最不可思议的动物尸体。之所以需要先辨认一下,只因为它的头不见了,脖颈被撕裂出一个空洞的血窟窿,实在不太能让人一眼看出是头牦牛。好吧,看看吧,看看吧,那失常的猛兽咬断了它的脖子,还叼走了它的头。

下意识地,我用眼睛寻找小旅馆的老板。他是我在镇上唯一的熟人,我需要被保护。这一刻,我不再是那个被侮辱与被损害的落难者了,我感到了冷,感到了穿着件衬衫挤在一群大衣之间的不合时宜。回到了所有女人面对一头死牦牛时应有的恐惧中,那些所谓背叛施加给人的伤害,在一头实打实的、没了脑袋的牛尸面前,好像一下子无足轻重了。但我找不到我的老板。没错,他是我在此地唯一的熟人,但挤在一群人当中,我就辨认不出他了,因为我压根儿看不到有谁的手指在不断地交叉和分开。这群人开始蜂拥着往镇子的东边跑,因为那个向天吁求的妇女开始往东边跑。作为苦主,现在她替代了我的角色,成了领袖。她一边仰天呼号,一边发足狂奔,充满了一呼百应的号召力,大伙没有理由不紧紧地跟从。

我又一次被遗弃了,只有和这支人间的大部队背道而驰,朝着镇子的西面跑去。我落脚的那家小旅馆坐落在小镇西面的边缘地带。现在,拉鲁镇的人不需要我了。也许他们只是想看到一个女人徒手降服一条疯狗,至于这位天选之人是谁,他们并不在乎。对他们而言,这好像也是人之常情;那么,被我视为生死荣辱一般重大的背叛,是否也可算作是人间的常情?这类念头当时在我心里并非条分缕析,我只是忽然获得了一些置身事外的解脱感。至少在那一瞬间是这样的,所有的,都无所谓了。

我用手扶着自己的遮阳帽,一路小跑着奔回小旅馆。宛如拥有了一种俯瞰的视角,我看到,在这九月的高原小镇上,一个乔装打扮的女人沿着窄街仓皇而凄凉地独自跑着;随着视角的不断升高,小镇被漫无边际的草原淹没;继而,大块的乌云遮住了地上的一切,但从乌云的上方来看,那大块的云朵却因反射了猛烈的阳光而令人倏忽目盲。

那头藏獒站在炫目的光里。我一脚迈入小旅馆洞开着的大门,就看到它雄踞于四面雪白的墙裙正中,宛如光芒四射的王。

我的意识全无,那种天经地义理应该有的恐惧,我一点也没感觉到。因为过于震撼,因为过于强烈,人已然无从作出可被理解的反应。怎么说呢,看到了这头藏獒,我感到如同看到了自己命运的本尊。那是一种摆脱了切己之感的、旁观者的视角,一览无余,如同你正将自己在这世上全部的遭际尽收眼底。这家伙这会儿在与我对峙,它真的是太大了。接下来,这头像我命运一样大的藏獒将怎样兑现它的剧本?当时,我只感到它对我并不构成威胁,现在追忆,我认为即便它将我的脖子咬断、脑袋叼走,我也只应顺服在自己的命运里。我与它,与我的命运,默默相对,渐渐地,彼此都略有悲伤涌起。

降獒

人群的骚动让我回到了现实，杂沓的脚步声由远及近，听起来好似全部的人类都浩浩荡荡地过来了。从这嘈杂的动静里我听出了他们抑制不住的激情，那不过是为了一幕乏善可陈的人间戏份：要么，他们目击一条疯狗将一个遭到了背叛的疯女人撕成碎片，嗯，这算是一出悲剧；要么，运气好的话，他们会看到一个收狗的女贩子亮出神奇的把式，将一头猛兽降服，这算什么呢？差强人意，算是一出喜剧。但无论悲剧还是喜剧，都了无新意，我们的命运，不过是给人提供那么一点点的观赏性。

就是在这个瞬间，我意识到我亟需与我的命运和解。既然人不过是活在索然的角色里，为何还要这般入戏？也正是在这一刻，当我试着靠近那头藏獒的时候，我也第一次领受到了一个人迎向自己命运的时刻会是多么地平静和虚无。当你决意承受与迎接你的命运时，即便它依旧未知——其实可能也并没有那么叵测，不过是要么悲剧、要么喜剧——你就将摆脱装腔作势的表演，赢得自由。

不管怎么说，我必须和这头命运一般巨大的藏獒达成协议。我得和它商量，就像是和自己商量一样：你瞧，咱们不该甘愿成为一场把戏——不过是爱了，然后是背叛与遭到背叛，然后自怜自艾，然后跑到天边发疯，直到最后，血肉模糊地在高原上喂了狗。不是吗，亲爱的命运，这既庸俗又滑稽！你瞧，我那自怜的折磨和自戕的冲动，乃至我那古怪的欲火，仅仅是一组毫无创见的规定动作而已，其实你知道的，也许我并没有这般痛苦，那么，现在咱们就让步吧，拒绝这种非此即彼的操弄如何？

然而令人感到绝望的是，我却给不出悲剧或者喜剧之外的第三种可能。此刻除了被这头藏獒咬死或者将这头藏獒咬死，我不知道还会有什么别的选项。你只能活在简单粗暴的剧情里，这是人类普遍的困局。

我看着它，它也看着我，它的眼神远比我来得热切、动人。我为此感到羞愧，如同少女时期不能直视镜中自己的裸体，如同遭到了背叛却从不正视自己曾经施加过的背叛。是的，就是如此地匮乏，除了让背叛叠加背叛，除了被咬或者去咬，别无其他的方案。此刻，一脚门里一脚门外，我只能定格在小旅馆的院门中间。

我转头张望从东面沿着街道跑来的人群，他们跑得热气腾腾又喜气洋洋。领跑者依然是那个举头向天的女人，她还在呼号，一遍又一遍地喊着"看看吧！看看吧！"既像是恳求又像是勒令。毫无疑问，当他们完全跑到我身后的时刻，这股尘世的热力便会强势地参与到我的命运中来，一切就将只能沿着既定的剧本来上演了：一头发疯的藏獒势必只能扑上来撕咬我，将我拖到烂泥中去，让我的遮阳帽从此失去脑袋，让我倒在地上都看不出是我；而后，怀揣着枪的警察会将这头藏獒、我那命运的化身乱枪打死，如同让我又死了一回。没有转圜的余地，只能两败俱伤，当你与自己的命运相对，一旦被围观，便必须要身不由己地给剧情来一个高潮。那么，如果没有了观众，是不是也就无所谓什么背叛与遗弃这样的桥段了？我惊讶于此刻自己还能做此遐想。

眼看就要来不及了。我朝它露出了微笑，同时收回自己迈入院门的那只脚，给它让开一条出路。它懂得我的意思。我相信，这一刻，我和它的意念是完全相通的。它自眼睛上部向下延伸到嘴角的那条褶皱，像是回馈给我的一个微笑；它覆盖住了下颌的嘴唇，挂着亮晶晶的口水，翕动着像是给我发出深切的嘉许。我无比专注地凝视它，凝视它又大又圆的头颅，开阔的鼻孔，狮鬃一般的、从浅褐色至深红色的卷毛……是啊，此刻我才意识到它是我迄今为止见到过的第一头藏獒，但我对它并不觉得生疏，我就像满意于自己一般地满意它的高贵与沉着。

它纵身跃起的时候，我只感到了一股几近凛冽的气息扑面而来。这股气息完全是一道物理意义上的、莫之能御的势能，它势不可当地冲撞向我，压倒性地将我笼罩其中，如同一个没有死角的、浑然的拥抱。随即，它如来时一般同样势不可当地离我而去。我和我的命运骤然聚合，又骤然分离。人群爆发出喝彩一般的喧嚣。"看看吧！看看吧！"

好吧，那么就看看吧——人终于主宰了自己。

没有悲剧，也没有喜剧；它没撕咬我，我当然更不可能撕咬它。我们共同开辟了新的出路。它冲出院门的一刹那将我扑倒在地，四蹄强劲却又轻盈地从我胸口践踏而过。这样的一个回合，同样也满足了观众的需要，一时间欢声雷动。而我，降龙伏虎一般，在源源不断的、神秘的感激中，忽然觉得自己终于降服了那个万难降服的、冥顽的自己。

藏獒远去的蹄声在我听来令大地都微微地发颤。我想象它所到之处腾起的灰尘，它投奔而去的草原野花一片。枪声响得乒乒乓乓，可我一点也不为它担心。倒地的我仰面朝天，只见天空高渺，那块头顶的乌云正在被镶嵌上一道既浅且窄的银边。

对谈：以短篇小说为方法（代跋）

弋舟　张莉

短篇是自我生命与世界相处的一种方法

张　莉：关于"小说家讲堂"对话系列，我不希望是漫无边际的闲聊。我将之视为严肃的学术讨论。因此，和每位小说家讨论之前，我们都有一个主题，比如，和徐则臣的对谈主题是世界视野和传统意识，和乔叶的对谈主题是女性传统与女性视角，和张楚的对谈主题是如何书写精微的日常与精微的巨变。我知道，你最近这些年有一系列短篇小说集问世，比如《丙申故事集》《丁酉故事集》《庚子故事集》《辛丑故事集》，那今天就一起讨论短篇小说的美学吧，聊聊短篇小说的艺术。

弋　舟：你总是这么认真，对于不同作家的写作特征，也总是抓取得这么准确。先汇报一下："人间纪年"这个系列的短篇小说要做一部很厚的合集，出来后郑重地送给你批评。你的那篇

《以写作成全——读弋舟》，我将之视为"知音之作"，还以"附录"的形式收到了我的一本小说集中，这么多年过去，大家还是有些变化的，我也很期待你对我有新的看法。

张　莉：《众声独语："70后"一代人的文学图谱》今年由花城出版社再版了，收录了《以写作成全——弋舟论》。一晃就很多年过去了。

弋　舟：是啊，一晃就很多年过去了。回到你的问题，就短篇小说的写作而言，最初写作这批短篇小说的时候，我的主观意识也并不是那么自觉，更多的，还是一个既往写作的惯性使然。

二〇一六年的四月份，我在这一个月写出了三个短篇小说，《随园》《出警》《发声笛》，这个成绩还是挺让自己满意的，喏，一个月写三个短篇小说，质量也都还算均衡。那么，它是怎么完成的？事实上，在那个阶段，我正在有意识地管理自己的生活，或者说，干脆就是在有意识地管理自己：早睡早起，起来先跑步，跑完喝中药，喝过中药开始写作，基本上是从九点写到十二点，这种节奏让写作变得一点不费劲，同时也证明了，如果每天能够保证三个小时有质量的写作，你就能够摆脱焦虑，成为一个很稳定的小说家。这给了我不小的启发，让我更加相信写作与我们的身体、我们具体的生活结合在一起，相互形成矫正，才能在更高的意义上对我们的生命本身有效。于是，就有了这个念头——保持住节奏，写下去，一年一年地写，每一年都写一本短篇小说集。这样就很像是一个计划了，如此发愿，也真的是说明在那个阶段,我需要"计划"自己。

至于"每年出一本新的短篇小说集"这种想法,我在很多场合聊过,多少还与我们当下比较混乱的出版现状有些关系。喏,如果不加节制,或许一年出二十本书都是有可能的——不过是旧作的拼凑。人一旦"计划"自己,好像就有了一些反省和自律的精神,于是我就想:既往的作品就算了,以后我每一年所写下的短篇小说,都收在一本集子里,再也不和其他的小说集交叉。同时,这个决定也关乎短篇小说这个文体的本质,让我们想想那些可资借鉴的短篇小说集吧,奈保尔的《米格尔街》,巴别尔的《骑兵军》,塞林格的《九故事》,鲁迅的《故事新编》,等等,每本集子里的短篇被小说家组织成一本小说集之后,一加一便大于二了,它会让小说与小说互文,实现某种全新的"完整性"或者别样的新解。《九故事》中的每一个故事都只在《九故事》中意义非凡,《故事新编》里的每一个故事都只在《故事新编》里熠熠发光,拼凑到别的集子里,那就将是另外的小说了。我不知道自己说明白了没有,我想说的是,在某些特定的时候,基于小说家的自觉,稳固了篇章的短篇小说结集方式,其质地是大于随意拼凑起来的短篇小说集的。

《丙申故事集》就是在这样的念头下出版的。给集子命名时也颇费思量,我不再满足于"在小说集里找一篇小说的名字来命名"这种司空见惯的方式,认为这种方式本身就给其后的胡乱拼凑留下了机会,它不够"专门",甚至还有些"鸡贼"。我想以最简单的方式来命名它,既然是写于2016年的,就叫《2016故事集》好了。"故事集"现在已经泛滥了,但我算是比较早地以此来命名作品的吧，这与那个"小说何为、故事何为"多年以来的争辩有关。你所了解的这批"70后"作家，在很长一个阶段，也许都有着某种莫名的，其实也并不是特别在理的对于"故事"的否定，好像那是一个等而下之的东西，然后，经过了这么多年的书写，大家开始重新认识故事的本意。将这本短篇小说集命名为"故事集"，对我而言，就是一个小说观念上的"拨乱反正"，并且，它还朴素大方。

最终，它被确定为了《丙申故事集》。从《2016故事集》到《丙申故事集》，这其中发生了什么呢？当然，对我而言，首先还是一个修辞上的选择，仅仅因为觉得《丙申故事集》更舒服一些；其后，自我阐发也罢，别人的启发也罢，这个命名才被赋予了"东方观念"这样一种延展性的意义。一年写一本短篇小说集，以天干地支这种传统的纪年方式来命名，这就完全像是一个"工程"了。当"计划"成为"工程"，压力就来了。期间也想要抽身写写长篇，但写《出警》，写《随园》，那种与自己的身心、生活结合起来的方法，一个有纪律的、强制性约束着自己的方法，可能在这个阶段对我更重要吧。于是就这么写下去了。而且，如实说，我自己也更钟情于短篇小说的写作。

张　莉：我喜欢短篇小说，二〇一九年开始，我主编了短篇小说二十家年选，原因无他，就是想用年选的方式关注我们时代的短篇小说美学变化。在我看来，你的这几部短篇小说集放在一起，已经形成了你自己的短篇小说美学追求。

弋　舟：当普遍地"长篇崇拜"时，你却瞩目于"短篇小说美学追求"。前两天跟朋友也聊到这批短篇小说，还好，大家挺认可我这个阶段的写作。投身在短篇小说的写作当中，经过了这四本集子持续不断地书写之后，可能也强化了我这个小说家的外在形象——那是从"刘晓东"系列写到"人间纪年"系列的弋舟，算是一个还算合格的小说家了吧。也有溢美之词，说这批短篇小说中某些篇章已经不逊色于世界同行了。具体在写作过程中，我的文体意识和形式感还是比较强的，也在尝试变换不同的方法，尽可能地去探索短篇小说写作的可能性——当然，这也穷尽不了。我觉得，在相应的时间段里，中国作家也需要有人去做这样的努力，这种努力对短篇小说本体，对作家本身，都是有意义的。

还有另外不可言传的情绪：这几年我们都感受到了，世界在变得紊乱，我们的观念发生着摇晃，那种稳定的和牢固的世界观、文学观，都变得好像不是那么地稳定和牢固了。这个时候，我发现短篇小说似乎更具一种古老的或者古典的文学精神，它那种内在的尺度和"不变"感，在人六神无主的时刻，能够更好地将人"搀扶"住，把人扶稳。一般来说，你是很难用一个短篇小说去跟时代"应景"的，长篇小说，或者报告文学什么的，容易与时代"共谋"，但短篇小说很难。读者的整体审美能力提高了，阅读的要求提高了，你要拿一个短篇小说去弘扬什么或者鞭挞什么，其实会非常难看，甚至会让人讨厌。那么，坚持短篇小说的书写，对我而言，可能也有效地抵御了自己行世之时潜在的"投机"冲动。你看，在某种程度上，短篇小说可以被看作是我们捍卫古老认知、经典审美的一种方法，一条可被我们信任并且抓牢的精神线索。

张　莉：精神线索这个说法我很同意。人们常说很多东西已经风吹云散了，那么在这个意义上，稳定和稳固成了一种态度。一些稳定和稳固的价值观需要用短篇小说的这种方式去阐释或者说去呈现。这些短篇小说里，有看起来不那么时兴但其实是恒定的东西在，比如说人的尊严、文学的尊严，等等。当然，我说的这种稳定还在于，这一系列短篇小说有稳定的写作技艺。我想，这可能也跟你说的有规律、有节奏的写作心态有关系。恒定和稳固的美学尺度，有助于我们校正对今天很多事物的理解。

弋　舟：你谈到了"技艺"，这太让人欣慰！很长时间了吧，我们似乎已经不再那么敢于谈论"技艺"？

写下这批短篇小说，我自己的节奏其实也不像最初设计得那么稳定。一年一本的话，中间至少缺了两本甚至三本，有时事的原因，也有其他的原因。但我觉得这算是我个人"写作史"甚至生命的一个印证。一个作家是不是真的能够像一部机器那般标准地运行？事实上，他有来自于具体生活的宰制，也深受个人状态的影响，这才是生命本身的样子吧？除了那些文本的探索，让我感受更深的是：以短篇小说为方法，以短篇小说与世界相处，对我这样一个写作经年的人来讲，是一个重要的领悟。这些呼应了你"有助于我们校正对今天很多事物的理解"这样的判断。

短篇小说是能与时代短兵相接的文体

张　莉：就像之前你提到的写作和日常生活的关系，我觉得，你是用写作来参与建构自我的生活，也可以说，是从生活中重新发现小说的美学或者建设小说的美学。所以这里就有一个问题，别人往往喜欢说你是二手作家，依靠二手经验在写作，但实际上不过是一种标签，很显然，这些小说集里有许多触动人心的细节，呈现了具体生活毛茸茸的质感。它们非常真实地记下了我们当下的心灵记忆、情感记忆。所以，当你在说写作跟你自己生活发生的关系时，也意味着"人间纪年"系列记下了这些年来一位作家对当下现实生活的真实感受。

弋　舟：这就说到了"真实感"。如果存在着一种与真实相对的"虚伪的写作"，我认为，至少就这四本短篇小说集而言，我兑现的就是一种"真实的写作"。这个"真"有着多重意思，一方面，如你所言；另一方面，具体到每一个作品，可能都未曾抵达我所能够抵达，或者我以为会抵达的审美的极致——我可以写得更好——但我"即时性"地让它完成了，因为这就是我即时的"真实"水平，没有雕琢与修饰，也不期待将之弄得更圆融，我所在的那个时间段里的个人情绪、个人能力都反映在我的作品里，那是我这个人本身的"真实"。

　　你所发现的"具体生活毛茸茸的质地"，千真万确，小说中的许多细节就是我直接采撷自日常生活的，譬如《化学》里的背景就是我家对面的城市公园、塑胶跑道、"道法自然"的石碑，等等。我们所理解的"真实",肯定不仅仅是所谓的"一手生活,二手生活"这些字面上的意义。人的精神生活与物质生活,哪个是第一位的?在文学创作中,如果你没有一个足够丰盈的"心灵生活",现实生活对你或许也是无效的。大家都在经历的事物,如果你能够以自己心灵生活的经验去擦亮它,那么,这种"毛茸茸的现实"才会成为一个有效的"文学现实"。在这个意义上,我们这种所谓过着"二手生活的人",过着精神生活或者纸面生活的人,去经历生活本身的真实之前,已经预备了复杂的经验。

张　莉:你说并不一定要等到一篇作品完美,而是希望"即时"呈现,很同意,尤其是对于短篇这种文体而言。现在回过头看,当时的所思所感都非常重要。时过境迁后,我们往往会觉得很多事情不值一提,但是这些短篇小说恰恰留下了真切的记忆和生活。老实说,我看这些小说,非常感慨,会想到过去几年的事情,那些生活如此鲜活,历历如绘。短篇小说虽然篇幅短小,但有利于及时传达我们当时的心境,所以我在一篇文章里说,短篇小说是能与时代短兵相接的文体。

弋　舟:能与时代短兵相接——短篇小说的这个优势其实是它的一个本质。为什么我们会长期忽视了短篇小说的这种优势?短兵相接,近身肉搏,直接抓取即时性的细节,能够将瞬间生活转化为美学表达,这些优势何其美妙而宝贵。过去的几年,我们的现实从未如此尖锐与充分,正是短篇小说应该去与之匹敌的。

张　莉：说得很好啊。所以短篇小说的美学，便是对记忆和际遇的即时记下。

弋　舟：我们经常讲小说、文学为我们挽留或者打捞着记忆，一度，在我而言可能也只是泛泛而谈，但通过这四本小说集的写作，尤其是写完《庚子故事集》后，这种认知完全就是一个人生认知了。如今距离庚子年也不过两年吧，那些剧烈的情感冲击和思想冲击，却仿佛前尘往事，这就是我们善于遗忘的本能和秉性。我们的文学观念里确实有着那种"延迟性正确"，认为文学一定是要与"即时"拉开一点距离的，是"追忆性"的，没有经过所谓的"沉淀"是不可取的，当然，在很大程度上，这种定见也能成立，但现在我"沉淀"完了，倒是记不起来了，重要的是，基本上也没有要去书写的冲动与愿望了。当日那"即时性"的写作，有瑕疵，不圆融，但却是我在庚子年里只能写出的作品，《掩面时分》《羊群过境》，包括那个前言《钟声响起》，是"实情"，也是"实意"，我觉得还是很重要的。

时间过去之后，给小说赋予更多的社会性价值和社会性意义，那是批评家们的事。对于我的个人生活而言，文学不再是一个外在于我的手段，而是某种安身立命的陪伴。通过这四本短篇小说集，它真是内化于我的生命了。对此我也有过类似的表达，那就是：我是怎么活的，我就是怎么写的，我活到了一个什么程度、什么水准，我的文学表达也就到那儿了，我的文学表达不会高于我。这可能也是写过这四本短篇小说集之后的重要感受。

张　莉：虽然这些小说有鲜明而刺目的时间刻痕，但同时它也有非常丰富的文学质感。这些短篇小说很多我都是属于即时阅读者吧？想起来，我的短篇小说二十家的年选，连续四年收录了你的短篇作品，我看了一下其实都在这些短篇集子里了，包括《核桃树下金银花》《掩面时分》《化学》《德雷克海峡的800艘沉船》，这些小说在当年也是短篇小说中的重要收获。之所以要进年选，也是因为这些小说有光晕，有质地，有雅正之气，传达了我们时代人的共通情感和经验。而且，小说集虽然叫故事集，但其实并不依赖纯粹的戏剧性推动，而是有一种情绪或情感在里面，是我们时代的情感生活。尤其是《德雷克海峡的800艘沉船》写到的父女关系，把人的心灵波纹写出来了。

短篇小说要传达视频所不能带给观众的东西

弋　舟：借此机会，我要郑重地向张莉老师表达谢意——你的"一己之选"始终对我这个阶段的短篇小说给予鼓励。

"雅正"，这可能是我的一个特点，当然也可能是一个局限。对于修辞的重视，哪怕是一个局限，我也愿意依然如故。同时我也不排斥强烈的故事性——那种粗粝的、奔涌的故事形态，在我这里各美其美。今天的短篇小说读者普遍受过不错的教育，甚而有着良好的文学教养，直接从生活里搬运故事显然是不能够令他们满意了。于是我们需要"雅正"。这个"雅正"，就我的理解，不仅仅是一个文雅与周正的字面想象，它更是一种"文学性"的努力。我在北师大跟大家分享的《写小说就是写出新的语义》,也是在这样一个意义上跟大家分享我对"文学性"的理解,小说家那种天然的修辞冲动和修辞优势,与具有文学修养、文学教养的读者相互唤醒,一起重新用词语去命名世界,去扩展情感的幅度,就是一种"雅正"的文学态度。

我们很难发明新词,只有通过书写,将既有的词语中那些能够更为印合我们今天实感的经验——那种已经不再是简单地在大地上劳作的经验——寻找出来,将我们内心里经过精神生活过滤过的经验重新"发明"出来。当阅读者的经验已不再停滞于多年之前,这个时候,一个合格的小说家就需要对此做出自己的回应。

张　莉:小说家的生活经验,其实对应的是如何转化成文学经验。在今天,短篇小说面对的问题是,有短视频,有实时直播,有纪录片,在这样的情况下,我们为什么要读短篇小说?短篇小说要带来不一样的审美愉悦,要去传达短视频或者电视剧所不能带给观众的东西。

弋　舟:我们以前也讨论过这样的问题。小说今天何为?小说地位的下降势所必然,今天,它肯定不再能担负起十八、十九世纪小说的那种全面性的功能,提供娱乐,提供知识,提供新闻消息,等等,诸般功能都被分割出去了,剩下的那点儿没有或者不能被分割的,可能就是小说的本质了。小说的本质是什么?在我看来,也许就是刚才我们所谈到的某种古典精神。除去附着的血肉,小说内在的骨架不过就是一种古典的精神。我们在今天写小说，就是在抓牢小说那不可分割掉的古典精神吧。

张　莉：我觉得是一种光晕感。比如《化学》，很难说它写了个什么故事，但就像我先前在文章里说过的，通过赋予"化学"这个词语以深意，小说把一个旧的词语擦亮了，小说一下子有了一种光。此前，我们很难想象"化学"居然可以表达人和人之间的关系。当小说家通过语词书写时，阅读者可以在自己的脑海里想象，进而构建出这样一个微妙的情境，我一直认为，光晕感是今天短篇小说的魅力所在。

弋　舟：光晕，光晕！对此我们有共识。作为一个写作者，我甚至可以自认一下——我的故事能力不强。私下交流，我会跟你说，如果一定要编出一个好故事，大致上我也做得到；但是在故事和小说的竞争中，我更愿意回到那种小说的"光晕"的精神里。《化学》怎么改编成电影呢？导演看了真是会觉得这没办法拍成电影，但是从小说家的角度去看，我觉得这就对了，因为我写出了其他的艺术门类不可掠夺的东西，你移植不了。

张　莉：通常把这样的东西叫作"抗拍性"，是不能直接拿来用的，需要深度转化。

弋　舟：对，抗拍性。在这个时代，当然会因此丧失利益，但从尊严的角度看，抗拍性就是你用现有的艺术方法没办法覆盖我干的这件事。

张　莉：是，可以从这里取个内核，进行二次创作，但小说光晕的部分却是拿不走的。你看契诃夫小说，很少能拍成电影或者电视剧，但契诃夫依然是小说的圣手，代表短篇小说的高度。

弋　舟：《米格尔街》《骑兵军》，哪一篇短篇小说可以去拍电视剧？你研究鲁迅，《在酒楼上》能拍吗？

张　莉：还有《春风沉醉的晚上》，也没有太多故事性。如果要拍小说，得给它接戏、加戏，变成另一种形式。

弋　舟：对，所以在这个意义上短篇小说的写作也是对于文学内在本质的接续，我们大可不必都去热衷于被改造。

只有写出来才成为意味深长之事

张　莉：我想说的是，"人间纪年"系列代表了小说家对短篇美学的理解。我常常觉得，每个人都是自己美学的表达者。比如说，作为批评家，我如果要阐述我对短篇小说美学的理解，要写一系列论文或随笔，作为小说家，则是作品本身，通过一系列短篇小说构建自己的美学追求。今天，属于阅读的愉悦越来越被侵蚀了。而在读这些短篇小说的时候，我感到一种阅读的愉悦。

阅读的愉悦一部分是语言，能感受到这位作家对语言的追求，他追求语词的准确性；另一方面，也能够感觉到一种对日常生活细节的捕捉方式，比如，《化学》里那位中年女性去跑步，然后她看见那个女孩，这个细节可能会出现在任何一个人的日常生活中，但这篇小说却使它变成一件意味深长之事。事情在那里，但只有写出来才成为意味深长之事。小说不是把一件事挪过来，不是"照相机"，而是通过语词的方式构建成一个有意味的链接，我觉得这个很有意思，也很奇妙。

弋　舟：只有写出来才成为意味深长之事——不是简单的搬运，不是对一个狗血事件的粗鄙移植。我也不愿意说这就是"杜撰"，而是倾向于它是"用语言的方法发明了一个故事"。它有着基于人性复杂性的"真实"，同时，它也有着现实世界的纹理，它不在人的精神经验之外，它应该是可被理解的。小说中，对于一位中年女性，这些"真实"对她构成了刺激或者启发，令她联系到了自己的生活、自己的困境，同时又给了她某种新鲜的、富有青春气息的感染力和向上的、蓬勃的推动力，这些"事实"或者"故事"，不是我们肉眼可见的张三与李四吵了一架那样的冲突，而是有赖于每个读者和写作者自己内心的敏感——他／她的灵魂为之一颤，心弦为之波动。

张　莉：好的作品一定要有发明，同时也要与读者有情感互动。

弋　舟：我们都相信这样的感受一定不是独一的和孤僻的，否则它就不会有共鸣，写出来也无效，因为他人不可理解。我知道，我一定替某部分读者看到了他们内心潜在理解，却未经充分自觉的东西。在这个意义上,"小说"的意义的确大于"故事"。

你反复强调《化学》里边有毛茸茸的生活,我刚才也讲到了,小说里的运动公园不是我想象出来的,夜晚的楼群就是我从家走到公园时看到的样子,以《化学》为名,因为我需要用这个题目撬动一些化学意象,小说里写到的运动鞋材质,爆米花,就是一个最新的化工成果,这些都是具体而真实的"现代知识"。在这里,我想要强调"知识"对于小说的重要性。譬如,唐诗里写到的一只杯子,对于研究唐代器物的学者可能就很重要,因为它在诗之外,提供了一个细致入微的、时代的"消息"和"知识"。爆米花这样的化工材质被广泛地运用在运动鞋的鞋底上——这是我们当下的事实,也是我们当下的"知识"。写这一系列短篇小说的时候,我的文学观与生活观就是这样共同地调整着:一个倾向于冥想的、忽视生活的人,他如何有效地把这些人间消息与小说本身进行自觉地结合。

《德雷克海峡的800艘沉船》算是这四本小说集的最后一篇,写的时候,觉得这四年的努力一下子有了一个相对清晰的面目,还是老话题:一个孤僻的"我",走向了与广袤世界的关系当中。《德雷克海峡的800艘沉船》里面的人物看上去是没有关联的,各自都是一个独立的单元,但他们会被时代本身串连起来,被一个具体的年份打包,同时又活在各自的处境当中。从过于幽闭的私人情绪当中走出来,就是呼应了你说的那种"毛茸茸的质感"吧,这是更为整体性的人间的景象,这也是我文学观的一个调整。

张　莉:从最初开始写到现在,很多年过去,你的小说技艺是在不断精进的过程中。现在来看，你对短篇小说美学的理解发生了变化吗？

弋　舟：我是觉得它越来越"美"了。对短篇小说的理解，肯定跟四年之前的认知不同了，这可能也只是我个人经验的阶段性变化，不是短篇小说本身的真理。我们容易把短篇小说强调成一种更接近诗的文体，这没问题，它的确更具有艺术本体上的那种追求。有时候我会觉得，长篇小说是一个很糟糕的东西，而短篇小说却是我们光亮的日常。我所指的"日常"，还不仅仅是指它的转瞬即逝，更是在明确它的朴素与真切，它跟我们之间的关系反而比长篇小说更紧密，长篇小说可能在很长一个阶段被审美属性人为地拉开了我们和人间生活之间的距离，那是造作和预谋出来的，而短篇小说却更切近人的感受，更有"属人"与"属实"的一面。以往，假以"诗意"，我们可能过度强调了短篇小说"非人间"的一面，但现在，我反而觉得短篇小说更诚实，也更具有属世性。

文学可以给摇晃得过于激烈的时间提供稳定感

张　莉：今天下午硕士研究生答辩前，西川老师把他的新诗集送给我，我很开心，西川老师问我经常读诗吗，我说我每天晚上都读诗的。这是真的。因为好诗可以提升我对语言的敏感度。这个习惯保持了很多年，而且，我的"女性文学工作室"公号也有一个固定栏目"周末读诗"，它已经拥有了非常稳定的读者群。我看重小说家的语言,看重作品的诗性。作为批评家,判断作品时,诗性的语言是重要尺度。我们的阅读与写作,不就是要捕捉语词的准确度、新鲜感和陌生感么。

一方面,写作会使我们在生活中看见那些,然后将其建造为"诗性的真实";另一方面,通过阅读,好小说也会刷新我们打量世界的眼光。不管是短篇小说还是其他艺术类别,好的作品总归是可以刷新我们打量世界的眼光的。

弋 舟:当我们谈到世俗生活和所谓的诗和远方,是不是人为地将它们割裂了,认为我们的现实生活必然与诗和远方是无关的?通过短篇小说的写作,我开始觉得诗和远方就在身边,在我们的肉体里,在我们的日常中,在某个晚上短跑的瞬间。

你所讲的我非常赞同。要读诗,要读优秀的诗,对于语感的那种维护实在太重要了。我们在日常生活中不免要说很多庸俗的、不着调的话,不时回到专门的语言系统里头,对于写作者来说万分需要。但何为"诗意",又是一个非常专门的问题了。短篇小说同样也可以做到字面意义上的朴素的表达,契诃夫的小说是朴素的,巴别尔的《骑兵军》也充满了诗意,在这个意义上,可能有些东西我还得克服。你所说的"雅正",或许就是"书面语痕迹太重"的另一个说法,对此,我还需要向素朴的风格探索。

张 莉:写作是自我不断精进之事,我们每个人都在这个道路上。现在大家都人到中年,对于一些事情的看法可以说趋于稳定,或者说已经形成了稳定的价值观。我常常觉得,在这个变化特别剧烈的时代，人是需要有稳定的美学观或者价值观的，人要有一些内核。"人间纪年"系列里的一些作品，有它的人文性，它的节奏，有好的小说所具备的人性的温度，很宝贵。今天，我们对这个世界的理解特别容易变得单一或者狭隘，大家喜欢站队，这似乎是世界潮流，但这些短篇小说在试图打开我们理解世界的维度。

所以，这些短篇小说的魅力在于提供给我们进入生活、打量生活的不同眼光，当然不是唯一的眼光，但确实是有对这个世界有更多理解的眼光。包括前面聊到的《德雷克海峡的800艘沉船》，站在女儿的角度和站在父亲的角度的感受是不一样的，读者可以更多地看见事情的面貌。小说应该提供这种东西，我也认为，今天的文学应该提供感受世界的更多可能性，召唤对美学感受的多样性，说到底我们要对何以为人、何为好的艺术有追求。我写过一篇文章，讲到一篇好的文学作品应该配得上我们时代的审美。有很多的艺术作品通过流量和冒犯人的智商来刷存在感，但是应该知道，我们这个时代应该创造出艺术品，代表我们这个时代文学的高度、审美的高度、理解力的高度。"人间纪年"的很多作品，可以看到我们时代应该有的，对人的境遇的同情、理解和宽容。

弋　舟：这个非常重要，但不是所有的批评家都有着你这样的角度和能力。从审美的角度，从美学的、诗学的意义，从人类亘古的精神去理解当代作品，有赖于批评家精神世界的广阔的坐标。我们私下以"小伙伴"相称，正是基于这样的共识，彼此的审美可能多多少少会有一些不同，但我们相信人类的文明、人类的文化、人类的文学一定有一个公约数。

世界的纷乱超出人的想象，我们每个人都有动荡感，甚至审美观也面临着危机，但诚如莱布尼茨所说，"自然从来不飞跃"，它不会突变的，这就让我们内在有一种恒定的、稳定的信心。你也强调了，文学能够给这个过于摇晃的时代提供稳定感，这种可靠的美的稳定，这种恒定的智力的卓越，它们能不断地在我们的经验里叠加出新意，这个新意不是那种花样翻新的东西，它是在一个基本的审美规定中——它不会突变。那些突变的事物，可能就是把人吓一跳而已。而小说，即便是现代小说，依然有着不竭的古典精神在里面。

前段时间门罗去世，大家都在追念，我们回头看看她的那些小说，有着现代小说的诸多魅力，又跟十八、十九世纪的小说在本质上有着巨大的统一性，那就是你所讲的——书写人的情感，书写人的宽容、人的理解，书写人的善意。鲁迅是严厉的，但是他对人葆有这种基本的同情，我觉得这也是今天我们对一个好的小说家内在的根本性要求。我们需要有那种深切的善意。

要有理解他人的愿望和理解他人的能力

张　莉：我对文学慢慢有了新的理解。不管我们进行文学创作还是文学研究，在今天，特别需要作为创作者或者艺术研究者的信念感，要有美学信念。比如说，对于一些属于人的尊严和美德，我有一些执念。我确信，人之所以为人的那些标志依然是世界重要之事。读十九世纪、二十世纪的文学作品，或者去看那些画作和电影，我也会认识到，艺术工作者要有信念感。这让我对我所从事的文学研究有整体的打开。

我读这些短篇，陆陆续续读和集中时间读，感触是不一样的。集中时间读，会感觉一些系列作品变成了整体，也触发了我的整体性的思考，比如说，这些短篇小说对于弋舟意味着什么？又比如说，什么是真正的文学，我们对这个世界的整体性应该有怎样的理解？

弋　舟：“美学信念"，多好的一个词。这样的信念可能真是需要一定的年龄才能领受，而这种领受有利于我们去理解我们的祖辈，去理解更为遥远宽阔的世界。但我还是要承认我们这个时代也确有它的特殊性，我们的父辈跟我们的观念落差，要远远低于今天我们跟我们孩子之间的观念落差，继而我同样要强调，此刻我胸中升起的那种对于人性恒定的认知，也并不意味着我就是趋于保守的。你可不就有着非常发达的捕捉最新观念的能力吗？你深具处理崭新信息的意识，这些东西其实是不冲突的。

张　莉：对啊。我们总是在经历分裂，人和人随时随地都有可能因为某个事情分裂，争吵，这样的事情每天都在发生。这样的状态让我看到了稳固的审美信念的重要性。其实，在这样一个时时面对分裂的情况下，作为女性文学研究者，怎么样成为自我而不是成为分裂的力量，怎样让自己葆有自我的独立思考，葆有完整地理解世界的能量，对我来讲，是一个挑战。

弋　舟：“性别观”是当下最核心的议题之一了。你做学术，做研究，做教学，那种先锋的探索精神始终还在，在这一点上，不保守，也不会太激进，我觉得或许是我们这一代人的特征。我们的观念不会"落后"，也不会简单地被那些活跃而新奇的东西带着走，"审美自信"稳固。我们不会拒绝新鲜的事物，也没法拒绝，扑面而来的一切也逼着我们要去处理。

张　莉：我之所以问，你在小说创作经验里边有没有获得，是因为我自己在这个过程中是有获得感的。我相信你也有你的获得感。比如说，十多年前和现在相比，我们都变了很多。以为没变，但其实都在变，如果不变的话说不到一起。因为有共同的审美信任，所以没有产生分裂。

弋　舟：你做的这个工作更为复杂，那是一种需要"兼容"的工作，甚至还需要你将撕裂、对立的东西做出有力的统一。这几年的短篇小说写作，对我的改造也是如此。那种尖锐的冲突不多见了，或者就是我也变得兼容性高了，这个兼容性肯定不是指因了年龄或者经验的增加而变得油滑，而是说，在朝向更为宽阔的人性认知和更为宽阔的文学能力上，文学性的能力扩容了。

回到"短篇小说让我发生了什么改变"这个话题里，顺着咱们聊的这些，我觉得还真不是"虚应"，我会说：它让我变得善良。这个"善良"当然不是道德意义上的善或者恶。善和美是可以画出等号的，在真善美的意义上，我们可以把它拆解成：我们的怜悯、我们的同情、某种程度上对于自我有限的认知、自我的否定，以及对于那种不可动摇的事物的坚持，等等，在短篇小说的写作过程中，这些东西都被呼唤出来了。

我曾跟一位重要的朋友聊天，不知说到什么话题，我突然说"我就不变了"。这个"不变"，对应着剧烈变动的世界，算是给自己打个气：我不做新的更张了，我不重新改造我的审美了，我就是这样了，基于我既有的文学教养，我"就不变了"，哪怕我因此落后于时代。这个信心真的建立起来之后，人就不会那么六神无主。刚才你说"其实也在变"，这个变，肯定是向好的，对此我也认同，如果我们还像二十年前刚认识的那个样子，一点没变，肯定也处不下来。你有一个特别好的说法——"一代人同生共长"，今天我们还能在一起交流，就是因为大家都在成长。这真是挺令人感慨。

张　莉：很多朋友会问我说，做女性文学研究的收获是什么，就是获得了理解力。能够理解很多事情了。我能理解别人的好，同时也理解那些可能不合我心意的地方。这应该算得上成长吧，一方面是理解文学本身，另一方面就是去辨认一个作家为什么慢慢地不在这个审美系统里了，而为什么另一个作家还在这个审美系统里，也就是说，慢慢地可以理解他／她何以成为他／她。

弋　舟：你说的这个"理解"就约等于我说的"善"。以前被问到"写小说需要的最根本的能力是什么？"我回答过：要有巨大的理解他人的愿望和巨大的理解他人的能力。这是对于小说家的基本要求。我们不约而同谈到了"理解"，这个"理解"未必是简单的认可，可能观点或者做派我是不认可的，但是我理解，我知道人因何这样。

张　莉：对啊，就是我明白了你是如何走到这儿的。

弋　舟：甚至你还没有表达，我都能够理解你将会呈现什么。我们理解力的扩容实际上就是在向善。无知即是罪，善是什么？是变得更加"有知"吧，是知识的知，阅历的知，情感的知，这是对人的更高的要求。

张　莉：这样的"知"和了解，不再完全依赖于外在的判断。说到底，写作是要成全自我，是自我完善。

弋　舟：一开始我们也聊到了，写这批短篇小说的起源不过也是从自我完善的诉求开始——我开始管理我的生活，管理我的日常纪律，这种写作里包含着对生命的成全。

张　莉：深有同感。其实，认识到"知"的限度也很重要。要对自我要求，也要对自我的限度有了解，要有所为有所不为。

弋　舟：小伙伴们榜样的力量是无穷的。大家都在这个意义上努力，其实还是很重要的。

2024 年 5 月 21 日

图书在版编目（ＣＩＰ）数据

人间纪年 / 弋舟著. -- 上海 ：上海文艺出版社，
2025. -- ISBN 978-7-5321-9215-1

Ⅰ. I247.7

中国国家版本馆CIP数据核字第2025DN0459号

责任编辑：张诗扬　吴　旦
封面设计：山川制本workshop
内文制作：丝　工

书　　名：人间纪年
作　　者：弋　舟
出　　版：上海世纪出版集团　　上海文艺出版社
地　　址：上海市闵行区号景路159弄A座2楼 201101
发　　行：上海文艺出版社发行中心
　　　　　上海市闵行区号景路159弄A座2楼206室 201101 www.ewen.co
印　　刷：上海盛通时代印刷有限公司
开　　本：787×1092 1/32
印　　张：18.25
插　　页：4
字　　数：384,000
印　　次：2025年7月第1版 2025年7月第1次印刷
Ｉ Ｓ Ｂ Ｎ：978-7-5321-9215-1/I.7233
定　　价：128.00元
告　读　者：如发现本书有质量问题请与印刷厂质量科联系　T: 021-37910000